BASTEI
LÜBBE

Ian Irvine im Bastei Lübbe Taschenbuchprogramm:

DIE DREI WELTEN:

20 569 Bd. 1: Der Spiegel der Erinnerung
20 576 Bd. 2: Das Magische Relikt
20 581 Bd. 3: Der Turm von Katazza
20 585 Bd. 4: Die Festung der Macht
20 591 Bd. 5: Dunkler Mond
20 593 Bd. 6: Der Fluch des Bettlers

Weitere Bände in Vorbereitung

Über den Autor:

Ian Irvine, geboren 1950, ist Meeresbiologe und zählt inzwischen zu den absoluten Topautoren aus Australien. Mit der Arbeit am Zyklus DIE DREI WELTEN begann er schon während seiner Studienzeit. Nach dem Studium arbeitete er als Berater für Umweltfragen, ehe er sich ganz dem Schreiben widmete.

Ian Irvine

DER FLUCH DES BETTLERS

Aus dem australischen Englisch von
Malte Schulz-Sembten und Dietmar Schmidt

BASTEI LÜBBE

BASTEI LÜBBE TASCHENBUCH
Band 20 593

1. Auflage: Juni 2008

Vollständige Taschenbuchausgabe

Bastei Lübbe Taschenbücher
in der Verlagsgruppe Lübbe

Deutsche Erstausgabe

Titel der australischen Originalausgabe:
»Dark is the Moon« (Teil 2)
Originalverlag: Penguin Books, Australia

Titelillustration: Oleg Korzh/Uwe Luserke
Umschlaggestaltung: Bettina Reubelt
Satz: Urban SatzKonzept, Düsseldorf
Druck und Verarbeitung: CPI – Ebner & Spiegel, Ulm
Printed in Germany
ISBN-13: 978-3-404-20593-6

›Du glaubst,
das Glück habe sich dir gegenüber gewandelt.
Du irrst!
Wechselhaftigkeit ist meine ureigene Natur.‹
– Boethius, *Trost der Philosophie*

Kapitel eins

Tar Gaarn

»Tallia!«, rief Mendark wenige Stunden, nachdem *Die Heimatlose* Flude verlassen hatte.

Tallia stand am Bug, starrte in die Dünung und träumte von Crandor. Ihr langes schwarzes Haar wehte hinter ihr im Wind.

»Tallia!«, rief er wieder.

Sie wandte sich um und strich sich Gischt von Wimpern und Stirn. »Ja?«

»Vergangene Nacht kam ein Paket von Nadiril aus der Großen Bibliothek. Weitere Informationen über Havissard. Dieser Brief lag bei. Alles war ziemlich lange unterwegs.«

Tallia setzte sich in den Windschatten, um zu lesen. Der Brief zeigte eine schöne, wenn auch recht verschnörkelte Handschrift, wie sie schon seit hundert Jahren außer Mode war.

18. Guffins 3099

Die Bibliothek
Zile

Meine liebe Tallia,

falls Du diese Zeilen erhältst, so schreib mir bitte zurück, was es Neues gibt. Sowohl Lilis als auch ich machen uns große Sorgen um Dich. Ich habe Nachforschungen veranlasst, selbst in solch entfernten Orten wie Thurkad, und musste dafür einen beträchtlichen Teil von Lilis' Lösegeld aufwenden. Es betrübt mich festzustellen, wie viel es heutzutage kostet, einen Zollbeamten zu bestechen. Zu meiner Zeit waren sie für eine Hand voll Kupferlinge zu haben. Wie ist die Welt verkommen!

Wie Du Dich erinnerst, erfuhren wir von Lilis, dass ihr Vater vor sieben Jahren entführt und zum Seemannsdienst auf einem Schiff gepresst wurde. Es handelte sich um ein schnelles Fahrzeug mit rotem Segel namens Klinge *oder* Messer. *Unglücklicherweise sind solche Schiffsnamen recht gebräuchlich. Ich füge eine den Zollbüchern entnommene Liste mit einem Dutzend Seefahrzeuge derartigen Namens, die zu jener Zeit in Thurkad lagen, nebst ihren Heimathäfen bei.*

Ich schlage vor, dass Du den letzten sieben besondere Aufmerksamkeit schenkst, denn sie stammen alle aus Crandor oder anderen östlichen Ländern (siehe Lilis' Brief. Achte darauf, wie gut sie ihre Lektionen gelernt hat).

Und, Tallia, sei auf der Hut – Matrosen zum Dienst zu pressen ist in den meisten Häfen ein schweres Vergehen; bei dem fraglichen Schiff handelt es sich zweifelsohne um einen Piraten oder Schmuggler!
Dein Freund

Nadiril

Tallia drehte das Blatt um. Die Rückseite zeigte die gleiche altmodische Handschrift, wenn sie auch etwas gerundeter, kindlicher war: Lilis' Brief.

Liebste Tallia,

ich kann Dir gar nicht sagen, wie glücklich ich bin. Ich habe sehr eifrig meine Lektionen geübt, und Nadiril ist sehr zufrieden damit, wie ich im Lesen bin, obwohl er immer noch meint, das ich GANZ SCHRECKLICH im Schreiben bin!

Du würdest nie glauben, was für wunderbare Sachen ich lerne! Nadiril bringt mir den Gebrauch des Katalogs bei, aber um Dir die Wahr-

heit zu sagen, Tallia (und ich hoffe, er liest jetzt nicht über meine Schulter mit), der Katalog ist EIN EINZIGES DURCHEINANDER. Ich strenge mich gewaltig an, aber es ist so viel Arbeit.

Ich habe Dich so sehr vermisst, Tallia, dass ich nachts manchmal weine vor lauter Angst, dass Du TOT mitten im Meer der Trockenheit liegst. Ich habe alles über diesen schrecklichen Ort gelesen. Schon der Gedanke an ihn jagt mir einen Schauder über den Rücken. Aber Du bist so stark und klug und mutig, dass ich sicher bin, dass es Dir gut geht.

Ich muss jetzt Schluss machen, denn Nadiril mahnt mich, wie teuer Papier ist. Ich habe mich an etwas von jenem Tag erinnert, an dem Jevi entführt wurde. Die Männer, die ihn verschleppten, hatten dunkle Haut wie Du und haben gesprochen wie Du, daher mussten sie aus dem Osten stammen.

Bitte grüße Pender von mir und auch Osseion und SOGAR Mendark. Das beweist, wie sehr ich euch alle vermisse.

Lebe wohl,
Lilis

Ich vermisse dich genauso, dachte Tallia, während sie die Liste durchging. Die sieben Boote aus dem Osten waren die *Elfenbeinschnitzer*, die *Entermesser*, die *Silberschwert*, die *Stilett*, die *Kris Kris*, die *Machete* und die *Mitternachtsspeer*. Dummerweise fehlte in den Schiffsbeschreibungen die Farbe der Segel, und rot kam häufig vor; sie waren daher nicht viel schlauer als zuvor. Drei Seefahrzeuge stammten aus Crandor, doch die übrigen vier kamen aus Häfen, die viele hundert Meilen voneinander entfernt weiter aufwärts an der Küste Lauralins lagen. Allein sie alle anzulaufen hätte Monate gedauert. Die Suche war aussichtslos.

Sie gab Mendark den Brief. Er war heute in guter Stimmung.

»Lilis lässt *mir* Grüße ausrichten?«, fragte er mit einem Lächeln. »Sie ist wohl wirklich nachsichtiger geworden. Nun, wir werden Halt machen, wo immer wir können, aber verbrauche nicht zu viel Zeit. Und handle uns keinen Ärger ein.«

»Ich und Ärger?«, entgegnete Tallia mit Unschuldsmiene.

Die Reise entlang der ausgedehnten Westküste Farandas nach Norden verlief ermüdend, denn das zerklüftete Land war öde und so gut wie unbewohnt. Während der ersten Woche genossen sie die Vorteile eines Windes, der von achtern blies, und einer nordwärts verlaufenden Strömung, sodass sie sehr gut vorankamen; manchmal legten sie über einhundertundzwanzig Meilen am Tag zurück. Als der Wind schließlich abflaute, umrundete *Die Heimatlose* die tropische Nordausbuchtung Farandas. Von da an war ein langsames und gefahrvolles Lavieren zwischen den inneren und äußeren Riffen nötig, die über dreitausend Meilen hinweg die Halbinsel von Faranda und gen Osten die Küste von Crandor umgaben.

Nach vierzehn Reisetagen unterbrachen sie in Nys an der äußersten Nordspitze Farandas die Fahrt. Tallia war für die Abwechslung dankbar. An dieser Küste kamen sie kaum merklich voran. Crandor war ein Ort der Sehnsucht, der noch immer einen Monat entfernt lag, und jeder andere Gedanke bedeutete eine unwillkommene Ablenkung. Die Zeit verrann, während sie auf einsamer See dahinschaukelten.

Nys war ein Zentrum des Gewürzhandels, eine schmutzige Tropenstadt, umgeben von Plantagen. Tallias Familie väterlicherseits war über viele Generationen hinweg in diesem Geschäft tätig gewesen, und die Ausdünstungen der Gewürznelken, des Kardamoms und des Muskats, die den Lagerhäusern am Ufer entströmten, trieben Tallia die Tränen in die Augen.

Sie blieben nur so lange, bis sie sich mit Wasser, frischem Fleisch und Gemüse versorgt hatten, denn Mendark ließ sein dringendes Vorhaben keine Ruhe. Tallia war mit ihrer Suche kein Glück beschieden, aber wenigstens konnte sie ein Schiff von ihrer Liste streichen: Die *Kris Kris* war vor drei Jahren in einem Taifun auf ein Riff gelaufen und mit Mann und Maus untergegangen.

Einige Tage später, als das Land schon außer Sicht verschwunden war, gerieten sie in einen furchtbaren Sturm, der sie weit nach Norden abtrieb. Beinahe wären sie auf die tückischen Riffe gelaufen, die die Insel Banthey umgaben; tatsächlich kamen sie ihnen so nahe, dass sie sehen konnten, wie die Strandräuber und Aaskrähen schon wie irrsinnig am Ufer umherhüpften. Doch abermals brachten Penders überragendes seemännisches Können und Rustibels vollendete Handhabung der Segel sie unbeschadet aus der Gefahrenzone.

Rustibel war ein kummervoll dreinblickender Mann. Mit seinem lederhäutigen Gesicht und dem braunen Kahlkopf, von dessen Seiten Büschel blonden Kraushaars abstanden, mit seinem massigen Körper, dem dicken Hinterteil, den spindeldürren Beinen und den unglaublich langen, schmalen Füßen sah er aus wie der Inbegriff des traurigen Clowns. Er benahm sich auch so, indem er stets das Schlimmste erwartete, war jedoch ein hervorragender Erster Offizier und enterte schneller als jeder andere den Mast zum Ausguck auf.

Während sie sich in den nächsten fünf Tagen ihren Rückweg in die Windschneise zwischen den inneren und äußeren Riffen suchten, die eine große, gebirgige Insel namens Fankster umschlossen, beschwor Rustibel unentwegt ihren bevorstehenden Untergang. Anschließend segelten sie fast eine ganze Woche ohne Schwierigkeiten, bis sie in Sichtweite von Taranta gelangten. Da sogar Pender sich nicht zutraute, sie an dieser felsigen und stark zerklüfteten Küste zu einem Anlegeplatz zu führen, ankerten sie an einer Lotsenstation vor der Bucht und bezahlten einen Lotsen, damit er sie in die Bucht hinein, und wieder herausbrachte.

»Zwei Silbertar am Tag!«, rief Pender, als er wieder an Bord kam. »Das ist der teuerste Lotse, von dem ich je gehört habe!«

Der Lotse erwies sich als grauhaarige alte Frau von etwa achtzig Jahren mit milchigen Augen und nur vier Zähnen, zwischen denen während der ganzen Fahrt das Mundstück einer abgenutzten Pfeife klemmte. Sie flitzte flink zwischen den Seeleuten hindurch, übernahm das Steuerrad und begann, mit einem brüchig klingenden Akzent Befehle zu schreien.

Pender, verloren wirkend, strolchte auf dem Deck auf und ab. »Blöde alte Kuh, sie sieht aus, als wäre sie so blind wie ein Kohlkopf.«

»Pssst!«, mahnte Mendark. »Du wirst sie beleidigen.«

»Hmpf!«, machte Pender.

»Ich meine es ernst! Das ist die alte Hetla, und sie ist wirklich blind.«

»Was!«, schrie Pender auf und rannte an die Reling, um nach den Felsen zu sehen, die nur eine oder zwei Spannen vom Schiff entfernt und geformt waren wie die Zähne eines Chacalots.

»Sie ist von Geburt an blind und dennoch die beste Lotsin von ganz Taranta. Ob bei Regen oder Sturm, sie hat in sechzig Jahren kein einziges Schiff verloren.«

Keineswegs beruhigt, stampfte Pender auf die andere Schiffsseite.

»Sie ist eine Empfindsame, du Armleuchter!«, sagte Tallia und legte ihre großen Füße auf die Reling.

Sie trafen die *Mitternachtsspeer* im Trockendock von Thurkad an, aber sie erwies sich als dicker kleiner Frachtkahn, der sich wegen Holzwurmbefalls fast in seine Bestandteile auflöste und nicht im Geringsten dem schnittigen, gefährlichen Gefährt ähnelte, das Lilis geschildert hatte. Tallia schrieb einen langen Brief an Lilis und Nadril und berichtete über ihre Unternehmungen des zurückliegenden halben Jahres sowie über ihren bisherigen Misserfolg bei der Suche nach dem Schiff der Entführer.

Sie setzten ihre Reise ostwärts nach Huccadory fort und fuhren von dort nach Gariott, wo Pender seine Fracht löschte und mit Mendarks widerwilligem Einverständnis für die Rückreise in den Süden längs der Küste von Crandor eine Ladung Gewürze und Zinnober aufnahm. Tallia hatte Gariott sofort erkannt, denn sie waren zwischen zwei ungleich großen, rauchenden Vulkankegeln zum Ankerplatz eingelaufen. Der große Vulkan war ein berühmter Orientierungspunkt, der kleinere bloß ein Zwerg. Jeder der beiden Gipfel bewirkte eine beinahe kreisrunde Ausbuchtung der bogenförmig nordostwärts verlaufenden Küste von Crandor, wobei der Zwischenraum eine tiefe, fast dreißig Meilen breite Bai bildete.

»Sieh nur!«, rief Tallia und beugte sich wie ein aufgeregtes Kind über die Reling. »Dort ist der Bel Torrance!«

Mendark und Osseion kamen herbei, um die Aussicht zu bewundern, ebenso Pender. Der Bel Torrance war ein Riese, der als perfekt geformter Kegel derart hoch aufragte, dass sogar in diesen niedrigen Breiten eine Schneehaube seinen Gipfel bedeckte. Tallia drängte es, ihnen mehr über das Land ihrer Geburt zu erzählen.

»Der Bel BaabBaan dort drüben galt immer als der Zwilling des Torrance, aber vor zweihundert Jahren hat es ihm die Spitze weggepustet. Eine turmhohe Welle pflügte die alte Stadt in den schlammigen Erdboden, und ein Ascheregen begrub alles, was noch übrig geblieben war. Die Toten hätten aufeinandergestapelt einen Würfel ergeben, der fünfzig Leichen hoch, fünfzig breit und fünfzig tief gewesen wäre. Als es vorüber war, gab es den Bel BaabBaan nicht mehr, nur noch einen Inselring. Dort könnt ihr ihn sehen! Eine der Inseln begann wieder zu rauchen und ist nun das, was wir den Bel SusBaal nennen – BaabBaans Sohn.« Sie deutete auf den schiefen rauchenden Zwillingsgipfel am anderen Ende der Bucht. »Ach, Crandor! Mein Land bietet einfach alles!«

»Vulkane, Sturmfluten, Erdbeben, Taifune, Überschwemmungen und Erdrutsche eingeschlossen«, bemerkte Mendark säuerlich. »Gar nicht zu reden von den frechsten Insekten auf ganz Santhenar.«

»Aber es ist fruchtbar!«, erwiderte Osseion. »Schau nur, wie groß diese Bäume sind.«

Tallia konnte kaum fassen, wie viele Empfindungen über sie hereinbrachen, während sie dem altvertrauten Gestade folgten. Noch ehe sie wieder den Fuß auf den schokoladenfarbenen Boden Crandors gesetzt hatte, wusste sie, dass sie zu Hause war, denn der ablandige Wind trug den intensiven, süßen, schwülen Duft der Tropen, der Wälder und Menschen zu ihr heran; den Geruch nach Hitze, feuchter Luft und raschem Verfall. Während sie am Ufer vorbeitrieben, wo nackte Kinder spielten, das Wasser dunkel und schmutzig durch die Rinnsteine floss und die Häuser kaum mehr waren als bloße Unterstände auf Stelzen, mit Lattenböden und hohlen Fensteröffnungen, lediglich errichtet, um die Sonnenhitze und den warmen Regen abzuhalten, stieß sie einen Seufzer tiefer Zufriedenheit aus. Daheim! Wieder da, wo sie hingehörte. Und ebenso tief seufzte sie, weil sie nicht für immer zurückgekommen war.

»Und jetzt?«, fragte sie, als sie an einem Kai anlegten, der mit verfugtem Bimsstein verblendet war.

»Nach Tar Gaarn«, sagte Mendark, »und dann nach Havissard.«

»Wie weit ist das entfernt?«, fragte Pender beiläufig. Eine Ortschaft, die sich nicht mit dem Schiff erreichen ließ, interessierte ihn nicht.

»Ziemlich weit von hier«, antwortete Tallia. »Wir wenden uns nach Süden und legen noch einmal etwa dreihundert Meilen entlang der Küste von Crandor zurück, bis wir Strinklet erreichen. Von dort nehmen wir die Große Nordstraße nach Süden und Westen und reisen nach Westen durch die Berge nach Tar Gaarn.« Als sie an das Bevorstehende dachte, einen ungestümen Eilmarsch quer durch das Land ihrer Geburt und anschließend eine ebenso hastige Rückreise nach Thurkad, erfasste Tallia tiefe Trauer. Sie war sich ihrer Pflicht bewusst und würde sie erfüllen, aber verhehlen konnte sie ihren Kummer nicht bei der Aussicht, ihrer Heimat so nahe zukommen und dann doch nur daran vorbeizureisen.

Frühmorgens brachen sie nach Strinklet auf, das sie ohne Zwischenfälle binnen vier Tagen erreichten. Mendark wusste, wie Tallia zumute war. Er hatte wochenlang über Tar Gaarn und Havissard nachgedacht. Sein Gespür sagte ihm ganz deutlich, dass dort zu finden war, was sie zur Neuerschaffung der Flöte brauchten. Das jedoch wollte er niemandem anvertrauen, nicht einmal Tallia. Was sie nicht wusste, das konnte man ihr auch nicht entreißen. Und in letzter Zeit hatte sie für seinen Geschmack ein wenig zu unabhängig gehandelt.

In der Nacht ihrer Ankunft mussten sie an Bord der *Heimatlosen* schlafen, denn in der Stadt fand ein Fest statt, und die Gasthäuser waren voll. Lange hielten sie das Eingepferchtsein jedoch nicht aus, und während Pender und die Mannschaft das Löschen der Fracht überwachten und am Schiff kleine Reparaturen ausführten, gingen die Gefährten in die Stadt. Beim Abendessen versetzte Mendark allen einen Schock.

»Morgen gehe ich nach Tar Gaarn. Allein! Tut also in Crandor, was euch beliebt, und in fünfzig Tagen treffen wir uns hier wieder.«

»Allein!«, riefen Tallia und Osseion wie aus einem Mund. Tallia war getroffen. Obwohl Mendark häufig Dinge verschwieg, war sie davon ausgegangen, dass sie ihn nach Tar Gaarn begleiten würde, einen Ort, an dem sie noch nie gewesen war, über den sie aber oft nachgesonnen hatte. Was hatte er vor?

»Ganz allein!«

»Aber wer wird für deine Sicherheit sorgen?«, fragte Osseion.

»Was ist mit mir?« Nachdem er Mendark so lange als Leibwächter begleitet hatte, konnte er sich nicht vorstellen, dass der Wirker in der Lage war, allein zurechtzukommen, geschweige denn, sich an diesem gefährlichen und unbekannten Ort selbst zu schützen.

»Was weiß ich? Ich habe schon auf mich selbst aufgepasst, als du noch an der Mutterbrust hingst«, erwiderte Mendark barsch. »Mach Urlaub.«

»Ich will aber keinen Urlaub«, murrte Osseion.

Einerseits freute sich Tallia, dass ihr durch Mendarks Entschluss so viele Wochen in Crandor blieben, zugleich aber wusste sie, dass Mendark auf Begleitung verzichtete, damit niemand Zeuge wurde, was er in Tar Gaarn tat oder entdeckte. Falls er fand, wonach er suchte, gedachte er es vielleicht für sich selbst zu behalten. Tallia fühlte sich durch diesen Mangel an Vertrauen verletzt.

Aber als sie sich am nächsten Morgen bei Sonnenaufgang aus den Hängematten wälzten, war Mendark fort.

Von Strinklet bis zu der verlassenen Stadt Tar Gaarn waren es dreihundert Meilen, wenn man den windungsreichen Weg durch die Berge benutzte – fünfzehn Tage zu Pferd, berücksichtigte man Ruhepausen, unvorhergesehene Zwischenfälle, widriges Wetter, eingebrochene Brücken und schlechte Straßen.

Mendark mietete zwei Pferde, und indem er abwechselnd auf ihnen ritt, erreichte er sein Ziel ohne besondere Vorkommnisse eher als geplant, obgleich die Zeit sich zäh dahinzog. *Was, wenn es gar nicht dort ist?*, fragte er sich während der ganzen Reise. *Was, wenn ich es nicht finden kann? Und falls ich es doch zurück nach Thurkad bringe, wie kann ich es Yggurs Zugriff entziehen? Ich habe nur noch wenige Hilfsquellen, während Yggur ganze Heere und das Vermögen eines Reiches zu Gebote stehen.*

Aber Yggur ist labil. Ungemach schwächt ihn, mich hingegen stärkt es. Ihm fehlt die Schläue. Seine Überlegungen riefen Mendark einen Feind zu Gedächtnis, der solche Schwächen nicht kannte: Rulke! Mendark fürchtete das Konstrukt und die Möglichkeiten, die es bot. Es war weiter entwickelt als jede Apparatur, die sie selbst entwerfen konnten, und Rulke konnte bereits mit seiner Fertigung beschäftigt sein!

Es stand außer Zweifel, dass er, Mendark, für Rulke kein Gegner war. Trotzdem würde er niemals aufgeben. Rulke konnte noch immer versagen. Sein Konstrukt konnte einen Fehler haben. *Das Spiel ist nicht entschieden, ehe es vorbei ist!* Umso dringlicher war seine Suche.

Von der Bergkuppe blickte er auf die prächtigen Ruinen, voller Verzweiflung darüber, dass etwas so Gewaltiges, Harmonisches und Subtiles so mühelos erobert werden konnte und das ureigene Herz der Aachim herausgeschnitten worden war. Tar Gaarn – die größte Stadt, die sie jemals errichtet hatten, der Quell ihrer Kultur.

Und wie verändert war das Land gegenüber einst. Als die Aachim erstmals den Gedanken an Tar Gaarn gefasst hatten, war die Perionische See noch ein Juwel gewesen. Ihre lange Austrocknung hatte kaum eingesetzt, und alle Länder im Umkreis waren bevölkert. Jetzt war nur eine leere Wüste übrig, und Tar Gaarn lag verlassen da.

Rulke hatte die Stadt zwar eingenommen und ihre Verteidigungsanlagen geschleift, es aber dennoch nicht über sich gebracht, die Stadt selbst zu zerstören. In diesem unfruchtbaren Land waren ihre Türme leibhaftige Springbrunnen gewesen, von Wasser umkleidet. Ihre Kristallkuppeln und hoch aufragenden Steinbögen waren so luftig und so zart, dass sie aus Spinnenfäden hätten errichtet sein können. Wie Katazza befand sich auch Tar Gaarn weitgehend in dem Zustand, den es gehabt hatte, als die Aachim es vor über tausend Jahren verließen. Seine prächtigsten Kunstwerke hatte man, soweit sie sich tragen ließen, fortgeschafft, doch alles andere, Skulpturen, Schnitzereien, Mosaike, zurücklassen müssen. Viele Dächer waren noch immer intakt.

Das größte Kunstwerk von allen aber war die Stadt selbst, und es würde andauern, solange die letzten Ziegel auf Ziegeln und die letzten Steine auf Steinen ruhten. Selbst unter seiner Decke aus Staub und Sand, unter der Schutthalde aus Stein, Schindeln und altersblindem Glas raubte die Großartigkeit Tar Gaarns Mendark die Sprache. Allein es ein letztes Mal zu sehen hatte die Reise gelohnt. Die Stadt *noch einmal* zu sehen, berichtigte er sich in Gedanken, obschon er genau wusste, dass er zum letzten Mal hierherkam. Nach dem Abschluss dieses Vorhabens würde er nicht mehr auf Reisen gehen. Sein Körper verfiel, und er wusste, dass er ihn nicht noch einmal würde *erneuern* können. Ein so großer Wirker er auch war, selbst er kam an seine Grenzen.

Mendark folgte der steil abfallenden, windungsreichen Straße nach Tar Gaarn, wo der Boden satt und rot war wie das Gold von Aachan und am Wegesrand schwarz die Findlinge schimmerten. Er wandelte zwischen den Steinblöcken und zerbrochenen Säulen einher und ließ sich ganz von der Stadt durchströmen.

Tar Gaarn war sternförmig angelegt. Radspeichenartig strebten Ausfallstraßen von der kreisförmigen Innenstadt und fünf Satellitenzentren fort und schnitten sich mit den konzentrischen Ringstraßen. Die Innenstadt war weit und offen und früher von einer Reihe konzentrischer Glashauben überdacht gewesen. Das Glas war an der Außenseite verspiegelt gewesen, sodass der darunterliegende Raum kühl blieb, doch war die Spiegelschicht längst dem Zahn der Zeit zum Opfer gefallen, und etliche Glaskacheln lagen zersplittert am Boden. Auch unterhalb des Daches herrschte heute drückende Hitze.

Das Bauwerk gegenüber, einst ein Turm mit luftigen Wandelstegen, die in fünf Richtungen von ihm abzweigten, lag in Trümmern.

Mendark seufzte tief. Kaum war sie vollendet worden, die schönste Stadt auf ganz Santhenar, da wurde sie auch schon zerstört. Immer wieder musste er an die Geschichten über Tar Gaarn und den tragischen Narren Pitlis denken, der es entworfen hatte.

Neun Tage lang durchforschte Mendark die Ruinen, doch schon bevor die erste Stunde verstrichen war, wusste er, dass sein Unterfangen sinnlos war: Hier gab es nichts, was Licht auf das Geheimnis des Spiegels hätte werfen oder die Suche hätte weiterführen können; kein Wissen, keine Bücher und am allerwenigsten aachanisches Gold. Jedes weitere Herumstreifen war aussichtslos; was er zu finden gehofft hatte war fort, falls es überhaupt jemals hier gewesen war. Dennoch konnte er sich einfach nicht losreißen von Tar Gaarn. Für ihn war die Stadt die großartigste Menschheitsleistung der ganzen Welt gewesen. Sie war gerade erst errichtet worden, als Mendark sie zum ersten Mal sah. Tausend Jahre nach ihrer Aufgabe dünkte sie ihm so schön wie am ersten Tag.

Und noch einmal: Vielleicht war das Gold der Aachan niemals hier gewesen. War es nach Stassor gelangt, in die dortige große Bibliothek? Dann konnte es genauso gut vernichtet worden sein, denn Mendark wusste genau, dass die Aachim ihm trotz seiner jahrelangen Verbundenheit mit ihnen niemals Zugang zu den Geheimnissen gewähren würden, die sie dort hüteten. Wo sonst sollte es sein, es sei denn in Shazmak, das nun die Ghâshâd besetzt hielten? Konnte das Buch, das Llian dort gesehen hatte, *Geschichte der Aachim*, das Geheimnis bergen?

Während er darüber nachsann, hatte Mendark die Stadt auf der nordwärts führenden Straße verlassen. Gehen half ihm beim

Denken. Er stieg immer weiter bergauf und erreichte schließlich den Grat des Hügelkamms, der Tar Gaarn von den Tälern im Norden trennte. Von Westen her blies ein heißer Wind, doch ein verwachsener Feigenbaum in der Nähe der Kuppe lud den Wanderer zum Rasten ein. Mendark ließ sich auf einem Findling nieder, der vor der Sonne geschützt war, und starrte auf Tar Gaarn hinab. Nun jedoch legte sich wie ein Leichentuch ein Schatten über die Schönheit der Stadt; hinter Mendark vertiefte sich die Dunkelheit, bis er ihr nicht mehr den Rücken zukehren konnte. Während der ganzen vergangenen Woche und länger hatte er das, was den Schatten warf, umgangen und alles beiseitegedrängt, was er darüber wusste, als habe er Tar Gaarn nicht beflecken wollen.

Er drehte sich um und schaute nach hinten, stand dabei unwillkürlich von seinem Sitz auf und ertappte sich, wie er das Auge höher wandte als nötig. Seinen Blick zog es zu den drei Türmen, die sich in ihrer Anmaßung, ihrer Verachtung sämtlicher Naturkräfte zu Nadelspitzen verjüngten: Stufen über Stufen, Balkon über Balkon getürmt und so fragil wirkend, dass es den Anschein erweckte, sie könnten dem Wind kaum standhalten und scherten sie sich nicht darum, ob sie sich zur Verteidigung eigneten, so glänzten sie in der Sonne, als bestünden sie aus Glas. Havissard! Yalkaras Zitadelle. Unverteidigt! Nicht zu verteidigen! Undurchdringlich! Nie durchdrungen! Wie lange lag Yalkaras Flucht zurück? Dreihundert Jahre und länger. Doch nein – *geflohen* wäre sie niemals! Sie hatte vollbracht, weshalb sie gekommen war, hatte Faelamor besiegt, einen Rückweg nach Aachan entdeckt und ihn benutzt. Weshalb war sie eigentlich nach Santhenar gekommen? Niemand hatte es je erfahren.

Yalkara! Yalkara die Rätselhafte. Die Herrin der Täuschung. Die Dämonenkönigin. Warum war sie erst so lange nach den anderen Charon eingetroffen? Ganz sicher nicht, um ihnen beizustehen; zumindest hatte es darauf niemals den geringsten

Hinweis gegeben. Eher umgekehrt: um sie zu überwachen, sie auszuspionieren? Vielleicht. Um Faelamors Pläne zu vereiteln? Das erschien kaum notwendig, und dennoch waren die beiden von Beginn an Rivalinnen gewesen. Um irgendein anderes, langfristiges und geheimes Vorhaben der Charon auszuführen – ein Vorhaben, das vielleicht noch immer ihrer aller Schicksalswege bestimmte?

Yalkara hatte sich während der ganzen Zeit, da die Aachim immer mehr erstarkten, kein Haus, kein Land, keinen Diener oder Soldaten oder Führer zugelegt und ebenso wenig die Aachim bekämpft. Doch im Augenblick ihrer Niederlage war sie zur Stelle gewesen, und noch ehe Rulke mit seinem Heer in die Stadt einzog, verschwand sie, und mit ihr der Spiegel. Von da an hatte man *sie* bekämpft, und Rulke unterbrach die Plünderung Tar Gaarns, um Yalkara kreuz und quer durch Lauralin zu jagen (vielleicht hatte die Stadt nur deswegen überlebt). Welch eine Hatz musste das gewesen sein; ihre Geschichte wäre die größte Geschichte von allen geworden, hätte jemand sie denn je erzählt.

Es schien, als hätte das Drama von der Flucht Shuthdars in einer anderen Tonart neu aufgeführt werden sollen, doch dann verschwand Yalkara und ward nicht mehr gesehen. Rulke wandte sich ganz einem anderen Vorhaben zu, der Errichtung seiner großen Stadt Alcifer, die der glücklose Pitlis für ihn entworfen hatte, doch nicht lange nach ihrer Fertigstellung wurde Rulke ins Nachtland verbannt.

Ungefähr zu jener Zeit hatte Yalkara den Spiegel zu beherrschen gelernt, kehrte ausgerechnet zu den Toren von Tar Gaarn zurück und errichtete oberhalb der alten Silberminen von Havissard ihre Zitadelle, der sie denselben Namen gab. Warum ausgerechnet dort? Als Antwort auf diese Frage hörte man am häufigsten, mehr als alles andere habe Yalkara den Reichtum begehrt. Und in der Tat, nachdem sie die Minen wieder in Betrieb gesetzt hatte und der Silberader tief in den heißen Schoß der Erde hinein gefolgt war, wurde sie unvorstellbar reich. Doch Mendark hatte stets geglaubt, dass sie Havissard an jener Stelle errichtet hatte, um die Aachim zu verhöhnen und zu demütigen und gleichzeitig sicherzustellen, dass Tar Gaarn niemals wieder neu entstand.

Ihre Zitadelle wurde unter gewaltigen Mühen und in unvergleichlicher Pracht errichtet, glanzvoll jenseits aller Vorstellung – obwohl sonderbarerweise behauptet wurde, ihre eigenen Gemächer und Arbeitsräume seien schlicht bis zum Äußersten gewesen. Havissard strotzte vor Gegensätzen.

Auch Mendark fühlte sich von der Festung angezogen; so war es immer schon gewesen, und bei jedem Besuch Tar Gaarns hatte er an dieser Stelle gesessen und das Wunder betrachtet, das Havissard darstellte. Nie war es ihm gelungen, Havissard zu betreten – niemand hatte das je vermocht. Havissard war *geschützt* und hatte bislang jedem versuchten Eindringen widerstanden. Diesmal aber käme es anders.

Im vergangenen Frühling hatte Mendark in der Großen Bibliothek von Zile alte Pläne der Silberminen herausgesucht und kopiert. Mit ihnen hatte er sich während all jener Wochen beschäftigt, in denen Tallia geglaubt hatte, er wäre in Verzweiflung versunken. Die Karten waren vor Yalkaras Zeit entstanden und verzeichneten nicht die neueren Gruben, doch bessere hatte er nicht finden können. Falls Yalkara eigene Karten angefertigt hatte, gab es darüber keine Aufzeichnungen.

Nun, es galt keine Zeit zu verlieren. Mendark folgte dem Hang, ließ Havissard seitlich liegen, ohne einen Blick zurückzuwerfen, und gelangte, nachdem er einen weiteren Hügel überquert hatte, in die vom Bergbau verunstalteten Täler mit den Halden tauben Gesteins und den Schlackehaufen, den Schächten und Stollen, aus denen unbelebtes, saures Wasser rann. Diese Bäche waren so stark mit Eisen verunreinigt, dass jeder Fels wie mit Blut gefärbt war.

Die Minen von Havissard – so hässlich, wie Tar Gaarn schön war. Mendark zog erneut seine Karten zurate, machte hügelaufwärts einen Stolleneingang aus, prüfte seine Wasserflasche und eine der Lichtkugeln, die er in Katazza entwendet hatte, und begab sich hinein.

Wie bei den alten Minen üblich, führte der Stollen in ein Labyrinth aus Gängen. Mendark musste sich ständig seines Weges versichern und erkannte bald, wie ungenau seine Karten waren. Zweifellos waren neue Stollen und Schächte angelegt worden, nachdem Yalkara die Minen wieder in Betrieb genommen hatte, während alte Gänge mit Abraum aufgefüllt worden oder eingebrochen waren.

Mendark bewegte sich weiter voran, bezüglich Richtung und Höhe nur von seinem Instinkt geleitet, mit dem Ziel, unterhalb Havissards anzukommen. Doch wie sollte er hineingelangen? Havissard wurde von einem mächtigen Zauber geschützt, der bis auf den heutigen Tag nicht an Macht eingebüßt hatte. Normalerweise verlor dergleichen seine Wirkung, wenn sein Urheber starb oder, wie in Yalkaras Fall, die Welt verließ. Um derart lange zu überdauern, musste der Zauber von etwas gespeist werden, das in Havissard selbst lag, und seine Wirksamkeit bewahren, solange die Energie jenes Objektes vorhielt – bis es sich schließlich ähnlich einer Lichtkugel, der die Sonne entzogen wurde, erschöpfte.

Doch Mendark verfolgte einen Plan. Aus diesem Grund war er alleine hergekommen. Er wollte nicht, dass jemand sah, was er hier tat, auf welche Kräfte er zurückgreifen konnte; und erst recht sollte unbekannt bleiben, was er in Havissard zu finden hoffte.

Vorbei an zerbrochenen Leitern und an Schächten, die nur zermalmte Knochen und schleichenden Tod enthielten, suchte er sich seinen Weg, hölzerne Wasserleitern hinauf, die ihn dreifach überragten, zwischen Schneckenschrauben und Kettenpumpen und anderen Apparaten hindurch, die einst dazu gedient hatten, die Stollen trockenzulegen, und von denen manche zerstört auf dem Boden verrotteten, während andere anscheinend so gut erhalten waren wie an dem Tag, an dem sie gebaut wurden. Die Minen waren ein Museum für jede Art von Pumpe, die jemals ersonnen worden war, und doch lagen sie hier in morscher Nutzlosigkeit, während das Wasser seine Bleibe gefunden hatte. Nichts konnte es besiegen.

Schließlich entdeckte Mendark einen Stollen, der in eine aus dem gewachsenen Fels gehauene Kaverne von der Größe eines Ballsaals mündete. Sie war hochgelegen und trocken, aber leer. Er konnte spüren, wie von oben das Gewicht und das Alter von Havissard auf ihn herabdrückten, und auch den Schutzzauber nahm er wahr. *Hier war er richtig!* Der massive Fels über ihm war viele Spannen dick, der Schutzzauber aber am schwächsten, weil er an dieser Stelle nicht stark zu sein brauchte. Falls es einen Weg hinein gab, dann hier, aufwärts durch zehn Spannen massiven Fels.

Mendark stellte seine Lichtkugel auf einem Sims ab, der in den Fels gemeißelt war. Aus einem mit Samt ausgeschlagenen Messingkasten nahm er einen ovalen Gegenstand von der Größe und Form eines großen Eies. Das Ei war schwarz, doch als er es ins Licht hielt, tanzten alle Farben der Erde und des Himmels darin: Es war ein einzelnes Stück schwarzen Opals, so glatt poliert wie Achat. Mendark blies den Staub von dem Felssims und stellte den Opal behutsam neben der Lichtkugel ab.

Jetzt entnahm er einem Lederbeutel mehrere Ringe ähnlich den Einzelteilen eines Vexierspiels, die sich nur auf eine bestimmte Weise zusammenfügen lassen. Diese Ringe jedoch, sieben an der Zahl, waren so groß wie Armreife und passten in vielen Kombinationen zusammen. Sie bestanden aus silberglänzendem Platin.

Mendark legte die Fingerspitze auf den Opal und hinterließ

dort ein leuchtendes rotes Mal. Er konzentrierte all seine Geistes- und Willenskraft auf diesen schillernden Punkt, und als seine Sinne zu einem Strahl gebündelt waren, der so dünn war, dass er Metall hätte durchschneiden können, suchte Mendark durch den über ihm lastenden Fels nach Havissard. Er fand es sofort und bahnte sich auf der Suche nach einem pulsierenden unterirdischen Etwas, das den Schutzzauber der Festung aufrechterhielt, einen Weg hindurch. Nach einer Weile entdeckte er das Gesuchte, das sich weit oben befand, zu hoch, als dass er es erreichen oder deutlich sichtbar machen konnte, geschweige denn brechen. Er musste wohl die gefährlichere Vorgehensweise wählen.

Seine *Allsicht* hatte ihm einen Eindruck von der Art des Schutzes verschafft, doch musste er ihn weitaus genauer kennenlernen, ehe er auf jene andere Weise vorgehen konnte. Darum kundschaftete er ihn von innen und außen und allen Seiten aus und suchte währenddessen nach einer Lösung des Vexierspiels, die sich auf den Schutzzauber einstimmen ließ, und nur auf ihn. Während sein suchender Fühler durch Havissard streifte, entdeckte er etwas: eine kribbelnde Aura, die von etwas ausging, das dort verborgen war. Mendark frohlockte. Er wusste es vom ersten Moment an: Es war das Gold von Aachan, das Yalkara vor langer Zeit versteckt hatte! Von seinem Standort aus ließ sich nicht sagen, wo es sich befand, aber sobald er erst einmal nach Havissard hineingelangt war, wäre es nicht schwierig zu finden. Noch heute Nacht würde er es in den Händen halten. Dann hätten seine Feinde Grund zum Zittern, allen voran Rulke.

Zuvor jedoch musste er die Form und den Wirkungsbereich dieses Schutzzaubers so genau kennen wie seine eigenen Gedanken, und daher fuhr er fort mit dem Ertasten und Kartografieren. Den Zauber voll und ganz zu erfassen und alles, was er darüber in Erfahrung gebracht hatte, auf einmal im Geiste zu bewahren, bedeutete eine Anstrengung, die einer Geschichte würdig war. Seine Geschichte – und wenn er alles hinter sich hätte, bräuchte er Llians Hilfe, um sie zu erzählen – wäre nicht irgendeine Große Geschichte, sondern die größte der Großen Geschichten, und er, Mendark, würde in allen Historien von Santhenar als der Größte gerühmt. Er gestattete sich einen Augenblick lang zu träumen – es war eine Sehnsucht, die ihn mehr und mehr erfüllte, während das Ende seiner Tage näherkam.

Es war schwierig. Dreimal musste er sein Wirken abbrechen und sich auf den Boden legen, während die Nachwehen ihn schier auffraßen. Dreimal war er überzeugt, dass er es niemals schaffen würde, und jeder Nerv in ihm schrie danach, sein Vorhaben aufzugeben. Niemals!, dachte er bei sich. *Du nimmst gerade deinen letzten Atemzug, aber wenn du obsiegst, bist du für alles entschädigt. Das Gold!* Das Gold!

Beim vierten Versuch strengte sich Mendark noch mehr an und verlor vorübergehend das Bewusstsein. Als er wieder zu sich kam, lag er auf dem staubigen Boden und fragte sich, wer er war und was er hier tat. Dann rastete etwas zwischen seinen noch immer zuckenden Fingern ein, und als er hinsah, war das Vexierspiel zusammengefügt – die sieben Einzelringe hatten sich fugenlos auf eine Weise vereint, die ihm nie in den Sinn gekommen wäre. Der erste Teil seines Wirkens war vollbracht. Der Tag verlief gut. Die Lösung lag in greifbarer Nähe.

Keine Zeit zum Ausruhen. Mendark stülpte den fertigen Ring über den Opal. Torkelnd legte er sich um die Mitte des Steins. Der glühende Punkt bewegte sich über die Oberfläche und breitete sich dabei aus, bis der ganze Opal vielfarbig leuchtete. Dieselben Farben schillerten auf den Wänden und dem Boden der Höhle, bis es hell darin war wie der lichte Tag.

Mendark sprach ein einziges Wort, und der Opal begann sich auf seiner Unterseite zu drehen wie ein Kreisel. Wirbelnd und changierend woben die Farben einen Lichtkäfig um Mendark.

Er berührte den Ring mit den Fingern. Der Opal hörte zu kreiseln auf; der Lichtkäfig verfestigte sich zu einer Hohlkugel. Mendark sprach ein weiteres Wort, bei dem er den Opal und den Ring mit ausgestreckten Armen emporhielt. Die Lichtkugel hob vom Boden ab. Wie eine Seifenblase schillerte sie und drehte sich um sich selbst, und sie zog Mendark nach oben zur Höhlendecke.

Die Oberseite der Kugel drang direkt in den Fels ein. Mendark hielt den Atem an, denn er wusste, dass die Blase ihn, falls sein Zauber versagt hatte, an der Decke zerquetschen würde, dass von ihm nur eine Schmierspur übrig bliebe. Doch sie trug ihn mit sich, trug ihn hinein in den Fels und in die tiefste Dunkelheit, die überhaupt vorstellbar war. Mendarks Geist vermochte nicht zu erfassen, was vorging; er sträubte sich die ganze Zeit, und Mendark spürte, wie der Fels durch ihn hindurchzog und jedes seiner Atome mit sich erfüllte. Dann stieß er mit einem dumpfen Schlag gegen etwas Undurchdringliches, von dem er geglaubt hatte, es bereits überwunden zu haben – den Schutzzauber!

Panik ergriff Mendark. *Der Schutzzauber war unbezwingbar!* Massiver Fels füllte seinen Mund und seine Lunge, seine Augen, seinen Bauch und seine Eingeweide. Ihn überkam ein panisches Gefühl der Beengung. Er musste hier sterben, auf ewig eingeschlossen im steinernen Gefängnis.

Nein!, schrie sein Geist, denn sein Mund war voll, seine Lippen in Granit gebettet, seine Lunge versteinert.

Das gesamte Gefüge der Realität erbebte, als Mendarks Kräfte mit einer fremden Kraft in Wechselwirkung traten. Der gewachsene Fels tönte wie eine Tempelglocke, seine Atome durchwaberten Mendark hin und her – ein Gelee vom Umfang eines Berges. Mendark konnte noch nicht einmal mit den Lippen zucken, doch sein Geist schrie das mächtigste Öffnungszauberwort von allen.

Plötzlich begann der massive Fels vorüberzugleiten, als wäre er tatsächlich aus Gelee. Mendark spuckte ihn aus, kämpfte gegen seine Angst an. Visionen durchschwirrten seinen Geist – zwei Frauen auf einer Hängeplattform über einem Fluss. Unversehens schwankte die Plattform wild, und sie verschwanden. Plötzlich war Mendark hindurch. Endlich war er in der Zitadelle! Sie troff vor Fremdartigkeit; eine Realität, wie Mendark sie kannte, schien hier wenig Bedeutung zu besitzen. Doch er war drinnen, im untersten Kellergeschoss von Havissard. Er kam auf die Beine; doch nur einen Augenblick lang. Die Nachwehen waren noch nie so schlimm gewesen. Der Opal mit dem Ring entglitt seinen Fingern und rollte über den Boden. Die Lichtkugel platzte und verlosch. Mendark stürzte hin und war einen ganzen Tag lang ohne Bewusstsein.

Kapitel zwei

Havissard

Mendark erwachte im Dunkeln. Als er umhertastete, schnitt er sich an einer Scherbe der Lichtkugel. Dadurch fand er auch ihre restlichen Bruchstücke, aber sie ließ sich selbst mit viel Geschick nicht mehr zum Leben erwecken. Zum Glück hatte er eine zweite in seinem Gepäck, wenn es auch lange dauerte, bis er sich daran erinnerte. Sein Verstand weigerte sich, die einfachsten Anweisungen auszuführen. Er hatte sich übernommen. Sein allzu oft erneuerter Körper ließ ihn vorzeitig im Stich. Mendark war klar, dass er von Glück reden konnte, wenn er es zurück nach Thurkad schaffte.

Staub hatte im Laufe der Zeit eine dicke Schicht gebildet, die alles überdeckte; noch nicht einmal Spinnweben oder Rattenspuren waren zu sehen. Mendark bahnte sich seinen Weg durch die Kellergeschosse und Verliese nach oben, auf der Suche nach jenem gefährlichen Etwas, fraglos das Gold von Aachan, das er von außen erspürt hatte. Es versprach ein ermüdendes Unterfangen zu werden, denn Havissard war groß. Doch Mendark erfüllte eine solche freudige Erregung, seinem Ziel so nahe zu sein, dass nichts ihn entmutigen konnte. Nur noch wenige Stunden, dann hätte er das Gold. Er bräuchte Yggur nicht mehr zu fürchten, oder Rulke, oder *irgendwen* sonst. Als Empfindsamer zweifelte er nicht, dass er die Flöte benutzen könnte, sofern er nur in der Lage war, sie zu bauen. Und Tensor wusste, wie das ging. Tensor war tausend Jahre lang sein Freund gewesen. Tensor würde sie als Sühne seiner Verbrechen für ihn verfertigen. Dann gehörte Mendark das Geheimnis der Tore!

Nachdem er den größten Teil seines zweiten Tages in der Zitadelle mit der Suche verbracht hatte, spürte er, dass das Gold nahe war. Durch das Stockwerk streichend, erblickte Mendark etwas, das er hier nie erwartet hätte: frische Fußspuren! Es waren zwei verschiedene Fährten, die beide in eine Richtung und wieder zurück verliefen, wobei die Fußabdrücke der einen kleiner waren als die der anderen. Deutlich kleiner sogar. Ein feiner Schleier aus Staub hing in der Luft. Indem Mendark den Spuren folgte, gelangte er an eine Tür, die halb offen stand und hinter der er Licht sehen konnte. Leise trat er über die Schwelle, seinen Stab abwehrbereit erhoben.

In Regalen, die vom Boden bis zur Decke reichten, erstreckten sich endlose Reihen von Journalen, gebunden und mit Schließen versehen und, so schien es, nummeriert, wenn auch in keiner Schrift, die er entziffern konnte. Er nahm wahllos einige heraus: eine Abart in der geheimen Schrift der Charon, erkannte er. Die Bände zeigten keinerlei Alterungsspuren – keinen Mäusefraß, keine Wurmlöcher oder dergleichen, obwohl die älteren abgegriffen waren, die Einbände fleckig und beschabt. Links von ihm erstreckte sich über die gesamte Wandlänge des rechtwinkligen Raumes eine steinerne Bank, die der Mauer um die Ecke folgte.

Mendark spähte um die Biegung. Ganz hinten saß eine Frau. Sie beugte sich über ein Buch; ein kleines Bündel lag auf dem staubigen Boden neben ihr. Die Frau war klein, ihre Haut blendend weiß, das Haar im Kontrast dazu tiefschwarz. Sie trug eine locker sitzende Bluse und eine Hose aus feinem grauen Stoff, dazu graue Stiefel.

Fast eine Minute lang stand Mendark da und starrte sie an, wobei er rätselte, wer sie war und wie sie hierherkam. Was mochte sie beide als die fraglos Einzigen, die Havissard seit Yalkaras Weggang betreten hatten, hierhergeführt haben, und das ausgerechnet genau zur gleichen Zeit? Wie war diese Frau in die Zitadelle gelangt? War das eigentümliche Gefühl der Deformation, das er empfunden hatte, auf *ihr* Zauberwerk zurückzuführen? Hatte es ihm am Ende erst gestattet, in die Festung zu gelangen? Die Frau kam ihm auf eine Weise vertraut vor, die er nicht benennen konnte, und in ihrem Gebaren lag etwas, das er kannte.

Plötzlich sprang sie erschrocken auf. Sie riss einen Arm hoch und rief ein Wort. Zwischen ihr und Mendark begann die Luft zu glitzern und verdichtete sich. Er versuchte, ihren Zauber abzuwehren, doch seine Füße waren am Boden festgewachsen, und seine Zunge schwoll an, bis sie seinen gesamten Mund ausfüllte. Er konnte nicht sprechen, nicht einmal atmen. Wieder stieß sie ein Wort hervor, und monströse Wesen erschienen, grobschlächtige Kreaturen mit Nagelkeulen. Sie griffen ihn an.

Mendark schüttelte den Kopf, um zu klaren Sinnen zu kommen, aber er wurde die Spinnweben, die seinen Geist umgarnten und langsam überzogen, nicht los. Er wusste, dass die Kreaturen bloße Illusionen waren und ihm nichts anhaben konnten. Er versuchte, sie zu verscheuchen, doch seine Hände waren schwache, nutzlose Anhängsel. Die Illusionen schlugen mit ihren Keulen nach seinem Schädel; er wurde blind, würgte an seiner Zunge, seine Beine wurden zu Butter und schmolzen unter ihm hinweg, und er stürzte mit dem Gesicht in den Staub.

Die Frau floh, als würde sie von ihren eigenen Phantomen gejagt, ohne zu bemerken, dass ihr das Buch auf den Boden gefallen war.

Mendark erwachte abermals mit furchtbaren Kopfschmerzen, und wieder umgab ihn völlige Finsternis. Anfangs konnte er sich nicht bewegen. Sein Körper verfiel jetzt rapide. Er tastete nach seiner Lichtkugel, doch sie war fort, über den Boden davongerollt, und es dauerte eine Ewigkeit, bis er sie gefunden hatte. Als er sie endlich in der Hand hielt, entdeckte er, dass sie einen Sprung aufwies und an einer Seite ein großer Splitter herausgebrochen war. Mendark erweckte sie mit einem Fingerschlag zum Leben, doch ihr Schein war matt, flackerte unruhig und strahlte immer wieder in einem Ausbruch greller Lichtsplitter ab, die seinen Schädel ärger schmerzen ließen als je zuvor; dann wieder erstarb ihr Schein zu einem schwachen Funkeln in den Tiefen des Kristalls. Mendark setzte sich hin, plötzlich von Furcht gepackt. Falls die Lichtkugel versagte, fand er niemals mehr den Weg nach draußen.

Er fragte sich abermals, wer die Frau gewesen sein mochte. Er war auf der Hut gewesen, hatte sie überrascht, und doch hatte sie seine Abwehr durchbrochen, als wäre sie gar nicht vorhanden gewesen, und derart starke Illusionen gegen ihn gesandt, dass selbst *er* nicht in der Lage gewesen war, sich zu schützen. Weswegen war sie hier? Was, wenn sie …?

Er durchstreifte das Zimmer. Die Beschriftungen auf den Rücken der Bände waren in einer Schrift gehalten, die er ebenfalls als die der Charon erkannte. Obwohl er die Zeichen nicht lesen konnte, war ihm klar, dass die Bände der Reihenfolge nach nummeriert waren. Er nahm einen heraus, dann einen weiteren aus einem anderen Regalabschnitt. Es konnte sich um Jahrbücher handeln, doch er vermochte kein einziges Wort zu entziffern. Er besaß keinen Grund, irgendeines davon an sich zu nehmen. Sein Fuß berührte einen kleinen, schmalen Band, der im Staub lag, das Buch, das die Frau hatte fallen lassen, als sie floh. Er verstaute es sicher in seinem Gepäck.

Als Mendark den Spuren folgte, die zielstrebig durch ein Labyrinth aus Korridoren liefen, büßte er bald jedes Richtungsempfinden ein. Er befand sich weit außerhalb des Bereichs, den er auf seine Karten eingezeichnet hatte. Kein Staub hing mehr in der Luft. Die Frau war längst fort.

Stundenlang folgte Mendark den Spuren. Manchmal waren es zwei Fährten, manchmal nur eine. Sie verloren sich, als er einen Abschnitt betrat, in dem sich nur wenig Staub gesammelt hatte. Jenseits dieses Abschnitts fand er sich plötzlich in einem Schlafgemach wieder, dessen Staubschicht keine Fußabdrücke aufwies. Das Gemach enthielt ein niedriges Holzbett, einen Schrank, auf dem eine Sturmlaterne und diverse Bücher standen, alles von Staub überzogen. Ein Tisch am anderen Ende des Zimmers war ebenfalls mit Büchern und Journalen überhäuft. Das Bett besaß eine Decke aus rotem Samt. Darauf lag eine Schriftrolle, oder besser gesagt ein eingerollter Bogen dicken Schreibpapiers, der von einem silbernen Band zusammengehalten wurde. Neben der Schriftrolle ruhte ein kleines Päckchen, das in eine Folie aus Blattsilber eingeschlagen war.

Mendark blies den Staub von dem Päckchen und wickelte es aus. Es enthielt einen breiten Silberring mit wunderschönen Einlegearbeiten aus Gold und Platin, angeordnet zu wirbelnden, an Schriftzüge gemahnenden Mustern, wobei ihm die Schrift auch diesmal fremd war. Auf der Innenseite war eine Inschrift eingraviert, die er lesen konnte: *Yalkara – Gyllias,* und ein Symbol für die Ewigkeit.

Er öffnete die Rolle und las eine kurze Nachricht in gewöhnlicher Sprache, mit Silberfeder geschrieben, deren Striche im Laufe der Jahrhunderte schwarz geworden waren.

Mein liebster Gyllias,

ich wünschte, dass ich Dir dies von Angesicht zu Angesicht sagen könnte, aber Du bist noch immer nicht zurückgekehrt, und ich kann nicht länger warten. Faelamor hat mich wieder angegriffen, und diesmal war sie sehr stark. Sie brachte mir eine Wunde bei, die sich sehr wohl als tödlich erweisen könnte. Meine einzige Chance besteht darin, durch das Tor zurück nach Aachan zu fliehen. Hüte Dich vor Faelamor!

Wehe, mein Werk ist nicht vollbracht! Ich fürchte, dass es niemals mehr vollendet wird. Doch bitte ich Dich, nimm den Spiegel und schütze ihn gut davor, dass etwa jemand kommt und das Gleichgewicht wieder herstellt, das Rulke mit Hilfe der Flöte zerstört hat. Ich habe den Spiegel blockiert. Seine Geheimnisse sind allen verborgen außer dem Einen, der den Schlüssel besitzt.

Nimm auch diesen Ring, den ich mit eigener Hand geschaffen habe, aus Erzen, das ich hier in Havissard geschürft und gereinigt hatte, reinstem Gold, Silber und Platin. Er ist der Schlüssel zu Havissard, eine Art Schutz gegen meine Feindin und ein Unterpfand, der Dir Mut in der Finsternis schenken und Dich meiner unsterblichen Liebe erinnern soll.

Es schmerzt mich, auf diese Weise fortgehen zu müssen, aber es muss sein.

Lebe wohl auf ewig,
Yalkara

Mendark war nicht leicht zu rühren, doch nun wischte er sich eine Träne fort. Wer auch immer Gyllias sein mochte, dieses Geschenk hatte er nie erhalten, denn Yalkara war durch das Tor geflohen, und ihr Schutzzauber hatte Havissard augenblicklich auf dreihundert Jahre hinaus versiegelt. Nun, es hatte keine Bedeutung mehr, außer als historisches Streiflicht, das Yalkaras menschliche Seite offenbarte. Es würde Llian interessieren. Mendark nahm den Ring in Augenschein. Er war wunderschön, besaß aber keine Zaubermacht, die sich ihm zu erkennen gab. Er rollte den Brief ein, schob ihn durch den Ring und verstaute beides in seinem Gepäck.

Als Mendark den Weg zurück nahm, auf dem er gekommen war, stieß er schließlich wieder auf die Spuren. Stunden später, die Lichtkugel wurde zunehmend schwächer, fand er sich vor der Bibliothek wieder, und noch später war er an seinen Ausgangspunkt zurückgelangt. War er weiteren Illusionen zum Opfer gefallen, die ihn in einem Irrgarten aus den Fußspuren dieser Frau festhalten sollten? Nein, die Spuren waren vorhanden, kaum sichtbar. Manchmal verschwanden sie, während er ihnen folgte, dann tauchten sie wieder auf und führten ihn schließlich zu einem weiteren spärlich möblierten Schlafgemach, in dem sie kreuz und quer verliefen, während ihm schwindelte bei dem Versuch, ihren Weg nachzuvollziehen.

Die Spuren liefen, nun wieder zu zweit, zur Bibliothek zurück, dann zweigte ein Paar in eine andere Richtung ab und führte in ein Gelass, wo der Verputz entfernt und ein Mauerstein aus der Wand gehoben worden war. Mendark steckte seine Hand in die Öffnung und verspürte ein sachtes Kribbeln, das fast augenblicklich erstarb.

Wut und Enttäuschung übermannten ihn. Am liebsten hätte er Löcher in die Wände geschlagen, um die Türme von Havissard zum Wanken zu bringen und zusehen zu können, wie sie einstürzten. Das Gold war hier gewesen, aber nun war es fort. Die Frau hatte es. Wenn doch nur er als Erster eingetroffen wäre! Wenn er nur nicht einen Tag lang hilflos im Kellergeschoss gelegen hätte! Ihm war zum Heulen. Da war er so weit gereist und hatte sein Ziel so knapp verfehlt.

Doch einer verpassten Gelegenheit nachzutrauern war nutzlos, und seine großartigen Träume erschienen ihm nur noch peinlich. Es gab keinen Grund mehr für ihn, überhaupt noch hier zu sein. Niedergeschmettert holte Mendark den eiförmigen schwarzen Opal und den siebenteiligen Ring hervor, brachte sie an einem geeigneten Fleck in Stellung und versuchte, den Opal mit einem leichten, nur mit einem einzigen Finger verabreichten Stoß zum Leben zu erwecken. Der Stein reagierte nicht; er war vollkommen tot. Mendark fingerte mit den sieben Einzelteilen des Vexierspiels herum, doch auch dieses war nur totes Metall. Sein Verstand vermochte nicht zu erfassen, wie man es zusammensetzte, geschweige denn die einzigartige Konstellation zu ermitteln, die ihm den Weg aus Havissard geöffnet hätte. Nach Stunden der Frustration sah er ein, dass es hoffnungslos war. Er musste einen anderen Weg nach draußen finden oder in der Festung bleiben, bis er verschmachtet war.

Die Wandleuchten funktionierten nicht. Mendark setzte sich müde in den Staub, suchte in seinem Gepäck nach Essen und löschte dann mit einer Berührung die angeschlagene Lichtkugel, um sich aufzusparen, was sie an Leuchtkraft noch besaß. Was sollte er nur tun, wenn sie versagte? Erschöpft nahm er eine Mahlzeit aus trockenem Brot und Käse zu sich, der so fettig war, dass er in der Hitze zerlief, spülte beides mit schalem Wasser hinunter, legte sich auf den Boden, den Kopf auf sein Bündel gebettet, und schlief ein.

Er schlief nicht besonders gut. Seltsame Träume störten ihn, und nach nur zwei Stunden erhob er sich wieder und setzte seine Bemühungen fort. Die Lichtkugel wurde dunkler, bis sie so trübe glomm, dass sie kaum noch seine Fingerspitzen erhellte, und er musste sich gebückt vorwärts bewegen, um zu erkennen, wo er entlangging. Als auch noch dieses letzte bisschen Licht erlosch, riss Mendark den Ärmel eines schmutzigen Hemds ab, drehte ihn zu einer Fackel zusammen, schmierte den Stoff mit dem öligen Käse ein und schlug Funken dagegen. Nach vielen Versuchen begann der Stoff zu schwelen. Er schwang die Fackel um seinen Kopf, bis ein mattes rotes Glühen aufschien, nicht heller, als seine geschwächte Lichtkugel es gespendet hatte, und kaum hinreichend.

Stundenlang stolperte er voran, ohne sein Licht erlöschen zu lassen. Das Hemd und der Käse waren aufgezehrt, eine Hose zum Wechseln zur Hälfte verbrannt, da spürte er an der Wange einen kühlen Lufthauch. Mendark ging ihm entgegen, wobei er häufig stehen blieb, um sich zu vergewissern, dass er keiner Täuschung erlag, und gelangte schließlich in eine Spülküche. Der Luftzug kam aus einer Rutsche, einem schrägen Schacht, in den man früher wohl den Küchenabfall geworfen hatte. Vielleicht bot er einen Weg nach draußen. Oder der Schacht war eine Falle, aus der es kein Entrinnen mehr gab.

Mendark kroch hinein, verlor rasch den Halt und rutschte den steilen, schmierigen Schacht hinunter. Er stemmte seine Stiefelspitzen gegen die Wände, aber es half nichts. Er konnte nicht bremsen! Er schoss um eine sanfte Kurve auf einen gezackten Lichtfleck zu.

Mendark erkannte, dass es sich um Tageslicht handelte, das durch die Überreste einer hölzernen Luke am Ausgang der Müllrutsche drang. Seine Arme waren seitlich zwischen Körper und Rutschenwänden eingeklemmt; er konnte noch nicht einmal sein Gesicht schützen. Mit dem Kopf voran prallte er gegen die Luke und schlug das wurmstichige Holz in Stücke. Ein Nagel riss ihm die Schulter auf, dann glitt er durch etwas hindurch, das sich dehnte wie Gummi und gerade weit genug öffnete, dass er hindurchpasste, um sogleich wieder zuzuschnappen. Der Ring hatte ihm den Weg geöffnet, der Schutzzauber spie ihn aus. Jetzt flog er durch die Luft; wie mit Windmühlenflügeln ruderte er mit den Armen. Es war ein langer Sturz; Mendark blieb genug Zeit, um sich sein Ende auszumalen – von einem Baum aufgespießt oder an einem Felsen zerschmettert. Dann sah er, dass unter ihm dichte Büsche wuchsen. Im letzten Moment schützte Mendark seine Augen mit den Händen, dann landete er unsanft in Dornengestrüpp, das Jahrhunderte lang unberührt geblieben war. Tückische Stacheln rissen ihm die Kleidung in Fetzen. Das ganze Dickicht gab unter ihm nach, sodass sich ein Trichter bildete, und hundert Dornen stachen ihn, dann kam er zum Halten und hing kopfüber inmitten der

Dornensträucher. Bestäubte Blätter regneten an seinem Gesicht vorbei.

Wo er auch hinsah, starrten Dornen. In Strömen rann ihm das Blut an den Armen hinunter. Er zappelte, sackte ein wenig tiefer, dann steckte er fest. Egal, was er unternahm, es blieb ohne Wirkung.

Während seines kurzen Fluges hatte Mendark gesehen, dass die Dornensträucher sich am Fuß der Mauer entlang und den ganzen Hang hinab erstreckten, soweit das Auge reichte. Sie waren alt und stark ineinander verflochten. Sie hatten tückische, hakenförmige Dornen und spröde, bestäubte graue Blätter. Der Staub juckte abscheulich.

Mit geballter Anstrengung schaffte es Mendark, das Packbündel von seinem Rücken zu nehmen, doch als er hineingriff, fiel ihm das Brot heraus, und fast wäre die Wasserflasche gefolgt. Die senkrecht über ihm stehende Sonne brannte so heiß herab wie ein Schmelzofen, der leichte Wind hingegen ließ hier unten noch nicht einmal die Blätter zittern.

Mendark band die fast leere Flasche an seinem Gürtel fest. Vorsichtig tastete er nach seinem Messer, sich genau bewusst, dass er, falls er es verlor, niemals freikommen würde. Noch immer wie eine Fledermaus kopfüber im Gestrüpp hängend, hieb er hoffnungslos auf die unterarmdicken Stämme der Dornensträucher ein, die ihn auf allen Seiten umschlossen.

Ein Tag verging. Mendark lag reglos. Sein Körper hatte ihn im Stich gelassen. Er spürte, wie er sich inwendig auflöste. Er sehnte sich nach dem Tod, aber diesen demütigenden Fehlschlag, der den guten Ruf seines ganzen Lebens zunichte machen musste, konnte er nicht ertragen. Die Historien durften ihn nicht in einer solchen Lage präsentieren – *das würde er nicht zulassen!*

Noch einmal!, dachte er. *Habe ich den Mut, mich ein allerletztes*

Mal selbst zu erneuern? Selbst unter den günstigsten Bedingungen bedeutete die Erneuerung ein Wagnis. Hier jedoch, ohne Nahrung oder Wasser, ohne Beistand, ohne Werkzeuge oder Hilfsgeräte, konnten die Folgen ekelhaft ausfallen.

Aber ich muss es tun!, mahnte er sich. *Um meiner selbst und um Santhenars willen.* Langsam, voller Schmerzen begann er den Verjüngungszauber ein letztes Mal.

Kapitel drei

Bestechlichkeit im Amt

»Fünfzig Tage!«, rief Tallia. »Nun, dann haben wir genug Zeit, um nach der *Stilett* Ausschau zu halten, und ich kann sogar noch meine Familie besuchen.«

Osseion, Tallia, Rustibel und Pender frühstückten gemeinsam im Schatten eines Segels, denn die Sonne war aufgestiegen, ehe sie ihre Hängematten verlassen hatten, und es war bereits heiß. Wunderbar heiß und schwül, das Klima, in dem Tallia aufgewachsen war. Osseion schnitt Happen von einem Fisch ab, der am Stück in einer scharfen roten Soße gekocht worden war, ein Prachtexemplar, das von den blauen Lippen bis zum regenbogenfarbenen Schwanz so lang war wie der Tisch.

»Nicht beim Frühstück«, sagte Pender schaudernd, als Osseion sich über den Augapfel hermachen wollte.

»Das ist das Beste daran«, sagte Osseion. Er ließ das Auge mit dem Daumen aus der Höhle springen, dann schnippte er es sich in den geöffneten Mund. Er kaute eine Zeit lang, holte das Fischauge wieder hervor, begutachtete es demonstrativ, leckte ein wenig rote Soße ab und rollte es dann über seinen Handrücken. Pender würgte an einem Stück Brot mit gekochtem Ei.

»Hör auf, ihn zu ärgern!«, lachte Tallia.

Osseion ließ das Fischauge durch die Lücke fallen, den sein fehlender Finger hinterlassen hatte, fing es geschickt mit der anderen Hand auf und schnippte es wieder in seinen Mund zurück.

Sogar Rustibel, der sich den Fisch freudlos einverleibte, als handelte es sich um seine Henkersmahlzeit, gab ein amüsiertes Schnauben von sich. Er war ein unsauberer Esser, und seine Hemdbrust sprenkelten rote Soßenkleckse und Stückchen von Fischeingeweiden.

Pender, der in Schweiß gebadet war, wandte den Kopf ab. Mendarks Verschwinden hatte ihn nicht überrascht. »Er ist ein Heimlichtuer, oder?«, sagte er zu Tallia. Er hatte sich so weit erholt, dass er ein halbes Dutzend weich gekochter Eier auslöffeln konnte. Wochenlang hatten sie von Schiffszwieback gelebt, aber die scharf gewürzten Speisen Crandors vertrug er nicht. »Nun, auch wenn du viel freie Zeit hast, ich jedenfalls habe diesen Monat jede Menge zu tun.«

Tallia zog eine Braue hoch.

»Während ihr euch gestern in der Stadt verlustiert habt, hatte ich verschiedene Anfragen«, sagte Pender. »Frachtaufträge die Küste von Crandor hinab, so weit, wie ich fahren möchte. Außerdem habe ich einige Privatgeschäfte am Laufen, die uns beiden vielleicht ein Vermögen einbringen.«

»Solange sie nicht solcherart sind, dass es uns die Köpfe kosten kann!«

Pender rieb den stoppeligen Stummel, der seinen Kopf mit dem Körper verband, und sah unglücklich drein.

»Wie weit willst du fahren?«, warf Osseion ein, während er mit einer Brotscheibe, die so lang war wie Pallias Unterarm, Soße von seinem Teller wischte.

»Roros, Guffeons, Goshafen – vielleicht sogar bis Maksmord, wenn die Winde günstig sind. Hier kann man eimerweise Geld scheffeln und auch eine Ladung für die Rückfahrt ergattern.«

»Ich komme bis Roros mit«, sagte Tallia, »dort wohnen meine Eltern. Ich würde dir nicht raten, sehr viel weiter zu fahren, Pender, oder du schaffst es niemals rechtzeitig zurück.«

Während Penders Mannschaft das Frachtgut verstaute – Gewürze, Kokosnüsse, geräucherte Muscheln und eine bunte Mischung weiterer Güter –, ging Tallia zum Zollbüro, um sich nach den fünf verbliebenen Schiffen auf ihrer Liste zu erkundigen. Nachdem sie die Zunge eines unteren Angestellten mit einigen Silbermünzen geölt hatte, erfuhr sie, dass die Heimathäfen drei dieser Schiffe – der *Elfenbeinschnitzer*, der *Entermesser* und der *Stilett* – in Crandor lagen, aber eine rasche Durchsicht der Hafenregister ergab, dass keines von ihnen innerhalb des letzten halben Jahres dort angelegt hatte.

»Ich an Eurer Stelle wäre vorsichtig«, sagte der Zöllner, ein ernster, pickeliger Jüngling.

»Aha!«, sagte Tallia.

»Es könnte sich als ungesund erweisen, zu viele Fragen zu stellen.«

»Wie das?«, fragte sie, doch da kehrte die Zollmeisterin vom Mittagessen zurück. Eine große, wogende Frau mit schlaffen Halsfalten und winzigen Augen, die den Eindruck erweckte, zur Bürokratin geboren zu sein.

»Was erlaubt Ihr Euch eigentlich?«, brüllte sie. »Die Schiffsregister sind vertraulich!«

Obwohl Tallia wusste, dass dies nicht stimmte, ließ sie sich auf keine Diskussion ein. Die Frau wollte bestochen werden, und zwar weitaus höher, als Tallia bereits gezahlt hatte, für nichts und wieder nichts. Da Tallia nicht vorhatte, ihr Geld zu vergeuden, verneigte sie sich lediglich und verließ das Büro. Später sollte sie erkennen, dass sie damit einen Fehler begangen hatte.

Am nächsten Morgen setzten sie ihre Fahrt längs der Küste nach Süden fort. Auf ihrem Weg nach Roros, der Hauptstadt der reichen Südprovinz von Crandor, machten sie in verschiedenen kleinen Häfen Halt. Roros war eine reiche alte Stadt und noch größer als Thurkad. Malerisch zwischen zwei Bergen in einem windungsreichen Überschwemmungsgebiet gelegen, war es eine Stadt der Kanäle und tausender Brücken mit einem Hafenviertel, das sich über drei Meilen erstreckte. Unter einigen Schwierigkeiten, denn auch hier war Festival-Saison und der Hafen überfüllt, fanden sie einen Liegeplatz. Pender bezahlte eine Gruppe von Tauchern, damit sie den Schiffsboden von den Unterwasserpflanzen und Muscheln befreiten, die ihn überwucherten. Auf die Reling gelehnt, warteten sie darauf, dass Zollbeamte an Bord kamen, während sie den Möwen zusahen, die im Wasser treibende Speisereste verschlangen.

»Ich wünschte, sie würden sich in bisschen beeilen«, sagte Tallia, die es nicht erwarten konnte, ihre Familie wiederzusehen.

Die Zollinspektion war kurz und gründlich. Gleich anschließend begab sich Tallia zum Zollhaus, um ihre Suche fortzusetzen. Ihr Empfang war freundlich, bis sie die Schiffe erwähnte, nach denen sie fahndete.

»Hier in Roros schützen wir unsere Privatsphäre«, sagte die Zollbeamtin. »Warum wollt Ihr das wissen?«

»Ich suche nach einem Matrosen«, antwortete Tallia, »im Namen seiner Tochter, die aus Thurkad kommt.«

»Matrosen!«, rief die Frau naserümpfend. »Ich würde Euch raten, woanders zu suchen.«

»Ich bin eine Bürgerin Crandors, und ich kenne meine Rechte«, beharrte Tallia. »Die Hafenregister sind öffentlich einsehbar.«

»Nicht in Roros!«

Tallia tätschelte ihre Tasche, der erste Schritt, um ein Bestechungsgeld anzubieten, das in ihrem Land für gewöhnlich der schnellste Weg zum Ziel war. »Vielleicht können wir das unter vier Augen besprechen«, sagte sie mit gedämpfter Stimme.

Zu ihrer Überraschung reagierte die Beamtin feindselig. »Ist das ein Bestechungsversuch?«, fragte sie so laut, dass alle Anwesenden aufblickten.

»Natürlich nicht«, versicherte Tallia ihr hastig. »Ich wollte nur ... egal. Vielen Dank.«

Auf der *Heimatlosen* erzählte sie Pender die Geschichte. »Mir gefällt das auch nicht«, sagte er, düster auf einem belegten Brot kauend. »Etwas Merkwürdiges ist hier im Gange.«

Es gab eine Menge zu tun, daher begab sich die Mannschaft wieder an die Arbeit und dachte nicht weiter darüber nach. Tallia ging in die Stadt. In der Morgendämmerung des folgenden Tages glitt ein schnittiges Schiff mit gelbem Segel an ihnen vorbei, dessen Kapitän ihr eigenes Fahrzeug mit großem Interesse musterte. *Dolch* stand in goldenen Buchstaben übers Heck geschrieben.

»Was er sah, schien ihm zu gefallen«, bemerkte Osseion.

Pender spuckte über die Reling. »Seeräuber – oder Schmuggler«, sagte er. »Erregt nicht seine Aufmerksamkeit – er ist so schnell wie wir; vielleicht schneller. Wie geht's deiner Familie, Tallia?«

»Gut, wie es scheint, obwohl alle die Stadt zu einem Ausflug verlassen haben.« Sie seufzte tief.

Eine halbe Stunde später kehrte dasselbe Schiff zurück. Diesmal bestand kein Zweifel, dass der Skipper die *Heimatlose* eingehend in Augenschein nahm.

»Mir gefällt nicht, wie er aussieht«, sagte Rustibel.

»Unverschämter Teufel«, sagte Pender. »Ich werde besondere Vorsichtsmaßnahmen treffen müssen. Dort geht mein Profit dahin. Kein Wunder, dass die Frachtgebühren hier so hoch sind.«

»Haben wir etwas ... Besonderes im Laderaum, Pender?«, fragte Tallia vorsichtig.

»Das hat sich bald erledigt«, murrte er.

In diesem Augenblick kam ein Zollbeamter auf ihn zu, warf einen sorgfältigen Blick in seine Papiere, ließ einen schiefen Blick über das Schiff schweifen und sagte: »Bitte seid so freundlich und begleitet mich, Kapitän.«

Pender watschelte in seinem Schlepptau davon, wobei auf seinem Nacken Schweiß ausbrach. Ehe sie ihr Frühstück beendet hatten, erschien eine weitere Zollbeamtin, eine Frau, die fast ebenso groß war wie Tallia, wenn auch deutlich beleibter, auf der Plankenleiter.

»Tallia bel Soon?«

»Das bin ich.«

»Ich wäre Euch sehr verbunden, wenn Ihr mich zum Zollhaus begleiten könntet. Bitte nehmt Eure Papiere und Euer Siegel mit, wenn es Euch nichts ausmacht.«

Trotz der Höflichkeit war Tallia besorgt. Es war ein Befehl, dem rücksichtslos Nachdruck verliehen würde, falls sie sich widersetzte. Doch andererseits war dies Land ihre Heimat, und sie kannte sich aus.

Sie suchte die geforderten Sachen zusammen und begab sich mit der Beamtin zum Zollhaus. »Ist etwas nicht in Ordnung?«, fragte sie.

»In Roros nehmen wir unsere Pflichten ernst«, sagte die Frau, was alles und nichts heißen konnte.

Pender saß der Ersten Beamtin an einem Tisch gegenüber, auf dem die Schiffspapiere und Frachtverzeichnisse verstreut lagen. Tallia setzte sich neben den Kapitän. Er schwitzte am ganzen Leib.

»Die *Schwarzer Opal* steht auf unserer Liste«, sagte die Erste Beamtin. »Es ist bekannt, dass sie früher verbotene Güter schmuggelte.«

Pender warf Tallia einen vorwurfsvollen Seitenblick zu. Sie wusste genau, was er dachte. *Nicht wahr, ich habe dir gesagt, die* Schwarzer Opal *würde uns Ärger machen! Habe dir gesagt, dass wir durchsucht und aufgehalten und vielleicht sogar im Gefängnis landen würden, nur weil das Schiff einen schlechten Namen hat.*

»Das war lange, ehe sie in unsere Besitz kam«, erwiderte Pender. »Wir haben sie legal vom Zollamt in Ganhafen erworben. Sie ist jetzt *Die Heimatlose.* Seht Ihr, die Papiere tragen Unterschrift und Stempel. Die Umbenennung ist ordnungsgemäß festgehalten worden. Hier ist das Ganhafener Zollamtssiegel und hier das des Hafenmeisters. Alles hat seine Richtigkeit.«

»Wir haben noch nie von Ganhafen gehört«, entgegnete die Frau. »Und Papiere lassen sich leicht fälschen, eine Sache, auf die wir später noch zurückkommen werden.« Sie starrte Tallia kalt an. »Ihr gebt zu, das dieses Fahrzeug einst die *Schwarzer Opal* war?«

»Ganhafen ist ein Fischereihafen ungefähr dreihundert Meilen nördlich von Thurkad«, erwiderte Pender auf den ersten Satz.

Die Frau zog ein gewichtiges Verzeichnis von Stempeln und Siegeln der gesamten bekannten Welt zurate. »Ich kann nichts zu Ganhafen finden.«

»Bestimmt fallen Zollangelegenheiten in diesem Land unter die Zuständigkeit der Handelsregistratur«, sagte Tallia.

Die beiden Beamten flüsterten miteinander, zogen verschiedene Karten und Pläne von Häfen zurate und wälzten noch mehr Seiten, während Pender sich den Schweiß abwischte. Schließlich räumten sie ein, dass die Stempel gültig seien. Dann trat eine weitere Schwierigkeit auf.

»Tallia bel Soon! Ich entsinne mich des Namens aus einem Bericht«, sagte der Zollbeamte.

Wieder wurden Akten durchforscht. »Ich wusste es!«, rief der Mann und ließ den Finger über die Seite wandern. »Tallia bel Soon, festgenommen wegen Fälschung von Dokumenten beim Erwerb der *Schwarzer Opal.*«

»Welcher Falschname?«, fragte die Frau.

»Jalis Besune.«

Tallia erlitt fast einen Wutanfall. »Besune ist der Name meines Vaters.«

In hektischer Aufregung wurde alles noch einmal durchgesehen. Tallia fürchtete, Pender würde noch einen Herzschlag erleiden.

»Ich gebe die Fälschung zu«, sagte sie ruhig. »Wie auch immer, es geschah, um dem Krieg zu entgehen! In Meldorin und auch in Crandor verstößt es nicht gegen das Gesetz, einen anderen Namen zu benutzen, sofern kein Delikt oder Betrug damit verbunden ist. Ich bin befugt, das Siegel der Magister zu benutzen.«

»Leicht zu behaupten; weniger leicht zu beweisen. Legt das Siegel vor.«

Zum Glück hatte Tallia es dabei, ebenso wie eine Vollmacht von Mendark, die echt war. Seinen Namen ins Spiel zu bringen verursachte weitere Komplikationen, denn Mendark war in Crandor bekannt, und das nicht unbedingt im besten Sinne. Aber andererseits war es ein zu machtvoller Name, als dass die Beamten gewagt hätten, sich aus eigener Amtsbefugnis darüber hinwegzusetzen.

»Mendark muss persönlich hierherkommen und diese Angelegenheit erklären.«

Tallia erwiderte, dass Mendark nicht einmal in Crandor weile. Die Beamten berieten sich erneut flüsternd. Eine Zeit lang sah es danach aus, als würden sie Tallia und Pender in Gewahrsam nehmen lassen, bis Mendarks Aussage gehört werden konnte, denn Tallia war nicht bereit anzugeben, wo er sich aufhielt oder was er gerade tat. Sie machte sich schon Sorgen um ihn, so ganz auf sich allein gestellt.

»Moment mal«, rief Tallia. »Mendark ist gar kein Eigner dieses Schiffes.«

»Er war es, als die in Frage stehenden Papiere unterzeichnet wurden.«

»Und wir haben uns noch nicht einmal die Dokumente zur Übertragung der Eigentumsrechte von ihm auf Euch vorgenommen«, fügte ihr Kollege hinzu.

»Tatsächlich!«, sagte Tallia eisig. »Das dauert mir jetzt zu lange. Ich verlange einen Schiedsrichter, wie es mein gutes Recht ist. Ich werde geltend machen, dass Ihr Eure Befugnisse überschritten und dadurch den freien Handel behindert habt.«

»Das ist Euer gutes Recht«, sagte die Frau. »Benennt Euren Schiedsrichter.«

»Darcia bel Rance«, sagte Tallia und drückte die Daumen, dass Darcia noch lebte. Über zehn Jahre waren vergangen.

Das Hafenregister fiel mit einem gewaltigen Knall zu. »Die stellvertretende Gouverneurin!« Die Frau starrte Tallia an, dann ihren Kollegen.

»Meine Tante«, erklärte Tallia kühl. »Ich werde vielleicht geltend machen, dass Ihr mich schikaniert, um Eure korrupten Geschäfte zu vertuschen.«

»Wir müssen uns beraten«, sagte die Frau. Die beiden Beamten verschwanden durch eine Tür hinter dem Schalter.

»Schade, dass du nicht gleich deutlich geworden bist, als wir hier ankamen«, sagte Pender und wischte sich den Schweiß von der Stirn.

»Ich wusste nicht, dass Tante Darcia so weit aufgestiegen ist. Davon abgesehen kann es sich in Crandor als zweischneidiges Schwert erweisen, wenn man Beziehungen spielen lässt. Es muss mit Feingefühl geschehen, genau im passenden Augenblick.«

Schließlich kehrten die Beamten zurück, und die Angelegenheit wurde abgeschlossen. Trotzdem waren Tallia und Pender damit noch nicht entlassen. Sämtliche Frachtlisten wurden noch einmal mit quälender Genauigkeit überprüft, und sie mussten die Gebühren entrichten. Endlich kehrten sie in Begleitung der Beamten zu einem überaus besorgten Osseion zurück, und das Schiff wurde mit vorbildlicher Gründlichkeit durchsucht. Gesetzeswidriges wurde nichts gefunden, aber ein ganzer Tag war verloren.

Wenige Minuten später kam der Korsar zum dritten Mal vorbei.

»Mir gefällt das alles ganz und gar nicht«, sagte Osseion. Er erhob sich und starrte auf das schnittige Schiff. »Ein Dolch ist die Waffe eines Meuchelmörders. Wer gibt einem Schiff so einen Namen geben?«

»Ein gefährlicher Mann«, sagte Tallia.

Pender war kein Held. »Nein!«, rief er, als Tallia vorschlug, er sollte Nachforschungen über die *Dolch* und ihren Kapitän anstellen. »Mir ist meine Haut zu teuer, um in einer fremden Stadt Aufmerksamkeit auf mich zu lenken. Wir wissen nicht, wem wir trauen können.«

»Ich traue hier keinem«, erklärte Rustibel sorgenvoll und wand sich gelbes Haar um den Finger.

»Ich kann meine Familie fragen«, sagte Tallia, »sobald alle wieder da sind.«

»Ich gehe«, sagte Osseion. »Es gibt Methoden, so etwas herauszufinden.« Lange herumzufragen brauchte er nicht; das Schiff war in jeder Hafenkneipe bekannt.

»Eigner und Kapitän der *Dolch* ist Arinda bel Gorst. Er gilt als schlau und charmant, aber auch als skrupellos und gewalttätig. Das Schiff hat einen üblen Ruf, obwohl keiner sich genauer äußern wollte. Er ist ein Schmuggler, vermutlich auch ein Pirat, aber wie es scheint, ist niemand am Leben geblieben, der gerichtsverwertbare Beweise dafür liefern könnte.«

»Warum sollte er sich für uns interessieren?«, fragte Tallia.

»Ein schnelles Schiff, das nicht aus dieser Gegend kommt«, sagte Pender. »Vielleicht glaubt er, wir wären im selben Geschäft oder wollten sogar versuchen, ihm das Wasser abzugraben. Falls wir verschwinden, vermisst uns hier niemand. Die *Schwarzer Opal* scheint weithin berüchtigt gewesen zu sein.«

»Wahrscheinlicher ist, dass ihm sein Gewährsmann beim Zoll von unserer Fracht berichtet hat«, sagte Tallia. »Was transportierst du eigentlich in diesen verschlossenen Kisten, Pender? Silberbarren? Mir ist nicht entgangen, dass du mir seinerzeit die Frachtpapiere nicht zeigen wolltest.«

»Nichts Illegales. Ich hab gelernt, je weniger Mitwisser, desto besser.«

»Ich bin deine Partnerin, vergiss das nicht«, erwiderte sie scharf.

Pender sah ein wenig verlegen drein. »Was viel Besseres als Silber«, sagte er. »Flüssiges Metall. Zwanzig Flaschen mit Quecksilber, eine jede so schwer wie du und hier ein Vermögen wert. Ich habe meinen gesamten Gewinn hineingesteckt.«

»Genug, um uns hundertmal umzubringen, falls eine Flasche im Sturm umkippt«, sagte Tallia verärgert. »Du hättest es mir sagen sollen! Nun gut, werd das Zeug los und bring das Geld ins Kontor, bevor unser Freund bel Gorst es sich holt.«

»Ich kann nicht«, erwiderte er bedrückt. »Es ist für die Alchimistische Akademie in Twissel bestimmt, das sind noch zwei Tage Fahrt die Küste hinab. Osseion, geh besser los und besorg uns ein paar Wächter; aber vergewissere dich bloß, dass sie nicht ebenfalls Piraten sind.«

»Ich glaube, ich werde dabei auch gleich ein paar weitere Erkundigungen über die *Dolch* einholen«, sagte Osseion.

»Beeil dich lieber. Falls bel Gorst die Fracht bekommt, bin ich ruiniert.«

»Wenn er sie kriegt«, erwiderte Rustibel düster, »dann sind wir alle schon tot.«

Die Nacht war heiß, windstill und schwül. Jeder hoffte auf einen Sturm, aber er kam nicht. Im Schutze der Dunkelheit stahl sich *Die Heimatlose* aus dem Hafen von Roros und schlich inmitten der Felsen und Riffe den windungsreichen Kanal entlang.

»Hältst du das wirklich für eine guten Einfall?«, fragte Tallia, noch ehe sie weit gekommen waren. Wohin man auch blickte, brandeten Wellen gegen Riffe.

»Es ist ein schlechter Einfall«, erwiderte Pender, »aber weniger schlecht, als unser Schiff, unsere Ladung und wahrscheinlich auch unser Leben an diesen Piraten zu verlieren, oder? Ich habe mit dem Lotsen gesprochen und die neuesten Karten gekauft. Der Kanal ist nicht meine größte Sorge.«

Mit gerefften Segeln krochen sie langsam vorwärts, wobei Rustibel am Bug ständig mit dem Senkblei die Wassertiefe lotete und Pender auf und ab schritt und die Brise schnupperte.

»Wind?«, fragte Tallia.

»Es ist nur ein Landwind, der ständig die Richtung wechselt. Im Laufe der Nacht wird er sich legen. Falls er jedoch ostwärts dreht, kommen wir hier nicht mehr raus.«

»Lass uns umkehren. Lieber kein Risiko eingehen«, riet Tallia.

Pender überlegte. Er starrte in den Himmel und rieb sein Stoppelkinn. Tallia konnte das kratzende Geräusch von der gegenüberliegenden Schiffsseite aus hören. »Ich glaube, der Landwind bringt uns raus.« Er befahl, die Segelfläche zu vergrößern.

Die Nacht verstrich mit quälender Langsamkeit; dann, um Mitternacht, flaute die Brise plötzlich ab, und die Segel hingen schlaff von den Masten.

Pender fluchte, prophezeite aber zuversichtlich: »Der Wind wird wieder auffrischen. Es ist jetzt nicht mehr weit bis zum Meer.«

Sie saßen während der restlichen Nachtstunden fest, den Anker ausgeworfen, um nicht von der Strömung abgetrieben zu werden, aber es kam kein Wind mehr auf. Die Vorstellung, dass bel Gorst sie verfolgte, machte das Warten alles andere als angenehm. Erst bei Tagesanbruch füllte ein leichter Wind die Segel, gerade ausreichend, dass die *Heimatlose* das offene Meer gewann.

»Endlich!«, rief Pender. »Wir dürften weit weg sein, ehe sie uns suchen kommen.«

»Zu spät«, verkündete Osseion von der halben Masthöhe herab. Der bullige Soldat hielt ganz uncharakteristisch Ausschau. »Gelbes Segel nähert sich auf dem Kanal.«

Pender stieg in die Wanten. »Er hat die Brise genutzt und kommt näher«, sagte er. »Schneller als wir ist er obendrein.«

Die Besatzung rannte auf ihre Posten. Die Brise ließ die Segel erzittern, und die *Heimatlose* reagierte, aber nicht mit demselben Eifer wie das andere Schiff.

»Sie ist es«, rief Osseion, »die *Dolch!*«

»Farsch, farsch, farsch!« Pender fluchte nur, wenn er in äußerster Sorge war. Er eilte ans Steuerrad.

»Wie steht's?«, fragte Tallia und legte ihm die Hand auf die Schulter.

»Sie ist größer als wir, und schneller, zumindest bei diesem lauen Lüftchen. Sie ist gut bemannt. Dumm, dass wir die Rumpfunterseite nicht fertig gereinigt bekommen haben. Wir schleppen ein wenig.«

»Gibt es irgendwas, was wir tun können?«

»Nicht viel«, sagte er. »bel Gorst kennt diese Gewässer besser als ich, und die Windverhältnisse ebenso. Betet um einen Sturm, obwohl uns die *Dolch* sogar dann überlegen sein könnte.«

Der blaue Himmel war wolkenlos – keine Aussicht auf stürmisches Wetter. Draußen im Meer stießen sie auf einen Nordostwind und halsten hinein, denn hinter Roros verlief die Küste in östliche Richtung. Im Zickzackkurs kreuzten sie an der Küste entlang gegen den Wind, während das größere Schiff ständig aufholte und Pender immer grimmiger dreinblickte. Er schien zu schrumpfen, kürzer und gedrungener und elender zu werden. Er hatte alles zu verlieren – und die *Heimatlose* zu verlieren käme ihn weit schlimmer an, als das Leben einzubüßen.

»Wie weit noch?«, fragte Osseion eine halbe Stunde später. Er meinte die Entfernung bis nach Twissel, wo Pender das unbezahlbare alchimistische Quecksilber löschen wollte.

»Wir haben kaum die Hälfte geschafft«, grunzte Pender und ließ die Schultern noch mehr hängen.

Gerade fuhren sie an einem zerklüfteten Ufer vorbei, dessen dunkle Felsen nass, glänzend und abschreckend waren, durchschnitten von Spalten, schmalen Buchten und gähnenden Meereshöhlen, in denen sich die starke Dünung brach. Doch von Letzteren bot keine irgendwelche Hoffnung auf ein geeignetes Versteck.

Es war eine lange und ermüdende Verfolgungsjagd, denn auf See spielt sich alles im Zeitlupentempo ab, und die beiden Schiffe gaben einander nicht viel nach. Die *Heimatlose* gewann einen kleinen Vorsprung, wenn sie nach Backbord kreuzte, büßte ihn jedoch bald wieder ein und verlor steuerbords noch mehr Abstand. Mit jeder Stunde kroch die *Dolch* näher heran. Noch vor Einbruch der Dunkelheit würde sie *Die Heimatlose* eingeholt haben. Schon jetzt trennten die beiden Schiffe nur noch zwei Pfeilschussweiten. Am Bug der *Dolch* standen zwei Bogenschützen und hielten sich bereit, der *Heimatlosen* die Segel zu zerschießen.

»Osseion«, rief Tallia, »du bist ein erstklassiger Bogenschütze. Glaubst du, du kannst ihnen vor hier aus die Segel aufschlitzen?«

»Noch nicht. Aber bald werde ich einen Versuch wagen.«

Kurz darauf erblickten sie durch Penders Fernrohr den finsteren bel Gorst an der Reling.

»Seht nur seine hämische Freude«, rief Pender, dem fast der Schaum vor dem Mund stand. »Verpass dem Scheißkerl 'nen Pfeil, Osseion!«

Osseion spannte den Bogen, lockerte die Sehne dann aber wieder. »Immer noch zu weit«, sagte er bedauernd.

»Er holt nicht mehr auf«, sagte Tallia einige Zeit später. »Vielleicht haben wir ihn abgehängt.«

»Ich fürchte nicht«, erwiderte Pender. »Sieh nur, er hat seine

Segelstellung verändert, damit wir das glauben. Er spielt mit uns, hält sich knapp außer Pfeilweite und wartet den rechten Augenblick ab, bis Roros ganz außer Sicht ist.

»Auch davon habe ich gehört«, sagte Osseion. »Er liebt es, Menschen zu foltern.«

»Gibt es irgendeine Möglichkeit, mehr Tempo aus der *Heimatlosen* herauszuholen?«

»Nur indem wir die Ladung über Bord werfen«, erwiderte Pender.

»Besser als dass er sie kriegt«, sagte Tallia.

Eine Träne stand in Penders Auge. »Ich weiß, ich weiß.«

Sie schossen dahin, konnten aber den Abstand zu ihrem Verfolger nicht vergrößern. Schließlich stöhnte Pender auf. »Also gut. Aber das Quecksilber zuletzt. Beginnt mit dem Wasservorrat!«, gellte er.

Tallia rannte zur Pumpe und fing an, ihr Frischwasser zu entsorgen, während Osseion in den Laderaum hinabstieg und so viel von ihrem Ballast – Steine – herausholte, wie sie entbehren konnten, ohne dass das Schiff Gefahr lief zu kentern. Der Rest der Mannschaft half ihm, und als der Ballast über Bord war, holten sie den Rest der Fracht herauf – Säcke mit Getreide, große, bauchige Flaschen voll Wein und Öl, Kisten mit Porzellan und gedörrten Kokosnüssen. Mit jeder klatschenden Wasserfontäne sah Pender trauriger aus. Nach einer Stunde oder mehr war die ganze Fracht versenkt außer dem Quecksilber sowie Proviant für ein oder zwei Tage.

Die Heimatlose begann sich zentimeterweise von ihrem Verfolger abzusetzen. »Wir haben's geschafft!«, rief Rustibel und hieb sich mit der Faust in die Handfläche.

Eine Zeit lang schien das zuzutreffen, dann jedoch stellte die *Dolch* ihre Segel wieder in den Wind und begann, wie es schien, so viel Fahrt aufzunehmen, wie sie nur konnte, und glich den Vorsprung aus. Bald hing sie luvwärts hinter ihnen, nicht näher als zuvor, aber auch nicht weiter entfernt. Bis zum Anbruch der Dunkelheit dauerte es noch immer zu lange.

»Die Anker über Bord«, befahl Pender mit tonloser Stimme. »Lasst nur den kleinsten übrig.«

Nach vielem Gegrunze und Gewuchte klatschten erst die beiden großen Anker ins Wasser, dann ein kleinerer. Der Abstand zwischen den beiden dahinschießenden Schiffen begann unmerklich zu wachsen. Dann sahen sie, wie die Piraten etwas an Bord hievten, das sie bislang hinter sich hergeschleppt hatten, einen beschwerten Segeltuchballen. Plötzlich und rasch begann das schnittige Gefährt abermals aufzuholen.

»Dieser Teufel verhöhnt uns!«, schrie Pender auf, und Tränen der Wut rannen ihm die unrasierten Wangen hinab. »Er hatte die ganze Zeit einen Treibanker im Wasser. Jetzt gibt es keine Hoffnung mehr. Werft das Quecksilber über Bord!«

Osseion eilte die Leiter hinunter und taumelte kurz darauf mit einer großen Eisenflasche auf der Schulter an Deck. Er wankte zur Bordwand und ließ seine Last über die Reling rutschen. Begleitet von einer mächtigen, hoch aufschießenden Fontäne fiel die Flasche ins Wasser. Pender starrte ihr eine Zeit lang hinterher, dann schüttelte er sich jäh die Tränen von der Wangen und brüllte: »Den Rest, schnell!«

Wer kräftig genug war, eilte unter Deck, um mit anzupacken. Sie konnten bel Gorsts gebleckte Zähne erkennen – so nah war die *Dolch* bereits –, doch als er sah, dass die kostbare Facht im Meer verschwand, erteilte er seinen Bogenschützen einen Befehl, und augenblicklich schwirrte ein Schwarm Pfeile auf die Verfolgten zu. Pender zeigte dem Piratenkapitän zwei ausgestreckte Finger; die Pfeile versanken im Kielwasser der *Heimatlosen.*

»Er hätte nicht geglaubt, dass wir das Quecksilber opfern«, stellte Tallia fest.

»Ich auch nicht«, sagte Pender, am Boden zerstört.

Osseion nahm seinen gewaltigen Bogen auf, legte einen Pfeil ein, spannte die Sehne, bis seine Armmuskeln hervortraten, dann ließ er sie losschnellen. Der Pfeil verschwand. Plötzlich prallte bel Gorst zurück, vor etwas ausweichend, und warf sich dann in Deckung.

»Ha!«, schrie Pender. »Schau an, wie dir das schmeckt!«

»Guter Schuss, Osseion«, urteilte Tallia. »Hast du ihn erwischt?«

»Fast«, sagte Pender, der durch sein Fernrohr spähte. »Der Pfeil hat den Ärmel seines Mantels durchbohrt. Beim nächsten Mal wird er nicht mehr ganz so tollkühn sein.«

Tallia eilte die Leiter hinab, um ihren Teil zu tun. Sie packte eine Flasche, wuchtete sie sich auf die Schulter und erkannte augenblicklich, dass sie nicht kräftig genug war. Das bauchige Eisengebinde bildete ein zermalmendes Gewicht auf ihrem Schulterblatt. Zweimal glaubte sie schon, die Flasche würde ihr entgleiten, während sie sich einhändig an den Sprossen emporzog. Das Schiff stampfte, sie fiel zur Seite und quetschte sich die Hand zwischen Flasche und Rumpf. Fast hätte sie ihre Last fallen lassen. Nur das Wissen, das Rustibel unter ihr war, ließ sie durchhalten.

Irgendwie zwang Tallia sich mit ihrer kostbaren, tödlichen Fracht die Leiter empor. Als die Flasche über Bord ging, flog ein weiterer Pfeilschwarm auf sie zu. Einer bohrte sich in das Heck des Schiffes und hing schlaff herab wie die Schwanzfedern eines Hahns auf dem Hackblock.

»Ich bin dafür nicht stark genug«, entschuldigte sie sich, als Osseion vorbeiwankte.

»Wenn man irgendetwas Männerarbeit nennen kann, dann das«, keuchte er.

Sie setzten ihre Arbeit fort, und mit jeder Flasche, die im Meer versank, vergrößerte *Die Heimatlose* den Vorsprung vor ihrem Verfolger um ein winziges Stück. »Jetzt lachst du nicht mehr, elender

Mistkerl!«, flüsterte Pender. »Ich wette, jetzt tut dir's leid, dass du uns nicht geschnappt hast, als du es noch konntest.«

Sie rauschten an einem Ufer entlang, wo Meereshöhlen eingestürzt waren und nun eine Unzahl von Überwölbungen, Zinnen und Felseninseln bildeten – ein tückisches Gebiet, das auf Penders Karte schlicht als »unerforscht« verzeichnet war. Sie segelten dicht am Ufer, doch an diesem Punkt schwenkte die *Dolch* weiter aufs Meer hinaus.

»Tut er das, um uns den Fluchtweg ins offene Meer abzuschneiden, oder wegen gefährlicher Untiefen?«, fragte Pender sich laut.

»Wie stehen unsere Chancen jetzt?«, fragte Tallia.

»Nun, die Fracht ist verloren, und sie war mehr wert als *Die Heimatlose.* Aber er wird es immer noch auf das Schiff abgesehen haben, falls er es kriegen kann, und auf blutige Rache an uns, weil wir ihn um seine Hauptbeute gebracht haben.«

»Ja, die Seeräuber von Crandor haben keinen netten Ruf. Wenn wir schon sterben müssen, lass uns ihm eine Lektion erteilen, die er nie vergisst.«

»Wir sind acht«, sagte Osseion. »Sie müssen mindestens zwanzig Mann an Bord haben.«

»Ich hab eine Idee«, sagte Pender. »Sofern ihr mir genügend vertraut, um sie in die Tat umzusetzen.«

»Und wenn's mein Leben gilt«, versprach ihm Tallia. »Was hast du vor?«

»Ich glaube, wenn wir vor dem Wind kreuzen, sind wir ihm gegenüber im Vorteil. Falls wir hier wenden, fallen wir ab, und er kriegt uns innerhalb einer Minute. Doch weiter voraus ...« Tallias Blick folgte seinem ausgestreckten Finger, und sie sah eine Inselgruppe auf ihrem Kurs, und dahinter weitere Inseln, allesamt so zerklüftet wie das Ufer. »Wenn wir dorthineinsteuern, wird er uns aus den Augen verlieren, und vielleicht gewinnen wir genügend Zeit, um nach Roros zurücksegeln können.«

»Ich bin kein Seemann, Pender, aber werden wir nicht den Wind einbüßen, wenn wir zwischen die Inseln steuern?«

»Ein wenig«, erwiderte er und rieb seine Kinnstoppeln. »Mein Plan ist, ein wenig weiter aufs offene Meer hinaus zu kreuzen, so als wollte ich die Inseln umrunden, und dann beim letzten Schlag durch die Lücke zwischen den beiden größten Inseln zu jagen. Weil bel Gorst weiter draußen auf dem Meer ist, wird es ihm schwerfallen, dasselbe zu tun – diese vorgelagerten Inseln werden ihm im Weg sein. Nachdem wir das getan haben, muss er raten, ob wir weiter Kurs auf Twissel halten oder nach Roros zurückkehren, stimmt's?«

»Was, wenn er richtig rät und sofort umdreht?«

»Dann sind wir erledigt. He, Rustibel, komm her!«

Sie steckten die Köpfe zusammen und erörterten den Gezeitenstand, die Wahrscheinlichkeit, dass der Wind und die Strömungen zwischen den Inseln schwächer waren oder stärker, den Tiefgang der *Heimatlosen* im Vergleich zur *Dolch* – er lag sicherlich geringer, da sie die Fracht und einen Teil des Ballasts nicht mehr hatten – sowie weitere nautische Fragen, von denen Tallia nichts verstand.

Auf dem letzten Schlag kreuzten sie nun gegen den Wind. Die *Heimatlose* setzte sich noch ein wenig mehr von den Piraten ab, knapp außerhalb der Reichweite ihrer Pfeile. Um sie in Schussweite zu bekommen, drehte die *Dolch* weiter ins offene Meer hinaus, wo sie einen stärkeren Wind abzufangen hoffte. Genau vor ihnen lagen einige zusammengedrängte kleine Felseilande, zur Rechten zwei größere Inselchen, die rundum zerklüftet waren und flache, strauchbedeckte Kuppen hatten. Hinter der rechten von ihnen erstreckte sich eine Kette kleinerer Inseln.

Die Heimatlose fuhr in die Inselgruppe ein, lavierte zügig nach Backbord, nahm den Wind auf und gewann Fahrt. Tallia eilte an die Reling und beobachtete das feindliche Schiff. Es wendete ebenfalls, blieb aber seewärts der Inselgruppe.

Penders angespannte Miene spiegelte sich beim Rest der Besatzung wider. Alles hing davon ab, was bel Gorst als Nächstes tat. Als *Die Heimatlose* auf die Lücke zwischen den beiden größeren Inseln zuhielt, erkannte Tallia, wie gewieft Pender tatsächlich war. Hinter der Durchfahrt bog die zerklüftete Küste scharf nach Süden und bildete eine Abkürzung nach Twissel und zum vorteilhafteren Wind; sie brauchten nur so weit zu kommen. Mittlerweile durfte Bel Gorst eine leise Unruhe empfinden, denn ihm musste klar sein, dass *Die Heimatlose*, falls sie als Erste durch die Lücke stieß, sowohl umkehren als auch den Wind aufnehmen und mit großem Vorsprung zu ihrem Ziel weitersegeln konnte, während die *Dolch* entweder den Umweg um die Inseln in Kauf nahm oder sich ebenfalls einen Weg zwischen ihnen hindurch suchte.

»Was wird er wohl tun?«, rief Pender mit gequältem Gesicht. Er wendete scharf und steuerte zwischen den beiden größeren Inseln auf den dahinterliegenden zerklüfteten Küstenstreifen zu. Sie gewannen Fahrt, als der Wind in ihre Segel griff.

»Er beginnt zu wenden«, rief Rustibel. Pender fluchte, und Tallia verließ der Mut. »Nein, er hält geraden Kurs, um die Inseln herum.«

Pender stieß einen Freudenschrei aus. Sie trieben in den Windschatten der Insel, Luftwirbel ließen die Segel flattern, dann legte sich der Wind völlig. Ihr Schwung trug sie in gefährliche Nähe zu den Felsen. Osseion und Rustibel standen bereit, um sie mit den Riemen des Beiboots davon abzustoßen. Mit quälender Langsamkeit trieben sie zwischen den beiden Inseln hindurch und kamen auf der anderen Seite wieder zum Vorschein, doch noch immer rührte sich kein Lüftchen, denn sie lagen im Windschatten der anderen Inselkette.

»Ich hab geglaubt, die Strömung würde ausreichen, um uns hindurchzutragen«, sagte Pender düster. *Die Heimatlose* lag jetzt reglos im Wasser, die Segel hingen schlaff von den Rahen. Eine winzige Strömung ließ den Bug kreisen, dann erstarb auch sie.

»Nahe der Klippe weht eine leichte Brise«, rief Rustibel vom Mast herab. »Obwohl es eine verdammte Pullerei wäre.«

Einige hundert Spannen von ihnen entfernt rollten die Schaumkronen winziger Wellen über das Wasser: Dort strich Wind an dem Klippenstreifen entlang.

»Schnell!«, schrie Pender. »Lasst das Beiboot zu Wasser und befestigt eine starke Leine daran. Osseion, ins Beiboot mit dir. Mit dir auch, Argis«, rief er dem bulligsten Matrosen zu.

Binnen einer Minute lag das Boot im Wasser, und die beiden starken Männer saßen an den Riemen. »Pullt, was das Zug hält!«, brüllte Pender, »oder wir haben es hinter uns!«

Sie zogen die Riemen durch, und langsam spannte sich die Trosse. Wasser sprühte von den Kardeelen. Die *Heimatlose* begann auf die winzigen Wellen zuzukriechen. Doch währenddessen tauchte die *Dolch*, rasch vor dem Wind segelnd, am östlichen Ausgang der Durchfahrt auf.

»Farsch!«, fluchte Pender, dann verstummte er. Die Lage war zu schrecklich für Flüche.

Kapitel vier

Braggards Fels

»Ich nehme nicht an, dass du noch mal eine von deinen Illusionen zustande bringst?«, sagte Pender hoffnungsvoll zu Tallia. »Oder noch besser, eine Brise?«

»Wetterzauber ist eine der schwierigsten Übungen der Geheimen Kunst«, erwiderte sie. »Und am wenigsten berechenbar – genau wie das Wetter auch. Ich war nie besonders gut darin. Aber selbst eine Faelamor könnte *Die Heimatlose* an einem strahlend hellen Tag wie heute nicht verbergen. Sie können uns bereits sehen.«

Die *Dolch* verlor im Windschatten der Inseln rasch an Geschwindigkeit, obwohl es danach aussah, als machte sie noch immer genug Fahrt, um sie einzuholen. Und das würde sie tun, ehe die beiden Ruderer im Beiboot, die jetzt wie die Galeerensklaven pullten, sie in die kleine Windschneise drüben bei den Klippen geschleppt hätten. Schweigend beobachteten sie das Nahen des Feindes. Eine Stunde verstrich, die zäheste, die Tallia je erlebt hatte.

Das Piratenfahrzeug war jetzt so nah heran, dass sie das dunkle Gesicht bel Gorsts sehen konnten und das Brüllen und Johlen der Mannschaft hörten.

»Ich halt's nicht aus«, knirschte Pender und hämmerte mit der Faust gegen die Ruderpinne.

»Hast du Pech an Bord?«, fragte Tallia beiläufig.

»Ein oder zwei Fässer, falls du sie nicht ebenfalls über Bord geworfen hast, hä?«

»Haben wir nicht.«

Er starrte sie an, dann grinste er plötzlich. »Rustibel, hol ein Fass mit Pech rauf, beeil dich!«

Kurz darauf kam Rustibel mit dem Pechfass auf der Schulter aus der Luke, ließ es auf die Planken krachen und schlug geübt den Deckel ab.

»Mach mir zwei Pechpfeile, bitte«, sagte Tallia, die mit geschlossenen Augen ihre Gedanken sammelte. »Und hol einen Topf mit brennenden Kohlen aus der Kombüse.«

Tallia saß gedankenverloren im Schneidersitz, während sie im Kopf die verschiedenen Bestandteile ihrer Illusion aufbaute und zusammenfügte. Niemand sprach, aber Pender umkrampfte die Reling, als wollte er seine Finger in das Messing kneten. Die Mannschaft blickte dem aufkommenden Schiff entgegen. Es war schon sehr nah.

Plötzlich riss Tallia die Lider hoch. »Den Bogen«, befahl sie barsch. Gehorsam legte man ihr den Langbogen in die Hand. Sie zog ein-, zweimal die Sehne zurück, nickte dann. »Den Pfeil!« Sie erhielt den Pechpfeil. Sie prüfte sein Gewicht und seine Balance, dann schmierte sie mit einem Finger das Pech weiter nach unten.

Sie sprang auf, tauchte die Pfeilspitze in den Feuereimer und zog sie brennend daraus hervor. Sie trat an die Reling, spannte die Sehne, bis die brennende Pfeilspitze fast das Bogenholz berührte, und sandte den Pfeil ab. Er beschrieb einen hohen Bogen, senkte sich auf das andere Schiff nieder und fuhr direkt über dem Mastholz ins Segel. Eine kleine Brandstelle flammte auf. Tallia warf Rustibel den Bogen zu, schrie: »Schieß noch mal!«, dann wiegte sie sich auf den Füßen und stimmte einen Gesang an.

Die winzige Flamme leckte am Segel. Eine weitere gesellte sich dazu, als Rustibels Pfeil einschlug, dann schossen die Flammen mit einem gewaltigen Brüllen bis zur Rahe empor und griffen auch auf die restlichen Segel über. Die Matrosen des

Piratenschiffs rannten zur Bordwand. Tallia bewegte ihre Hände in der Luft und die Flammen schienen auf das Tauwerk, das Steuerhaus und sogar die Decksplanken überzuspringen. Prompt sprang die Hälfte der Matrosen über Bord, während die übrigen sich am Bug zusammendrängten. bel Gorst rannte hin und her, brüllte seine Leute an und schüttete einen Eimer Wasser nach dem anderen ins Feuer.

Plötzlich brach Tallia auf dem Deck zusammen, und die Illusion verging. Ein Segel der *Dolch* brannte, und das Tauwerk auch, aber das war alles. Pender stieß einen Freudenschrei aus. Niemand rührte sich.

»Ahoi!«, dröhnte Osseions tiefe Stimme aus dem Beiboot. »Was treibt ihr denn da? Sehen wir zu, dass wir wegkommen!«

Unbemerkt hatten die Ruderer die *Heimatlose* in den Bereich des leichten Windes gepullt. Die Segel wellten und blähten sich. Noch ehe Pender den Befehl dazu erteilen konnte, gingen die Matrosen auf ihre Posten. Osseion und Argis kletterten die Bordwand hoch, so nass vor Schweiß, als wären sie ins Wasser gefallen. Rasch wurde das Beiboot an Bord gehievt.

»Noch nie im Leben hab' ich so hart gearbeitet«, keuchte Osseion und schlürfte einen Schöpflöffel Wasser leer.

Auf der *Dolch* war das Feuer gelöscht. Die Flammen hatten ein Loch ins Großsegel gefressen, das Tauwerk und die Spieren waren verkohlt, doch die übrigen Segel, obschon angesengt, blieben benutzbar. Die Feuersbrunst war eben größtenteils eine Illusion gewesen.

bel Gorst ging methodisch und mit kalter Wut vor. Er zog die über Bord gesprungenen Matrosen aus dem Wasser und peitschte sie ohne Unterschied, während sie begannen, die Taue und Segel zu erneuern. Doch nun war die *Dolch* ihrerseits in die Flaute geraten, so aufreizend dicht an jener klippennahen Brise, wie es der *Heimatlosen* vor ihr ergangen war, und der Korsarenkapitän sah sich gezwungen, hilflos zuzusehen, wie seine Beute die Segel setzte und, kaum dass sie aus dem Windschatten der Inseln gelangt war, Fahrt gewann und mit achterlichem Wind Kurs auf Roros nahm.

Erst jetzt fanden sie Zeit, Tallia aufzuheben, die immer noch benommen dalag, und sie in den Schatten zu einer Hängematte zu tragen. Kurz vor der Morgendämmerung erreichten sie Roros, machten an einem Kai fest, stellten Wachen auf und verschliefen den Tag. Abends versammelten sie sich zur Mahlzeit und zum Kriegsrat.

»Ich bin ruiniert«, stöhnte Pender, der so abgehärmt aussah wie der Tod selbst. Die Jubelstimmung angesichts der gelungenen Flucht war längst aufgezehrt. »Ich habe meinen gesamten Gewinn in das Quecksilber-Unternehmen gesteckt; jeden einzelnen Grint!« Er ließ sich auf den Stuhl fallen und stieß den Teller von sich, zu verzweifelt, um zu essen.

»Ich glaube, eine Flasche könnte noch übrig sein«, sagte Tallia.

»Das reicht nicht, um die ganze übrige Fracht zu ersetzen, gar nicht zu reden von unserem Proviant und den Ankern.« Er rang die dicken Hände.

»Nun, lass es uns verkaufen und neue Frachtgüter aufnehmen, bevor deine Rechnungen fällig werden.«

»Niemand wird mir jetzt noch eine Ladung anvertrauen. bel Gorst hat mich gezeichnet – keiner wird es wagen! Ruiniert, ruiniert!« Er wankte die Plankenleiter hinab, ein dickes, trauriges, abgerissenes Fass von einem Mann.

»Pender, ich bin sicher, wir –«

»Sag nichts – ich kann nicht denken! Lasst mich allein!« Er wankte die Straße hinauf.

Tallia sah ihm hinterher, drehte sich dann wieder zu Osseion und Rustibel um. »Nun, was unternehmen wir wegen bel Gorst?«

»Unternehmen?«, sagte Rustibel und befeuchtete sich die dicken Lippen. »Wir sind keine Kämpfer. Zumindest ich nicht. Wendet euch an die Ordnungshüter.«

»Ich wette, die hat er bereits gekauft!«, erwiderte Tallia scharf. »Wir haben ihn gestern gedemütigt, und er wird auf Rache sinnen. Sobald wir den Hafen verlassen, sitzt er uns im Nacken.«

Sie redeten die halbe Nacht, ohne einen Plan zu fassen, und begaben sich wieder aufs Schiff, um die Wachen abzulösen und zu schlafen. Doch als Tallia im Morgengrauen erwachte, war Pender noch immer nicht zurückgekehrt.

»Hat sich vermutlich besoffen und hat die Nacht im Gasthof verbracht«, sagte Osseion und wälzte sich aus seiner Hängematte.

»Vermutlich! Er hatte schon mächtig einen in der Krone, als er uns verließ.«

Dennoch war Tallia besorgt, und nachdem die Mittagzeit genaht und vorübergegangen war, ohne dass Pender auftauchte, machte sie sich auf die Suche nach ihm.

Schon in der ersten Schenke, die sie betrat, erfuhr sie, was geschehen war. »Euer Freund war so betrunken, dass er nicht mehr aufrecht stehen konnte«, sagte der Wirt, ein munterer kleiner Gnom von einem Mann. Er kicherte. »Armer, verzweifelter Bursche, hatte gerade alles im Leben verloren. Zum Glück haben seine Freunde ihn abgeholt.«

»Seine Freunde?«, fragte Tallia, bemüht, sich ihre Bestürzung nicht anmerken zu lassen. »Welche Freunde?«

»Die besten Freunde, die man nur haben kann«, kicherte der Gnom. »Mächtige Freunde – unter der Führung von niemand Geringerem als Arinda bel Gorst höchstpersönlich!«

»Und Pender ging mit ihnen weg?«, fragte sie ruhiger, als ihr zumute war.

»Letzte Nacht wäre er sogar mit dem Teufel gegangen, hätte der ihm eine Schulter zum Dranlehnen geboten.«

»Wo kann ich bel Gorst finden?«, fragte Tallia.

»Ihr kommt nicht von hier, was?«, sagte der Wirt mit wissender Miene.

»Ich wurde in Roros geboren, aber ich bin seit vielen Jahren nicht mehr hier gewesen.«

»Das dachte ich mir. Niemand, der in Roros lebt, müsste danach fragen.«

»Ich frage aber«, sagte Tallia, ihren Ärger bezwingend.

»Er hat seine eigene Insel. Braggards Fels wird sie genannt, den Hafen hinauf, den Schlachthöfen gegenüber.«

Wie passend, dachte Tallia und wandte sich zum Gehen.

Pender erwachte in einer engen Zelle, in der es ekelerregend und abgestanden stank. Trotz des Weins konnte er sich deutlich an die vergangene Nacht erinnern – an die unzähligen Flaschen billigen Fusels, den Schmerz seines Verlustes und die freundlichen Matrosen, die ihm am Ende der Nacht nach draußen geholfen hatten. Er konnte sich an bel Gorsts dunkles Gesicht mit dem drohenden Lächeln erinnern, obwohl seine trunkene Benommenheit es da noch ausgeblendet hatte. Jetzt stand es ihm nur zu wirklich vor Augen.

Während des kurzen Marsches zu den Anlegestellen und der kurzen Fahrt durch den Hafen hatte bel Gorst weder etwas zu ihm gesagt noch ihm etwas zuleide getan. Dennoch gab sich Pender keiner Täuschung hin. Nicht mehr lange, und der Seeräuber käme, um ihn so qualvoll und langsam wie möglich zu Tode zu foltern. Aus Rache, oder vielleicht auch nur aus bloßem Vergnügen.

Nachdem er etwa eine Stunde lang wach gelegen hatte, schrappten die Riegel, und die Tür wurde einen Spalt breit geöffnet. Ein Kopf spähte herein, dann schlüpfte eine schmächtige Gestalt in die Zelle. Dem Aussehen nach war es ein Sklavenkind, ein dunkelhäutiges Mädchen mit abgetragener kurzer Hose und zerlumpter Tunika. Das schwarze Haar trug es zu einer Reihe von Schlaufen geflochten.

»*Garish ha! Ploggit!*«, sagte das Mädchen mit einer Stimme, die weder von der Umgebung noch von ihm im Mindesten eingeschüchtert wirkte.

»Ich spreche deine Sprache nicht«, erwiderte Pender und setzte sich vorsichtig auf. Sein Schädel schmerzte abscheulich.

Das Mädchen wechselte in die gewöhnliche Sprache des Westens. »Wünsch Euch 'nen schönen guten Morgen, hab' ich gesagt.« Sie hielt ihm eine Holzschale mit schwarz verkrustetem Rand hin. Der Inhalt bestand aus einer grauen gesprenkelten Masse und ähnelte dreimal aufgekochtem Haferbrei. Sie verströmte den eindringlichen, widerwärtigen Geruch von Fisch, den man durch Fäulnis konserviert hat, und roch, selbst für die Nase eines Mannes abstoßend, der wie Pender gewohnheitsmäßig Hunger litt.

»Was ist das?«

»Gekochter Schlabber natürlich!«, antwortete sie, erstaunt von so viel Unwissen.

»Iss du ihn. Ich bin nicht hungrig.«

Sie musterten einander aufmerksam. »Was machst du hier?«, wollte Pender wissen. »Bist du ein Sklavenmädchen?«

Die Kleine schöpfte mit den Fingern »Schlabber« aus der Schale und aß ihn nicht gerade mit Wonne, aber sichtlich guter Dinge. »Natürlich nicht!«, sagte sie verächtlich. »Mein Vater und ich sind *Wasserträger.*«

Sie sagte es mit so viel Stolz, als wären sie Meisterchronisten, obwohl Wassertragen eine niedere, schlecht bezahlte Arbeit war und meist kein sonderlich besseres Los als das Sklavendasein.

»Hast du keine Angst, auf dieser Insel inmitten übler Piraten zu leben?«

»Niemand in ganz Crandor würde einem Kind etwas zuleide tun«, sagte sie im Brustton der Überzeugung.

»Und was ist mit mir?«, sagte er grimmig. »Ich komme nicht aus Crandor, sondern aus dem bösen Thurkad, am anderen

Ende der Welt.« Er erhob sich mit einem Ruck, begleitet von Kettenrasseln, und versuchte den Schmerz zwischen seinen Schläfen und die Übelkeit in seinem Bauch zu ignorieren.

Sie aß gelassen ihren – seinen Schlabber. Der Gestank in dem heißen kleinen Gelass war überwältigend. »Ich spüre aber, dass Ihr ein freundlicher Mann seid. Außerdem steht ein Wächter vor der Tür.«

Pender ließ sich wieder zu Boden plumpsen. »Also, was tust du hier, Kind? Wie heißt du?«

»Ich heiße Twillim und bin hier, um mich mit Euch anzufreunden und herauszufinden, wer Ihr seid«, erklärte sie freimütig und starrte ihn aus großen braunen Augen an.

»Daraus mache ich kein Geheimnis«, erwiderte er. »Mein Name ist Pender. Ich bin ein Schiffskapitän aus Thurkad und treibe Handel, wo ich kann.«

»Warum habt ihr im Zollhaus Fragen gestellt?«

»Ich suche nach einem Matrosen namens Jevander, der ungefähr vor sieben Jahren aus Thurkad verschwunden ist.«

»Warum?«, fragte sie und leckte ihre verschmierten Finger ab.

»Weil seine Tochter, die ungefähr in deinem Alter sein dürfte, mich darum gebeten hat.«

»Oh!«, sagte Twillim und richtete sich in die Hocke auf. »Na, ich kenne niemanden, der so heißt.«

»Es ist lange her«, sagte Pender. »Ich habe versprochen, nach ihm zu fragen; ich meinte es nicht böse.«

»Ich darf keine Fragen beantworten«, sagte sie und erhob sich.

»Was wird nun mit mir geschehen?«, fragte Pender und hatte das Gefühl, der Spieß sei umgedreht worden.

»Ich fürchte, Ihr werdet gefoltert, wenn bel Gorst wieder da ist«, erwiderte sie. »Damit Ihr ihm auch ganz sicher die Wahrheit sagt. Das tut mir leid. Ich mag Euch, Meister Pender.«

Sie nahm die Schüssel mit, als sie ging, und die Tür wurde

wieder verriegelt. Pender verbrachte den nächsten Tag in lähmender Angst. Er konnte keine Schmerzen ertragen; tatsächlich hatte er von jeher gewusst, dass er ein Feigling war. Er konnte sich die Foltermethoden, die bel Gorst anwenden würde, nur zu gut ausmalen, denn das Leben auf See war hart, und die Seemannsgeschichten strotzten vor Grausamkeiten und Marter.

Am folgenden späten Nachmittag öffnete sich die Tür, und Penders Erzfeind stand auf der Schwelle, bel Gorst persönlich. Hochgewachsen und hager, hatte er im Gesicht eine schmale, messerscharfe Nase und zum Ausgleich volle rote Lippen. Dunkelbraunes Haar fiel ihm in Zöpfen über die Schultern. In der Hand hielt er einen Dolch.

»Kommt raus, Käpt'n«, sagte er und löste Penders Ketten. »Ich möchte, dass Ihr das Freudenfeuer seht, das wir Euch bereiten. Anschließend werdet Ihr mir beim Abendessen Gesellschaft leisten – Eurem letzten, wie es der Zufall will.«

Pender ging mit, immer wieder vom Dolch gekitzelt, das feiste Gesicht in Schweiß gebadet. Er würde den jämmerlichen, qualvollen Tod eines Feiglings sterben.

Tallia verbrachte einen arbeitsreichen Nachmittag und Abend. Sie stöberte in alten Verträgen, um so viel wie möglich über bel Gorst in Erfahrung zu bringen und zu ergründen, warum er seinen seeräuberischen Umtrieben offenbar ungehindert nachgehen konnte. Erst kurz vor Mitternacht kehrte sie auf *Die Heimatlose* zurück, wo sie Osseion und Rustibel antraf, die unruhig das Deck abschritten, voller Sorge, aber unentschlossen, was sie tun sollten.

»Ich dachte schon, er hätte dich auch geschnappt«, sagte Osseion und grinste erleichtert.

Sie erwiderte das Lächeln matt. »Seit dem letzten Mal bin ich vorsichtig geworden«, sagte sie, eine Anspielung auf ihre Gefangennahme in Ganhafen letzten Winter. »Ich hätte nichts gegen einen Kaffee, falls der Ofen noch warm ist.«

Rustibel stieg in die winzige Kombüse hinab. Tallia setzte sich auf einen Segeltuchstuhl und streifte ihre Sandalen ab. Es war eine feuchte Nacht, und vor den Bergen jenseits der Stadt türmten sich Gewitterwolken.

»Ich habe mit Tante Darcia gesprochen – der stellvertretenden Gouverneurin«, begann sie. »Wenn Korruption im Spiel ist, verlässt man sich am Besten auf die eigene Familie. Und die Korruption reicht hier in der Tat sehr weit nach oben. Vielleicht sogar bis hinauf zum Gouverneur.« Osseion ging auf und ab und hörte kaum zu, was sie sagte. »Was hast du?«, fragte sie.

»Erzähl erst zu Ende.«

»bel Gorst ist reich und mächtig, während das Zollwesen ein Meer der Korruption ist, und die Ordnungskräfte sind auch nicht viel besser. Wenn irgendwas gegen ihn unternommen werden soll, sind unanfechtbare Beweise nötig. Ohne die sind meiner Tante die Hände gebunden.«

»Also müssen wir es auf eigene Faust tun. Was hast du über diese Insel rausgefunden?«

Rustibel tauchte mit einer Kanne Kaffee und drei Bechern auf. Tallia entrollte eine Hafenkarte von Roros.

»Braggards Fels? Er ist von einem breiten Mangrovengürtel umschlossen, in dem es von Schlangen und Chacaloten nur so wimmelt. bel Gorst hat dort ein großes Herrenhaus, und er unterhält außerdem Mannschaftsbarracken, Sklavenpferche, Lagerschuppen und einen Wachturm.«

Der Mond trat zwischen den Gewitterwolken hervor. Ein leichter Wind kam auf.

»Auch ich habe etwas herausgefunden«, sagte Osseion. »In den hiesigen Schiffsregistern war eine *Stilett* verzeichnet, aber sie hat sich seit Jahren nicht mehr blicken lassen. Mein Gewährsmann glaubt, dass sie irgendwo weiter unten an der Küste verkauft wurde. Sie stand in einem schlechten Ruf.«

Tallia starrte ihn an. »Einem wie schlechten?«

Osseion konnte sich nicht länger zurückhalten. »Einem so schlechten wie die *Dolch!*«, rief er aus. »Sie hatte denselben Besitzer!«

»Oh!«, rief Tallia. »Dann wissen wir, wen wir nach Lilis' Vater fragen müssen, aber ich fürchte, wir werden keine gute Neuigkeit hören. bel Gorst ist ein Ungeheuer. Arme Lilis! Doch genug geredet! Lasst uns Braggards Fels in Augenschein nehmen.«

Sie segelten ein, zwei Stunden lang den Hafen hinauf. Die Brise trieb sie an den Kanalbaken vorbei. Zu ihrer Linken kam eine Ansammlung großer Gebäude in Sicht, die von hellen Laternen beleuchtet wurden. Der Wind trug den abscheulichsten aller Gerüche herüber – nach Blut und verwesenden Fleischabfällen.

»Was ist denn das für ein Ort?«, fragte Rustibel und hielt sich die Nase zu.

Ein einzelner Donnerschlag erscholl, dann begann es wie aus Kübeln zu schütten.

»Die Schlachthöfe«, antwortete Tallia, »und daneben liegen die Auskochgruben. Was übrig bleibt, werfen sie ins Hafenbecken, und daher rate ich dir, hier noch nicht mal einen Finger ins Wasser zu tunken.«

Sie umsegelten die Insel in einigem Abstand vom Ufer, obwohl bei Nacht und diesem Regen keine Gefahr bestand, dass sie erkannt wurden. Die *Dolch* war auf einer Seite der Insel festgemacht, am Ende eines langen Außenpiers, der als Bohlenweg durch die Mangroven weiterführte. Auf der anderen Inselseite befand sich ein kleinerer Pier, der auf die gleiche Weise zu erreichen war.

»Einen anderen Weg durch die Mangroven gibt es nicht«, sagte Tallia, »wegen der Chacalote.«

Außer Sichtweite der Insel warfen sie ihren verbliebenen Anker aus und versuchten, einen Schlachtplan auszuarbeiten. »Nun«, sagte Tallia, »entweder macht es eine Armee oder nur ein einziger Kämpfer. Und da wir keine Armee haben ...«

»Mir gefällt das nicht«, sagte Osseion. »Wenn schon einer gehen muss, dann am besten ich.«

»Aber hierbei sind Gerissenheit, Lautlosigkeit und Täuschung gefragt, und falls sie uns erwarten, vielleicht auch meine Kunst«, erwiderte Tallia. »Du bist zu groß und zu auffällig, Osseion, und dir fehlt das Zeug zum Spion. Hier ist der Plan! Wie ein Matrose gekleidet gehe ich vor Tagesanbruch auf dem kleinen Außenpier an Land und klettere auf einen Mangrovenbaum, von wo aus ich die Situation auf der Insel ausspioniere.«

»Ziemlich gefährlich, dein Plan, falls du mich fragst«, sagte Rustibel.

»Etwas Besseres fällt mir nicht ein. Dir etwa?«

Sie einigten sich auf die Zeit, den Ort und die Verständigungssignale, dann ruderte Osseion Tallia zum Ende des Piers. Er war leer. Sie winkte ihm zu und entschwand in den Nebel. Osseion ruderte zurück.

Der Tag verging langsam. Der Zeitpunkt, Tallia abzuholen, kam und verstrich, aber sie erschien nicht zu dem Treffen.

»Tallia muss gefangen worden sein«, sagte Rustibel, als offensichtlich wurde, dass sie nicht zurückkam.

»Ich geh sie suchen«, entschied Osseion. »Aber wir brauchen irgendeine Ablenkung. So ein Pech, dass wir nicht ein paar von diesen Chacaloten in bel Gorsts Schlafzimmer aufmarschieren lassen können.«

»Das würde ihn zum Tanzen bringen«, lachte Rustibel. »Bei den Schlachthallen am anderen Ende der Bucht gibt es sie zu Tausenden. Auf dem Gelände hat man keine Bewachung mehr nötig.«

»Lass mich nachdenken«, sagte Osseion. »Besteht die Möglichkeit, die *Dolch* am Liegeplatz zu versenken?«

Rustibel schüttelte den Kopf. »Zu gut bewacht. Es sind immer zwei oder drei Leute an Bord, und sie ist immer klar zum Auslaufen.«

»Vielleicht haben wir uns zu viel vorgenommen.«

»Das fürchte ich«, sagte Rustibel düster.

»Ich hab eine Idee«, verkündete Osseion wenige Minuten später.

»Was immer es ist, es wird nicht gehen«, erwiderte Rustibel verdrießlich. Er lehnte sich an die Reling und starrte zu dem dunklen Umriss der Insel hinüber. »Wir können für Tallia nichts tun.«

»Ich würde das nur sehr ungern Mendark erklären müssen«, bekundete Osseion. »Bleibt du hier; halt Wache. Ich hab eine Ruderpartie mit dem Beiboot vor. Argis, komm und hilf mir.«

»Wohin willst du?«, fragte Rustibel.

»Das erzähle ich dir, falls es klappt!«

Sie ruderten auf die andere Seite der Insel. »Rustibel ist ein rechter Sorgentropf«, sagte Osseion.

»Hartgesotten ist er nicht«, erwiderte Argis. Er war ein schweigsamer Mann, der nie Fragen stellte.

Sie fanden die Schlachthallen hell erleuchtet vor, da wegen des Festivals Tag und Nacht gearbeitet wurde. Osseion verhandelte mit dem Werksleiter der Nachtschicht und mietete gegen ein stattliches Bestechungsgeld für den Rest der Nacht den firmeneigenen Lastkahn, der fast voll beladen war.

Sie schleppten ihn mit dem Beiboot zu Braggards Fels und zogen während der ganzen Strecke eine Spur aus Blut, Innereien und Schlachtabfällen hinter sich her. Ungesehene Kreaturen tobten in ihrem Kielwasser, rissen und bissen einander in rasender Gier und peitschten die Dünung zu Schaum auf.

»Wie spät ist es?«, flüsterte Argis.

»Noch zwei Stunden bis zum Morgengrauen.«

Von der kleinen Anlegestelle aus schlich Osseion sich über den Bohlenweg an den einzelnen Wachtposten an und setzte ihn außer Gefecht. Er suchte im Dunkeln den Saum der Mangroven ab, rief sogar leise Tallias Namen, entdeckte aber keine Spur von ihr. Argis und er schulterten jeder einen Bottich mit Fleischabfällen und marschierten unter dem Gewicht leicht wankend zur Veranda des Herrenhauses hoch. Die Tür stand offen, denn die Nacht war warm. Kein Wachtposten ließ sich sehen.

Osseion schüttete seine Abfälle zur Tür hinein. In der schwülen Nacht wirkte der Gestank schier überwältigend. Sie zogen eine Spur zum Bohlenweg zurück und entleerten den zweiten Bottich ins Watt, womit sie die Spur bis dorthin vervollständigten, wo das Wasser schäumte und im Sternenlicht die Reptilienaugen glitzerten, wo die gewaltigen Zackenschwänze peitschten und die riesigen Mäuler spielerisch aneinander zerrten und rissen.

Ein Chacalot setzte sich von den anderen ab, durchschwamm rasch das seichte Wasser, bewegte sich, immer der stinkenden Spur folgend, mit schlängelndem Watscheln über das Watt und durch die Mangroven zum Ufer. Binnen einer Minute strömte eine gewaltige Meute von Chacaloten wie eine geschuppte Flut den Abhang hoch, die sich im Vorübergehen Leckerbissen aus dem Gras schnappte. Die Echsen drängten durch die offene Tür und fanden gerade ausreichend Schlachtabfälle vor, dass sie sich darum balgten und auf den Geschmack kamen. Das Haus war voller Beute – sie konnten sie wittern.

Osseion und Argis ruderten zur *Heimatlosen* zurück, wo Osseion erläuterte, was sie getan hatten. Ein Schrei zerriss die Nacht und brach rasch wieder ab. Osseion kicherte. »In Ordnung«, sagte er und stieg ins Beiboot. »Ich seh' nach Tallia.«

»Mach lieber schnell«, sagte Rustibel, der am Steuer stand. »Das Viehzeug wird sich in 'n paar Minuten bis zum anderen Ende der Insel durchgefressen haben. Warte! Wie willst du über den Außenpier zurückkommen?«

Ein lange Stille trat ein. »Wir werden den anderen nehmen müssen«, sagte Osseion mit gepresster Stimme.

»Nie und nimmer kommt du an der *Dolch* und ihrer Wache vorbei«, erwiderte Rustibel und raufte sich das gelbe Haar. »Warum hast du mir nicht gesagt, was ihr vorhattet?«

Osseion fluchte. »Diese ganze Kapitänspielerei gestaltet sich doch ein bisschen schwieriger, als ich dachte. Als Erstes müssen wir die *Dolch* erobern.«

»Wir?«, fragte Rustibel. »Ich hab in meinem ganzen Leben noch keine Waffe in der Hand gehalten.«

Kapitel fünf

Das Festmahl der Chacaloten

Tallia erreichte den kleinen Außenpier und schlich weiter zum Bohlenweg, wobei sie jedes Mal in Schweiß ausbrach, wenn das Holz unter ihrem Gewicht knarrte. Der manchmal hinter den Wolken verborgene, manchmal hinter ihnen hervortretende Mond beschien Chacaloten, die am Wattufer dösten. Jeder von ihnen war vier oder fünf Spannen lang und hatte ein Maul, mit dem er ein ganzes Kind auf einmal verschlingen konnte. Der größte beobachtete sie, während sie vorbeiging, und sein riesiger geschuppter Schwanz schlug träge hin und her.

Vom Bohlenweg schwang Tallia sich ins Geäst eines überhängenden Mangrovenbaumes, die einzig sichere Art, an Land zu gelangen, denn das andere Ende wurde von mindestens einem Posten bewacht. Sie verscheuchte einen Schwarm Mücken und kletterte dann von Ast zu Ast direkt in die Blätterkrone, sodass sie von unten nicht zu sehen war. Unter ihr verhielten sich die Chacaloten ruhig, doch als die Sonne aufging, sah sie, dass mehr als ein Reptilienauge auf ihr Versteck gerichtet war. Die Echsen versprachen sich ein herzhaftes Mahl für die kommende Nacht.

Sobald es hell genug für eine weite Sicht war, arbeitete Tallia sich näher aufs Ufer zu, zu einem Sitz im Geäst, der hoch genug lag, um den Großteil der Insel zu überschauen. Diese bestand vor allem aus offenem Gelände mit Lagerhäusern und Behausungen, die verstreut auf einer Seite des Eilands dicht an der Wand aus Mangroven standen, und hatte die Form eines langsam ansteigenden grasbewachsenen Hügels, auf dessen Kuppe inmitten von Bäumen ein großes Haus aufragte. Tallia schwitzte auf ihrem Ast und schlug nach Mücken. Der Tag verstrich, ohne dass sich ein Anhaltspunkt ergab, wo Pender sein könnte. Sie holte ihr Mittagessen hervor, machte es sich in einer Astgabel bequem und ließ prompt ihr Käsebrot in den Schlamm fallen. Ehe sie hinabklettern und beides retten konnte, hatte ein Dutzend Krabben die Mahlzeit in Stücke gerissen und kroch in alle Richtungen davon.

Augenscheinlich gab es für die Männer auf der Insel heute wenig zu tun, denn auf einem offenen Platz trat eine Gruppe von Matrosen einen Ball hin und her. Gelegentlich kam jemand – ein Matrose, ein Offizier, ein Wächter – an ihrem Versteck vorbei, aber alle wirkten zufrieden mit ihrer Stellung auf Braggards Fels. Tallia hielt jedoch nach jemandem Ausschau, der unzufrieden war – einem Sklaven oder niederen Arbeiter, der ihr vielleicht freiwillig verriet, wo sich Pender aufhielt.

Später begann eine Gruppe zerlumpter Sklaven, in der Mitte des Rasens Brennmaterial für ein großes Feuer aufzuschichten. Regelmäßig brüllte ein Aufseher auf sie ein, aber da sie von zwei Posten bewacht wurden, ergab sich für Tallia keine Gelegenheit, mit den Leuten zu sprechen. Andere Sklaven schleppten Lasten zwischen Lagerhäusern, Mannschaftsquartieren und dem Herrenhaus hin und her. Dadurch kam gelegentlich einer von ihnen auch an ihrem Versteck vorbei, doch kaum spielte Tallia mit dem Gedanken, einen von ihnen anzusprechen, zeigte sich jedes Mal ein Wächter.

Gegen Spätnachmittag war sie furchtbar hungrig. Sehnsüchtig blickte sie auf die Mangrovenwurzeln, auf denen dicke Austern saßen. Niemand sah her. Tallia kletterte nach unten, hackte einige Stelzwurzeln ab und erklomm wieder ihr Versteck im Baum.

Der Tag zog sich dahin. Sie öffnete die Austern mit ihrem Messer und verzehrte eine nach der anderen. Sie waren fleischig und saftig, hatten aber einen ungewohnten Geschmack. Die Luftfeuchtigkeit war erstickend. Sie hatte das Gefühl, jede Menschenseele auf der Insel schon ein Dutzend Mal gesehen zu haben. Schließlich verschwanden die Spieler.

In der Abenddämmerung wankte ein kleiner Mann, gebeugt unter der Last eines schweren Sackes, aus einem der Lagerhäuser. Er sah abgeschlagen und unglücklich aus; vielleicht würde er reden. Tallia lehnte sich vor, wobei ihr Ast schwankte. Ein Chacalot, der sich unter ihr auf dem Watt sonnte, schlug mit seinem Schuppenschwanz, der so lang war wie ein kleines Boot. Sein klaffendes Maul offenbarte Hunderte von Zähnen, zwischen denen ein Putzervogel sich froh gelaunt gütlich tat. Tallia kletterte in sicherem Abstand von dem Reptil auf den Boden hinunter, zog sich ihre Mütze ins Gesicht und machte sich am Strand entlang auf den Weg.

Von der Seite her drängte sie sich neben den Mann, der auf eine Ansammlung von Schuppen zuhielt. Er warf ihr unter seiner breiten Hutkrempe einen Seitenblick zu, dann sah er schnell wieder weg.

»Ich muss mit Euch reden«, sagte Tallia.

Er ging schneller, keuchend vor Anstrengung. »Lasst mich allein, oder es wird uns beiden übel bekommen. Geht dahin zurück, woher Ihr gekommen seid.«

»Woher wisst Ihr, woher ich komme?«

»Ihr tragt kein Halseisen.«

Sein Hals war von einem weiten Ring aus Federstahl umschlossen, in dessen Vorderseite ein roter Granat eingelassen war. Rund um den Ring war seine Haut vernarbt und entzündet.

»Es kostet mich das Leben, wenn jemand von *draußen* mit mir spricht. Und Euch ebenfalls. In diesem Jahr sind schon drei Spione den Chacaloten zum Fraß vorgeworfen worden.«

Sie erreichten den Schuppen. Der Mann stemmte den Sack hoch über seinen Kopf und mühte sich, ihn auf einen Haufen anderer Säcke zu wuchten.

»Ich bin nicht vom Zoll. Ich suche nach einem Freund.«

Der Mann stellte den Sack ab. »*Hier* habt Ihr Freunde? Dann geht und redet mit denen, und mich lasst meine Arbeit tun.«

Er versuchte sich an ihr vorbeizudrängen, doch Tallia verstellte ihm den Weg. »Hört her«, zischte sie eindringlich. »Mein Freund wurde vorletzte Nacht von bel Gorst verschleppt. Ein dicker Kerl namens Pender.« Sie beschrieb ihn. »Ist er hier?«

»Ich bezweifle nicht, dass er hier ist«, sagte der Mann, »obwohl ich keine Fremden gesehen habe, außer Euch. Es geht die Rede von einer Folterung, die morgen stattfinden soll – den ganzen Nachmittag lang musste ich Holzscheite für die Feuer aufschichten.«

Wieder versuchte er, an Tallia vorbeizukommen. Tallia wollte ihn festhalten, aber der kleine Kerl erwies sich als stark wie Draht. Er riss sich los und schlüpfte vorbei. Als sie ihn packte, stürzten sie zu Boden, und sein Hut flog davon. Im schwindenden Tageslicht hatte sein Haar die Farbe von Platin.

Ein Schauder rann ihr den Rücken hinunter. Tallia ließ die Hand des Mannes los und starrte ihn an. Das Haar, das lange, schmale Gesicht mit dem spitzen Kinn – plötzlich stand es ohne jeden Zweifel fest: Die lange Suche war zu Ende.

Er kam auf die Beine, und begegnete ihrem Blick, dann hob er den Sack erneut an.

»Ich bin den ganzen weiten Weg von Thurkad hierhergekommen, um dich zu finden, *Jevi*«, sagte sie leise.

Er ließ den Sack fallen, der an einem Ende aufplatzte; getrocknete Erbsen prasselten über den schmutzigen Boden.

»Wer seid Ihr? Ich benutze diesen Namen nicht mehr.« Er bebte und vermochte kaum noch aufrecht zu stehen. Sein Kehlkopf hüpfte auf und ab.

»Lilis hat ihn mir genannt«, erklärte Tallia. »Eure Tochter.«

»Lilis!«, rief Jevander aus. Tränen quollen ihm aus den Augen und strömten über seine Wangen wie Regen über eine Fensterscheibe. Wankend griff er nach ihrem Arm. »Lilis *lebt?*« Er schüttelte sie heftig. »Sagt es mir, schnell!«

»Sie lebt und ist wohlauf«, sagte Tallia, überwältigt von seinem ungehemmten Gefühlsausbruch. »Und jeden, den sie trifft, fragt sie nach Euch. Sie hat Euch nie aufgegeben.«

Plötzlich errötete Jevi und ließ sie los. »Es tut mir leid. Ich hoffe, ich hab Euch nicht wehgetan.« Er zog die Tür des Schuppens zu und ließ sich auf den Sack niedersinken. Erbsen kullerten zu Boden.

»Lilis«, sagte er noch einmal und barg das Gesicht in den Händen. »Es muss ein Traum sein. Jeder Tag, an dem ich mich nicht um sie kümmern konnte, war mir wie ein Stachel in meiner Seite. Aber ich war hilflos.« Er sah durch seine Finger hindurch zu Tallia hoch. »Ich habe Thurkad nach ihr durchkämmt, beim einzigen Mal, als ich Gelegenheit dazu bekam, aber es war, als suchte man den Strand nach einer bestimmten Muschel ab. Ich kam zu dem Schluss, dass sie tot war – dass sie kurz nach meiner Verschleppung gestorben war. Anders hätte ich nicht überleben können.« Dann, mit plötzlicher Hoffnung: »Sie ist hier, in Roros?«

Es tat Tallia leid, seine Erwartungen so grausam enttäuschen zu müssen. »Leider ist Lilis so weit von Roros entfernt wie überhaupt nur möglich. Sie ist in Zile, in der Obhut von Nadiril dem Bibliothekar.«

»Sie hat mächtige Freunde!«, rief Jevander erstaunt aus.

»Ich habe sie im vergangenen Winter dorthingebracht«, sagte Tallia. »Davor hatte sie sieben Jahre lang auf der Straße gelebt. Sie hatte ein hartes Leben, aber ich glaube nicht, dass es ihr Schaden zugefügt hat.«

»Lilis war das Licht meines Lebens, nachdem Grazie starb«, sagte er. Wieder traten ihm Tränen in die Augen. »Das ist ja noch schlimmer als die Unkenntnis! Hätte je eine Möglichkeit zur Flucht bestanden, ich hätte sie ergriffen. Aber bel Gorst ist der reinste Teufel, und er hat dafür gesorgt, dass ich nie eine Gelegenheit erhielt. Er ist ein Bannweber.«

»Ach, tatsächlich?«, flüsterte sie. »Das ist ja sehr interessant. Auf diese Weise hält er Euch also hier fest, was? Doch gebt noch nicht auf. Mein Schiff kommt nach Einbruch der Dunkelheit.«

Jevander strich über das Halseisen. »Wir werden nachts eingeschlossen, in dem flachen, langen Schuppen hinter den Lagerhäusern da unten. Nichts kann mich hier halten, nun, da ich weiß, dass Lilis lebt. Nichts außer dieser Fessel um meinem Hals! Jeder von uns trägt eine davon. Sie wurde uns angelegt, damit sie uns tötet, sobald wir einen Fluchtversuch unternehmen. Nur als Toter werde ich diese Insel jemals verlassen.«

»Wie es der Zufall will, weiß ich ein wenig über Bannweberei, wie Ihr es nennt. Lasst mal sehn.« Sie zog Jevander näher zu sich und tastete das Halseisen ab, ließ die Finger über den Stahl und den Granat wandern. Es handelte sich um einen überaus billigen Stein, durch den ein Riss verlief. Jevander zuckte zurück, als ihre Finger seine entzündete Haut berührten. »Ich will Euch nicht wehtun«, sagte sie. »Falls das alles ist, was bel Gorst zustande bringt, ich weiß wohl ein bisschen mehr über die Geheime Kunst als er.«

»Ich bin schon zu lange hier«, sagte Jevander mit mutloser Miene. »Flieht, solange Ihr noch könnt.« Trotzdem blieb er bei ihr, fragte sie nach Lilis aus und nährte sich von ihren Antworten wie ein Mann, der sieben Jahre lang gehungert hat. Erst als er nicht weit entfernt jemanden rufen hörte, schlüpfte er zur Tür hinaus.

Tallia wuchtete den vergessenen Erbsensack für ihn an die vorgesehene Stelle und kehrte in die Mangroven zurück. Als es dunkel genug war, was in diesen Breiten nicht lange dauerte, begab sie sich zwischen den Bäumen hindurch zum Bohlenweg. Dort traf sie auf eine unüberwindbare Schwierigkeit. Der Wachtposten stand genau an der einzigen Stelle, wo sich die Bäume über den Bohlenweg neigten. Zwei weitere Wächter waren nicht weit und plauderten miteinander. Der Zeitpunkt für das Wiedertreffen mit Osseion kam heran und verstrich, aber Tallia vermochte nichts zu unternehmen. Jeder Angriff auf die Wachen hätte die ganze Insel in Alarmzustand versetzt. Tallia kletterte wieder hinauf ins Astwerk und wartete. Endlich entfernte sich der Doppelposten, und der einzelne Wächter folgte den beiden gemächlich. Tallia ließ sich auf den Bohlenweg hinunter und hielt auf den Außenpier zu. Der verabredete Zeitpunkt war seit Stunden verstrichen, aber vielleicht wartete Osseion trotzdem noch auf sie. Unterwegs schoss ihr ein stechender Schmerz durch den Bauch, doch verging er wieder. Am Ende des Piers brannte eine einsame Laterne. Von der gegenüberliegenden Seite her gab sie das Lichtsignal. Es blieb unerwidert, und bevor sie sich rühren konnte, hörte Tallia, wie ein Wächter näher kam. Sie duckte sich hinter das Geländer, hielt sich an einem Pfosten fest und ließ sich über die Seite baumeln. Dank Dunkelheit und Nebel genügte dieser Kniff vielleicht, damit man sie nicht entdeckte.

Der Posten blieb in einiger Entfernung stehen und lehnte sich über das Geländer ins Halbdunkel. Er kaute *Gatt*, eine kräftige Mischung aus Baumharz, Gewürznelken und Ingwer. In ihrem Hängeversteck roch Tallia deutlich die Gewürze.

Der Wachtposten rührte sich nicht von der Stelle. Falls er zu ihrer Seite des Piers schlenderte, konnte der Nebel sie nicht mehr verbergen. Tallia schmerzten die Arme, und sie war sich unangenehm der Lebewesen bewusst, die sich nicht weit unter ihren Füßen bewegten. Plötzlich kehrte ihr Bauchweh zurück, ein durchdringender Schmerz. Sie versuchte, ob sie den Wächter mit einer leise geflüsterten *Anregung* etwa zum Weggehen bewegen konnte. Es war eine unsichere Methode; viele Menschen waren solchen Dingen gegenüber unempfindlich. *Geh den Kai hinunter,* sendete sie.

Der Posten machte förmlich einen Luftsprung, sein Kopf

schoss von einer Seite zur anderen. Er musste eine unerkannte Gabe der Geheimen Kunst besitzen. Tallia versuchte es erneut, noch unterschwelliger, und spürte sofort einen stechenden Schmerz hinter den Augen. Eine ausgeprägte unerkannte Gabe war es – ohne es zu merken, wehrte er sich gegen ihre *Anregung*.

Tallia überfiel ein plötzlicher krampfartiger Schmerz, und ihre Eingeweide schienen sich zu verflüssigen. Diese verdammten Austern! Die Kraft ihrer Arme erlahmte; mit der Sandale schabte sie über das Holz des Piers. Der Posten machte drei schnelle Schritte auf den Bohlenweg zu. Im Dämmerlicht konnte sie seinen Gesichtsausdruck nicht erkennen, spürte aber seine Anspannung. bel Gorst war berüchtigt für unangekündigte Inspektionen.

»Bist du das, Klari?«, fragte der Wächter.

Tallia konnte kaum einen klaren Gedanken fassen. Sie zog sich im selben Augenblick am Geländer herauf, als der Posten sich umwandte.

»He!«, rief der Wächter und griff nach seinem Entermesser.

Sie stürmte auf ihn los, doch glitt sie auf einer feuchten Bohle aus, und statt den Wächter niederzustrecken, rammte sie ihm bloß ihre Schulter vor die Brust. Der Mann packte sie beim Haar, riss das Knie hoch und rammte es ihr hart in den Bauch. Tallia fiel flach auf den Rücken und krümmte sich zusammen. Ihr Kopf dröhnte wie eine Glocke. Der Wachtposten, geübt im schmutzigen Kampf, stieß mit dem Absatz nach ihrer Kehle. Tallia fand gerade noch genügend Kraft, um sich aus dem Weg zu wälzen. Taumelnd rappelte sie sich auf; sie war sich darüber im Klaren, dass sie dem Kampf umgehend ein Ende machen musste, wollte sie nicht getötet werden.

Der Wächter hieb mit dem Entermesser nach ihr. Sie tauchte unter der Klinge hinweg, packte ihn beim Arm und warf den Mann, den Schwung seiner Bewegung nutzend, so hart über ihre Schulter, wie sie nur je mit einem Gegner getan hatte. Er krachte ins Geländer, das zerbrach, und mit einem Schrei fiel der Mann ins Meer. Als Tallia ihm hinterherblickte, sah sie einen phosphoreszierenden Strudel, gurgelnde Blasen und ein kurzes Schaumschlagen, das abrupt abbrach. Mehr nicht.

Ihre Übelkeit war grauenhaft und wurde immer schlimmer. Sie hing über dem Rand des Geländers, entleerte Magen und Darm zugleich, säuberte sich dann, so gut es ging, und legte sich nieder. Wertvolle Zeit verrann. Jede Minute konnte jemand auftauchen, der den Wachtposten ablösen wollte, doch Tallia war nicht in der Lage, sich in irgendeiner Weise dagegen zu wappnen.

Schließlich brachte ein Regenschauer sie auf die Füße. Sie blickte durch einen Riss in den Wolken empor und sah, dass der Skorpionnebel über das Firmament zog. Es war jetzt sehr spät, und sie fühlte sich fast so elend wie zuvor. Es blieb zu viel zu tun und zu wenig Zeit.

Endlich erreichte Tallia die Sklavenbarracken. Sie waren über Nacht verschlossen, aber nur ein einzelner Mann hielt davor Wache. Dieser Posten war unaufmerksam und Tallia trotz ihres Zustandes eine Expertin. Binnen einer Minute hatte sie die Tür geöffnet.

Im Innern der Baracke hielt sie die Laterne des Wächters empor. Gut hundert zum Dienst gepresste Seeleute und Sklaven regten sich, als das Licht sie weckte. Nächtliche Besuche bel Gorsts waren überaus unwillkommen.

»Jevander!«, rief Tallia leise. Er kam augenblicklich zu ihr und betastete dabei seinen Kragen. »Wir werden sehen, was wir dagegen unternehmen können«, sagte sie. »Soll ich noch jemandem die Freiheit bieten?«

»Ich denke schon«, erwiderte Jevander. »Ich kenne die anderen aber nicht besonders gut. Habe mich immer abseits gehalten.«

»Ich habe ein Schiff«, sagte Tallia laut genug, dass jeder es hören konnte, ohne dass es nach draußen drang. »Wer mit mir kommen will, möge es jetzt tun.«

Zwei oder drei erhoben sich. Der Rest blieb in dumpfer Gleichgültigkeit oder Furcht liegen. Tallia war nicht überrascht – das Sklavendasein stumpfte den Geist sehr rasch ab.

»Kommt mit zum Pier, das Schiff wird bald da sein.« Sie hoffte es jedenfalls.

Draußen zog Tallia einen kleinen Kupferdorn aus ihrer Hosentasche, feuchtete ihn im Mund an und drückte die Spitze gegen den Granat, der in den Eisenkragen eingelassen war. Sie verausgabte sich, bis sie zitterte, und las den Bann ab, unter dem der Stein stand, dann zersprang das Mineral mit einer winzigen grünen Feuergarbe und rieselte aus der Fassung.

»Das hat wehgetan«, sagte Tallia. Sie beugte sich vor und würgte trocken. »Und …?«

»Ich bin frei«, wisperte Jevander, riss den Kragen ab und schleuderte ihn zwischen die Mangroven. Er drückte sie an sich. »*Frei!* Tallia, ist mit *Euch* alles in Ordnung?«

»Das kann man nicht behaupten«, erwiderte Tallia blinzelnd. Sie sah plötzlich doppelt. »Zum Glück seid ihr nur zu dritt.«

»Was war das?«, zischte Jevi. Aus nicht allzu großer Entfernung hörten sie Schreie, Schläge, Krachen und Bersten von Holz.

»Keine Ahnung«, antwortete sie matt.

Nachdem sie die anderen beiden befreit hatte, war Tallia schwach wie ein neugeborenes Kätzchen. Es war beinahe Morgengrauen; der östliche Himmel hatte sich bereits rosa gefärbt. Das Frühlicht enthüllte einen grauenvollen Anblick – überall wimmelte es von Chacaloten mit bluttriefenden Mäulern, die sich um Fleisch- und Knochenstücke balgten. Ein riesenhaftes, altes Ungetüm hatte einen Mann zwischen den Kiefern und schlenkerte ihn hin und her. Der Mann schrie; dann riss hörbar etwas ab, der Mann erschlaffte, und das Reptil schleifte ihn fort.

»Geht das auf Euer Konto?«, fragte Jevi staunend.

»Es scheint, als seien meine Freunde ein wenig zu ... tüchtig gewesen«, flüsterte Tallia. »Oh, mein armer Kopf!«

Jevi ließ sich nicht aus der Ruhe bringen. »Habt Ihr Euren Gefährten gefunden?«

»Nein!«, stöhnte sie. »Ich weiß nicht, wo er ist.«

»Ich habe die Augen offen gehalten, während Ihr fort wart. Er ist in den Kerkern des Herrenhauses. Bleibt hier; ich werde ihn finden«, zischte er ihr ins Ohr.

»Wir gehen gemeinsam. Falls Pender verwundet ist, müssen wir ihn zu zweit tragen.«

Auf Jevis Schulter gestützt, stolperte Tallia über den Rasen zum Herrenhaus. Eine der prachtvollen Türen hing schief in den Angeln, und die Eingangshalle lag in blutigen Trümmern – ein Korbsofa war in Flechtwerk und Splitter zerlegt, Palmen und Orchideen auf dem Parkett zerstampft, Töpfe zerschlagen. Und überall sah man Blut, Haare und Kleiderfetzen. Wirklich überall – die Wände waren bis zur halben Höhe mit Blut verschmiert, und von einem Kronleuchter hing eine Socke.

»Wo?«, schrie Tallia.

»Die Treppe runter!«

Eine rote Schnauze reckte sich aus einem Zimmer rechts von ihnen. Offenkundig war es eine Bibliothek, denn ein Blatt aus einem Buch klebte direkt hinter den Augen am Kopf des Geschöpfes.

Sie rannten gemeinsam los. Tallia glitt aus und riss sie beide in einem Gewirr aus Armen und Beinen die Stufen hinab. Jevi schlang die Arme um Tallia, um sie zu schützen. Ihr Sturz endete am unteren Treppenabsatz, und er landete unten. Tallia klammerte sich einen Augenblick länger an ihn, als nötig gewesen wäre.

Sie fanden die unteren Ebenen verlassen vor. Die Wächter waren geflohen. Die Gefangenen hielten ihre Gitterstäbe umklammert und starrten stumm aus den Zellen, aber kein einziger von ihnen bat, freigelassen zu werden. Was oben geschehen war, hatte man hier unten nur allzu deutlich hören können.

Pender saß in der hintersten Zelle, ein trauriges, abgerissenes, rotäugiges Wrack. Wie bei einer angestochenen Blase hatte sein praller Leibesumfang sich in schwammige Schlaffheit verwandelt. Tallia wusste nicht ansatzweise zu sagen, wo die Schlüssel zu finden waren, und besaß auch nicht mehr die Kraft, um das Schloss zu sprengen, aber Jevi kam schon bald mit einer Brechstange, mit deren Hilfe er die Gitterstäbe von Penders Zelle auseinanderbog. Sie zerrten den dicken Mann hindurch.

Pender schien Tallia nicht wiederzuerkennen. Das Verlassen des Herrenhauses war nicht schwieriger als das Betreten, denn in der Eingangshalle stießen sie auf zwei Chacalote, die um ein grausiges Überbleibsel kämpften. Jevi half Tallia und Pender aus einem Fenster an der Hausseite, und sie stürzten übereinander aufs Gras. Pender starrte um sich, als wäre er vorzeitig in der Unterwelt eingetroffen.

»Pender!«, rief Tallia und rüttelte ihn an den Schultern. »Pender, hoch mit dir! Wir können dich nicht tragen!«

Er stand auf und stützte sich, keuchend wie ein Langstreckenläufer, an die weinberankte Mauer.

»Pender! Sieh doch! Das ist Jevi, Lilis' Vater!«

Das brachte ihn wieder zu sich. Pender starrte Jevi an, und dann erstrahlte ein Lächeln reinster Freude auf seinem fleischigen Gesicht. Er streckte eine schweißnasse Hand aus. »Lilis ist meine sehr liebe Freundin«, sagte Pender. »Sie hat mich aus dem Meer gerettet. Ein halbes Jahr lang suche ich schon nach Euch.«

Tränen stiegen Jevi in die Augen; er schloss den dicken Mann in die Arme, und sie weinten gemeinsam. Tallia war ebenfalls zu Tränen gerührt, aber sie gestattete ihnen nicht, sich Bahn zu brechen. »Wir müssen uns auf den Weg machen.«

Der dichte Rasen war überaus gefährlich. Überall konnten

Chacalote lauern. Auf den Schuppendächern drängten sich die Flüchtlinge, darunter auch ein dunkelhäutiges Mädchen, dessen Haar zu Schlaufen geflochten war. Twillim winkte Pender offenkundig unerschüttert zu, doch er bemerkte sie nicht. Tallia taumelte auf den kleinen Außenpier zu, dann hielt sie inne. Dort wimmelte es von Chacaloten, die an den Fleischresten und aneinander rissen.

»Osseion!«, rief Tallia. »Du verdammter Idiot, was hast du getan?«

»Da kommen wir nie durch«, sagte Jevander.

»Der Hauptanlegeplatz?«, schlug Pender vor.

»Woher soll Rustibel wissen, dass er dort nach uns Ausschau halten muss?«, erwiderte Tallia. »Davon abgesehen liegt da die *Dolch.*«

»Uns bleibt keine andere Wahl!«

Noch immer schwärmten Chacalote aus dem Wasser. Schon bald würden nur noch die Dächer Zuflucht bieten. Die drei rannten über den Rasen, ein tödlicher Hindernislauf. Tallia wurde nun wirklich übel – außer den Austern machten ihr Nachwehen zu schaffen. Zu selben Zeit kam eine kleine Menschengruppe hinter dem Herrenhaus hervor und eilte zum Hauptanliegeplatz, wo die *Dolch* vertäut lag. Die meisten kamen durch, einschließlich bel Gorst, der in seinem seidenen Nachthemd, aus dessen Saum dürre Beine hervorlugten, schon weit weniger bedrohlich wirkte.

Ihre Stiefel polterten über den Bohlenweg, aber eine arme Seele brach durch eine verfaulte Planke und blieb an der Brust eingeklemmt hängen; die Beine baumelten in den Mangrovensumpf. Der Unglückselige rief seine Kameraden um Hilfe an, doch sie rannten weiter. Ein Chacalot von gut fünf Spannen Länge erhob sich auf den Schwanz und schloss seine Kiefer um die Knöchel des Mannes. Dieser strampelte, doch vergebens – die Echse zerrte ihn durch die Lücke zwischen den Bohlen hinunter in den Sumpf.

Tallia krümmte sich und brach auf den Rasen.

»Was sollen wir tun?«, rief Pender.

»Weiterrennen. Wir können sonst nirgendwo hin.«

Eine Reptilienmeute verfolgte sie und schnitt ihnen jeden Rückzug ab. Zweimal wäre Tallia beinahe von einem Chacalot erwischt worden. Längs der Mole waren die Bäume zurückgestutzt; sie ließen sich nicht erklettern. Es war neblig, *Die Heimatlose* nicht in Sicht. Tallia entschied sich ganz unvermittelt.

»Lasst uns versuchen, die *Dolch* zu erobern!«

Sie stürmten über den Anlegesteg, doch sie wurden sofort entdeckt. Die Piraten hatten offenbar geglaubt, die Sklaven hätten sich befreit, denn sie gerieten in Panik und holten die Segel an; ein plötzlicher Windstoß füllte sie. Das Schiff löste sich vom Kai und gewann rasch an Geschwindigkeit.

Einer der Sklaven hinter Tallia stieß einen Schrei aus. Die Chacalote hatten sie verfolgt. Tallia versuchte verzweifelt, eine Illusion zu wirken, um die Flucht der *Dolch* zu vereiteln, doch ihre Kräfte reichten nicht aus.

Ein schattenhaftes Gefährt schälte sich direkt voraus aus dem Nebel. Der Steuermann der *Dolch* reagierte instinktiv, drehte am Steuerrad und brüllte Befehle. Die Matrosen holten die Brassen ein.

»Das ist ein Trugbild, du Idiot!«, schrie bel Gorst und hieb mit der Peitsche nach dem Steuermann. Sein dunkles Gesicht war ein Zerrbild des Grauens – Augen wie schwarze Tümpel, der Mund so rund wie die Öffnung eines Aborts. Seine Bemühungen kamen zu spät; das Schiff machte kehrt und segelte mit voller Kraft zurück.

Tallia sah zu, wie die *Dolch* auf sie zueilte; sie besaß nicht mehr die Kraft, sich zu bewegen. Das Schiff krachte frontal in den Pier, rasierte einen Teil des Bohlenbelags ab und schleuderte alle außer Pender, der zu weit zurücklag, ins Wasser. Tallia landete flach auf dem Rücken an einer seichten Stelle auf der anderen Seite. Ein Dutzend Chacalote glitt von Wattstreifen ins Wasser. Die *Dolch*, am Bug schwer beschädigt, wurde zurückgeworfen und trieb in die Bucht hinaus. Das Geisterschiff war verschwunden – Tallia wusste nicht einmal zu sagen, ob es sich um ihre Illusion gehandelt hatte oder nicht.

Durch zähen Schlamm kämpfte sie sich zum eingestürzten Bohlensteg. Ein Ende lag im Morast, das andere ragte in die Luft und lehnte unsicher an einem der Pfähle, auf denen es geruht hatte. Die Chacalote schwenkten in Tallias Richtung. Ein mitleiderregendes Kreischen verkündete den Tod eines Sklaven. Tallia war tapferer als die meisten Menschen, aber einem solchen Tod ins Angesicht zu sehen und nicht aufzuschreien kostete sie große Mühe. Pender hing über ihr; er hatte sich mit der Jacke am Pfahl verfangen. Hilflos zappelte er mit seinen plumpen Armen und Beinen.

»Halt still«, krächzte sie, vorübergehend von ihrer eigenen misslichen Lage abgelenkt, »falls du nicht da oben dein Ende finden willst!«

»Hierher, Tallia!« Es war Jevander, der sich mit einer Hand über ihr an einen der Pfähle klammerte. »Auf den Steg!«

Mit ihrem Blick folgte sie seinem deutenden Arm und sah, dass der eingebrochene Steg eine Rampe bis hinunter ins Wasser bildete.

Sie planschte darauf zu und kam sich wie eine Schildkröte vor, die von einem Leoparden gejagt wird. Etwas packte ihren Stiefel. Sie keuchte, aber sie hatte sich nur in einer verschlungenen Mangrovenwurzel verfangen.

Jevander hastete die Rampe hinab und reckte ihr einen Arm entgegen, doch sie konnte ihn nicht ganz erreichen. Über ihre Schulter hinweg sah Tallia den vordersten Chacalot, ein großes Exemplar. Sie würde es nicht schaffen! Die Bestie machte einen Satz nach vorn.

Ihre Stiefel trafen auf etwas Festes – den Steg! Keuchend kämpfte sie sich hinauf, schlitterte, rutschte ab. Der Chacalot war fast nah genug, um sie zu packen, und Jevander mit ihr. Schon schnappte er nach ihren Stiefeln. Das Reptil warf den Schädel herum und riss ihr den Stiefel samt Socke vom Fuß. Tallia verspürte einen furchtbaren Schmerz im Knöchel. Sie versuchte, die Bohlen hinaufzukriechen, aber ihr Fußgelenk versagte den Dienst. Der Chacalot preschte erneut vor.

Jevander riss eine lose Planke ab, rutschte auf den schmierigen Bohlen aus und schlitterte auf die Bestie zu. Tallia schrie auf, doch er gewann sein Gleichgewicht zurück, rammte der Kreatur die Planke in den Rachen und versuchte, sie weiter in den Schlund hinabzudrücken. Der Chacalot brüllte, schnappte mit den Kiefern zu und biss die Planke entzwei.

Tallias ausgestreckte Finger berührten Jevanders schwielige Hand. Sie packten einander, und Jevander bewies eine überraschende Kraft für einen so kleinen Mann, indem er sie mit einem derart heftigen Ruck aus dem Wasser zerrte, dass es ihr fast die Schulter ausrenkte. Die Kiefer des Chacalots trafen an genau der Stelle zusammen, an der Tallia eben noch gewesen war, rissen einen Happen aus einem Pfahl und büßten einige Zähne an den eisernen Verstärkungsbändern ein. Das Tier wälzte sich ins Wasser zurück, dann machte es Anstalten, erneut vorzuschnellen. Tallia krachte in Jevander hinein, wobei sie ihn um ein Haar in die grinsenden Kiefer hinabgestoßen hätte, die auf der anderen Seite lauerten.

»Hoch mit dir!«, rief Jevander. Er eilte zum unzerstörten Teil des Piers hinauf und zerrte eine schockierte Tallia hinter sich her, deren nackter Fuß blutig und schlaff herabbaumelte.

»Wo zur Hölle bleibt Osseion?«, japste sie, als eine ganze Meute aus Chacaloten über den Pier auf sie zueilte. Sie war wehrlos; ihre Illusionen hätten auf diese Geschöpfe keine Wirkung. Pender hing gefährlich nur am Jackenkragen vom Pfahl. Unter ihm sammelten sich die Chacalote und warteten.

Jevi hob Tallia auf einen Pfahl und kletterte hinterher. Sie lehnte sich gegen seine Schulter, wobei der Schmerz in ihrem Fußgelenk ihr fast das Bewusstsein raubte. Abermals legte er die Arme um sie. Es fühlte sich wunderbar an. Überall um sie herum schnappten die Kiefer der Bestien zu. Der überlebende Sklave hockte oben auf seinem Pfahl wie eine Wasserspeierfigur. Der Nebel verdichtete sich.

»Ahoi! Ahoi!«, rief jemand vom Wasser her, ein hohler, vom Nebel verzerrter Schrei.

»Das ist bel Gorst!«, rief Jevi erschüttert. »Noch einmal lasse ich mich nicht von ihm einfangen. Eher springe ich zwischen die Chacaloten.«

Tallia ergriff seine Hand. »Tu nichts Überstürztes. Denk an Lilis.«

Hölzernes Spantenwerk knarrte im Nebel. »Es ist *Die Heimatlose!*«, schrie Pender lauthals. »Sie muss es sein. Ahoi, Osseion, hierher. Ahoi! Ahoi!«

»Ahoi!«, erscholl der Ruf abermals aus dem Nebel. Die Chacalote schnappten erneut mit den Kiefern.

»Hierher!«

Wenige Sekunden später bot sich ihnen der großartigste Anblick ihres Lebens, als *Die Heimatlose* auf den Kai zuhielt, von Rustibel mit so leichter Hand gesteuert, dass sie dahinzutreiben schien wie Distelwolle in einer Brise. Ein ziemlich beschämt dreinschauender Osseion hob Tallia über die Reling in Sicherheit. Der Sklave sprang von seinem Pfahl aufs Deck. Jevander kam mit einem Satz an Bord.

Sie schnitten Pender von seinem Pfahl los und nahmen wieder Kurs auf die Kais von Roros.

»Ein verdammt guter Plan war das, Osseion!«, sagte Tallia zitternd. »Du hättest mir irgendeine Warnung zukommen lassen sollen! Wir sind dem Magen eines Chacalots nur *so* knapp entkommen.« Mit Zeigefinger und Daumen deutete sie einen winzigen Zwischenraum an.

»Dennoch hat es sich gelohnt«, sagte Pender. »Seht, wen wir gefunden haben.«

Osseion starrte den kleinen Mann an; dann, von Gefühlen übermannt, umarmte er ihn. Jevander setze sich und schüttelte den Kopf. Ihm rannen die Tränen über das Gesicht.

»So ein Pech, dass die *Dolch* entkommen ist«, stieß Tallia zwischen zusammengebissenen Zähnen hervor.

Rustibel wies in den Nebel. »Der Schuft ist nicht weit. Ich glaubte schon beim ersten Mal, wir hätten ihn.«

»Also warst *du* das?«, fragte Tallia. »Ich dachte mir schon, dass meine Illusion nicht gewirkt hatte.«

»Wir haben ihn auf Grund gedrängt, aber zwischendurch wurde es brenzlig. Ich dachte schon, er schickt uns auf ein Riff.« Der Nebel teilte sich so weit, dass sie das schmucke Schiff auf einer Sandbank festsitzen sahen, umringt von Dutzenden von Chacaloten. »Dort wird er bleiben, denn er hat kein Beiboot. Osseion hat es im Nebel losgeschnitten. Seine einzige intelligente Tat des Tages.«

Osseion grinste dümmlich.

»Der Wasserstand sinkt und wird vierzehn Tage lang nicht mehr so hoch sein.«

»Das Werk eines reichlichen Vormittags«, sagte Tallia. »Lasst uns zu den Behörden gehen und ihn anzeigen.«

»Er steht unter ihrem Schutz«, knurrte Pender.

»Meine Tante ist stellvertretende Gouverneurin, vergiss das nicht. Diesmal kann er sich nicht mehr freikaufen. Au, mein Fuß!«

Osseion nahm ihren Fuß in die Hand. »Damit wirst du eine Weile nicht laufen können«, sagte er. »Das Gelenk ist gebrochen.«

Tallia verbrachte vierzehn Tage im Kreise ihrer Familie, aber am Ende sorgte sie sich immer stärker um Mendark. Er hatte sie gebeten, sich in fünfzig Tagen wieder mit ihm zu treffen, doch als ihr gebrochener Fuß sie nun zur Untätigkeit zwang, konnte sie ihre Neugierde, die seine Heimlichtuerei geweckt hatte, nicht mehr unterdrücken.

»Ich muss Mendark finden«, sagte sie.

Die Kaufleute von Roros hatten sich erkenntlich gezeigt, dass bel Gorst sie nicht mehr bedrohte, und obwohl die Summe nicht die verlorene Fracht wettmachte, rettete sie Pender zumindest vor dem unmittelbaren Ruin. Er war sehr still und erwähnte den eingebüßten Gewinn nicht einmal, und am folgenden Tag nahm er auf der weiten Mündungsbucht des Wu Karu wieder nördlichen Kurs nach Strinklet. Tallia hingegen mietete sich trotz des Gipsverbands um ihren Fuß, der ihr in der Hitze fürchterliches Unbehagen bereitete, Pferde und brach mit Osseion und Jevander nach Tar Gaarn auf.

Kapitel sechs

Faelamors Tor

Faelamor führte Maigraith von Bannador nach Nordosten. Sie zogen durch den Wald von Faidon, wo Waldarbeiter die letzten großen Eisenbäume fällten, um mit dem Holz den Hafen von Thurkad noch höher über den Schlamm zu verlegen. Als sie bei Gance den Saboth überquerten, fanden sie die breiten Kiesufer des Flusses durch die Trockenheit bloßgelegt vor; nur ein einsamer Erzsucher wusch im seichten Wasser nach Platin. Sie setzten ihren Weg nordwärts fort, dann wandte sich Faelamor Richtung Dunnet, das mitten im Herzen des großen Waldes von Elludor lag, nach Westen. Dunnet war ein abgeschnittenes Land, das an seiner Westseite von Bergen gesäumt wurde, im Süden von der unwegsamen Landschaft Bannadors und im Norden von einer Kette kahler Hügel. Die Reise nahm ungefähr vierzehn Tage in Anspruch, und obwohl sie ein verwüstetes, belagertes Kriegsgebiet durchquerten, hielt niemand sie auf.

Gelegentlich hörten sie auf ihrem Fußmarsch Geschichten über Yggurs Rückkehr und das Schicksal der Zweiten Armee. »Genau, wie ich es dir gesagt habe«, bemerkte Faelamor. »Was hältst du jetzt von deinem Liebhaber?«

Maigraith fühlte, wie die letzte Bindung zu Yggur von ihr abfiel. Der Mann war ein Ungeheuer; er bedeutete ihr nichts mehr. Doch welche Wahl blieb ihr nach dieser Entscheidung, als abermals Faelamor zu dienen, der Frau, von der sie ihr ganzes Leben lang beherrscht worden war und der sie zu viel verdankte, als dass sie ihre Schuld jemals zurückzahlen konnte?

»Ich bin über ihn hinweg«, erwiderte Maigraith knapp.

Von da ab wurde Maigraith bei jedem Schritt ihrer neu gewonnenen Selbstsicherheit entkleidet, und das Elend, die Verzweiflung und Nichtigkeit ihrer früheren Existenz erwachten von Neuem. Ihr gesamtes Selbstvertrauen und Selbstwertgefühl verblassten zur Erinnerung an ein anderes Leben, und jeder Schritt vertiefte den Albtraum des jetzigen Zustands. Als sie Faelamors Refugium tief in den bewaldeten niederen Hängen von Dunnet erreicht hatten, gab es Maigraith' neues Ich, das sie unter solchen Schmerzen aufgebaut hatte, nicht mehr. Faelamor hatte sich Maigraith' Leben wieder angeeignet und bestimmte alles, was diese tat, und obwohl ihre Anordnungen jetzt höflich gewandet daherkamen, war die Härte hinter dieser dünnen Fassade so unnachgiebig wie eh und je.

»Endlich angekommen.« Faelamor ließ sich mit einem Seufzer, aus dem die Enttäuschungen ganzer Jahrhunderte klangen, auf einen moosbewachsenen Baumstumpf sinken. »Nirgendwo auf Santhenar könnte es Tallallame ähnlicher sein. Hier kann ich es vollbringen.«

Ihre Zuflucht war ein tiefes Tal, dessen höheres Ende direkt an die Berge stieß und einen Felshang schuf, der sehr hoch und ungastlich emporragte. Die Grate auf beiden Seiten waren steil und scharf, gefährlich zu erklettern, ein natürlicher Schutzwall. Den Zugang zum Tal bildete eine Klamm, die der Fluss durch den Kalkstein gegraben hatte und einst eine Höhle gewesen war, bis ihre Decke einstürzte. Tief in seiner Rinne schoss der Fluss tief und schnell und kalt dahin. Der Weg ins Tal bestand aus einem schmalen Sims, das neben dem Strom verlief. Die Klamm war nicht unüberwindlich, aber schwer zugänglich und leicht zu verteidigen. Flussaufwärts weitete sich das Tal; dunkel lag es unter riesigen Bäumen und war am oberen Ende, wo Stufenwasserfälle eine dreihundert Spannen hohe Klippe hinunterstürzten, feucht und neblig. Schlinggewächse hingen von den Bäumen; Farne bedeckten den Boden. Das Tal war ein Ort ganz nach dem Geschmack der Faellem, ein Schatten ihrer eigenen Welt. Faelamor hatte es vor vielen Jahren entdeckt und sich mit dem Gedanken eingeprägt, es später einmal zu einem Zweck wie diesem zu verwenden.

»Hier ist es wunderschön«, sagte Maigraith, während sie sich umschaute.

Faelamor sprang wieder auf. »Nicht nur schön, sondern *richtig!* Deshalb wird alles, was ich beginne, hier besser vonstatten gehen, und wir haben viel zu tun. Wie sehr ich mein Volk jetzt bräuchte.«

»Es ist noch in Mirrilladell, oder?«

»Zum größten Teil, über neunhundert Meilen entfernt.« Mirrilladell war ein Land der Seen, Sümpfe und kalten Wälder auf der Südseite der Großen Berge. »Aber wie weit entfernt auch immer es ist, es muss hierher. Dies wird die erste deiner großen Aufgaben sein.«

Maigraith hielt die Luft an. Ihr ganzes Leben lang hatte sie darauf gewartet. Oder zumindest war sie stets darauf vorbereitet worden. Ob sie es auch wollte, konnte sie nicht mit Sicherheit sagen.

»Zunächst werde ich versuchen, eine Verbindung mit den Faellem herzustellen. Du wirst mich unterstützen! Setz dich hierher.«

»Du kannst eine Verbindung herstellen?«, rief Maigraith erstaunt. »Ich dachte immer –«

»Dieses Talent *stammt* von den Faellem, obwohl es selbst bei uns selten vorkommt. Habe ich dich das nicht gelehrt?«

»Warum hast dann nicht *du* mich nach Fiz Gorgo begleitet, um den Spiegel zu stehlen?«

»Ich wünschte, ich hätte es getan«, antwortete Faelamor grimmig.

Die erste Verbindung schloss sich, eine sanfte, sinnliche Paarung von Maigraith' Bewusstsein mit dem von Faelamor, so sämig wie Vanillesoße. Maigraith fand nicht mehr Gefallen daran als Karan im vergangenen Herbst, als sie sich vor Fiz Gorgos erstmals miteinander verbunden hatten. Faelamor drang in Maigraith' Innerstes vor, dem Einzigen, was während all der Jahre, in denen sie die Beherrschung durch Faelamor erdulden musste, allein ihr vorbehalten gewesen war. Ihr Geist rebellierte und schüttelte die Verbindung ab; sie stürzte rücklings ins Gras.

»Bleib auf Abstand!«, würgte sie hervor. »Du verbindest dich mit mir zu meinen Bedingungen oder überhaupt nicht. Halt dich aus meinem Bewusstsein heraus.«

Faelamor erhob sich langsam und bog ihre Finger durch. Maigraith verkrampfte und wäre am liebsten geflohen. Doch was auch immer Faelamor zu tun im Begriff gewesen war, sie besann sich eines Besseren und setzte sich wieder. »Wie du willst. Jetzt zählt nur die Verbindung. Wir versuchen es noch einmal, sobald du bereit bist.«

Maigraith war verblüfft. Vielleicht besaß sie am Ende ja doch ein wenig Macht über Faelamor.

Nach mehreren weiteren Versuchen gelang es der Faellem, eine Verbindung zu schaffen, die Maigraith erträglich fand, eine Verbindung, die vor jedem bewussten Teil ihres Geistes ausreichenden Abstand wahrte.

Ellami, Ellami!, rief Faelamor.

Das Wort Stille, weit und leer, durchtränkte Maigraith' Geist.

»So weit weg«, sagte Faelamor. »So schwierig.« *Ellami; Hallal; Gethren.*

»Sie antworten nicht«, sagte Faelamor kurz darauf.

Sie rief und rief und rief immer wieder. Dennoch erfolgte keine Antwort. Faelamor wirkte abgezehrt. »Warum reagieren sie nicht?«, keuchte sie und hielt sich mit beiden Händen am Stein fest, um nicht hinunterzufallen. »Ich fühle mich sehr schwach. Gib mir etwas von deiner Kraft.«

Maigraith überkam ein Gefühl, als strömte ihr der Lebenssaft aus dem Schlund und ränne über die Verbindung zu Faelamor. Plötzlich von Benommenheit erfasst, musste sie sich mit den Armen abstützen. Der Fluss wurde zu einer Flut. Kalte Schweißperlen traten ihr auf die Stirn.

Faelamor machte weiter, bis ihr Tränen aus den Augen quollen. Maigraith fühlte sich so schlaff wie ein Wochen alter Ballon. Sie verlor beinah die Besinnung und musste sich ins Gras niederlegen.

Schließlich kam eine Antwort, die jedoch sehr schwach war.

Wer ruft?, erklang eine leise Stimme, dünn wie ein Strohhalm. *Bist du es, Faelamor?*

Ich bin es, antwortete sie. *Es ist so weit. Kommt zu mir nach Elludor, nordwestlich der alten Stadt Thurkad, auf der Insel Meldorin. Ich habe eine Zuflucht in den niederen Bergen geschaffen, in einem Land namens Dunnet.* Sie musste das Wort Wald nicht hinzufügen – wo sonst würden Faellem sich verstecken, solange eine Wahl bestand?

Maigraith konnte Ärger spüren, Widerstand gegen Faelamors Ruf.

Warum hast du uns nicht früher gerufen? Wo warst du so lange?

Keine Zeit!, keuchte Faelamor. *Kommt, Kommt! Kommt rasch und heimlich.*

Es erfolgte keine Antwort. *Kommt ihr?*, rief Faelamor. Die Verbindung wurde schwächer. *Kommt ihr?* Wieder keine Antwort. Faelamor war außer sich. *Bitte, Ellami! Ich flehe euch an! Ihr müsst kommen!*

Faelamor sank zu Boden und begrub ihr Gesicht im Gras. *Ruft mich! Ruft mich morgen!*

Die Verbindung verblasste wie der Himmel nach Sonnenuntergang. »Sie kommen!«, seufzte Faelamor, erschöpft auf dem Boden liegend. »Sie werden kommen. Sie müssen kommen!«

Maigraith sagte nichts. Weshalb *mussten* sie kommen? Sie hatten Faelamor verbannt, als Maigraith noch ein Kind gewesen war. Den Grund kannte sie nicht, doch er war ursächlich mit dem Geheimnis ihres Lebens und des Todes ihrer Eltern verbunden.

Am nächsten Morgen erwachte Faelamor in höchster Sorge.

»Was ist denn?«, fragte Maigraith, als sie Faelamor unruhig auf und ab gehen sah.

»Die Faellem hätten sich melden müssen.« Faelamor kehrte ihr unvermittelt den Rücken.

Am Ende des Tages war sie nicht mehr sie selbst. Für gewöhnlich so beherrscht, hatte sie begonnen, an den Fingernägeln zu kauen. Der Ruf kam nicht.

»Warum rufst du sie nicht erneut?«, fragte Maigraith, während sie das Abendessen vorbereitete.

»Ich kann nicht!«, krächzte Faelamor. »Über so große Entfernungen kann ich innerhalb so kurzer Zeit nicht noch einmal eine Verbindung aufnehmen.«

»Ich dachte …«, setzte Maigraith an.

»Eine Verbindung über drei Meilen hinweg zu senden ist schwer. Über sechs Meilen hinweg ist es viermal so schwer. Über neun Meilen hinweg neunmal so schwer. Aber mit jemandem über tausend Meilen hinweg in Verbindung zu treten – überschlage es dir selbst!« Faelamor war nicht gut im Kopfrechnen.

»Neunzigtausendmal so schwer«, murmelte Maigraith.

»So ist es! Möglicherweise ist es in der Geschichte der Drei Welten nie versucht worden. Ich könnte es ein Dutzend Mal ohne Erfolg probieren, so schwach ist das Signal. Aber es gibt Hunderte, Tausende Faellem. Wenn sie sich alle miteinander verbänden, könnten sie die Tyrannei der Entfernung überwinden.«

»Falls sie es wollten«, murmelte Maigraith, um sie zu quälen.

Wenige Tage später unternahmen sie einen zweiten Versuch, doch obwohl sie sich verausgabten, bis Faelamor den Kopf nicht mehr aufrecht halten konnte, hörten sie nichts.

»Vielleicht verbergen sie sich vor dir«, sagte Maigraith und erwartete fast, dass Faelamor nach ihr schlagen würde.

Faelamor kniff die Augen zu, damit keine Tränen hervorquollen, und flüsterte: »Das tun sie; sie haben eine Schranke gegen mich errichtet! Gegen mich, die sie hierher nach Santhenar geführt hat, und später noch lange. Sie lassen mir keine andere Wahl, als etwas zu tun, das verboten ist.«

Tagelang erhob sie sich nicht von ihrem Lager aus Zweigen und Farnen. Wann immer Maigraith kam, um nach ihr zu sehen, fuhr Faelamor sie an: »Geh weg! Ich denke nach.« Dann, eines Abends, als sie schon über eine Woche im Tal weilten, brach Faelamor ihr selbst auferlegtes Schweigen.

»Ich hatte recht«, sagte sie nüchtern.

Maigraith schürte das Feuer, das sie in Gang hielt, weil es die Mücken vertrieb. Sie empfand keinerlei Neugier, aber wenn Faelamor reden wollte, musste Maigraith zuhören.

»Ich hatte tatsächlich recht, als ich mich vor dreihundert Jahren auf dieses Spiel einließ. Die ganze Zeit quälten mich Selbstzweifel, der Gedanke, dass sich meine Ehre um ein Trugbild weggeworfen hätte. Dass ich einen großen Frevel für etwas begangen hätte, das niemals möglich wäre.«

Maigraith setzte sich auf. Wovon sprach Faelamor? Sie empfand plötzlich Kälte, ein dringendes Bedürfnis nach Wärme, und hielt die Hände an das Feuer. In den Baumkronen seufzte der Wind. Vom Fluss her, dreißig Schritte entfernt, drang ein schwaches Glucksen herüber, das wie ein leises Lachen über ihre nichtigen Bemühungen klang.

Faelamor starrte in die Kohlen und sprach mit monotoner Stimme: »Schon bevor meine Feindin Yalkara eine Schwachstelle in der Düsternis fand, hatte ich den Verdacht, dass es einen Weg geben musste. Um seinetwillen kämpfte ich mit ihr und wurde besiegt. Zu viele Geheimnisse hatte sie mit Hilfe des verfluchten Spiegels in Erfahrung gebracht.« Ihre Stimme war völlig ausdruckslos. Sie hätte ebenso gut die Vorbereitungen für ihr Abendbrot beschreiben können.

»Aber ehe Gethren mich in Sicherheit schleifte, erhaschte ich einen flüchtigen Blick in diesen Spiegel und ersah eine Möglichkeit! Ich erlitt einen Zusammenbruch und wusste wochenlang überhaupt nichts mehr. Doch später, als ich brütend dalag, voller Hass und Ekel vor mir selbst, da erfuhr ich, dass Yalkaras Erfolg nicht so groß war, wie ich zunächst geglaubt hatte. Ihre Wunden waren so schwer gewesen, dass sie hatte fliehen müssen, bevor sie wirklich dazu bereit war. Ich erfuhr, dass sie etwas zurückgelassen hatte, um ihr Werk zu beenden. Dann, als ich in meinem Bett des Schmerzes und des Elends, der Bitterkeit und der Verzweiflung lag, schmiedete ich einen Plan. Ich erkannte, wie ich mir, indem ich jene Gabe korrumpierte, ein Werkzeug erschaffen und zu meinen Zwecken abwandeln könnte, um *die Düsternis zu zerschmettern!*«

Maigraith war so entsetzt, dass sie beinahe aufgesprungen und fortgerannt wäre. Auf dem Konklave war über das Durchbrechen der Düsternis geredet worden, aber eben nur geredet. Seit damals hatte sie manchmal darüber nachgedacht und sich die Folgen ausgemalt.

»Ich war mir nie ausreichend sicher«, fuhr Faelamor fort. »Erst, als ich in Katazza in den Spiegel sah, wusste ich, dass ich richtig lag.« Etwas Altes und Furcht Einflößendes schimmerte in ihren Augen auf, dann wandte sie den Blick ab, als empfände sie Unbehagen an dem, was sie enthüllt hatte – oder wegen derjenigen, vor der es geschehen war.

Also hatte Faelamor in der Tat geplant, die Düsternis zu durchbrechen. Was bedeutete das für Santhenar? War es richtig, ihr zu helfen? Der kurze Geschmack der Macht hatte Maigraith' Augen gegenüber der Welt und ihrer Stellung darin geöffnet. Für jemanden wie sie, die weder Macht noch Reichtum anstrebte, sondern nur bewirken wollte, was richtig war, musste es eine tragende Rolle geben.

Einmal hatte sie sogar mit Yggur über die Düsternis gesprochen, denn niemand war bei dem Versuch, deren ureigene Natur zu ergründen, so weit gekommen wie er.

»Ich weiß nicht, was geschehen würde«, hatte er gesagt, »noch, so nehme ich an, weiß es irgendjemand sonst. Niemand versteht die Düsternis. Woher kommt sie? Wir wissen es nicht. Hat Shuthdar sie vorsätzlich bewirkt, eine letzte Verunstaltung dieses schönsten aller Dinge, der goldenen Flöte? Eine letzte böswillige Tat, bevor er sie und sich selbst vernichtete? Oder entstand die Düsternis einfach, weil das Gleichgewicht versuchte, sich nach einer so langen Verzerrung selbst wieder herzustellen, und sei es auf noch so brutale Art und Weise? Oder trat dort am Ende eine weitere Macht auf den Plan? Rulke war dort, Yalkara und Kandor; die meisten Großen jener Epoche. Solch eine Ansammlung von Macht ward seither nicht wieder gesehen. Entstand die Düsternis nach einem Plan oder durch den Fehlschlag eines solchen? Bildete sie sich in einem Augenblick, oder nahm sie während der folgenden Wochen langsam Gestalt an? Wir wissen es nicht, aber als die Faellem und die Charon sich anschickten, in ihre jeweilige Heimat zurückzukehren, war der Weg zwischen den Welten verschlossen.«

»Hatte Yalkara etwas damit zu tun?«, hatte Maigraith gefragt. »Sie wusste immerhin genug, um den Riss in der Düsternis zu finden, als es so weit war.«

»Ich glaube, dass die Düsternis uns beschützt«, hatte Yggur geantwortet, »egal, ob sie zu diesem Zweck geschaffen wurde oder nicht. Ich glaube nicht daran, dass sich das Gleichgewicht wieder herstellen würde, das in der Zeit vor der Flöte herrschte, wenn sie durchbrochen würde. Ich glaube vielmehr, dass dann *alle* Wege zwischen den Welten aufbrechen würden. Santhenar würde entblößt vor der Leere daliegen.

Unsere Welt gliche dem Dorf, das unterhalb des Dammes liegt. Bricht der Damm, wird das Dorf hinweggespült. Bricht die Düsternis auf, wird Santhenar zerrissen, denn gegen das, was in der Leere lauert, können wir uns nicht wehren. Vielleicht gibt es keine Verteidigung. Faelamor rührt an etwas, das sie nicht versteht.«

»Zerschlage die Düsternis!«, sagte Maigraith laut, und der Yggur in ihrem Kopf verstummte. »Doch was wird aus Santhenar? Würdest du die Welt zum Untergang verurteilen, die dir so lange Schutz gewährt hat?«

Im Flammenschein wurden Faelamors Wangen erst rosig, dann tiefrot. Sie wandte den Kopf in Maigraith' Richtung, und obwohl ihre Augen im Schatten lagen, schwammen goldene Flecken in ihnen, in Augen, die alt waren und tiefer als das grundlose Meer. Ihre Stimme war ohne jedes Mitleid.

»Wer aus einem Gefängnis ausbricht, den kümmert es nicht, ob die Wärter unbeschadet bleiben. Santhenar kann auf sich selbst achtgeben. Ich blickte in Katazza in den Spiegel und sah, was ich sehen wollte. Es *gibt* einen Weg. Ich *kann* die Düsternis durchbrechen. Ich *werde* die Faellem heimführen, und sollte diese Welt um mich in Trümmer fallen. Dies zu tun habe ich geschworen. Meine Pflicht ist klar.«

»Wie willst du es bewerkstelligen?«

»Ich wage nicht, es dir zu sagen oder irgendjemandem sonst. Es genüge, dass bis dahin zahlreiche Schritte erforderlich sind und sehr viel Vorbereitung. Der erste Schritt ist getan: Das Instrument wurde bereitet. Zwar ist es beschädigt, doch es wird funktionieren. Der zweite Schritt besteht darin, den Weg zu erblicken. Auch das ist mir bereits gelungen: Im Spiegel habe ich Yalkaras Pfad gesehen. Doch muss ich noch vieles beschaffen und etliches herausfinden, und die Zeit drängt. Seit Rulke seine Pläne offengelegt hat, führe ich einen Wettlauf gegen ihn, denn wer von uns auch immer als Erster zu handeln bereit ist, wird das Vorhaben des anderen vereiteln. Vielleicht trete ich auch gegen Mendark an, falls er Katazza lebend verlassen hat. Auf meinem Rückweg von dort habe ich etwas entdeckt, was eine große Bedrohung darstellt und weder dem Rat noch Rulke in die Hände fallen darf. Vielleicht bietet es eine Gelegenheit ... – nein, ich will noch nicht einmal daran denken.

Lass uns ans Werk gehen. Die Faellem haben mich enttäuscht. Ich habe gebetet, diesen Weg nicht gehen zu müssen, doch nun muss es sein. Weite Reisen liegen vor uns, aber wir haben keine Zeit. Ich muss daher ein Tor erschaffen, ähnlich dem, das Tensor in Katazza öffnete. Auch diese geheime Kenntnis verdanke ich dem Spiegel.«

»Ein Tor erschaffen!«, rief Maigraith aus. »Ist es den Faellem nicht verboten, so etwas zu gebrauchen?«

»So ist es. Jedes Tor verstößt gegen das Verbot von Apparaturen, das zu achten wir vor langer, langer Zeit geschworen haben. Ein Tor zu erschaffen ist ein Frevel tödlichen Ausmaßes, und ich werde bei seiner Benutzung grausam leiden. Doch ich brauche nun ein Tor und werde am Ende wieder eines brauchen, wo auch immer dies sein wird.«

Maigraith wusste von dem Apparaturenverbot, dem die Faellem sich unterworfen hatten, aber nichts von dem moralischen Imperativ, der dahinterstand, oder der unausweichlichen Strafe. Letztlich betraf es sie nicht, denn sie war keine Faellem.

Gereizter denn je kehrte Faelamor auf ihre Liege zurück. Maigraith verbrachte die nächsten Tage auf sich allein gestellt und erkundete den Wald, bis sie jeden Winkel des Tales kannte.

Sie liebte Wälder, denn in solcher Umgebung war sie aufgewachsen; dieser Wald jedoch war dunkel und feucht, stets von den hohen Gebirgskämmen beschattet, was ihre morbiden Gedanken beflügelte.

Der Tod war in diesem Jahr allgegenwärtig und entfernte sich niemals weit aus Maigraith' Gedanken. Während der langen Jahre, in denen sie bei den Faellem gelebt hatte, war der Tod ein nur seltener Gast gewesen. Die Faellem alterten kaum, und während Maigraith' Aufenthalt war nur eine Hand voll von ihnen gestorben – oder geboren worden. Faellem kamen durch Unfälle oder Kämpfe zu Tode, oder weil sie den Willen verloren hatten, im Exil auf Santhenar weiterzuleben.

Doch seit Maigraith nach Meldorin gekommen war, hatte sie kaum etwas anderes erlebt als den Tod und ihre eigene törichte Rolle dabei gespielt. Innerhalb und außerhalb Shazmaks waren die Aachim hingemetzelt und Iagador von Süd nach Nord, von Sith bis Thurkad, gebrandschatzt worden. Von den zahllosen Menschen, die gestorben waren, hatte die meisten Yggur auf dem Gewissen. Der Krieg, den sie selbst in Bannador geführt und der vorgeblich einem edlen Zweck gedient hatte, war noch verheerender gewesen.

Wie viele Kinder hungerten heute Nacht, weil ihre Väter nicht aus dem Krieg heimgekehrt waren? Wie viele Frauen weinten um ihre gefallenen Männer; wie viele Mütter, Brüder und Väter trauerten um geliebte Menschen, die sie niemals wiedersehen würden? Wie viele tapfere junge Soldaten waren verkrüppelt und verbittert heimgekehrt, vor sich ein kurzes Leben in Schmerz und Armut? Solche Fragen hatte sich Maigraith noch nie zuvor stellen müssen, und nun litt sie unter ihnen.

Noch in zwanzig Jahren wären die Kriegsschäden nicht behoben. Und weshalb war gekämpft worden? Weil der eine oder andere Tyrann es befohlen hatte. Faelamor war am schlimmsten von allen.

Jemand muss tun, was für die Welt richtig ist, dachte Maigraith, *und wenn ich es nicht tue, wer dann? Ich sehe allmählich, wo meine Pflicht liegt, und darin bin ich nur mir selbst verantwortlich: Erfüllung dort zu finden, was stets meine größte Last war. Nun, meine Ausbildung bei Faelamor, bei Yggur und bei Vanhe hat mich alles gelehrt, was ich nur verlangen kann, um diese Aufgabe zu bewältigen. Der Rest liegt an mir. Wenn sich die Gelegenheit bietet, muss ich bereit sein, sie zu ergreifen.*

Hiernach arbeitete Maigraith ihre ganzen wachen Stunden hindurch. Sie flocht Matten und Schutzdecken aus Binsen, nähte sie aneinander und spannte sie auf Pfähle, bis sie eine Art Haus errichtet hatte, einen leichten, aber sicheren Unterschlupf, Zuflucht. Außerdem knüpfte sie sich eine Hängematte, in der sie schlafen konnte, ohne dass die Feuchtigkeit sie erreichte. Faelamor begnügte sich mit einer Astgabel als Schlafplatz, doch Maigraith stellte höhere Ansprüche.

Dann las sie im Flussbett die runden Steine aus und begab sich an die Herstellung von Lichtkugeln. Diese Fertigkeit hatte sie vor langer Zeit erlernt, aber in letzter Zeit nicht sehr oft angewandt. Jede Kugel war anders: Manchmal fertigte Maigraith sie aus Stein, wenn sie Steine finden konnte, die sich in ihren Fingern geeignet anfühlten, doch häufiger aus Mineralen. Quarz war zwar leicht zu finden, aber sie mochte die grelle, splitterige Eigenart nicht, die er dem Licht verlieh. Manchmal gebrauchte sie auch Kalzit – er gab ein weiches, milchiges Licht ab, hielt aber nicht lange vor. Topas war gut, aber sie arbeitete nur mit Kristallen, die sie selbst fand, und er kam selten vor. Einmal hatte sie sogar eine Kugel aus Granit geschaffen – eher als Probe ihres Könnens als aus einer Notwendigkeit heraus, dieses Gestein zu benutzen –, doch das unheilvolle Licht, das aus Hunderten kleiner Kristalle hervorquoll, durchsichtig, milchig, rosafarben oder schwarz, erinnerte sie an das dunkle Antlitz des Mondes. Nur ein einziges Mal hatte sie diese Kugel benutzt.

Nach einer Weile fiel ihr die Lichtkugelherstellung allzu

leicht, daher belustigte sie sich damit, die ungeeignetsten Kieselsteine herauszusuchen, die sie finden konnte, Eisenstein oder Basalt, und sie dazu zu bringen – oder bei einer berühmten Gelegenheit: sie zu *zwingen* –, Licht zu erzeugen. Ihre Lichtkugeln hängte sie in kleinen geflochtenen Körben auf, sodass sämtliche Bäume im Umkreis des Lagers abends in farbenfrohem Licht erstrahlten und erst mit fortschreitender Nachtstunde langsam dunkelten.

Doch auch diese Beschäftigung war zu alltäglich. Maigraith brauchte Arbeit, die so hart war, dass es schmerzte. Sie kehrte zu ihren strengen Disziplinübungen zurück und wurde mehr und mehr davon in Anspruch genommen, bis es die meisten ihrer freien Stunden ausfüllten. Und doch war es, als übte sie sie im leeren Raum aus. Obwohl sie die Bewegungen mit Leib und Seele wie eine Maschine durchexerzierte und sogar ein weiteres der Neunundvierzig löste, eines der verschachtelten Chrigm, zog sie keine Befriedigung daraus. Innerlich fühlte Maigraith sich leer. Der Funke in ihr war entfacht worden, doch verglomm er in Ermangelung des Brennstoffs, der ihn zur Flamme erweckte. Woher sollte sie die Kraft nehmen, sich von Faelamors Herrschaft zu befreien und eigenständig zuzuschlagen?

Einige Wochen nach ihrer Ankunft erhob sich Faelamor plötzlich von ihrem schattigen Plätzchen unter dem Baum.

»Morgen erschaffen wir das Tor!«

Die ganze Nacht hindurch saß sie beim Feuer, dachte nach und kratzte ab und an mit einem Stock Zeichen in die Erde. Mehrmals wachte Maigraith auf und sah sie aufrecht dasitzen, hellwach, aber reglos. Dann war es plötzlich Morgen geworden, aus dem Fluss stieg Nebel auf, und Faelamor hatte sich stromaufwärts entfernt.

Maigraith folgte ihr bis zu einer Stelle, wo der Fluss zwischen zwei kleinen Hügeln hervorsprang. Er war an dieser Stelle nur zehn oder zwölf Schritt breit, aber tief, seine Strömung reißend. Der Wald stand dicht; uralte Bäume säumten beide Ufer. Über dieser schmalen Stelle errichteten sie mithilfe der Schlingpflanzen eine Hängeplattform zwischen zwei Bäumen, die aus drei großen Hängematten bestand, die kreuzweise miteinander verwoben waren. Sie stabilisierten sie mit Kletterpflanzensträngen, die um die Baumstämme gebunden und zusammengeflochten wurden. Darüber schufen sie auf dieselbe Art eine weitere Plattform, verbanden beide mittels schlanker, gerader Pfähle und bedeckten sie mit einem Baldachin aus geflochtenem Schilf als Dach. Alles wurde zusammengebunden, verspannt und wieder verspannt, dann die Streben gelockert, um den Baumstämmen zu gestatten, im Wind zu schaukeln.

Faelamor kletterte herab. Misstrauisch betrachtete sie das Gebilde, einen Pavillon aus Flechtwerk, der frei über dem Wasser hing.

»Es wird gehen«, sagte sie schließlich, »obwohl es für meinen Geschmack zu sehr dem Gebilde ähnelt, das Tensor geschaffen hat. Doch andererseits – *gleich und gleich gesellt sich gern.* Das Tor wird sich nur umso leichter öffnen lassen. Hätte mir mehr Zeit zur Verfügung gestanden, hätte ich ihm vielleicht Schönheit und eine bessere Form verliehen, aber wir versuchen schließlich nicht, ins Nachtland einzudringen. Wir unternehmen eine kleine Reise, um Zeit zu sparen. Und weil es keinen anderen Weg dorthin gibt.«

Maigraith blieb, wo sie war. »Mir war nicht klar, dass ich mitgehen soll«, sagte sie zögernd.

»Was ist denn? Hast du Angst?«

»Natürlich habe ich Angst«, erwiderte Maigraith schroff. »Du hast mir beigebracht, dass solche Apparaturen verboten sind.«

»Nur den Faellem.«

»Trotzdem habe ich Angst. Ich hab gesehen, wie es Yggur gequält hat, als er hindurchging.«

»Ach was! Du bist viel größer als er. Hinauf mit dir!«

Sie nahmen ihre Plätze auf der Plattform ein, und Faelamor holte aus ihrem Beutel ein Stück von einem blassen Stein hervor. Eine Seite war bearbeitet und glattpoliert worden, während die andere eine gewellte, glasartige Bruchstelle aufwies.

»Ich habe es aus Katazza mitgebracht«, erklärte sie. »Es gehörte zu Tensors Tor und brach ab, als Yggur unerwarteterweise erschien – oder war es Rulke? Ich weiß es nicht mehr.«

»Rulke!«, rief Maigraith aus. Ihr drehte sich der Magen um.

Faelamor verstand sie falsch. »Wer auch immer, es zählt nicht – es zählt nur, dass es Teil eines Tores war. Gleich und gleich ... ich hoffe, es wird genügen.«

Sie feuchtete das Bruchstück mit ihrer Zunge an, legte es behutsam auf der Plattform nieder und stellte ihren nackten Fuß darauf. Unter Aufbietung ihrer Kraft knüpfte sie eine Verbindung zwischen sich und Maigraith.

»Zunächst müssen wir sehen, wohin wir wollen.«

»Wohin geht es denn?«, fragte Maigraith voller Furcht vor dem Tor.

Faelamor antwortete nicht. Sie vollführte Armbewegungen, und die Welt verblasste. Nebel umwirbelte sie, dann erblickte Maigraith nur flüchtig zwischen Wolken hindurch eine Trutzburg auf einem kahlen Bergkamm, und im Tal darunter eine Ruinenstadt.

»Tar Gaarn!«, rief Faelamor. Die Stadt verblasste, ebenso der Nebel, dann sahen sie in eine dunkle Kammer. Weiche Lichter lagen auf Wandbrettern, aber es war, als spähten sie durch Dunst – die Nebel der Zeit vielleicht. Die Lichter waren von Höfen umgeben und strahlten in den Farben des Regenbogens. Auf dem steinernen Boden lag ein Seidenteppich, am anderen Ende des Gemachs stand ein Tisch mit einem kleinen Spiegel darauf.

Der Spiegel!, dachte Maigraith mit einem kalten Schauer. Sie würde nie vergessen, wie es sich angefühlt hatte, als sie ihn in Fiz

Gorgo zum ersten Mal in den Händen hielt. Ihren Eindruck, dass er nach ihr rief. Sie verzehrte sich danach, den Spiegel wieder in die Hände zu nehmen und hineinzublicken.

»Havissard, zu Yalkaras Zeit!«, sagte Faelamor mit einem unwillkürlichen Schauder. »Wir blicken in Yalkaras Salon. Zumindest erinnere ich ihn so. Hoffe und bete, dass meine dreihundert Jahre alte Erinnerung ausreicht, um ihn jetzt zu finden, denn die Erinnerung ist eine gefährliche Methode, ein Tor zu steuern.«

Ihre Stimme brach. Sie taumelte und griff nach Maigraith' Hand, um das Gleichgewicht zu bewahren. »Hilf mir, Maigraith! Wir Faellem *können* einfache Apparaturen benutzen, aber es verlangt uns einen hohen Preis ab. Bewahre das Bild, während ich den Weg ausfindig mache. Nimm es dir über die Verbindung und verwahre es sicher in deinem Geist. Beobachte gewissenhaft, wie ich es tue. Die Rückkehr musst vielleicht du ausführen.«

Maigraith hielt das Bild von Yalkaras Salon fest, während Faelamor etwas tat, das ihr, Maigraith', Geist nicht zu erfassen vermochte. Faelamor grunzte, offenkundig zufriedengestellt, und tat etwas anderes, ebenso Unbegreifliches. Plötzlich brach zwischen ihnen explosionsartig ein Tor auf. Der Nebel, der die Plattform umgab, wurde von hervorschießender Luft aufgerührt, die schal und trocken roch.

»Halt es fest!«, flüsterte Faelamor. »Halt es fest verankert, oder wir werden nie zurückgelangen. Oh, wie das schmerzt!« Sie wäre hingefallen, hätte Maigraith sie nicht gestützt.

Plötzlich fühlte sich Maigraith benommen und schwach. Faelamor zapfte über die Verbindung ihre Kraft an, doch hätte sie, gemessen an der Auswirkung auf die Faellem, ebenso gut gleich in einen Abfluss rinnen können.

Maigraith klammerte sich an einem Spannseil fest. »Aufhören!«, rief sie. »Du bringst uns beide um!«

Das Gefühl aufgezehrt zu werden verebbte. Faelamor richtete sich aus eigener Kraft in eine aufrechte Stellung auf. Ihr Hemd klebte vor Schweiß, und sie sah sterbenselend aus. »Wir müssen einen anderen Weg probieren.« Sie musterte Maigraith. »Du hast dich verändert. Du bist nicht mehr, was du einmal warst.« Sie wirkte befangen; vielleicht hatte sie erkannt, dass ihr die Kontrolle über Maigraith entglitt.

Maigraith lachte. Ein winziges Feuer hatte in ihrem Inneren zu flackern begonnen; sie platzte fast vor Freude. »In Thurkad wurde ich gezwungen, Menschen zu führen – zu befehlen und zu sehen, wie mir augenblicklich gehorcht wird. Es hat die Fesseln gesprengt, in die du mich gekleidet hattest. Diese Erfahrung hat mich für immer verändert. Denk daran, wenn du mich beim nächsten Mal zu beherrschen versuchst. Deine Zeit geht zu Ende, doch meine hat kaum erst begonnen.«

»Du hast noch nicht mal einen Bruchteil meiner Waffen gesehen!«, fuhr Faelamor auf, entschied sich jedoch, keine Konfrontation zu suchen. »Lass uns weitermachen. Hier, setz deinen Fuß auf den Stein.«

Maigraith gehorchte und spürte die glatte Bruchstelle an ihrem Fußballen. Faelamors kleiner Fuß, unter den Maigraith den ihren geschoben hatte, zitterte. Sie hatte die Faellem noch nie so angespannt erlebt, seit sie sich vom Konklave erholt hatte.

»Bist du wohlauf?«

»Verbotenes Tun!«, wisperte Faelamor. »Dafür werde ich zahlen müssen.« Mit ihren Händen wirkte sie einen Zauber. »Ich werde es mehrmals probieren müssen, um mich an das Tor zu gewöhnen und den Ort auszuspüren.«

»Was auszuspüren?«

»Die Verteidigung von Havissard. Wir gehen dorthin, wo Yalkara mich besiegt hat, und von wo aus sie floh.«

Sie versuchte es wieder und wieder, aber es schien nicht zu funktionieren. »Ich kann überallhin sehen, wohin ich will, aber ich kann nicht dorthin gelangen. Der Raum dort ist völlig verzerrt. Ich bin zu schwach.«

Als sie es abermals versuchte, knickten ihre Knie ein, und Maigraith konnte sie nur knapp vor einem Sturz in den Fluss retten.

»Nutzlos«, keuchte Faelamor und klammerte sich an Maigraith fest, während die Plattform schaukelte. »Noch ein Versuch, und ich habe nicht mehr genug Kraft, das Tor zu benutzen. Ich werde es mit dem Bild riskieren müssen, das ich habe.«

»Gib es mir«, entgegnete Maigraith, die um sie beide fürchtete. »Zeig mir, wie man das Tor steuert.«

»Dafür bist du nicht bereit!«

»Du hast recht! Ich bin es nicht. Aber eher bin ich bereit als du, und ich habe nicht vor zu sterben, weil du es nicht schaffst.« Maigraith hatte sich rasch erholt, und je mehr Faelamor zu kämpfen hatte, desto besser fühlte sie sich. »Zeig mir, wie man das Ziel erspäht, und ich muss ganz genau wissen, wohin du zu gelangen versuchst.«

Faelamor begriff, dass ihr keine andere Wahl blieb, und sie gehorchte. Die Bilder pulsierten über die Verbindung zu Maigraith. Diese suchte das Ziel, und dort war es, Havissard, so dauerhaft wie die Erde. Doch es war in eine große durchsichtige Blase eingeschlossen.

»Es wird *geschützt!*«, rief Maigraith verwirrt aus. »Aber ... ich glaube, ich sehe einen Weg, der hineinführt.«

Faelamor zitterte angesichts Maigraith' Selbstvertrauen. Sie müsste später zurechtgestutzt werden. Im Augenblick jedoch zählte nur, ihr Ziel zu erreichen.

»Fertig?«

Obwohl Maigraith noch immer nicht durch das Tor gehen wollte, schwelgte sie in Vorfreude auf Havissard. Faelamors geistige Verfassung war ihre größte Sorge.

Sie öffnete das Tor. »Soll ich hindurchgehen?«

»Nein!«, rief Faelamor furchtsam. Beinahe schien es, als sorgte sie sich um Maigraith. »*Ich* muss als Erste hindurch und das andere Ende fixieren. Das ist der gefährlichste Moment, besonders für mich.«

Sie trat in das Tor und verschwand. Die Plattform schlingerte heftig. Maigraith sank auf ein Knie und verlor fast den Kontakt zum Stein. Sie konnte spüren, wie riskant der Übergang war, und zog kurz in Erwägung, den Anker zu lösen, während Faelamor noch im Transit steckte. Damit hätte sie all ihren Schwierigkeiten ein Ende bereitet. Aber nein, so verhielt sich nur ein Feigling. Dann war Faelamor auf der anderen Seite. Maigraith richtete den Weg aus und bändigte sein Schwanken und Fortzucken, bis er sich schließlich am anderen Ende stabilisierte. Faelamors Stimme, von der Verbindung zu einem flüsternden Krächzen verzerrt, rief sie hindurch.

Für einen langen Augenblick widerstand Maigraith dem Ruf. Sie empfand Angst vor dem Tor, denn sie konnte nicht vergessen, was Yggur widerfahren war. Doch Havissard bedeutete eine hartnäckige Verlockung. Sie trat in das Tor, zögerte, als sie halb darinnen und halb draußen stand, fühlte sich in zwei verschiedene Richtungen gezogen. Ein Ziehen wurde stärker als das andere – das Tor zog Maigraith in sich hinein. Ihre Eingeweide verschlangen sich zu Knoten, dann stürzte sie kopfüber in ein schwarzes Gemach und schlug sich den Kopf an.

Dort lag sie mit hämmerndem Herzen. Sie bekam Staub in den Mund; mit jedem Atemzug roch sie ihn. Eine Kugel schimmerte, und die wirbelnden Staubteilchen setzten sich allmählich wieder. Maigraith erkannte, dass sie sich in dem Gemach befanden, das Faelamor abgebildet hatte. Vom Staub abgesehen, glich es Faelamors Bild, nur stand der Spiegel von Aachan nicht auf dem Tisch.

»Havissard!«, keuchte Faelamor. Alle Farbe war aus ihrem Gesicht gewichen. Sie wirkte alt. »Es war schwieriger, als ich erwartet hatte. Das Tor stieß auf Yalkaras Abwehrvorrichtungen; fast hätte ich es verloren.« In ihren Augen stand der Schreck über die verkannte Gefahr. »Seit Yalkaras Tagen war niemand mehr hier. Ihre Schutzvorkehrungen haben nie an Wirkung verloren, und was sie verteidigen, entzieht sich jeder Mutmaßung.« Sie setzte sich auf den Boden und ließ den Kopf auf die Knie sinken.

Und ich glaubte, es wäre aus mir heraus gekommen, dachte Maigraith in Erinnerung an den Impuls, den Anker zu lösen, während Faelamor im Übergang gewesen war.

Noch lange nach ihrer Ankunft zitterte die Wirklichkeit wie gekräuselte Wellen auf einem Teich. Hier in der Feste ihrer uralten Feindin hatte Faelamors Gesicht so wenig Farbe wie das Weiße eines Eies, doch Maigraith war aufgekratzt.

»Yalkara muss Havissard bei ihrem Aufbruch verschlossen haben«, sagte Faelamor. »Ganz so wie der Spiegel – vor allem geschützt. Möglicherweise hat der Schutz im Laufe der Jahre so weit an Wirkung verloren, dass ich das Tor hierher öffnen konnte.«

Ein weiterer Ausbruch von Nicht-Wirklichkeit erschütterte die Wände – einen Augenblick lang befanden sie sich außerhalb der Zeit im Nirgendwo. Dort gab es kein Havissard, oder aber sie waren in eine Zeit gelangt, da es schon lange in Trümmer gesunken war. Wellen der Durchsichtigkeit liefen durch das Gebäude und enthüllten ihnen andere Epochen Havissards: eine Zeit, als die Arbeiter aus den Silberminen schwärmten; eine Zeit, als Tar Gaarn erbaut wurde. Ein Damals, vor einer Ewigkeit, als hier nichts anderes gewesen war als Berghänge im Kleide dichter Wälder, Felswände, über die Wasserfälle tosten, und Panther, die auf den Berghängen nach Ziegen pirschten. Dann zerbrach ringsumher eine stürmische, unkontrollierte Realität, die beide in Furcht versetzte und ihre geordneten, methodischen Geister erschütterte. Zeit und Raum bebten, und sie sahen, was Wahnsinnige erblicken; erneut bebten sie, und Havissard war wiederhergestellt.

Die Feste war alt, staubig und schlicht: von kleinen Teppichen abgesehen nackte Steinböden, schwarz oder stahlblau; Steinwände in Grau oder Eisblau. Hier ein erlesener kleiner Wandbehang, dort eine Inschrift im Stein. Weiter unten ein Kunstwerk, gefertigt aus Metallfäden, ein galoppierendes Pferd, einfach grau und blau und weiß.

Maigraith streckte die Hand nach einem Leuchtstreifen an der Wand aus. Zu ihrer Überraschung erhellte er den Korridor auf ganzer Länge. Diesem Gang folgten sie und stiegen eine lange Treppenflucht hinab. Keiner von ihnen sagte etwas. Maigraith fühlte sich orientierungslos, als hätte das Tor ihr das Gehirn im Kopf umgedreht. Die langen Knochen ihrer Arme und Beine schmerzten.

Auf halbem Abwärtsweg bebte die Realität erneut, doch diesmal auf andere Weise. Eine drängende, Furcht einflößende Verrenkung durchlief die vier Dimensionen. Maigraith fühlte sich verletzt. Sie verlor das Gleichgewicht und stürzte die letzten drei Stufen hinunter, prallte auf den Boden und hielt sich vor Schmerz den Bauch. Sämtliche Lichter erloschen. Faelamor setzte sich abrupt auf die Treppe, um einen Sturz zu vermeiden. Sie hob die Lichtkugel empor und starrte Maigraith an. Die goldenen Stäubchen in ihren Augen verschwammen.

»Was ist *das?*«, wisperte sie mit aufgerissenen Lidern.

In Elludor wurde die Plattform durch die Gewalt und das Ungleichgewicht von Maigraith' Fortgang nach oben und zur Seite gerissen, verzogen von ihrer Anstrengung, das Tor gegen die Fremdartigkeit von Havissard zu behaupten. Dann pendelte sie sich wieder auf ihre alte Position ein, aber das steinerne Bruchstück, das Faelamor den ganzen weiten Weg von Katazza hergebracht hatte, der Anker für das Tor, er trudelte langsam durch die feuchte Luft in den Fluss.

Kapitel sieben

Aeolior

»Es fühlte sich an, als hätte jemand versucht, hier hereinzugelangen«, sagte Maigraith. Sie hatte keine Ahnung, warum sie es sagte oder woher sie das wusste, aber so war es.

Faelamor griff wieder nach dem Leuchtstreifen, doch er reagierte nicht. Sie erschauerte.

Maigraith wusste, was mit ihr war.

Hier, in der Zitadelle ihrer Feindin, verspürte Faelamor Angst. Obwohl Yalkara seit Hunderten von Jahren fort war, fürchte Faelamor sie noch immer. Maigraith ergötzte sich heimlich an dieser Furcht. Sie fürchtete sich nicht im Mindesten. Weshalb, wusste sie nicht zu sagen, aber sie fühlte sich hier sehr wohl.

»Ich bin völlig erschöpft«, sagte Faelamor. »Die Reise durch das Tor hat mich restlos ausgelaugt.«

Das Tor hatte wie ein Foltergerät auf sie gewirkt, verbotene Apparatur, die es war.

Sie konnten die Leuchtstreifen nicht wieder in Gang bringen. Maigraith brachte eine neue Lichtkugel zum Vorschein, eine aus Marmor gefertigte, die ein blasses grünes Licht verströmte. Es passte zu ihrem Teint, aber Faelamor wirkte darin bleich wie ein Gespenst. Sie aßen Obst und Brot aus Maigraith' Bündel.

»Ich kann es nun nicht ertragen«, sagte Faelamor. Sie biss die Zähne zusammen und schlug sich mit geballter Faust selbst. Die Augen in ihrem Kopf verdrehten sich seitwärts. Ein Speichelfaden rann ihr aus dem offenen Mund und über das Kinn.

In diesem Zustand verharrte sie eine Weile, in der Maigraith sie bestürzt anstarrte, dann stellten sich ihre Augen zurück, und sie holte keuchend Luft. Faelamor wischte sich das Kinn ab und sah etwas besser aus.

»Du hast die Nachwehen überwunden?«, staunte Maigraith fasziniert.

»Ich hab sie heruntergewürgt wie Erbrochenes. Aber wie bei Erbrochenem wird es doppelt so schlimm sein, wenn sie wieder hochkommen. Los jetzt. Wir müssen etwas finden, das hier versteckt ist. Wo, das weiß ich nicht. Wir werden mit Yalkaras Arbeitsräumen anfangen, ihrer Bibliothek und ihrem ...« – das Wort kam ihr nur mühsam über die Lippen – »Privatgemach.«

»Du meinst ihr Schlafzimmer?«

»Verfluchte Zunge – ja, ihr *Schlafzimmer*«, sagte Faelamor wütend.

Maigraith beschloss, Faelamor noch ein wenig mehr zu bedrängen. »Wie verlief sie, deine letzte Schlacht gegen Yalkara?«

»Ich verspüre nicht den Wunsch, sie noch einmal zu durchleben«, erwiderte Faelamor mürrisch, obwohl sie seit ihrer Ankunft an kaum etwas anderes gedacht hatte. Eigentlich meinte sie, dass sie es nicht ertragen konnte, ihr Versagen derart bloßgestellt zu sehen. Vor allem nicht hier. Doch nach einer langen Pause begann sie zu sprechen.

»Ich weiß nicht, wie es begann, nur dass es sich vor langer Zeit ereignete, kurz nachdem Yalkara nach Santhenar gekommen war. So weit liegt es zurück!« Sie rieb sich mit staubiger Hand über die Stirn. »Kaum hatten wir einander kennengelernt, war es, als sähe jede von uns in der anderen eine Feindin fürs Leben. Ich hatte Angst – die ich gegenüber anderen Charon niemals empfunden hatte; selbst vor Rulke hatte ich mich nicht gefürchtet. Sie waren meine Feinde, weil es angebracht war – sie arbeiteten mir entgegen, weil ich ihren Zielen entgegenarbeitete. Yalkara jedoch war mit einer bestimmten Absicht nach Santhenar gekommen, und ein großer Teil ihrer Ziele betraf mich persönlich. Sie kam, um sich mir entgegenzustellen; um mich zu behindern und mich aufzuhalten; um meine Pläne und Hoffnungen zu vereiteln. Warum? Warum war es ihr bestimmt, meine Nemesis zu werden?« Faelamor erschauderte und verstummte abrupt. »Lass uns weitergehen!«

Sie folgten weiter dem Gang. Maigraith ging vorneweg und schlug jeweils den Weg ein, den ihre Intuition ihr wies; sie wollte den Rollentausch so lange genießen, wie er bestand. Für den Augenblick begnügte Faelamor sich damit, ihr zu folgen, schlug allerdings gelegentlich eine andere Richtung vor.

»Weswegen sind wir hierhergekommen?«, fragte Maigraith, als es Nachmittag geworden war. Sie begriff allmählich, was Karan, nachdem sie so lange im Dunkeln gelassen worden war, empfunden haben musste, während sie im letzten Herbst nach Fiz Gorgo eindrang.

»Ich habe auf meinen Reisen von etwas erfahren, einem gefährlichen Geheimnis. Ich vermute, dass es hier irgendwo versteckt liegt.«

»Wovon hast du erfahren?«

Faelamors grüne Augen blitzten im Lichtschein rot auf. »*Das kann ich eben nicht sagen!* Ich weiß nur, dass Yalkara hier etwas versteckt hat – etwas Kostbares und Tödliches. Sie muss es für einen unbekannten zukünftigen Zweck zurückgelassen haben, denn warum sonst sollte dieser Ort so stark geschützt sein? Ich hoffe, dass ich es erkenne, wenn ich es sehe.«

So sei es also, dachte Maigraith. *Ich lasse mich auf dein Spiel ein. Je länger wir hierbleiben, desto glücklicher bin ich.* Sie ging los und sah sich allein um, denn sie brannte zu erfahren, wie Yalkaras Heimstatt beschaffen gewesen war, und was sie auch erblickte, faszinierte sie.

»Und das bringt mich auf eine andere Sache«, sagte Faelamor, als Maigraith zu ihr zurückgekehrt war. »Unser Unterfangen ist eine Lektion für dich, und eine Prüfung; vielleicht deine größte Prüfung vor der allerletzten: derjenigen, die dich frei machen wird.«

Sie sagte es ohne besondere Betonung und blickte Maigraith dabei nur flüchtig von der Seite an. Maigraith jedoch empfand ein plötzliches Frösteln, Schmerz und Grauen krallten nach ihr, und sie erhielt den Eindruck, sie stünde allein am Eingang eines trichterförmigen Brunnens aus Licht und verteidigte ihn gegen eine Feindeshorde, die daraus hervorbrechen wollte, nach ihr hieb und sie zu packen versuchte. Sie war völlig allein, und es bestand keine Hoffnung. Das Gefühl verging jedoch so schnell, wie es sie ereilt hatte, und Faelamor führte sie in den nächsten Korridor.

Es wurde Morgen, ehe sie die erste der Stätten fanden, nach denen Faelamor suchte, ein breites, hohes Zimmer mit schlicht verzierten Friesen, Randleisten und Unterbalken, das einstmals Yalkaras Schlafgemach gewesen war. Ein sehr breites und langes Bett aus schwarzem Stahl und Messing mit hohem Kopf- und Fußbrett dominierte es. Am Kopfende standen zu beiden Seiten Nachtschränkchen aus Ebenholz; kleine Seidengobelins mit Ansichten fremdartiger Welten in gedämpften Farben schmückten die größtenteils kahlen Wände. Die Fußbodenmitte bedeckte ein staubiger Teppich. Eine Tür an einem Zimmerende führte in einen Ankleideraum, und dahinter lag ein Badezimmer mit einer quadratischen Wanne, die so groß war wie das Bett. Alles wirkte erlesen gefertigt, aber nüchtern.

Havissard musste im Augenblick von Yalkaras Fortgang versiegelt worden sein, denn überall fanden sich wertvolle Dinge, die völlig unberührt waren. Dennoch musste die Räumung ohne Eile erfolgt sein, so ordentlich hatte Yalkara alles hinterlassen, wie bereit für den nächsten Besitzer.

Mit finsterem Gesicht schenkte Faelamor dem Gemach nur

einen einzigen feindseligen Blick und ging ins Ankleidezimmer. *Welche persönlichen Gegenstände mag die große Yalkara um sich gehabt haben?*, fragte sich Maigraith. Sie öffnete die Tür des Nachtschränkchens auf der rechten Seite des Bettes. Unten war eine Schublade, darüber Fächer verschiedener Größe, allesamt leer. Ebenso verhielt es sich mit dem anderen Nachttisch. In der Schublade fand sie einen Schreibblock, auf dem ordentlich ein Griffel lag, daneben eine lose zusammengerollte Schriftrolle.

Sie zog die Schriftrolle hervor. Sie war klein und mit mehreren handschriftlichen Spalten in indigoblauer Tinte bedeckt, doch die Schrift war Maigraith unbekannt. Sie legte die Rolle zurück. Der Block bestand aus dickem Papier, wie es sich eher zum Zeichnen eignet, und es war nach all den Jahren weder brüchig noch vergilbt. Der Griffel bestand aus Ebenholz mit Goldbändern und hatte eine Spitze aus weichem Silber, wie man sie in alter Zeit manchmal zum Schreiben benutzte. Im hinteren Teil der Schublade entdeckte Maigraith die Reste einer Frucht – verstreute, kleine runde Samen, verwelkt wie Pfefferkörner, einen holzigen Stängel und verdorrte Schalenstückchen.

Der Griffel war schlicht und schön. Maigraith wog ihn in der Hand. Er war sehr schwer. Falls Yalkara damit geschrieben hatte, überlegte Maigraith, musste sie hart aufgedrückt haben, damit das Silber eine Spur auf dem Papier hinterließ. Was hatte sie zuletzt geschrieben? Etwas Wichtiges oder etwas völlig Belangloses? Maigraith kam es wichtig vor, möglichst viel über Yalkara zu erfahren, die rätselhafteste aller Charon. Sie steckte den Griffel in ihren Beutel und hielt den Schreibblock im flachen Winkel ins Licht. Auf dem obersten Blatt entdeckte sie schwache Abdrücke. Faelamor war noch immer außer Sicht.

Maigraith verstreute Staub auf das Blatt und klopfte den Überschuss fort. Die fallenden Flocken glitzerten im Licht. Der auf dem Papier verbliebene Staub enthüllte einen Schriftzug, der aus nur einem einzigen Wort zu bestehen schien. Wie lautete es?

Irgendetwas, das auf »-lior« endete. Aeolior! Nur dieses eine Wort, dicht an den obersten Papierrand geschrieben, als hätte es in Yalkaras Kopf herumgespukt. Vielleicht geistesabwesend hingeschrieben, denn es war von gekritzelten Mustern umgeben. So als hätte Yalkara einen Augenblick lang traumverloren dagesessen und es hingeschrieben.

Aeolior! Allein der Klang des Wortes hallte in Maigraith' Kopf wider. Doch der Name – es musste ein Name sein – sagte ihr nichts. War es ein Ort oder eine Person? *Aeolior.* Das Wort schrie sie förmlich an. Faelamor wusste nichts von ihrem Fund, und Maigraith wollte nicht, dass sie davon erfuhr.

Schritte näherten sich aus dem Badezimmer. Maigraith riss das Blatt vom Block, faltete es unterhalb des Namens und verstaute es sorgfältig in ihrem Bündel.

»Ich habe etwas gefunden«, sagte sie, ging Faelamor entgegen und zeigte ihr Schriftrolle und Block.

Faelamor warf einen abwesenden Blick darauf, öffnete die Rolle, runzelte geistesabwesend die Stirn und gab beides zurück.

»Unwichtig«, sagte sie und schritt Maigraith voran aus dem Gemach.

Kurz danach entdeckten sie die Bibliothek, einen großen gewinkelten Raum, der vom Boden bis zur Decke mit gefüllten Bücherregalen vollgestopft war. »*Auch hier* ist es nicht!«, rief Faelamor schon an der Tür. Enttäuschung und Furcht machten sie noch reizbarer als gewöhnlich.

Von einem Impuls geleitet, ging Maigraith hinein, und Faelamor hielt sie nicht davon ab. Die meisten Bücher sahen gleich aus, großformatige Journale in einheitlichem Format und einheitlich gebunden. Die Zeichen auf den Buchrücken konnten eine Nummerierung sein, aber Maigraith waren sie unbekannt.

Die Bände schienen in einer Reihenfolge eingestellt, wie man sie bei Jahrbüchern benutzt hätte, und diejenigen, die am höchsten und am weitesten rechts standen, waren von häufiger Benutzung abgeschabt.

»Sicherlich hätte Yalkara die Historien aufbewahrt«, sagte Faelamor und folgte Maigraith in den Raum. Sie zog einen beliebigen Band aus dem mittleren Regal, schlug ihn vorne auf und blätterte müßig die Seiten um. »Die Schrift der Charon, wie nicht anders zu erwarten. Niemand vermag sie zu lesen.« Sie schritt die Bücherreihen entlang. Alle übrigen Bände sahen genauso aus, abgesehen von dem allerletzten und mutmaßlich jüngsten Band. Er war kleiner, nicht halb so groß wie die übrigen, und auch schmaler. Sie schlug ihn auf.

Die Schrift war ungewöhnlich – eine geschwungene, schnell hingeworfene, hieroglyphische Handschrift, die an Faelamors Gedächtnis kratzte. Doch nein, sie kam nicht darauf, was es war.

»Nicht die Schrift der Charon«, sagte sie. »Warum? Warum sollte sie in einer unsicheren Handschrift schreiben?«

»Vielleicht wollte sie nicht, dass die Charon in der Lage sind, es zu lesen«, erwiderte Maigraith. »Und doch muss sie gewollt haben, dass jemand es liest. Warum sollte jemand die Historien festhalten, es sei denn für die Nachwelt?« Sie zog ein anderes Buch hervor, diesmal eines der frühesten. Es war irgendwann neu gebunden worden, denn die Seiten waren etwas kleiner, und die Schrift stieß an die Bindung. »Sieh nur, dieses ist ebenfalls in der Schrift der Charon verfasst.«

Davon abgesehen fand sich nichts in dem Gelass, nur einen kleinen Tisch und einen Stuhl aus Perlholz in der Zimmermitte. Maigraith trug ihren Band zum Tisch hinüber, den sie mit dem Saum ihrer Jacke sauber wischte. Sie ließ sich auf dem hohen Stuhl nieder und blätterte die Seiten mit einer Hand um, während ihre andere Hand die Lichtkugel emporhielt. Es gab keine Grafiken, Zeichnungen oder auch nur Kritzeleien. Lediglich

Seite über Seite Geschriebenes und einige Zeichen am oberen Rand. Möglicherweise Daten. Sie stellte es zurück und nahm sich ein anderes.

Ein sechster Sinn, der an diesem grässlichen Ort wellenförmig in ihr aufstieg und abflaute, verriet Faelamor, dass das, was sie suchte, ganz in der Nähe war. Vielleicht im Zusammenhang mit diesem sechsten Sinn kehrten die Nachwehen zurück. Falls sie das Gesuchte nicht bald fand, würde sie es nie finden.

Während Maigraith in den Büchern blätterte, ging Faelamor hinaus, um die weiteren am Korridor gelegenen Räume zu überprüfen. Ihre Intuition war nun heftig am Werk – an jeder Tür sah sie bereits vor sich, was dahinter lag, ehe sie sie öffnete. Sie entfernte sich nicht weit von Maigraith. Vor einer Tür, der fünften, hielt sie urplötzlich inne.

Etwas *war* hier verborgen, hier in diesen verschachtelten Lagerräumen und Speisekammern. Sie machte sich methodisch daran, es zu finden. Im hinteren Teil eines Vorratsschranks stieß sie auf eine Anzahl Geheimfächer, hielt sich aber nicht mit ihnen auf. Sie wusste, in ihnen befand sich nicht, was sie suchte.

Sie verbrachte frustrierende, aufreizende Stunden zwischen Gewürzgläsern und Besteckschubladen und Kammern voller sorgfältig zusammengelegter Wäschestücke und Bettbezüge, fand jedoch nichts. Dann, als sie durch die weiterführende Tür trat, machte sie einen Satz und schrie auf. Es fühlte sich an, als drückte etwas Weiches, aber dennoch Stacheliges gegen ihren Rücken. Sie trat zurück über die Schwelle – dort war es wieder! Es befand sich in der Tür, oder in der Wand! Sie suchte die Oberflächen mit Fingerspitzen ab, die so feinfühlig waren wie die eines Schränkers. In der Wand steckte es; man hatte es hastig versteckt, denn der Verputz war um ein Winziges weniger makellos als ringsum. Faelamor konnte die Kante der neu verputzten Fläche gerade eben noch ertasten.

Sie suchte und fand Werkzeug, schlug den Verputz ab, kratzte den Mörtel zwischen den Mauersteinen heraus und nahm einen Stein weg. In der Höhlung, die sich auftat, fand sie einen kleinen Bleikasten, der mit einem Zauberspruch versiegelt war. Dieses Siegel zu brechen schmerzte sie grausam, aber sie konnte das Kästchen öffnete. Quietschend klappte der Deckel hoch.

Drei goldene Schmuckstücke lagen in der Schatulle: eine schwere Kette, ein Armband und ein offener Halsring, allesamt aus Rotgold. Faelamor hatte die Bibliothek in Chanthed aufgesucht, um Wissen über Yalkara zu erlangen, und die alten Zeichnungen hatten ihr Yalkaras Schmuck gezeigt, gefertigt aus aachanischem Gold. Nur zu gut wusste sie, welchen Wert es hatte, was vor ihr lag.

Faelamor nahm die Kette heraus und erlitt einen Schock, der sie durch die Türöffnung schleuderte. Eine Zeit lang vermochte sie sich nicht zu erheben. Wo ihre Finger das Metall berührt hatten, waren sie leuchtend rot geschwollen. Ein grässliches Kribbeln schoss ihre Nervenbahnen auf und ab. Egal; sie würde einen Weg finden, dieses Gold zu handhaben. Sie schloss den Deckel des Kästchens, steckte es in ihren Beutel und trat überaus zufrieden den Rückweg zur Bibliothek an. Sie hatte gefunden, was sie wollte.

Als sie die Tür erreichte, krümmte sie sich in Krämpfen, die dennoch nur Vorboten dessen waren, was noch folgen würde. Maigraith saß nach wie vor am Tisch und ging die Journale durch. Faelamor nahm abermals das schmale Bändchen zur Hand und starrte die fremdartige Schrift an. Sie stieß einen gedämpften Ruf aus, und Maigraith streckte gleich darauf den Kopf um die Mauerecke. Das Gold musste Faelamors Empfindsamkeit erhöht haben – das Wispern der Neugierde, das diese Schrift vorhin in ihr geweckt hatte, war nun ein Alarmruf.

»Es schrillt! Es schrillt in meinem Kopf wie eine Sirene!« Faelamor sprach mit sich selbst, strich an den Bücherwänden entlang zurück, prüfte einzelne Bände nach dem Zufallsprinzip. »Sie sind alle in der Schrift der Charon, doch der letzte weist keine Schrift auf, die ich jemals gesehen habe, *außer auf dem Spiegel!* Und doch spüre ich jetzt, dass ich in der Lage sein müsste, sie zu lesen. Und ich muss es schaffen; was ich suche, liegt gewiss darin verborgen.«

»Vielleicht kann der Chronist es lesen«, sagte Maigraith.

»Llian von Chanthed? Tensors Günstling?«, erwiderte sie höhnisch. »Das bezweifle ich.«

»Wonach suchst du?«

»Ich weiß es nicht. Vielleicht hiernach.« Faelamor hielt das Bändchen hoch. »Während meines letzten Kampfes gegen Yalkara habe ich viel von ihr gelernt, denn sie war damals eigentümlich schwach, sonderbar schwerfällig. Bei unseren anderen Zusammentreffen war es ganz anders gewesen.«

Sie zog weiterhin hier und dort müßig ein Buch heraus, blätterte darin und stellte es wieder zurück.

Diese Geistesabwesenheit wurde ihr fast zum Verhängnis, denn plötzlich begann sie wieder am ganzen Leib zu zittern, und weitaus stärker als zuvor. Als Meisterillusionistin begriff Faelamor das Wesen der Realität besser als jeder andere, und sie merkte, wie schwer es ihr fiel, das Bild der Bibliothek im Bewusstsein zu behalten.

Alles schwankte und flirrte; selbst feste Gegenstände schienen nicht mehr zu wissen, was sie waren. Schon damit, dass sie etwas anblickte, schien sie es zu verändern. Eine nach der anderen traten sämtliche Wirklichkeiten hervor, die mit diesem Ort verbunden waren: die langsame, Ewigkeiten währende Austrocknung des Landes; der Boden, den Stürmen die unbewachsenen Berge hinunterspülten, sodass er kahl und felsig zurückblieb; das Bauen und Ausschachten, angefangen bei winzigen

Steinhütten, die mit Schlamm verfugt wurden, bis hin zu hohen Türmen und dem Oberbau der Bergwerke; die Zufälligkeit menschlichen Tuns, des Geschehens in eben diesem Zimmer.

Sogar sich selbst erblickte sie in einer weit entfernten Epoche; und sie erblickte Yalkara, eine hochgewachsene Gestalt auf einem Stuhl, die in ein Tagebuch schrieb. Yalkara hielt den Kopf gebeugt, sodass ihr Gesicht nicht zu sehen war, nur der Wasserfall ihres dunklen Haars. In dieser Hinsicht glichen alle Charon einander. Dann war Yalkara fort, das Gemach wieder leer, staubig und still. *Meinetwegen*, dachte Faelamor gleichgültig, von heißen und kalten Fieberschauern gebeutelt.

Zunächst fühlte sich Maigraith benommen und musste die Augen schließen, obwohl sich noch immer alles um sie herum zu drehen schien, doch gegen Ende spannte sich ihr ganzer Körper erwartungsvoll an, wie kurz vor einem Niesen, und sie schlug die Augen auf und erblickte die Frau. »War das deine Feindin?«, rief Maigraith.

»Das war Yalkara«. Dann, in angstvoller Hast: »Maigraith, jemand ist hier drinnen. Er nähert sich von dort!«

»Wie kann das sein? Havissard ist geschützt.«

»Das *war* es, aber wir haben es betreten. Die Ereignisse streben einem Höhepunkt zu; Havissard ist bekannt als ein Ort großer Geheimnisse. Nun, da Tensor das Geheimnis der Tore gelüftet hat, können andere sie ebenfalls benutzen. Vielleicht ist jemand auf dieselbe Weise hereingelangt wie wir.«

»Oder vielleicht hat das, was wir getan haben, ihn eingelassen.«

»Wir haben keine Zeit für lange Erörterungen!«, fuhr Faelamor auf. »Kehr zum Tor zurück und bereite den Weg vor.«

»Was ist mit diesem Eindringling?«

»Um ihn werde ich mich kümmern, sobald ich weiß, wer es ist.« Sie konnte der Anwandlung, Maigraith eine Lektion zu erteilen, nicht widerstehen. »Beobachte! Bring die Fähigkeiten deiner Feinde in Erfahrung! Dann schlage rasch zu!«

Faelamor öffnete den kleinen Band und warf einen müßigen Blick hinein. Dabei erzitterte die Wirklichkeit zum dritten Mal. Abermals erschien das Abbild Yalkaras auf ihrem Stuhl. Sie hob den Blick und sah Faelamor direkt in die Augen. Im selben Moment durchbohrte eine Erkenntnis Faelamors Herz. Ein Zittern lief ihr am Rückgrat hinauf. Die Handschrift war ihr in der Tat vertraut; die eine oder andere Hieroglyphe konnte sie entziffern. Sie schloss das Buch und starrte hinaus in Zeit und Raum. Zu behaupten, sie sei schockiert und verwirrt gewesen, hätte eine abgrundtiefe Untertreibung bedeutet: Sie war von Entsetzen erfüllt, obwohl sie nicht zu sagen vermochte, warum.

Ungebeten ergriffen dunkle Gerüchte aus einer unfasslich weit zurückliegenden Vergangenheit das Wort – aus jener Zeit, die die Faellem aus den Annalen ihrer Welt getilgt hatten. Nur Mythos und vages Geraune waren zurückgeblieben – und Warnungen.

Dafür war jetzt keine Zeit! »Kehr zum Tor zurück!«, brüllte Faelamor. »Mach es *augenblicklich* einsatzbereit!«

Maigraith warf nur einen Blick auf Faelamors Gesicht und rannte los.

Faelamor bot die letzten Reste ihrer Kraft auf und veränderte ihr Äußeres.

Die Illusion war kein Glanzstück; sie wechselte kaum mehr als Kleidung und Haarfarbe. Faelamor blieb am Tisch sitzen, starrte auf die Hieroglyphen in dem kleinen Buch und erwartete den Eindringling, während sich die Zeit endlos dehnte.

Er blieb auf der Türschwelle stehen, als er sah, woraus der Raum bestand – einer riesigen Bibliothek – dem Historienspeicher eines Menschen. Er starrte hinein und hielt seine Lichtkugel empor, dann bewegte er sich widerwillig vorwärts, vielleicht im Glauben, dass es sich nur um einen Traum handelte, und zwar einen enttäuschenden. Aber es war kein Traum. Was er sah, schwand nicht. Faelamor musterte den Mann unter ihrer Hand hinweg.

Es war Mendark. Er konnte nur um einer Sache willen hier sein. Und das wiederum konnte nur bedeuten, dass die Pläne des Rates weit vorangeschritten waren. Nun, sie hatte jedenfalls, was sie wollte. *Sei vorsichtig, er ist sehr gefährlich.*

Mendark kam näher. Die Unwirklichkeit, die Faelamor zuvor verspürt hatte, breitete sich vor ihm aus wie eine Druckwelle. Um sie herum drehte sich alles. Sie fühlte, wie ihr die Kontrolle entglitt. Welche Kraft hatte *er* benutzt, um hier hereinzukommen? Worum immer es sich handelte, es war noch immer aktiv, und in Wechselwirkung mit dem Schutzzauber bedeutete es eine Gefahr für sie alle.

Faelamor sprang vor und griff Mendark mit Phantomen und Täuschungen an, die sogar ihr schrecklich und gefährlich vorkamen und ganz und gar nicht dem glichen, was sie hatte wirken wollen. Mendark stürzte in seiner Überraschung zu Boden, und Faelamor ergriff augenblicklich die Flucht. Sie hatte dabei das Gefühl, als verfolgten sie die Schatten, die sie beschworen hatte. Nachwehen brannten, brüllten, explodierten in ihrem Kopf. Daher entging ihr völlig, dass ihr das kleine Buch aus dem Beutel geglitten war, als sie loslief.

Faelamor schleppte sich zum Tor, das Gesicht grässlich verzerrt. Maigraith hatte sie noch nie in solchen Qualen erlebt.

»Ist es bereit?«, schrie Faelamor.

»Jawohl«, antwortete Maigraith mit herausfordernder Ruhe.

»Zeig mir das Ziel!«

Über die Verbindung sendete Maigraith das Bild, die geflochtene, über dem Fluss hängende Plattform. Es war so deutlich und vollkommen, als blickten sie durch ein Fenster.

»Folge mir!«

Waghalsig sprang Faelamor in das Tor. Maigraith folgte ihr;

sie litt noch unter ihrer Übelkeit, die sich verschlimmerte, kaum dass Faelamor verschwand. Diesmal erwartete sie eine verzweifelte, unwirkliche Reise, und Maigraith wusste in dem Moment, in dem sie das Tor betrat, dass etwas fehlgegangen war. Die Verbindung zu Faelamor riss ab, und dann wurde sie in erstickende Kälte und Nässe und Dunkelheit gespuckt, einen Anschwall von Wasser, das ihr in die Haut biss wie die Hiebe von Hunderten kleiner Peitschen.

Maigraith spürte, wie das Wasser von ihr wegschäumte. Wie konnte es sein, dass sie das Ziel so sehr verfehlt hatten? Kaltes Wasser brannte ihr weit hinten in der Nase. Vielleicht befand sie sich auf dem Grund des tiefen Meeres – eine Strömung zog sie mit sich. Maigraith spürte unter ihren Füßen Kies und stieß sich nach oben ab. Ihr Kopf durchbrach die Wasserfläche. Während sie sich noch Feuchte aus den Augen wischte, sah sie die Plattform ein Stück flussaufwärts friedlich in der Luft hängen – sie waren am Grunde des Flusses aus dem Tor gekommen.

Maigraith war keine gute Schwimmerin. Sie kämpfte sich aus dem Wasser und blieb keuchend am Flussufer liegen. Als sie wieder zu Atem gekommen war, blickte sie um sich, doch ihre Herrin war nirgendwo zu sehen. Plötzlich tauchte flussabwärts ein Lumpenbündel im Wasser auf. Eine Hand krallte schwach nach glattem Fels, dann zog das Wasser Faelamor wieder in die Tiefe.

Diese magere Hand griff Maigraith ans Herz. Im Guten wie im Schlechten war sie an Faelamor gebunden, hasste sie und fand in ihr doch etwas, das sie verzweifelt brauchte. Maigraith rannte in den Fluss und tauchte wieder, erspürte Faelamor unter Wasser und zog sie an die Oberfläche. Wasser rann ihr aus der Nase. Maigraith wuchtete sie auf festen Boden und pumpte ihr das Wasser aus den Lungen.

Wie sie dort auf dem moosigen Ufer lag, wirkte Faelamor schwach, müde und alt. Sie hielt die Riemen ihres Lederbeutels so fest umkrallt, dass Maigraith ihn ihr nicht abnehmen konnte.

Was hatte Faelamor in Havissard entdeckt? Maigraith öffnete den Beutel und schüttete seinen Inhalt aus. Rot glänzte es im Gras: eine schwere, grob gegossene Goldkette und weiteres, kleineres Schmuckwerk. Als Maigraith das Gold berührte, befiel sie Angst – ein schreckliches Kratzen, das an den Nerven ihres Armes emporschoss. Was konnte Faelamor damit vorhaben?

Neben ihr tat die Faellem einen Atemzug. Maigraith räumte den Schmuck wieder in den Beutel, schloss ihn und ging in Richtung des Waldes davon. Als der Fluss außer Sicht war, öffnete sie ihr eigenes kleines Bündel. Der Griffel war unbeschädigt, aber durch die Verpackung des losen Blattes aus dem Block war Wasser gedrungen und hatte die Schrift zu einem einzigen Schrei verwaschen und verschmiert: *Aeolior!* Etwas zerrte an Maigraith' Herzen. Sie faltete das Papier sorgfältig zusammen und ging in den tiefen Wald.

Kapitel acht

Eine kleine Rebellion

Faelamor kämpfte sich auf Hände und Knie hoch und würgte Schlamm und Wasser ins Moos. Mageninhalt brannte ihr aus der Lunge bis hoch in die Nase. Sie erbrach sich, bis außer Galle und Blut nichts mehr übrig war – und selbst das gab sie noch von sich. Mit ganzen Händen das Gras packend, zog sie sich von der Lache fort ans Flussufer. Als sie sich vorbeugte und mit beiden Händen Wasser schöpfte, um sich das Gesicht zu waschen, spürte sie den federnden Grasboden unter ihrer Brust. Das Wasser war ruhig, ein kleiner, stiller Seitenarm des starken Stromes, der sie beinahe ertränkt hätte. Ihr Gesicht spiegelte sich in der Wasserfläche, ausgezehrt wie der Tod selbst, und ihr bleiches Haar hing herab wie das aufgefaserte Ende eines schmutzigen alten Seils. Zu schwach, um sich zu rühren, starrte sie die erbärmliche alte Frau an, die aus ihr geworden war. Sie konnte nicht im Entferntesten sagen, was sie erlebt hatte.

Faelamor tauchte die Finger ins kalte Wasser und sog das Nass von ihnen ab, bis sie genügend Kraft gesammelt hatte, um aufzustehen. Nun kehrten Erinnerungen zurück – Havissard. Das Gold von Aachan. Das kleine Buch in unbekannter Schrift, die ihr so quälend vertraut gewesen war. Das Tor, das verrückt gespielt hatte. Vielleicht hatte das Gold das Tor veranlasst, sich fehlerhaft zu verhalten. Darüber hinaus vermochte sich Faelamor an nichts zu erinnern.

Wo war Maigraith? Faelamor drehte mühsam den Kopf, was entsetzlich schmerzte. Maigraith war nirgends zu sehen. Wo war der Beutel? Wo war das Gold? Panik befiel Faelamor. Lag es verloren auf dem Grund des Flusses? Oder hatte, was fast genauso schlimm gewesen wäre, Maigraith es gefunden? Faelamor sah in einer flüchtigen Erinnerung, wie Maigraith sich über sie beugte. Sie kroch den Uferhang empor und sah ihren Beutel im Gras liegen, direkt neben ihrem Mageninhalt. Sie nestelte an den Riemen, riss sie auf, griff hinein. Eine Woge der Erleichterung überkam sie, als sie das Gold sah. Ihr Rettungsnetz sollte es sein, falls alles andere fehlschlug. Doch die Erleichterung währte nur kurz – das kleine Buch fehlte. Wo war das grauenvolle Buch? Sie sank ins Gras zurück.

Die Kälte riss Faelamor aus ihren Träumen. Stundenlang musste sie im Gras gelegen haben, beinahe ohne Bewusstsein, denn die Schatten der Bäume erstreckten sich jetzt über die Lichtung. Sie fror, unterkühlt bis ins Mark, und stank nach Galle, Erbrochenem und Blut. Sie lag darin. Es wäre sehr leicht gewesen, dort liegen zu bleiben. Sie fühlte sich so schläfrig, so mutlos. Dennoch redete eine Stimme unablässig auf sie ein und schwoll an, bis sie zum Schrei geworden war: *Du bist die Faellem. Du musst weitermachen! Du musst!*

Was war mit ihr los? Warum war sie so schwach, warum hatte das Tor ihr derart zugesetzt? Faelamor hatte schlichtweg vergessen, wie hilflos sie gewesen war, hatte vergessen, dass sie anderthalb Tage lang die Nachwehen unterdrückt hatte, die Folgen ihres Tuns in Havissard, die am Ende aber doch stärker gewesen waren und sich doppelt und dreifach ihrer bemächtigt hatten. Faelamor zwang sich zum Aufstehen. Sie taumelte und wankte. Nicht weit entfernt waren ein Kiesstrand und seichtes Wasser. Sie zerrte sich die Kleider vom Leib, ließ sie ins Ufergras fallen und plumpste ins Wasser. Es war, als gösse man sie in Eis ein.

Nachdem sie sich überall gewaschen hatte – Gesicht, Haare,

Mundhöhle –, kroch sie auf allen vieren wieder hinaus. Flussaufwärts hing das Torgebilde, das sie nach Havissard und wieder zurück befördert hatte, noch immer zwischen den Bäumen über dem Wasser, gekrümmt wie ein lächelnder Mund. Grinste über ihre verruchte Narrheit. Sie würde es nie wieder benutzen. Faelamor ließ ihre Kleider, wo sie lagen, und kroch die etwa hundert Schritt zu dem Unterschlupf aus geflochtenem Schilf.

Der Gedanke an ihre Fehler peinigte sie. Fast wäre sie ertrunken, ein ehrloser Tod, ein Versagen gegenüber ihrer Pflicht. Unablässig dachte sie daran, wieder und wieder – nicht daran, dass sie fast gestorben wäre, sondern dass sie beinahe *versagt* hätte.

Nun war es nahezu dunkel geworden. Sie kroch in Maigraith' Schlafsack und zog ihn sich bis über den Kopf. Er sperrte das Licht aus, aber der Albtraum von Havissard suchte sie stärker denn je heim. *Ich bin die Faellem*, sagte sie sich. *Ich darf nicht ruhen, ehe meine Pflicht erfüllt ist.* Ihr Körper gab auf und zog sie in einen gesegneten Minutenschlaf hinab, dann schleuderte die Kälte sie wieder ins Wachsein.

Faelamor hüllte sich in sämtliche Kleidungsstücke, die sie besaß, schwere Wollsocken und Stiefel, Handschuhe, Mantel, Hut. Ihr Bauch brannte, als wäre er von Säure verätzt, als wären ihr bei ihrem Erbrechen die Eingeweide geplatzt. Sie unterdrückte den Schmerz mit Gewalt, aber das rief nur die Kälte zurück, die im Hintergrund lauerte. *Feuer! Ich brauche ein Feuer, oder ich sterbe!* Faelamor kroch zu der Stelle, wo unter einem geflochtenen Schutzdach trockenes Holz und Zunder gestapelt lagen. Maigraith war so verdammt gründlich! Sie zerrte mit den Zähnen einen Stecken nach dem anderen hervor und versuchte sie zu entzünden, aber obwohl sie eine halbe Stunde lang Funken hineinschlug, fing das Holz kein Feuer. Ihre Sündentat hatte sogar die Elemente beleidigt.

Faelamor spürte, wie sie mit jeder Minute schwächer wurde.

Es war fast so schlimm wie im vergangenen Winter nach dem Konklave in Thurkad. Die Nächte waren zu dieser Jahreszeit und in diesen Breiten nicht gefährlich kalt, aber noch immer kalt genug, dass sie erfror, falls sie im Freien zusammenbrach. Wäre sie Yggur oder Mendark oder Tensor gewesen, hätte sie vielleicht Flammen aus ihren Fingerspitzen schießen lassen können, doch diese Spielart der Geheimen Kunst war ihr verwehrt. Dann traf Faelamor eine Eingebung. Sie kroch zu ihrem Unterschlupf und ertastete eine von Maigraith' kleinen Lichtkugeln. Selbst eine so unbedeutende Gerätschaft wie diese war ihr verboten, aber was bedeutete ein weiteres Verbrechen schon? Sie lag auf dem Boden, die Kugel in der Hand, während sich das Glühen regte und zwischen ihren Fingern hervorströmte, und erinnerte sich an das erste Mal, als sie eine davon zu Gesicht bekommen hatte.

Maigraith war noch ein junges Mädchen gewesen – kaum dem Kindesalter entwachsen –, als sie gemeinsam zu einem uralten Ort im Süden zogen, der Festung eines lange toten, längst vergessenen Gewaltherrschers. Die Menschen, die sein Erbe angetreten hatten, waren einfache Landbesetzer, die nichts von ihrer Umgebung begriffen, aber sie wussten, wie man die opalenen Kugeln über den Türen zum Leuchten brachte.

Maigraith hatte all dem wie stets schweigend zugesehen, doch nachdem sie in ihr Lager zurückgekehrt waren, setzte sie sich ruhig mit Metallen und Kristallen verschiedener Art hin; schliff sie glatt, polierte und formte sie, bis sie ihre eigene Abart einer Lichtkugel geschaffen hatte. Maigraith pflegte dazusitzen, das Material von allen Seiten zu begutachten und es auf eine bestimmte Weise zu berühren. Die Kugel leuchtete nicht. Ebenso wenig die nächste und die zwei- oder dreihundert Darauffolgenden. Doch war Maigraith bewundernswert hartnäckig, und eines Tages leuchtete doch eine auf. Die nächsten Kugeln wurden kleiner und arbeiteten besser, bis die Lichtkugeln, die Maigraith herstellte, vollkommener waren als alle, die Faelamor je gesehen hatte.

Faelamor hatte sie nie gefragt, woher sie wisse, was sie tun musste. Ob ihr Wissen auf Eingebung beruhte oder über die Generationen hinweg weitergegeben worden war, konnte Faelamor nicht sagen und wollte es auch nicht wissen. Der bloße Gedanke daran, mit *Apparaturen* zu arbeiten, *Gegenständen* mit Hilfe der Geheimen Kunst unnatürliche Fähigkeiten zu verleihen, ließ sie erschauern. Verbotenes Wissen!

Sie nahm die Kugel zwischen die Zähne und schleppte sich zur Feuerstelle zurück. Dort setzte Faelamor sie auf einen Stein neben dem Feuerholz und zerschlug sie mit dem stumpfen Ende des Handbeils. Die Kugel zerbarst mit einem Ausbruch blau-weißer Hitze, die Faelamor die Finger verbrannte und ihren Mantelärmel bis zum Ellbogen hinauf zum Schwelen brachte. Sie schlug den Ärmel aus und blickte voll Befriedigung auf die lodernde Flamme.

Nach der Rettung Faelamors vor dem Ertrinken ging Maigraith in den Wald fort. Eine zwiespältige Stimmung hatte sie ergriffen, zur einen Hälfte Freude, zur anderen Melancholie. Havissard war ihr gut bekommen.

Sie hatte etwas gefunden, das man ihr nicht mehr nehmen konnte. Endlich gehörte sie irgendwo hin. Sie war nicht nur mehr ein Werkzeug in Faelamors Hand. Sie besaß eine andere Bestimmung – sie war zu einem Zweck hier. Hing dieser Zweck mit Faelamor zusammen? Maigraith wusste es nicht, sondern nur, dass sie Teil eines Rätsels war und vielleicht das Herzstück.

Sie wanderte durch den Wald, bis es dunkel wurde. Als sich die Nacht herabsenkte, erinnerte sie sich an Faelamor. Sie tastete nach dem Silbergriffel in ihrer Tasche, lächelte und kehrte zum Lagerplatz zurück.

Faelamor hockte zusammengesunken und zitternd über einem Feuer. Maigraith merkte sofort, dass ihr Blick nach innen gekehrt war – sie hatte sich völlig in sich selbst zurückgezogen. Ihre zusammengepressten Lippen waren blau. Maigraith berührte Faelamor mit dem Finger an der Wange. Sie fühlte sich eisig an.

Auf dem Feuer stand ein Topf. Das Wasser war größtenteils verkocht, doch war noch genug übrig für eine kleine Tasse Chard. Maigraith rührte die großen Blätter ein, gab Honig hinzu, indem sie die dunkle braune Masse aus einer der Waben quetschte, bis der Chard so dick wie Sirup war, dann leckte sie sich die Finger ab, las eine junge Biene heraus, die mit in den Becher gequetscht worden war, rührte den Tee mit dem Finger um, leckte diesen abermals ab und hielt Faelamor das Gefäß an die Lippen.

Die Faellem reagierte nicht. Mit einem Stecken stemmte Maigraith ihr die Zähne auseinander, beugte ihren Kopf zurück und goss die heiße Flüssigkeit hinein, bis sie überlief. Faelamor keuchte, würgte, prustete. Ihre Augenlider flogen auf, sie blickte Maigraith direkt an und erkannte sie. Abermals hielt Maigraith ihr die Tasse an die Lippen.

»Eine Hand wäscht die andere«, sagte Maigraith süß-säuerlich in Erinnerung daran, wie Faelamor sie vor einem Jahr aus Fiz Gorgo gerettet hatte.

Faelamor erwiderte darauf nichts. Die Tasse war bald geleert.

»Mehr?«

Faelamor nickte. Maigraith holte Wasser, brachte den Topf zum Kochen und bereitete die gleiche Portion noch einmal zu. Zwei Tassen später war Faelamor imstande, das Trinkgefäß aus eigener Kraft zu halten.

»Meine Eingeweide stehen in Flammen«, sagte sie. Sie kroch in den Unterschlupf und schlief bis zum Mittag des folgenden Tages.

Als Faelamor aufstand, war sie wieder die alte, wenngleich noch schwach. »Da ich weiß, wie sehr du mich hasst«, sagte sie zu Maigraith, »frage ich mich, warum du mich aus dem Wasser gezogen hast. Warum du zurückgekommen bist.«

Maigraith zuckte mit den Schultern. »Mein ganzes Leben hat aus Pflichterfüllung bestanden. Alles, was ich jemals getan habe, geschah, um den Zielen anderer Leute zu dienen. Im Augenblick sehe ich keine Möglichkeit, anders zu sein. Vielleicht kann ich mich gar nichts anders verhalten, derart unvollständig, *wie du mich erschaffen hast.*«

Faelamor war sich nicht sicher, was sie davon halten sollte, aber sie verstand es so, dass ihre Beeinflussung oder ihr Zwang noch immer wirksam waren. Dieser Illusion jedoch beraubte Maigraith sie stehenden Fußes.

»Sobald du durch das Tor gegangen warst«, sagte sie im Plauderton, »zog ich in Erwägung, den Anker zu lösen und dich *dazwischen* zurückzulassen.«

Faelamor erschauderte, und als sie in Maigraith' Augen schaute, erblickte sie etwas, dass sie dort zuvor nie erblickt hatte: eine stählerne Härte, von der sie stets geglaubt hatte, dass Maigraith sie fehlte.

»Selbst du hättest da nicht überleben können«, fuhr Maigraith fort. »Ich habe es ernsthaft erwogen, dann aber rief ich mir die Lektionen zu Gedächtnis, die du mich gelehrt hast. Pflichterfüllung über alles. Respekt! Ehre! Meine Ehre, heißt das, da du keine besitzt. Darum ließ ich dich leben – weil ich wusste, dass dein Ziel edel ist und meines darin besteht, ihm zu dienen.«

Faelamor fragte sich, ob Maigraith sarkastisch war oder ironisch.

»Dann tue es«, erwiderte sie, doch Maigraith war noch nicht fertig mit ihr.

»Aber einer Sache sei gewiss! Wie dich das, was dir in Havissard begegnet ist, geschwächt hat, so wurde ich von dem, was *ich* dort fand, gestärkt. Ich unterstütze dich jetzt nur noch aus eigenem Entschluss, und wenn ich mich entscheide, dich zu verlassen, so hat dabei niemand außer mir eine Stimme.«

Faelamor fühlte sich nicht stark genug, um zu widersprechen; sie stieß lediglich ein unverbindliches Seufzen aus, das Maigraith auffassen konnte, wie es ihr beliebte. Doch innerlich kochte sie vor Wut. *Was immer du bisher von meiner Stärke gesehen hast,* dachte sie, *war nur ein Zehntel dessen, was mir zur Gebote steht. Deine Zeit wird niemals kommen! Ich habe dich mit einer Schwachstelle erschaffen, und das, womit du dich brüstest, kann niemals eintreten. Sobald ich bereit bin, wirst du meine Kraft spüren, und dann wirst du zu mir zurückkriechen und darum betteln, mir dienen zu dürfen. Denn deine einzige Pflicht besteht im Dienen.*

Weiter wurde nichts gesagt. Monatelange Arbeit war zu tun, ehe die Faellem eintrafen, falls sie überhaupt kamen. Das eine musste ausfindig gemacht, das andere in Erfahrung gebracht werden, und sowohl Thurkad als auch Rulke durften nicht aus dem Auge gelassen werden. Gemeinsam mussten sie alles einüben, was sie benötigten, um ihr großes Ziel zu erreichen.

Faelamor saß schweigend da und bebte im Griff einer Empfindung, die sie die ganze Zeit über zu beherrschen versucht hatte.

»Was ist denn?«, fragte Maigraith.

»Ich hatte ein Buch«, sagte Faelamor, und in ihrem Blick lag blanke Angst. »Was ist damit geschehen?«

»Dein Beutel war verschlossen, als ich dich aus dem Wasser zog. Er enthielt kein Buch.«

»Du hast es gesehen!«, schrie Faelamor in einem Anfall von Panik. »Das kleine Buch in jener seltsamen Schrift!«

»Vielleicht hast du es im Fluss verloren.«

Faelamor presste die Hände an den Kopf. »Nein! Ich muss es in der Bibliothek fallen gelassen haben, als Mendark auftauchte. Das ist eine Katastrophe!«

»Wir können zurückgehen, um es zu holen, falls es so wichtig ist.«

Nicht weit flussaufwärts hing das Tor zwischen den Bäumen, schwankte ein kleines bisschen, wenn ein schwacher Wind ging, und schien sie herausfordernd anzublicken, eine stete Mahnung. Faelamor wusste, dass sie es nicht noch einmal benutzen konnte. Dass es überhaupt funktioniert hatte, mutete erstaunlich an, so getränkt jede Faser ihres Seins mit dem Verbot war, Apparaturen zu benutzen.

»Ich kann nicht noch einmal durch das Tor gehen«, sagte sie und erschauderte bei dem Gedanken an diesen Sündenfall, und ebenso bei der Erinnerung an Havissard. »Schon jetzt muss ich für so vieles bezahlen. Du musst allein gehen.«

»Ich?«, rief Maigraith, die plötzlich noch größere Angst vor dem Tor empfand. »Das kann ich nicht!«

»Und ob du es kannst. Du hast schon gestern das Meiste davon allein vollbracht. Warum willst du kein Vertrauen in dich selbst fassen?«

»Weil du mich so erschaffen hast«, erwiderte Maigraith leise.

»Ich muss das Buch haben. Bei Tagesanbruch gehst du.«

Damit war es beschlossen. Sie musste gehen – ihre Herrin hatte es befohlen.

Ich nehme an, dass ich das Tor abermals in Gang setzte kann, dachte Maigraith. Ich schien rein instinktiv zu begreifen, wie man es bewerkstelligte. »Ich will es versuchen«, sagte sie.

Faelamor musterte sie. »Ich muss das Buch unbedingt haben, aber niemand darf wissen, dass ich es habe. Und sei vorsichtig – Mendark könnte noch immer dort sein.«

In dieser Nacht lag Maigraith wach und bereitete sich innerlich auf die Reise vor. Nach ihrer überstürzten Rückkehr aus Havissard wäre es zwischen ihr und Faelamor nie mehr so wie früher.

Sie hatte ein kleines Etwas gewonnen, das sie nicht benennen konnte; ein Gefühl der Zugehörigkeit. Aber was hielt die Zukunft für sie bereit? Wenn sie sich von Faelamor befreite, was wollte sie mit ihrem Leben anfangen? Falls sie eine Bestimmung hatte, worin bestand sie? Vielleicht würde sie die Antworten darauf in Havissard finden. Der erste Besuch dort war ihr eine Offenbarung gewesen.

Maigraith schlief ein und träumte von Havissard. Als sie die Erschaffung des Tores wieder durchlebte, bemerkte sie, dass Havissard mühelos zu ihr kam; so mühelos, dass sie im Traum aus Elludor hinaustrieb. Es flößte ihr solche Furcht ein, dass sie erwachte. Anschließend verbannte sie die Zitadelle aus ihrem Geist und schlief weiter.

Kapitel neun

Stolz und Vorurteil

Shand stieg erschöpft die Treppe der Herberge hoch und öffnete die Tür des Zimmers, das ihm gehörte, wenn er zuhause war. Er stellte die Kerze auf die Ankleidekommode, reckte die müden Muskeln, wandte sich dem Bett zu und hielt inne.

Sie sahen aus wie zwei verlorene Kinder. Llian hatte den Kopf an Karans Busen geschmiegt, und beide schliefen friedlich. Shand hatte sie vermisst auf seiner einsamen Reise. Eine Zeit lang betrachtete er sie, dann nahm er mit wettergegerbter Hand seine Kerze und ging über den Flur zurück zu der offenstehenden Tür. Das Licht enthüllte Scherben eines zerbrochenen Nachttopfs, die über den ganzen Fußboden verstreut waren. Shand las die gefährlichsten Trümmer auf und fiel ins Bett. Er hatte einen Eilmarsch absolviert, um heute noch anzukommen, und war so erschöpft, dass er sich noch nicht einmal fragte, was vorgefallen war, sondern sich sofort schlafen legte.

Karan regte sich. Die Last der Nacht war ein wenig von ihr gewichen – sie fühlte sich nicht mehr ganz so allein. Der Morgen war bereits fortgeschritten. Unten musste das Frühstück schon lange vorbei sein.

Sie befreite sich selbst aus dem Bett und zog Llian die Decke bis zum Kinn hoch. Rasch streifte sie ihre wollene Kleidung über – eine grüne, weite Hose, ein grünes, fleckiges Hemd, grüne Strümpfe aus feiner Wolle, dazu braune Stiefel, Jacke und Mantel. Sie war ihre Reisegarderobe herzlich leid. Den ramponierten Filzhut stopfte sie sich in die Tasche. Im Zimmer gab es keinen Spiegel, doch das bekümmerte sie nicht, da sie ihr eigenes Gesicht nur selten sah. Überhaupt hatte sie genug von Spiegeln. Sie bürstete sich das dichte Haar, bis es glänzte, obwohl es schon in dem Augenblick, in dem sie die Bürste weglegte, wieder so unbezähmbar wie immer in alle Richtungen abstand.

Als Karan an der Nachbartür vorüberkam, vernahm sie ein vertrautes gurgelndes Schnarchen. Ihr Herz machte einen Sprung, und sie spähte durch die offene Tür. Shand war wieder da! Am liebsten wäre sie direkt aufs Bett gesprungen und hätte ihm einen dicken Kuss gegeben!

Lieber Shand, dachte sie, während sie ihren alten Freund betrachtete. Sein Haar war grauer und dünner, als sie es in Erinnerung hatte, und sein Gesicht zeigte neue Altersfalten, aber sein Bart war lang und üppig. Es war Sommer gewesen, als er sie in Flude verlassen hatte.

»Wie du mir gefehlt hast«, murmelte sie, setzte sich auf den Stuhl neben dem Bett und wachte über seinen Schlaf, so wie er in Thurkad sie behütet hatte. Langsam driftete er ins Wachsein zurück, wälzte sich herum und öffnete ein Auge. Seine Augen waren grün wie die ihren, aber lange nicht so intensiv, und tief eingesunken, wodurch sie kleiner aussahen.

»Wirklich toll, nach Hause zu kommen und euch beide in meinem Bett vorzufinden«, sagte er mit einem Lächeln.

»Wo bist du die ganze Zeit über gewesen, und warum bist du fortgegangen, ohne dich zu verabschieden?«

»Hast du schon gefrühstückt?«

»Nein.«

»Dann lauf runter, bring die Küche auf Trab und lass mich in Ruhe ankleiden. Ich weiß, du bist schamlos, aber ein alter Mann besitzt seinen Anstand. Wir werden gemeinsam in der Sonne frühstücken, falls sie denn scheint.«

»Da ist wohl weniger Anstand der Grund«, erwiderte Karan mit funkelndem Blick. »Eher die Eitelkeit.« Sie tanzte außer Reichweite von Shands beiläufig auf sie zuschießender Hand und zur Tür hinaus.

Shand kleidete sich geschwind an und steckte den Kopf in das andere Zimmer. Die gewaltige Beule seitlich an Llians Kopf war schwarz angelaufen. Das war Karans Werk, aber welchen Grund gab es? Er ahnte bereits etwas. Er ahnte Verdruss.

An der Nordseite der Herberge lag eine Veranda, die an zwei Seiten von Mauern eingeschlossen wurde, und selbst im Winter konnte man dort angenehm sitzen, wenn die Sonne schien. Dicke alte, jetzt laublose Weinreben rankten sich um die Stützpfosten. Als Shand herauskam, saß Karan auf einer Holzbank. Auf dem provisorischen Esstisch vor ihr standen ein Topf mit Chard, zwei Schalen, eine größere Schale mit Obst und ein Servierteller mit einem großen Laib dunklen Brotes, von dem sie gerade Scheiben abschnitt. Sie schenkte den Chard auf die Art aus, wie er es mochte, nicht zu stark, presste ein paar Tropfen Zitronensaft hinein und reichte ihm das Getränk.

»Llian frühstückt heute nicht?«

»Llian ... er schläft noch. Ach, Shand, ich habe ihm deinen Nachttopf über den Kopf gezogen. Er war schrecklich.«

»*Mein* Nachttopf war es nicht«, entgegnete er nachsichtig. »Aber als ich eintraf, habe ich etwas anderes gesehen.«

»In den Morgenstunden habe ich einfach ein weiches Herz.«

»Und vor dem Frühstück bist du launisch«, erinnerte er sich. Er schob ihr den Obstkorb hin. »Reden wir später darüber.«

»Ich weiß nicht, ob ich überhaupt darüber sprechen möchte«, murmelte sie. Sie wählte einen kleinen Gellon aus, schälte ihn, schnitt eine Scheibe orangefarbenen Fleisches ab und steckte es sich in den Mund. Sie verzog das Gesicht.

»Das ist der schlechteste Gellon, den ich seit Jahren gekostet habe!« Er sah großartig aus: groß, rund und prall, die Schale mit dem siebenstrahligen roten Stern an der Unterseite leuchtend orange. Er hätte eigentlich einen intensiven moschusartigen Duft verbreiten müssen, doch die Frucht roch überhaupt nicht. »Ist er überhaupt reif? Aber eigentlich ist er weich genug.«

»Es war ein Dürrejahr«, sagte Shand traurig.

»Trotzdem«, erwiderte Karan, »selbst ein Dürregellon ist besser als gar keiner.« Sie aß eine weitere Scheibe und nahm dazu einen Schluck gesüßten Chard. »Also, *wo* warst du? Bist du hierher zurückgekommen, weil du uns gesucht hast?«

Shand lenkte seinen Blick offenbar bewusst ins Nirgendwo und sagte lange Zeit nichts. Von ihrem Platz aus sahen sie die Dächer der übrigen Häuser des Dorfes und den Weg, der sich nach Hetchet hinabschlängelte und heute verlassen dalag. Aus den Kaminen stieg Rauch kerzengerade in die reglose Luft wie Signalstandarten. Karan verzehrte den Rest des Gellons und nagte an einer dunklen Brotkruste, als Shand endlich antwortete.

»Nicht nur deswegen. Nach dem Aufenthalt in Flude bin ich das Meer von Thurkad hinuntergefahren, dann ostwärts den Alm hinauf und schließlich zurück nach Thurkad.«

»Darf ich fragen, warum?«

»Das geht nur mich etwas an. Eine Art Pilgerreise. Hat nichts mit uralten Relikten zu tun, falls du so etwas glauben solltest. Warum bin ich hierher zurückgekehrt? Natürlich, weil ich hier wohne. Aber auch, weil ich nach euch beiden gesucht habe. Ihr scheint für diesen kurzen Weg ziemlich lange gebraucht zu haben.«

»Wir haben Selial zum Hornrass gebracht. Dort ist sie gestorben, und die Aachim haben sie am Fuß der Regenbogenbrücke bestattet.«

»Das war eine freundliche Tat.«

»Selial war gut zu mir, und ich mochte sie. Danach wollte

Llian nach Chanthed, deshalb sind wir auf diesem Weg zurückgekehrt.«

»Hm«, machte Shand so kühl, dass Karan hastig weitersprach.

»Bist du in die Nähe von Gothryme gekommen?« Ihre Stimme bebte bei dem Gedanken an ihr vernachlässigtes Zuhause.

Unter struppigen Brauen musterte Shand sie. »So ist es«, sagte er streng.

»Ist dort ... noch irgendetwas übrig?«

Wieder dieser Blick. »Ich staune, dass du dich danach zu fragen getraust, Karan, nachdem du die Leute dort so lange im Stich gelassen hast.«

»Du warst es doch, der mich übers Meer mitgenommen hat, während ich unbedingt heimkehren wollte.«

»Das ist neun Monate her! Von Flude nach Thurkad reist man mit dem Schiff nur von wenige Wochen. Du hättest schon vor Monaten daheim sein können.«

Karan schwieg. Für jede Verzögerung gab es einen guten Grund, aber sie spürte, dass sich zu verteidigen dem Vorbringen von Ausflüchten gleichgekommen wäre.

»Rachis ist alt, Karan. Treu und fleißig, aber sehr alt. Er wünscht sich nichts anderes mehr, als auf seinem Stuhl in der Sonne zu sitzen und die wenigen Jahre, die ihm noch bleiben, zu verträumen. Und ich glaube, das hat er sich verdient, du nicht? Trotzdem hat er von frühmorgens bis Mitternacht geschuftet, um die Kriegsschäden zu beheben, ehe der Winter anbricht, in der Hoffnung, dass du kommen und ihm die Arbeit abnehmen würdest. Er kritisiert dich nicht, und doch fragt er sich, warum er so treu dient.«

Karan schwamm in Tränen. Sie hatte Gothryme schmählich im Stich gelassen. »Wie steht es um mein Land? Wie geht es meinen Leuten?«, fragte sie.

»Nach Lage der Dinge ist es ihnen nicht *so* übel ergangen«, sagte er und wischte ihr die Tränen mit schwieligen Fingern hinfort. »Das tiefe Bannador hat schwer gelitten, aber dem Hochland blieb das Schlimmste erspart. Es ist zu abgelegen und zu wenig verlockend, nehme ich an. Das heißt aber nicht, dass Gothryme gar nichts abbekommen hätte. Auf ihren Streifzügen von Shazmak aus sind die Ghâshâd mehr als einmal hindurchgezogen. Es mangelt weder an Verwüstung noch an Toten. Vieles kann man wieder aufbauen, doch manches ist für immer verloren.«

»Und da liegt meine Pflicht«, sagte sie. »Ich wundere mich, dass ich so lange gebraucht habe, um sie zu erkennen.« Sie erhob sich abrupt.

»Setz dich! Für ungestümes Handeln, so gut gemeint es auch sein mag, ist der Zeitpunkt falsch. Ganz Iagador ist in Aufruhr. Du musst wissen, dass Yggur den größten Teil des Landes besetzt hält, einschließlich Bannadors, und er hat nicht vor, es aufzugeben, ganz egal, welche zeitweiligen Bündnisse in Katazza geschmiedet worden sind.«

Das war Karan klar. Die Realitäten der Macht waren ihr nicht fremd.

»Außerdem ist da noch Llian. Er wäre heute nicht reisefähig; vielleicht sogar morgen noch nicht.«

Sie verzog das Gesicht. »Lass uns jetzt nicht darüber reden.«

»Man muss sich den Folgen seines Tuns stellen – wie auch den Verhältnissen in Gothryme.«

»Das weiß ich, und ich scheue auch diese Verantwortung nicht. Doch später; ich bin zu durcheinander. Lass uns bitte über etwas anderes sprechen.«

»Sehr gern, worüber immer du willst.«

»Ich würde gerne wissen, wo du gewesen bist«, sagte sie sehr demütig.

»Ich musste eine bestimmte Stätte aufsuchen. Eine sehr alte Stätte.«

»Also hast du doch nach dem Gold von Aachan gesucht!«

»Nein, das habe ich *nicht!* Es war eher ein Tribut an die Vergangenheit. *Meine* Vergangenheit. In Zeiten wie diesen ist das vielleicht ein wenig extravagant, aber ich musste gehen.«

»Erzähl mir davon.«

»Lieber nicht. Ganz wie du sehe auch ich meinen Fehlschlägen nur ungern ins Angesicht.«

»Gut, was hast du sonst noch gemacht?«

»Auf dem Weg hierher habe ich Thurkad besucht, heimlich natürlich. Yggur ist seit Monaten zurück. Den Geschichten zufolge kehrte er wie ein Rachegott wieder, zermalmte die Aufständischen mit eiserner Faust, schlug die Ghâshâd in die Flucht und überrannte Thurkad innerhalb eines einzigen Augenblicks, aber das stammt von seinen Erzählern, die wie gewöhnlich die Geschichte neu erfinden. Die wahren Abläufe sind weitaus interessanter, und in ihrem Mittelpunkt steht deine Freundin Maigraith.«

»Aha?« Es lag nun mehr als ein Jahr zurück, dass sie mit Maigraith auf der Straße nach Fiz Gorgo unterwegs gewesen war. »Erzähl mir von ihr.«

»Eine überaus seltsame Geschichte. Sie und Yggur waren Geliebte ...«

»Das wusste ich«, sagte Karan. »Auch mir sind Gerüchte über sie zu Ohren gekommen, wenn sie auch alle ganz unterschiedlich ausfielen.«

Er erzählte Maigraith' Geschichte und berichtete abschließend: »Sie führte eine Armee gegen die Ghâshâd und die Rebellen, wobei sie geltend machte, dass Karan von Bannador ihre besondere Freundin sei und sie Karans Volk nicht im Stich lassen wolle. Einst warst du vielleicht ein Niemand, nun aber bist du recht berühmt in deinem kleinen Land und sogar über seine Grenzen hinaus. Ich habe allerorts von dir reden gehört.«

»Ich will nicht berühmt sein«, erwiderte Karan bekümmert. »Ich möchte einfach nur nach Hause.«

»Nun, ich nehme an, mit der Zeit wird deine Berühmtheit sich wieder legen. Wie auch immer, Maigraith hat Bannador befreit und die winselnden Ghâshâd nach Shazmak zurückgedrängt. Also hast du deinem Volk indirekt Gutes erwiesen.«

»Ihre besondere Freundin!«, wiederholte Karan verwundert. »Nun, vielleicht bin ich das, da sie meiner Kenntnis nach noch nie eine Freundin hatte. Was für ein seltsamer Mensch sie doch ist. Und sie hat so sehr gelitten. Hast du mit ihr gesprochen?«

Shand zuckte mit den Schultern. »Ich bin ihr nie begegnet. Unmittelbar vor Yggurs Rückkehr ist sie verschwunden. Mehr kann ich dir nicht erzählen.«

»Nun, ich habe Neuigkeiten für dich.« Karan berichtete ihm, was Llian und sie in der Bibliothek von Chanthed in Erfahrung gebracht hatten. »Faelamor war vor Monaten da.«

»Schlechte Nachrichten«, sagte Shand. »Auch für Mendark, denn es könnte mit dem zusammenhängen, das zu finden er nach Osten aufgebrochen ist. Yggur muss sofort davon erfahren. Schade, ich hatte auf eine schöne, lange Ruhepause in Tullin gehofft. Und das ist noch nicht alles, oder? Raus damit.«

Karan schenkte sich noch eine Schale Chard ein. Ihre Blicke trafen sich. »Wenn es sein muss.«

»Lass uns einen Spaziergang unternehmen. Über manche Dinge lässt sich einfacher reden, wenn man sich die Füße vertritt.«

Sie hakte sich bei Shand ein. Sie gelangten auf die Rückseite der Herberge, zogen unterhalb des Holzstapels vorbei und schritten zügig über die schneebedeckte Graslandschaft. Bald erreichten sie die Straße nach Hetchet, wie sie genannt wurde, obwohl es sich nur um einen matschigen Fußweg handelte. Der steile Abhang direkt unterhalb der Herberge war einst mit faustgroßen Felsstücken bedeckt gewesen, die durch den Matsch hochschnellten und das Laufen erschwerten. Weiter unten war der Weg von unberührtem Schnee bedeckt.

Karan zog Trost aus dem Druck von Chands kräftigen Fingern auf ihrem Arm. Sie fürchtete sich davor, über Llian zu sprechen. Es schmerzte.

»Ich habe ihm vertraut. *Ich habe ihn geliebt*«, sagte sie.

»Das tust du noch immer, und all die Dinge, die dieses Gefühl in dir geweckt haben, sind noch immer vorhanden. Und ebenso die Dinge, die du ausgeblendet hast, als du deine Wahl trafst.«

»Ich hasse ihn! Von den Dingen, deretwegen ich ihn hasse, hatte ich vorher nichts gewusst.«

»Humbug. Du benimmst dich wie ein geohrfeigtes Kind.«

»Du hast Llian nie vertraut. Das hast du oft gesagt.«

»Zugegeben, aber ich hege ein Vorurteil gegen die Zain. Daraus mache ich keinen Hehl. Mendark hat Hennian vertraut, und sie verriet den Rat. Sie sind alle gleich!«

»Ich weiß nicht, was ich tun soll!«, rief sie. »Ich bin so verwirrt.«

Sie stolperten den steilen Abschnitt des Hangs hinunter. An manchen Stellen war der Schlamm gefroren, voller harter, tiefer Stiefelspuren, auf denen sich schlecht laufen ließ. Dann traten sie ohne Vorwarnung in tückischen, schmierigen Lehm. Schlitternd legten sie ihren Weg bis an den Fuß des Hanges zurück, wo der Wald wartete. Dunkle Baumstämme, dunkle Äste, sogar im Winter harte dunkle Blätter, als wollte er drohen.

Karan durchforschte ihr Gedächtnis und versuchte zu begreifen, was in der vergangenen Nacht geschehen war.

»Von Anfang an war er voller Neugier«, sagte sie, wobei sie ebenso zu sich selbst sprach wie zu Shand. »Eine zudringliche, arrogante Art von Neugier, wie es mir vorkam. Er stellte Fragen, die kein Fremder einem anderen Fremden stellen würde. Damals hat es mich vor den Kopf gestoßen, aber ich habe seither erkannt, dass es einfach seine Art ist.«

»Er ist, wie es seiner Natur entspricht – und dem Charakter der Zain. Das macht ihn einerseits zum Meisterchronisten, und andererseits hat genau das zum Untergang der Zain geführt.«

»Wusstest du, dass er in Shazmak eines Tages tatsächlich mein Zimmer nach dem Spiegel durchstöberte? Ich schäumte vor Wut, obwohl mir später klar wurde, dass Emmants Zauberbann seine Neugier bis zur Unersättlichkeit gesteigert hatte. Ich nehme an, so war es auch in Tensors Fall – beide machten sie sich Llians Schwäche zunutze.«

»Wonach hat Llian gesucht?«

»Nach etwas, worauf er in einem Buch gestoßen war, das Emmant ihm gezeigt hatte.« Sie schritten unter dem Blätterdach des Waldes dahin, außer Reichweite des Windes, außer Reichweite der Sonne. Karan schauderte. »Er hatte es seitdem nie mehr erwähnt, und ich habe nicht danach gefragt. Ich hatte es bereits vergessen. Er war beinahe wahnsinnig vor Gier danach – dem Schlüssel zu einem der Großen Geheimnisse. Groß für die Chronisten – nichts von *wirklicher* Bedeutung also.«

»Hat er dieses Ding benannt?«, fragte Shand ohne besonderes Interesse.

Karan runzelte die Stirn. Wie wütend sie damals gewesen war. »Er sagte, es war das Bild einer Tafel.«

»Die Tafel!«

»Ich nehme es an. Der Schlüssel zur Schrift der Charon, glaube ich mich zu erinnern.«

Shand stieß einen tiefen Seufzer aus. »Ich kann mir gut vorstellen, welche Leidenschaften solche Dinge in einem Meisterchronisten wecken. Wenn die Bibliotheken der Charon übersetzt werden könnten, eröffnete es völlig neue Welten.«

»Ich habe seither nicht mehr daran gedacht. Doch nach den Geschehnissen in Katazza und Llians Machenschaften mit Tensor ...«

»Vergiss nicht, dass Tensor Llian gezwungen hat, ihn zu unterstützen«, sagte Shand.

»Anfangs! Ich glaube, am Ende hat Llian es freiwillig getan, im Gegenzug für das, was er von Tensor lernen konnte.« Ihre

Überlegungen hatten Karan in einen Zustand der Erregung versetzt – sie konnte nicht mehr klar denken; wusste nicht mehr, was sie glauben sollte. »Aus welchem Grund auch immer«, rief sie wütend, »getan hat er es jedenfalls! Und diese Geschichte, wie er aus dem Nachtland entkommen sein will – wie kann sie stimmen? Wie hätte er Rulke entwischen können?«

»Er hat die Wahrheit erzählt, soweit er selbst sie kannte«, erwiderte Shand. »Schau, warum hätte Rulke ihn überhaupt im Nachtland festhalten sollen? Vielleicht entkam er, vielleicht hat Rulke ihn entkommen lassen. Warum ist das so wichtig?«

»Weil es meine Schuld ist! Ich habe ihn im Nachtland zurückgelassen. Diese Schande wird mich mein Leben lang begleiten, bis ich sterbe. Und nach der letzten Nacht reißt sie mich förmlich entzwei!«

Sie setzte sich auf einen Baumstumpf, aber das verfaulte Holz gab nach, und Karan sank rückwärts in eine Mulde voll eiskaltem Schneematsch. Die Bäume drängten sich herab, ihre schwarzen Äste griffen nach ihr. Sie rappelte sich hastig auf und wischte sich den Schnee vom Hinterteil, dann gingen sie weiter.

»Nach allem, was Rulke den Zain angetan hat, kann ich nicht glauben, dass Llian solch einen Pakt eingegangen sein könnte«, fuhr Karan fort. Ihre Meinung war umgeschwenkt. »Dass er genötigt oder gezwungen wurde, ja! Aber freiwillig nicht. Doch andererseits ist er mühelos zu lenken. Es wäre für Rulke ein Leichtes gewesen, ihn unter seinen Willen zu zwingen. Sogar Emmant ist das gelungen.«

»Ich kann deinem Gedankengang nicht folgen«, sagte Shand. »Was ist letzte Nacht geschehen?«

Der Weg schlang sich um das Ende eines Felsgrates und verließ den dichten Wald vorübergehend auf eine Lichtung. Vor ihnen klaffte ein steiler Abhang, stellenweise frei von Bäumen, und ein wogendes Meer tiefer Täler unter einer dicken Schneedecke. Shand lehnte sich an einen Felsen und ließ seinen Blick in die Schlucht schweifen.

»Ich bin völlig durcheinander. Llian war so zufrieden, seit wir in Chanthed gewesen sind«, sagte Karan, »wohingegen ich launisch war. Ich hatte immer wieder Albträume von Rulke. Llian und ich hatten Differenzen – allein meine Schuld –, und ich habe ihn aus unserem Zimmer ausgesperrt. Vielleicht trage ich auch an unserem Streit gestern Nacht die Schuld! Wir träumten beide von der Gegenwart und der Vergangenheit, von damals im vergangenen Winter, als ich ihm diese geistige Botschaft sandte. Es schien, als öffnete die Vergangenheit den Weg in der Gegenwart. Unsere Träume verflochten sich miteinander, ohne dass ich die Verbindung unterbrechen konnte, und dann kam Rulke.«

»Was?«, schrie Shand auf, schnellte vor und packte sie bei den Schultern. Er starrte ihr in die Augen, und in seiner Aufregung schüttelte er sie heftig. »Rulke in Fleisch und Blut? Durch ein Tor?«

Karan riss sich los, plötzlich von Sorge um Llian erfüllt. »Nein, es war nur ein Abbild, aber am Ende glaubte ich doch, er wurde sich höchstselbst im Zimmer verdichten.« Als sie die Geschichte erzählte, trat ein trostloser Ausdruck auf Shands Gesicht.

»Das macht deine anderen schlechten Neuigkeiten fast gegenstandslos«, sagte er, ließ sich auf einen Baumstamm sinken und stützte den Kopf in die Hände. »Wäre ich doch bloß früher zurückgekommen.«

»Es war grauenvoll. Ich fühlte mich in zwei Teile geteilt, in mein Ich von vor einem Jahr und mein jetziges, und bei Llian war es dasselbe. Rulke versuchte mich durch die Verbindung unter seinen Willen zu zwingen, über Llian. Und er fehlte auch nur ein Atemzug, und es wäre ihm gelungen.«

»Warum sollte er Llian seinen Willen aufzwingen wollen?«, fragte Shand. Er machte den Anschein, als wäre ihm gerade ein höchst unerfreulicher Gedanke gekommen. Er stand von dem Baumstamm auf und ging weiter. »Und warum sollte er Llian benutzen, um an dich heranzukommen? Vermutlich ist es einfacher, Verbindungen zu benutzen, die bereits bestehen, als neue herzustellen.«

»Er hätte mich übermannt, hätte ich nicht Llian beinahe den Schädel zertrümmert. Armer Llian! Niemand könnte dieser Macht widerstehen.« Die Verwirrung hatte Karan verlassen. »Ich muss zurückgehen – ich habe ihn da oben ganz alleine zurückgelassen. Er könnte im Sterben liegen.« Als sie herumwirbelte, ergriff Shand ihre fliegenden Rockschöße.

»Warte, nun habe ich's: Du liegst falsch. Rulke hat sich seiner *bemächtigt*, ganz wie er es vor langer Zeit mit Yggur machte! Was auch immer Llian sagt oder tut, egal wie überzeugend seine Erklärungen sein mögen, du darfst ihm *niemals* vertrauen. Er ist nicht mehr dein Freund – er ist die Marionette eines gefährlichen Feindes. Schütze dich vor ihm.«

Karan taumelte und klammerte sich Halt suchend an einen Baum. »Ich habe keine Angst vor Llian. Er würde mir nie etwas zuleide tun.«

»Du musst dich schützen«, beharrte Shand unerbittlich.

Ihr Zorn flammte auf. »Du hast schon immer ein Vorurteil gegen Llian gehegt, nur weil er ein Zain ist!«

»Ich kenne die verräterischen Machenschaften der Zain besser als sonst jemand auf dieser Welt.«

Seine Bitterkeit entsetzte sie. »Von Llian werde ich das nicht glauben!«, rief sie. Sie trat gegen einen Stein, dass er den Fußweg hinunterschoss, abprallte und hoch durch die Luft flog, einen Ast traf und einen kleinen Schneeschauer auslöste. »Wenn er zu mir kommt, was soll ich dann tun? Llian hat mir immer vertraut, in allem.«

»Aber gerade erst hast du die ganze letzte Stunde damit verbracht, mir zu erzählen, wie verunsichert du warst.«

»Ich musste mich jemandem anvertrauen«, klagte sie. »Lass mich allein; ich habe dich nicht gebeten, mein Leben in die Hand zu nehmen.« Sie warf sich herum, eilte vom Weg fort in den Wald und schlitterte in ein Dickicht, wo sie im tiefen Schnee stecken blieb. Sie schleuderte ihn mit den Armen um sich.

Shand eilte hinter ihr her. »Diese Sache ist zu wichtig, um deswegen einen Koller zu kriegen.«

»Ich habe keinen Koller!«, rief sie schroff. »Selbst wenn du recht haben solltest, ich bringe es einfach nicht fertig.«

Er führte sie aus dem finsteren Wald in den strahlenden Sonnenschein. Karan setzte sich auf einen Schieferbrocken und fuhr mit dem Finger die verschlungene, komplizierte Maserung des Gesteins nach. Shand starrte die Straße hinab und focht irgendeinen inneren Kampf aus.

»Ich gehe zurück«, erklärte Karan. »Llian ist ganz allein.«

»Ihm geht's gut; ich habe vor dem Frühstück nach ihm gesehen. Wir müssen die Angelegenheit bereinigen.«

»Bereinigen können wir sie nur dadurch, dass wir mit Llian sprechen.«

»Nein!«, brüllte Shand. Dann dämpfte er seine Stimme. »Das würde Rulke nur warnen. Sag nichts zu Llian, ich bitte dich. Tu so, als sei nie etwas vorgefallen.«

»So löst du deine Probleme immer, nicht wahr?«, erwiderte sie aufgebracht.

»In diesem Fall ist es das Beste, glaub mir.«

»Ich glaube dir nicht; ich kann es nicht.«

»Du musst«, wiederholte Shand unnachgiebig.

»Es reißt mich entzwei«, sagte Karan und schlug sich mit den Knöcheln ihrer geballten Hände gegen die Stirn. »Nach allem, was Llian für mich getan hat. *Falls* er korrumpiert wurde, ist es meine Schuld.«

»Was auch immer Llian getan hat, er tat es aus eigenem freiem Willen.«

»Du begehst einen furchtbaren Fehler.«

»Wer kennt die Zain besser als ich, Karan?«, entgegnete Shand bitter. »Mein halbes Leben lang habe ich sie beobachtet.«

»Was, wenn du dich irrst?«

»Ich irre mich nicht.« Er ging mit langen Schritten den Pfad hinab, dann kehrte er mit gebeugtem Rücken zurück.

Sie trat ihm in den Weg. »Nun, was wirst du tun?«

Shand setzte sich aufs nackte Eis nieder und legte den Kopf in die Hände. »Wenn dies ein Krieg wäre ...«

»Es ist keiner!«, fuhr sie ihn an. »Llian gehört *mir*, Shand, und ich werde ihn bis zum letzten Atemzug verteidigen, sogar gegen dich. Trotz allem, was du für mich getan hast und was ich für dich empfinde.«

»Er muss nach Thurkad gebracht und angemessen verhört werden, mit allen Mitteln der Geheimen Kunst.«

»Und dann? Was unternimmst du dann mit *meinem* Llian, Shand?«

»Er muss Tag und Nacht bewacht werden. Das ist das *Mindeste!*«

»Von wegen!«, rief sie ungestüm. »Falls das jemand versucht, fließt Blut!«

»Karan«, sagte Shand in freundlicherem Ton, »du weißt nicht, was auf dem Spiel steht.«

»Ich weiß, was für mich auf dem Spiel steht!« Sie kniete sich vor ihm hin. »Shand, bitte lass ihn in meiner Obhut. Ich will ihn nach Gothryme bringen. Selbst wenn er ... das ist, was du sagst, kann er dort kein Unheil anrichten. Dort gibt es nichts und niemanden auszuspionieren.«

»Dies ist kein Spiel, verstehst du?«

»Glaubst du, es wäre für mich ein Spiel? Schau, kann Rulke Llian Dinge tun lassen, die jetzt noch nicht in Llians Macht liegen?«

»Nein!«, antwortete Shand widerwillig.

»Kann Llian die Geheime Kunst gebrauchen oder eine Waffe führen, so als wäre er darin geübt?«

»Natürlich nicht! Besessenheit kann die Kräfte oder Fertigkeiten dessen, der die Besessenheit ausübt, nicht übertragen.«

»Das heißt, selbst *falls* du recht hast, kann er nichts weiter tun, als rumzuspionieren. Welchen Schaden könnte er damit in Gothryme anrichten?«

»Und wenn er entkommt?«

»Benachrichtige ich dich sofort und spüre ihn selbst wieder auf.«

»Mir gefällt das nicht.« Wieder schritt er mit ruckartigen Arm- und Beinbewegungen den Pfad auf und ab. »Also gut, ich komme mit nach Gothryme«, sagte er widerwillig. »Aber unter einer Bedingung.«

»Was du willst!«, sagte sie unbedacht.

»Du musst meiner Forderung zustimmen.«

»Aber sicher!« Sie seufzte erleichtert.

»In Thurkad habe ich mit Malien gesprochen«, sagte Shand. »Sie sagte, dass sie dich in diesem Winter vielleicht aufsuchen wird. Wir stellen Llian unter die Bewachung der Aachim, falls sie auftauchen, und ich kehre nach Hause zurück.«

»Ich werde mich glücklich schätzen, sie dazuhaben«, sagte Karan. Malien war eine Verwandte und würde ihren Standpunkt verstehen. »Aber wenn die Dinge so schlecht stehen, wie du sagst, weiß ich nicht, wovon sie leben sollen. Und wie ging es Tensor?«

»Nicht besser, nicht schlechter.«

»Nun, was ist es, wozu muss ich meine Zustimmung geben?«

Auf dem ganzen Rückweg stritten sie, und erst als sie die Herberge fast erreicht hatten, unterwarf sich Karan Shands Forderungen. Ihr war, als wäre etwas in ihrem Inneren gemordet worden.

Llian erwachte mit grässlichen Kopfschmerzen. Karans Betthälfte war leer. Wo war sie? Er zog sich an, so gut es ging. Bei jeder Bewegung fuhr ein Stich durch seinen Kopf, und alles drehte sich um ihn, dass ihm übel wurde. Unten weckte er neugierige Blicke, fühlte sich aber zu elend, um darüber nachzudenken.

In der Küche war es erstickend heiß. Einige Löffel mit Brei, mehr brachte er nicht herunter. Er taumelte nach draußen und wankte in Richtung des Holzstoßes. Dort lagerte er sich über einen Holzklotz; ihm war zu übel, um sich zu rühren.

Später, als er sich allmählich besser fühlte, hörte er Stimmen vom dem Fußpfad weiter unten. Karans Stimme war unverkennbar. Er wollte ihr entgegenrennen, damit sie ihm Trost schenkte.

»Das kann ich nicht tun«, sagte sie mit schwacher Stimme. Es klang, als würde sie weinen.

Ein paar Worte später erkannte er auch die andere Stimme – Shand! Shand war zurück! Wäre er dazu fähig gewesen, er wäre losgeschossen und hätte ihn umarmt. Im nächsten Augenblick war er froh, dass er es sein gelassen hatte.

»Llian ist jetzt der Feind«, sagte Shand mit stahlharter Stimme. »Rulke hat ohne Zweifel Besitz von ihm ergriffen. Nach der vergangenen Nacht darfst du ihm nie wieder trauen.«

Vergangene Nacht? Wovon redete Shand da? Ein Bruchstück des Albtraums kehrte tröpfchenweise zurück.

»Nein!«, rief Karan. »Wie kannst du das verlangen?«

»Llian ist nur noch ein Werkzeug Rulkes, und ein tödliches dazu«, entgegnete Shand. »Tu, was ich dir sage, oder unsere Abmachung gilt nicht. Wenn du es nicht kannst, verrate ich ihn. Ich kann keine Kompromisse eingehen, Karan.«

»Ich dachte, du wärest mein Freund«, weinte Karan.

»Das bin ich. Du musst deine Gefühle beiseiteschieben. Das Schicksal vieler Menschen könnte von dem abhängen, was du jetzt tust.«

»Und Llian ist einer davon.«

»Karan!« Shands Stimme war so kalt wie ein Gletscher.

Sie knickte ein. »Ich werde tun, was du verlangst«, sagte sie gequält. Ihre Worte ließen Llians Inneres zu Eis gefrieren.

»Sag ihm nichts davon; erwähne es nicht einmal.« Sie folgten dem Pfad nach oben und verließen Llians Hörweite.

Ewigkeiten lang saß er da und starrte durch den Käfig seiner Finger auf den niedergetrampelten Schnee. Karan hatte ihn fallen lassen, ihn weggeworfen, und er hatte nicht die leiseste Ahnung, warum. Er wollte fliehen, aber dazu war ihm zu übel, und er war zu tief verletzt. Er wollte nur noch sterben.

Gegen Mittag kamen Karan und Shand die Treppe hinunter, und in der Schankstube wurde das Essen aufgetragen. Llian saß beim Feuer, eine unberührte Trinkschale vor sich. Auf einer Seite seines Kopfes prangte eine gewaltige Beule. Seine Haare sahen aus, als wäre eine Ratte darin verendet. Seine Haut war von kränklich gelber Farbe, seine Wangen brannten in fiebrigem Rot. Auch seine Augen waren rot und glasig, aber seine Hände waren blau.

»Shand!«, sagte Llian kühl. »Du bist zurück!« Karan wich seinem Blick aus. Sie hatte geweint. »Schön, dich zu sehen, Shand. Ich muss mit dir reden.« Dann bemerkte er Karans Blick auf sich und blickte mürrisch drein. »Ich habe solche Kopfschmerzen, aber ich kann mich nicht erinnern, warum.«

Er rieb die verletzte Seite seines Kopfes und zuckte zusammen. Seine Finger zeigten eine Schliere frischen Blutes. Er starrte darauf, seine Miene war verwirrt. »Ich muss die Treppe hinuntergefallen sein. Ich kann mich an rein gar nichts erinnern.«

»Ach, Llian, was sollen wir bloß mit dir tun?«, fragte Karan. Sie sah bedrückt und traurig aus, auch ein wenig unschlüssig, und plötzlich füllten sich ihre Augen mit Tränen. Sie verschwand durch die Tür, fast rannte sie.

Shand blieb zurück, nötigte Llian zum Weintrinken und sprach fröhlich über alte Zeiten. Llian konnte nicht begreifen, was geschehen war, denn er besaß keinerlei Erinnerungen an die vergangene Nacht. Gestern noch war alles in bester Ordnung gewesen, heute wurde er behandelt wie ein Verbrecher.

Er ließ sich von Shands falscher Freundlichkeit nicht täuschen. Karan war ein hoffnungsloser Fall, wenn es um das Verbergen ihrer Gefühle ging. Irgendetwas war ganz entsetzlich nicht in Ordnung, und es musste mit seinen abenteuerlichen Träumen in der letzten Nacht zusammenhängen, nur wusste er nicht, wie das sein sollte.

In der Nacht fing Llian, nachdem Shand zu Bett gegangen war, Karan im Korridor ab.

»Karan, bitte sag mir, was los ist.« Er ergriff ihre kalten Hände. »Ich habe dir immer vertraut.«

Karans Hände lagen schlaff in seinen. Sie litt Qualen. Wenn sie Llian antwortete, würde Shand ihn ausliefern. Sie zog sich zurück.

Er streckte die Arme nach ihr aus. »Bitte!«

Sie stand einfach nur da. Eine Träne rann aus jedem ihrer Augen und lief die Wange hinab. »Nicht, Llian«, flüsterte sie. »Tu mir das nicht an. Ich kann es nicht ertragen.« Dann floh sie.

Llian war am Boden zerstört. Alles war zu Ende, alles, was sie sich aufgebaut hatten, zunichte. Was sollte er tun?

Und in dieser Nacht und in vielen darauf folgenden Nächten, in seinen schlimmsten Augenblicken, fragte er sich immer wieder, ob er sie am Ende nicht doch an Rulke verraten hatte, ohne es auch nur zu ahnen.

Karan lag in ihrem kalten Bett und konnte nicht schlafen. *Warum?*, fragte sie sich immer wieder. Warum hatte Llian das getan? Hatte er es überhaupt getan? Sie wusste es nicht zu sagen. Früher einmal hätte sie auf ihr eigenes Urteil vertraut, doch in diese Bastion hatte Shand eine tiefe Bresche geschlagen. Warum hatte sie in seinen Plan eingewilligt? *Er irrt sich, ich weiß, dass er sich irrt.*

Bitte komm zu mir, Llian, dachte sie in dieser Nacht Hunderte Male. *Komm in mein Bett. Sag nichts, halt mich einfach nur in deinen Armen und lass alles wieder so sein, wie es war. Ich werde mein Wort brechen. Wir fliehen in die Berge, wo niemand uns findet.*

Dann, als der Morgen anbrach, ohne dass sie ein Auge zugetan hatte, ging ihr durch den Kopf: *Warum bist du nicht gekommen? Wenn du nur gekommen wärst, hätten wir unsere Flucht planen können.*

Doch Llian wagte sich nicht zu ihr. Er war an der Zurückweisung zerbrochen. Den Gedanken, es könnte noch einmal geschehen, vermochte er nicht zu ertragen.

Kapitel zehn

Heimkehr

Zwei Tage später verließen sie Tullin und strebten ostwärts dem Pass und Bannador zu. Am Tag ihrer Abreise kam die Sonne heraus und verwandelte die verschneite Landschaft in Morast. Zwar wurde so ihr Vorankommen erschwert, aber sie waren mittlerweile erfahrene Reisende, und der einwöchige Marsch verlief so ereignislos wie der größte Teil der zurückliegenden Monate. Der letzte Tag war am härtesten, eine elende Schinderei durch Schlamm, der ihnen manchmal bis zu den Waden reichte. Es war eine lange, schweigende Etappe, denn jeder von ihnen war mit seinen eigenen Sorgen beschäftigt.

Llian war zurückgefallen. Shand schloss zu Karan auf. Zum ersten Mal seit Tagen erhielt er Gelegenheit, mit ihr unter vier Augen zu reden.

»Berichte mir von den Träumen«, forderte er sie auf. »Wann haben sie angefangen?«

»In Flude!«, antwortete Karan.

»Sind sie seit Tullin zurückgekommen?«

Ihr war nicht nach Reden zumute. Sie fühlte sich von Shand verraten. Ihre Freundschaft war unwiderruflich zerbrochen. Sie zwang sich dazu, höflich zu bleiben.

»Bei *mir* nicht!«

»Und bei Llian?«

»Er spricht nie über sie, aber sie suchen ihn oft heim.«

Ihr Abstieg führte sie in ein zerklüftetes Gebiet, das die Hügel von Bannador genannt wurde, obwohl es überall sonst als Gebirge gegolten hätte. Steile Berggrate und tiefe Schluchten durchschnitten das Land, das nach einem weiteren Dürrejahr brachlag. Weiler und einsame Bauernhöfe mit einer Herde aus mageren Schafen oder Ziegen sprenkelten es. An diesem Tag sahen sie keinerlei Tiere, denn der Pfad folgte den steinigen, trockenen Bergrücken.

Nachdem sie einen Tag lang in südöstliche Richtung gezogen waren, gelangten sie in eine Granitlandschaft aus rund geformten und von ausgedehnten Kieferwäldern bedeckten Felshügel und weiten Tälern mit Getreidefeldern und größeren Ortschaften. Von da an erblickten sie Kriegsspuren allerorten – niedergebrannte Äcker und Wälder, eingestürzte Brücken, Häuserruinen und, nicht weit von Gothryme entfernt, ein Dorf, das ganz in Schutt und Asche lag. Das größte Gebäude war ein Stall gewesen, denn inmitten der Trümmer fanden sie die verkohlten Gerippe eines halben Dutzends Pferde.

Sie stapften weiter voran. Die böse Vorahnung verdichtete sich zu einem harten Klumpen in Karans Brust, einem Prickeln in ihrem Bauch. Selbst das schreckliche Problem mit Llian trat vor der Aussicht, nach Hause zurückzukehren, in den Hintergrund.

Sie erreichten den Ryme, den Fluss, der Karans Land durchschnitt, die Felder rings um die Stadt Tolryme bewässerte und im Osten das Tal Richtung Meer verließ. Karan zog ihren Hut ins Gesicht, als sie in die Stadt zogen. Sie wollte von niemandem erkannt werden oder irgendetwas erklären müssen, bevor sie zu Hause gewesen war.

Tolryme war arm, aber hübsch, genau genommen nur ein übergroßes Dorf – ein Verbund Hunderter Katen mit einer Hand voll Läden, einem Marktplatz, einer Bibliothek und einem Tempel, alles aus rosafarbenem Granit und graugrünem Schiefer erbaut. Die Ortschaft befand sich in trauriger Verfassung: Von manchen Hütten waren nur geschwärzte Mauern übrig. Die Brücke über den Ryme war eingestürzt, der Mittelbogen nur noch ein Haufen verstreuter Steine, die teils aus dem Fluss ragten. Zu dieser Jahreszeit machte es nicht viel, doch im Frühjahr, wenn der Schnee in den Bergen schmolz und den Ryme in einen reißenden Strom verwandelte, wurde es anders.

Sie durchwateten den eisigen Fluss und folgten einem gewundenen Fußpfad, der zwischen hohen Hecken entlangführte. Durch Lücken in den Gewächsen sahen sie Äcker, auf denen das Korn niedergetrampelt worden war, und Knochen von geschlachtetem Vieh, die schon lange die Aasvögel blank gepickt hatten.

Der Gutssitz Gothryme stand im höheren Teil eines weiten Tales. Die Bergkämme zu beiden Seiten waren von Gras bewachsen. An den Hängen durchbrachen Felsbrocken und Wäldchen mit kleinen Bäumen die Wiesen. Sie erstiegen den Hügel. Die Schornsteine von Gothryme kamen in Sicht. Endlich zu Hause! Karan schluckte an ihren Tränen. Nahezu fünfhundert Tage waren verstrichen, seit sie mit Maigraith nach Fiz Gorgo aufgebrochen war, im Glauben, nur zwei Monate lang fortzubleiben. Wie jung, töricht und verängstigt sie damals gewesen war. Was also hatte sich geändert?

Karan fühlte sich befangen, weil sie Llian und Shand zu sich nach Hause brachte, denn jede Unzulänglichkeit, jede Abnutzung und alles bäuerisch Anmutende sah sie nun mit deren Augen. Was würde Shand, der die Welt bereist und ihre ganze Herrlichkeit gesehen hatte – der einst reich und mächtig gewesen war –, von ihrem Zuhause halten? Wie nahm Llian es mit seinem alles sehenden Chronistenblick wahr? Würde er sich eines Tages in irgendeiner derben Geschichte über Gothryme lustig machen, in einem müßigen Garn, das er bei irgendeinem Kneipengelage zusammenspönn?

Gothryme war klein. Der Gutssitz bestand hauptsächlich aus einem vom Alter gezeichneten, gedrungenen Wohnturm aus rosafarbenem Granit, an dessen Rückseite aus dem gleichen Stein später zwei Gebäudeflügel angebaut worden waren. Der Wohnturm hatte einen ungefähr ovalen Grundriss und nur drei Stockwerke. Er besaß ein schlichtes, kegelförmiges Dach aus grünem Schiefer, eine nackte Fahnenstange und eine Wetterfahne aus Messing in Form einer fliegenden Gans, die einmal vom Blitz getroffen worden war, sodass der lange Gänsehals schlaff herabhing.

Die Flügel waren ursprünglich zweistöckig gewesen, schiefergedeckt, mit kleinen Außenfenstern. Irgendwann später hatte man an der Innenseite lange Veranden hinzugefügt und die offene Seite mit einer niedrigen Mauer umschlossen, an der von Weinranken überwucherte Spaliere befestigt waren. Die Küchengärten lagen weiter bergan auf der sonnigen Nordseite. Im Ganzen mutete der Sitz ländlich und hausbacken an, doch die Gärten neben der Eingangstür waren gepflegt und der schmucke Kiesweg frisch gerecht.

Jenseits des Gartens stand ein Obsthain, zum jetzigen Zeitpunkt nur ein steiler Grashang, braun vor Feldsteinen und großen Granitauswüchsen. Etwas mehr als anderthalb Meilen weiter versperrte eine eingebrochene Klippenmauer aus Granit den Weg zu den Bergen. Ein schmaler Pfad schlängelte sich die Klippe empor und führte zu den unbewohnten Hochlanden, felsigen Bergkämmen und tiefen feuchten Tälern sowie zu Karans imposantem, aber nutzlosem Gothrymer Wald.

Als sie näher kamen, sah Karan, dass das Mauerwerk des Wohnturms vorn beschädigt und ein Anbauflügel ausgebrannt war. Der andere Flügel war ebenfalls beschädigt, und die Umfassungsmauern lagen zum Teil in Trümmern.

»Es hätte schlimmer kommen können«, sagte Karan, obwohl sie entsetzt war ob der Verwüstung und der Zustand der darunterliegenden Stadt ihr noch größere Sorgen bereitete. Wenn dies leichte Schäden waren, wie musste das übrige Bannador gelitten haben? Der Winter hatte seinen Stiefel auf die Schwelle gesetzt. Nach Jahren der Dürre waren keine Vorräte mehr übrig. Vor dem Frühling hätten sie eine Hungersnot.

Trotz ihres stillen Herannahens war ihnen die Neuigkeit ihrer Ankunft vorausgeeilt. Auf der Eingangstreppe erwartete sie eine kleine Gruppe. Mavid stand dort, die Köchin, klein und blass und mit einer über und über von braunem Mehl bestäubten Schürze, ebenso Nutan und Mara, lederhäutige Gnome, die schon vor Karans Geburt als Gärtner auf dem Gut gearbeitet hatten, dann der alte Mid, Faktotum und Braumeister, so rund wie die Fässer in seinem Keller, dazu zwei Küchengehilfen, von denen einer einen Wischmopp und der andere einen Schrubber trug, außerdem Galgi, der Weber, hochgewachsen, langgliedrig und schmalfingrig, gar nicht zu reden von einem halben Dutzend Kindern, einschließlich Benies, des frechen Küchenjungen.

»Karan, Karan!«, schrie Benie und sprang dabei im Kreis herum.

Am Kopf der Gruppe stand Rachis, Karans Verwalter, der mindestens zehn Jahre älter aussah als bei ihrem Abschied. Schon damals war er ein alter Mann gewesen, was man ihm auch angesehen hatte. Nun wirkte er verhärmt mit seinen eingefallenen Wangen, und sein Haar bestand nur noch aus einigen spärlichen weißen Strähnen. Als Rachis schlurfend zu ihr vortrat, wirkte er niedergeschlagen, aber sein Lächeln kam von Herzen.

»Karan-lar«, sagte er und streckte die langen Arme aus. »Unsere Gebete wurden erhört. Wie lange haben wir darauf gewartet und uns danach gesehnt, dass du wiederkommst. Willkommen daheim!«

Karan ließ ihr Reisebündel fallen und eilte die Stufen hoch. »Rachis, es tut mir so leid! Mein Platz wäre hier gewesen.«

Sie schlang die Arme um ihn. Er überragte sie, aber er war so furchtbar dünn. Seine Umarmung erinnerte sie an ihre Kindheit. Nachdem erst ihr Vater und dann auch ihre Mutter gestorben waren, hatte Rachis sie als Einziger mit Freundlichkeit behandelt.

»Ganz meine Rede. Es war eine schlimme Prüfung für uns, dieses letzte Jahr. Aber nachdem wir gehört hatten, welche Rolle du in diesem schrecklichen Krieg gespielt hast, sagten wir uns, dass es wohl noch schlimmer gekommen wäre, wärest du hier gewesen. Die Ghâshâd sind hier mehrmals durchgezogen und wollten wissen, wo du bist. Trotz alledem haben sie uns besser behandelt als Yggurs Zweite Armee, oder gar seine Erste! Komm herein.«

»Wo sind denn alle?«, fragte Karan. »Sie sind doch nicht ...«

»Wir hatte mehr Glück als unsere Nachbarn – niemand aus Gothryme wurde getötet. Ein Wunder! Alle anderen sind auf der Jagd oder Ähren lesen, denn uns ist wenig geblieben, und wir haben keine Wintervorräte. Einige sind auch unten in der Stadt und helfen beim Wiederaufbau.«

Karan begrüßte reihum die übrigen. Zuletzt schüttelte sie dem Küchenjungen die schmutzige Hand. »Ich hab dich vermisst, Benie. Hast du Lust, nach dem Tee mit mir spazieren zu gehen? Du kannst mir den Garten und die Tiere zeigen. Sag, hast du in letzter Zeit die alte Kar gefoppt?«

Kar war ein alter schwarzer Schwan, ein nicht wegzudenkendes Schmuckstück des Teiches. Benie brach in Tränen aus. »Kar ist tot! Diese gemeinen Soldaten haben sie *aufgefressen!*«

Das stand für ihn hinter dem Wort »Krieg«, und er war untröstlich. Karan drückte ihn an sich und vergoss selbst eine Träne.

Die verwitterten Türen von Gothryme standen offen. Sie waren aus Bohlen gezimmert, die so dick waren wie Karans Fäuste, innen und außen mit Eisenbändern verstärkt und mit Eisenbuckeln beschlagen. Eine Tür war eingedrückt und zersplittert.

Karan stellte Llian vor, der höflich, aber ungewohnt zurückhaltend war, und Shand, der Rachis natürlich kannte. Sie gingen hinein und gelangten in einen runden Saal, dessen Durchmesser gut dreißig Schritt betrug und an dessen anderem Ende eine gebogene Steintreppe emporführte. Die Steinfliesen waren hie und da mit fadenscheinigen Flickenteppichen bedeckt. An beiden Enden der Halle war ein Kamin, groß genug, um einen Ochsen darin zu braten, aber in keinem von beiden brannte ein Feuer, und es war in der Halle eisig kalt.

Karan stand schweigend da. »Was ist mit den Vorhängen und Gobelins geschehen?«

»Von den Soldaten gestohlen«, antwortete Rachis düster. »Ebenso die Kerzenhalter, das Silber, der größte Teil des Schmucks deiner Mutter und alles andere, was nicht niet- und nagelfest war. Wir haben nicht genug Holz, um den Saal zu heizen. Komm mit in die Küche.«

Sie folgte Rachis in den Nordanbau. Küche, die Speisekammern und Vorratslager waren zwar nicht beschädigt, aber sie standen fast leer. Eine Wand beanspruchte der große, eigenwillig gestaltete eiserne Ofen, das Werk ihres Vaters. Ein paar Töpfe köchelten darauf. In der gegenüberliegenden Wand war ein Kaminpaar eingelassen, mit Bratspießen und Kesseln, die an einer Stange über einem bescheidenen Feuer hingen. Alles stellte sich um den Ofen und wärmte sich, während Mavid Tee aufsetzte.

Sie tranken ihn im Stehen, so sehr drängte es Karan, eine Bestandsaufnahme der Schäden vorzunehmen. Sie waren beträchtlich. Rachis ging die Liste durch, während sie ihren Rundgang machten. »Der Schaden am Nordflügel ist vernachlässigbar, aber der Südflügel muss im Grunde neu gebaut werden.«

Sie gingen in die Gärten hinaus, die sich ebenfalls in traurigem Zustand befanden. Llian blickte sich um. »Ich wusste gar nicht, dass du so reich bist!«

Karans Grundbesitz, der von mütterlicher Seite an sie weitergegeben worden war, umfasste das obere Ende des Tals und die Bergkämme auf beiden Seiten. Der größte Teil davon fiel steil ab und bestand aus kümmerlichem Waldland und armseligem, steinigem Boden, der sich nur für Schafe und Ziegen eignete. Nur ein schmaler Streifen am Flussufer war urbar.

Außerdem hielt sie das Besitzrecht am alten Gothrymer Wald an der Ostflanke der Großen Berge, dazu an verschiedenen Wasserfällen, Flüssen und einem kleinen See. Der Wald war beinahe jungfräulich: prachtvoll und alt, mit guten Jagd- und Fischgründen, doch unzugänglich außer über eine gefährliche Treppe, die die Granitklippen hinaufführte; daher trug er fast nichts zu ihrem Lebensunterhalt bei.

Ebenso war Karan Erbin des nutzlosen Prunkbaus Carcharon, der noch höher lag, jenseits des Walds, weiter hinauf auf dem gefahrvollen Weg, der letztlich nach Shazmak führte. Carcharon war fünfhundert Jahre zuvor von ihrem wahnsinnigen Ahnherrn Basunez erbaut worden, an einer Stätte, die für ihn irgendeine kosmische Bedeutung besessen hatte, aber eben nur für ihn allein. Carcharon war vollkommen wertlos und nach Basunez' Tod aufgegeben worden.

»Reich, ha!«, schnaubte Karan. »Das Land ernährt uns, aber es bleibt nicht viel übrig, was wir verkaufen könnten oder eintauschen gegen etwas, das wir nicht selbst anbauen oder herstellen können. Gothryme war schon verschuldet, ehe ich fortging. Selbst in den guten Zeiten, ehe die Dürre einsetzte, bemaß sich unser Reichtum in Silber, nicht in Gold.« Während sie ihren Rundgang fortsetzten und der Schadenszoll stetig höher wurde, sank ihr Herz immer mehr. Zu ihren Lebzeiten ließ sich die Verheerung nicht wiedergutmachen.

»Ist das alles?«, fragte sie, als sie und Rachis die Durchsicht der Bestände beendet hatten. »Wie steht es um unsere Konten?«

Rachis zögerte. Der Überbringer solch schlechter Nachrichten zu sein, sein Versagen einzugestehen, war für ihn schlimmer, als schnitte man ihm das Herz heraus. »Düster«, antwortete er, zog ein großes Hauptbuch hervor und wendete die Seiten eine nach der anderen um, von Anfang an, was gut dreißig Jahre zurücklag.

Karan sah die Jahre mit quälender Langsamkeit vorüberziehen. Schließlich stieß Rachis ein Grunzen aus, strich die letzte Seite glatt und wies mit dem Finger auf die Bilanz.

»Ist das alles?«, flüsterte Karan. »Hundertfünf Silbertar? Wenn wir das Essen einkaufen müssen, reicht es keinen Monat lang.« Selbst wenn der Frühling eine reiche Ernte versprach, würde das Gut bis Mitte des Sommers kein Geld mehr einnehmen.

»Der Krieg!«, sagte Rachis traurig. »Angesichts der Bußgelder, Steuern, Enteignungen und der Bestechungsgelder, die ich den Soldaten zahlen musste, damit sie uns nicht vollständig ausplünderten, kannst du froh sein, dass überhaupt noch etwas übrig ist. Wäre nicht deine Freundin Maigraith an der Spitze einer Armee gekommen, würden wir in Zelten leben. Seit seiner Rückkehr blutet uns Yggur mit seinen Steuern aus. Sieh, ich habe jede Ausgabe einzeln aufgelistet. Und ich darf sagen, dass wir besser dran sind als die meisten.« Er zählte ein Dutzend Familien auf, denen nichts mehr geblieben war als das Land, auf dem sie lagerten.

Karan schlug das Hauptbuch mit einem Knall zu. »Wann kehren Yggurs Steuereintreiber zurück?«

»Im Frühjahr, zur Tagundnachtgleiche«, erwiderte Rachis.

»Wie hoch ist die Steuer?«

»Fünfhundertvierzig Tars«, antwortete er niedergeschlagen.

Karan wurde bleich. »Wir brauchen mehr als das, um unsere Vorräte wieder aufzufüllen, ganz zu schweigen vom Wiederaufbau. Ich danke dir, Rachis.«

Er nickte und ging schleppend hinaus. Karan blieb, wo sie war, ihr Kopf war aufs Hauptbuch gesunken.

Eine Stunde später traf Shand sie dort an. Er legte ihr die Hand auf die Schulter, und Karan sah aufgeschreckt hoch. Sie entzog sich seiner Berührung; noch immer zürnte sie ihm.

»Es ist schlimmer, als du dachtest?«

»Viel schlimmer. Wir sind so gut wie ruiniert. Wenn Yggurs Steuereintreiber im Frühjahr kommt, bricht alles zusammen. Ich werde zu den Geldschneidern gehen müssen. Wie hoch wird ihr Wucherzins liegen? Sie können verlangen, was sie wollen.«

»Bei mehreren hundert Prozent, wenn du mich fragst. Hast du nichts, was du verkaufen könntest?«

»Herzlich wenig. Die meisten Dinge von Wert sind bereits fort. Was immer ich entbehren kann, wird fast nichts einbringen, da tausende anderer Familien dasselbe verkaufen wollen, wohingegen alles, was wir benötigen, sein Gewicht in Silber kosten wird. Und schulde dir, Llian und Malien noch immer die Reisekosten eines ganzen Jahres.«

»Was mich angeht, ist das vergessen«, sagte Shand. »Ich kann es mir leisten.«

»Wir hatten diese Diskussion schon einmal«, entgegnete Karan schneidend. Shand verpflichtet zu sein war nun sogar noch schlimmer. »Ich bezahle meine Schulden.« *Aber wie?*, fragte sie sich. *Wie soll ich jemals meine Schulden tilgen, bei dir oder sonst jemandem?*

»Nun, wer weiß, was der Frühling bringt?«, erwiderte Shand fröhlich. Seit sie Tullin verlassen hatten, benahm er sich, als stünde nichts zwischen ihnen. »Komm, leg deine Trauermiene bis morgen ab. Man bereitet eine Feier zu deiner Heimkehr vor. Verdirb sie nicht. Die Leute haben viel durchgemacht. Die Hausherrin muss lächeln und ein Beispiel geben, wie auch immer es in ihrem Inneren aussieht.«

»Ich weiß, was der Frühling bringen wird!«, sagte Karan. »Mein Glück hat sich gewendet. Aber du hast recht. Im eigenen Haus ist die Verzweiflung weniger bitter als auf der Straße. Niemand wird härter arbeiten, um Gothryme wieder instand zu setzen, als ich.«

Am Abend fand ein großes Festessen statt, bei dem das Beste aufgefahren wurde, das Gothryme zu bieten hatte, nur war es jedoch sehr wenig. Die Kargheit und mangelnde Güte der Speisen wurden mit einer Fülle wild wachsender Kräuter, Knoblauch und Senf kaschiert, und es gab genügend Wein, Tanz und Gesang und jener Art von Hochstimmung, die nach dem Abzug des Sturms aufkommt und mit dem Beginn der Aufräumarbeiten endet. Anschließend trug Llian sogar eine Geschichte vor. Der Vortrag gehörte bei weitem nicht zu seinen besten, aber es war das Beste, das die Bewohner von Gothryme je gehört hatten, und sie verziehen ihm sogar seine griesgrämige Erscheinung.

Hierher und nirgendwo anders gehörte Karan, und wenn sie noch so lange gebraucht hatte, um es sich einzugestehen. Shand hatte sie noch nie so vertraut mit ihren Leuten erlebt; so glücklich, der Mittelpunkt der Aufmerksamkeit zu sein; so Respekt einflößend.

Mitternacht war lange vorüber. Nach dem Ende der Feier hatte sich alles zu Bett begeben. Müde erstieg Karan die Stufen zu ihrem Zimmer, das im obersten Geschoss des Wohnturms lag. Der Raum hatte eine muffige Balkendecke und einen Holzboden mit Rissen zwischen den Dielen. Die Wände waren schmucklos, weil man alle Behänge gestohlen hatte, aber die hohen, schmalen Fenster in den runden Mauern öffneten sich nach Osten, Süden und Westen, daher erschien das Zimmer hell und geräumig. Karans Bett, ein großer viereckiger Kasten, war frisch gemacht, und am Kopfende stand eine Vase mit duftenden Winterveilchen.

Ein ganzes Jahr lang hatte sie sich vorgestellt, wieder in ihrem Bett zu liegen. Meistens hatte Llian es in ihrer Fantasie mit ihr geteilt, doch nun war er ein Stockwerk tiefer in einem Gästezimmer untergebracht. Sie legte ihre Kleider ab, warf sie in den Wäschekorb, wusch sich rasch in eiskaltem Wasser und kroch zwischen die Laken, in die vertraute Mulde mitten in der alten Matratze.

Schon eine Stunde später stand sie wieder auf, taub vor Kälte und unfähig zu schlafen. Karan leerte ihr Reisebündel aus und legte ihre Reisekleider beiseite. Nachdem dies getan war, nachdem sie sich das Haar gebürstet und die Decken glatt gestrichen hatte, stießen ihre rastlosen Finger auf die geschwärzte Silberkette, die Llian ihr in Katazza geschenkt hatte – eine Erinnerung an glücklichere Zeiten, ihr wertvollster Besitz.

Sie nahm die Kette ab und ließ sie sich in ihre hohle Hand gleiten. Immer wieder wiederholte sie diesen Vorgang. Armes altersdunkles Ding. Hie und da funkelte Silber auf. Karan rieb die Kette mit einem schmutzigen Hemd, aber ohne Erfolg, daher warf sie sich einen Morgenrock über und tappte die Treppe hinab in die Spülküche. Dort stöberte sie Silberpolitur auf, die nun, da alle Silbergegenstände fort waren, nicht mehr gebraucht wurde, und reinigte damit die Kette.

Nach etwa einer Stunde war das Schmuckstück so gut wie neu, abgesehen von den angelaufenen Stellen zwischen dem Silberflechtwerk, die sie auch mit einer Bürste nicht erreichen konnte. Karan hielt die Kette ins Licht empor. Es war eine wunderschöne Arbeit, ein allerliebstes altes Ding, und wie sie schon vermutet hatte, zeigte sein Geflecht exakt das gleiche Muster wie am Großen Turm, den die in Katazza erklommen hatte. Sie vermutete, dass Kandor die Kette mit diesem wunderbaren Bauwerk im Sinn angefertigt haben musste, doch weshalb er sie so sorgsam versteckt hatte, blieb ein Rätsel. In Katazza hatte es tausenderlei Dinge von weit größerem Wert gegeben.

Die Schließe wies einige Kratzer auf, die noch immer schmutzig und angelaufen waren. Sie bearbeitete sie mit einer Bürste, dann säuberte sie die Einkerbungen mit einer Nadel. Nun erst erkannte sie, dass es sich um eine Schriftgravur handelte. Einer nach dem anderen kamen die Buchstaben zum Vorschein: FIACHRA. Kein Name, der ihr irgendetwas sagte. Karan suchte nach weiteren Markierungen und entdeckte schließlich eine wunderschön eingravierte Glyphe oder Signatur, der Herstellerstempel des Silberschmieds. Er war ziemlich abgerieben und eindeutig älter als der eingravierte Name. Irgendwann musste sie Llian nach dem Schmuckstück befragen. Falls Llian je wieder mit ihr sprach.

Sie hatten Gothryme gerade noch rechtzeitig erreicht, denn in der gleichen Nacht kam schlechtes Wetter auf. Heulend brauste von Süden ein Schneesturm heran, der das Land knietief mit Weiß bedeckte und während des Tages noch mehr niedergehen ließ, obwohl es dem Kalender nach erst Herbst war. Die Jahreszeiten hatten einander einen Monat früher abgelöst als im Jahr zuvor.

Zwei Tage lang schneite es, dann schmolz die Sonne alles wieder hinweg. Niemand ließ sich davon täuschen – es war eine Warnung, dass ein grausamer Winter im Anmarsch war und Bannador Not bevorstand. Falls der Winter innerhalb der nächsten wenigen Wochen ernsthaft einbrach, müssten sie höchstwahrscheinlich Hunger leiden, denn der größte Teil ihres Getreides und ihrer Lagerbestände war gestohlen oder längst zur Linderung des dortigen Mangels in die Tieflande geschafft worden, eine Großzügigkeit, die nun närrisch anmutete. Proviantwagen konnten während des Winters zwar ins Tal gelangen, aber hier oben würden die Menschen monatelang eingeschneit sein und könnten nur zu Fuß reisen. Auch frieren müssten sie, denn der Landsitz war größtenteils unbewohnbar, die Vorräte an Feuerholz vernichtet.

Davon abgesehen bereiteten die Ghâshâd ihnen Sorgen, auch wenn seit Monaten keine mehr ins Tal gekommen waren. Karan erfuhr, dass Yggur nur einen Tagesmarsch entfernt, in Tuldis, eine Garnison unterhielt. Sie fühlte sich nicht gerade beruhigt.

Die nächsten Tage waren mit härtester körperlicher Arbeit ausgefüllt: Jeder beteiligte sich, beschaffte Brennmaterial und suchte sämtliche Lebensmittel zusammen, die sich auftreiben ließen, obwohl es nach dem Krieg so gut wie nichts mehr gab. Die einzige ungenutzte Nahrungsquelle war der Gothrymer Wald, der für gewöhnlich unberührt blieb, weil er so unzugänglich war, dass es die Mühe nicht lohnte. Dort oben gab es Pilze und Nüsse, große und kleine Tiere, und im Schwarzen See lebten Fische. Aber so weit entfernt nach Nahrung zu suchen und sie die Klippe hinabzutransportieren, war eine unmöglich zeitraubende Aufgabe. Zeit aber hatten sie nicht – der nächste Schneefall würde alles für die nächsten hundert Tage unter sich begraben.

Llian hingegen fühlte sich in Gothryme viel wohler. Vielleicht lag es am Wesen des Ortes, denn Gothryme war in keiner Weise stattlich, weder in seiner Anlage noch seiner Ausdehnung oder seiner Ausstattung, aber es vermittelte die Behaglichkeit, die von hohem Alter und fortgesetzter Benutzung kommt Die Wände bestanden größtenteils aus unverputzten Steinen, geschmückt mit einigen wenigen schlichten, wollenen Gobelins und Wandbehängen, die meisten davon fadenscheinig und viele Male ausgebessert – eben das, was den Raub nicht gelohnt hatte. Auch die Fußböden bestanden aus nacktem Stein, aus glänzenden Schieferplatten, über denen vereinzelt Flickenteppiche lagen.

Vielleicht trug die anstrengende Arbeit zu seinem Wohlbefinden bei, denn wie jeder andere plagte sich auch Llian von der Stunde vor Tagesanbruch an bis in den späten Abend lange nach Anbruch der Dunkelheit. Und seine Aufgaben waren die schmutzigsten und mühseligsten, da er sich für keine andere Arbeit eignete. Er konnte nichts verrichten, das größeres handwerkliches Geschick verlangte als Kalk und Sand anzumischen, um Mörtel zu gewinnen. Also arbeitete er, schleppte wankend Steine, Bauholz und Schiefer, füllte Eimer mit Mörtel, trug Wasser oder schrubbte Fässer aus.

Vielleicht lag es auch daran, dass ihm keine Zeit zum Nachdenken blieb, zum Sinnieren und bis Mitternacht über Büchern zu brüten; selbst wenn er die Zeit gefunden hätte, waren Kerzen zu kostbar, und er war viel zu müde, um sich zu konzentrieren. Niemandem in Gothryme lag an Debatten über die Außenwelt, und vielleicht war es einer stillschweigenden Übereinkunft zu verdanken, dass sowohl Karan wie auch Shand sie ebenfalls unterließen. Auf keinen Fall zeigte Karan ein Interesse an Vorgängen außerhalb Gothrymes, sofern sie sich nicht auf Gothryme auswirkten. Sie weigerte sich standhaft, über solche Dinge zu reden.

Vielleicht war auch etwas an der Stimmung in Gothryme – an irgendeiner Eigenart der Landschaft oder des Hauses, die es ungeeignet machten, um Einflüsse von außen aufzunehmen. Was auch immer der Grund war, weder Karan noch Llian wurden eine Zeit lang von schlechten Träumen heimgesucht.

Llian fühlte sich nun so viel besser, dass Karan anzuzweifeln begann, was in Tullin vorgefallen war, und sich mehr und mehr davon überzeugt fühlte, dass Shand sich getäuscht hatte. Dennoch schnitt sie Llian gegenüber das Thema nicht an, und er brachte es ebenso wenig auf. In ihrem verzweifelten Kampf, sich auf den Winter vorzubereiten, verbannte Karan diese Furcht weit in den Hintergrund ihres Denkens. Und obwohl ihrer beider Körper nach dem Trost schrien, den sie einander geschenkt hatten, kam er niemals wieder an ihr Bett, noch sie an seines. Die Schranke zwischen ihnen war zu hoch, um sie zu überwinden.

»Wir schaffen es nicht«, sagte Karan zu Shand, während sie eine Wagenladung Holz stapelten. Ihr Zorn auf ihn hatte sich etwas gelegt, denn er hatte genauso hart gearbeitet wie alle anderen. »Wir haben einfach nicht genug Leute.«

Shand grunzte, während er eine weitere Lage auf den Stapel schichtete. »Reden kostet Kraft«, sagte er. »Vergeude sie nicht.«

»Nun, wenn kein Wunder geschieht, werden wir alle verhungern.«

Am Abend herrschte trübe Stimmung – der ganze Haushalt wusste, dass ihre Vorräte gerade einmal für zwei Monate reichten, selbst dann, wenn sie das kostbare Saatgut und das wenige verbliebene Zuchtvieh verzehrten, das sie eigentlich für den Frühling brauchten.

An diesem Abend rief Karan den Haushalt zusammen. Während die Leute sich einfanden, stieg sie in den Keller hinab und stöberte zwischen Fässern, die seit den Lebzeiten ihres Vaters nicht mehr angezapft worden waren. Überraschenderweise war der Keller von den Plünderern unentdeckt geblieben. Sie kehrte mit einem Fässchen auf der Schulter zurück, das sie auf die Mitte des Tisches stellte. Es war dick mit Staub bedeckt, ebenso wie ihre Jacke und ihr Haar.

»Ich habe euch heute Abend zusammengerufen«, erklärte sie, »um euch über unsere Lage aufzuklären.« Während sie sprach, entstaubte Karan das Fässchen mit einem Lumpen. Sie schlug es fachmännisch an und zapfte eine Kanne voll goldener Flüssigkeit ab. Sie goss jeweils eine Portion in Trinkgefäße von Eierbechergröße und teilte sie aus. Sie stießen miteinander an.

Llian nippte an seinem Likör. Es war eine Art verdickten Weines, süffig, süß und stark.

»Die Dinge stehen sehr schlecht«, sagte Karan. »So schlecht, dass wir höchstwahrscheinlich verhungern müssten, wenn wir hierblieben, und selbst wenn Esswaren erhältlich wären, hätte ich kein Geld, um sie zu kaufen. Wer immer also aufbrechen will und weiß, wohin er gehen kann, der verlasse uns mit meinem Segen.«

Neben dem Fass stand eine kleine Truhe. Karan hob den Deckel. Die etwa hundert verbliebenen kleinen Münzen bedeckten noch nicht einmal den abgeschabten roten Samt auf dem Truhenboden. »Hier ist alles Geld, das ich besitze. Wer auch immer zu gehen wünscht, entnehme der Truhe zwei Tars als Reisegeld. Es beschämt mich tief, aber mehr kann ich euch nicht anbieten. Falls wir den Winter überstehen, wird uns der Steuereintreiber im Frühling den Ruin bringen. Also möge jeder unter euch hervortreten, der ziehen will, und sich nehmen, was ihm zusteht.«

Mit ausdrucksloser Miene trat sie zurück und unternahm nichts, um ihre Entscheidung zu beeinflussen. Sie mussten tun, was für sie am besten war. Sie stellten sich der Reihe nach an, junge Männer und Frauen, wettergegerbte Arbeiter und Jäger, Altvordere, die schon seit zehn Jahren in ihren Schaukelstühlen hätten sitzen sollen; sogar Benie der Küchenjunge trat nach vorn.

Llian saß da und beobachtete Karan. Trotz seiner eigenen Empfindungen konnte er nicht anders, er musste sie bemitleiden. Es schien, als würde sie alles und jeden verlieren. Dann trat zu Llians Überraschung auch Rachis vor und steckte die Hand in die Truhe. Die Münzen klingelten. Hätte Llian nur über eine Hand voll Grints verfügt, hätte er sie trotz ihrer schmerzhaften Entfremdung hineingeworfen. Aber er hatte nichts übrig.

Doch, er hatte etwas: Der Silberknauf, den er in Katazza von Kandors Bettpfosten abgeschraubt hatte, um schlechten Zeiten vorzubeugen, lag noch immer tief unten in seiner Reisetasche. Er musste so viel wiegen wie hundert Tars, mindestens. Llian eilte hinaus.

Karan beobachtete bestürzt, wie er fortging. Jedes einzelne Haushaltsmitglied trat vor, stieß mit ihr an und ging zur Truhe. Die Münzen klingelten wie Glocken in weiter Ferne. Llian kehrte zurück, die Hände in den Taschen, und schloss sich der

Prozession an. Gerade als er seine Hand in die Truhe steckte, sah Llian auf und begegnete Karans Blick. Sie war kreidebleich geworden und bis ins Mark getroffen. Trotz all ihrer Schwierigkeiten hätte sie nicht geglaubt, dass auch Llian sie im Stich ließ.

Jeder im Raum hielt den Atem an, dann hob Shand die Truhe und schüttelte sie, sodass die Münzen einen hellen, klingenden Jubelschrei ausstießen. Er lachte, ein sattes, fröhliches Brüllen. Karan sah verletzt drein.

»Deine Leute sind deiner würdig, und du ihrer«, sagte Shand und neigte die Truhe so weit, dass alle hineinsehen konnten. Der Truhenboden war mit Münzen überhäuft, Kupfer funkelte und Silber. In einer Ecke lag ein großer, wohlvertrauter Silberknauf, hie und da blitzte wertvolles Gold auf, und den Haufen krönte der schimmernde Kupfergrint, den der freche Benie beigesteuert hatte. Es war kein Vermögen, aber genug, um sie durch den Winter zu bringen, falls Lebensmittel zu bekommen waren. Karan brach in Tränen aus, stürzte vor und umarmte nacheinander alle. Während sie ihm den Rücken zukehrte, ließ Shand seinen eigenen Beitrag in die Truhe gleiten.

Kapitel elf

Ein Licht in Carcharon

Lage vor Tagesanbruch erwachte Karan von einem hartnäckigen Klopfen, als hätte sich ein Fensterladen aus der Angel gelöst. Besser, sie befestigte ihn wieder, ehe der der Wind ihn zu Feuerholz zerschlug. Als sie sich nach zu wenig Schlaf langsam erhob, merkte sie, dass gar kein Wind ging! Es war die Eingangstür des Wohnturms: Jemand hämmerte endlos dagegen. Um wen konnte es sich zu dieser Stunde handeln? Nach der Plackerei des gestrigen Tages schmerzte ihr jeder einzelne Muskel, aber es war an der Zeit, dass sie aufstand und etwas unternahm. Während sie die Steintreppe hinuntereilte, hüllte sie sich in ihren Morgenrock. Vielleicht war der Krieg wieder ausgebrochen. Vielleicht kamen Yggurs Steuereintreiber unverhofft früh.

An der Tür erwartete sie ein weiteres kleines Wunder. Auf der Schwelle drängten sich lachende Menschen. Es waren Malien und elf ihrer Aachim.

»Wir haben in Thurkad von deinen Misslichkeiten gehört«, sagte Malien, »also kamen wir früher als geplant. Wir sind alle hier, außer Tensor, Asper und Basitor, was dir sicherlich recht ist.«

»Wie geht es Tensor?«

»Ganz gut, wenn man die Umstände bedenkt.«

»Ich kann kaum ausdrücken, wie froh ich bin, euch zu sehen«, sagte Karan und küsste sie nacheinander. »Ich weiß nicht, was wir euch zu essen geben sollen, aber darum machen wir uns später Gedanken. Kommt herein.«

»Wir kommen nicht mit leeren Händen«, lachte Malien. »Sieh nur!«

Karan steckte den Kopf zur Tür hinaus und sah, wie sich im Nebel der größte Wagen abzeichnete, den sie je gesehen hatte, ein gewaltiges Gefährt mit sechs Rädern und einer von einer Plane bedeckten Ladung, die eineinhalb Spannen hoch die Seitenwände überragte.

»Was gibt's zum Frühstück?«, fragte Malien.

»Haferbrei und Pfannkuchen«, antwortete Karan.

Malien sprang auf die Wagendeichsel, stöberte unter der Plane herum und kehrte mit einer großen Flasche schwarzen Sirups zurück. »Zu Haferbrei und Pfannkuchen habe ich genau das Richtige«, sagte sie, und alle folgten Karan in den Turm an den Küchenherd.

Am Abend besprachen Karan, Malien und Shand die Geschehnisse der vergangenen Monate, und sie redeten auch über Llian. Später nahm Shand Karan beiseite. »Du brauchst mich jetzt nicht mehr. Weil du mich also entbehren kannst, werde ich bei Tagesanbruch aufbrechen.«

»Geh mit meinem herzlichsten Dank«, sagte sie, unfähig, ihren Groll weiter aufrechtzuerhalten. »Ohne dich hätte ich es niemals geschafft, und ich weiß, was du am vergangenen Abend in meine Truhe gelegt hast. Es ist mehr, als ich jemals zurückzahlen kann.«

»Ich bestreite, irgendetwas in deine Truhe getan zu haben«, sagte er mit ehrlicher Miene. »Und daher bitte ich dich, es niemals mehr zu erwähnen.«

»Nun gut. Kehrst du heim?«

Er seufzte und fuhr sich mit dicken Fingern durchs dünne Haar. »Ich wünschte, es wäre so. Nein, ich muss Nachrichten nach Thurkad bringen.«

»Über Llian«, sagte sie besorgt. »Musst du auch Yggur von ihm berichten?«

Shand zögerte.

»Bitte, Shand. Es geht ihm hier viel besser. Gib mir diese Chance. Was kann er unter Maliens Aufsicht schon anrichten? Gewiss musst doch auch du zugeben, dass du dich geirrt haben könntest.«

Shand sah unwillig aus. »Na schön«, sagte er grollend. »Es besteht tatsächlich die unendlich geringe Möglichkeit, dass ich mich täusche, und falls das zutrifft, könnte es äußerst üble Folgen haben. Ich werde nichts sagen, bis wir uns wiedersehen, aber sei auf der Hut.«

Er war bereits fort, als Karan sich bei Sonnenaufgang aus den Federn erhob. Das Wetter war gut, daher marschierte jeder den Klippenpfad hinauf, der zum Gothrymer Wald führte. Dahinter schlängelte sich der Pfad immer höher und höher empor, bis zur lange aufgegebenen Festung Carcharon, hoch oben in den windumtosten westlichen Bergen. Dort oben hatte man Karans Vater ermordet, als sie acht Jahre alt gewesen war. Sie war dem Pfad gefolgt, als sie sich im Alter von zwölf Jahren aufmachte, um Shazmak zu finden; und abermals, als sie es sechs Jahre später wieder verließ. Auf dem gleichen Weg war Tensor im vergangenen Jahr nach Shazmak zurückgekehrt, um sie mit dem Spiegel in die Hände zu bekommen. Für Karan war jeder Fußbreit des Weg mit Erinnerungen gesättigt. Über den Wald hinaus ging jedoch niemand: Carcharon war ein nutzloser Aberwitz von Bauwerk, und Shazmak befand sich in den Händen der Ghâshâd.

Llian fühlte sich heute gut. Während des gesamten Aufstiegs ging er neben ihr, fasziniert von den Geschichten ihrer Familie, die er sich genau einprägte, um sie eines Tages erzählen zu können.

Mehr als eine Woche lang waren sie mit gutem, kaltem Wetter gesegnet, und sie sammelten Nüsse, die noch genießbar waren und Hunderte von Säcken füllten; mehrere Fässer mit Fisch aus dem See; Dutzende Körbe mit Früchten, von denen die meisten verdorben, aber noch immer essbar waren – man würde sie zu Marmelade verarbeiten; und dazu kamen noch herbstliche Beeren, die während der Dürre auf ihren Sträuchern verdorrt waren. Sie sammelten auch Pilze, wild wachsende Zwiebeln und essbare Wurzeln und Knollen. Und Wild schossen sie mehr, als sie erwartet hatten. Es genügte, um sie zusammen mit dem, was die Aachim mitgebracht hatten, über den Winter zu bringen, sofern er nicht zu streng ausfiel, und noch einiges hinunter in die Stadt zu schicken.

Mittlerweile hatten die Aachim in einer gewaltigen Arbeitsleistung mehrere Steinmauern neu errichtet und überdacht. Auf diese Weise erhielten sie fünf zusätzliche Zimmer, sobald die Innenarbeiten getan waren, aber die Verhältnisse blieben dennoch sehr beengt. Dann brach der Winter endgültig herein, und es schneite eine ganze Woche lang ohne Unterlass. Gothryme wurde vollkommen von der Außenwelt abgeschnitten.

Das Wüten des Winters bedingte, dass es weniger zu tun gab – unter freiem Himmel konnten nur im Notfall Arbeiten ausgeführt werden. Im Inneren schritten die Erneuerungen voran, doch handelte es sich nun um Handwerkstätigkeiten, die in etwas gemächlicherem Tempo ausgeführt wurden. Einige Aachim zogen in den Wald hinauf, um zu jagen. Ihnen machte die Kälte nichts aus.

Llian kehrte zu seinen Büchern zurück und sah die Notizen durch, die er über seine gemeinsam mit Tensor verbrachte Zeit angefertigt hatte, seine Beschreibungen des Nachtlandes und auch Kandors Unterlagen. Dabei arbeitete er bedächtig und methodisch vor sich hin, aber ohne Feuer oder echtes Interesse für das, was er tat. Ihm fehlte die innere Kraft, und für gewöhnlich legte er am frühen Nachmittag seine Bücher beiseite, saß nur noch da und starrte durchs Fenster hinaus auf den Schnee. Er fühlte sich furchtbar traurig.

Oder er ging im Haus umher, blätterte manchmal in Karans Familienarchiven, dann wieder studierte er die Architektur oder träumte nur vor sich hin. Vor allem hatte der alte Wohnturm es ihm angetan. Von ihm hieß es, er sei schon zweitausend Jahre alt. Mitunter traf Malien ihn dort an, sah ihn auf dem Boden liegen und zur Decke hochblicken oder auf einer Bank sitzen und, in ferne Träume versunken, auf die Gobelins starren.

In der Nacht von Karans Vorahnung weckte ihn ein hässlicher Traum aus dem Schlaf der Erschöpfung. Llian setzte sich im Bett auf und versuchte, die Traumfetzen zu etwas zusammenzufügen, dem er einen Sinn entnehmen konnte.

Geträumt hatte er, dass er Holz schleppte und es an den Steinmauern eines Schuppens zu hohen Stapeln aufschichtete. Er war jedoch nicht in Gothryme, denn er trug seine Last über den Grat eines gefährlichen Bergrückens, inmitten eines Sturms, der ihn in den Himmel zu wirbeln drohte. Dann erkannte Llian, dass es überhaupt kein Holz war, das er trug, sondern ein Stück sonderbar gebogenen Metalls, das er in den Armen wiegte. Jedes Mal, wenn er es auf den Stapel wuchten wollte, passte es nicht, und jemand rief ihm etwas zu. Er fuhr fort, sein Metallstück hin und zurück über den Felsgrat zu tragen, und jedes Mal hatte es eine andere Form. Wenn er es ablegen wollte, passte keine davon auf den Holzstapel. Dann legte er sich wieder schlafen, und der Traum verging.

Am Morgen traf Malien ihn im Wohnturm an, wo er auf einer Stufe hockte und nur die Wand anstarrte. Sie blieb eine Zeit lang stehen und betrachtete ihn besorgt. Er sah aus, als versuchte er, den Stein mit Blicken zu durchbohren.

»Llian«, sprach sie ihn an. Er bewegte sich nicht. Sie berührte ihn an der Schulter.

Er wandte sich langsam um und sah Karan ausdruckslos an. »Ja?«, fragte er schließlich.

»Komm mit. Es gibt Neuigkeiten.«

Sie ging den Korridor entlang. Llian folgte ihr mit schleppenden Schritten. Er war weit weg und rang erfolglos mit seinem Traum.

Malien bog in den Speisesaal ab, wo Karan mit Rachis bei der Arbeit war. Im Raum befand sich eine fünfte Person, ein Bauer aus dem öden westlichen Teil ihres Landes, der sich seinen Lebensunterhalt verdiente, indem er im Gothrymer Wald jagte.

»Dutris, das sind Malien und Llian«, sagte Karan. »Erzähl ihnen, was du vor zwei Tagen gesehen hast.«

Dutris war ein junger Mann, kaum älter als Karan; er war klein und drahtig, hatte ein sonnengebräuntes Gesicht und raue, schlanke Hände. Sein Haar war fast weiß, aber sein Bart war dunkel. Er sprach schnell und mit leiser Stimme, die man auf der anderen Seite des Raumes kaum noch hören konnte. Seine direkte Art grenzte fast an Schroffheit.

»Ich war im Wald auf der Jagd. Mein Lager war auf der Westseite. Vor zwei Nächten hab ich hoch oben auf dem alten Westpfad ein Licht gesehen. Aber der Weg führt nirgendwo hin, bloß nach Carcharon. Ich hab mich nicht getraut, nah ranzugeh'n. Ich bin sofort hierher runtergekommen.«

Er sah ängstlich aus. Vielleicht hatte er einen Fehler begangen.

Karan beruhigte ihn. »Du hast gut daran getan, dies zu melden, ohne dich selbst zu gefährden. Hast du jemanden gesehen?«

»Einmal! Sie kamen über den Pfad, der in die Berge hinaufführt. Hässliche Kerle mit grauer Haut, dürr wie Stöcke. Ghâshâd! Und die Lichter waren blassblau und brannten gleichmäßig. Mehr weiß ich nicht.«

Karan dankte ihm und entließ ihn, dann wandte sie sich Malien zu.

»Die Ghâshâd kommen wieder den Pfad von Shazmak herunter. Ich weiß es! Letzte Nacht habe ich etwas gefühlt. Aber aus welchem denkbaren Grund sollten sie nach Carcharon wollen? In ganz Meldorin gibt es kaum einen ungastlicheren Ort. Von dort aus kann man nichts verteidigen.«

»Was ist Carcharon?«, fragte Llian, endlich aus seiner Gleichgültigkeit geweckt. »Ich habe den Namen schon mal gehört.«

»Eine Stein gewordene Narretei«, sagte Karan. »Es war die Wahnsinnstat eines Herrn von Gothryme, in alter Zeit. Sein Name war Basunez, einer meiner Vorfahren mütterlicherseits, und er war eine Art Nekromant, der die Geheime Kunst ausübte und glaubte, er habe die ideale Stätte für sein Bauwerk gefunden – so hat es mir mein Vater erzählt. Manche Stellen gelten als für solche Dinge besser geeignet als andere, wegen der Resonanz, die das Land abgibt, oder der Überschneidung von Kraftlinien und ähnlichem Unsinn.

Sein Gefühl sagte Basunez, dass sich auf ganz Santhenar keine Stätte besser für seine Zwecke eignete; zumindest soweit er Santhenar bereist hatte. Also nannte er den Ort *Car-charon* (was heißt: besser als die Charon), obwohl mir niemals zu Ohren gekommen ist, ob sich das auf den Charakter der Stätte bezog oder darauf, was er dort zu tun hoffte.

Es dauerte zwanzig Jahre, Carcharon zu erbauen, eine furchtbare Schinderei, denn Basunez war nie zufriedenzustellen. Dreimal riss er es bis aufs nackte Gestein nieder und errichtete es neu. Es ist aus einem Felshorn in der Mitte eines steilen und messerscharfen, vollkommen kahlen Felsgrates herausgehauen. Es gibt dort kein Wasser, nichts wächst, und es ist überaus heftigen und schneidenden Winden preisgegeben. Selbst im Sommer ist es schrecklich kalt, im Winter jedoch ist es eisig. Jedes Stückchen Feuerholz muss von weitem hingebracht werden, und ebenso jeder Bissen zu essen; einen steilen und gefährlichen Pfad hinauf. Warum sollte irgendjemand danach greifen? Carcharon bewacht nichts, noch nicht einmal den östlichen Weg nach Shazmak. Dieser verläuft über den nächstgelegenen Berggrat weiter südlich, gut hundert Wegstunden entfernt.«

»Warum sie es haben wollen, ist nicht ausschlaggebend«, entgegnete Malien, «nur dass sie dort sind, ist wichtig!«

»Basunez' Forschungen führten zu nichts. Er entdeckte nie das Geheimnis, nach dem er suchte, und verfiel aus Enttäuschung und Verzweiflung langsam dem Wahnsinn. Seine Diener verließen ihn einer nach dem anderen. Seine Finger fielen ihm in der Kälte ab, und schließlich erfror er im schlimmsten Winter seines Jahrhunderts.

Er hatte ein Vermögen erworben, ehe er wahnsinnig wurde, aber jeder einzelne Grint davon floss in jenes närrische Unternehmen. Unser Haus stürzte er mit seiner Überspanntheit in den Bankrott. Nach seinem Tod wurde Carcharon aufgegeben. Es gehört immer noch meiner Familie, aber wir suchen es nicht auf. Nichts ist geblieben außer dem Beweis für die Narretei eines Irren.«

»Was könnten die Ghâshâd möglicherweise damit vorhaben?«, rätselte Llian.

»Ich kann es nicht im Entferntesten sagen.«

»Wir sollten lieber Thurkad benachrichtigen«, sagte Malien.

Anschließend konnte Karan nicht schlafen. Hatten die Ghâshâd sich Carcharons bemächtigt, um Rulke den Weg zu bereiten, oder weil es nahe zu Llian und ihr gelegen war? Als sie in jener Nacht allein im Dunkeln in ihrem Bett lag, malte sie sich aus, wie die Ghâshâd aus Carcharon herausschwärmten und den Klippenpfad hinabzogen, um sie zu holen. Schon ihre Anwesenheit brachte Gothryme und das gesamte Tal in Gefahr.

Doch in dieser Nacht kam ein Eilbote mit einer dringenden Nachricht: Mendark kehre über See aus dem Osten zurück; Yggur rief sie zu einem Rat in Thurkad zusammen.

»Das hat mir gerade noch gefehlt«, sagte Karan schaudernd. »Ich werde nicht gehen! Ich hasse Thurkad und habe mit alldem nichts mehr zu schaffen.«

»Keiner von uns darf sich seiner Verantwortung entziehen«, erwiderte Malien. »Genau damit hat alles angefangen.«

Die Neuigkeiten riefen auch Llians schlummernde Ängste wieder wach. Seine Ruhezeit war vorüber; die Träume und die Drangsal würden bald zurückkehren. Plötzlich wusste er, wovon der eigenartige Traum gehandelt hatte. Die Gerätschaften aus Metall, die er geschleppt hatte, waren Teile des Konstruktes, und in seinem Traum hatte er den Ghâshâd geholfen, die fertiggestellten Teile in einen Lagerraum zu bringen. War es das, was dort jetzt vor sich ging, dort oben in Carcharon?

Kapitel zwölf

Ein Wiedersehen

Nach einer beschwerlichen, großenteils schweigsam verbrachten Reise durch tiefen Schnee schlüpften Karan, Malien und Llian auf Wegen, die Malien kannte, still in die Stadt hinein. Sie fanden Thurkad wund und mitgenommen vor, aber nicht entmutigt. Seine Bewohner waren aufsässig wie immer und gingen ihren heimlichen und verderbten Geschäften so ungehemmt nach wie ehedem. Selbst Yggur war nicht in der Lage gewesen, ihrer Liederlichkeit Grenzen zu setzen. In einer der zahlreichen Tavernen des Hafenviertels trafen sie Shand. Er umarmte Karan äußerst flüchtig und schüttelte Llian und Malien abweisend die Hand.

»Stimmt etwas nicht?«, fragte Karan, als sie auf dem Weg zu seiner Unterkunft waren.

»Ich vergeude hier wertvolle Lebenszeit, begünstige Narren und warte auf Schurken«, antwortete er missgelaunt. »Beim nächsten Problem mach ich mich nach Tullin davon und komme nicht mehr zurück.«

»Ist etwas *Bestimmtes* nicht in Ordnung?«

»Jeder ist hier nur auf eines aus: zu nehmen, was er kriegen kann.«

»Von wem redest du?«

»Yggur, Mendark, ganz zu schweigen von Hennia der Zain! In diesem Jahr hat sie die Seiten schon ein halbes Dutzend Mal gewechselt. Verräterisches Miststück, wie alle ihrer Art.«

Llian schrumpfte sichtlich zusammen und wandte sich ab.

Karan versuchte, die Situation mit Munterkeit zu überspielen. »Nun, das entspricht dem menschlichen Wesen; wie du selbst am besten wissen solltest, ist es unabänderlich.«

»Und meinem Wesen entspricht es, nach Hause zu gehen und mich vor meinen Problemen zu verstecken. Ich sehne mich nach Tullin so sehr wie du nach Gothryme.«

»Hast du mit Mendark über Chanthed gesprochen?«

»Sein Schiff ist noch nicht eingetroffen.«

Shands Unterkunft war ein wenig vertrauenswürdig aussehendes Mietshaus mit fleckigem Mauerwerk und abblätterndem Verputz, das unter Thurkads ewig grauem Winterhimmel feucht und schmutzig wirkte. Das Gebäude lag nicht weit von dem Haus entfernt, in dem Shand im vergangenen Winter Karan gesund gepflegt hatte.

»Was für ein Rattenloch!«, rief Llian, obwohl es ihm vor einem Jahr, verglichen mit seiner Studentenbude, noch wie ein Palast vorgekommen wäre. »Haben sie in Thurkad noch nie was von Anstreichen gehört?«

»Bezahlst du dafür?«, fragte Shand kühl.

»Ich hab kein Geld.«

»Dann behalte deine Gedanken für dich. Ich möchte keine Aufmerksamkeit auf uns lenken. Bündnisse, die in der Hitze der Schlacht geschmiedet wurden, in Katazza oder in der Ödnis des Meers der Trockenheit, müssen nicht unbedingt Bestand haben, nun da Yggur seinen Machtsitz wieder innehat und seine Armeen hinter ihm stehen.«

»Aufgeblasener Esel«, murrte Llian unhörbar.

Karan setzte zu einer Entgegnung an, besann sich aber eines Besseren. Sie hasste Thurkad, hatte es immer gehasst. Wenn es die ganze Woche so weiterging, wäre es nicht zu ertragen.

Immerhin entdeckten sie, dass Shands Räumlichkeiten hinter der abweisenden Fassade gut ausgestattet und behaglich waren, wenn auch kühl durch den Holzmangel. Kaum hatten sie sich eingerichtet, verließ Malien sie, um Tensor aufzusuchen. Karan blieb im Haus, denn das war billiger. Sie zog oft in Erwägung, die wunderschöne Kette aus Kandors Schlafzimmer zu verpfänden, konnte es aber nicht über sich bringen, sich davon zu trennen – das Schmuckstück war so sehr mit Llian verbunden. Jedes Mal, wenn sie die Kette ansah, erinnerte sie sich, wie sie den Großen Turm erklommen hatten, und an die Nacht danach.

Karan beschäftigte sich meist damit, unter dem armseligen Flämmchen einer dünnen Kerze, die im Hals einer Flasche auf ihrem Tisch vor sich hinflackerte, an ihrem Hauptbuch zu arbeiten. Der Wiederaufbau von Gothryme und die Neuanlage der Gärten an der bergauf gelegenen Seite des Gutes, die in Grund und Boden getrampelt worden waren, nahmen sie ganz in Anspruch, obwohl sie für diese Arbeiten noch keine einzige Kupfermünze erübrigen konnte. Diese schöpferische Tätigkeit schenkte ihr größere Befriedigung als irgendetwas, das sie zuvor in ihrem Leben getan hatte. Es war Wirklichkeit. Dies und nichts anderes wollte sie tun.

Llian fühlte sich elend. Er konnte es nicht ertragen, mit Shand, dessen Verachtung sich nicht übersehen ließ, im gleichen Raum zu sein. Da es nichts anderes zu tun gab, ging er nach draußen. Dort war es auch nicht angenehmer, denn es herrschte scheußliches Wetter. Da er mittellos war, sah er sich gezwungen, seine Getränke mit Geschichtenerzählen zu verdienen, aber seine Zuhörer waren nur an den zotigsten Heulern interessiert. Erst am späten Abend kehrte er zurück und fühlte sich elender als bei seinem Aufbruch.

»Wo bist du gewesen?«, fuhr Shand ihn an, kaum dass Llian die Tür geöffnet hatte.

»Hab für ein paar Gläser Wein ein paar Geschichten erzählt.«

»Ich hoffe doch sehr, sie handelten nicht vom Spiegel!«

Llian zog ein finsteres Gesicht und setzte an, sich zu verteidigen, dann ging er ins angrenzende Zimmer und kroch ins Bett. Er hasste Shand.

»Er tut es schon wieder!«, rief Shand. »Plaudert unsere Geheimnisse aus!«

»Du hast doch gehört, was er gesagt hat, oder nicht?«, sagte Karan bissig.

»Ich kenne ihn, Karan!«

Nichts änderte sich am zweiten Tag, und auch am dritten nicht. Als Llian seine Jacke überstreifte, ging Shand ihn an.

»Mir wär's lieber, du würdest hierbleiben«, sagte er. »Es ist der falsche Moment, um Aufmerksamkeit auf uns zu lenken.«

»Nun, ich hab die Schnauze voll von deiner finsteren Miene und euren verschwörerischen Blickwechseln.«

»Vertrauen muss verdient werden!«, erwiderte Shand wütend.

»Es ist unmöglich, dein Vertrauen zu erwerben, wenn man ein Zain ist! Ich hab's bereits versucht. Vom Tag unserer ersten Begegnung an hast du mir meine Herkunft vorgehalten.«

»Und das war richtig so!«, rief Shand aus. »Wie ich Karan in Tullin gesagt habe.«

»Shand!«, mahnte Karan ihn, doch der Schaden war angerichtet.

»So, gibst du es also endlich zu, du grinsender Heuchler! Na, ich hab's die ganze Zeit gewusst. Ich hab zufällig mitgehört, wie du in Tullin eingewilligt hast, mich zu hintergehen, Karan. Wie konntest du nur?«

Karan sprang auf, und in ihrer Verzweiflung warf sie den Tisch um. Die Kerze landete auf dem Teppich. Shand machte einen Satz und trat sie aus.

Llian warf den beiden einen Blick zu, der sich durch Stein hätte sengen können, und verließ jählings das Haus.

Karan war außer sich. »Ich kann das nicht mehr ertragen, Shand!«, rief sie weinend aus. »Dass die beiden Menschen, die mir am meisten bedeuten, einander ständig an die Kehle gehen.«

Shand war nicht in der Stimmung, Zugeständnisse zu machen. »Ich habe dich gewarnt. Diese Art Besessenheit kenne ich.«

»Ich vertraue lieber auf mein eigenes Urteil. Hör auf, Llian zu zermürben; lass ihn in Ruhe.«

»Dein Urteil ist von den Gefühlen getrübt, die du Llian entgegenbringst.«

»Und deins von deinen Vorurteilen gegen die Zain«, gab sie zurück. »Verdammt noch mal, Shand, du bist ein kleinlicher alter Bastard. Sprich nie wieder davon!«

Shand war ziemlich schockiert, dann wandte er den Blick ab, ging in das angrenzende Zimmer und schloss die Tür. Eine Stunde später kam er wieder heraus. »Es tut mir leid, Karan. Ich habe mich wie ein Narr verhalten.«

Sie blickte kläglich zu ihm auf, fuhr sich einer Hand durchs Haar, sodass ein Büschel nach oben abstand, und beugte sich wieder über ihre Arbeit. Das Kerzenlicht verwandelte ihr Haar in rotes Gold.

Shand stand da und blickte zu Boden. *Ach, solch eine Tochter zu haben,* dachte er unwillkürlich. Doch sofort wurde er schwermütig und griff nach der Flasche auf dem Kaminsims. Bei dem Scharren von Glas auf Stein blickte Karan auf. Shand führte die Flasche an die Lippen.

Er begegnete ihrem Blick, zögerte, dann hielt er ihr die Flasche mit reumütiger Miene entgegen. Sie schüttelte automatisch den Kopf – auch nur eine halbe Trinkschale vernebelte ihr Denken, beraubte sie ihres Durchhaltewillens, den ganzen Tag und die halbe Nacht lang zu arbeiten – und erblickte doch etwas in Shands Gesicht, das sie ihre Meinung ändern ließ.

»Nicht aus der Flasche«, sagte sie. Sie schob den Tisch aus

dem Weg, entdeckte zwei Schalen im Geschirrschrank und füllte sie. Sie saßen beisammen, schlürften ihren Wein, ohne zu reden. Der Wein war gut.

»Mehr?«, fragte Shand, als die Schalen ausgetrunken waren.

»Warum nicht? Schon die erste hat alle Hoffnung, ich könnte heute Nacht arbeiten, zunichte gemacht.« Gleich im nächsten Augenblick stellte sie die Schale ab. »Was ist los, Shand?«

Er schüttelte den Kopf. Er hatte die Augen geschlossen. Auf seiner Wange stand eine Träne.

»Einst hatte ich eine Tochter«, sagte er.

Sie schwieg.

»Sie ist fort. Vor langer Zeit habe ich sie verloren. Wie sehr ich sie geliebt habe.«

Sein altes Gesicht war in sich zusammengefallen. Es drückte einen Kummer aus, der seither jeden Augenblick seines Lebens verdüstert hatte und anhalten würde bis an sein Ende. Karans Herz flog ihm entgegen. Eine Träne fiel auf seinen Bart und hing dort, ein einzelner Tropfen, der im Kerzenlicht glänzte. Dann löste er sich auf wie ein verrinnendes Leben.

»Es war ganz allein meine Schuld. Ich habe sie vernachlässigt, dann hat sie mich verlassen. An einem Tag hatte ich alles, am nächsten: nichts mehr. Ich werde sie niemals vergessen. Ich kann niemals vergessen, wie ich darin versagte, mein Versprechen zu halten.«

Karan sagte nichts, drückte ihn nur an sich.

»Sie war ein so schönes Kind.« Sein Blick war verschwommen vor schrecklicher, weit entfernter Trauer, und Karan hielt ihn mit ihren weichen grünen Augen fest. »Als ich sie verlor, verlor die Welt all ihre Freude. Heute wäre ihr Geburtstag.«

»Ist das der Grund, weshalb du die Geheime Kunst aufgegeben hast?«

Er war überrascht. »Woher weißt du das?«

»Du weißt zu viel, und du bist zu alt und, wenn ich das sagen darf« – es bereitete ihr Verlegenheit, es auszusprechen, daher verdrehte sie die Augen, um es als Scherz hinzustellen – »zu weise.«

»Weise bin ich nicht. Sieh nur, was ich dir und Llian angetan habe. Es tut mir leid, Karan. Ich will mir mehr Mühe geben.« Er lächelte über einen Gedanken, den er unausgesprochen ließ. »Manchmal erinnerst du mich an sie. Du hast recht. Früher einmal habe ich die Geheime Kunst ausgeübt, und mir war sogar ein bescheidener Erfolg beschieden. Heute weiß niemand mehr davon, außer Mendark, dir und Nadiril in der Großen Bibliothek. Sprich nicht darüber, ich bitte dich. Ich hatte die Liebe meines Lebens gefunden, und ich war reich und mächtig und stolz. Zu stolz und zu sehr damit beschäftigt, umherzuhetzen und zu versuchen, den Lauf des Schicksals zu ändern. Um jedermanns Angelegenheiten kümmerte ich mich, nur nicht um meine eigenen, und im Lauf der Zeit verlor ich alles, sogar die Tochter, die ich über alles liebte. Es liegt nun viele Menschenalter zurück, aber es schmerzt noch immer. Ich habe noch nie darüber gesprochen.«

Vielleicht schmerzt es deshalb noch immer so sehr, dachte Karan. »Wie kam es dazu?«

»Ich weiß es nicht. Die Zain haben an mir Rache geübt für etwas, das ich ihnen vor sehr langer Zeit angetan hatte, dessen bin ich sicher. Wer sonst könnte es gewesen sein? Das ist der Grund, warum ich so hart gewesen bin – nun, jetzt weißt du alles darüber. Sie war fort, und alle meine Anstrengungen – immense Anstrengungen, dessen kannst du gewiss sein – förderten nichts zutage. Mein Reichtum und meine Macht, alle Weisheit und – ha! – sogar die Geheime Kunst erwiesen sich als wertlos. Also sagte ich mich von allem los, und von meinen Pflichten und meiner Verantwortung, und nahm das einfache Leben in Tullin auf. Keine Verantwortung, die schwerer wog als Holz zu hacken und die Feuer am Brennen zu halten, keine Verpflichtung außer gegenüber dem

Herbergswirt für Essen und Trinken und ein Bett. Und ich stellte fest, dass dieses Leben am besten zu mir passt.«

Karan zog zweifelnd die Augenbraue hoch. *Vielleicht hast du dich selbst überzeugt*, dachte sie, *ich bezweifle aber, dass solch eine großartige Vergangenheit derart einfach abgeschüttelt werden kann.* »Warum hast du dann Tullin nach so langer Zeit verlassen?«

Shand starrte ins Feuer. Sie verbrannten Holz aus einem Nachbarhaus, das im Krieg zerstört worden war. Es rauchte und qualmte, armseliges Material, das wenig Hitze abgab und den Rost mit weißer Asche verstopfte. Ein Holzspan ragte aufrecht hervor wie eine Turmspitze, und Shand sah zu, wie der Rauch daran emporzog, während das Holz sich langsam schwärzte. Der Turm sank um, bis er das Mutterholzstück berührte. Die Rauchfahne versiegte.

»Warum ich Tullin verließ?«, fragte er geistesabwesend. »Wegen deines Vaters, würde ich sagen.«

»Wegen meines Vaters?«

»Ich kannte ihn gut. Davon habe ich dir doch erzählt, erinnerst du dich noch?«

»Natürlich erinnere ich mich. In Ganhafen war es, nachdem du dich an meiner Demütigung ergötzt hattest – das berühmte Bad, falls *du* dich noch erinnerst!«

Shand lachte, und es freute Karan, das zu hören. »Ich werde es schwerlich je vergessen«, sagte sie.

»Ich würde nicht sagen, dass wir Busenfreunde waren, denn dazu waren wir zu unterschiedlich. Aber er war sehr freundlich zu mir, als meine Erinnerungen mir am meisten zu schaffen machten. Ich war entsetzt, als ich von seinem Tod hörte – er war einer dieser Männer, von denen man glaubt, sie würden ewig leben. Dann gemahnte mich deine Nachricht aus den Ruinen oberhalb Tullins an meine Verpflichtungen.

Kaum hatte ich begriffen, wer du warst, lebte die Vergangenheit in mir auf. Es stürzte mich in einen großen inneren Widerstreit, der mit jedem Tag größer wird. Diese Untätigkeit, während ich Mendarks Launen abwarte, obwohl ich mich ebenso gut um meine eigenen Angelegenheiten in Tullin kümmern könnte, bringt mich noch um den Verstand!« Er schlug auf den Tisch, dass die leeren Trinkschalen hüpften.

Karan blieb lange auf und arbeitete trotz des Weingenusses bis nach Mitternacht an ihren Plänen. Sie fragte sich dabei, wie sie es je bezahlen sollte, sie umzusetzen. Shand schlief schon seit Stunden. Llian war nicht zurückgekommen. Schließlich ging Karan zu Bett, erwachte jedoch mitten in der Nacht von Lärm auf der Straße. Ihr Herz raste, und sie fühlte sich beklommen. Wo war Llian? Fraglos steckte er in irgendeiner ordinären Spelunke, wo er mit neuen, ebenso ordinären Freunden becherte. Sie glitt wieder in den Schlaf.

Am Morgen wurde sie von einer gedämpften Unterhaltung außerhalb ihres Zimmers geweckt, dann öffnete Shand die Tür. Sie setzte sich verschlafen auf und wandte den Blick von der grellen Laterne ab.

»War das Llian?«

»Nein, er ist noch immer nicht zurück.«

Die Vorahnung aus der vergangenen Nacht nagte an Karan. Sie sprang aus dem Bett und schlüpfte in ihre Kleider.

»Was ist los?«, wollte Shand wissen.

»Irgendetwas ist passiert. Ich gehe ihn suchen.«

»Du wirst ihn niemals finden.«

»Wäre ich in Schwierigkeiten, käme er mich suchen.« Sie warf sich ihren Wintermantel über und nahm ihren Hut vom Haken.

»Soll ich mitkommen?« Ganz offensichtlich bot er es nur aus Höflichkeit an, denn sein Blick schweifte schon wieder zu der Flasche auf dem Bord.

»Ich gehe lieber allein. Übrigens, mit wem hast du eben gesprochen?«

»Mit einem Boten. Mendark ist vor ein paar Stunden eingetroffen. Es heißt, dass er sehr abgekämpft aussah.«

»Wird es Schwierigkeiten mit Yggur geben?«

»Das ist mehr als nur wahrscheinlich, aber solange es ihren Absichten dient, werden die beiden versuchen, miteinander auszukommen.«

Den ganzen Tag lang irrte Karan durch die nasse Stadt und erkundigte sich in jeder Schenke, an der sie vorbeikam, nach Llian, entdeckte aber keine Spur von ihm. Die Gassen von Thurkad waren ein einziges Labyrinth, und ihr Talent half ihr nicht weiter.

Am frühen Abend kehrte Karan zurück, denn nach Einbruch der Dunkelheit wagte sie sich nicht auf die Straßen Thurkads. Durchnässt und frierend, bebte sie unter einem fiebrigen Schauder, der sicherlich noch schlimmer werden würde. Shands Frage beschied sie mit einem Kopfschütteln. »Nicht die geringste Spur. Ich weiß nicht, wohin ich mich noch wenden soll. Du hast nichts gehört?«

»Nein!«, erwiderte er.

»Ihm ist etwas zugestoßen.«

»Allmählich sieht es danach aus. Ich hoffe –«

Der Klang seiner Stimme verärgerte sie. »Bitte fang nicht wieder damit an! Es hat nichts mit Rulke zu tun!«

»Das kannst du nicht wissen.«

»Ich weiß es! Er steckt in Schwierigkeiten. Shand, du musst mir helfen. Du verfügst hier über Beziehungen. Bitte, Shand!«

Er wand sich.

»Ich bin sicher, mein Vater hätte gewollt, dass du es tust.«

So sehr er sich sträubte, am Ende fand er keinen ehrenhaften Ausweg. »Ich nehme an, ich könnte meine alte Freundin Ulice fragen – falls sie noch lebt. Morgen früh gehe ich zu ihr.«

»Könntest du es heute noch tun?«, bat sie verzweifelt.

Llian ging in die Thurkader Nacht hinaus, in den Wind und den Regen und den Rauch aus zahllosen Schornsteinen, der wie ein schmieriger gelber Nebel in den Straßen hing. Anders als Shand glaubte, hatte er kein bestimmtes Ziel im Sinn, denn er besaß nur wenige Kupferlinge, die er sich am Vortag mit einer Geschichte erbettelt hatte. Heute Nacht war er nicht in Stimmung, wieder zu arbeiten. Stundenlang schweifte er durch die Straßen, bis seine klamme Kleidung nach Rauch stank. Ihm war, als regnete es Trübsal, die die Haut durchdrang – die Traurigkeit überflutete ihn geradezu und tränkte jede Zelle, jeden Nerv seines Leibes.

Er schritt zügig voran, den Kopf in den Wind gebeugt, eine namenlose, heruntergekommene Gestalt, bedauernswert wie nur irgendeiner der Säufer, Landstreicher und Straßenbewohner, an denen er vorbeikam. Niemand suchte seinen Blick oder zeigte das geringste Interesse an ihm. Warum auch? Bei ihm war nichts zu holen.

Weit nach Mitternacht betrat Llian eine schmale Gasse, die ihm vage vertraut vorkam. Mit Tallia war er hier gewesen, erinnerte er sich, in der Nacht, in der er sich kurz vor dem katastrophalen Konklave in die Zitadelle geschlichen hatte. Ja, hier hatte das Haus gestanden; er konnte es noch immer erkennen, obwohl es zu einem dachlosen Gerippe aus Mauerwerk niedergebrannt war. Llian kletterte durch ein Fenster, das an eine leere Augenhöhle erinnerte, und suchte auf dem Schutt darunter hockend Schutz vor dem Wind.

Hier war ein Keller gewesen, erinnerte er sich, von dem ein versteckter Tunnel weggeführt hatte. Er fand den Keller, indem er hineinfiel, ein plötzlicher Sturz auf einen Schutthaufen, der eine Strieme auf einem Knie hinterließ und ihm eine Handfläche aufschürfte. Er tastete umher und entdeckte zu seiner Überraschung, dass ein Wandabschnitt unter seinem Druck ins Wanken kam.

Er holte ein Kerzenstück aus der Tasche, entzündete es an der nächsten Straßenlaterne und kehrte in den Keller zurück, wobei er die Flamme mit der Hand vor Wind und Regen schützte. Nachdem er tüchtig Schutt beiseitegeräumt hatte, konnte er den beweglichen Teil der falschen Mauer so weit aufdrücken, dass er sich hindurchzuquetschen vermochte. Er zog die Geheimtür hinter sich zu und stand grübelnd da, betrachtete die verzerrten Schatten, die seine Kerze an die erdigen Wände warf.

Llians Gelegenheit, in die Zitadelle zu gelangen, hatte sich ihm aufgetan, ohne dass er im Entferntesten daran gedacht hätte, doch nun wurde ihm klar, dass die Archive die Antworten auf eine Anzahl seiner Fragen enthalten konnten – nicht zuletzt darauf, was sich bei der Entstehung des Nachtlandes tatsächlich ereignet hatte.

Er zögerte. Warum nicht? Selbst wenn er gefangen wurde – was gab es jetzt noch zu verlieren? Er hob die Kerze und trat den Weg durch den Gang an. Am anderen Ende entdeckte er die Vertiefungen in der Mauer, mit denen die verborgene Tür geöffnet wurde, und drückte sie gleichzeitig. Die Steinplatte begann sich plötzlich zu drehen. Eingedenk ihrer gnadenlosen Gewalt, mit der sie quetschte und verstümmelte, hielt er sich aus ihrem Weg. Auf dem Boden prangte der Beweis: ein blutiger Fleck, wo bei Llians letztem Aufenthalt in dem Stollen einem Gardisten der Fuß zermalmt worden war.

Llian eilte Richtung Archive los, dann fiel ihm ein, dass die Tür von innen verschlossen gehalten wurde. Dennoch setzte er seinen Weg fort, und er bereute es nicht, denn sie stand offen; ein mattes Licht flackerte von fern in den Geheimgang.

Nachdem Llian sich versichert hatte, dass niemand in Sicht war, schlug er einen Weg ein, der vom Lichtschein fort führte. Die Archive waren weiträumig, und bald schon verlor er sich in ihnen. Am Ende der Regalreihe fand er eine Stahlkammer mit einem komplizierten Schloss an der Tür. Die Tür stand einen Spalt breit offen. Llians Neugier war zu groß, um der Versuchung zu widerstehen.

Er schlüpfte durch den Türspalt. Der Tresorraum bestand aus massivem Stahl, sowohl Boden als auch Wände und Decke. Rasch erkannte Llian, warum: Die Kammer enthielt die geheimsten Aufzeichnungen des Rates – ganze Regale mit Dokumenten unter der Rubrik der Geächteten Experimente neben weiteren verbotenen Themen.

Llian war benommen vor Aufregung. Unterdrücktes Wissen! Keinen Augenblick lang kam ihm in den Sinn, dass schon der Aufenthalt in dieser Kammer ein Verbrechen darstellte. Er fragte sich auch nicht, weshalb die Außentür des Archivs offen stehe, warum die Stahlkammer frei zugänglich sei oder gar, warum Aufzeichnungen wie diese, die man normalerweise mit Zauberkraft verschleierte, von keinerlei Bann geschützt wären. Mit zitternder Hand nahm er das erste Buch aus dem Regal und schlug es auf. Er las.

Die Zeit verrann, ohne dass Llian es bemerkte. Doch schließlich veranlasste ihn etwas, einen Blick über die Schulter zu werfen. Und hinter ihm, lässig an die Türkante gelehnt, stand Yggur. Llian wäre vor Schreck fast gestorben.

»Sei gegrüßt, Llian«, sprach Yggur ihn mit einem gefährlichen Lächeln an. Seine trüben Augen verrieten nichts. »Was tust du hier?«

Llians Grauen vor Yggur erwachte. »Ich suche nach Dokumenten ... über das Nachtland«, sagte er und wusste, dass es wie die Lüge klang, die es war. »Mendark hat es mir erlaubt.«

»Die geheimen Archive des Rates zu durchstöbern? Lügner! Sein Schiff hat noch nicht einmal angelegt. Komm mit. Du wirst feststellen, dass meine Kerkerzellen bequemer sind, als du es verdienst.«

Er streckte den Arm aus, umfasste Llians Handgelenk fest wie eine Handschelle und führte ihn ab. Llian erwartete, so brutal verhört zu werden wie schon einmal, doch kaum hatte sich die Zellentür geschlossen, wurde Yggur dringend weggerufen und kehrte nicht zurück.

Vom ersten Treffen Mendarks mit Yggur drang nichts nach außen. Immerhin mussten sie zu einer Übereinkunft gekommen sein, denn Yggur räumte die Obergeschosse der Zitadelle und bezog wieder seine alte Festung, obwohl er sich weiterhin die Gewalt über die unteren Stockwerke und die darunter liegenden Kerker vorbehielt.

Mendark, wieder im Range des Magisters, war schon bald in der Zitadelle eifrig beschäftigt und knüpfte sämtliche Bande neu, über die er Macht ausübte. Und sein Einfluss war beträchtlich, denn die Gerüchte hatten seine Erfolge noch vergrößert, und es mangelte ihm nicht an willigen Gefolgsleuten, die seine Befehle ausführten. Dennoch hatte eigentümlicherweise niemand sein Gesicht gesehen. Untergebene übermittelten seine Befehle, und zeigte Mendark sich, so ging er dick verhüllt und verschleiert.

Karan saß die ganze Nacht wach, doch Shand kehrte nicht zurück. Ihre Erkältung verschlimmerte sich. Sie döste in ihrem Sessel vor dem Kamin, als der alte Mann endlich auftauchte. Er wirkte erschöpft. »Irgendwelche Neuigkeiten?«, krächzte sie. Ihre Kehle brannte.

»Ich habe Llian ausfindig gemacht.« Er zog seinen nassen Mantel aus und hängte ihn beim Feuer auf.

»Wo ist er? *Ist er wohlauf?*«

»Yggur hält ihn in der Zitadelle gefangen.« Shand trocknete sich das graue Haar.

Karan sprang auf und rannte aufgewühlt umher. Sie suchte

nach ihren Stiefeln. »Wir müssen ihn da rausholen. Du weißt, was Yggur mit ihm anstellen wird.«

»Karan!«, sagte er. »Das geht nicht. Es ist völlig unmöglich.«

»Dann muss ich ihn wenigstens sprechen.«

»Das würde ich dir nicht raten«, sagte er.

»Ich hoffe, du willst nicht wieder ...«

Er fasste sie bei den Schultern und brachte sein bärtiges altes Gesicht dicht an das ihre heran. »Ich habe noch etwas erfahren.«

Sie zitterte, ihr war heiß und kalt. »Was denn? Was ist los?«

»Llian steht nicht als Einziger auf Yggurs Liste. Dich möchte er auch in die Gewalt bekommen, Karan.«

Warum sie? Fing alles wieder von Neuem an? Aber nein, sie kannte den Grund: Yggur hatte ihr den Diebstahl des Spiegels niemals verziehen. Yggur vergaß niemals und nährte seinen Groll. Das hatte er ihr selbst gesagt.

»Ich muss trotzdem gehen«, erwiderte sie starrsinnig. »Llian hat sein Leben für mich aufs Spiel gesetzt.«

»Yggur weiß, wie du denkst, Karan. Er wird dich erwarten. Du gingest nicht bloß ein Risiko ein, sondern würdest dich der sicheren Gefangennahme ausliefern.«

»Was also würdest du mir *als mein Freund* dann raten?«

Shand fand sich in einem Dilemma wieder, doch er konnte Karan unmöglich abweisen. »Na ja, Yggur ist zurzeit mit Mendark beschäftigt. Du könntest versuchen, einen Kerkerwächter zu bestechen. Es müsste aber ein teuflisch hohes Bestechungsgeld sein, denn der Bursche würde aus Thurkad fliehen müssen und dürfte niemals zurückkehren.«

Karan schwieg. Die Münzen, die sie besaß, waren des Nachzählens nicht wert, aber einen wertvollen Gegenstand hatte sie noch übrig. »Würdest du etwas für mich tun, wenn du beim nächsten Mal rausgehst?«, krächzte sie und wischte sich die tropfende Nase.

»Was denn?«

Sie zog die Silberkette über den Kopf. Die Kette war das einzige Schöne, das sie jemals besessen hatte, und sie liebte sie mehr als sonst irgendetwas. »Die hat Llian mir in Katazza gegeben. Sie lag unter Kandors Bett versteckt. Würdest du sie für mich verpfänden?«

Er begutachtete das Halsband. »Es wäre ein Trauerspiel, sie zu verkaufen. Sie ist unglaublich alt. Sie ist ...« Er stutzte.

»Es geht nicht anders!«, beharrte sie.

»Wie wäre es, wenn ich –«

»Nein! Verkauf sie einfach.«

»Also gut, aber erwarte nicht zu viel. Ihr Wert besteht in ihrem Alter, nicht in ihrem Silbergewicht, aber mitten im Krieg zählt das nicht viel.« Er hielt die Kette ins Licht hoch. »Sie erinnert mich an jemanden, den ich einmal kannte!«

»Auf der Schließe ist ein Name eingraviert«, sagte Karan. »Fiachra! Meinst du sie?«

Seine Hand zitterte, als er die Inschrift untersuchte, dann schloss er seine Finger um die Kette. »Nein«, sagte Shand. »Ich habe diesen Namen noch nie gehört.«

Kaum dass er gegangen war, bereute Karan ihre Entscheidung, aber es war zu spät, um Shand zurückzurufen.

Gerade als Shand zurückkam, erschien Zareth der Hlune an ihrer Tür und verlangte, dass sie sich beide sofort in der Zitadelle meldeten. Der Mann hatte sich seit ihrem jüngsten Zusammentreffen auf Tess' Boot stark verändert. Sein Gesicht war fahl und die Zöpfe an seinem Kinn grau gesprenkelt.

»Du!«, rief er mit einem feindseligen Blick auf Shand.

»Wie war dein Bamundi?«, fragte Shand fröhlich und rieb sich vielsagend den Nacken.

»Als ich mich von dem Gift erholt hatte, war es verdorben«, versetzte Zareth. »Bewegt euch!«

Karan war schockiert, dass ihr Versteck so leicht entdeckt worden war. Shand lächelte sie nachsichtig an. »Aber meine Liebe, die Stadt gehört jetzt Yggur, und er hatte schon immer die besten Spione. Bereits eine Stunde nach unserer Ankunft war er über unseren Unterschlupf im Bilde.«

»Warum dann das ganze Versteckspiel?«

»Man marschiert in das Lager eines Feindes hinein und macht es sich im Nachbarzelt bequem. Nichts verletzt den Stolz der Mächtigen so sehr wie überhebliches Verhalten der Geringergestellten.«

»Aber wir waren Verbündete«, erwiderte sie anklagend.

»Aus der Notwendigkeit heraus; weil es von Vorteil war. Nun hat er sein Reich zurückgewonnen, während wir schwächer sind als zuvor. Ein Spiel ist es nicht, was wir treiben. Mach dich fertig; wir sollten ihn lieber nicht warten lassen.« Er wandte sich ab. »Ach ja, Karan!«, sagte er über die Schulter hinweg. »Ich habe deine Kette verpfändet. Sie hat ein bisschen mehr eingebracht, als ich erwartet hätte. Drei Tells und ein paar Silbertar.« Er übergab ihr einen kleinen, schweren Geldbeutel.

Eine erstaunliche Summe! Karan nahm den Beutel entgegen; sie war untröstlich. »Danke sehr.«

»Noch eines. Vor einiger Zeit habe ich mit Yggur gesprochen.«

»Du hast mit Yggur gesprochen?«

»Nachdem ich in Erfahrung gebracht hatte, wo Llian war. Wie du weißt, bin ich immer gut mit Yggur ausgekommen.«

Soweit es Karan betraf, sprach das nicht für Shands Charakter. »Wessen wird Llian angeklagt?«

»Dokumentendiebstahl, Dokumentenunterschlagung, Betreten der Geheimarchive des Rates, Falschaussage bezüglich der Geschehnisse im Nachtland, Verrat ... die Anklageliste erstreckt sich über fast eine ganze Seite. Es scheint, dass ich letztlich richtig lag, was ihn angeht.«

Karan schwieg. Warum hatte Llian in Zeiten wie diesen das

Archiv aufgesucht? Was hatte er dort getrieben? Wie sollte sie ihn jemals aus diesem Schlamassel herausholen?

Er war die erste Person, die sie zu Gesicht bekam, als sie die verschwenderisch ausgeschmückte Versammlungshalle des Rates in der Zitadelle betraten. Llian stand zwischen zwei Wächtern. Shand bemerkte die Erleichterung auf Karans Gesicht, als sie sah, dass Llian unversehrt war. Die Notlage zerriss sie innerlich, und niemand konnte helfen. Je eher es vorbei war, desto besser.

Llian sah furchtbar aus. Er machte Anstalten, zu ihr zu gehen, doch der Wächter packte ihn beim Kragen. Karan rannte zu Llian, aber ihre Erleichterung wich der Wut, als ihr bewusst wurde, was Shand gesagt hatte. Diesmal musste es Beweise für Llians Schuld geben.

»Karan«, sagte Llian. »Es tut mir so leid. Ich ...«

Sie hatte ihre wunderschöne Kette für nichts versetzt. Karan schlug seinen ausgestreckten Arm zur Seite und wandte ihm den Rücken zu, starr wie ein Schürhaken. Llian ließ die Hand sinken, sein Gesicht wurde ausdruckslos, und die Wärter führten ihn ab.

Obwohl den ganzen Tag lang keine Besprechung abgehalten wurde, verstrichen die Stunden rasch, denn sie sahen viele bekannte Gesichter: altvertraute Freunde und altvertraute Widersacher.

Tallia kam herein, hochgewachsen und elegant, wie sie war, und wirkte, als sei sie gerade erst aus dem Badezuber gestiegen. Die lange, ein halbes Jahr dauernde Reise in den Osten hatte keine sichtbaren Spuren an ihr hinterlassen, sah man davon ab, dass ihr Gesicht und ihre Arme noch ein wenig dunkler geworden waren und sie mit einem leichten Hinken ging. Tensor wurde auf einer Sänfte hineingetragen, und ihn begleiteten

Basitor und der lachende Asper, dessen stacheliges Haar jetzt kurz geschnitten war. Tensor wirkte sogar noch abgezehrter als gegen Ende des Sommers, als sie sich in Thrispi von ihm getrennt hatten.

Tallia erblickte Karan in der Menschenmenge und eilte herbei, doch sie hatte kaum einen fröhlichen Gruß über die Lippen gebracht, als Karan zwei Personen auffielen, die gerade in die Ratshalle kamen, einen hochgewachsenen alten Mann – er war uralt – und dem kleinen schlanken Mädchen mit schmalem Gesicht und glänzendem Silberhaar an seiner Seite. Zu Karans Überraschung, denn Tallias Manieren waren für gewöhnlich tadellos, brach sie mitten im Wort ab und rannte förmlich durch die volle Halle auf die beiden zu.

Tallia hob das Mädchen empor, wirbelte es herum und umschlang es mit den Armen. Dann umschloss sie mit beiden Händen die verwitterte Hand des alten Mannes und führte sie an ihre Lippen.

»Was …?«, wandte Karan sich an Shand, doch er drängelte sich bereits in Tallias Kielwasser durch die Menge.

»Karan, Shand«, sagte Tallia strahlend. »Darf ich euch mit meiner ganz besonderen Freundin Lilis bekannt machen; und hier ist Nadiril von der Großen Bibliothek. Du kennst Nadiril natürlich, Shand. Lilis, dies sind Shand und Karan. Auch sie sind meine Freunde.«

»Ich bin sehr erfreut, eure Bekanntschaft zu machen«, sagte Lilis mit hoher Stimme. Sie hatte das Kieksen des Straßenkindes, das sie noch vor einem Jahr gewesen war, fast vollständig verloren. Sie war jetzt selbstbewusst und stand an der Schwelle zur Fraulichkeit. »Tallia hat auf dem Weg nach Zile viel von euch erzählt. Und Meister Shand, ich weiß, dass Ihr ein Freund meines Lehrers seid, daher bin ich sicher, dass Ihr auch mein Freund sein werdet.«

Shand lachte. Ihre Fröhlichkeit war ansteckend. »Ich bin sicher, das werde ich, Lilis.« Er schüttelte ihr die Hand.

Lilis wandte sich Karan zu, die sich schüchtern im Hintergrund hielt; vor allem vor der Begegnung mit dem großen Nadiril scheute sie zurück.

»Sei gegrüßt«, sagte Lilis. »Ich hab dich schon mal gesehen, nach dem Konklave. Ich war eifersüchtig auf dich, weil du Llians Freundin warst.«

Karan wusste nicht, was sie sagen sollte. *Heute würdest du mich nicht mehr beneiden*, dachte sie, aber sie verbannte ihre Verbitterung an einen fernen Ort, wo sie ihr nicht wehtun konnte. Lachend umarmte sie das Mädchen. »Nun, dann haben wir etwas gemeinsam«, sagte sie.

»Ist schon gut! Früher hatte ich nie richtige Freunde. Heute hab ich viele. Aber ich vergesse meine Manieren. Karan, darf ich dir meinen Lehrer vorstellen? Das ist Nadiril. Er war sehr freundlich zu mir.«

Nadiril lächelte fein und streckte eine fleischlose Klaue vor. Sie fühlte sich an wie die Hand Selials kurz vor ihrem Tod, doch Nadiril wirkte nicht im Mindesten vom Alter besiegt.

»Karan Elienor Melluselde Fyrn von Gothryme in Bannador.« Er redete in einem Flüstern, und seine Knochen knirschten, als er sich zu ihr herabbeugte. »Es gibt so viele Geschichten über Euch. Und ich habe Euren Vater gekannt. Wir sollten uns nachher einmal zusammensetzen, dann könnt Ihr mir alles erzählen.«

»Jawohl«, sagte Karan, eingeschüchtert von seiner Körpergröße, seiner Ehrwürdigkeit und seinem Ansehen.

»Nun muss ich wissen: Ist Llian hier?«

Karan und Shand tauschten einen Blick. »Ja, er ist hier«, sagte Shand.

»Schön, schön!«, rief Lilis. »Wo ist mein Freund Llian?«

»Soll ich dich auf meine Schultern heben, damit du nach ihm Ausschau halten kannst?«, schnaufte Nadiril. »Nein, vielleicht wirst du langsam ein bisschen zu groß dafür.«

Shand senkte die Stimme. »Ich muss Euch mitteilen, und auch dir, Tallia, dass Llian in großen Schwierigkeiten steckt. Ich bin sicher, dass er im Nachtland mit Rulke einen Pakt geschlossen hat und jetzt sein Erfüllungsgehilfe ist, mit Leib und Seele.«

»Was? *Was?*«, rief Lilis, die seine Worte nicht mitbekommen hatte.

Nadiril legte seine Hand auf Lilis Arm, und sie verstummte sofort. »Eine sehr schwer wiegende Anschuldigung«, wisperte er. »Ich glaube kein Wort davon.«

Shand wirkte bestürzt. »Nun, wir können es später bereden. Ihr werdet Llian vermutlich selbst aufsuchen und ihn fragen können, was ihr wollt.«

»Das werde ich«, sagte Nadiril. »Nun aber, fürchte ich, muss ich den *Großen* meine Aufwartung machen und meinen Platz am Ratstisch einnehmen. Lilis, ich muss dich vorerst verlassen, aber ich weiß dich unter Freunden. Tallia«, sagte er mit mehr als nur ein wenig Stolz, »fragt sie, was Euch in den Sinn kommt, und Ihr werdet staunen. Welch eine Schülerin!«

Karan fühlte sich von Nadirils Worten überaus erleichtert. Im Glauben, dass Shand stets einen Zwiespalt in ihr hervorgerufen hatte, beschloss sie, jene eigentümliche Traum-Verbindung zu Llian wieder herzustellen, die sie vor der Gerichtsverhandlung in Shazmak geknüpft hatte, nur um über ihn zu wachen, ohne dass er es wusste.

Nadiril bahnte sich mit knirschenden Knochen seinen Weg zum großen Tisch, wo die Würdenträger sich bereits versammelten, wenngleich auch nur zu einer zeremoniellen Zusammenkunft. Die eigentlichen Gespräche sollten erst am nächsten Tag beginnen.

Shand führte die Übrigen zu einem niedrigeren Tisch und hatte gerade damit begonnen, Getränke einzuschenken, als Osseion und Pender gemeinsam durch die Tür kamen. Osseion war unverändert, aber Pender schien an Gewicht verloren zu haben.

Lilis schlug in reiner Freude die Hände zusammen. »Oh, das ist perfekt«, sagte sie. »Ich habe alle meine Freunde zusammen an ...« Dann brach sie ab und starrte durch die offene Saaltür.

Karan spürte, wie ihr an Rücken und Armen eine Gänsehaut hinablief, obwohl sie nicht sehen konnte, was Lilis anstarrte.

Lilis machte einen Schritt nach vorn. Ihre Trinkschale fiel auf den Boden und zersprang.

»Oh!«, sagte sie, und ihr längliches Gesicht war so angespannt wie das Fell einer Trommel.

Ein kleiner Mann erschien im Eingang. Platinfarbenes Haar ergoss sich über seine Schultern. Sein Gesicht war lang und schmal, die Haut spannte sich straff über rosige, frisch rasierte Wangen. Wie er Lilis anstarrte, hätte sie der einzige Mensch im ganzen Saal sein können.

»Lilis? Bist du es?«, fragte er leise.

»Jevi«, flüsterte sie. *»Jevi!«*, schrie sie, raste durch den Saal und warf sich wie ein kleines silberhaariges Geschoss in seine Arme.

Unter ihrem Ansturm taumelte er zurück. »Lilis«, flüsterte er. »Sieh dich nur an. In den gesamten vergangenen acht Jahren ist kein einziger Tag vergangen, ohne dass ich an dich gedacht hätte. Aber nie hätte ich geahnt ...«

»Mein Jevi, du bist wieder da. Ich wusste, dass du wiederkommen würdest! Jede Nacht habe ich für dich gebetet, und jeden Morgen habe ich mir überlegt, wie ich dich wiederfinden könnte.«

»Ich hätte nicht gedacht, dass du schon so groß bist. Nanu, du bist ja fast schon eine Frau.«

»Ich bin eine Frau«, sagte sie stolz. »Und eines Tages werde ich eine Bibliothekarin sein. Wie hast du mich hier gefunden?«

»Deine Freunde haben mich gefunden, Osseion und Tallia

und Pender, und mich befreit. Du kannst dich das glücklichste Mädchen der Welt schätzen, solche Freunde zu haben. Und nun habe ich meine Lilis zurück und könnte vor Glück sterben.«

Ausnahmsweise fehlten Lilis die Worte, aber die Sonne, die aus ihrem Gesicht strahlte, sagte alles.

Kapitel dreizehn

Das Buch

Nach dem Aufstehen nahm Maigraith ein karges Frühstück zu sich, dann ging sie durch die nebelfeuchte Dämmerung flussaufwärts. Dabei dachte sie über die Kunst und Wissenschaft des Torbaus nach. So wie Tensors Tor aus Metall und Stein gefertigt worden war, Materialien, mit denen die Aachim sich über alle Maßen vertraut fühlten, so wurzelte Faelamors Tor in der natürlichen Umgebung, die die Faellem so sehr liebten, dem Quell ihrer Kraft und ihrer Seele.

Doch die Faellem waren keine Maschinenbauer, und es war ihnen untersagt, überhaupt magisches Gerät zu benutzen; daher hemmten Faelamor sowohl mangelnde Erfahrung als auch das Verbot. Sie hatte einen Steinsplitter von Tensors Tor in Katazza benutzt, um das ihre in Gang zu setzen. *Gleich und gleich gesellt sich gern*, hatte sie gesagt.

Eine Strickleiter hing von dem Baum am Flussufer herunter. Maigraith kletterte hinauf. Die Plattform schwankte unter ihr, aber der Steinsplitter war nicht zu finden. Als sie in den dahinrauschenden Fluss hinabblickte, wusste sie, was bei ihrer Rückkehr schiefgegangen war. Der Stein, der Anker, musste bei ihrem Weggang in den Fluss gefallen sein, und durch Faelamors Unerfahrenheit waren sie zum Anker zurückbefördert worden statt zum Tor. Maigraith prüfte die Festigkeit der Seile, dann sprang sie auf der Plattform umher, bis Wellen darüber liefen. *Es ist Faelamors Schöpfung*, dachte sie. *Ich mag es nicht.*

Sie begab sich an ihre Arbeit mit dem Tor, nahm es auseinander und fügte es wieder zusammen, biss sie schließlich jedoch erkannte, dass es insgesamt zu viel von Faelamor enthielt. Sie kappte die Plattform, die in den Fluss fiel und davonrauschte, bis sie flussabwärts in den Stromschnellen hängenblieb. Allmählich löste sie sich und stürzte endlich außer Sicht. Genau in diesem Augenblick erschien Faelamor.

»Du hast es nicht in Gang bringen können!«, rief sie, kritisch wie immer, doch ihre Schultern hingen schlaff herab.

»Es ist nicht meins! Ich muss mein eigenes erschaffen«, erwiderte Maigraith.

»Dazu fehlt uns die Zeit!«, kreischte Faelamor. Maigraith ließ sie stehen und ging flussaufwärts. Den ganzen Morgen wanderte sie umher, ohne zu wissen, wonach sie suchte, nur dass es die richtige Stätte sein musste, die sie erkennen würde, sobald sie darauf stieß. Flussaufwärts wurde die Schlucht immer enger, bis nur noch ein schmaler Waldstreifen zwischen dunklen Kalksteinklippen verlief, die aussickerndes Eisen rot und schwarz fleckte. Als Maigraith sich zwischen zwei Eisensteinfindlingen hindurchquetschte, die wie Turmspitzen geformt waren, richteten sich die Härchen auf ihrem Nacken auf. Sie blickte nach links und entdeckte in der Klippe einen vertikalen Spalt, einen Höhleneingang, wo eine Verwerfung den Fels auseinandergerissen hatte. Zu ihrer Rechten strömte der Fluss durch den Kanal, den er in den Fels gegraben hatte. Von Laub gefiltertes Sonnenlicht malte rautenförmige Muster auf den Boden. Diese Stätte war für Maigraith gut zu gebrauchen.

Sie legte ein Ohr an einen der Eisensteine und versuchte, sich auf sein Gefüge einzustimmen, als wäre er ein Kiesel, den sie zu einer Lichtkugel verarbeiten wollte. Diesen Stein würde sie nicht formen, ebenso wenig wie das andere – dazu blieb keine Zeit –, aber sie spürte seine mineralische Essenz heraus und machte sich ans Werk.

Sorgfältig wählte sie einen Kiesel aus dem Fluss, brach an der

Spitze des einen Eisensteins und der Unterseite des anderen jeweils einen Splitter ab und ein Felsstückchen von der Höhlenöffnung. Maigraith hockte sich zwischen die Steine und bearbeitete alle vier mit einem Meißel, bis sie eine grobe Form angenommen hatten: die vier Viertel eines Eies. Sie polierte die Stücke, bis die Viertel perfekt zueinander passten, und besang dabei die innere Natur der Steine. Diese Aufgabe nahm den Rest dieses und einen Teil des nächsten Tages in Anspruch, aber sie arbeitete geduldig und summte vor sich hin, formte und probierte, schliff und probierte erneut.

Faelamor kam und ging und trieb Maigraith zunehmend giftig an. Maigraith beachtete sie nicht. Endlich legte sie das Ei in seinen Einzelteilen beiseite, streifte den Korb aus Silberdraht von einer ihrer Lichtkugeln ab und flocht ihn zu einem Faden, den sie durch die vier Steine führte und zusammenzurrte; dadurch verband Maigraith sie miteinander, als wären sie eins. Sie wärmte das Steinei in ihren Händen und malte sich im Geiste die vier Bestandteile ihres Tores aus – das Flussbett, das sich durch den Fels gegraben hatte, die vulvenartige Höhlenöffnung, die Zwillingstürme aus Eisenstein.

Kurz bebte das Ei in ihren Fingern, dann leuchtete es auf wie eine Lichtkugel. Maigraith verlagerte es zwischen die eisensteinernen Turmspitzen und spürte, wie ihre Haare auf beiden Seiten zu den Steinen hingezogen wurden. *Ich kann es!*, dachte sie.

Sie berichtete Faelamor nicht, dass sie fertig war. Ebenso wenig verspürte sie die Notwendigkeit, ihr Tor in irgendeiner Weise auszuprobieren. Sie stand zwischen den Steinen, den Blick in mittlere Entfernung gerichtet, auf das nicht weit entfernt dahinströmende Wasser, und fühlte die Öffnung hinter sich, als würde diese leben und atmen. Es mutete hier sehr friedlich an. Sie umschloss das Ei mit den Händen und schwang es dann wie ein Pendel zwischen den beiden Eisensteinen vor und zurück. Maigraith hatte stets ein Gefühl für Gestein besessen und war sicher, dass sie diesen Steinen abverlangen konnte, was sie brauchte. Sie fühlte sich hier wie zu Hause.

Der kurze Tag endete; Nebel begann, vom Fluss aufzusteigen. Maigraith' Hände leuchteten rot und schwarz. Im Geiste beschwor sie das lebhafteste Bild von Havissard herauf, das ihr in den Sinn kommen wollte – das Schlafgemach, wo sie den Silbergriffel und das Stück Papier mit dem geheimnisvollen Namen darauf gefunden hatte – *Aeolior!* Sie vollzog die Arbeitsschritte, die Faelamor ihr so widerwillig gezeigt hatte: die Herstellung des Tors, die Methode, um die Gewalt über das Tor zu erhalten. Alles stand ihr so deutlich vor Augen, als wäre es in die Steine graviert.

Ich kann *dieses Tor zum Funktionieren bringen!* Sie konzentrierte sich auf Havissard und versuchte, das Tor zu aktivieren. Nichts geschah. Was sie gefertigt hatte, übertraf nicht die Summe seiner einzelnen Bestandteile, die im Nebel halb sichtbar vor ihr lagen.

Was stimmt hier nicht? Maigraith begann von neuem. *Vielleicht gebe ich mir nicht genug Mühe,* überlegte sie. Abermals vollzog sie die Arbeitsschritte, doch wieder blieben die Steine ohne Leben; nicht einmal in Ansätzen zeigte sich ein Tor, und sie dachte: *Vielleicht bemühe ich mich zu sehr.*

Maigraith kehrte zu ihrer rhythmischen Schwingbewegung zurück, während der Nebel aufstieg und das Licht schwand.

Faelamor erschien und starrte sie durchdringend an. »Du hast wieder versagt!« Ihr Gesicht war bleich. Sofort verschwand sie wieder.

Maigraith ließ sich direkt in den Traum gleiten.

Ich habe es auf die falsche Art getan – auf Faelamors Art –, aber natürlich kann es bei meinem *Tor so nicht gehen,* erkannte sie. *Ich brauche etwas, womit ich eine Linie zwischen Havissard und hier ziehen kann.* Ihre kleinen Schätze, der Silbergriffel und der Name, steckten noch immer in ihrer Manteltasche, sorgfältig eingepackt. Sie nahm den Griffel heraus und hielt seine Spitze zwischen den Fingern nach oben, berührte damit den Stein. Sie rief sich das Zimmer ins Gedächtnis zurück, das Faelamor beim letzten Mal als Ankunftsort benutzt hatte. Nein, dieses Bild war zu überfüllt; ständig sah sie das gequälte Gesicht vor sich, mit dem Faelamor ins Tor zurücksprang.

Maigraith nahm einen anderen Ort ins Visier – Yalkaras Schlafgemach. Der Griffel hatte Jahrhunderte lang dort gelegen. Dieses Zimmer war nicht mit Faelamor befleckt – all die Ängste und Empfindungen, die mit *ihr* verbunden waren, würden nicht erwachen, um Maigraith' Fähigkeiten zu schmälern wie schon so oft. Faelamor hatte sie mit Versagensängsten durchsättigt.

Maigraith rief sich die Methoden in Erinnerung, mittels derer man das Tor beherrschte. Sie drückte das Ei und absolvierte einen Arbeitsschritt nach dem anderen. *Fertig!* Sie schloss die Augen. Yalkaras Schlafgemach trieb vor ihr dahin. Sie kämpfte plötzliche Selbstzweifel nieder und versuchte, das Tor zu öffnen. Es folgte keine Benommenheit, kein Verschieben der Wirklichkeitsebenen, überhaupt keine Bewegungsempfindung. Langsam verblasste das Bild in ihrem Geist. *Ich habe versagt,* dachte Maigraith. *Mehr weiß ich nicht über Tore. Es ist ganz und gar nicht einfach. Und ich habe Faelamor so sehr belächelt.*

Dann bemerkte sie, wie warm es war. Und wie staubig. Sie nieste. Als sie die Augen aufschlug, war sie von pechschwarzer Dunkelheit umgeben. *Havissard! Ich hab's geschafft!* Der Übergang war so sauber verlaufen, dass sie bei ihrer Ankunft noch nicht mal einen Stoß verspürt hatte.

Maigraith steckte Ei und Griffel weg und tastete in ihrer Tasche nach einer Lichtkugel. Zu ihrer freudigen Überraschung fischte sie ausgerechnet ihr Lieblingsexemplar heraus. Es war aus einem einzigen rotbraunen Granat von der Größe eines kleinen Eies geformt und bis auf einen kleinen Sprung vollkommen. Maigraith hatte diesen Sprung genutzt, um einen Silberfaden in das Herz des Kristalls zu schieben. Sein Licht war ein rotbraunes Leuchten, das zu ihrer Stimmung passte.

Im Licht zeigte sich Yalkaras Schlafgemach genau so, wie Maigraith es zurückgelassen hatte. Havissard stand ihr offen, solange sie es erforschen wollte. Zumindest aber so lange, rief Maigraith sich ins Gedächtnis, wie sie ohne Nahrung auskam, denn sie hatte keinerlei Proviant mitgenommen. Sie konnte nun schalten und walten, wie sie wollte; sie brauchte überhaupt nicht mehr zurückzukehren. Faelamor konnte sie hier nicht erreichen!

Das Schlafgemach war ein finsteres Zimmer – Wände, Tapeten und Möbel düster. Das rotbraune Licht der Kugel schien in den Wänden zu versickern. Maigraith berührte die Kugel, damit sie heller wurde, doch noch immer musste sie ihre Augen anstrengen, wollte sie etwas sehen. Ihrer Erinnerung zufolge war es hier zuvor heller gewesen. Sie entdeckte über der Tür eine Lichtkugel, die ihr ein helleres, weiß-gelbes Licht lieferte. Sie war überrascht, dass sie arbeitete. Der Boden war ziemlich staubig, und die Fußspuren ihres früheren Besuchs zeichneten sich deutlich ab: durchsetzt von Faelamors kleineren Abdrücken, verliefen ihre etwas größeren hin und her, und neben dem Bett war der Abdruck eines Knies.

Den Rest des Tages lang (oder war es hier Nacht? – Sie besaß keinerlei Anhalt) durchwanderte sie die Säle und Gemächer von Havissard. Sie entdeckte viele Dinge, die sie interessierten, denn die Zitadelle befand sich noch in genau dem Zustand, in dem sie aufgegeben worden war. Jede Tasse und jeder Löffel waren zurückgeblieben, jedes Bett und jede Bettdecke, jeder Gobelin, sämtliches Küchengerät. Sogar die Esswaren hatten in den Vorratskammern überdauert, obwohl sie längst nicht mehr genießbar waren, das ausgetrocknete Zeug vielleicht ausgenommen, das zu probieren Maigraith nicht hungrig genug war. Doch irgendwie war sie enttäuscht. Ihr fehlte etwas. *Ich habe mir von Havissard zu viel versprochen,* dachte sie. *Obwohl es die ganze Zeit nach mir ruft, ist es doch nur eine verlassene Festung voller alter Sachen. Etwas fehlt, aber es fehlt in mir!*

Maigraith fasste sich und ging in die Bibliothek, um nach dem Buch zu suchen. Sie entdeckte Fußspuren im Staub, den Splitter einer Lichtkugel, die Stiefelspuren eines Mannes, die genau auf Faelamors Bank zuliefen. Einen anderen Hinweis auf Mendark gab es nicht. Den halben Tag verbrachte sie in der Bibliothek, blätterte die unlesbaren Journale durch, träumte vor sich hin. Einige Bücher waren mit Skizzen bebildert, die meistens Gebäude, Ruinen und Landschaften darstellten. Alle sahen sie merkwürdig aus. Aachan wirkte abweisend und ungastlich mit seinen schwarzen Blumen und organisch geformten Bauwerken, seinen Bergen, Glasscherben gleich, die auf einer Mauerkrone staken. Doch auf unbestimmte Weise war es auch reizvoll.

Maigraith genoss die Zeit in der Bibliothek ganz besonders, bis sie sich zu Gedächtnis rief, wie Faelamor dreingeblickt hatte, als sie das kleinere Buch in Augenschein nahm. Noch immer stand Maigraith die von Grauen gezeichnete Miene der Faellem vor Augen. Was immer Faelamor so sehr in Schrecken versetzt hatte, sie hatte es in dem Buch entdeckt. Die Regalreihen wiesen eine Lücke auf, aber das Büchlein war nirgends aufzufinden, und Maigraith verlor Mendarks Spur in einem Teil Havissards, wo kein Staub lag.

Maigraith war ausgehungert, und sie hatte Faelamor ihr Wort gegeben. Falls sie Faelamor im Stich ließ, würde sie ihr Gesicht verlieren. Sie trat den Rückweg an.

Zu ihrer großen Freude verlief die Rückkehr fast ebenso mühelos wie das Hinkommen. Nun war Maigraith froh, dass Faelamor sie zur Erschaffung des Tores gezwungen hatte, ebenso, wie sie froh war, Vanhes Drängen nachgegeben zu haben. Sie hatte eine vollkommen neue Fertigkeit erlernt, die umso kostbarer war, als Faelamor sie nie würde beherrschen können: Ein weiterer Schritt auf dem Weg in ihr neues, eigenständiges Leben.

Zwischen den Eisensteinen kam sie aus dem Tor hervor, hüfthoch über dem Boden. Die Luft knallte, und sie stürzte aus der geringen Höhe zu Boden und landete auf den Knien. Es war dunkel, nach Mitternacht. Sie war mehr als einen Tag lang fort gewesen. Von plötzlicher Erschöpfung erfasst, schleppte sie sich flussabwärts zum Lager, warf alle Kleider ab außer ihrem Hemd und kroch dann in ihre Unterkunft. Müdigkeit kämpfte gegen Hunger und obsiegte; Maigraith schlief ein.

Wenig später erschien Faelamor. Sie hockte sich in den Zelteingang und betrachtete Maigraith in ihrem Schlaf. Sie streckte eine Hand aus und strich über Maigraith' Stirn, dann zog sie ihre Hand zurück. *Maigraith, Maigraith,* dachte sie, *mir liegt mehr an dir, als du jemals ahnen könntest. Ich bin ein Ungeheuer, das ist wahr, und von allen habe ich dich am Schlechtesten behandelt. Doch kommt für mich die Pflicht immer an erster Stelle.* Sie neigte den Kopf und zog sich zurück.

In der Morgendämmerung schüttelte Faelamor sie wach. »Wo ist das Buch?«, zischte sie Maigraith an.

Maigraith war mit einem Schlag wach und rieb sich das Ohr. »Es war nicht dort.«

»Bist du dir sicher? Hast du gründlich nachgesehen?«

Maigraith tastete im Halbdunkel vor sich her, legte ihre Hand auf etwas, das sich als Faelamors Brust erwies, und schob sie weg. »Ich habe die Bibliothek durchsucht«, antwortete sie verstimmt und kroch hinter Faelamor ins frühe Tageslicht hinaus. »Ich habe deinen Weg ununterbrochen bis zum Tor zurückverfolgt. Es war nicht da. Dem Anschein nach hat Mendark es an sich genommen.«

»Mendark!«, rief Faelamor aus, und ihr Gesicht wandelte sich langsam zu einer Maske des Schreckens. »Gab es dort irgendein Zeichen seiner Anwesenheit?«

»Fußspuren und den Splitter einer Lichtkugel, das ist auch schon alles.«

Faelamor krümmte sich und unterdrückte einen Aufschrei. Maigraith fragte sich, ob Faelamor den Verstand verlor. »Was ist so schlimm daran?«, fragte sie. »Wie kann dieses alte Buch so wichtig sein?«

Faelamors Gesicht wurde abwechselnd rot und weiß. Sie ballte die Fäuste, dann atmete sie, um ihre Panik zu beherrschen, zwei, dreimal tief und bedächtig durch.

»Es ist schlimm!«, sagte sie heiser.

»Warum?«, setzte Maigraith gnadenlos nach. »Was verbirgst du? *Was besagt das Buch über die Faellem?*«

Faelamor fuhr aus der Haut. »Wie kannst du es wagen, mich zu verhören?«

»Ich weiß, dass du etwas verbirgst«, erwiderte Maigraith, entschlossen, die Antwort zu finden, egal welche Folgen es hatte. »Findet sich darin etwa der Grund, aus dem du verbannt wurdest? Und warum die Faellem sich jetzt weigern, dich wieder aufzunehmen?«

Dies erwies sich als eine Frage zu viel.

»Du nutzlose, unfähige Närrin!«, schrie Faelamor. »Wie sehr ich dich verachte!« Ihr schauderte, und sie wankte einige Schritte von Maigraith weg, dann zerknitterte Faelamors Gesicht zu Maigraith' Überraschung wie Papier in einer Faust. Die goldenen Augen verschwanden in den Falten, ihr Mund klaffte auf, und ihr entwich ein grauenvolles, dünnes, quiekendes Wimmern. *»Keine Zeit, keine Zeit!«*

»Faelamor, was hast du?«, rief Maigraith besorgt und rappelte sich hoch.

Faelamor schrie unablässig. Ihr Gesicht sah aus wie ein scharlachroter Schwamm.

»Sag mir, was mit dir ist!«

Maigraith beugte sich über sie, ohne zu begreifen, was vor sich ging. Faelamor war stets der Inbegriff der Selbstbeherrschung gewesen. Maigraith versuchte, die Hand ihrer Herrin zu ergreifen, doch eine harte kleine Faust traf sie genau in die Halsgrube. Maigraith keuchte erstickt. Es fühlte sich an, als sei ihr die Luftröhre zerquetscht worden. Sie fiel auf die Knie und rang verzweifelt nach Luft.

Das Schreien hatte nicht einen Augenblick lang aufgehört und wurde nun immer schriller, gebrochener, piepsiger. Als Maigraith die Augen öffnete, sah sie, wie Faelamor trunken zwischen den Bäumen am Fluss umhertorkelte. *Sie hat wirklich den Verstand verloren,* dachte Maigraith. Leise eilte sie ihr hinterher.

Der Himmel wurde erst grün, dann rot und schließlich schwarz. Dicke rote Tropfen, so groß wie Melonen, trieben durch die Luft, Illusionen, die Faelamors gequälter Geist freisetzte. Immer wieder verschwand sie und tauchte bald wieder auf, inmitten der Bäume umherirrend, aber nur Illusionen verbargen sie, primitive, unbeherrschte Illusionen, die in Regenbogenwellen hervorbrachen und Maigraith' Blick mit Farben tränkten. Maigraith wusste, dass sie irgendwo in sich verborgen die Kraft besaß, diese Illusionen aufzulösen, indem sie einfach nicht an sie glaubte. Sie versuchte es, bis ihr die Augen hervorquellen wollten. Plötzlich verschwanden die Farben.

Doch sie erhielt keine Verschnaufpause. Nun schienen die Bäume zu Leben erwacht: Ihre Stämme weiteten sich und zogen sich wieder zusammen, als atmeten sie. Äste schlugen nach ihr – weitere Illusionen aus Faelamors gestörtem Geist. Maigraith rannte um einen mächtigen Baum herum, und ein Ast rammte sie. Unsanft landete sie auf dem Rücken.

Diesmal kam sie nicht so schnell wieder auf die Beine. Ihr war, als wäre sie ins Gesicht gepeitscht worden, und ihre Brüste fühlten sich gequetscht an. Und während Maigraith mit geschlossenen Augen am Boden lag, hörte sie ein seltsames Stöhnen, begleitet von einem knisternden Aufschlag! Als es sich wiederholte, klang es, als wäre es näher gekommen.

Sie riss die Augen auf. Ein Astende kreiste suchend in der Luft; seine gezackte Spitze war voller Schmutz und aufgespießter Blätter. Mit einem weiteren Stöhnen stieß es unweit von Maigraith in den Boden, schnellte wieder hoch und bewegte sich suchend näher.

Falls das eine Illusion ist, so ist es die beste, die ich jemals gesehen habe, dachte Maigraith. Sie blieb noch einen Augenblick lang liegen und schöpfte Atem; dann, als der Ast über ihr hin- und herzuckte, überlegte sie: *Was, wenn es keine Illusion ist? Was, wenn Faelamors Anfall den Baum tatsächlich manipuliert?*

Der Ast peitschte herab. Er stieß nach ihrem Bauch. Maigraith wälzte sich zur Seite und spürte, wie die gezackte Spitze ihr das Nachthemd aufriss. Sie sprang auf die Beine und floh.

Wäre irgendjemand sonst Verursacher dieser Erscheinungen gewesen, Maigraith hätte die Angriffe mithilfe der Geheimen Kunst zurückgeschlagen. Sie versuchte es, verspürte aber nicht die geringste Kraft in ihren Händen. Faelamor hatte sichergestellt, dass Maigraith ihre Kräfte nicht gegen sie wenden konnte.

Weitere Äste hieben nach ihr. Sie schlug Haken und duckte sich, dann fand sie sich auf einer Lichtung in der Nähe des Flusses wieder. Faelamor stand wankend auf einem steinigen Sims über dem Wasser, ihre Schreie waren nur noch ein gebrochenes Winseln. Ihr starrer Blick glitt über Maigraith hinweg, die plötzlich spürte, wie das Gras auf ihre Fußknöchel einstach, und wie die Steine versuchten, ihre bloßen Zehen zwischen sich zu zerquetschen.

Maigraith hob einen Knüppel vom Boden auf. Sie musste Faelamor erreichen. Ein Hagelsturm aus Kieselsteinen und Zweigen schoss zu ihr heraus nach oben und malträtierte sie, wo ihre Haut ungeschützt war. Sie schützte mit der Hand ihre Augen, während sie weiterging, bis sie den steinigen Abschnitt hinter sich gelassen und den glatten Fels erreicht hatte.

Der Hagel verebbte, doch augenblicklich riss der Fels unter ihr auf: wie riesige Klaffmuscheln öffneten und schlossen sich Spalten. Im allerletzten Moment zog sie ihren Fuß heraus. Vor ihr wankte Faelamor kreiselnd auf dem Sims umher, und jedes Mal, wenn ihre Augen Maigraith' Blick begegneten, fühlte diese einen Dolchstoß des Grauens vor dem, was sie darin sah, eine Welt des Wahnsinns, in der alles sie verabscheute und töten wollte.

Der Fels bewegte sich. Etwas schmetterte Maigraith direkt auf den nackten Fuß. Sie spürte, wie die Knochen brachen. Der Schmerz ließ sich nicht unterdrücken, aber sie humpelte eilig weiter. Als Faelamor abermals herumwirbelte, schlug Maigraith sie so hart sie konnte mit dem Knüppel auf den Hinterkopf.

Faelamor wurde von den Füßen gerissen und stürzte, ohne dass ihr grässliches Geschrei abbrach, vornüber vom Sims. Mehrmals überschlug sie sich, dann klatschte sie mit dem Gesicht voran ins Wasser. Der Schrei riss ab, und die Strömung zog sie in die Tiefe. Die Illusionen endeten augenblicklich.

Das wollte ich nicht, dachte Maigraith. Ihr Blick folgte den Blasen bis zu einer Reihe von Stromschnellen, wo Faelamor zwischen zwei Flusssteinen festklemmte. Die Strömung tauchte ihren Kopf und ihre Brust unter Wasser, und sie zappelte hilflos mit den Beinen.

Plötzlich meldete sich Maigraith' Pflichtbewusstsein zurück. Faelamor ertrank! Bis sie ihren Eid widerrief, von Angesicht zu Angesicht, blieb Faelamor ihre Herrin.

Gleich mit dem ersten Schritt erkannte Maigraith, dass ihr Fuß einen üblen Bruch erlitten hatte. Faelamor würde ertrinken, ehe sie humpelnd die Stromschnellen erreicht hätte. Maigraith tat das Einzige, das ihr übrig blieb – sie stolperte vor und warf sich in den Fluss.

Ihr Nachthemd blähte sich um ihr Gesicht, dann traf sie mit einer Wucht im Wasser auf, die den Schmerz in ihrem Fuß wie einen Pfeil durch ihren ganzen Leib schießen ließ. Maigraith trat kraftlos Wasser und konnte eben den Kopf über dem Wasser halten, während die Strömung sie rasch auf die Schnellen zutrug. Die Felsen wuchsen an, je näher sie kam, und sie prallte nicht weit von Faelamor entfernt dagegen.

Maigraith kletterte über die Steine hinweg und zerrte an Faelamors Beinen. Die Ertrinkende rührte sich kaum; die Gewalt des Stromes war zu groß. Obwohl sie vor Schmerzen beinahe schrie, erhob sich Maigraith auf ihren gebrochenen Fuß und zog Faelamor aus dem Wasser.

Faelamors Gesicht war über und über zerkratzt und blau geschlagen. Wasser rann ihr aus Mund und Nase. Maigraith legte sie mit dem Gesicht nach unten auf den Fels und wollte ihr gerade einen harten Schlag in den Rücken versetzen, als Faelamor mit einem explosionsartigen Keuchen den Atem ausstieß und sich herumwälzte.

»Du hast dir aber Zeit gelassen!«, würgte sie hervor. Faelamor mochte klein und alt sein und zerbrechlich wirken, aber sie war zäh wie Sattelleder.

»Es war das letzte Mal!«, entgegnete Maigraith; dann krochen sie gemeinsam ans Ufer und durch einen Wald, der wieder aus leblosem Holz bestand, zum Lager.

Faelamor bedankte sich weder, noch entschuldigte sie sich für ihren Anfall, doch Maigraith hatte nichts anderes erwartet.

»Es ist eine Katastrophe«, sagte die Faellem immer wieder, während Maigraith ihre Schnittwunden und Prellungen versorgte. »Ein schreckliches Unglück! Wir sind verloren!«

Maigraith konnte es nicht mehr hören. Ihr Fuß schmerzte höllisch. Warum verausgabte sie sich für jemanden, der gerade erst, ob im Wahn oder nicht, mit allen Mitteln versucht hatte, sie zu töten? »Dann verkriech dich doch und stirb!«, schrie sie Faelamor ins Gesicht, »und je eher, desto besser!« Sie räumte die Schüssel, die Tücher und die Bandagen zusammen und begann zu ihrer Unterkunft zu humpeln.

»Was ist mit deinem Fuß geschehen?«, fragte Faelamor schneidend, mit der heiseren, leisen Stimme, die sie annahm, wenn sie erschöpft war.

»Du hast ihn mit einem Felsen zermalmt!«, brüllte Maigraith. »Du hast versucht, mich umzubringen!«

Faelamor wusste es bereits – Maigraith sah ihr an den Augen an, dass die Erinnerungen an den Anfall eine nach der anderen wiederkehrten.

»Das tut mir leid!«, erwiderte Faelamor. »Setz dich. Ich kümmere mich darum.«

Maigraith' konnte Faelamors Berührungen kaum ertragen, aber sie hielt durch. Die Knochen mussten gerichtet werden, und das konnte sie nicht selbst tun. Faelamor war eine ungewöhnlich geschickte Heilerin – der Fuß würde so schnell gesunden, wie Knochen zusammenwachsen konnten. Und Eile war vonnöten, das spürte Maigraith.

Sie saß auf dem Boden und schnitzte sich Krücken, während Faelamor die Knochen richtete und einen hölzernen Stützrahmen anfertigte, der einen Gipsverband ersetzen sollte. Ihre Berührungen waren unendlich sanft. Sogar ihre Miene wirkte fürsorglich – bis sie Maigraith' Blick begegnete, worauf Faelamor wieder das gewohnte finstere Gesicht machte.

»Trag das drei Wochen lang«, sagte sie. »Dann kannst du es ablegen, aber schone deinen Fuß noch zwei weitere Wochen. Kein Springen! Danach wird er so gut sein wie eh und je.«

Maigraith probierte ihre Krücken. Der Stützrahmen war schrecklich unbequem.

»Wie fühlst du dich?«, fragte Faelamor. »Bist du stark?«

»Das hängt davon ab, was du von mir verlangst.«

»Noch einmal die Faellem zu rufen.« Einen Moment lang stand wieder jener Ausdruck der Verzweiflung in Faelamors Augen, dann erschauerte sie und gewann ihren eisernen Willen zurück.

»Ich glaube, dazu bin ich imstande«, sagte Maigraith.

Sie stellten die Verbindung wieder her.

Hallal?, rief Faelamor. *Ellami? Gethren, antwortet mir!*

Zu ihrer Überraschung erfolgte eine sofortige Antwort.

Faelamor, seufzte eine dünne Stimme in Maigraith' Geist. *Hat deine Überheblichkeit denn gar kein Ende?*

Ellami! Die Stimme durchflutete Maigraith' Geist. *Ich brauche euch!*

Du brauchst uns. Das ist ja etwas Neues! Aber wir brauchen dich nicht. Wir weisen dich ab, Faelamor! Deine Verbrechen haben Schande über uns alle gebracht.

Ellami!, bettelte Faelamor. *Tallallame braucht uns. Wir müssen einen Weg nach Hause finden.*

Das wissen wir, sagte die Stimme, die an Kraft gewann, während Faelamor schwächer wurde. *Aber nicht auf deine Art. Hinweg mit dir!*

Faelamor erschauderte und ballte die Fäuste, dass ihre Fingernägel ihr rote Halbmonde in die Handflächen schnitten. Maigraith, die das Nahen eines weiteren Anfalls fürchtete, zog sich hastig aus der Verbindung zurück.

Stell die Verbindung wieder her!, rief Faelamor in ihren Geist hinein, und als Maigraith es tat, fuhr sie fort: *Ellami, Ellami, geh nicht! Ein schreckliches Unglück droht – eine Katastrophe!*

Ach?, sagte die Stimme.

Das ist nur eine neue Schliche, sagte eine andere, tiefere Stimme.

Gethren, dachte Maigraith.

Ich war in Havissard, sendete Faelamor.

Du hast ein Tor benutzt! Die Stimme klang ungläubig.

Ich musste es tun, da ihr mir eure Hilfe verwehrt hattet.

Mach uns nicht für deine Verbrechen verantwortlich, Faelamor.

Hört mir zu. Ich habe in Havissard ein Buch gefunden. Ein grauenvolles Buch aus Yalkaras Hand!

Daraufhin trat eine lange Pause ein, dann fragte die erste Stimme schneidend: *Was für ein Buch? Was sagt es über uns?*

Maigraith' Neugier war geweckt. Hatten sie so große Angst?

Ich kann es nicht ... konnte es nicht lesen, sendete Faelamor. *Allein schon die Schrift ist ein Grauen. Sie erinnert mich –*

Nicht über die Verbindung!, fuhr die zweite Stimme sie an.

Eine noch längere Pause folgte, so als würden sich die Faellem untereinander besprechen. *Versteck das Buch am sichersten Ort, Faelamor. Schütze es mit deiner stärksten Illusion. Tu nichts, was uns irgendeiner Gefahr aussetzt.*

Das Buch ist verloren, Ellami!, heulte Faelamor auf. *Ich hab es in Havissard verloren, und ...*

Und?, fragte die Stimme. Sie klang nun kalt wie Eis.

Mendark hat es, jammerte Faelamor.

Die Stimme fluchte. Eine weitere hastige Beratung schien stattzufinden. Dann sprach die Stimme in einem Tonfall wie ein kriechender Gletscher:

Dies seien deine Befehle: Unternimm nichts, was auch immer es sein mag, wodurch dieses Übel noch verschlimmert werden könnte. Erwarte unsere Ankunft.

Kapitel vierzehn

Evenil

Faelamor saß im Gras und weinte. »Heute ist der schlimmste Tag meines Lebens«, sagte sie, nachdem ihre Tränen versiegt waren. »Von seinen eigenen Leuten so sehr geschmäht zu werden ... ich kann es nicht ertragen.«

Lange Zeit saßen sie schweigend da, dann stand Faelamor auf. »Ich muss nach Havissard zurückkehren.«

»Du willst deine Befehle missachten?«, fragte Maigraith. Ihr war egal, was geschah, aber sie war neugierig.

»Sie sind zu weit weg«, sagte Faelamor nüchtern. »Sie wissen nicht, was ich weiß. Ich muss das Buch zurückbekommen. Und zwar schnell!« Sie begann, ihre Sachen zu packen.

»Falls Mendark ein Tor benutzt hat, kann er jetzt gut und gern hundert Wegstunden weit fort sein«, sagte Maigraith, während sie Nahrungsmittel, ein Messer, eine Lichtkugel und all die anderen kleinen Dinge zusammenklaubte, die Faelamor mit Sicherheit vergessen würde.

»Das glaube ich nicht! Ich glaube noch nicht einmal, dass er überhaupt durch ein Tor gekommen ist. Ich glaube, dass er immer noch dort ist oder zumindest in der Nähe, und das Buch auch. Sende mich zurück!«

»Dich zurückschicken?«, sagte Maigraith. »Wie?«

»Durch das Tor, Närrin!«

»Es ist mein Tor«, sagte Maigraith leise. »Ich weiß nicht, ob es bei dir funktioniert.«

»Ich habe dich beobachtet«, sagte Faelamor. »Ich habe gesehen, wie einfach es für dich war.« Sie erschauerte wie aus Furcht vor Maigraith' tatsächlicher oder möglicher Macht. »Ich weiß, dass du mir helfen kannst. Das ist deine Pflicht.«

Maigraith erhob keine Einwände. Sie marschierten flussaufwärts zu den Torsteinen. Maigraith stand daneben, während Faelamor sich in die enge Lücke zwischen den Steinen zwängte.

Maigraith quälten Selbstzweifel und widerstreitende Gefühle. Sie wollte nicht, dass Faelamor ihr kostbares Tor überhaupt benutzte. Sie hasste sie; sie wollte, dass sie im Tor starb. Und doch empfand sie deutlich ihre Fürsorgepflicht.

Faelamor stand bereit. Maigraith öffnete das Tor und versuchte, sich das Ziel vorzustellen, die Bibliothek in Havissard, doch Faelamor entwand ihr das Bild und verschwand mit einem lauten Knall einströmender Luft.

Maigraith starrte auf den leeren Raum zwischen den Steinen. Ihr Kopf schmerzte. Sie war nicht bereit – nicht annähernd –, doch Faelamor war fort. Es gab so viel, worüber sie nie gesprochen hatten. Wie wollte Faelamor ihre Rückkehr bewerkstelligen? Was geschah, wenn die Faellem eintrafen und sie nicht anwesend war?

Zwei Tage lang saß Maigraith da und starrte auf die Lücke zwischen den Steinen. Einmal glaubte sie, Faelamor wäre unterwegs. Maigraith versuchte, die Gewalt über das Tor zu gewinnen, aber es blieb geschlossen; Faelamor kehrte nicht zurück.

Ausgehungert nahm Maigraith ihre Krücken und humpelte zum Lager. Dort packte sie ihr Bündel, kehrte zum Tor zurück und versuchte, es zu öffnen, um Faelamor nach Havissard zu folgen. Das Tor öffnete sich leicht, aber sie konnte das Ziel nicht ausfindig machen.

Havissard war vollkommen abgeschirmt. Maigraith konnte keine Spur davon entdecken. Faelamor hatte sichergestellt, dass niemand ihr zu folgen vermochte. Nach einer Woche fehlgeschlagener Versuche war Maigraith körperlich, geistig und seelisch ausgelaugt. Die Entschlusskraft hatte sie verlassen. Sie sah nicht mehr, was zu tun war. Konnte nicht denken.

Sie verließ das Tor, kehrte zum Lager zurück und begann, Vorbereitungen für die Ankunft der Faellem zu treffen, die freilich noch immer Monate in der Zukunft lag; sie konnten frühestens gegen Ende des Herbstes auftauchen, doch falls es Hunderte waren, bräuchten sie Verpflegung und Unterkünfte. Maigraith hingegen brauchte die Beschäftigung. Sie begab sich ans Werk.

Nach einer Reise, die sie nicht noch einmal durchzumachen wünschte, landete Faelamor in der Bibliothek von Havissard. Das Tor hätte ebenso gut mit Dornen gespickt sein können, denn sie war die ganze Zeit gestochen und gequält worden. Das Tor war Maigraith' Schöpfung und von dem unbändigen Wunsch beherrscht, sie zu martern.

In dem Augenblick, in dem sie, auf den Ellbogen über den staubigen Boden schlitternd, in der Bibliothek eintraf, erinnerte sich Faelamor des dünnen Buches, das aus ihrer Tasche gerutscht war. Mendarks Fußspuren ließen deutlich erkennen, wo er entlanggelaufen war, um es aufzuheben. Auch Maigraith' Fußspuren waren sichtbar und ließen ihre Mühe erkennen, die anderen Spuren nicht zu überdecken. Faelamor bewunderte Maigraith für ihre Umsicht und verfluchte sie zugleich.

Sie folgte Mendarks verschlungenem Weg durch die Säle und Korridore von Havissard. Es war ein anstrengender Tag, doch Faelamor nahm keine Abkürzungen. Selbst als offenkundig war, dass die Spuren kehrt machten und denselben Weg zurückführten, folgte sie ihnen Schritt für Schritt, um zu bemerken, falls Mendark etwas versteckt haben sollte. Er hatte nicht. Faelamor vermochte seinen Weg auch dort zu erspüren, wo Maigraith ihn verloren hatte, obwohl sie erst gegen Ende des Tages auf die schmierige Müllrutsche stieß, die er als Ausgang benutzt hatte.

Faelamor kroch hinein, im Glauben, dass er vielleicht am unteren Ende eingeklemmt sein könnte, oder vielleicht mit gebrochenen Knochen auf den darunterliegenden Felsen lag. Sie besaß die Weitsicht, ihr Messer zu zücken und die Spitze in die Wand der Rutsche zu drücken, um sich beim Hinabgleiten abzubremsen.

Am Ende prallte sie gegen eine Klappe, von der nur noch ein Scharnier und zwei zersplitterte Holzbretter übrig waren. Aber dort blieb sie auch. Denn der Schutzzauber, den Mendark dank der Macht von Yalkaras Ring durchbrochen hatte, bedeutete für sie ein undurchdringliches Hindernis.

Undurchdringlich, aber durchsichtig. Als sie nach unten blickte, konnte Faelamor deutlich das Brombeerdickicht und Mendarks Körper sehen, der darin gefangen war. Sein Arm bewegte sich schwach; *er lebte also noch!* Tage waren verstrichen, aber er versuchte nach wie vor, sich aus dem Gestrüpp frei zu hacken. *Ich habe das Gold gefunden, das er hier gesucht hat,* dachte Faelamor, *und er hat das Buch, das ich so verzweifelt benötige.*

Das Dickicht hätte sich genauso gut auf der dunklen Seite des Mondes befinden können, denn Faelamor war ebenso unentrinnbar in Havissard gefangen wie Mendark im Dorngestrüpp vor der Zitadelle. Faelamor setzte alle Macht ein, die ihr zu Gebote stand, doch nichts vermochte den Schutzzauber zu durchdringen.

Nachdem am nächsten Morgen die Sonne aufgegangen war, erblickte Faelamor mehrere Gestalten, die sich ihren Weg durch die Dornsträucher hieben. Faelamor kämpfte, bis sie völlig außer sich war, bis Illusionen in alle Richtungen aus ihr hervorbrachen. Sie erweckte den Stein auf dieselbe Art zum Leben, wie sie in Elludor die Bäume belebt hatte. Kontraktionen begannen die Müllrutsche zu durchlaufen wie die Darmbewegungen eines Drachen.

Dennoch konnte die Rutsche Faelamor nicht ausscheiden. Der Schutzzauber verstopfte sie. *Ich halluziniere*, dachte Faelamor. *Wenn ich nicht achtgebe, bringe ich mich noch selbst um.* Als sie hinausstarrte, wobei ihre Aussicht wie durch einen Schließmuskel auf den Umfang eines Nadelöhrs verengt war, erblickte Faelamor Tallia und einen großen Soldaten. Sie schnitten den reglosen Mendark aus dem Gestrüpp frei und trugen ihn davon.

Immer wieder stach Faelamor mit dem Messer auf die durchsichtige Barriere ein, doch sie blieb undurchdringlich. Ihre Eingeweide brannten. Indem sie ihre Messerklinge in die Seitenwand der Müllrutsche grub, kämpfte sie sich rückwärts den schmierigen Tunnel hinauf, kroch in die Bibliothek und öffnete unter Aufbietung von mehr Willenskraft, als sie je zuvor mobilisiert hatte, das Tor.

Dieses Tor übertraf ihre schlimmsten Fantasien: Es war ein feuchter, tropfender fleischiger Schlund gleich dem Rachen einer riesigen Schlange, von deren Gaumen Säure tropfte. Ein Rülpser ließ gallige, faulig stinkende Gase an Faelamor vorbeistreichen, aber es war ihr einziger Weg nach draußen. Sie schloss die Augen und neigte sich nach vorn, dann zwängte sie sich in die bebende Höhle hinein. Sie erwartete nicht, daraus wieder hervorzukommen.

»Bring mich zu Mendarks Buch!«, schrie sie. Das Tor knurrte und schleuderte sie ins Vergessen. Doch kurz bevor die endgültige Schwärze sie umschloss, spürte Faelamor, wie Maigraith sie heimzuholen versuchte.

Maigraith versagte. Das Tor explodierte und schleuderte Faelamor ins Nichts.

Faelamor war nicht aus Havissard zurückgekehrt. Trotz ihrer Selbstfindung und inneren Befreiung blieb Maigraith in Dunnet – die Ketten des Pflichtgefühls hielten noch immer. Sie setzte ihre Arbeit fort und vollzog in ihrer Freizeit ihre geistigen und körperlichen Übungen, bis sie sich an Körper und Geist so sehr gestählt hatte, wie es ihr überhaupt möglich war.

Der Herbst zog vorüber. Die Vorbereitungen für die Ankunft der Faellem umfassten eine schier unermessliche Arbeit. Als sie verrichtet war, beschäftigte sich Maigraith mit ihrem Tor. Aus den Zwillings-Eisensteinen formte sie Obelisken und perfektionierte ihren Kontrollstein, das viergeteilte Ei, stimmte ihn besser auf den Fluss, die Höhle und die Obelisken ab, wobei sie sich, so gut sie konnte, verschiedene Ziele vorstellte und sogar Tore zu dem einen oder anderen davon öffnete. Dennoch durchschritt Maigraith sie niemals, denn ihre Arbeit war kräftezehrend, und sie wusste, dass jedes Tor eine Gefahr bedeutete – sie würde vielleicht nicht mehr daraus hervorkommen. Vorläufig besaß ihr Leben kein Ziel, und es gab nichts, wohin sie hätte gehen wollen.

Maigraith hatte eine Schwäche in sich erkannt, von der sie nicht wusste, wie sie sie überwinden sollte. Selbst wenn sie Tore zu Orten schlug, die sie gut kannte, entstand ihr in den meisten Fällen kein deutliches Bild des Zieles vor ihrem geistigen Auge. Dies weckte in ihr abermals Angst vor den Toren.

Die einsamen Tage verstrichen. Der Winter kam. Eines Tages, als der Schnee dick auf dem Waldboden lag, kehrte unerwartet Faelamor zurück. Maigraith freute sich, sie zu sehen, denn ihre Kraftreserven waren in den Monaten der Abgeschiedenheit erschöpft worden.

»Wo sind die Faellem?«, rief Faelamor vom anderen Ende der Lichtung herüber.

»Ich habe noch keinen von ihnen gesehen, seit du fortgegangen bist.«

Faelamor fluchte, was sie nur selten tat. »Dann habe ich mich ganz umsonst so beeilt. Ich habe dich mit meinem Geist gerufen, viele Male. Warum hast du nicht geantwortet?«

»Ich habe nichts gespürt«, erwiderte Maigraith kühl. Warum sollte sie sich die Schuld für Faelamors Versagen zuschieben lassen?

Faelamor hieb mit der Faust gegen einen Baum, was noch weniger zu ihr passte. »Haben wir was zu essen?«

Maigraith ging in den Vorratsunterstand, um zu holen, was sie hatte. Sie breitete es auf der flachen Steinplatte aus, die sie als Tisch benutzten: kleine flache Kuchen, am Morgen aus Nussmehl und Honig gebacken und mit Blumenblüten aromatisiert; geräucherter Flussfisch; eingelegte Pilze; wild wachsende Zwiebeln, schon recht alt und verschrumpelt; die Knollen einer Pflanze, die etwa einer Lilie glich und am Fluss gedieh, und klebrig und nach Stärke schmeckte. Maigraith hatte auch einen sehr milden Wein, der aus gegorenem Nektar hergestellt worden war.

Faelamor betrachtete die Nahrungsmittel mit mäßiger Begeisterung.

»Ich will Tee«, sagte sie und ging zum Fluss hinunter, um sich zu waschen.

Maigraith verspürte keinen Hunger, aber sie leistete Faelamor bei der Mahlzeit Gesellschaft und knabberte an einem Stück Nusskuchen.

Faelamor beendete ihr Mahl, wischte sich den Mund ab und stand auf. Sie hatte ihr Gepäck noch nicht abgelegt.

»Willst du schon so bald wieder aufbrechen?«, rief Maigraith, und obwohl ihr in Gegenwart ihrer Besucherin unbehaglich zumute war, kam sie sich vor wie ein Kind, das nicht verlassen werden will. »Hast du das Buch zurückbekommen? Was gibt es Neues von Mendark und von Yggur?«

»Neuigkeiten müssen warten! Es ist ein Wettlauf gegen die Zeit. Mendark und Yggur führen etwas im Schilde.« Sie wandte sich ab.

»Ich will nicht wie ein Kind behandelt werden!«, beharrte Maigraith. »Erzähl mir, was sich in der Welt tut, oder du wirst mich hier bei deiner Rückkehr nicht mehr antreffen.«

Faelamor zog eine finstere Miene, antwortete aber. »Ich habe versucht, das Tor zu zwingen, mich zu dem Buch zu befördern, aber es schleuderte mich aus Havissard hinaus in eine geheime Bibliothek, die Mendark weitab im Süden erbaut hat. Wie ich dort wieder hinausgekommen bin, ist eine Geschichte für sich. Ich habe das Buch nicht wiedergefunden. Aber Mendark ist zurückgekehrt, und ich bin mir sicher, dass er es noch immer besitzt. Seither habe ich die Beratungen der Gesellschaft belauscht«, sagte Faelamor mit ein wenig Stolz. »Selbst für mich war das nicht leicht.«

Sie gab Maigraith das Wichtigste von den Geschichten über Mendark und Yggur und auch über Karan und Llian wieder. Wandererzähler verbreiteten sie in Meldorin, und sie waren schon recht bekannt. »Und es gibt überaus beunruhigende Gerüchte von den Bergen hinter Tolryme, wo wir vor einem Jahr zusammengetroffen sind, erinnerst du dich?«

»Ich erinnere mich. Wir trafen uns dort, nachdem du die Aachim verraten und die Ghâshâd nach Shazmak hineingelassen hattest –«

»Ich habe sie nicht verraten – sie sind nicht *von unserer Art*; sie sind keine Faellem! Ich habe Tensor gewarnt, welche Folgen es hätte, mich festzuhalten, er jedoch zog es vor, die Warnung zu missachten.«

»Das hast du wunderbar erklärt! Du bist nach Tolryme gegangen, um Karan auszuspionieren.«

»Um ihren Stammbaum zu erforschen und in Erfahrung zu bringen, was du vor mir geheim gehalten hast: dass sie eine Triune ist!«

»Ich wusste nicht, dass sie eine Triune ist«, sagte Maigraith. »Und du *hast* die Aachim verraten. Hunderte sind deinetwegen gestorben.«

»Ich hatte sie gewarnt!«, wiederholte Faelamor wütend. »Außerdem ist das schon ein Jahr her.«

»Das entschuldigt es also?«

Faelamor achtete nicht auf sie. »Etwas geht nahe Tolryme vor sich, an einem Ort namens Carcharon. Ein unheilvoller Name! Wie soll ich auch das noch bewältigen?«

»Ich –«, sagte Maigraith.

»Richtig! Brich auf und finde heraus, was vor sich geht – es könnte Rulke dahinterstecken. Ich muss nach Thurkad und Yalkaras tödliches Buch wieder an mich bringen. Brich so bald auf, wie du kannst.«

»Das werde ich«, versprach Maigraith.

Dann befahl Faelamor über die Schulter hinweg: »Wenn die Faellem kommen, sagst du ihnen nichts.«

Auf den Waldwegen waren es fast fünfzig Wegstunden bis Tolryme. Maigraith musste zehn lange Tage zu Fuß durch die Kälte marschieren. Am Abend des letzten Tages erreichte sie gerade zur Dämmerung die Stadt und nahm sich ein Zimmer in der einzigen Herberge, einem großen quadratischen Granitbau von äußerster ländlicher Schlichtheit. Sie sehnte sich nach einem heißen Bad, aber der Holzmangel machte diesen Wunsch unerfüllbar. Sich mit einem Krug lauwarmen Wassers von Kopf bis Fuß zu waschen war das Äußerste.

Sie wechselte ihre Kleider und ging in den Speiseraum. Auch das Essen war karg – grobes Brot und ein wässriger Eintopf aus Gemüse, das seine beste Zeit lange hinter sich hatte. Als sie den Rest der Flüssigkeit mit einer Brotkruste aufwischte, humpelte ein junger Mann an ihren Tisch.

»Bitte um Verzeihung«, sagte er, nahm die Mütze ab und drehte sie in den Händen.

Maigraith blickte auf. Er hätte ein gut aussehender Bursche sein können, wäre er nicht so dünn gewesen, denn sein braunes Haar war prachtvoll und sein Körper wohlgeformt. Doch er hatte hohle Wangen, und ein Arm war oberhalb des Ellbogens amputiert.

»Ihr seid Maigraith«, sagte er.

»Das bin ich«, erwiderte sie, »obwohl es mir lieber wäre, wenn du das nicht hinausposaunen würdest. Woher kennst du mich?«

»Im vergangenen Sommer habe ich in der Schlacht von Casyne unter Euch gekämpft, als Ihr die zauberkundigen Ghâshâd besiegt und die Erste Armee gerettet habt. Evenil heiße ich.«

»Was hat dich hierher verschlagen, Evenil?«

Er lächelte verlegen. »Hier war meine Heimat, ehe ich auf Abenteuersuche ging. Doch eines Tages fand ich mich in Orist wieder, ohne einen Kupfergrint in der Tasche, daher trat ich in Yggurs Armee ein und endete schließlich wieder hier.«

»Was tust du jetzt?«

»Ich wurde ausbezahlt, nachdem ich meinen Arm verloren hatte – ein paar Silbertar –, und jetzt mache ich alles, was ich kann. Zu tun gibt es sogar für einen Krüppel wie mich genug, aber keiner hat das Geld, um dafür zu zahlen. Und selbst wenn sie es könnten, gibt es herzlich wenig Essen zu kaufen, und es ist höllisch teuer. Meine Silberlinge sind längst aufgezehrt.«

Und du glaubst allmählich, dass du in diesem Winter verhungern musst, dachte Maigraith. Sogar auf dieser kurzen Reise hatte sie solche Schicksale zu Dutzenden gesehen.

»Sprich, Evenil«, sagte sie und wies auf den Stuhl auf der anderen Tischseite, »kennst du meine Freundin Karan Fyrn?«

Er nahm Platz. »Nein«, antwortete er, »aber ich habe alles über sie gehört. Als Kind habe ich immer in Gothryme gespielt, aber damals war sie nicht dort.«

»Ist sie jetzt zuhause?«, fragte Maigraith mit plötzlicher Hoffnung.

»Das glaub ich nicht. Ich hab gehört, dass sie vor einiger Zeit nach Thurkad gegangen sei.« Er sah niedergeschlagen aus, da er offenbar glaubte, dass er ihr nichts Nützliches zu erzählen hatte.

»Hast du von einem Ort in den Bergen namens Carcharon gehört?«

»Natürlich! Das wurde vom wahnsinnigen Basunez erbaut. Ich könnte Euch hinführen, falls Ihr wollt«, sagte er mutiger.

Maigraith ließ es sich durch den Kopf gehen, und je länger sie überlegte, desto mehr fiel sein Gesicht in sich zusammen. Er war so dünn, dass er den Winter gewiss nicht überleben würde. *Nein*, sagte sie sich, *dieser Mann hat seinen Arm in meinen Diensten verloren, und jetzt bittet er mich um Hilfe. Ich kann ihn nicht abweisen.*

»Du kannst mich führen. Aber –«

»Oh, vielen Dank!«, rief er aus, ergriff ihre Hand und küsste sie, dann ließ er sie unvermittelt los. Röte stieg von seinem Hals hoch.

»Es könnte gefährlich sein«, sagte sie. »Kennst du Gerüchte über dieses Carcharon?«

»Überall hört es Gerüchte darüber, aber wir haben uns hier um wichtigere Dinge zu sorgen: was wir morgen essen werden.«

»Hast du Angehörige hier?«

»Nicht mehr, obwohl es ein Mädchen gibt, das ich gerne zur Frau nehmen würde. Falls sie mich haben will. Janythe war meine Liebste, ehe ich auf Wanderschaft ging. Wir träumten von einem kleinen Haus auf dem Land und Kindern, aber was nütze ich ihr verkrüppelt?«

»Du bist noch immer ein Mann und stehst jetzt in meinen Diensten. Geh und frag sie!«

»Wenn wir wieder da sind«, sagte Evenil, doch Maigraith las

ihm an den Augen ab, dass er sich für Janythe nicht mehr gut genug fühlte.

»Hier sind drei Silbertar«, sagte sie. »Kauf Nahrungsmittel für eine Woche, falls du welche kriegen kannst, und triff mich hier bei Tagesanbruch.«

Er tat wie geheißen und brachte ein Bündel und einen weiteren Beutel mit dem kläglichsten Getreide mit, dem erbärmlichsten Obst und dem schlechtesten Gemüse, die sie je gesehen hatte. »Es ist das Beste, was man für Geld kaufen kann«, sagte er, »und es hat einen ganzen Silbertar gekostet.« Er gab die anderen beiden zurück. »Fleisch habe ich überhaupt nicht auftreiben können.«

»Egal«, sagte sie und reichte ihm die Münzen zurück. »Mir ist es gleich, was ich esse. Behalte das Geld, vielleicht ergibt sich noch eine Gelegenheit, mehr zu kaufen. Notfalls müssen wir jagen.«

An seiner Seite trug Evenil ein Schwert, das er mit einem Stück Seil befestigt hatte. Es war eine kurze hässliche Waffe mit Scharten in der Klinge, die aussah, als hätte man sie zum Holzspalten benutzt. Selbst dafür schien sie kaum geeignet.

Sie brachen in Richtung der Granitklippen auf. Evenil musste Maigraith' Stimmung erspürt haben, denn er sprach kein Wort, genügte aber sehr aufmerksam all ihren Bedürfnissen, oder was er dafür hielt, und zeigte ihr die beste Marschroute und den günstigsten Weg die Klippen hinauf. Maigraith verkniff sich, ihn darauf hinzuweisen, dass sie die bekannte Welt mehr als einmal durchquert hatte; er tat sein Bestes, um sich seinen Lohn zu verdienen.

Sie krochen den letzten Abschnitt des Höhenrückens empor, einen verwachsenen Felsklumpen, in den steile Stufen gemeißelt waren.

»Weiter oben«, sagte Evenil, während er versuchte, Maigraith zu stützen, obwohl sie das durch seine Einarmigkeit mitunter beide in Lebensgefahr brachte, »ist ein rundes Bauwerk mit Steinsitzen, von dem es heißt, der wahnsinnige alte Basunez hätte dort blutige Schauspiele für seine Steinmetze veranstaltet.«

»Ein Amphitheater auf dieser elenden Bergkuppe?«

»Das ist das Wort. Amphitheater!«

»Dann muss es das trübseligste seiner Art auf ganz Santhenar sein.« Sie zog den Mantel enger um sich, aber der Wind – der unablässige Wind – wehte direkt durch ihn hindurch. Es war ein seltener Sonnentag, aber die Sonne spendete keine Wärme, und der Wind war ein ungestümer, heulender, schneidender und wütender Feind – er hasste sie um ihres Lebens und ihres warmen Blutes willen und tat sein Bestes, sie unversehens zu packen und in den Abgrund zu schleudern. Es war beinahe Wintersonnenwende – Hythe lag nur noch wenige Wochen entfernt.

Sie erreichten das Amphitheater, durchquerten es und spähten über den niedrigen westlichen Rand. Ein schmaler Weg, der oben in die Hangkuppe gemeißelt war, schlängelte sich herab und strebte dann wieder zu einem hässlichen neunseitigen Turm empor. Schnee bedeckte das behelmte Dach aus Messing und Schiefer.

Carcharon war tatsächlich in Beschlag genommen – zwei spindeldürre Gestalten, unverkennbar Ghâshâd, standen am oberen Ende einer Treppe neben zwei geöffneten Torflügeln.

Maigraith und Evenil kauerten den ganzen Tag lang dort und beobachteten; es war ein elend langweiliger Tag. Die Ghâshâd gingen die Treppe hinauf und hinunter; sie schritten um die Mauern herum; sie lösten einander alle zwei Stunden ab. Gelegentlich erschienen weitere Wachen, patrouillierten paarweise auf den Mauern oder spähten durch Schießscharten hinaus. Was bewachten sie?

Maigraith wusste, dass sich Faelamor mit diesen Erkenntnissen nicht zufrieden geben würde. Sie musste herausfinden, was sich im Turm verbarg, obwohl sie sich davor fürchtete, und sie musste auch die Sicherheit ihres getreuen Leibwächters im Auge behalten, dessen Ritterlichkeit sie hier oben beide in Gefahr brachte.

»Ich gehe zum Tor hinauf«, sagte Maigraith, als die Dämmerung hereinbrach. Winzige Eiskristalle schnitten in ihre entblößten Gesichter. »Rühr dich nicht vom Fleck; sichere mir den Rückweg! Es könnten Späher unterwegs sein.«

Selbst im schwindenden Licht konnte sie erkennen, dass er ihren Befehl als Entschuldigung durchschaute. Und als ehemaliger Soldat war er gedemütigt. »Befolgst du meine Befehle, Evenil?«, fragte sie streng, denn sie war der Meinung, dass sie ihn dort oben nicht gebrauchen konnte. Er war scharfsichtig und erkannte auch dies. Er neigte den Kopf.

Maigraith kroch den gewundenen Pfad entlang; zu beiden Seiten gähnte ein Abgrund. Bei jedem Wachwechsel bestand einige Minuten lang die Möglichkeit, näher heranzukommen, denn es war so kalt, dass sogar die abgehärteten Ghâshâd im Schutz des offenen Tores verharrten, wenn ein Wächterpaar das andere ablöste. Sie passten zwar weiterhin auf, aber die Gelegenheit bot sich. Maigraith arbeitete sich so nah heran, wie sie es wagte, und legte sich ein Stück unterhalb der Treppe an den Wegrand, wo sie vor dem Schneegestöber verborgen war, solange niemand die Stufen herabkam.

Niemand stieg die Treppe herunter; als endlich die Wachablösung stattfand, eilte Maigraith im Schutz des dicht fallenden Schnees die Treppe hinauf und schlüpfte hinter eine Bronzestatue, die ein mythisches geflügeltes Wesen darstellte. Von hier aus konnte sie das Gespräch der Wächter mit anhören. Ihnen war unbehaglich – vielleicht spürten sie ihre Anwesenheit. Maigraith wusste, dass sie durch das Tor niemals in den Turm gelangen würde, aber eiserne Dornen und Vorsprünge, die aus der

Turmmauer hervorragten, boten ihr eine andere Möglichkeit: Sie begann zu einer erleuchteten Maueröffnung kurz unter der Turmspitze hinaufzuklettern.

Wenn die Kälte bisher schlimm gewesen war, so wurde sie weiter oben unerträglich – der Wind jagte dahin wie eine heulende Meute, und die Metallstäbe klebten ihr durch Löcher in ihren Handschuhen an der Haut fest. Sie musste um den Turm herumklettern, damit sie die angestrebte Maueröffnung erreichte, und sie wusste, dass sie über dem unsichtbaren Abgrund hing.

Als Maigraith endlich an die Maueröffnung gelangte, neigte sie sich vor und spähte hinein, darauf bedacht, sich außerhalb des Lichtscheins zu halten. Ein großer Mann trat in ihr Blickfeld, und sie erkannte ihn auf der Stelle wieder. Wer dort durch das Zimmer schritt, war niemand anderer als Rulke. Maigraith' Herz machte einen Satz; sie fühlte sich schwach, entblößt, voller Angst. Und zu ihm hingezogen, obwohl das Irrsinn war.

Rulke fuhr herum und starrte zum nördlichen Turmfenster hin, als hätte ihn etwas aufgeschreckt. Er hatte sie gespürt! Sie duckte sich vom Fenster weg, das nach Osten ging, und begann hastig den Abstieg. Aus dem Turmzimmer drang ein Brüllen – Rulkes Stimme. Maigraith hastete von Vorsprung zu Vorsprung; in größter Eile ging sie das Risiko ein, am vereisten Metall hängenzubleiben, und kannte nur das verzweifelte Ziel, hinter der Mauerkante zu verschwinden, ehe Rulke aus dem Fenster blickte.

Sie hörte einen Antwortschrei und wusste, dass es der töricht tapfere Evenil war, der zu ihrer Rettung eilte. Im Lichtschein, der durch die offenen Tore fiel, sah sie ihn den Pfad hinaufrennen, das stumpfe Schwert hoch erhoben. Seine tragische Loyalität ließ Tränen in ihre Augen treten. Sie würden ihn auf der Stelle töten. Sie beeilte sich noch mehr, aber es war schon zu spät. Während sie noch vier Spannen hoch über dem Fels hing, fand auf dem Pfad ein kurzer, erbitterter Kampf statt, aber der einarmige Mann mit dem stumpfen Schwert hatte den Speeren der Ghâshâd nichts entgegenzusetzen. Einer drang ihm in die Brust. Evenil sank in die Knie, und sie stießen ihn über die Felskante in den Abgrund.

Maigraith hing in der eisigen Kälte, bis die Wachen den Weg überprüft hatten und in den Turm zurückgekehrt waren, um Bericht zu erstatten. Dann kroch sie den Pfad entlang bis zu der Stelle, wo Evenil abgestürzt war. Sie fand sie ohne Schwierigkeiten, denn durch die Fenster drang genug Licht, um den dunkelroten, mützengroßen Fleck im Schnee an der Stelle zu sehen, wo der Speer ihn getroffen hatte. Sie blickte nach unten und versuchte, sich zu erinnern, wie steil es hier war, auf halbem Weg zwischen dem Amphitheater und Carcharon. Weiter drüben war das Gefälle schwächer, aber hier ging es steil bergab. Er konnte unmöglich überlebt haben. Vor ihrem inneren Auge sah sie, wie der Speer ihn durchbohrt hatte: Er war tot gewesen, bevor er hinabstürzte.

Lange hockte Maigraith dort und trauerte um ihren Leibwächter. Er hatte ihr so gut gedient, wie er vermochte, und der Tod war sein Lohn gewesen. Sie konnte nichts mehr für ihn tun. Der getreue Evenil lebte nicht mehr.

Maigraith hätte zurückgehen und die Ghâshâd auf der Treppe niedermachen können, doch wozu? Ihre traurige Pflicht war klar. Sie musste die Nachricht Janythe überbringen, Evenils Liebster, um deren Hand anzuhalten er nicht gewagt hatte. Jetzt gäbe es kein Häuschen auf dem Land und keine Kinder mehr. Traurigen Herzens trat Maigraith bergab den Rückweg an.

Die ganze Heimreise über schneite es. Nach einem erschöpfenden, zähen Marsch traf Maigraith wieder in Dunnet ein, wo Faelamor auf sie wartete. Es war ihr nicht gelungen, das Buch wiederzubeschaffen, und, schlimmer noch, die Faellem waren nach wie vor nicht eingetroffen. Faelamor befand sich in einer furchtbaren Stimmung, erfüllt von Angst, dass sie am Ende vielleicht gar nicht kamen. Sie hatte versucht, mittels einer Verbindung Kontakt zu ihnen aufzunehmen, war aber nicht in der Lage gewesen, auch nur das leiseste Flüstern zu empfangen.

»Also, was hast du erfahren?«, herrschte sie Maigraith an.

»Es steckt wirklich Rulke dahinter!«

»Bist du sicher? Wie kannst du dir so sicher sein?«

»Ich habe die Turmmauer erklettert und durchs Fenster hineingeschaut. Ich habe ihn deutlich gesehen. Wie Rulke aussieht, das weiß ich, falls du dich erinnerst. Ich habe ihn sofort erkannt.«

Faelamor war, falls überhaupt möglich, sogar noch wütender als zuvor. »Närrin!«, kreischte sie. »Was, wenn er dich gesehen hat? Er braucht jemanden von deiner Art so sehr wie ...« Sie brach ab und starrte direkt durch Maigraith hindurch, als hätte sie gerade eine furchtbare Möglichkeit erkannt. »Warum?«, flüsterte sie. »Warum ist er nach Carcharon gegangen, wo ihm doch ganz Shazmak offensteht?«

»Ich weiß es nicht. Carcharon ist eine machtvolle Stätte. Vielleicht –«

»Und eine Stätte, die geradezu durchtränkt ist von einer bestimmten Familie. Basunez! Galliad!« Faelamor packte Maigraith beim Kragen und schüttelte sie. »Und wem gehört Carcharon? Wer lebt nur einen Schritt entfernt? Wer ist eine Empfindsame und eine Triune, sicherlich genau das, was Rulke braucht?«

»Karan«, sagte Maigraith schwach, denn sie bekam kaum noch Luft.

»Tallallame, Tallallame, dein Schicksal hängt von der einen ab, die drei ist.« Dieses Sprichwort war schon alt gewesen, ehe Faelamor ihre Welt verlassen hatte.

Faelamor gab Maigraith frei, stolperte rückwärts und setzte sich jählings auf den schneebedeckten Boden. Maigraith ging fort, zum Fluss hin, wobei sie rätselte, was das Sprichwort bedeuten mochte.

Als Maigraith fort war, sagte Faelamor zu sich selbst: »Das Gleichgewicht hat sich zu meinem Ungunsten geneigt. Rulke allein wäre schon schlimm genug. Mit der Triune wird er unbesiegbar sein.« Sie ließ den Kopf auf die Arme sinken und wiegte sich einen Augenblick lang vor und zurück, dann sprang sie wieder auf. »Ich hatte von Anfang an recht, was Karan angeht. Ich muss sie beseitigen. Ich hätte es schon längst tun sollen.«

Kapitel fünfzehn

Abendessen mit Nadiril

Am Abend erschien Nadiril an Llians Zelle; er hatte bei Yggur einen kurzen Hafturlaub für ihn erreicht. »Komm mit«, sagte er. »Wir haben viel zu besprechen.«

Sie gingen ins Hafenviertel von Thurkad, in eine Gaststätte, die private Speisezimmer hatte. Nadiril wurde mit einer Verneigung begrüßt, die so tief war, dass der kahle Kopf des Türstehers den Boden berührte, dann führte man sie in ein großes Gelass im ersten Stock. Dort brannte ein prächtiges Feuer. Fenster mit kleinen Scheiben blickten auf den Hafen hinaus, doch zurzeit beeinträchtigte die Aussicht Graupelregen, der gegen die Scheibe trommelte. Ein betagter Kellner schlurfte mit einer Speisekarte herein, die so lang war wie sein Arm. Llian betrachtete besorgt die Preise und fingerte verstohlen nach den armseligen kleinen Münzen in seiner Tasche.

Nadiril lachte, ein raschelndes Geräusch wie von den Blättern, die über die Straßen von Thurkad wehten. »Ich zahle. Bestell das Beste von allem, wenn du willst. Für mich schmeckt alles gleich, aber es bereitet mir Vergnügen, jungen Leuten beim Essen zuzusehen.«

Llian hatte seit Tagen nichts Anständiges mehr gegessen. Er bestellte Suppe, eine Vorspeisenplatte und als Hauptgang das zweitteuerste Gericht auf der Karte. Nadiril suchte zu jedem Gericht den passenden Wein aus. Als der erste Wein kam, eine kleine Jadeflasche mit einem süffigen gelben Tropfen, der so stark, süß und dick war, dass es sich um Likör hätte handeln können, richtete Nadiril einen harten Blick auf Llian und sagte: »Nun erzähl mir deine Geschichte; lass nicht die kleinste Einzelheit aus. Und beherzige meine Warnung. Ich kann Wahrheit so gut von Lüge unterscheiden, als würde ich in einem Buch lesen. Liefere mir nichts als die Wahrheit, so wie du sie kennst, und wie man es dir als Chronisten beigebracht hat.«

»Wahrheit ist, wonach ich suche«, sagte Llian. »Aber meine Geschichte wird den ganzen Abend beanspruchen.«

»Du hast noch weitere Verabredungen?«, entgegnete Nadiril mit einem schiefen Grinsen.

Auch Llian brachte ein Lächeln zustande. »Ich werde dieser Tage nicht oft eingeladen.«

»Dann fang an!«

Llian begann. Einige Zeit später wurde die Suppe aufgetragen, eine honigfarbene Kraftbrühe aus Krabbenkopffleisch, gewürzt mit Safran, auf dem hauchdünn geschnittene Scheiben eines marmorierten Eies schwammen. Sie war traumhaft, aber als Llian damit fertig war, fühlte er sich hungriger, als wenn er gar nichts gegessen hätte.

Mittlerweile saß er in Shazmak auf der Anklagebank und erzählte seine Geschichte den Syndikatoren. *Wir haben Llians Aussage gehört, und es ist die Wahrheit, soweit er sie kennt,* hatte Selial gesagt.

»Ha!«, machte Nadiril. »Ich durchschaue, was Karan getan hat, und dergleichen ist noch nie zuvor gelungen. Ein verblüffendes Talent. Ich muss mich mit ihr darüber unterhalten.«

»Die Syndikatoren haben es nicht durchschaut«, sagte Llian.

»Pah! Menschen sind für mich wie Bücher. Du bist nicht versucht, mich zu belügen, oder, Llian? Ich würde es dir nicht raten.«

Llian erhaschte einen flüchtigen Blick auf den harten Teil von Nadirils Wesen, der sich hinter dem freundlichen Gesicht verbarg. Ohnehin wäre es ihm nie in den Sinn gekommen, dem großen Nadiril auch nur die kleinste Flunkerei aufzuwarten.

»Gut! Fahr fort.«

Sie spülten ihre Gaumen mit Eierbechern voller Limonenwasser, dem fehlbenanntesten Getränk, das es je gegeben hatte, denn hinterher ließ Llians Atem die Kerzen lodern.

Llian fuhr fort. Kurz darauf kehrte der betagte Kellner zurück; er wankte unter einem Tablett, das so groß war wie ein Schubkarren. Es enthielt Vorspeisen, die zu zahlreich waren, um sie aufzuzählen. Es gab Nüsse mit einem Überzug aus heißem Ingwer, Kardamom oder Amarant; eine Schüssel mit einem Strauß knuspriger Stabnudeln in den Farben des Regenbogens; eine Beilage aus Krabbenkopfschalen, vermutlich jenen, deren Fleisch in der Suppe Verwendung gefunden hatte, gefüllt mit fein gehackter Walnuss, Weintrauben und Kräutern, und wunderschön arrangiert, wobei die langen roten Fühler überkreuz lagen, sodass sie vor dem weißen Teller ein Rautenmuster ergaben. In der Mitte des Tabletts prangte ein achteckiger Teller mit rohem Chacalotenfleisch, das zu vollendeten Würfeln geschnitten war, und rund um den Teller standen zehn Schalen mit Soßen zum Tunken sowie festen Beilagen. Eine war mit Olivenöl und eine mit Chiliöl gefüllt; eine mit Steinsalz, eine mit Knoblauchscheiben, eine mit heißer Bohnenpaste, eine mit Limonenpfeffer, eine mit Melassenkandis, eine mit grüner Minze und Purpurbasilikum in Essig, eine mit gerösteten Mandelflocken und die letzte mit Senfkörnern. Außerdem bot das Tablett noch eine Vielzahl anderer Speisen, Gewürze, Soßen und Würztunken, von denen manche so fremdartig anmuteten, dass Llian noch nicht einmal erraten konnte, woraus sie bereitet waren.

»Wie rückt man dem bloß zu Leibe?«, rätselte er und deutete auf den Chacalotenteller.

Nadiril lächelte. »Nimm eines dieser Blätter so in die linke Hand«, sagte er und schüttelte Wassertropfen ab. »Mit einer der Silberzangen – so! – pickst du dir ein Stück Reptilfleisch heraus und tunkst es in die Soße deiner Wahl – ich selbst ziehe den

Limonenpfeffer vor – oder legst eine der festen Beilagen dazu. Dann legst du das Ganze in die Mitte des Blattes, faltest es, immer noch ausschließlich mit der linken Hand, zu einem adretten kleinen Päckchen und steckst es dir in den Mund.«

Llian begann sein Blatt mit einem halben Dutzend Chacalotenwürfeln vollzuladen, ein jeder ausgiebig in eine andere Soße getaucht oder mit einer anderen Zutat bereichert. Der Vorgang des Zusammenfaltens erwies sich als schwieriger, als von ihm vermutet, und ein Soßengemisch tropfte ihm vorn aufs Hemd.

»Es gilt im Allgemeinen als schlechte Tischsitte, verschiedene Geschmacksrichtungen in einem Blatt zu vereinen«, sagte Nadiril mit einem Zucken um den Mund. Er reichte Llian eine Serviette. »Ich sage dir das nur als Rat für die Zukunft, versteh es nicht falsch, denn ich selbst gebe nicht das Geringste auf solch drollige Anstandsregeln. Wenn es dir beliebt, nimm deinen Erzählfaden wieder auf.« Er lehnte sich zurück und nahm den Blick keine Sekunde von Llians Gesicht.

Nadiril hatte nur wenige Bissen zu sich genommen, obwohl er den Wein mit offenkundigem Behagen schlürfte. Das Hauptgericht kam und wurde wieder abgetragen, große Langusten in einer üppigen Soße. Sie hatten sogar nach dem Kochen so wunderschöne Schalen in leuchtenden Grün-, Blau- und Rottönen, dass Llian es kaum über sich brachte, seine aufzubrechen. Er verzehrte jeden Bissen und leckte sich am Ende die Finger sauber, doch bereits eine Minute später hätte er nicht mehr sagen können, was er eben gegessen hatte, so vertieft war er in seine Geschichte. Karan und er krochen gerade durch die Höhlen von Bannador.

Gegen Mitternacht kam das Dessert, eine verblüffende Leckerei: ein spiralförmiger Turm aus Eiskrem, dazu gelierte Früchte, jede mit einer anderen Likörsorte gefüllt und alle rundum in Fäden aus Krokant eingewickelt und von kriechenden Gletschern aus rotem und gelbem Püree, Wintererdbeeren und Gellon gekrönt. Es war so köstlich, dass Llian sich gezwungen sah, die Erzählung zu unterbrechen, bis er fertig war. Zusammen mit der Nachspeise war eine weitere Flasche Wein aufgetragen worden, diesmal purpurschwarz und von einem herben Geschmack, der in scharfem Kontrast zur Süße des Desserts stand.

Llian pulte Kandisfäden zwischen seinen Zähnen hervor. »Du bist nicht etwa ... müde?«, fragte er hoffnungsvoll. Nadirils verhörte ihn noch immer unerbittlich, aber in Llians Kopf drehte sich alles. Er hatte in letzter Zeit schlecht geschlafen.

»Ich schlafe in jeder Nacht immer nur wenige Stunden, und wenn ich die einmal nicht bekomme, merke ich es kaum.«

Die Geschichte nahm ihren Fortgang, Stück für Stück bis zum Großen Konklave in Thurkad. Kaffee kam und ein süßer, süffiger Wein, der so köstlich war, dass Llian aufhören musste zu reden, bis er den letzten Tropfen vom Rand seiner Trinkschale geleckt hatte.

»Lass Er die Flasche hier«, sagte Nadiril zu dem betagten Kellner, der hinter seiner gichtigen Hand ein Gähnen verbarg. »Und wir hätten gerne noch eine Kanne Kaffee.«

Damit kamen sie bis weit in die frühen Morgenstunden aus, als Llians Erzählung in Katazza angelangt war, wo Tensor an seinem Tor arbeitete. Llian wurde merklich müde.

»Ah!«, sagte Nadiril. »Das interessiert mich ganz besonders.«

Er stellte bohrende Fragen, während die Geschichte ihren Fortgang nahm, und als sie zu Ende ging – als das Tor geschaffen war und Llians Zusammenarbeit mit Tensor zur Sprache kam –, richtete er einen durchdringenden, unbeirrbaren Blick auf Llian. Llian fühlte sein Inneres vor diesem freundlichen alten Mann offener ausgebreitet, als es bei Yggurs unbarmherzigen Verhören jemals der Fall gewesen war. »Es wirft kein restlos günstiges Licht auf dich«, sagte der Bibliothekar.

Llian konnte Nadirils Blick nicht mehr länger standhalten. Er schlug die Augen nieder, rot im Gesicht und durch und durch beschämt. »Nein!«, flüsterte er. »Ich war zu neugierig. Ich hätte alles getan.«

»Es ist gut, wenn man seine Arbeit wirklich liebt, aber der Chronist darf nicht vergessen, dass er auch ein Mann ist und eine Verpflichtung gegenüber seiner Frau hat, gegenüber seiner Familie und seinen Mitmenschen.«

»Ich habe keine Frau«, erwiderte Llian mit steinerner Miene.

»Natürlich nicht. Ich weiß alles über dich. Erzähl weiter.«

Sie bestellten Kaffee nach, und damit kamen sie aus, bis die Morgendämmerung rosafarbene Blütenblätter über den Himmel jenseits des Hafens streute. Llian weilte noch immer beim Nachtland, denn dieses ein Thema war für Nadiril von überragendem Interesse, und er hakte fast bei jedem einzelnen Satz nach.

»Alles in allem lässt dich das in keinem völlig schlechten Licht dastehen«, urteilte er schließlich, als das Tor Llian wieder nach Katazza ausgespien hatte. »Ich sehe, dass du mir ein gerüttelt Maß an Wahrheit aufgetischt hast. Doch was hat Rulke getrieben, während du in deiner Trance gefangen warst? Das müssen wir unbedingt herausfinden. Komm etwas näher heran.«

Nadiril machte etwas mit seinen Händen. Llian glitt sanft in einen hypnotischen Zustand, aus dem er einige Zeit später wieder erwachte. Die Sonne stand nun hoch am Himmel. »Ich muss darüber noch etwas länger nachdenken«, erklärte Nadiril. »Ich bin sicher, dass es eine Möglichkeit gibt, den Schleier zu durchdringen. Nun, was würdest du zu einem Frühstück sagen? So viel Erzählen ist eine Arbeit, die hungrig macht, stelle ich mir vor.«

Das Frühstück erschien, Haferbrei mit einem goldbraunen See aus Sirup und geschmolzener Butter in der Mitte, dazu eine große Kanne Tee. Die Erzählung schritt jetzt schnell voran, denn die Rückreise nach Meldorin war vergleichsweise ereignislos verlaufen, und ehe der Tee ausgetrunken war, befand sich Llian in Tullin und hatte Albträume von Rulke.

Abermals befragte Nadiril ihn scharf, aber es gab vieles, dass Llian über jene Nacht einfach nicht wusste, und am Ende sagte Nadiril: »An der Sache ist auch etwas dran, das ich nicht verstehe. Ich merke, dass es mich ein weiteres Abendessen oder auch zwei kosten wird, um dem Ganzen auf den Grund zu gehen. Egal, der Preis der Wahrheit war schon immer hoch. Weiter!«

Llian beendete die Geschichte, und Nadirils Stirnrunzeln vertiefte sich, nachdem er gehört hatte, wie Llian von Shand und Karan behandelt worden war.

»Hmmm. Eine ausgezeichnete Geschichte. Und was wichtiger ist, ich glaube sie auch. Das meiste davon«, ergänzte er.

»Ihr glaubt mir!«, seufzte Llian. »Ich fing schon an zu glauben, dass ich das Ungeheuer bin, das jeder aus mir macht. Oder dass ich es ebenso gut sein könnte.«

»Glaube das niemals! Bleibe dir und deiner Berufung treu. Gehe deiner Arbeit mit stolzer Unerschütterlichkeit nach; die Zeit wird dir recht geben. Hüte dich vor allzu großer Neugierde. Und falls du jemals Hilfe benötigen solltest, brauchst du nur zu fragen.« Er legte einen verschwenderisch erscheinenden Geldbetrag auf den Tisch. »Nun nimm meinen Arm. Hilf mir in meine Bleibe zurück. Dann, so leid es mir tut, musst du dich wieder zurück in deine Zelle begeben. Der von Yggur gewährte Hafturlaub ist ausgelaufen.«

Llian fühlte sich niedergeschmettert. Er hatte gehofft, dass seine Gefangenschaft vorbei wäre. »Ihr bleibt in Thurkad?«, fragte er, als sie langsam dahinschritten.

»Zunächst. Die Bibliothek ist in guten Händen, und diese ganze Angelegenheit muss von jemandem im Auge behalten werden, der daraus nichts zu gewinnen hat. Und ein Wort zur Vorsicht: Nimm dich vor Yggur in acht, und auch vor Mendark!«

»Vor Mendark?«

»Er hat in Havissard einen vernichtenden Verlust erlitten, wie du noch hören wirst. Er ist voll Zorn und Verbitterung zurückgekehrt, und so, wie ich ihn kenne, wird er nach jemandem suchen, den er dafür verantwortlich machen kann. Sei vorsichtig.«

Es war an der Zeit, dass der Rat zusammentrat. Mendark saß bereits an der Ratstafel, und Karan war von seiner Erscheinung schockiert. Er sah aus wie ein uralter Mann, der ein Spiel begonnen und verloren hatte und sich mit seinem Versagen nicht abfinden konnte. Er tat sein Bestes, um es zu verbergen, aber es gelang ihm nicht gut genug. Obwohl seit seiner Niederlage in Havissard Monate vergangen waren, merkte man ihm die Verbitterung noch immer deutlich an. Karan konnte kaum glauben, dass es sich um denselben Mann handelte, mit dem sie so weit gereist waren. Er sah nun aus wie ein uralter, verwitterter Raubvogel. Seine eingeschrumpfte Haut spannte sich straff über die Knochen, verzog seine Nase zu einem Schnabel, seine Ohren seitwärts nach außen und seine Finger zu Klauen. Er bewegte sich wie ein Automat, als säßen seine Kleider viel zu eng, und seine Augen waren so farblos wie Kochfisch.

»Was ist mit ihm geschehen?«, flüsterte Karan Tallia zu, die neben ihr saß.

Ein eigentümlicher, beinahe panischer Ausdruck flog über Tallias Gesicht, dann wandte sie sich ab. »In Havissard ist es ihm übel ergangen.«

Karan wusste, dass Tallia etwas verschwieg, aber sie drang nicht weiter in sie.

Yggur trat als Letzter von allen ein. Er schien nicht sehr verändert, sah man davon ab, dass er eine Brille trug, deren Gläser so dick waren wie Flaschenböden. Er ging noch immer mit einem Humpeln, obwohl er jetzt einen Stock benutzte. Yggur nahm an seinem eigenen kleinen Tisch Platz, der die größere Tafel überschaute, und starrte hinab, als würde er die Anwesenden einordnen, doch Karan fiel auf, dass seine Augen sich nicht bewegten.

Als sie ihn betrachtete, erkannte sie, dass er jeden und jede an dem niedrigeren Tisch abwog, sie mit seinem zerstörten Augenlicht bis auf ihr Innerstes entkleidete: Freund, Feind, Störenfried, Narr ... Aber als er seinen Kopf Mendark zuwandte, glitt ein flüchtiger Ausdruck kalter Wut über sein Gesicht, was furchtbar anzusehen war.

Die Ratssitzung war gekennzeichnet von Allüren und Machtspielchen zwischen Mendark und Yggur. Mendark ritt endlos auf der Vergangenheit herum, auf seinen Großtaten zurzeit, als Rulke gefangen gesetzt war, und seither – besonders auf seinem Heldentum in Katazza. Dennoch konnte er nicht überzeugen und wirkte fast schon wehleidig.

Yggur hörte schweigend zu und wurde immer gereizter; dann brach er die Sitzung aus einem für Karan nicht ersichtlichen Grund jäh ab und scheuchte sie alle aus dem Saal. An jenem Abend kam ein Bote in Shands Unterkunft und unterrichtete sie, dass in wenigen Tagen eine kleine Sitzung stattfinden werde.

Shand tobte. »Zur Hölle damit!«, brüllte er und schüttelte die Faust vor dem Gesicht des Boten. »Wenn Mendark und Yggur Spielchen treiben wollen, dann geh ich heim.«

»Ich wäre dir dankbar, wenn du lange genug bleiben könntest, um mit mir zu Abend zu essen«, sagte Nadiril, der auf einen Tee vorbeigekommen war. »Hast du heute Abend Zeit?«

»Hab ich«, erwiderte Shand und unterdrückte seine Wut.

»Gut! Es muss zehn Jahre her sein, seit wir uns zuletzt zusammengesetzt haben, und es gibt viel zu besprechen.«

Nadiril, der merkte, dass Karan die Ohren spitzte, zog

Shand in die Zimmerecke. »Nicht zuletzt diese Sache mit Llian. Manchmal verstehe ich dich nicht, Shand.«

»Ich weiß, was ich weiß!«, erwiderte Shand störrisch.

»Das bezweifle ich doch. Dein Vorurteil gegen die Zain ist völlig irrational. Komm schon, wer von uns beiden schätzt Menschen unvoreingenommener ein?«

»Du«, sagte Shand zähneknirschend.

»So ist es, und ich sage dir, dass du Llian bitter unrecht tust. Doch wir werden beim Abendessen darüber reden.«

An jenem Abend speisten sie zusammen, ein Abendessen, das sich fast so lange hinzog wie das vorangegangene, doch die alten Freunde entzweiten sich am Ende, und Nadiril ging in den frühen Morgenstunden allein nach Hause. Am Morgen packte ein mürrischer Shand seine Sachen und verschwand plötzlich, nachdem er nur Karan mitgeteilt hatte, er kehre nach Tullin zurück.

An jenem Abend lud Nadiril Karan zum Essen ein. Sie genoss den Abend außerordentlich, denn Nadiril war ein charmanter, einfühlsamer Tischgenosse. Allerdings erfuhr sie dabei nur eine erwähnenswerte Sache, als sie spät abends fragte, was mit Mendark geschehen sei.

»Das ist sein Geheimnis«, sagte Nadiril nach langem Schweigen. »Obwohl ich keinen Grund sehe, warum ich es dir nicht erzählen sollte. Mendark ist sehr alt, und Havissard hätte ihn fast umgebracht. Er war gezwungen, sich selbst zu erneuern, obwohl er wusste, dass es einmal zu viel war. Der Erneuerung war kein völliger Erfolg beschieden, und auch die besten Zauberkundigen von Thurkad waren nicht in der Lage, die Schäden rückgängig zu machen.«

»Er hat sich selbst erneuert?«

»Wir Altmenschen altern schnell, Karan. Selbst Wirker können keine tausend Jahre leben, ohne ihre Körper mehrmals zu erneuern. Dafür gibt es eine Grenze, und Mendark hat sie überschritten. Mehr darf ich dir nicht sagen.«

»Habt auch Ihr das getan?«

Nadiril lachte. »Dieser grauhaarige Kadaver ist mein ursprünglicher Leib. Ein Leben reicht, mir jedenfalls.«

»Daher also ist Mendark so sehr mit seinem Leumund beschäftigt.«

»Davon besessen, fast bis zum Wahnsinn«, sagte Nadiril und lenkte das Gespräch dann auf andere Themen.

Am folgenden Tag aß er mit Malien zu Abend, und bis zum Ende der Woche hatte er mit jedem gespeist, der mit der Angelegenheit zu tun hatte. Dennoch behielt er seine Meinung für sich.

Die Ratssitzung wurde einige Tage später in einem kleinen dunklen, hochgelegenen Raum der Zitadelle abgehalten. Als Karan eintraf, fand sie Tensor (lediglich von Asper begleitet), Malien, Tallia und Yggur vor. Kurz darauf trat Mendark ein, der sich auf Llians Schulter stützte.

»Vielleicht haben sich einige von euch über diese List gewundert«, sagte Mendark, als er am Kopfende des Tisches stand. Sogar seine Stimme klang verändert; sie war rau, wie Gallensteine, die in einer Flasche rasseln. Er warf Yggur, der von einem höheren Tisch aus hochnäsig auf alle sie hinabsah, einen finsteren Blick zu. »Es ist allgemein bekannt, dass ich von einer langen Suche zurückgekehrt bin. Es könnte schwerlich anders sein, da ich in derartiger Eile per Schiff hergelangte. Und nach all den Ereignissen des vergangenen Jahres braucht es wenig, um für Gerede zu sorgen.«

»Ganz zu schweigen von den losen Mündern gewisser Chronisten«, schnappte Yggur. »Betrachte dich selbst als unter Bewährung stehend, Chronist. Ohne Nadiril wärest du jetzt an meine Kerkermauer gekettet, statt die *Vergünstigung* zu genießen, als Protokollführer dienen zu dürfen.«

»*Meine* Kerkermauer, wie es der Zufall will«, erwiderte Mendark. »Du wirst dich entsinnen, dass wir in Faranda auseinandergingen, damit jeder von uns sein eigenes Ziel verfolgen konnte. Und was haben wir herausgefunden?«

»Ich für meinen Teil sehr wenig«, antwortete Yggur. »Ich habe vertrauenswürdige Helfer nach Alcifer geschickt. Was habe ich herausgefunden? Bezüglich der Herstellung der Flöte: nichts. Bezüglich des Spiegels: nichts. Bezüglich des Goldes aus Aachan – nur dies!«

Er öffnete die Faust und ließ einen Ring auf den Tisch fallen, der zu klein war, um über den Finger eines Mannes zu passen. Sein metallisches Klingeln verstummte, ein vollerer und weicherer Ton, als ihn gewöhnliches Gold hervorrief. Das Metall besaß ein tiefen rotgoldenen Farbton wie Karans Haar.

»Bist du sicher, dass es sich um Gold aus Aachan handelt?«, fragte Tallia.

»Die Farbe ist ziemlich charakteristisch, obwohl ich annehme, dass sie sich fälschen ließe. Aber ich habe den Ring geprüft. Ich bin zufrieden.«

»Ich nicht!«, rief Mendark. »Lasst es Tensor vor uns allen bestätigen.«

Tallia trug den Ring zu Tensor. Er nahm ihn widerstrebend entgegen, warf jedoch noch nicht einmal einen Blick darauf und reichte ihn sofort zurück. »Er ist echt«, sagte er heiser. Tallia brachte ihn wieder zu Yggur.

»Was wisst Ihr darüber?«, fragte Llian Yggur und beugte sich erwartungsvoll vor.

»Nicht viel, obwohl ich ihn seit tausend Jahren in Besitz halte. Ich habe ihn in Alcifer entdeckt, kurz bevor Rulke gefangen gesetzt wurde.«

Sofort kam es zu Tumult. Mendark straffte sich und riss den Mund auf. »Du willst mir ans Leder! Nun, das wird nicht klappen.«

Yggur lehnte sich zurück und verschränkte die Hände im Nacken. Das Licht einer Deckenlampe fiel auf sein langes, knochiges Gesicht. Seine Augen waren geschlossen, aber er lächelte.

»Bekümmere dich nicht, Mendark«, sagte er mit seiner tiefen, trägen Stimme. Es schien, als genösse er das bevorstehende Kräftemessen. »Es ist nur ein einfacher Ring, wie ihn jeder getragen haben könnte.« Er reichte ihn herum.

»Was für ein wunderschönes Stück!«, sagte Karan, als die Reihe an ihr war. Der Ring bestand aus feinsten Golddrähten, die zu einem flachen Zopf aus fünf Strähnen zusammengeflochten waren. Sie steckte ihn auf ihren Ringfinger und hielt ihn empor. Er passte ziemlich gut.

»Sieh ihn dir genau an, Llian«, sagte Yggur. »Dieser Ring wurde beim Verrat an Rulke benutzt.«

Llian horchte auf. Was hatte Rulke darüber gesagt, im Nachtland? *Ich wurde verraten, und die Frau, die meine Gattin werden sollte, eine Unschuldige, wurde vernichtet.* Offenkundig war mehr daran, als *Die Gefangensetzung Rulkes* enthüllte.

»Er ist viel zu klein für Rulkes Finger«, sagte Llian.

»Es war der Verlobungsring für seine zukünftige Braut«, sagte Yggur. »Bring den Hergang in Erfahrung, und du hast eine weitere Große Geschichte. Eine, die nie erzählt wurde, denn sie wirft ein hässliches Licht auf uns alle.«

»Schweig, Yggur«, knurrte Mendark.

Yggur lächelte. »Wenn ich erst mit dir fertig bin, Mendark, wird dein Leumund alle Politur benötigen, die du finden kannst.«

Er blickte direkt in Llians Augen. »In jenem Kampf, Llian, taten wir Böses im Namen des Guten. Den Krieg gegen Rulke zu gewinnen, unsere Welt vor ihm zu retten, rechtfertigte jedes Verbrechen. Mir wäre es nicht recht, wenn die Historien über diese Angelegenheit etwas Falsches überlieferten.«

Mendark hatte den Mund so fest geschlossen wie ein Fangeisen und sagte nichts mehr. Die Beziehung zwischen Mendark und Yggur wandelte sich. Die Niederlage in Havissard hatte Mendark ausgehöhlt, Yggur hingegen festigte nach Katazza und dem Verlust Maigraith' seine Macht.

Mendark berichtete kurz über seine Begegnung mit der unbekannten Frau in Havissard, obwohl er wegließ, wie mühelos sie ihn hatte demütigen können. Ebenso wenig erzählte er, wie Tallia ihn aus dem Dornengestrüpp gerettet hatte. Er zeigte das Buch vor, dass die Frau bei ihrer Flucht fallen gelassen hatte. »Es muss von Bedeutung sein; warum sollte sie es sonst an sich genommen haben? Aber ich kann es nicht lesen.«

»Was für eine seltsame Schrift!«, sagte Llian. »Ihr sagt, dass Yalkara das geschrieben hat?«

»Es hat den Anschein, als hätte sie es verfasst, kurz bevor sie Santhenar verließ. Kannst du die Schrift lesen?«

»Ich weiß nicht. Sie ...« Llian überflog die Seiten. »Sie erscheint als eine primitive Abart der Schrift der Charon, welche niemand lesen kann. Und gleichzeitig hat sie einige Züge mit der Schrift der Faellem gemeinsam, die ich stockend zu lesen verstehe. Wie kann das sein? Die Ursprünge der beiden Schriften sind vollkommen verschieden. Sie gleicht auch der Schrift, die auf dem Spiegel eingraviert ist, aber ganz dieselbe ist sie nicht.«

Das Buch wurde in der Kammer herumgereicht, aber sogar Nadiril war nicht in der Lage, ihm irgendetwas zu entnehmen.

»Was ist mit Shand?«, fragte Mendark, dem plötzlich auffiel, dass Shand nicht anwesend war. *»Wo ist Shand?«*

»Er ist abgereist«, sagte Nadiril. »Er hat heute Morgen den Rückweg nach Tullin angetreten.«

Mendark fluchte, aber es ließ sich nichts daran ändern. »Nun, Llian, dies könnte deine nächste Aufgabe sein. Versuch dich an der Entzifferung dieser Schrift.«

»Nicht so voreilig«, sagte Yggur kalt. »Zunächst müssen wir über Llians Verhalten sprechen.«

Karan hielt den Atem an, denn sie glaubte, Shand hätte etwas über Llian verraten, doch Yggur fuhr fort: »... nachdem wir mit Havissard fertig sind, Mendark.«

»Ehe Ihr Euch Havissard zuwendet, solltet Ihr wissen, was Karan und ich in Chanthed in Erfahrung gebracht haben«, sagte Llian.

»Ja, Shand hat mir davon erzählt, doch der Rat muss es aus deinem eigenen Mund hören.«

Llian begann mit Faelamors Benehmen in Katazza, das erstmals seinen Verdacht erregt hatte, dann berichtete er, wie die ursprünglichen Zeichnungen, auf denen zu sehen war, wer als Erster in den brennenden Turm eingedrungen war, augenscheinlich von ihr gestohlen worden waren.

»Gut gemacht, Chronist!«, rief Yggur aus. »Vielleicht vermagst du dich doch noch reinwaschen. Kannst du das bestätigen, Karan?«

»Bis in alle Einzelheiten«, erwiderte sie.

»Also haben wir mehr Feinde, als wir glaubten. Auf Faelamor sollten wir noch zurückkommen. Weiter mit *deiner* Geschichte, Mendark. Was hast du uns von Havissard noch nicht erzählt, abgesehen davon, wie du hinein- und wieder hinausgelangt bist? Zeig her, was du dort gefunden hast. Hol das Gold hervor!« Yggur lehnte sich mit einem erwartungsvollen Lächeln zurück.

Mendark bebte. »Wie ich hineingekommen bin, ist meine Sache«, sagte er plump. Dann fasste er sich und verneigte sich vor Llian. »Das hast du in der Tat gut gemacht, doch leider zu spät. Das Gold war in Havissard, aber jemand ist mir um eine Stunde zuvorgekommen. Als ich wieder zu Bewusstsein kam, war die Frau fort, und mit ihr das Gold.« Er erzählte die Geschichte, abgesehen von jenen Teilen, die ihn in einem ungünstigen Licht zeigten.

»Eine überaus zweckdienliche Geschichte!«, sagte Yggur. »Sei nicht gekränkt, aber du kannst sie natürlich beweisen?«

»Natürlich kann ich sie nicht beweisen! Wenn du die Reise auf dich nehmen willst, kannst du sie selbst überprüfen.«

»Wer war die Frau? Das ist die bedeutsame Frage.«

»Wir können es nur vermuten. Meine Vermutung lautet: Faelamor.«

»Sehr wahrscheinlich. Nun, unsere Pläne sind vereitelt«, wandte sich Yggur an den Rat, »falls Mendark die Wahrheit sagt. Wir dürfen die Möglichkeit nicht außer Acht lassen, dass er das Gold für sich selbst zurückhält.«

»Das dürfen wir nicht«, stimmte Nadiril zu. »Aber ich bin geneigt, ihm zu glauben.«

Mendark vollführte eine ironische Verbeugung. »Dennoch nehmt ihr beide Rulke die Arbeit ab«, sagte Nadiril. »Also lasst uns fortfahren.«

»Wie konnte Faelamor so schnell nach Havissard gelangen?«, fragte Malien, die bisher noch nichts gesagt hatte. »Und wie ist sie *hinein*gelangt?«

»Für beides gilt dieselbe Antwort. Sie hat ein Tor erschaffen.«

»Und sie war nicht allein!«

»Das glaube ich nicht.«

»Hmmm«, machte Yggur und blinzelte durch ein Vergrößerungsglas auf einen Kalender. »Faelamor ist in Bannador im Heerlager gesehen worden, kurz bevor« – seine Stimme brach – »Maigraith verschwand, und das wiederum war nur Wochen, bevor du ihr in Havissard begegnet bist. Das stützt die These, sie habe ein Tor benutzt. Nun, später können wir uns den Fragen widmen, was sie mit dem Gold anfangen will und wo sie zu finden ist. Ich glaube, ich werde mich selbst darum kümmern.

Nun kommen wir zu Llian«, fuhr Yggur fort. »Ich habe ihn erwischt, wie er sich in den Archiven des Rates herumtrieb. Was hast du wirklich dort getan, Llian?«

»Ich habe nach Unterlagen über Kandor gesucht.«

»Lügner! Du bist in den Geheimarchiven entdeckt worden. In der Stahlkammer!«

Llian zögerte.

»Nun?«, sagte Yggur. »Dein Leben könnte davon abhängen, wie deine Antwort ausfällt.«

»Die Tür stand offen«, sagte Llian kläglich. »Und die ganzen anderen Türen auch, sogar die zur Stahlkammer.«

»Eine Falle!«, rief Nadiril aus. »Also wirklich, Yggur! Das ist ja Gift für dein Anliegen, und vor allem für deine eigene Glaubwürdigkeit.«

»Ich wusste nicht, wie die Archive angelegt sind«, fuhr Llian fort. »Ich habe nach der richtigen Stelle gesucht, als Ihr mich entdeckt habt.« Er erinnerte sie an seine Verdachtsmomente, was den Tod des verkrüppelten Mädchens anging, und berichtete von Kandors Brief, den er vor einem Jahr in der Zitadelle entdeckt hatte.

»Warum hast du mir das nicht schon damals erzählt?«, rief Mendark und schlug mit der Faust aus den Tisch. Eine Weinkaraffe kippte um und verströmte ihren gelben Inhalt in alle Richtungen. Papiere wurden hastig in Sicherheit gezogen. »Zeig mir den Brief.«

»Ich habe ihn in Katazza vernichtet«, sagte Malien. »Ich fand, diese Truhe sollte besser geschlossen bleiben.«

»Aber nun hat Faelamor sie geöffnet. Wir müssen wissen, was in dem Brief stand.«

»Ich habe eine Abschrift«, sagte Llian. »Ich habe sie in Kandors Schlafzimmer gefunden. Ebenso wie einen späteren Brief an Yalkara.«

Karan zog die Schriftstücke hervor, die sie die ganze Zeit über sicher verwahrt hatte, und sie wurden am Tisch herumgereicht. Yggur ließ den Blick darüber gleiten und warf sie beiseite.

»Eine Ablenkung! Zurück zu Mendark. Ich glaube nicht...«

Mendark las die Briefe und raufte sich die Haare. »Warum hast du mir das nicht vorher gezeigt, Llian? Hätte ich über Kandors Verdächtigungen in Bezug auf Rulke Bescheid gewusst, hätte ich mich sofort nach Havissard begeben. Ich hätte Wochen vor Faelamor dort sein können. *Dann würde jetzt ich das Gold besitzen!*«

Ihn verzehrte seine Verbitterung über die Katastrophe in Havissard, die Vereitelung all seiner Hoffnungen. Yggurs Beschuldigungen, er wäre ein Verräter, waren unerträglich.

Da erhob sich Yggur, und sein Gesicht glich noch immer einer Maske. »Ich sehe eine weitere Möglichkeit«, erklärte er grimmig. »Schaut auf die Beweise – Dokumente, auf die Llian in geheimnisvoller Weise stößt, von denen er uns aber erst erzählt, wenn wir ihn dazu zwingen; Gespräche, die er mit unseren Feinden führt; Dinge, über die niemand sonst je ein Wort verloren hat. Alles ist sehr glaubhaft, ganz wie wir es von einem derartig talentierten Geschichtenerzähler erwarten würden, aber ist es auch *wahr?* Würdet *ihr* jemandem vertrauen, der mit Rulke und Faelamor tagelang alleine zusammen war?«

Mendark zupfte sich unruhig am Bart und blickte zu Nadiril und Malien. »Und Faelamor traf genau gleichzeitig mit mir in Havissard ein und suchte wie ich nach dem Gold. Ein unwahrscheinlicher Zufall.«

»Überhaupt kein Zufall«, sagte Yggur kalt. »Llian wusste, worauf du es abgesehen hattest. Wir wissen, dass er mit Rulke zugange war und mit Tensor und Faelamor in Katazza. Dies ist der Tropfen, der das Fass zum Überlaufen bringt. *Ich erhebe Anklage! Ich sage, er hat uns an Faelamor verraten!*«

Llian war sprachlos vor Angst. Karan sprang auf. »Das ist ungeheuerlich!«, rief sie. »Wir haben Faelamor während all der Monate zwischen Katazza und Chanthed nicht gesehen.«

»Vor Tagen erst war sie hier!«, donnerte Yggur. »Genau hier, und hat uns bei unserer ersten Zusammenkunft ausspioniert.«

»Wie bitte?«, brüllte Mendark.

»Allerdings«, sagte Yggur laut. »Sie und Llian könnten in diesem Augenblick miteinander reden, so wie Rulke in Tullin zu ihm gesprochen hat.«

Karan wurde blass. »Wer hat Euch das erzählt?«, fragte sie leise, im Glauben, Shand hätte sein Wort gebrochen.

»Das war ich«, sagte Nadiril.

»Leugne es, wenn du es wagst!«, tobte Yggur.

Karan schwieg. »Leugnest du es?«, fragte Mendark.

»Ich kann es nicht, aber ...«

Mendark hob die Hand. »Dann muss ich Yggurs Anschuldigung ernst nehmen, auch wenn ich seine wahre Absicht kenne – uns von seiner eigenen Niedertracht abzulenken.«

»Falls ihr Llian so sehr misstraut, warum lasst ihr ihn dann bei unseren Beratungen zu?«, machte Nadiril geltend. »Und falls ihr ihm nicht misstraut, was soll diese Farce? Ich bin nicht überzeugt. Ich betrachte Llian als eine Bauernfigur zwischen euch beiden: Jeder von euch verdreht alles so, dass es seinen eigenen Zwecken dient.«

»Llian war in den Archiven, um für seinen Herrn zu spionieren«, tobte Yggur. »Erinnert euch an den Verrat von Hennia der Zain.«

»Du nennst es Verrat, dass sie uns an *dich* verriet?«, schrie Mendark.

»Ich werde mich nicht umstimmen lassen«, erwiderte Yggur. Die Befragung setzte sich stundenlang fort, bis Llian ein weißgesichtiges Wrack war und alle im Raum wünschten, es möge ein Ende nehmen. Doch Yggur ließ es nicht zu. »Und da ist noch die Sache in Tullin. Es scheint, als hätte er uns, und Faelamor ebenso, an Rulke verraten. Das Ausmaß seines Verrats verschlägt einem wahrlich den Atem. Einmal ein Verräter ...«

Karan wurde aufgefordert zu erzählen, was sich in jener Nacht ereignet hatte.

»Man kann mich nicht zwingen, gegen Llian auszusagen«, sagte sie.

»Doch, das können wir«, sagte Nadiril, »obwohl wir lieber davon absähen.«

Llian sprang auf. »Erzähl es, Karan! Leg alles offen auf den Tisch! Dann werden sie erkennen, dass ich nichts Falsches getan habe.«

Er befand sich schrecklich im Irrtum. Nachdem Karan von jener Nacht in Tullin erzählt hatte, war die Versammlung ebenso schockiert, wie es Shand gewesen war. Yggur erbleichte; seine Wange begann unkontrolliert zu zucken.

»Ich hatte von Anfang an recht! Wir hätten ihm schon damals im Meer der Trockenheit den Garaus machen sollen.«

»Warum tut er das?«, flüsterte Karan in dringlichem Tonfall Malien zu, die neben ihr saß. »Ich versteh' das nicht.«

Malien flüsterte zurück: »Yggur ist einst von Rulke besessen gewesen. Er hat grässliche Angst, dass Rulke es über Llian wieder tun könnte.«

»Nein!«, schrie Llian auf und stolperte mit ausgestreckten Armen auf Yggur zu. »Befragt mich selbst, Ihr werdet erkennen, dass all dies ein schrecklicher Fehler ist.«

Yggur wich von Grauen gepackt zurück. »Zurück, Verräter!«, schrie er. »Wachen, ergreift diesen Mann!« Auf jeder Seite der Eingangstür stand ein Wachposten, jeder ein hartgesottener Soldat von der Größe Osseions. Der zunächst Stehende sprang vor und packte Llian beim Kragen. Llian warf sich zurück, das Hemd riss, und er landete flach auf dem Rücken.

»Was sollen wir mit ihm tun, Herr?«

»Tötet ihn!«, schrie Yggur. »Tut es hier vor meinen Augen!«

Der Wachsoldat setzte den Fuß auf Llians Hals und zog sein Schwert.

Bevor irgendjemand auch nur einen Finger rühren konnte, schleuderte Karan eine Weinkaraffe zielgenau auf den Soldaten. Sie krachte gegen sein Ohr. Er fiel rückwärts über eine Bank. Karan schlug den Boden einer weiteren Flasche ab und schoss zwischen die Tische hin, das gezackte Flaschenende vorgestreckt.

Der zweite Wachposten zog seine Waffe. Karan trug mit ihrer Flasche eine Finte vor. Er hob das Schwert, um ihr den Arm abzuhacken. Nadiril trat humpelnd dazwischen. »Legt eure Waffen nieder!«, brüllte er.

Der Wachsoldat zögerte und blickte auf seinen Herrn. »Erteil den Befehl, Yggur!«, verlangte Nadiril rau.

»Geht wieder auf eure Posten«, sagte Yggur, und der Wachposten zog sich zurück, ohne das Schwert wegzustecken.

Nadiril vollführte eine stumme Gebärde in Mendarks Richtung.

Der Magister erhob sich. »Die Fäden sind verwickelt, und wir sind zu aufgewühlt, um sie entwirren. Bringt ihn in meine Privatgemächer, wo er weder Schaden anrichten kann, *noch welchen erleiden.*«

»Nur über meine verstümmelte Leiche!«, rief Yggur. »Schafft ihn in die Zelle. In die allertiefste.«

Von Vartila angeführt, marschierte ein Trupp Whelm herein. Sie packten Llian bei den Armen und führten ihn hinaus.

»Nein!«, schrie Karan und rannte ihnen hinterher, die abgebrochene Flasche schwingend. Sie erinnerte sich daran, wie Llian auf dem Konklave versucht hatte, sie zu verteidigen, als die Wachen kamen, um sie mitzunehmen. Ein kräftiger Wachsoldat ergriff sie von hinten und entwaffnete sie.

»Es ist nicht nötig, dass deine Leute die ganze Last alleine schultern, Yggur«, sagte Mendark ruhig. »Meine werden an ihrer Seite Wacht stehen.«

Er klatschte in die Hände. »Osseion, Torgsted, bewacht diesen Burschen Tag und Nacht. Seht zu, dass ihm kein Leid widerfährt.« Die beiden folgten den anderen hinaus.

Yggur tobte, aber ohne ein Blutvergießen herauszufordern konnte er wenig unternehmen. Der Rat ging in Uneinigkeit auseinander. Die Pläne schienen nicht weiter gediehen zu sein als Monate zuvor, als sie am Fuße Katazzas gefasst worden waren.

Kapitel sechzehn

Der Fluch des Bettlers

Die Wachen scheuchten Llian durch die Dunkelheit, wobei zwei Whelm seine Ellbogen im lähmenden Griff hielten. Sie hätten sich nicht zu sorgen brauchen. Innerlich betäubt, wie er war, konnte Llian an Flucht nicht einmal denken.

Osseion schloss neben ihn auf. »Es tut mir leid, Llian«, brummte er.

»Wohin bringen sie mich?«, fragte Llian schwach.

»In die Kerker der Zitadelle.«

Llian sagte nichts mehr. Neben ihm stampften zu beiden Seiten die Wachen dahin, ihre Schritte hallten von den Wänden wider. Sie polterten eine Treppe nach der anderen hinab, durch einen Gang nach dem anderen, vorbei an den Zellen, worin Thyllan im vergangenen Winter Karan gefangen gehalten hatte, und noch tiefer in eine feuchte Kellerebene mit niedriger, von dicken Säulen getragener Decke. Die Wände waren braunfleckig vom Tropfwasser, und hier und da wucherten kristalline Ausblühungen aus den Wänden oder der Decke. Sie kamen an vielen dumpfen und düsteren Zellen vorbei, von denen die meisten belegt waren. Schmutzige Gesichter spähten durch Gitterstäbe hindurch, während sie vorbeimarschierten. Der Gestank der Gefangenen hing in der Luft wie Nebel.

»Was für ein schrecklicher Ort!«, sagte Llian. »Steckt ihr mich in eine davon?«

Osseion öffnete den Mund und schloss ihn dann wieder. Nie hatte er seine Pflichtausübung als bedrückender empfunden.

»Diese Zellen sind für gewöhnliche Verbrecher. Du kommst in die Verliese, die den schwärzesten Verrätern vorbehalten sind, Chronist.«

Sie platschten durch schlüpfrige Pfützen und gingen dann eine weitere Treppe hinab, auf der das Tropfwasser stand, bis sie in ein Geschoss mit noch niedrigerer Decke gelangten, das gänzlich unbeleuchtet war. Osseions schwere Stiefel hämmerten dumpf auf dem Steinboden, dass es von den Wänden widerhallte. Ein Schrei der Verzweiflung drang aus einer unterirdischen Krypta herauf.

»Helft mir! Helft mir hier raus! Helft mir! Lasst mich raus!«

Die Schreie drangen durch ein Gitter im Boden, rostige Eisenstäbe, die über einer quadratische Öffnung in der Breite von Llians Schultern festgeschraubt waren. Llian schauderte es. Sie kamen an einer anderen Öffnung vorbei, ebenso dunkel und grauenvoll, aus der ein schrecklicher Gestank quoll, als sei dort unten jemand vergessen worden und gestorben. Beim nächsten Loch blieb der vorderste Whelm stehen. Vartila ergriff das messingne Vorhängeschloss – das Einzige hier unten, das nicht vermodert und in Fäulnis begriffen war – und sperrte es mit einem langen Schlüssel auf. Ein weiterer Whelm tauchte mit einer Leiter auf.

Das Gitter flog krachend auf, der schwarze Schacht gähnte, die Leiter wurde hineingestoßen. Llian starrte Osseion an; er erbrach sich fast vor Verzweiflung.

»Steig lieber runter, Llian«, sagte Osseion mit zusammengebissenen Zähnen.

Llian trat auf die Leiter und stieg Hand über Hand ins Dunkel hinab. Es stank nach Moder, Feuchtigkeit und alten menschlichen Ausscheidungen.

»Beweg dich!«, rief der Whelm. Llian rutschte auf dem glitschigen Boden aus und fiel auf die Knie. Sein Peiniger steckte den Kopf durch die Öffnung und hielt die Laterne hinein, sodass Llian kurz die Gelegenheit erhielt, seine Umgebung zu betrachten. Die Zelle war ziemlich groß und vollkommen leer. »Bleib besser auf den Knien hocken, falls du hier wieder rauszukommen hoffst.«

Die Leiter verschwand nach oben. Das Gitter schlug zu. Das Licht entfernte sich und erlosch. Llian blieb allein zurück, mit nur den Schreien als Gesellschaft.

Das Verlies enthielt nichts; kein Bett und keinen Stuhl, geschweige denn einen Toiletteneimer. Nur zwei Schritt hohe Steinwände, die Feuchtigkeit ausschwitzten, und einen Abfluss in einer Ecke, um zu verhindern, dass die Zelle sich mit Sickerwasser und den Ausscheidungen der Gefangenen füllte. Der Abfluss stank, als hätte er tausend Jahre lang als Abort gedient, und so war es auch.

Nun herrschte eine Finsternis, so schwarz wie Teer. Noch nicht einmal das Gitter über ihm war sichtbar. Llian schritt durch die Zelle und wieder zurück. Vier Schritte; ebenso vier in die andere Richtung. Er tastete die Wände ab, jede einzelne Elle davon, aber natürlich gab es keine Fluchtmöglichkeit. Wände und Boden bestanden aus massiven Steinblöcken. Der Abfluss war zu eng, als dass irgendein Mensch hätte hindurchkriechen können.

In seinem Leben hatte Llian schon viele Geschichten von Gefangenen erzählt, die in Verliesen eingekerkert waren, aber keine davon hatte ihn auf das grässliche Unbehagen und Elend, das er hier durchmachte, vorbereiten können. Es war unmöglich, nicht an Geschichten über Rattenbisse zu denken, die sich entzündeten, an Gefangene, die auf eiternden Stümpfen gingen, weil ihnen die Füße abgefault waren, an Wahnsinn, Qual und Tod. Llian war klar, dass Yggur ihn so schnell brechen wollte wie möglich.

Nach einigen Stunden tauchte oben ein matter Lichtschein auf.

»Wasser, Wasser!«, rief Llian.

Das Licht bewegte sich langsam auf sein Gitter zu. »Essenszeit«, sagte eine Whelmstimme.

Gewalttätige Anwandlungen überkamen Llian. Sobald der Kerl die Leiter herabkam, würde er ihm ins Gesicht schlagen und die Sprossen erklimmen; er würde alles tun, er würde töten, um hier rauszukommen. Er starrte zu dem dunklen Umriss empor.

Eine Flut kalten, dünnen Breis klatschte ihm ins Gesicht. Llian stürzte und rieb sich die Brühe aus den Augen. Ein Knochen schlug gegen seinen Hinterkopf. Er säuberte sich die Augen, so gut er konnte, aber das Zeug bedeckte ihn von Kopf bis Fuß, klebte in seinen Haaren und rann ihm den Rücken hinunter. Er war förmlich getränkt von der schmierigen, halb verschimmelten Widerlichkeit.

»Wie stellst du dir das vor, soll ich das vom Boden essen?«, brüllte er.

Sein Peiniger lachte.

»Bitte gib mir etwas Wasser«, bat Llian.

»Leck's von den Wänden ab«, riet ihm der Whelm, dann bewegte sich das Licht wieder fort.

Llians weitere Schreie blieben ohne Antwort. Völlige Dunkelheit löste das Licht ab. Schließlich wurde Llian so durstig, dass er wirklich das kalkhaltige Wasser von der Wand leckte; so hungrig, dass er den Brei vom Boden aufkratzte und ihn zu essen versuchte. Es war ekelhaft. Er würgte ihn in den Abfluss. Llian legte sich auf den nassen Boden und versuchte vergeblich, zu schlafen.

Lange Zeit später erwachte er und bemerkte, dass er Gesellschaft bekommen hatte – sein verfilztes Haar lebte förmlich vor schmausenden Kakerlaken. Sein Körper wimmelte vor Flöhen und Läusen, die ihn überall bissen, während etwas an seinem Ohr kratzte und dabei ein leises Freudenquieken ausstieß. Er stieß das Quiekende fort, und es schlitterte über den Boden.

Es war eine dürre, flohverseuchte Ratte, und sie kam bald zurück.

Nach quälend langer Zeit sah Llian die Vergeblichkeit seiner Versuche ein, die Schmarotzer wegzuscheuchen. Er legte sich nieder und gestattete ihnen, mit ihm nach Belieben zu verfahren. Die Kakerlaken verursachten beim Treffen sonderbare Knistergeräusche, die ihm tief in den Schädel drangen. Die Läuse und Flöhe machten keinen Laut, während sie aßen, aber er spürte ihre Stiche am ganzen Leib.

Einige Zeit später weckte ihn ein breiiges Knirschen an einem seiner Ohren. Die Ratte hockte auf seiner Schulter und fraß Kakerlaken aus seinen Haaren. Bei jedem blitzschnellen Zuschnappen verteilten sich Spritzer über sein Ohr. Seine Entwürdigung war vollkommen.

Wenn nur Karan käme. Sie musste ganz sicher erscheinen. Aber die leidvollen Minuten dehnten sich zu unerträglichen Stunden, und diese zu Tagen, die Albträume der Qual waren, nur unterbrochen von der täglichen Flut an Abfallbrühe. Die Treffsicherheit des Whelm war unfehlbar; er erwischte Llian jedes Mal. Doch Karan erschien nicht. Einst hätte sie für ihn die Erde aus den Angeln gehoben, aber nun war er ihr egal geworden. Sie ließ ihn im Stich. Es machte sein Herz so kalt wie die Wände seines Kerkers. Sie bedeutete ihm nichts mehr.

Karans Traum-Verbindung teilte ihr lediglich mit, dass Llian litt. Sie hatte sich Tag und Nacht darum bemüht, ihn freizubekommen, aber ihre Anstrengungen waren vergeblich geblieben. Obwohl sie sämtliche drei Goldtells als Bestechungsgeld aufwendete, ein derart atemberaubendes Vermögen, dass der Gedanke daran sie ganz krank machte, konnte oder wollte ihr niemand helfen – oder wagte es nicht. Schließlich schluckte sie ihren Stolz hinunter und bat darum, Mendark sehen zu dürfen.

Er sah noch eingefallener und raubvogelartiger aus als zuvor. Er war höflich, bot ihr zu essen und Wein zu trinken an, ließ sich aber zu nichts bewegen. Karan gewann den deutlichen Eindruck, dass er sich nun vor Yggur ängstigte.

Auch Malien war machtlos. Die Aachim besaßen in Thurkad keinerlei Einfluss. »Es gibt nur einen Menschen, der dir helfen kann, Karan«, sagte sie, »und das ist Yggur. Doch wenn du zu ihm gehst, sei äußerst vorsichtig.«

Karan hatte Angst – Angst um sich selbst, aber ihr blieb keine andere Möglichkeit. Am nächsten Tag wurde sie bei Yggur vorstellig. Den ganzen Tag und den ganzen Abend saß sie in einem eiskalten Vorzimmer und wartete, während Dutzende andere vorgelassen wurden. Endlich, am späten Abend, wurde sie zu ihm geführt.

Yggur blickte auf sie herab. »Ich glaube Llian nicht, und ich vertraue ihm nicht. Ich werde ihn niemals wieder freilassen«, sagte er.

»Darf ich ihn wenigstens sehen?«, flüsterte sie, der Verzweiflung nahe.

»Nein«, sagte Yggur. »Und jetzt hinaus, oder ich behalte dich auch hier. Ich habe deinen Anteil an dieser Sache nicht vergessen!«

Sie trieb sich bei den Toren der Zitadelle herum, aber dort waren Dutzende von Wachposten, die sehr scharf aufpassten und nach ihr Ausschau hielten. Nachdem sie innerhalb von zwei Stunden genauso oft weggeschickt worden war, ergriff sie die Flucht. Sie hatte nur noch eine Möglichkeit. Nach wenigen Stunden in unruhigem Schlaf suchte sie Nadirils Villa auf.

Ein Diener bat Karan sofort herein. Nadiril saß zusammen mit Lilis am Kamin, die ihm von einer Schriftrolle Gedichte vorlas. Jevi war am Hafen und arbeitete auf Penders Boot. Lilis beendete ihren Vortrag. Nadiril berichtigte kleinere Fehler in ihrer Aussprache, ihrem Rhythmus und ihrer Sprachfärbung, trug ihr auf, es noch einmal für sich allein zu lesen, und wandte sich Karan zu.

»Du bist Llians wegen gekommen.«

»Diese Anschuldigungen sind ungeheuerliche Lügen. Wie könnte er irgendwelche Machenschaften mit Faelamor eingegangen sein? Das ist abwegig.«

»Das ist es in der Tat, aber leider ist es trotzdem glaubhaft, und Mendark und Yggur fürchten einander so sehr, dass sie noch das Abwegigste glauben. Wie geht es Llian?«

»Ich weiß es nicht; Yggur gestattet nicht, dass ich ihn sehe.«

»Ich bin sicher, dass er gut behandelt wird.«

»Ich nicht; ich spüre, wie unglücklich er ist. Bitte, könntet Ihr Euren Einfluss geltend machen?«

»Armer Llian«, sagte Lilis und legte die Schriftrolle beiseite. »Er war so freundlich zu mir. Ihr müsst doch in der Lage sein, ihm zu helfen.«

Nadiril hob die Hand, und Karan half ihm auf die Beine. »Lasst uns ihm einen Besuch abstatten.«

Es führte zu grenzenloser Bestürzung, als Nadiril mit Karan und Lilis am finsteren Verliestor der Zitadelle auftauchte und Llian zu sehen wünschte. Natürlich konnte man ihn nicht abweisen, aber ein Whelmposten rannte in die eine Richtung davon, einer von Mendarks Wächtern in die andere.

»Wartet gefälligst hier«, sagte der verbliebene Wachposten.

Nadiril schob ihn beiseite. »Bring mich sofort zu Llians Zelle«, sagte er mit einem eisigen Klang in der rauen Stimme.

»Er ist nicht in den Zellen«, sagte der Wächter. »Er ist in die unteren Verliese geworfen worden.«

Nadiril wurde so starr wie ein Schürhaken. Er marschierte an dem Wachposten vorbei, einem gewaltigen Mann, der ihn hätte zerbrechen können wie einen Zweig, doch der Bursche trat gewandt aus dem Weg.

»Ihr könnt nicht –«, begann der andere Wächter, ein Whelm.

»Hinweg mit dir!«, herrschte Nadiril ihn an. »Geh mir aus dem Weg!«

Karan war erstaunt. Sie schritt an Nadirils Seite und musste beinahe rennen, um mit seinen langen Schritten mitzuhalten. Plötzlich wirkte er nicht mehr im Geringsten gebrechlich. Sie gingen tiefer und tiefer, bis sie in eine stinkende Kellerebene gelangten. Der Wächter lief neben ihnen her.

»Helft mir! Lasst mich raus! Helft mir! Lasst mich raus!«, tönte der hoffnungslose Schrei aus der ersten Zelle. Nadiril blickte angewidert; Karan war tief schockiert. Lilis weinte.

Gerade als sie das dritte Gitter erreichten, erschien Mendark mit einem halben Dutzend Männern. Schritte polterten hinter ihnen, und aus der anderen Richtung kamen Yggurs Soldaten herangeeilt, ein Trupp von zwanzig Mann unter der Führung zweier Whelm. Sie blieben knapp neben Nadiril stehen, die Speere stoßbereit. Hinter ihnen humpelte Yggur heran.

»Was geht hier vor?«, verlangte er von Mendark zu wissen.

»Ich wollte dir dieselbe Frage stellen«, entgegnete Mendark.

»Ich möchte mich vom Zustand des Gefangenen überzeugen«, sagte Nadiril mit einer Stimme, deren Klang einem Windhauch glich, der durch ein Weizenfeld streicht.

»Schließt auf!«

»Er bleibt hier!«

»Aufmachen!«

Yggur erteilte einen Wink, einer der Whelm sperrte das Schloss auf; ein weiterer brachte die Leiter. Karan riss der Wache die Laterne aus der Hand und stürzte förmlich die Leiter hinab.

»Oh, Llian!«, schrie sie, als sie ihn sah, sein Haar und seine Kleider von verschimmeltem Brei getränkt. Er zitterte. Sie streckte ihre Arme aus, aber er kam nicht.

Llian fühlte sich schrecklich gedemütigt, weil sie ihn derart schmutzig und entwürdigt sah. Er hatte sich in einen Zustand hineingesteigert, in dem er allein gegen die ganze Welt stand.

»Fass mich nicht an«, flüsterte er.

»Llian!«, rief sie und stand mit ausgestreckten Armen wie eine Statue da.

Eine Kakerlake kroch aus seinem Haar und wedelte mit ihren Fühlern in der Luft. »Es ist zu spät«, sagte er zur Wand. »Du hättest vor langer Zeit kommen sollen. Jetzt will ich dich nicht mehr.«

»Ich konnte nicht kommen. Yggur hat mich nicht zu dir gelassen.«

Von oben drang eine barsche Stimme herab. »Komm raus, Karan, *oder bleib!*«

»Zur Hölle mit dir!«, schrie sie und schüttelte die Faust gegen ihn. »Ich *werde* bleiben.«

Llian wirbelte herum. Jede Folter, die er erlitt, war noch schlimmer als die vorangegangene. Karan an seiner Erniedrigung teilhaben zu lassen wäre das Allerschlimmste gewesen. Er musste sie abweisen. »Geh weg. Ich will dich nicht, und ich brauche dich nicht.« Er legte die Hände auf ihre Schultern und stieß sie auf die Leiter zu.

»Ich zähle bis drei«, brüllte Yggur.

Tränen schossen Karan in die Augen. »Llian, was ist aus uns geworden?«, klagte sie, dann kletterte sie ohne einen Blick zurück nach oben. Oben angekommen, schob sie sich an Yggur vorbei, wobei sie ihn mit der Schulter zurückstieß. »Ich werde dafür sorgen, dass Ihr das bereut.«

Yggur lachte. »Du kannst noch nicht einmal deine Steuern bezahlen. Du wirst noch vor dem Frühling auf der Straße sitzen.«

Mendark sagte nichts, aber er beobachtete Yggur und Nadiril misstrauisch, als steckten sie unter einer Decke.

»Ich habe genug gesehen«, sagte Nadiril. Er ergriff Karans Ellbogen. »Bist du jetzt zufriedengestellt?«

»Zufriedengestellt?«, wisperte sie.

»Komm! Wir können hier nichts tun.« Er verneigte sich vor Mendark und vor Yggur, nahm Lilis mit der anderen Hand und ging langsam denselben Weg zurück, den sie gekommen waren.

Draußen setzte Karan sich in den Rinnstein und barg das Gesicht in den Händen. Nasse Schneeflocken ließen sich auf ihrem Haar nieder. »Das ist ein Albtraum. Ich weiß nicht, wohin ich mich wenden soll.«

Lilis setzte sich neben sie. »Komm mit und bleib bei uns. Nadiril wird dir helfen, nicht wahr, Nadiril?«

Er war reglos wie ein Baum, tief in Gedanken versunken. »Was? Ja, natürlich. Komm in meine Villa. Sie ist recht behaglich, nach den Maßstäben dieser Stadt. Ich werde jemanden schicken, der deine Sachen holt, und Llians ebenso. Wir müssen miteinander reden.«

Viele Stunden und eine Breidusche später döste Llian unruhig auf dem Boden, als das Quietschen der Gitters über ihm ihn weckte. Licht wurde sichtbar. In der Öffnung zeichnete sich ein knochiger Umriss ab, den er als Vartila erkannte. Eine Strickleiter wurde herabgelassen. Er kletterte ungelenk daran empor, ohne die geringste Ahnung, was ihn erwartete. Oben zogen ihn zwei Whelm heraus, wobei sein Zustand und sein Gestank ihnen angewiderte Ausrufe entrissen. Osseion und Torgsted lagen auf dem Boden, so reglos, als schliefen sie.

»Wohin bringt ihr mich?«, fragte Llian weinerlich.

Sie lachten. »Zu deinem Schicksal, Chronist!«

Dem Gelächter haftete ein übler Beiklang an. Llian hatte nun wahren Schrecken kennengelernt. Schon im Meer der Trockenheit hätte Yggur ihn am liebsten umbringen lassen, um sich der Bedrohung zu entledigen, die er in ihm sah. Die Wachen führten ihn durch Gänge, die ihm unvertraut waren, dann aus der

Zitadelle hinaus zu einem Hof mit hohen Mauern, von dem er wusste, dass es die Richtstätte war.

»Nein!«, schrie er und kämpfte hoffnungslos gegen seine Fesseln an.

Die Whelm lachten freudlos und zerrten an seinen Ketten.

Kapitel siebzehn

Das Ohr

Das klägliche graue Licht verriet Llian, dass es erst kurz nach Tagesanbruch war. Es offenbarte die Richtstätte, einen beengten, schmalen Hof von vierzig oder fünfzig Fuß Länge, aber nur zehn in der Breite. Mauern umgaben ihn, die so hoch ragten, dass das Sonnenlicht niemals den Boden erreichte, und zwischen den Ziegeln und den Bodenplatten quoll Moos hervor. An den langen Mauern hingen nebeneinander eine Reihe von Eisenfesseln. Am einen Ende des Hofes stand eine Zuschauertribüne, am anderen das Schafott, ein Podest aus grauem, fleckigem Stein.

Ein Whelm, den Llian nicht mit Namen kannte, stieß ihn so rau in den Hof, dass er flach zu Boden fiel. Er blickte sich an dem grauenvollen Ort um, sah die Eisenschellen, die fleckigen Steine.

»Schau nach oben«, befahl der Whelm hämisch.

Llian gehorchte und wünschte, er hätte es nicht getan. Auf der Mauerkrone reihten sich ringsum die Galgen, nur die Stelle direkt über der Zuschauertribüne wurde ausgespart. Mechanisch zählte Llian die Reihe ab. Sechsundzwanzig Galgen waren es, und an allen außer einem baumelte ein Hingerichteter; einige Leichen waren schon so alt, dass ihm bei ihren Anblick schlecht wurde und er Galle auswürgte.

»Einer wartet noch!«, sagte der Kerl. »In einer Stunde schmückst du ihn. Besser, du erzählst deine Geschichte schnell zu Ende, Chronist!«

Llian stöhnte auf. Er war vollkommen hilflos. Er fuhr herum, versuchte seinem Peiniger einen Tritt zu versetzen und stürzte zu Boden. Der Whelm lachte erneut, ein Geräusch, als würde Bleischrot durch eine Sanduhr rieseln.

»Gewaltbereiter Häftling«, entschied er, drängte Llian rückwärts gegen die Mauer und schloss die Eisenschellen um seine Handgelenke. »Warte hier«, sagte er, als er davonging, mit einem höhnischen Grinsen über die Schulter. Er verließ die Richtstätte und schlug die Tür des Hofes hinter sich zu.

Warte hier! Was für ein erbärmlicher Humor! Llian trieb es die Tränen in die Augen. Hier also endete sein Weg. Welch ein Glück, dass der alte Wistan ihn überredet hatte, seine Geschichte niederzuschreiben. *Ich frage mich,* dachte er, *ob sie Llians Geschichte genannt werden wird, wenn ich tot bin. Na, wohl kaum!* Die Geschichte vom Spiegel, *so sollte sie heißen, aber jetzt wird wohl jemand anderes die Lorbeeren dafür einheimsen. Möchte wissen, was meine Freunde davon halten werden. Was Karan wohl denken wird?* Aber jeder Gedanke an sie war unerträglich.

Llian wehrte sich gegen die Handschellen, doch mehr, als sich die Haut von den Handgelenken abzuschürfen, erreichte er damit nicht. Regen setzte ein, der in Schneeregen überging – normales Winterwetter in Thurkad. Mehr als einmal vernahm Llian Rufe von den Straßen außerhalb des Todeshofes, als sei ein Aufstand im Gange. Auch das wäre in Thurkad nicht ungewöhnlich gewesen. Niemand sah nach ihm. Ihm fror. Er hatte nur die fünfundzwanzig Leichen zur Gesellschaft, dazu eine Krähe, die auf dem Schädel einer davon hockte und die Augenhöhlen auspickte. Sie ging jedoch leer aus – diese Leckerbissen fanden stets als Erstes einen Liebhaber. Llian legte die Hände vor die Augen, um den Anblick auszusperren; nicht mehr lange, und das Tier tat sich an seinen Augäpfeln gütlich.

Der Tag schleppte sich dahin, und ehe er vorbei war, zitterte Llian vor Hunger, denn das Essen im Kerker war so widerwärtig gewesen, dass er seit Tagen nichts mehr zu sich genommen hatte.

Nachmittags frischte der Wind auf. Die Leichen begannen zu tanzen und zu schaukeln, sich zu drehen und ihre Gliedmaßen hin und her zu schlenkern. Ein gespenstischer Marionettentanz: Heute Nacht würde auch er einfallen. Und falls seine Freunde die Kosten des Henkerstricks nicht tragen konnten oder wollten, der ihn erwürgt hätte, blieb er dort baumeln, bis seine blank genagten Knochen abfielen.

Die Leichname schwenkten ihre Gliedmaßen nun höchst lebensecht umher, und fast, als wäre Llians Gedanke belauscht worden, fiel einer vom Galgen, weil der Kopf sich endgültig vom Rumpf gelöst hatte, und schlug nicht weit entfernt auf die Steinplatten. Der grauenvolle Anblick verlangte Llian Tränen ab um des armen Narren willen, wer immer es sein mochte, der da Yggurs Zorn erregt hatte. Er weinte auch um sich selbst.

Nicht lange danach drang von der Straße ein erheblicher Tumult an sein Ohr. Llian hörte eilige Schritte und menschliche Rufe, doch wurden alle Geräusche von den hohen Mauern gedämpft, und er konnte sich keinen Reim machen, was vor sich ging.

Der Tag zog sich dahin, bis schließlich die Sonne sank, ohne dass er sie ein einziges Mal gesehen hätte. Die Nacht legte sich über die Richtstätte, und es erschien eine derart zahlreiche Schar von Gespenstern, dass sie sich gegenseitig stoßen und wegdrängen mussten, um Llian anstarren zu können. Obwohl sie ihn für einen überaus bemerkenswerten Burschen zu halten schienen, empfanden sie kein Mitgefühl für ihn. Zu dieser Empfindung sind Gespenster nicht fähig.

Sie waren eine erbitterte Schar, diese ausgemergelten Phantome – soweit Llian zu sagen wusste, war unter ihnen nicht einer für ein wirkliches Verbrechen hingerichtet worden. Llian bettelte und flehte sie um Hilfe an, doch ihre Spukhände konnten nicht einmal eine Schneeflocke auffangen, geschweige denn Eisenfesseln lösen, die so dick waren wie Ankerketten.

Einige Zeit nach dem Dunkelwerden bemerkte Llian, dass der Himmel an verschiedenen Stellen leuchtete: Häuser brannten. Die Schar der Gespenster schwebte zur Mauerkrone empor, lachte und deutete mit den Armen, aber ihm teilten die Geister nicht mit, was sie sahen.

Außerhalb der Mauern wurde es allmählich still. Llian war des ständigen Zankens und Quengelns der Gespenster überdrüssig. Die Phantome ließen ihre eigenen erbärmlichen Leben und Tode immer wieder Revue passieren, aber sich das Leiden ihrer Genossen anhören war ihnen zu anstrengend.

»Haut ab!«, schrie Llian, und das brachte Bewegung in sie wie ein Windstoß, der durch Wäsche auf der Leine fährt. Sie wurden seiner müde und verschwanden, und bald bedauerte Llian, sie verscheucht zu haben. Die Geister waren eine weitaus bessere Gesellschaft gewesen als ihre Leichname.

»Was kann ich nur tun?«, wimmerte Karan. Llians Qualen gingen ihr immer im Kopf umher; sie konnte die Gedanken nicht aussperren. Die Verbindung, mit der sie ihn überwachte, so lange aufrechtzuerhalten, erschöpfte sie und laugte auch emotionell aus.

Nadiril blies den Dampf über seiner Tasse fort. »Yggur wird sich seiner entledigen, sobald er eine Gelegenheit dazu findet.«

»Wie kann sich jemand nur vor Llian fürchten?«, fragte Lilis.

Nadiril verband die Glieder seiner Gedankenkette miteinander. »Vergesst nicht, dass Yggur einst von Rulke besessen war. Rulke hinterließ einen Anker in Yggurs Geist, den erst Mendark in Katazza entfernte. *Falls* Rulke auf die gleiche Weise von Llian Besitz ergriffen hat – was ich bezweifle –, könnte er in der Lage sein, von Llian zu Yggur hinüberzuwechseln. Davor glaubt

Yggur sich nur dadurch schützen zu können, indem er Llian tötet.«

»Gibt es denn nichts, was Ihr tun könntet?«, fragte Karan weinend.

»Ich weiß es nicht. Ich bin alt und auch nicht stark.«

»Habt Ihr ... *Kräfte?*«, fragte Lilis.

Nadiril kicherte. »In der Tat, aber keine so großartigen, dass du in derart melodramatischer Weise von ihnen flüstern müsstest. Ich bin kein Nekromant wie Mendark und Yggur. Wir alle sind gleichermaßen schwache Gefäße, ich selbst, Karan und du.«

»Aber Ihr seid schlauer als jeder von ihnen«, entgegnete entschieden Lilis, die neben Jevi am Feuer saß. »Und Jevi wird uns helfen, nicht wahr?« Sie sah zu Jevi hoch.

»Natürlich«, sagte er und zog sie an sich.

»Ich würde ihn nicht in solche Gefahr bringen, nachdem du ihn gerade erst zurückerhalten hast«, sagte Nadiril.

»Dann könnt Ihr Llian nicht befreien?«, fragte Karan hoffnungslos.

»Nein, *ich* kann es nicht.«

»Könnt Ihr mich heimlich wieder zu ihm ins Verlies bringen?«

»Möglicherweise, aber auch du kannst ihn nicht freibekommen. Er wird von ausgebildeten Wärtern bewacht.«

Karan sank in schwarze Verzweiflung.

»Aber Ihr könnt doch *etwas* tun, oder?«, piepste Lilis, die inzwischen mit Nadirils Gewohnheit, nur das zu sagen, wonach man ihn fragte, vertraut war.

»Ich habe ein *Ohr* an der Wand von Llians Zelle hinterlassen«, antwortete er in beinahe entschuldigendem Tonfall.

»Ein *Ohr?*«, wiederholte Karan. »Wovon redet Ihr?«

»Von einem Hilfsmittel, das für mich lauscht. Es wird mich wissen lassen, falls dort unten etwas vorfällt. Schau, hier ist noch eines.« Er holte ein kleines Stück zusammengefalteten Leders aus seinem Beutel. Es glich dem Ohr eines winzigen Esels, sogar die Behaarung war vorhanden.

Lilis war fasziniert. »Und das teilt Euch mit, was das andere Ohr hört?« Sie hielt es an ihr eigenes Ohr. »Ich höre aber nichts.«

Karan setzte sich auf. Nadiril lachte. »Sprechen mittlerweile Ohren? Natürlich nicht. Dafür bedarf es eines *Mundes* mit Lippen und Zunge.« Er brachte ein weiteres ledriges Objekt aus seinem Beutel zum Vorschein und legte es auf den Tisch. Diesmal glich es einer miniaturisierten Eselsschnauze.

Lilis beugte ihr eigenes Ohr darüber. »Ich kann noch immer nichts hören«, sagte sie.

»Weil niemand da unten ein Geräusch verursacht.«

Karan und Lilis starrten auf den Mund, aber er stellte sich störrisch und blieb stumm. Ein Diener kam mit dem Mittagessen herein, über das sie sich hermachten, denn es war schon fortgeschrittener Nachmittag, und sie hatten nicht gefrühstückt. Es war eine einfache Kost, dicke Gemüsesuppe, auf die Schwarzbrot und Käse folgten. Anschließend saßen sie am Feuer und nippten an Schalen mit senfgelbem Mil, als hinter ihnen eine schwache Eselstimme losschrie.

»Helft mir! Lasst mich raus! Helft mir! Lasst mich raus!«

Karan sprang auf und verschüttete dabei ihren Mil über ihre Hose. Der Mund sprach, ohne dass die Eselslippen sich bewegten. Mit den Hilferufen drangen die flatternden Schritte zweier Whelm an ihr Ohr.

Nadiril erhob sich knarrend. Lilis starrte den Mund verblüfft an. Aus ihm tönte ein metallisches Klirren, das von dem Gitter stammen musste, als es aufgeklappt wurde. »Komm rauf!«, befahl eine Fistelstimme, die halb nach Esel, halb nach Vartila klang.

»Sieh ihn nur an«, sagte ein anderer Whelm. »Was für ein widerwärtiger Wicht! Er stinkt.«

»Wohin bringt ihr mich?«, erklang Llians leidende Stimme.

Schritte stampften den Gang entlang. »Helft mir! Lasst mich raus! Helft mir! Lasst mich raus!«, heulte der Mund, dann verstummte er.

»Wo sind sie hin?«, rief Karan.

»Das weiß ich nicht«, sagte Nadiril. »Holst du meinen Mantel, Lilis?« Lilis kam damit zurückgeeilt. »Warte hier«, sagte er zu Karan.

»Ich muss mitkommen«, widersprach Karan.

»Lieber nicht. Ich habe vielerlei Gründe, mich in der Zitadelle aufzuhalten, doch wenn du mich begleitest, wird Yggur Verdacht schöpfen und ahnt womöglich, dass wir etwas wissen. Warte hier. Sei bereit, Thurkad auf der Stelle zu verlassen. Lilis, komm mit; du kannst mein Botenmädchen sein. Auch du magst mitkommen, Jevi.«

Sie verließen das Haus. Karan säuberte ihre Hose vom Mil, packte ihren Beutel und legte ihn neben Llians, dann setzte sie sich wieder hin. Während sie wartete, graute ihr vor den Neuigkeiten.

Von Nadirils Haus war es nicht weit bis zur Zitadelle. Sie gingen zum Vordereingang. »Sag nichts, während wir in der Feste sind«, sagte Nadiril. »Und erwähne vor allem das Ohr nicht.«

»Keine Bange«, sagte Lilis, fasste Jevis Hand und zog ihn näher zu sich, fort von den riesenhaften Wächtern. »Könnt Ihr den armen Llian befreien?«

»Ich weiß es nicht, Kind«, sagte Nadiril bedrückt. »Zuerst einmal muss ich ihn finden.«

Er ging hinauf zu Mendarks Amtsräumen, ohne dass man ihn aufhielt. Er berichtete Mendark, was er in Erfahrung gebracht hatte, aber nicht, auf welche Weise.

»Was?«, rief Mendark. Er sprang aus seinem Stuhl hoch, der

nach hinten kippte. »Llian entführt? Osseion und Torgsted niedergemacht?«

»Vielleicht nicht niedergemacht, aber auf alle Fälle überwältigt.«

»Yggur geht zu weit!«, zürnte Mendark, wobei er vor lauter Erregung auf und ab marschierte.

»Er lebt Tag und Nacht in Angst vor Rulke«, sagte Nadiril.

»Was kann ich tun? Ich brauche Llian. Yggur hat eine Armee – ich habe nur eine Hand voll Wachsoldaten.«

»Inszeniere ein Ablenkungsmanöver, das ihn völlig in Anspruch nimmt, während ich Llian ausfindig mache.«

»Aber was?«, murmelte Mendark, der noch immer auf und ab schritt. »Ah, ich hab's! Geh jetzt; lass mich nur machen.«

Sowie Nadiril fort war, nahm Mendark das schwarze Sphäroid aus Opal und das siebenteilige Vexierspiel hervor, mit denen er nach Havissard gelangt war. Eine Berührung, und der Opal erwachte zum Leben. Tief in Gedanken versunken saß er mit eingekrümmten Fingern vor dem Vexierspiel.

Außerhalb der Zitadelle blickte Nadiril zu den Fenstern hoch, hinter denen, wie er wusste, Mendarks Gemächer lagen. Obwohl die Jalousien abgelassen waren, sah er, dass das Zimmer plötzlich von regenbogenartigen Lichtern erhellt wurde. Dann wurde es wieder dunkel. Er lächelte und machte sich an sein eigenes Werk.

Innerhalb von Minuten sprangen Flammen aus dem Dach von Yggurs Hauptquartier, aus den Kasernen der Ersten Armee und sogar aus einer Ecke der Zitadelle selbst. Dem folgten rätselhafte Feuer an einem halben Dutzend strategischer Stellen. Gerüchte fegten durch Thurkad, dass die Ghâshâd einfielen. Menschen randalierten in den Straßen, und nicht einmal sämtliche Soldaten Yggurs konnten sie in Schach halten.

Ehe der nächste Morgen graute, krachten die Riegel an der Tür zum Todeshof. Diesmal kam Vartila allein. Zumindest hatte die Gestalt die Anmutung Vartilas, obwohl sie schmaler wirkte und ihre Bewegungen langsamer waren. Llians Furcht war verbraucht; er starrte die Whelm benommen an, als sie die Eisenschellen aufschnappen ließ und ihn stützte, als er niedersank.

»Bist *du* gekommen, um mich aufzuhängen?«, krächzte er.

Vartila hieß Llian, sich an ihrer Schulter festzuhalten. »Nein!«, sagte sie, und im Licht der Lampe war ihr Gesicht härter denn je.

»Wer dann ...«

Sie lächelte, oder versuchte es wenigstens, aber dieser Anblick war fast genauso Furcht einflößend wie ihr finsterer Blick. »Du bist frei. Ich bringe dich zu Karan an die Stadttore.«

»Begnadigt?«, schrie Llian. »Ist dies irgendein grausiger Scherz?«

»Kein Scherz! Ich habe lange gebraucht, um dich zu finden«, sagte sie düster. »Tut mir leid. Zieh diesen Mantel an und zieh die Kapuze über. Niemand darf dich sehen.«

Mehr sprachen sie nicht. Behutsam suchten sie sich ihren Weg durch die Straßen der Stadt, die mit panischen Menschen und Soldaten angefüllt waren, die vergeblich versuchten, die öffentliche Ordnung wiederherzustellen. Doch jeder Soldat kannte Vartilas Gesicht, und niemand überprüfte sie. Llian fragte sich nicht einmal, was geschehen war. Als sie das Westtor erreicht hatten, war seine Verängstigung zu einer alles verzehrenden Wut geworden, stärker als alles, was er je zuvor empfunden hatte.

Karan lag elend beim Feuer, wo sie in den frühen Morgenstunden eingedöst war. Kurz darauf wurde sie wieder geweckt, indem sie jemand an der Schulter schüttelte.

»Karan, wach auf«, sagte Lilis. »Bist du bereit?«

»Ja. Ist Llian frei?«

»Ich weiß es nicht. Ich soll dich zum Westtor bringen. Ein Aufstand ist ausgebrochen; halb Thurkad steht in Flammen, und die Leute sagen, es ist wegen der Ghâshâd – dass sie zurückkommen. Wir müssen sehr vorsichtig sein.«

Karan, Lilis und Jevi gingen in die unangenehme Nacht hinaus. *Verhasste Stadt!*, dachte Karan und sehnte sich nach Gothryme. Lilis führte sie unversehrt zum Tor, wo sie eine Stunde lang in Schneeregen und Wind warteten. Beim Morgengrauen schälte sich eine hochgewachsene Gestalt aus der Dunkelheit. Sie war wie die kleinere Gestalt hinter ihr in Mantel und Kapuze gehüllt, aber der Rost in der Stimme verriet Nadiril.

»Nimm ihn und entferne dich rasch«, sagte er in einer fast vollendeten Nachahmung von Vartilas rauer Stimme und schob die kleinere Gestalt nach vorn. Es war Llian.

»Wie bist du frei gekommen?«, fragte Karan sanft.

In dem Zustand, in dem Llian war, brachte er keine einzige Silbe hervor.

»Was wird Yggur jetzt unternehmen?«, fragte Karan die Vartila-Gestalt, die sich fließend in Nadiril verwandelte.

»Nach Mendarks Ablenkungsmanövern der vergangenen Nacht hat Yggur seine eigenen Probleme. Vor dem Tor warten Pferde. Beeilt euch!«

Darum machte Karan sich bereits Sorgen. Für die Flucht würden sie bezahlen müssen. Doch das spielte jetzt keine Rolle. Llian war frei! Sie dankte Nadiril und der großäugigen Lilis, dann eilten sie hinfort.

Llian war seit Thurkad derart verstört, dass er sich ganz in sich selbst zurückgezogen hatte. Bei den seltenen Gelegenheiten, bei denen er aus sich heraus kam, zeigte das Gesicht, das er der

Welt zuwandte, nur kalten Zorn gegen alles und jeden. Karan versuchte viele Male, ihm die wahre Geschichte seiner Erlebnisse zu entlocken, doch er vermochte nicht darüber zu sprechen.

»Niemand vertraut mir, warum also sollte ich mich einen Dreck um irgendjemanden scheren?«

»Ohne mich und Nadiril wärest du tot!«, versetzte sie.

»Tot wäre ich besser dran.«

Karan wusste nicht, was sie tun sollte.

Entmutigt, sich weiter zu verteidigen, zog sie sich in Schweigsamkeit zurück. So sehr sie es auch versuchte, konnte sie eine nagende Stimme nicht aus ihrem Kopf verbannen. So lächerlich die Vorstellung auch erschien, vielleicht war Rulke doch Llians Herr, oder Faelamor seine Herrin. Oder womöglich beherrschten ihn beide.

Llian merkte ihr diesen Widerstreit der Gefühle an, und solange er anhielt, vermochte er ihr nicht den kleinsten Schritt weit entgegenzukommen. Der Abgrund zwischen ihnen klaffte breiter denn je.

Nach tagelangem, elendem Ritt durch Schneematsch, bei dem sie sich ständig über die Schultern blickten, erreichten sie wieder Gothryme. Nichts war entschieden, nichts hatte seit dem vorigen Sommer irgendwelche Fortschritte gemacht. Nichts hatte sich geändert, aber die Gerüchte um Carcharon waren lauter denn je. Die Ghâshâd waren viele Male beobachtet worden, wie sie gewaltige Lasten von Shazmak nach Carcharon trugen. Sie bereiteten dort etwas vor, aber was?

Kapitel achtzehn

Besessenheit

Nach ihrer Ankunft in Gothryme sah Karan die großen Fortschritte, die die Aachim gemacht hatten. Drei ganze Zimmer waren fertiggestellt, mehrere weitere auf dem besten Weg dazu.

»Ich hätte gern einen ruhigen Platz zum Arbeiten, falls es sich einrichten lässt«, sagte Llian, nachdem sie eingetroffen war. Er bedachte sie mit jenem ausdruckslosen Blick, als bedeutete sie ihm nicht mehr als eine Gipsstatue, der ihr das Herz brach.

Sie nickte, als hätte auch er keine Bedeutung für sie, und obwohl sie noch immer Platzknappheit litten, gestand sie ihm zwei winzige Räume zu, die dem Wohnturm gegenüber lagen. Sie befanden sich in dem Flügel, der größtenteils zerstört war, und das einzige andere belegte Zimmer war Karans Wohnstube. Dort war es ruhig, sah man von dem Hämmern ab, das vom anderen Ende des Anbaus herüberdrang, denn das tägliche Leben auf dem Landsitz spielte sich vor allem im anderen Flügel und im Wohnturm selbst ab.

Llians Räume waren mit Holz vertäfelt, dem die Zeit und der Rauch von tausend Jahren die Farbe von Kaffee verliehen hatten. Das äußere Zimmer, seine Schlafkammer, besaß ein kleines Fenster, aber die Studierstube hatte dicke Mauern und war kalt und fensterlos. Sie passte zu seiner düsteren Stimmung, und endlos saß er dort, brütete vor sich hin oder schrieb an einem winzigen Feuer.

Karan kam einmal oder zweimal am Tag, um nach ihm zu

sehen oder ihm Essen zu bringen, denn er war nicht bereit, seine Mahlzeiten in der Geselligkeit des Speisesaals einzunehmen. Wann immer sie das Zimmer betrat, traf sie Llian vor dem Kamin sitzend an, auch wenn das Feuer häufig erloschen war. Am Leben in Gothryme nahm er nicht teil, und nach wenigen Tagen ging das Landgut seinen Geschäften nach, als wäre er gar nicht anwesend. Seine trübsinnige Gegenwart warf einen kleinen Schatten, aber dennoch waren die kommenden wenigen Wochen für alle außer Karan eine friedvolle Zeit.

Jedes Mal, wenn sie die Augen schloss, sah sie Llian vor sich, wie er in seinem bitterkalten Raum hockte und dabei immer dünner und gequälter aussah. Er arbeitete wie besessen, was er vielleicht ja wirklich war. Tag und Nacht schrieb er, stiefelte auf und ab und schrieb noch mehr. Er war zu einem unlösbaren Problem geworden: einem derart schmerzlichen, dass Karan es nicht länger ertragen konnte. Die Verbindung, die sie in Thurkad zu ihm hergestellt hatte, um ihn zu bewachen, richtete sie körperlich und seelisch zugrunde. Schließlich tat sie das Einzige, was ihr übrig blieb – sie sperrte ihn aus und schloss die Verbindung restlos.

Llian lag in seinem eiskalten Bett und schlief einen unruhigen Schlaf, aus dem er ständig in Kälte und Elend aufschreckte. Irgendwann nach Mitternacht erwachte er, oder glaubte es wenigstens, von einer vertrauten Stimme im Kopf, einem schwachen leisen Wispern.

Du, Chronist! Wie gut, wieder zu dir zu sprechen. Halte dich bereit. Bald werde ich dich rufen ...

Schwer atmend setzte sich Llian jäh auf, aber die Stimme war verschwunden, mitten im Satz abgeschnitten. Mit zitternden Händen zündete er schließlich die Kerze an seinem Bett an, doch das Zimmer war so leer wie eh und je.

Er konnte nicht mehr schlafen. Llian zog seine Aufzeichnungen hervor und fuhr mit seiner Geschichte fort, obwohl viele Stunden verstrichen, ehe er sich auf seine Arbeit konzentrieren konnte. Immer wieder kehrten die Erinnerungen an Rulke zurück.

Llian verbarg sich aus Angst, dass Karan die Albträume in seinen Augen lesen und ihn abermals verurteilen könnte, doch sie war mit ihren eigenen Angelegenheiten beschäftigt. An diesem Tag bekam er sie überhaupt nicht zu Gesicht.

Zwei Nächte später war Rulke wieder da.

Chronist ... Seine Stimme wurde abgeschnitten, dann kehrte er so machtvoll zurück, dass Llian ihn in der Dunkelheit beinahe vor sich sah.

Chronist, halte dich bereit. Stell die Verbindung zu Karan wieder her und bring sie zu mir.

»Ich werde nicht kommen«, erwiderte Llian laut. »Und sie auch nicht.«

O doch, das wirst du ...

Wieder brach die Stimme ab. Llians Zähne begannen zu klappern. Er konnte die Dunkelheit nicht ertragen, und schon gar nicht den Gedanken, dass Rulke wieder in sein Leben trat. Ihn verlangte mehr denn je nach Karan, doch war er überzeugt, dass jede Annäherung ihr Misstrauen wecken würde. Er kauerte sich neben den erloschenen Kohlen des Kamins zusammen und wagte nicht, auf sie zuzugehen. In einer plötzlichen, schlagenden Erkenntnis wurde Llian klar, wie verzweifelt Rulke Karans bedurfte. Von dem Augenblick an, als sie aus dem Nachtland entkommen war, hatte Rulke ständig Llian zu benutzen versucht, damit sie ihm wieder in die Hände fiel.

Zwei Wochen waren seit ihrer Rückkehr aus Thurkad vergangen. Als Karan an Llians Tür klopfte, antwortete er nicht. Der

Morgen dämmerte. Vorsichtig öffnete sie die Tür und fand ihn bereits am Schreibtisch vor. Das Abendbrot des gestrigen Tages stand unberührt auf dem Tisch. Llian war so dünn, dass sogar seine breiten Hände knochig aussahen, und er hatte einen gehetzten Ausdruck im Gesicht, den sie niemals wieder zu sehen wünschte.

Sie stand da, in seinen Anblick und in Erinnerungen versunken, als Llian mit einem Ausdruck völliger Verzweiflung zu ihr hochsah. Karan wurde schummrig. Einen Augenblick lang hing die Stimmung in der Schwebe. Als sie ihm gerade die Hände entgegenstrecken wollte, schob er mit einer Armbewegung seine Papiere zusammen, stand auf und schlug ihr die Tür vor der Nase zu. Was sich in ihrem Herzen geregt hatte, sickerte abwärts und gerann zu einem kalten, harten Klumpen in ihrem Bauch. Sie kehrte in ihr Wohnzimmer zurück. Sie konnte nichts für ihn tun.

Wenige Tage später befand sich Karan auf dem Dach und half, einige Schieferschindeln zu ersetzen, die der Sturm der vergangenen Nacht fortgeweht hatte, als sie zwei Reiter erblickte, die über die Schneedecke nahten. Karan spürte, wie sich eine schwarze Wolke der Vorahnung über ihr zusammenballte. Die ganze Zeit über hatte sie gewusst, dass Llians Entkommen aus Thurkad zu schön war, um wahr zu sein; dass Yggur weder vergab noch vergaß und sie irgendwann für seine Befreiung würde zahlen müssen. Karan wischte staubige Finger an ihrer Arbeitskleidung ab und balancierte zur Leiter, dann bemerkte sie, dass es sich bei den Reitern um Mendark und Tallia handelte. Äußerlich sah Mendark besser aus als in Thurkad, aber in seinen Augen regte sich noch immer ein raubtierhaftes Flackern.

»Wir sind gekommen, um herauszufinden, was in Carcharon vorgeht«, sagte Mendark.

»Genau genommen ist *er* deswegen gekommen«, sagte Tallia.

»Ich bin gekommen, wie ich es versprochen habe, damit du mir dein Land zeigen kannst.«

»Llian ist hier«, sagte Karan nervös. Sie war sich nicht mehr sicher, wie Mendark zu Llian stand.

»Ich weiß!« Mendark zeigte ein Haifischlächeln. »Denk nicht mehr daran! Es war alles nur ein von Yggur heraufbeschworenes Missverständnis.«

Ein Missverständnis! Karan traute seiner Herzlichkeit nicht ganz, und wie beiläufig er Llians Misshandlung abtat, machte sie wütend. Doch Mendark *war* Magister und sie ein fast bankrotter Niemand, daher lächelte sie, geleitete die Gäste ans Feuer und verköstigte sie mit Essen und heißen Getränken. Mendark zeigte kein weiteres Interesse an Llian und verließ Gothryme bei Tagesanbruch, um sich Carcharon mit eigenen Augen anzusehen.

»Was geht hier vor?«, fragte Karan Tallia, kaum dass er fort war. »Ich rechnete jeden Tag mit Yggur.«

»Yggur hat zurzeit wichtigere Dinge im Kopf – Kriege und Aufstände im Süden. Letzte Woche hat er den größten Teil seiner Truppen aus Bannador abgezogen. So weit entfernt bereitet Llian ihm keine besonders großen Sorgen.«

Karan freute sich, Tallia zu sehen, denn während ihre Beziehung zu Llian abkühlte, wurde ihre Freundschaft zu Tallia, ausgehend von dem Grundstein, den sie in Faranda gelegt hatten, immer enger. Tallia war stets freundlich, stets fröhlich, stets verlässlich. In Thurkad hatten sie viel Zeit miteinander verbracht.

Obwohl das Wetter milde war, blieb der Himmel bewölkt. Die kurzen Tage verbrachten sie zum größten Teil im Freien und ritten zu Karans Lieblingsplätzen: einem kristallenen Wasserfall auf halber Strecke entlang der Klippe, der im Frost zu einer Reihe eisiger Stufen für Riesenfüße erstarrt war; einem warmen Quell, der aus einer Höhle am anderen Ende austrat; einer Waldwiese, die zwischen den blattlosen Weiden am Ryme lag. Oder sie führten Karans Gartenpläne voran, schritten Beete ab und hämmerten im Vorgriff auf den Frühling Pflöcke in den harten Boden.

Dann wurde das Wetter trüb und windig, und das Schneetreiben begann unter einer undurchdringlichen Wolkendecke, die schon seit ewigen Zeiten über ihnen zu hängen schien. Bereits über einen Monat lang hatten sie weder die Sonne noch die Sterne gesehen.

Augen durchdrangen die Nacht. Bohrende Augen wie heiße Feuerglut. Und je weiter die dunklen Stunden verstrichen, desto öfter blickten die Augen her, aus jenem tintenschwarzen Raum, in dem unsichtbar ihr Besitzer arbeitete.

Wieder fuhr Llian im Bett auf und schnappte nach Luft. Er glaubte, gehört zu haben, wie jemand *Ahhhh!* machte, ein erleichtertes Ausatmen dicht an seinem Ohr. Als er nach seinem Anzünder mit dem Feuerstein tastete, stieß er ihn mit seiner zitternden Hand vom Nachttisch. Sowie er ihn gefunden hatte, betätigte er den Anzünder wieder und wieder, aber das Gerät gab nicht einen einzigen Funken her. Der Feuerstein fehlte.

Während er mit gesenktem Kopf und nach oben entblößtem Rücken am Boden umhertastete, erklang ein amüsiertes Kichern, das er eher spürte, als dass er es hörte, und das so sanft wie der Atem eines Säuglings über die Härchen auf seinem Unterarm strich.

Hör auf, mit der Kerze herumzunesteln, Junge. Ich bin alles Licht, das du je brauchen wirst.

Während dieser Worte begann das gelbe Wachs der Kerze von innen nach außen zu glühen, und es wurde immer heller, bis Llian die Augen beschirmen musste.

Es ist so weit, mein Freund. Weck Karan auf und heiße sie eine Verbindung zu dir herstellen. Schnell; diese Methode ist schrecklich ermüdend.

»Ich kann nicht«, flüsterte Llian.

Kannst nicht oder willst nicht?

Llian erkannte, dass Rulke nicht wusste, was zwischen ihm und Karan vorgefallen war.

»Dein Besuch in Tullin hat mich fast vernichtet.«

Auch ich wurde verletzt, Chronist. Nachdem Karan die Verbindung derart grob zerschlagen hatte, konnte ich mich eine Woche lang nicht bewegen.

»Niemand traut mir mehr, nicht einmal Karan, und Yggur wird mich umbringen, sobald er Gelegenheit dazu erhält. Er hat es bereits versucht.«

Stille entstand in seinem Kopf, als dächte Rulke nach. Dann war die Stimme wieder da, schallend vor Dringlichkeit. *Bring sie nach Carcharon. Beeil dich!*

»Das mache ich nicht!«, widersprach Llian. Welchen Preis er auch zahlen musste, er würde Karan vor Rulke beschützen. »Ich weigere mich. Ich verweigere mich dir völlig!«

Wirst du denn nie erkennen, wer deine wahren Freunde sind? Dann muss ich dich bedauerlicherweise zwingen.

Llian spürte tatsächlich Bedauern von Rulke, dann fuhr ihm ein grässlicher Stich durch den Schädel, wie Ohrenschmerzen, die von einer Seite zur anderen schossen. Mit einem qualerfüllten Schrei, genauso laut wie Llians Aufbrüllen, brach der Schmerz wieder ab. Der Chronist sackte auf dem Boden zusammen und verlor das Bewusstsein.

In seiner mitternächtlichen Verzweiflung stand Llian auf und packte seine Sachen, um zu fliehen – egal wohin. Aber er saß in der Falle, gerade so wie im Jahr zuvor in Chanthed. Er hatte kein Geld und keine Möglichkeit, welches zu bekommen. Seine Fähigkeiten als Erzähler würden ihm in diesem grausamen Winter nichts einbringen – niemand hätte für derartigen Luxus eine Münze übrig. Karan benötigte das Zehnfache ihrer Geldmittel für Gothryme. Wohin sollte er sich wenden? Nadiril hatte Hilfe angeboten, doch Nadiril war weit fort, in Thurkad, falls er nicht bereits zur Großen Bibliothek zurückgekehrt war.

In den frühen Morgenstunden begann sein Ohr wieder zu schmerzen, eine Pein, die bis zum pochenden Pulsschlag der Qual anschwoll, zu Nichts erstarb und abermals begann, und jedes Mal, wenn die Marter aufhörte, fürchtete sich Llian schon vor ihrer Rückkehr. Im Wahnsinn der Nacht dachte er einmal daran, Rulke zu rufen, ihm nachzugeben, er wusste nur nicht, wie. Dann verwehte der Schmerz urplötzlich.

Nunmehr hellwach, begann Llian wieder den Druck in seinem Geist zu verspüren. Rulke rief – ein weiterer seiner wachen Albträume.

Gute Nacht, Chronist!, dröhnte die Stimme in seinem Kopf mit den tiefen, vollen und ein klein wenig amüsierten Klängen, die unmissverständlich zu Rulke gehörten.

Bist du bereit? Hast du getan, was ich erbeten habe? Schnapp dir Karan! Lass sie eine Verbindung zu dir herstellen, ich besorge den Rest.

Llian kämpfte mit seiner Zunge, bis ihm Schaum von der hängenden Unterlippe tropfte, doch der Widerstreit war zu groß. Er konnte nur noch grunzen.

Du verweigerst dich mir!, dröhnte Rulke. *Karan spielt nicht mit? Hat die berühmte* Stimme *ihre Macht verloren? Du taugst weniger, als ich glaubte. Möge dies dich anspornen, dir mehr Mühe zu geben.*

Llian krümmte sich krampfhaft, biss sich auf die Zunge.

Warum widersetzt du dich?, sagte Rulke. *Es hat keinen Sinn. Bring sie nach Carcharon, durch Überredung oder mit Gewalt. Nötige mich nicht, meine Ghâshâd nach dir auszusenden. Überlege nur, was* sie *mit deinen Freunden in Gothryme anstellen würden.*

Mendark unternahm einen Spaziergang und stapfte durch den verharschten Schnee, während er sich einen Reim darauf zu machen suchte, was in Carcharon vor sich ging. Rulke bereitete dort etwas vor, daran gab es keinen Zweifel, aber was? Mendark fühlte sich angstvoll und machtlos, und sein erneuerter Körper ermüdete so leicht.

Zitternd öffnete er einen Spalt breit die Hintertür und schlüpfte hindurch. Er sehnte sich nach dem Feuer in der Küche und einer wärmenden Tasse Tee vor dem Zubettgehen. Es war schon sehr spät, nach zwei Uhr in der Frühe, und im ganzen Landsitz still. Er trank eine Schale bitteren Tee, der zu lange gezogen hatte, schnürte seine Stiefel auf und wärmte sich die Füße am Ofen, dann ging er zu Bett.

Als er an Llians Zimmer vorbeikam, hörte er einen eigentümlichen Laut, einem Gebilde aus Kichern und Angstschrei ähnlich. Mendark erstarrte, einen Fuß in der Luft. Ein Licht blitzte und flackerte unter der Tür hindurch, viel heller als jede Laterne in Gothryme.

Er drückte die Klinge so behutsam wie möglich. Die Tür öffnete sich einen Spalt breit. Llian kniete auf dem Boden, das Gesicht abgewandt, die Arme ausgestreckt in einer Geste, die ebenso ein Flehen wie Unterwerfung bedeuten konnte. Am anderen Ende des Zimmers flackerte und brannte eine nicht entzündete Kerze. Im grellen Licht konnte Mendark keine Einzelheiten ausmachen, aber das brauchte er auch nicht. Das Zimmer stank nach Rulkes Aura.

Mendark trat die Tür auf und sprang ins Zimmer. Das Licht brannte so hell, dass er seine Augen abschirmen musste. Er zermarterte sein Hirn nach einem Gegenzauber oder einem Bannspruch. Als er ihm etwas eingefallen war, mühte er sich, bis sein Gehirn siedete und seine Augen sich anfühlten, als würden sie aus seinem Schädel herauskochen. Vom Licht ausgehend, spürte er Belustigung. Mendark verstärkte seine Anstrengungen, etwas zerbrach hinter seinen Augen, und das Licht erlosch.

Als Mendark zu sich kam, lag er neben einem bewusstlosen

Llian auf dem Boden. Er versuchte, sich zu erheben, aber seine Gliedmaßen waren gelähmt. Der Schmerz in seinen Augen wurde ständig schlimmer. Indem er durch eingefrorene Nervenstränge Gehorsam erzwang, gelangte Mendark zur Tür. Er taumelte in sein Bett und vermochte sich trotz seines Entsetzens nicht vor dem Nachmittag zu erheben.

Die Klinke ratterte. Llian blickte nicht auf. Um wen immer es sich handelte, er wollte ihn nicht sehen. Wieder ein Schlag gegen die Tür, und der Riegel *auf der Türinnenseite* flog weg. Llians Nacken kribbelte. Er sah auf, in der Hoffnung, dass Karan endlich zu ihm kam.

»Was hat Rulke dir angeboten?«, fragte Mendark kalt. Er sah furchtbar aus.

Llian fiel fast aus dem Bett. Er hatte noch nicht einmal gewusst, dass Mendark in Gothryme war. »Was wollt Ihr?« Ihm versagte die Stimme.

Mendark setzte ein schmallippiges Lächeln auf. »Ich will wissen, was du wirklich im Nachtland gemacht hast. Worüber ihr in Wahrheit gesprochen habt, was Rulke gesagt und getan hat, und was letzte Nacht geschehen ist.«

»Ich ...«

»Fang gar nicht erst an, mich zu belügen. Der alte Wistan hatte recht, was dich anlangt. Mehr als einmal hat er mich gewarnt, als er von deinen Fortschritten schrieb. *Genie ohne Moral ist ein tödlicher Vorteil*, sagte er. Ich habe dich nur laufen lassen, damit du mich zu Rulke führst. Was führt er wirklich im Schilde? Ich werd' es aus dir herausbringen, und wenn ich dich zerbrechen muss, um es zu erfahren.«

Llian war völlig niedergeschmettert. *Ich glaubte, Ihr wäret auf meiner Seite*, dachte er. *Kann ich denn niemandem trauen?*

Mendark hob die Hände vor Llians Gesicht. Er wirkte einen

Zauber zur Auslesung der Wahrheit, und Llian fühlte einen Schmerz, als werde ihm das Herz von Eisenzangen zerquetscht. Der Schmerz breitete sich in die ganze Brust aus, schoss seine Arme empor und den Nacken hinauf bis zur Schädelbasis.

»Sag mir die Wahrheit, und ich werde dich schützen. Du weißt, *mein* Wort hat Gewicht – vergleiche mich mit dem Großen Täuscher. Ihr Zain wisst besser als irgendwer sonst, wie *er* seine Freunde belohnt.«

Mendarks Zauber lag im Krieg gegen Rulkes Zwingbann. Schließlich war es für Llian zu viel. Er brach bewusstlos zusammen.

Etwas rüttelte Llian an der Schulter und weckte ihn aus einem Schlaf, der umso herrlicher war, als er frei war von Schmerz und Dominanz. Seine Augen drehten sich in seinem Kopf und blieben auf seiner neuen Nemesis haften, auf Mendark.

»Nein«, stöhnte er und versuchte, Zuflucht unter dem Kopfkissen zu finden. »R-r-rulke –« Er verkrampfte sich, Schaum auf den Lippen.

Mendark gewann den Eindruck, dass Rulke einen widersetzlichen Jünger bestrafte, und stärkte seinen Wahrheitszauber mehr denn je. Sein Gesicht hätte aus einem der Gletscher in den hohen Bergen geschnitzt sein können.

»Was wollt Ihr von mir? Werde ich niemals frei von Euch sein?«

»Ich habe dich am Kollegium fünfzehn Jahre lang unterstützt«, würgte Mendark hervor. »Dein Essen und Trinken, deine Zecherei und dein Gehure. Du schuldest mir einen gleichwertigen Dienst – trotz deiner Verderbtheit.«

Llian krümmte sich. Mendark blickte ihm in die leeren Augen.

»Ich werde nicht zulassen, dass du den Herbst meiner Regentschaft zerstörst, Llian.«

Er begann mit seinen Handbewegungen und Zaubersprüchen, bis von Llian kaum mehr übrig war als ein ausdrucklos starrendes Bündel, doch weiter kam er nicht. Schließlich war Mendark, der fast genauso große Schmerzen litt wie Llian, gezwungen, wieder sein eigenes Bett aufzusuchen. Er rief nach Tallia, aber sie hatte sich zusammen mit Karan auf einen langen Ausritt begeben und wurde erst am folgenden Tag zurückerwartet.

Llian schlief den ganzen Tag, falls das, was er durchmachte, Schlaf genannt werden kann. In jener Nacht kam Mendark zum dritten Mal. Llian hatte die Tür versperrt, doch Mendark drang durchs Fenster ein.

Llian kroch in seinem verzweifelten Bestreben, ihm zu entkommen, über den Boden davon. Mendark stellte ihn augenblicklich. Die Marter begann erneut, und diesmal wollte sie einfach nicht enden.

Karan kehrte spät zurück, aber als sie das Tablett mit Llians Abendessen brachte, fand sie das Frühstückstablett unberührt vor. Llian schlief und rührte sich nicht. Sie dachte sich wenig dabei – er aß häufig den ganzen Tag über nichts – und suchte müde die eigene Matratze auf.

Llians Besucher kehrten mitten in der Nacht zurück. Im Großen und Ganzen verlief es so wie bei den vorhergegangenen Besuchen, aber es war schlimmer.

Am folgenden Nachmittag saßen Karan und Tallia am Feuer in Karans Wohnstube, einem eher kleinen Zimmer, aus dessen hohen Fenstern, die aus vielen kleinen Scheiben bestanden, man auf den Hof hinausblickte. An einem klaren Tag konnte man die hohen Berge sehen, heute jedoch schneite es, und ein steifer Wind wehte den Schnee gegen das Haus. Bei allen Fenstern bis auf eines waren die Läden geschlossen, um die Kälte draußen zu halten. Durch dieses äußerste Fenster fiel Licht und erhellte die Stelle, wo sie saßen. Im Hof lag knietief der Schnee.

Karan hatte ein Hauptbuch auf den Knien und einen Bleistift in der Hand und arbeitete in einer Minute wie wild, in der nächsten starrte sie träumerisch ins Feuer oder aus dem Fenster. Zwei Gestalten gingen auf der Veranda vorüber, unter ihren schweren Mänteln nicht zu erkennen. Tallia saß an einem kleinen Tisch auf der anderen Seite des Zimmers und vertrieb sich die Zeit bei einem Spiel mit Steinen und einem siebenseitigen Brett. Ein Heulen übertönte den Wind.

»Was war das?«, fragte Karan und kratzte sich den Hals mit dem Bleistift.

»Nur der Wind«, erwiderte Tallia. Dennoch erhob sie sich mit einer einzigen raschen Bewegung und ging nach draußen.

Karan konnte sich heute nicht auf ihre Arbeit konzentrieren. Seit ihrer Rückkehr nach Hause hatte jeder geschuftet, nur um zu überleben, und sie hatte davon geträumt, genug Zeit zu haben, um an ihren Plänen zu arbeiten. Nun hatte sie die Zeit, aber wie sehr auch immer sie die Welt aus ihrem Geist verbannte, sie kehrte stets zurück. Und Llian ebenfalls. Manchmal hörte sie ihn in der Nacht aufschreien, denn sein Fenster lag unter ihrem, aber er rief nicht nach ihr, und solange er das nicht tat, würde sie nicht zu ihm gehen; sie würde nur in ihrem kalten Bett liegen, sich nach ihm verzehren und zugleich versuchen, nicht an ihn zu denken.

Karan wurde gewahr, dass sie Llian nicht mehr wach gesehen hatte, seit Mendark von seinem Ausflug nach Carcharon zurückgekehrt war. Er hatte immer nur geschlafen. Das letzte Mal, dass sie mit ihm gesprochen hatte, lag drei Tage zurück. *Seit Mendark zurückgekehrt war!* Sie ließ den Bleistift fallen. Wie hatte sie nur derart blind sein können? Und sie hatte die Verbindung beendet, mit der sie ihn bewachte.

Genau in diesem Moment ertönte der grässlichste Schrei, den sie je gehört hatte. Karan sprang auf, Bleistift und Papiere flogen umher. Tallia stieß die Tür auf.

»Komm schnell!«, schrie sie und rannte wieder hinaus. »Es ist Llian!«, rief sie über die Schulter zurück. »Es klingt, als hätte er einen Anfall, aber die Tür ist verriegelt.«

Gemeinsam warfen sie sich mit der Schulter gegen die Tür, und sie brach auf. Karan drängte sich an Tallia vorbei. Llian lag auf der Seite, die Knie angezogen, die Fäuste fest geballt. Ein hagerer Mendark stand über ihm wie ein Kondor, der an seinem Opfer zerrt. Karan spürte eine merkwürdige Aura – wieder gehörte sie Rulke.

»Wie könnt Ihr es wagen!«, sagte sie leise.

»Du weißt noch nicht einmal, was in deinem eigenen Haus vorgeht«, schäumte Mendark. »Ich habe mich fast umgebracht beim Versuch, ihn Rulke abspenstig zu machen.«

Karan blickte von einem zum anderen. »Warum hat man mir nichts gesagt?«

»Du warst nicht hier! Ich weiß, dass Rulke in den letzten beiden Nächten zu ihm gekommen ist, aber es hat lange davor begonnen.« Mendark wankte und musste sich an einem Stuhl festhalten. »Wie konntest du nur so unachtsam sein? Nur dadurch ist er in diesen Zustand geraten. Wie konntest du übersehen, was sich vor deiner Nase abspielt?«

Karan war gekränkt. »Was habt Ihr ihm angetan?«, flüsterte sie und blickte mit Tränen in den Augen auf Llian hinab.

Mendark ließ sich jäh auf den Stuhl sacken. »Ich habe versucht, Rulkes Zwang zu brechen; ihn aus Llian zu verjagen. Aber es geht nicht. Rulke ist zu stark.«

»Ihr bringt ihn um«, weinte Karan.

»Ein niedriger Preis«, sagte Mendark ungerührt.

»Ihr ...« Sie rang um Atem, dann sprang sie auf und packte einen schweren Schürhaken. Tallia hielt sie zurück. »Verlasst mein Haus und kehrt niemals zurück!«, schrie Karan. »Betretet mein Land noch einmal, und ich töte Euch.«

Mendark war zu ausgelaugt, um sich auf einen Streit oder

einen Kampf einzulassen. Verächtlich drängte er sich an Karan vorbei und verließ das Zimmer. »Tallia!«, erscholl sein barscher Ruf über den Flur.

»Ich bleibe hier!«, rief sie zurück.

Llian lag vollkommen ruhig, seine Augen waren geschlossen. Karan umfasste sein Handgelenk. Seine Haut war klamm und kalt; der Puls flatterte so leicht und schnell wie die Flügel eines Schmetterlings.

»Ich weiß nicht, was ich tun soll«, weinte sie. »Was hat Mendark ihm angetan?«

Tallia kniete nieder, die Hände um Llians Kopf geschlossen und ihr Ohr an seine Stirn gelegt, als lauschte sie, wie sein Verstand arbeitete.

»Mendark glaubt, dass Llian im Nachtland einen Pakt mit Rulke geschlossen hat und gezwungen wurde, es zu vergessen.«

»Glaubst *du* das auch?«, fragte Karan, gequält von ihrer eigenen Unfähigkeit, eine Entscheidung zu treffen. Verzweifelt hoffte sie auf Unterstützung.

»Ich ... ich bin für alles offen«, sagte Tallia. »Hier stimmt etwas nicht.« Sie beugte sich abermals über Llian. »Mendarks Zauber hat nicht gewirkt.« Sie hob den Kopf und blickte Karan ins weiße Gesicht.

»Kannst *du* etwas tun?«

»Der Bann ist zu stark für mich. Und da scheint noch etwas anderes zu sein – etwas, das gegen Mendarks Wirken arbeitet.« Tallia strengte sich an, bis ihre Hände bebten. »Ich kann es nicht finden. Es ist irgendwie verborgen.« Sie ließ Llians Kopf los und erhob sich. »Es übersteigt meine Fähigkeiten. Höchstwahrscheinlich ist es –«

»Rulke!«, sagte Karan.

Es gab keinen Heiler in der Stadt, aber selbst wenn es einen gegeben hätte, welcher Heiler hätte gewusst, was in einem solchen Fall zu tun war? Malien war mit dem Jagdtrupp in die

Berge hinaufgezogen und konnte noch tagelang wegbleiben. Vor ihrer Rückkehr konnte nichts unternommen werden.

Llian krümmte sich so heftig, dass er sich selbst in die Luft katapultierte. Eine Faust traf Karan in den Magen und schleuderte sie rückwärts gegen die Wand. Ihr Bauch fühlte sich an, als wäre sie mit einer Eisenstange geprügelt worden.

Llian erhob sich auf die Knie. Sein Mund stand weit offen, eine seiner Hände krallte sich in sein Gesicht, sodass die Fingernägel die Haut aufschälten. Die andere Hand zerrte an seinen Haaren, bis ein Büschel abriss, samt Haut und allem. Sein offener Mund war verzerrt, als wollte er schreien, und doch drang außer einem grässlichen, gurgelnden Pfeifen kein Laut heraus. Mit Schaum gesprenkelter Sabber rann ihm das Kinn hinab. Wild trat er um sich.

Karan packte ihn beim Arm, doch in seinem Wahn war er bei weitem zu stark für sie. Seine harte Hand traf sie seitlich am Kopf und schleuderte sie wirbelnd gegen den Tisch, der umflog. Llian umkrallte seinen Schädel. Es schien, als versuchte er, sich die Finger in den Kopf zu bohren, um irgendein mit Widerhaken gespicktes Folterinstrument daraus hervorzuziehen.

Tallia legte ihre Finger auf seine Schädelbasis und übte festen Druck aus. Die furchtbaren Laute brachen urplötzlich ab. Llians Augen schlossen sich langsam; seine Hände fielen seitlich neben ihn herab. Er wäre gestürzt, hätte sie ihn nicht in den Achseln gestützt.

»Nimm seine Füße«, sagte Tallia zu einem der Zuschauer in der Türöffnung. Nutan der Gärtner ergriff Llians Füße und wollte ihn rückwärts ins Nebenzimmer schleppen, sein kleines Schlafgemach.

»Dort erholt er sich niemals«, sagte Karan hastig. »Bringt ihn in mein Zimmer.«

Sie trugen ihn in den Wohnturm und die Treppe hinauf. Llian war nicht schwer, aber überaus unhandlich. Sie legten ihn auf Karans breites Bett. Er befand sich in einem schrecklichen Zustand. Auf seiner rechten Wange waren drei tiefe blutende Schürfwunden, auf der linken eine weitere. Mit den Fingernägeln hatte er Hautstreifen aufgeworfen. Seine Hände waren blutig; eine umkrampfte noch immer ein Büschel braunen Haars. Er hatte sich an drei Stellen in seine Zunge gebissen, und Blut rann ihm aus dem Mund; sein linkes Bein war so sehr im Krampf erstarrt, dass es sich nicht strecken ließ.

»Was ist nur los mit ihm?«, flüsterte Karan. »Ist er wahnsinnig geworden?« Falls ja, unterschied sich dieser Wahnsinn von jedem, den sie kannte.

»Ich weiß es nicht«, sagte Tallia und schüttelte den Kopf. »Besser, du fesselst ihn.«

Karan sank auf das Bettende nieder, den Kopf in die Hände gestützt. Wie war es nur so weit mit Llian gekommen, dass man ihn festbinden musste, weil er tobte und schäumte wie ein tollwütiger Hund? Hatte sie dazu beigetragen, dass er so wurde? Und welche Torheit hatte sie veranlasst, ihre Verbindung zu ihm zu kappen? Hätte sie das nicht getan, hätte sie schon vor Tagen erfahren, dass etwas nicht stimmte.

Sie streichelte seine Hand, die schlaff und bleich auf der Bettdecke lag, und entwand seinen Fingern das Haarbüschel. Es war an den Wurzeln ganz blutig, ein struppiges Etwas von der Fläche ihres Daumennagels. Karan brach in Tränen aus.

Tallia machte ein weiches Band ausfindig, wie man es zum Gürten eines Morgenmantels benutzt, und schnürte Llians Hände am Kopfende des Bettes fest. Er erhob sich nicht. Karan hatte mit dem Weinen aufgehört, saß aber teilnahmslos an seiner Seite.

»Dazu ist keine Zeit«, sagte Tallia brüsk. »Mach dich nützlich. Reib ihm das Bein, bis sich der Krampf löst.«

Karan war froh, dass jemand da war, der die Anweisungen erteilte. Sie verlor sich in Erinnerungen, während sie Llian

Wade und Oberschenkel massierte – sie waren straff wie Draht –, und bearbeitete sanft sein Bein, bis die Muskeln sich schließlich entspannten. Wie sehr ihr nach ihm verlangte, danach, einfach neben ihm zu liegen, Haut an Haut, Wärme an Wärme, Berührung an Berührung. Als sie fertig war, band Tallia auch seine Beine fest.

So etwas habe ich noch nie gesehen, dachte Tallia. *Was kann Llian tun, das Rulke so sehr wünscht?* »Bewache ihn«, sagte sie zu Karan, ging hinaus und schloss die Tür hinter sich.

In der Nacht saßen sie abwechselnd an Llians Bettrand. Stundenlang lag er ruhig da, wie in tiefem Schlaf. Mitten in der Nacht begann er schreiend um sich zu schlagen und stieß unzusammenhängende Rufe aus, fiel aber schon bald in die Bewusstlosigkeit zurück.

Als Llian erwachte, war es Nacht. Augenblicklich erklang der Befehl in seinem Kopf. *Bring sie her. Bring sie mir!*

Er widersetzte sich, stellte sich stumm, blieb störrisch, wie er sein konnte, wenn er etwas nicht tun wollte. Aber sein Widerstand nutzte nichts, ward binnen Sekunden von einem Schmerz in seinem Schädel gebrochen, der so furchtbar war, dass es sich anfühlte, als kochte sein Gehirn. Er versuchte, seinen Kopf zu umkrallen, und zerrte an den Fesseln, aber Tallia hatte die Knoten kunstvoll geknüpft, und sie hielten. Dennoch wand er sich, krümmte sich, spannte die Stricke bis an die Zerreißgrenze. Sein Gesicht verzerrte sich, und er gab dieselben grässlichen Laute von sich wie zuvor, dann glitt er wieder in die Bewusstlosigkeit.

Die ganze lange Nacht hindurch setzte es sich fort. Karan versuchte alles – Kräuter und Arzneien, die in Gothryme verfügbar waren oder in der Stadt besorgt werden konnten –, aber nichts hatte mehr Wirkung auf Llian als Tee. Tallia besaß viele Fähigkeiten und Stärken, aber keine davon gestattete ihr, in Llians Geist zu blicken und herauszubekommen, was ihn so quälte. Er behielt nichts bei sich außer etwas Brühe. Karan wusste, dass die Marter ihn letztendlich töten würde.

Er begann wieder um sich zu schlagen. Karan hätte alles gegeben, um dem ein Ende zu setzen. Ihre Wut und Verbitterung waren verflogen. Karan kniete weinend über ihm und drückte ihn mit ihrem kleinen Körper nach unten, wenn er sich aufbäumte wie ein Wildpferd. Ihre Tränen sprenkelten sein verzerrtes Gesicht, dann stürzte er wie von einer Klippe hinunter in den Schlaf.

Wieder wurde es Morgen. Nunmehr hielt Tallia über Llian Wacht; Karan war in einen Sessel vor dem Feuer geplumpst. Tallia hatte sie noch nie derart entkräftet erlebt. Doch auch sie selbst war erschöpft. Jemand kam herein und brachte Tee. Als Karan ihre Trinkschale hob, zitterte ihre Hand so stark, dass die Flüssigkeit über den ganzen Tisch schwappte. Die Schale klirrte auf dem Marmor, als sie sie wieder abstellte.

Am Morgen erwachte Llian so lange, dass Tallia ihm heiße Brühe in den Mund löffeln konnte, doch erkannte er weder sie noch Karan. Seine Augen schlossen sich von selbst wieder, und er glitt in die Dunkelheit zurück.

»Tallia, bitte hilf ihm.«

Tallia streckte die Hände aus. »Das übersteigt meine Fähigkeiten«, flüsterte sie. »Mendarks Zauberspruch kämpft gegen Rulkes Zwingbann, und ich kann sie beide nicht von Llian nehmen. Der Widerstreit zwischen beiden ist es, was diese Verheerung anrichtet. Du könntest versuchen, ihm einen Schlaftrunk zu verabreichen, sobald der Anfall einsetzt; vielleicht schenkt ihm das die Ruhe, die er benötigt. Ich werde losgehen und Mendark herbeiholen. Ich bin sicher, er hat sich nicht weiter entfernt als bis Tolryme.«

»Das tust du nicht«, erwiderte Karan heftig. »Ich werde ihm nie wieder vertrauen, solange ich lebe.«

»Sobald er erst seinen Zauber von Llian nimmt, wird Llian wieder so sein, wie er vorher war.«

»Ich will nicht, dass er wieder so ist wie vorher! Ich will ihn ganz zurückhaben.«

»Das könnte ihn töten«, sagte Tallia.

»Mendark könnte das auch«, entgegnete Karan wütend. »Jeder einzelne meiner Instinkte in Bezug auf Mendark hat sich als richtig erwiesen.«

»Hör zu!«, sagte Tallia. »Ich weiß, dass du unter ein ...«

»Komm mir nicht mit *Hör zu*«, begehrte Karan auf und starrte die hochgewachsene Tallia nieder, bis sie vor ihrem Zorn zurückwich. »Auch du wirst Mendarks Vorhaben nicht erfüllen. Geh weg; lass uns allein!«

Llian wälzte sich, um seine Fesseln loszuwerden, und stieß ein herzerweichendes Stöhnen aus.

»Also schön«, sagte Tallia mit zusammengepressten Lippen und verließ das Zimmer. Dann steckte sie noch einmal den Kopf zur Tür herein.

»Es gibt eine Methode, die du probieren könntest, falls du es wagst, obwohl es ein furchtbares Risiko für *dich* bedeuten würde.«

»Ich würde jedes Gegenmittel probieren, nur eines nicht«, entgegnete Karan.

»Versuch, ihn über eine Verbindung zu erreichen. Du könntest in der Lage sein, unter dem Zwingbann und Mendarks Zauber hindurch Zugang zu erlangen, um Llian aufzuwecken. Andernfalls würde ich sagen, dass er die Woche nicht übersteht. Aber tu es nicht bei Nacht.«

Eine Verbindung! Sie würde es versuchen. Nur war ihr Talent immer stets mit Schwierigkeiten behaftet gewesen, ganz zu schweigen von mangelnder Verlässlichkeit.

Am folgenden Tag schaute Tallia alle paar Stunden zu Llian hinein. Gegen Nachmittag hatten die Schlafmittel schon etwas Gutes bewirkt; ihm schien es ein bisschen besser zu gehen.

»Hast du schon versucht, eine Verbindung herzustellen?«, fragte Tallia.

»Ja, aber ich kann ihn nicht erreichen.«

Als Tallia am Vormittag des nächsten Tages wieder nach dem Rechten sah, waren weder Karan noch Llian da. *Llian muss sich beträchtlich erholt haben*, dachte sie, *wenn er aufstehen und herumlaufen kann.* Zur Essenszeit fragte sie Rachis, wo die beiden waren.

»Karan und Llian sind in aller Frühe fortgegangen«, sagte er. »Sie werden ein paar Tage lang wegbleiben.«

»*Fortgegangen?* Wohin?«

»Das weiß ich nicht. Sie hat diese Botschaft hinterlassen. Stimmt etwas nicht?«

Tallia überflog die Nachricht. *Llian und ich gehen für ein paar Tage fort*, lautete sie. *Wir sind nicht weit.*

Tallia eilte nach draußen. Es schneite leicht, aber nicht genügend, um ihre Spur zu überdecken. Von dem festgetretenen Schnee vor der Hintertür führten zwei Reihen Stiefelabdrücke weg. Die einen waren von Karans Schuhgröße, das andere Paar war größer. Die Spur verlief über den Hof, über die Steinmauer hinweg und direkt auf den Klippenpfad zu, der nach Carcharon und Shazmak führte. Tallia folgte den Spuren so weit, bis sie vollkommen sicher war, dann rannte sie durch knietiefen Schnee den ganzen Weg bis Tolryme hinunter, um Mendark ausfindig zu machen.

Kapitel neunzehn

Ein wahnwitziger Entschluss

Karan wachte die ganze Nacht über, hielt Llian die Hand, streichelte seine Stirn oder fütterte ihn mit Haferbrei, war einfach bei ihm und versuchte, ihn zu erreichen. Ihm schien es wieder besser zu gehen. Nur einmal überkam ihn noch ein Anfall; er fiel aber schon schwächer aus und war kürzer als zuvor, und eine kleine Gabe Mohnsirup ließ Llian wieder in einen erholsamen Schlaf zurückgleiten. In diesem Zustand war es sinnlos, eine Verbindung zu ihm herstellen zu wollen, doch nachdem die Wirkung des Tranks nachgelassen hatte, versuchte Karan es.

Während des Tages versuchte sie es oft, scheiterte aber immer. Ungeachtet Tallias Warnung wiederholte sie ihre Bemühungen bis tief in die Nacht hinein. Als es dunkelte, legte sich Karan neben Llian und schloss ihn in die Arme. Im Zimmer wurde es pechfinster – nirgendwo ein Lichtschimmer. Karan rührte sich nicht, um ein Licht anzuzünden. Die Dunkelheit erschien ihr geeigneter für das, was sie plante.

Mit einem Mal spürte sie, dass er sie ansah, und sie stellte sich vor, wie er sehnsuchtsvoll beide Hände nach ihr ausstreckte. Sie schob ihre Hände ebenfalls vor, über die Verbindung, und berührte ihn.

Ach, Llian, seufzte sie.

Er sprach wie aus großer Ferne. *Warum hast du mich im Stich gelassen?*

Es tut mir leid. Es tut mir leid. Bist du ...?

Ich fühle mich sehr schwach. Halt mich! Ich bin so ...

Karan war, als stünde sie in der Dunkelheit am Rand einer ungeheuren Schlucht wie einen der gewaltigen Abgründe am Meer der Trockenheit. Sie spürte Llian als einsames Staubkorn auf der anderen Seite, eine traurige, triste Gestalt, die niedergeschlagen das Gleiche suchte wie sie. Jahre konnten verstrichen sein, so zeit- und richtungslos war ihre Suche, doch keiner von ihnen vermochte den Weg zum anderen zu finden.

Ein winziges Licht erblühte in der Finsternis, und über den Abgrund hinweg sah sie ihn als eine ameisenkleine, vom Licht eines Kerzenstummels beschienene Gestalt, ein schwaches Leuchtfeuer in der endlosen Dunkelheit. Er spürte sie ebenfalls, denn er wandte den Kopf in ihre Richtung, und dabei wurde das Licht, das ihn berührte, erst zu einem Schwert, dann zu einem Zauberstab, der anwuchs, bis er über den Abgrund ragte. Einen Faden berührte er, der dort gespannt war, und wie die Morgensonne auf einer einzelnen Spinnwebe glitt das Licht an dem Faden entlang, erhellte ihn als seidenen Weg, der über den Abgrund führte.

Llian machte einen Schritt darauf zu. Als Karan nach unten blickte, sah sie denselben Fadenweg vor sich. Sie hielt den Atem an, fasste sich ein Herz und setzte den Fuß darauf. Der Faden schwankte unter ihr, und sie streckte die Arme aus, um das Gleichgewicht zu bewahren. Sie sah, wie Llian es ihr gleichtat, ein kleines Strichmännchen am anderen Ende einer unermesslichen Kluft.

Karan wollte losrennen und ihn in die Arme schließen. Selbst in seinen besten Momenten war Llian ein Tollpatsch; in jedem Fall litt er unter Höhenangst. Er konnte diesen Weg niemals bewältigen. Karan jedoch konnte vor sich immer nur einen Schritt weit sehen. Dahinter erstreckte sich meilenweite Dunkelheit. Also ging sie weiter und machte immer nur einen Schritt auf einmal, während er es ihr gleichtat. In der Mitte des Weges herrschte tiefste Finsternis. Langsam schritt Karan über den

Abgrund auf das absolute Nichts zu. Ein Dutzend Mal schwankte Llian und taumelte auf dem Saum des Weges, und Karan steckte sich die Finger in den Mund, um nicht aufzuschreien. Über die Verbindung sandte sie ihm Wärme, Ermutigung und Liebe, und jedes Mal fing er sich wieder und ging weiter.

Eine ewig anmutende Zeitspanne später, als die Dunkelheit in der Mitte zu einer Kugel geschrumpft war, nicht größer als eine Scheune, spürte Karan, wie der Schrecken ihr tief im Kreuz über die Nerven scharrte. Das Gefühl war ganz leicht, nicht mit dem Warnschrei ihrer Gabe zu vergleichen, aber sie hielt inne. Der fadendünne Weg bebte unter ihr.

Ein Schauder lief ihr das Rückgrat empor. *Hier stimmt etwas nicht.* In ihrem Kopf dröhnte das Geschrei vieler Stimmen, doch Karan konnte die Worte nicht unterscheiden. Plötzlich hörte sie, wie Llian nach ihr rief.

»Karan!«

Er kreischte noch etwas anderes, doch Karan verstand nicht, ob es ein Hilfeschrei oder eine Warnung war, denn in diesem Augenblick dröhnte ein einzelner tiefer Ton durch die Schlucht und überdeckte alles. Die Brücke schlug aus und schaukelte langsam hin und her, als versuchte sie Karan in den Abgrund zu stürzen.

Llian stürzte auf Hände und Knie, als die Schwingungen heftiger wurden. In einem wagemutigen Kraftakt, den Karan niemals vergessen würde, erhob er sich auf dem dünnen Faden in eine aufrechte Stellung, legte die Hände um den Mund und brüllte ihr etwas zu.

Sie hörte nichts. Nicht der geringste Laut durchdrang die schwarze Kugel im Zentrum der Brücke. Llian schwankte, und Karan rannte los in dem verzweifelten, sinnlosen Versuch, ihn zu erreichen, ehe er abstürzte.

Sie rannte, bis sie Seitenstechen bekam. Als sie kurz vor der wirbelnden Wolke des Nichts stand, erreichte sie von der Seite das schwache Echo von Llians Ruf: »Geh zurück … zurück … rüüüüückkkkkkk!«

Schlitternd hielt sie an. Die leisen Echos pochten aus einem Dutzend Richtungen an ihr inneres Ohr und erreichten sie, wo es seinem Ruf verwehrt blieb.

»Verbindung … Verbindung … indung … indungggggg!«

Was wollte er ihr sagen? Sie begriff es nicht. Wollte er, dass sie es stärker über die Verbindung versuchte? Misstrauen keimte in ihr auf, von dem sie sich nicht freimachen konnte.

Die schwarze Wolke schwoll an und schrumpfte rhythmisch wie ein pochendes Herz. Karan ging behutsam weiter. Noch einen Schritt.

Ein weiteres Echo erreichte sie, das schwächste von allen, doch selbst die Verzerrung an einem Dutzend Felshängen verdeckte nicht die äußerste Dringlichkeit in Llians Stimme. »Karannnn! Brich Verbindunggggg soofortttttt abbb!«

Das Echo verebbte ins Nichts, doch vorher sah Karan, wie Llian wie vom Hieb einer mächtigen Faust niedergeschlagen wurde. *Verrat!* Karan fuhr herum und floh. Der schmale, rutschige Weg führte vor ihr steil empor, hinein in die Dunkelheit. Häufig musste sie raten, wohin sie den Fuß setzen sollte, so finster war es geworden. Nur ein oder zwei Schritte hinter ihr nahte der Schatten, krallte nach ihren Fersen. Wie tief unten im Bogen der Hängebrücke sie sich befand!

Karan rannte so schnell, wie sie es nur je getan hatte. Nahe am obersten Ende glitten ihre Füße auf der Neigung aus. Sie riss ihre Ferse aus einem unsichtbaren Maul, rannte Hals über Kopf den Weg hinauf, erblickte das obere Ende, schlug auf der gummiartigen Oberfläche – der Verbindung – auf und rollte sich rückwärts über die Kante der Schlucht in Sicherheit.

Während sie am Rand der Schlucht um Atem rang, kappte sie die Verbindung, ehe sie ihr entrissen werden konnte. *Rulke! Es war eine Falle!*, dachte sie und fand sich in pechschwarzer Finsternis schweißgebadet in ihrem Bett wieder. Ihr Herz pochte so laut, dass sie es hören konnte.

Ein vergleichbarer Schauder peinigte Llian. Sie hörte, wie seine Lider aufsprangen, aber er sah sie nicht.

»Ich will nicht«, flüsterte er unentwegt, undeutlich. Als sie ihn umfasst hielt, spürte sie, wie er kämpfte. »Eher sterbe ich, als zuzulassen, dass Ihr sie kriegt.« Seine Augen schlossen sich, und er schlief wieder ein.

Karan war der Schleier von den Augen gerissen. So handelte kein Verräter, es sei denn, Llian war verschlagener, als sie glauben konnte. Gerade sie kannte Llian besser als irgendjemand sonst; seine kleinen Schliche hatte sie immer leicht durchschaut. Möglicherweise hatten sie sich alle in ihm getäuscht.

Karan sprach Llian mit seinem Namen an und schüttelte ihn, aber er wachte nicht auf, und Rulkes Erscheinung kehrte nicht zurück. Llian erschien nun ausgeruhter, mehr wie er selbst. Karan zündete die Lampe an, verriegelte die Tür, schnitt seine Hände und Füße los, zog ihre Socken und Stiefel aus, schlüpfte ins Bett und nahm ihn wieder in die Arme.

Er fror! Er stieß ein leises Wimmern aus, aber sie zog seinen Kopf an ihre Brust und strich ihm über das Haar. Ihre Finger hielten über der kleinen kahlen Stelle auf seiner Kopfhaut inne, und er zuckte. Sie blies die Lampe aus und zog ihn eng an sich heran, teilte ihm über ihren Körper Fürsorge, Schutz und Liebe mit, sicherer, als jede Verbindung sein konnte, dann stieß sie einen Seufzer aus und schlief tiefer und besser.

Jemand kam an die Tür, probierte sie und ging wieder. Karan döste, schlief und träumte. Ihre Träume wurden, je weiter die Nacht voranschritt, immer friedlicher. Plötzlich fuhr sie aus dem Schlaf und merkte, dass Llian neben ihr wach war. Es war noch immer pechfinster.

»Llian«, sagte sie leise.

Er antwortete nicht, berührte sie jedoch, als versuchte er, mit den Fingern zu ihr zu sprechen. Er streichelte ihre Nase, die hohen Bögen ihrer Augenbrauen, ihre Wangenknochen. Sie umfing seine Finger mit den ihren und führte sie abwärts an ihre Lippen. »Erzähl mir, was geschehen ist. Erzähl mir alles.«

Sie ließ seine Hand tiefer gleiten, in ihr Hemd hinein. Seine kalten Finger ruhten reglos auf ihrer Brust.

Er gab einen Seufzer von sich, in dem ein wenig von einem Wimmern mitklang, dann zog er seine Hand fort. »Du hast mir nicht vertraut, sondern mehr auf Shand gehört als auf dein Herz. Das hat mir so wehgetan. Nachdem Shand in Tullin aufgetaucht war, hast du mir nicht mehr zugehört.«

»Es tut mir leid.« Die Worte konnten niemals ihre Beschämung ausdrücken. »Ich hätte seine Ansichten abweisen sollen, so schwer es auch gewesen wäre. Aber wenn du dich in jener Nacht gesehen hättest – es war grauenerregend, Llian.«

»Das weiß ich. Ich erinnere mich jetzt wieder. In dieser Nacht erschien mir alles so wunderbar; so *richtig!* Aber kaum forderte Rulke dich, erkannte ich ihn.«

»Er forderte *mich?*«

»Ich glaube, es begann im Nachtland, nachdem du ... mich verlassen hattest.«

Ja, dachte Karan. *Das war der Moment, in dem alles begann. Es war mein Fehler, und jetzt sehe ich, wohin er geführt hat.*

»Ich konnte mich an nichts davon erinnern – bis vor wenigen Tagen. Da fielen mir große Schmerzen ein, und seine Stimme, die sagte: ›Eines Tages werde ich dich rufen, und du musst kommen und mir berichten, was du weißt. Falls Karan überlebt hat, wirst du sie mitbringen, denn sie benötige ich mehr als dich.‹ Dann noch mehr Schmerz. Die Träume waren anfangs nur folgenlose Drohungen, ganz wie die Träume, die du letztes Jahr hattest. Ich nehme an, er kann mich nur so erreichen. Diese Nacht in Tullin ... es war wie eine große Verheißung. Doch darunter, weit unter der Oberfläche, lauerte eine Drohung. Dann begann er, dich zu verlangen.«

»Wann war das?«

»Vor langer Zeit. Ich weiß es nicht mehr.«

»Warum hast du nichts gesagt? Warum bist du nicht zu mir gekommen?«

»Ich habe dich und Shand in Tullin belauscht. Du hast dich einverstanden erklärt, mich so zu behandeln, als wäre ich von Rulke besessen. Ich wollte es dir am Abend sagen, aber du hast mich zurückgewiesen.«

»Du ahnst nicht, wie sehr das *mich* zerrissen hat«, flüsterte sie.

»Ich weiß, wie sehr es *mich* zerrissen hat. Ich hörte, wie Shand mich einen Verräter nannte und du zustimmtest, obwohl du genau wusstest, wie voreingenommen er ist. Shand hat jeden gegen mich aufgehetzt. Mendark wird mich noch töten, falls Yggur ihm nicht zuvorkommt. Er hat mich nur gehen lassen, damit ich Rulke finde und in der Falle sitze. Habe ich dir das erzählt? Er ist genauso schlimm wie Yggur.«

Karan merkte ihm an der Stimme an, wie verraten er sich fühlte. Ihre Wut brach sich Bahn. »Mendark ist fort. Ich hab ihn hinausgeworfen.«

»Ich habe verzweifelt danach verlangt, was Rulke mir bot, aber nicht um den Preis, *dich* ihm ausliefern. Niemand hat versucht, mir zu helfen. Ich bin einfach angeklagt und verurteilt worden.«

»Ich hätte nie auf Shand hören dürfen«, sagte Karan, hin- und hergerissen in ihrer Loyalität. »Er ist ein guter Mann, aber von Vorurteilen geblendet.«

»Du und Shand, ihr wart so selbstgerecht; und alle anderen waren verächtlich, nur Nadiril nicht. Wie konntest du nur glauben, ich könnte *dich* an Rulke verschachern, ich, der ich ein Zain bin? Diese Lektion habe ich mit der Muttermilch eingesogen. Ich kann nicht leugnen, dass mich sein Angebot in Versuchung geführt hat und mich noch immer reizt. Aber niemals hätte ich dich ihm ausgeliefert.

Und dann ließ Yggur mich auf der Richtstätte mit den Leichen zurück. Nichts zu essen, nichts zu trinken, nur fünfundzwanzig Tote, die im Wind schaukelten. Kannst du dir das Grauen ausmalen, das ich an diesem Tag und in der Nacht durchgestanden habe? Dabei erkannte ich zum ersten Mal, wer meine wahren Feinde sind.«

Karan verging vor Schmerz, denn sie wusste, dass alles, was er von ihr, Mendark und Shand sagte, der Wahrheit entsprach. Dennoch ließ sich eine zweifelnde Stimme nicht zum Schweigen bringen: *Ja, und du hast schon immer eine geschliffene Zunge geführt, das ist deine Kunst und dein Beruf, auch ohne dass Rulke dir vorgibt, was du sagst.* Wie sollte sie es unterscheiden?

»Was will Rulke von dir? Was weißt du heute, das dir im Nachtland noch unbekannt war?«

»Auch nicht mehr, als er vor drei Monaten von sich aus hätte erraten können. Auf jeden Fall bin nicht ich es, den er will.«

»Was will er dann?«

»Das Einzige, was ich nie aufgeben würde. Dich! Du besitzt ein Talent, von dem du selbst gar nichts weißt, und es ist für seine Zwecke entscheidend.«

Karan verschlug es die Sprache, doch ihre Gedanken hetzten in vielerlei Richtungen. Rulke wollte sie seit Langem in die Hände bekommen. Selbst damals, während sie den Spiegel bei sich trug, hatte sie gerätselt, aus welchem Grund. Zuerst hatte sie angenommen, er hätte es nur auf den Spiegel abgesehen. Im Nachtland war sie eines Besseren belehrt worden; vielleicht war sie deswegen in Panik geraten und geflohen. Nun begriff sie – er brauchte sie wegen ihrer seltenen Talente. Doch wozu? Sie konnte es sich nicht vorstellen.

Llians Tun stand in einem gänzlich anderen Licht da, wenn er alles um *ihretwillen* auf sich genommen hatte. Entweder war er genauso gerissen wie Rulke, oder sie hatte ihm schreckliches Unrecht getan. Verlassen konnte sie sich nur auf ihr eigenes Urteil. Es mochte sich um eine weitere Machenschaft des Fürsten der Täuschung handeln, aber misstrauen konnte sie Llian nicht mehr. Sie würde sich nicht vor ihren Fehlern verstecken; sie würde sich ihnen stellen. Karan wusste, dass Llian zu etwas derart Ungeheuerlichem nicht fähig war.

Wie grausam sie ihn behandelt hatte. Nun, damit war es vorbei. Um ihretwillen hatte Llian vieles getan, was ihm schwergefallen war und seiner Natur widersprach. Niemals aber hatte er über sie gerichtet oder an ihr gezweifelt. Gelitten hatte er für sie, hatte sie beschützt, trotz allem, was sie ihm antat. Sie hatte Llian furchtbar falsch eingeschätzt. Karan konnte nicht anders, sie musste es sofort wiedergutmachen.

»Was ist, wenn ich nicht zu Rulke gehen will und du mich nicht zu ihm bringen kannst?«

»Er wird die Ghâshâd nach dir aussenden. Das hat er mir vergangene Nacht gesagt.«

In ihrem Zimmer herrschte Schwärze, aber Karan sah den Ausdruck von Llians Gesicht vor ihrem geistigen Auge. *Ich brauche mir seine Miene nicht einmal auszumalen. Ich habe mehr gesehen, als ich wollte. Ich werde nie wieder an dir zweifeln, nicht einmal dann, wenn jeder sonst auf Santhenar dir misstraut. Nicht, ehe ich mit meinen eigenen Augen den Beweis erblickt habe.*

»Wohin solltest du mich bringen?«

»Nach Carcharon. Dort ist Rulke, oder er kommt dahin.«

Das erklärte einiges, allerdings nicht, warum Rulke sich in Carcharon aufhielt und nicht in Shazmak. Vielleicht hatte der wahnsinnige Basunez am Ende doch recht gehabt, als er fand, nirgendwo auf Santhenar könne man die Geheime Kunst besser ausüben. Jedoch hatte es keinen Sinn, über etwas zu brüten, das nicht beantwortet werden konnte. Die Antwort ließ sich nur finden, indem man selbst nach Carcharon ging. Auf dem Konzil war viel davon die Rede gewesen, die Stätte auszuspionieren. Karan hatte sogar eingewilligt, ihre Waldläufer dorthin zu schicken, doch diese wagten sich nicht nah genug heran, um viel mehr in Erfahrung zu bringen, als bereits bekannt war.

Carcharon gehörte *ihr*, und es versetzte sie in Wut, dass Rulke den Sitz vereinnahmt hatte, doch daran ließ sich nichts ändern. Außer durch monatelange Belagerung war Carcharon uneinnehmbar. Falls Rulke sie entführen ließ, schwebte das ganze Tal in Gefahr, solange sie und Llian sich dort aufhielten. Flohen sie heimlich, wurde es nicht viel besser. Was sollte sie tun? Im Grunde blieb ihr nur eines.

Sie sprang aus dem Bett und zündete die Lampe an. »Was machst du da?«, fragte Llian und setzte sich auf. Das Licht tat ihm in den Augen weh.

»Bleib hier«, sagte sie. »Ich muss etwas suchen.«

Barfüßig eilte sie aus dem Zimmer. Im Haus war es vollkommen dunkel. Am anderen Ende der Bibliothek standen große hölzerne Schränke mit breiten Schubladen, in denen seit Generationen Karten, Schaubilder und alte Zeichnungen verwahrt wurden. Dort gab es auch Pläne des Gutes, auf Pergament, Leinwand oder Tierhaut, von denen einige so alt waren, dass sie noch aus der Zeit vor der Errichtung des Wohnturms datierten. Karan blätterte durch Übersichtskarten ihrer Ländereien und ihrer Grenzen, Pläne von Pferdekoppeln und Wäldern, Hochwasserstandsdiagramme, Skizzen von Gebäuden und Gartenanlagen, die es längst nicht mehr gab. All das legte sie beiseite, wobei sie wünschte, vorher gewusst zu haben, dass es sich hier befand. Sie würde sich ein anderes Mal damit befassen. Einen Plan Carcharons jedoch entdeckte sie nicht.

Neben dem Schrank stand eine lange Truhe. Karan stemmte sich daran hoch und nahm darauf Platz. Sie rieb sich die Füße, um sie zu wärmen. Der Steinboden war eiskalt. Wo konnten die Pläne nur sein? Alles Wertvolle, das sich in Carcharon befunden hatte, war nach Basunez' Tod zusammen mit seiner Leiche nach Hause geholt worden. Wo waren seine Unterlagen? Auch in der Bibliothek hatte Karan sie nie gesehen.

Nein, Augenblick mal! Nachdem sie zum ersten Mal als Erwachsene nach Gothryme zurückgekehrt war, hatte sie die Tagebücher ihres Vaters entdeckt. Sie hatte oft darin gelesen, ein Versuch, ihn zu sich zurückzuholen. Ihr Vater war stets von Carcharon fasziniert gewesen. Karan erinnerte sich, dass er von einem geheimen Eingang nach Carcharon erzählt hatte.

Sie rannte den langen Wandelgang hinunter, in einer Hand die Laterne, und lief in Llian hinein, der sich seinen Weg durch die Düsternis tastete. Er stürzte, griff mit einer Hand nach einem Regal und hielt sich eisern fest. Das Bein, in dem er den Krampf gehabt hatte, war noch sehr schwach.

»Du Dussel!«, schalt er sie mit einem schmerzlichen Lächeln. »Was machst du hier?«

Sie reichte ihm die Hand. »Ich will in den Unterlagen meines Vaters nach einer Karte von Carcharon suchen. Hier sind sie.«

Sie fand eine Anzahl dünner Tagebücher und ebenso einen dicken Haufen Papiere, die von einem Band zusammengehalten wurden. Karan löste das Band, und die Papiere ergossen sich weithin über den Boden. Sie alle durchzusehen dauerte lange, doch eine Karte war nicht auffindbar. Karan setzte sich auf den Boden und legte sie sorgfältig wieder zusammen.

»Ich war sicher, dass hier eine Karte wäre«, sagte sie.

»Wann bist du mit deinem Vater nach Carcharon gegangen?«

»Ich war acht. Vor siebzehn Jahren. Kurz vor seinem Tod.« Sie nannte ihm den Monat.

Karan verschnürte das Bündel gewissenhaft und legte es zurück. Llian nahm die Tagebücher herunter, eines nach dem anderen, blätterte sie durch und stellte sie wieder zurück. In den Seiten des dritten fand er ein kleines gefaltetes Stück Papier. Er nahm es heraus und reichte es an Karan weiter, ohne es zu öffnen.

»Das könnte es sein«, sagte er.

Karan faltete das Papier auf. Die Seite zeigte einen kleinen Lageplan, beschriftet mit »Carcharon«. Auf einer Ecke befand sich eine Skizze der Festung und ihrer Verteidigungsanlagen; am Rand war in schöner Hand geschrieben worden. »Vater muss ihn eigenhändig angefertigt haben. Das Papier ist dasselbe wie im Tagebuch. Woher wusstest du, dass die Karte dort sein würde?«

»Es war logisch, dort zu suchen.«

Die Karte hatte ihr verraten, was sie wissen wollte. Sie schob sie in ihre Tasche. Llian wirkte blass. Karan nahm ihn wieder bei der Hand, und sie kehrten ins Schlafzimmer zurück.

»Geh zu Bett«, sagte sie. »Ich bin gleich wieder da.« Sie verschwand und tauchte kurz darauf mit einem großen Becher Suppe und einer dicken Scheibe Brot wieder auf. »Iss das, dann leg dich schlafen. Ich bin nicht lange weg.« Abermals eilte sie aus dem Zimmer.

»Mach schnell, es ist eisig kalt«, sagte er schläfrig, während der geleerte Becher seinen Fingern entglitt.

Seit Mendarks Ankunft hatte er keinen geruhsamen Schlaf mehr gekannt. Er trieb ins Traumland hinüber, doch sein Schlaf wurde bald unbeständig. Es war so kalt im Bett. Er streckte die Hand nach Karan aus, aber sie war nicht da. Sie war überhaupt nicht ins Bett gekommen.

Der Schreck weckte ihn. Llian humpelte durch das Haus und erblickte eine kleine Gestalt an der offenen Hintertür.

»Wohin gehst du?«, zischte er Karan ins Ohr, obwohl es allzu offensichtlich war.

»Nach Carcharon!«

Er packte sie beim Mantel. »Das ist die größte Dummheit, die ich jemals gehört habe.«

»Welche Wahl bleibt mir denn? Keine einzige andere Möglichkeit. Soll ich warten, dass er mich hier holen kommt? Wie könnte ich fliehen? Die Ghâshâd würden das ganze Tal verwüsten.«

»Was willst du unternehmen, wenn du dort bist?«

Karan zögerte. *Nein, sei ehrlich zu ihm,* dachte sie. *Jetzt und immerdar.* »Ich habe keinen Plan. Ich werde mit Rulke um deine Freiheit verhandeln.«

Llian begriff, dass nichts, was er sagen konnte, auch nur das Geringste ändern würde; sie war fest entschlossen. Ihre Stärke flößte ihm Angst ein.

»Du bist eine Närrin«, sagte er. »Und ich bin ein noch größerer Narr. Ich begleite dich.«

»Sei nicht töricht; in deinem Zustand kommst du noch nicht einmal hinten über den Zaun.«

»Ich komme mit«, wiederholte er, »und wenn du mich tragen musst.«

Sie lachte, bis ihr die Tränen aus den Augen liefen, dann weinte sie noch einmal so lange. Sie küsste ihn auf die Lippen, benetzte sie mit ihren taufeuchten Wangen. »Geh und zieh dich an; ich warte auf dich.«

»Du hast schon einmal bewiesen, dass man dir nicht trauen kann. Du kannst auf dem Bett sitzen, während ich mich ankleide. Und wehe, du rührst dich ohne mich!«

Grinsend folgte sie ihm ins Schlafzimmer und saß pflichtschuldig da, während er sich ein wollenes Kleidungsstück nach dem anderen anzog und über alles einen langen, daunengefütterten Mantel und einen Umhang aus Wachstuch schlug. Als er fertig war, musste er ausruhen.

»Kannst du mir bei meinen Stiefeln helfen?«, bat er heiser.

»Was für ein armseliges Paar sind wir doch«, erwiderte sie, während sie sich vorbeugte.

Sie füllte seinen Beutel mit Trockenproviant aus den Vorratskammern. Sie stärkten sich mit einer Schale Suppe aus dem Kessel, der über dem Feuer hing. Das Feuer war nur noch Asche und Kohlen, doch Karan stieß die Schöpfkelle tief hinein, und die Suppe, die sie heraufbeförderte, war brühend heiß. Beide schwitzten sie in ihrer Winterkleidung davon. Llian bekam plötzlich Appetit und nahm sich noch eine Schale. Karan war am Tisch beschäftigt und schrieb eine Nachricht an Rachis. Sie füllte eine große Flasche mit heißer Suppe und schob sie tief in ihren daunengefütterten Schlafsack. Dann gingen sie nach draußen, hinaus in den Schnee und den Wind, und beide dachten mit Grausen an das, was sie über den Klippen im wahnsinnigen, einsamem Carcharon erwartete.

Kapitel zwanzig

Carcharon

»Das ist die größte Dummheit, die ich je begangen habe«, sagte Karan, als sie in den Schnee hinauszogen.

Dem Ausdruck seiner Augen zufolge dachte Llian dasselbe. Plötzlich waren sie einander näher denn je. Er nahm Karan bei der Hand; sie schob sie in eine mit Wolle gefütterte Tasche. Es war drei Uhr morgens. Der Himmel war bewölkt, wie seit einem Monat oder länger jede Nacht.

Als sie über eine Steinmauer kletterten, befiel Llian plötzlich das Gefühl, er tue es nicht zum ersten Mal. »Das erinnert mich an die Nacht, in der wir uns kennenlernten – in den Bergen unterwegs zu einem Ziel, das nur du kanntest.«

Sie lachte. »Wenn du wüsstest, wie ich mir vorkam, als du die Treppe zu mir hinuntergestürzt bist. ›Ich heiße Llian – ich bin gekommen, um dich zu retten‹ hast du gesagt, und dann hast du dir vor meinen Füßen den Kopf angeschlagen und warst bewusstlos.« Sie kicherte bei der Erinnerung. »Und außerdem warst du damals krank und unpässlich.«

»Damals war es lange nicht so schlimm«, sagte er und drückte ihre Finger, während er über seine eigenen Erinnerungen lächeln musste.

Sie nahmen den Weg, der talaufwärts führte. Die Hunde schlugen an, doch Karan beruhigte sie, und sie hörten auf zu bellen. Ein wenig weicher Schnee lag auf einer harten, verharschten Schicht, die das Tauwetter vor wenigen Tagen zurückgelassen hatte. Wo der Pfad beim Anstieg auf den Nordkamm die Richtung wechselte, war der Pulverschnee fortgeweht worden, und sie konnten ungehindert auf dem Harsch marschieren. Zwar war es recht dunkel, doch Karans Füße kannten den Weg, der recht gut ausgetreten war.

Als sie den Kamm erreichten, taumelte Llian. Karan hätte fast aufgegeben, aber sie konnte ihn ohne seine Mitwirkung nicht nach Hause bringen, und ihn beseelte ein eiserner Wille. »In Leben und Tod werde ich dich nie wieder verlassen«, sagte er, und nach einer kurzen Verschnaufpause fühlte er sich in der Lage, das verhältnismäßig sanfte Gefälle zum Fuß der Klippe in Angriff zu nehmen.

Nun dauerte jede Etappe nur wenige Minuten, dann musste er Halt machen und ausruhen. Nach einer Stunde war er völlig entkräftet.

»Es tut mir leid«, sagte er. »Ich kann nicht mehr. Darf ich eine Stunde lang schlafen?«

»Natürlich!« Sie wischte weiße Flocken von seiner Nase, denn es hatte leicht zu schneien begonnen. »Ich wollte nur Abstand zum Haus gewinnen. Niemand weiß, dass wir aufgebrochen sind, und Rachis wird sich keine Gedanken machen. Dafür hat meine Nachricht gesorgt.«

Sie lagerten im Windschatten eines Felsbrockens, breiteten eine Unterlegplane aus und quetschten sich gemeinsam in einen der beiden Schlafsäcke, dem der andere übergestülpt war. Es war behaglich und warm. Karan hielt Llian die Flasche mit Suppe an die Lippen. Einen Augenblick, nachdem er seinen Anteil getrunken hatte, fiel er in tiefen Schlaf.

Karan schlief nicht, sondern lag einfach da, dachte nach und sorgte sich, bis die heraufziehende Morgendämmerung ein Feld runder Felsbrocken enthüllte, die aus dem Schnee sahen, und dahinter Dunkelheit. Vor ihnen ragte ein Steinhaufen von der Größe eines Tempels auf. Eine großäugige Eule blinzelte ihnen aus ihrem Baumloch zu.

Karan weckte Llian. »Wir sollten lieber weitergehen, wenn du es schaffst.«

Der kurze Schlaf hatte Wunder gewirkt. Noch ehe die frostige Sonne aufging, erreichten sie den Fuß der Klippe und begannen mit dem Anstieg. Er ging quälend langsam vonstatten, doch anfangs trotz des Schnees mühelos, denn die Klippe verlief schräg in den Berghang zurück, und die Aachim hatten, wo immer es nötig war, zusätzliche Stufen in das Gestein gehauen.

»Hast du Rachis mitgeteilt, wohin wir gehen?«, fragte Llian, als sie nach zwei Dritteln des Aufstiegs eine Rast einlegten. Sein Bein machte ihm Kummer. Er blickte bang das verbleibende Drittel des Klippenpfades hinauf, der sehr steil und schmal geworden war. Weit unter ihnen begannen die Schornsteine von Gothryme lebhaft zu qualmen.

»Natürlich nicht, und wie sollte er darauf kommen? Ich habe unseren Ausflug nicht sehr dringlich erscheinen lassen, also erzählt er Tallia möglicherweise erst davon, wenn sie nach uns fragt. Sie hat sich deinetwegen mit Mendark überworfen, aber ich nehme an, nach diesen Neuigkeiten werden sie uns folgen. Lass uns weitergehen.«

Sie bot ihm ihre Schulter, damit er sich darauf stützen konnte, und stockend näherten sie sich dem Klippenkamm. Karan hatte reichlich Zeit, über die Torheit dieser Reise nachzusinnen. Llian sah wieder aus wie der leibhaftige Tod. Was konnten sie sich denn erhoffen von diesem Unterfangen?

Der Morgen war schon fortgeschritten, als sie endlich den Kamm erreichten. Vor ihnen dehnte sich der Wald von Gothryme nach Norden und Süden weiter, als das Auge reichte, während er im Westen einen schräg ansteigenden, schluchtenreichen Geländeeinschnitt bedeckte. Dahinter ragten weiß die Berge auf. Karan und Llian blickten zurück, aber nichts wies darauf hin, dass sie verfolgt wurden.

Der Schnee war hier weich und tief, und sie kamen nur

schlecht voran. Aber sie beeilten sich nicht. Carcharon war kein Ziel, dem man hastig entgegenstrebte. Llians Verschnaufpausen wurden häufiger und länger, doch am Abend des kurzen Tages hatten sie den äußersten Waldsaum erreicht.

Auf der ansteigenden Hangseite gab es einen kleinen See, gerade innerhalb der Waldgrenzen. Wegen der Farbe seines Wassers wurde er der Schwarze See genannt. Ringsum von hohen Bäumen umgeben, musste er von einem warmen Quell gespeist werden, denn er hatte noch keine Eisdecke. Ein kleiner Steinpavillon stand am Wasser, so alt, dass sogar der Granit zerbröckelte, aus dem man ihn erbaut hatte, wenngleich sein Dach, eine Anordnung kleiner, metallener Turmspitzen, unversehrt war. Die dem Wasser zugewandte Seite hatte ein Steingeländer, doch die meisten Geländersäulen waren zerfallen. In der Nähe gab es eine Anlegestelle und eine steinerne Treppe, die zum Wasser hinabführte. Einst war hier ein kleines Boot an einem Messingring vertäut gewesen. Sie lagerten im Inneren des Pavillons, setzten sich auf die Stufen und rösteten Brot an einem kleinen Feuer. Der Rest der Suppe genügte, um sie beide zu sättigen.

»Als Kind bin ich oft hier gewesen«, sagte Karan, während sie sich umblickte. Llian antwortete nicht: Er nickte schon im Sitzen ein. Sie half ihm in den Schlafsack und legte seinen Mantel zu einem Kissen zusammen. Karan war ruhelos; hier lebten zu viele Erinnerungen. Auf der gegenüber liegenden Seite des Pavillons lehnte sie sich an das Steingeländer. Die Wasserfläche glich einem schwarzen Spiegel, so unbewegt, dass die gespiegelten Sterne so deutlich waren wie oben im Firmament.

Die Sterne leuchteten! Der bedeckte Himmel der vergangenen Monate hatte aufgeklart. War das ein Omen? Falls ja, für wen? Sie ging auf den Landungssteg hinaus und setzte sich, ließ die Füße über die Kante baumeln und blickte ins Wasser hinab. Sie fragte sich müßig, ob eine Wasserfläche, die so klar und dunkel war wie diese, nicht ebenfalls als ein Spiegel zum Wahrsagen benutzt werden konnte. Falls ja, hätte dieser deutlich zu ihr sprechen müssen, hätte sie nur gewusst, was sie ihn fragen sollte.

Der Mond stand im letzten Drittel, und ein großer Teil der dunklen Seite schimmerte, aber er ließ sich durch die hohen Bäume hindurch nur flüchtig erkennen. Wie gut konnte Rulke Llians Geist wirklich kennen? Sie hatten nur wenige Tage gemeinsam im Nachtland verbracht. Konnte Rulke spüren, wie nah sie waren? Wusste er, dass sie kamen? Vor Mitternacht ließ es sich nicht sagen. Dann erst erschienen Llians Heimsuchungen. Nun, für diesen Zweck hatte sie den Mohnsirup mitgenommen.

Die Karte hatte Karan bestätigt, was sie bereits wusste, was ihr Vater ihr erzählt hatte: Es gab wirklich einen Geheimgang, der nach Carcharon hineinführte. Sie lehnte sich müßig zurück und grübelte. Die Torheit ihres Tuns war ihr deutlich bewusst, aber es war ihr Leben, und schadete niemandem, wenn sie versagte – niemandem außer Llian. Sie verdrängte den bedrückenden Gedanken und vertiefte sich in die Geräusche des Waldes und die Lautlosigkeit des Sees. Zum letzten Mal war sie auf dem Weg nach Shazmak hier gewesen, als sie zwölf Jahre gezählt hatte, und davor zuletzt an ihrem achten Geburtstag. Karan erinnerte sich ganz deutlich daran, und nicht nur wegen des Geburtstags, der letzten glücklichen Zeit ihrer Kindheit. Nur zwei Tage später war ihr Vater von ihnen gegangen, nicht weit von hier niedergeschlagen und auf einem windgepeitschten Berggrat im Schnee zum Sterben zurückgelassen. Ein brutales, sinnloses Verbrechen; er hatte kaum etwas Wertvolles bei sich gehabt. Aber fort war er für immer. Karan schauderte und kehrte in den Schlafsack zurück.

Der Morgen kam, und Llian erwachte als Erster. Nebel herrschte im Wald, und Dunst lag auf dem See, ein Dunst, der niedrig über dem Wasser hing und das Schwarz zu einem silbrigen Grau verdünnte. Hinter den Bäumen stieg die Sonne empor. Karan lag in tiefem Schlaf, die Arme um Llian geschlungen, und nur ihr roter Haarschopf lugte aus dem Schlafsack. Das Lagerfeuer brannte noch und sandte einen Rauchfaden schlängelnd in den Nebel hoch. Karan musste lange wach geblieben sein. Llian war geneigt, sie schlafen zu lassen, doch der Rauch konnte ihre Feinde bereits gewarnt haben. Er rüttelte an ihrer Schulter.

»Karan, wach auf!«

Sie war mit einem Schlag wach. »Was ist los?«

»Das Feuer qualmt noch.«

Sie warf einen schrägen Blick auf die Feuerstelle. »Das war unachtsam«, stimmte sie zu. »Erstaunlich, wie schnell man verlernt, wie man in der Wildnis überlebt. Vor einem Jahr wäre mir das nie und nimmer passiert. Aber ich glaube nicht, dass man es sehen kann – der Rauch verteilt sich, ehe er über den Wald steigt. Trotzdem sollten wir uns lieber auf den Weg machen, nur für den Fall, dass sie so weit unten einen Spähtrupp haben. Setz das Wasser auf, bitte. Ich brauch noch fünf Minuten Schlaf.«

Bei ihrem schleppenden Schritttempo nahm die Strecke vom Schwarzen See nach Carcharon fast einen ganzen Tagesmarsch in Anspruch. Auf der gegenüberliegenden Waldseite zweigte der Pfad vom Weg nach Shazmak ab und verlief zu einem steinigen Höhenrücken, der so steil war, dass sie den ersten Abschnitt auf Händen und Knien zurücklegen mussten. Der Pfad war vereist, und der Wind blies ohne Unterlass.

Ihr Marsch zum Berggrat verlief quälend langsam und war von häufigen Ruhepausen für Llian unterbrochen. Er war sehr müde und schwach, wollte aber nicht aufgeben. Karan hielt nach Verfolgern Ausschau, die ihnen mit Sicherheit auf den Fersen waren, und hoffte beinahe, dass sie sie vom Weitergehen abhalten würden, doch sie sah selbst dann kein Anzeichen für eine Verfolgung, als sie den steileren Bergrücken erreichten, auf dem der eisige Aberwitz namens Carcharon stand.

Ihr Weg wurde zu einem gewundenen Pfad, der über den höchsten Punkt des Kammes verlief, ganz wie die Straße zu einem Märchenschloss. Abgestuft, als wären Hobelmesser nebeneinander über den Grat gezogen worden, war der Pfad schmal und fiel zu beiden Seiten steil in tiefe Schluchten voller Felsbrocken ab.

»Ich kann mir keine dämlichere Stelle vorstellen, um eine Zitadelle zu bauen«, sagte Llian. »Warum hat er sie nicht dort unten hingesetzt?«

»Weil für ihn sich kein Ort auf Santhenar besser für die Geheime Kunst eignete, und *nichts* anderes zählte.«

»Aber was muss das gekostet haben?«

»Das war ihm gleich.«

Sie krochen weiter.

»Karan«, sagte Llian lange Zeit später unsicher.

»Ja?«

»Erinnerst du dich, welch große Angst ich immer vor großen Höhen gehabt habe?«

Sie drückte seine Hand.

»Nun, ich hab keine Höhenangst mehr. Nur schreckliche, schreckliche Angst.«

Sie lachte, und er ebenfalls. »Das ist ein großer Fortschritt. Möchtest du eine Pause machen?«

»Lass uns noch ein bisschen weitergehen.«

Der Weg wurde breiter, aber die verwitterten Stufen waren vereist und mit Geröll übersät. Zu beiden Seiten fiel das Gelände schroff ab; nur hie und da traten Felsschichten an der Flanke des Grates zutage und bildeten Gesimse. Der Pfad wurde immer steiler, während sie einen vorgewölbten Teil des Kamms erkletterten. Erst am späten Nachmittag erreichten sie die Mitte der Verdickung, eine knotige Steinfaust mit weißen und roten Adern.

»Weiter oben ist der Weg von Carcharon aus einsehbar«, sagte Karan. »Ehe es dunkelt, können wir nicht weiter.«

Llians Gesicht war bleich und verhärmt. Er konnte die Augen nicht von Karan wenden, hungerte nach ihrem Vertrauen und ihrer Zuneigung. Die ganze Zeit hielt sie seine kalte Hand.

Während sie auf der kleinen Karte den Geheimgang nach Carcharon zu finden versuchte, kroch Llian auf allen Vieren die Stufen zu der Spitze des Felshöckers hinauf und sah die ausgeleuchtete Oberseite einer Felszinne von der Größe eines Spielfeldes vor sich, in die ein kleines Amphitheater mit Steinbänken gehauen war. Auf dessen niedrigerer Seite führte ein Felspfad hinab und wieder hinauf. Die gemarterten Gesteinsschichten waren hier blutrot, purpurn und schwarz und von gewundenem Quarz durchsetzt, der an Adern in einem Augapfel denken ließ.

Nur einen Pfeilschuss entfernt erhob sich Carcharon grotesker, als Llian angenommen hätte. Die Spitze des Höhenrückens war zu einer abschüssigen Fläche abgetragen worden, und darauf hatte Basunez einen hässlichen Wehrturm mit neun unregelmäßigen Seiten errichten lassen. Das Bauwerk hockte am niedrigeren Ende, von einer langen Mauer umschlossen, die den Berg hinauflief und auf der anderen Seite wieder herunterkam. Das Gemäuer sah aus wie ein sinkendes Ruderboot, dessen Heck ein gewaltiger Turm ins Wasser drückte.

Der Turm war aus glasglattem Gabbro von auffälligem Violettgrau errichtet. Seine Mauern bedeckten Vorsprünge, die zu Trauben angeordnet waren: Stäbe und Haken, glasartige Kugeln und opalene Stacheln gleich denen eines Seeigels. Die Verteilung der Trauben mutete sonderbar an; sie folgte keinem erkennbaren Muster, und zwischen ihnen schluchzte und kreischte abwechselnd der Wind. Den Turm krönte ein stacheliges Helmdach aus Messing, von dem ausgehend ausladende messingne Bögen die Mauern überragten. Das Innere der Bögen war mit grünem Schiefer ausgefüllt. Die Linien von Turm und Mauern krümmten sich eigentümlich, ohne Anmut, Harmonie oder Proportion.

Llian kletterte wieder hinab. »Er muss wirklich irre gewesen sein«, keuchte er.

»Das war er, und die Familie weigerte sich, ihn zu unterstützen. Irrsinnigen dienen wir nicht. Der Höchste hat eine Verpflichtung gegenüber dem Geringsten, und der Geringste gegenüber dem Höchsten, aber das erstreckt sich nicht auf Narren oder Narretei. Das Pflichtbewusstsein in Bannador ist nicht blind.«

»Wie hat er je erreicht, dass man es ihm baute?«

»Er hat Maurer, Tischler und Arbeiter aus dem Tal heraufgebracht. Die Kosten waren unglaublich. Viele Männer starben während der Arbeiten, und bei Basunez' Tod war unser Haus bankrott. Es dauerte fünf Generationen, bis die Gier der Gläubiger befriedigt war, und bis heute sind wir arm geblieben, obwohl wir so viel Land besitzen.«

»Kannst du nicht etwas davon verkaufen?«

Karan bedachte ihn mit einem Blick, der ihm verriet, dass sie ihn für ebenso irrsinnig hielt wie den alten Basunez.

»Land verkaufen? *Land* verkaufen?«

Llian wechselte hastig das Thema. »Warum ausgerechnet hier eine Festung? An dieser Stelle könnte eine Hand voll Belagerer sie aushungern.«

»Wie ich schon sagte, spielte das bei Basunez' Erwägungen keine Rolle. Er war ein Gelehrter, und sein besonderes Interesse galt den Gebräuchen der Charon. Als er älter würde, steigerte sich dieses Interesse bis zur Besessenheit. Er glaubte, dass die Kräfte der Charon sich aus geheimem Wissen speisten und dass er, wenn er ihre Geheimnisse ergründen könnte, auch ihre

Kräfte besäße. Er glaubte ferner an Knotenpunkte der Macht, Stätten, wo die Wirklichkeit anders beschaffen wäre und die Geheime Kunst sich wirksamer ausüben ließe als irgendwo sonst.«

»Wie der Spalt unterhalb von Katazza«, sagte Llian. »Und die Tore der Alten, die nur an bestimmten seltenen Orten funktionierten.«

Karan interessierten die Einzelheiten nicht. »Wie auch immer, ob nun zu recht oder unrecht, er glaubte, hier läge ein außergewöhnlich machtvoller Knotenpunkt. Er errichtete Carcharon, um ihn zu nutzen. Und sicherlich hat dieser Ort etwas an sich, denn immer, wenn ich mit meinem Vater hierherkam, konnte ich es spüren, ein unheimliches Zusammenziehen und Kräuseln meiner Haut, und ein Kribbeln in den Haaren. Auch jetzt spüre ich es. Ich habe es nirgendwo sonst wahrgenommen.« *Zumindest nicht so wie hier,* fügte sie im Stillen hinzu.

Der klare Morgen ging in einen ungestümen, verschneiten Nachmittag über, der Wind in einen Sturm, der zwischen den Felsen heulte. Sie hofften, im Schutze des schlechten Wetters ungesehen in die Nähe Carcharons zu gelangen. Vorerst blieben sie, wo sie waren, denn auf dem ganzen Berggrat war keine Stelle besser geschützt als jene, wo sie kauerten. Der Wind schmirgelte ihre Gesichter mit Schneekörnern. Es war einem Sandsturm im Meer der Trockenheit nicht unähnlich, mit Kälte statt der Hitze.

Karan blickte in den Himmel, den nun dünne, dahineilende Wolken verschleierten. Llian zog die Handschuhe aus, um sich mit den Händen die Nase zu wärmen. »Was befindet sich innerhalb Carcharons?«

»Der Turm, Lagerhäuser, Schuppen und weitere kleine Gebäude. Auf der Westseite gibt es einen Wasserspeicher, der in den Fels getrieben ist. Wir könnten ihn vergiften, wenn wir Gift hätten, und falls wir so etwas täten. Und natürlich gibt es eine

Tür, die vom Turm in den Hof führt. An mehr kann ich mich nicht erinnern.«

Llian berührte Karan an der Schulter, ohne zu wissen, was sie im Sinn hatte. »Gut!«, sagte er. Er war angespannt, voller Angst, verwundbar. Je länger er darüber nachdachte, wo sie sich befanden und was sie vorhatten, desto lächerlicher erschien ihm der Plan. Plötzlich krümmte er sich unter einem heftigen, beißenden Schmerz, der ihn ebenso unvermittelt wieder losließ. Eine Sekunde lang fühlte er sich, wie Shuthdar sich in seinem abscheulich verkrümmten Körper gefühlt haben musste, kurz bevor es zu Ende ging. Es war nur eine kleine Mahnung, aber sie verstärkte seine Entschlossenheit. Nichts konnte schlimmer sein als sein Zustand.

Der Zwischenfall befreite auch Karan von sämtlichen Unsicherheiten. Sie hielt Llian fest, bis seine Schmerzen vorüber waren. Kurz berührte die Sonne ihr ängstliches Gesicht, dann schlossen sich die rasenden Wolken wieder.

»Trink das«, sagte sie, indem sie eine kleine Flasche hervorzog. »Aber nur einen winzigen Schluck, oder es wird dich schläfrig machen.«

»Was ist das?«, fragte Llian argwöhnisch.

»Mohnsirup.«

»Steck das weg! Ich werde alle Geistesgegenwart brauchen, die ich aufbringen kann. Also, wie kommen wir hinein?«

»Bei uns gibt es immer irgendwo einen Geheimgang; sogar aus Gothryme führt einer hinaus. Rulke könnte ihn entdeckt haben, obwohl Basunez überaus raffiniert war. Falls er den Gang noch nicht kennt, geben wir ihm etwas zu denken auf.«

Llian schnaubte.

»Unterschätze nicht die Bedeutung des Überraschungsmoments«, fuhr sie fort. »Wir müssen Rulke glauben machen, dass wir etwas wert sind, und dennoch muss er sicher sein, dass wir keine Bedrohung darstellen. Er muss uns unterschätzen.«

»Na schön«, sagte Llian. »Aber wenn wir ankommen, lass mich zuerst gehen.«

Karan wurde still. Das passte so wenig zu Llian. Er war normalerweise recht besorgt um sich. All ihren Gelöbnissen zum Trotz schöpfte sie ein wenig Verdacht. Warum wollte er als Erster gehen? Nein! Sie stieß den Argwohn von sich.

Er wusste, was ihre Stille und Reglosigkeit zu bedeuten hatte. »Karan, hör mir zu! Was kann er mir Schlimmeres antun, als er mir bereits angetan hat? Wenn ich Carcharon betrete, wird es eine Erleichterung sein, was auch immer als Nächstes geschieht. Aber warum sollte er dich so leicht in die Hände bekommen? Falls ich scheitere ... versprich, dass du nicht hervortrittst, solange ich nicht scheitere.«

»Du hast also einen bestimmten Plan im Sinn?« Sie war nicht imstande gewesen, irgendetwas zu planen.

»Ich werde das tun, was ich am besten kann, und ihn herausfordern, mit dir als Köder. Sofern du es nicht verbietest.«

»Ich verbiete es! Ich bin nicht irgendein Knochen, um den sich die Hunde balgen.«

»Ich tue es trotzdem. Durch meinen Stolz und meine Gier nach Wissen habe ich alles auf uns herabbeschworen.«

»Stolz bist du in der Tat! Ich könnte ebenso gut sagen, *ich* hätte alles verursacht, indem ich dich zurückließ oder indem ich vor einem Jahr die Verbindung herstellte, oder vor allem, weil ich den Spiegel gestohlen habe. Ich verbiete es *entschieden!*«

»Karan, sag mir die Wahrheit.« Er umschloss ihre kalten Hände und zog sie dicht an sich heran. »Wirst du aufrichtig sein?« Abermals berührte die untergehende Sonne sie und weckte Funken in ihren Augen.

»Ja«, sagte sie, und indem sie vor gewissen dunklen Winkeln zurückscheute, die ihr allein gehörten, behielt sie ein kleines Stück der Wahrheit für sich selbst zurück, für alle Fälle.

»Wenn du dort hineingehst, um dich ihm zu stellen, hast du irgendeinen Plan, nur den kleinsten Anflug eines Plans, wie du wieder hinauskommst?«

»Ich bin schon einmal davongekommen, hast du das vergessen?«

»Das ist keine Antwort. Er wird dich nicht noch einmal unterschätzen. Also?«

Sie neigte den Kopf, und die Funken in ihren Augen erloschen. Sie hatte nicht den Llian vor sich, mit dem sie so vertraut war, und auch nicht den, den sie belügen konnte. Wie sehr sie ihn liebte. Sie vergrub sich unter seinem Mantel und presste sich an ihn. »Ich habe keinen Plan«, gab sie mit gedämpfter Stimme zu. »Noch nicht einmal einen Anflug davon. Und auch nicht viel Hoffnung.«

»Nun, ich schon.«

Es schmerzte. Sie war nach Carcharon gekommen, um *ihn* zu beschützen, nicht umgekehrt. »Darf ich wissen, worin er besteht?«

»Es wird besser sein, wenn du es nicht weißt, für den Fall, dass etwas schiefgeht.«

Sie schlüpfte wieder unter seinem Mantel hervor. »Also gut! Der Geheimgang ist irgendwo in dieser Richtung.«

Sie warf stirnrunzelnd einen Blick auf die Karte und versuchte, die eingezeichneten Orientierungspunkte in der düsteren, schneebedeckten Landschaft wiederzufinden. Hier und da führte ein Felsvorsprung ein paar Schritte weit vom Kamm weg, ehe er sich im Nichts verlor. »Diese Gesimse bilden einen Irrgarten, aber nur an einer Stelle verbinden sie sich zu einem Weg.«

»Das erinnert mich an ein gemeines Spiel, das ich kenne«, sagte Llian unglücklich. »Wenn du verlierst, stürzt du über die Felskante in den Tod.«

»Das passiert nur, wenn wir unvorsichtig sind«, sagte Karan.

»Und ich habe vor, von jetzt an sehr gut auf dich aufzupassen. Wir müssen ein Stück zurück und abwärts.«

Wie sich erwies, müssten sie zurück und aufwärts, nicht abwärts. Sie fanden den Weg, als das Tageslicht gerade zu schwinden begann. Karan hielt Llian bei der Hand, während sie den gefahrvollen Hang entlangkroch. Am Ende des Felsvorsprungs folgte ein weiterer, der treppab führte, und dahinter noch einer. Über ihnen verstellte die vorgewölbte Ausbuchtung des Hanges die Sicht auf Carcharon. Wo sie kauerten, war der steile Boden nackt: gewachsener Fels krümmte sich in Falten, die wie schneegekrönte Wellen geformt waren. Zwischen ihnen suchte sich Karan ihren Weg; sie hielt kurz neben einem hohen Felsen inne, der wie ein gedrungener Leuchtturm aussah, dann eilte sie weiter.

»Hier muss ein Stollen sein«, sagte sie. »Aber der Eingang ist weder von oben noch von unten oder von den Seiten her sichtbar.«

Sofern sich der Stein nach all der Zeit nicht verschoben hat, dachte Llian.

Als sie die Felsen mit Blicken absuchte, entdeckte Karan eine große, faltige Nase aus Gneis. Die Oberseite dieser Nase bedeckte eine flacher Steinbrocken wie ein Dach. Nach vielem Geschiebe schwang der Brocken auf Zapfen zur Seite und offenbarte einen Spalt, der gerade breit genug war, damit sie sich beide hineinschlängeln konnten. Llian hineinzubekommen war nicht gerade einfach. Als sie drinnen waren, berührte Karan ihre kleine Lichtkugel, die hell aufleuchtete.

Sie krochen eine steile, von Geröll bedeckte Steigung hinunter. Nachdem sie sie hinter sich gebracht hatten, entdeckten sie einen niedrigen Gang, in dem sich sogar Karan bücken musste und der auf unregelmäßigem Weg den Höhenrücken durchschnitt; man hatte ihn offenkundig durch die weniger festen Gesteinsabschnitte getrieben. Immer wieder mündete er auf steil geneigte Schächte, und mitunter mussten sie am blanken Fels hochklettern. Llian fühlte sich dabei recht unbehaglich, dabei waren die Schächte gar nicht sehr tief. Schließlich fanden sie sich am Boden eines weit höheren Schachtes wieder, in dem eine Leiter emporführte.

»Wir müssen jetzt unterhalb von Carcharon sein«, sagte Karan. »Beweg dich ganz vorsichtig. Jedes Geräusch dringt bis ganz nach oben.«

Nach einer Kletterpartie über viele Spannen, während derer Llian zweimal an die Leiter gebunden werden musste, damit er sich ausruhen konnte, endete der blanke Fels vor einer Steintür mit Gegengewicht. Der Mechanismus war schwergängig, aber sie konnten sie weit genug nach oben drücken, um darunter hindurchzukriechen.

»Tja«, sagte Karan, »falls sie den Stollen entdeckt haben sollten ...«

Wenn dem so war, so konnten sie es nicht ändern, und sie setzten ihren Weg über eine Treppe fort, die in einem versteckten Hohlraum innerhalb einer Mauer verlief. Die Stufen bestanden lediglich aus dicken Felsplatten zwischen Innen- und Außenwand.

Am oberen Ende der Treppe erblickten sie eine weitere steinerne Hubtür. Sie rührte sich nicht, und mehrere entmutigende Minuten verstrichen, ehe Karan zwei Haken fand, von denen sie gesichert wurde. Sie löste sie beide, und nun ließ die sachteste Berührung den Stein erbeben. »Das ist gut gemacht«, bemerkte Llian heiser. Sie schoben die Tür nicht sofort auf, denn er war entsetzlich müde.

»Wie geht's deinem Bein?«, fragte Karan, während sie ein letztes Abendessen bereitete.

»Tut ziemlich weh«, flüsterte er und streckte es vor sich aus. Sie massierte die verkrampften Muskeln, während er sein Brot und sein Obst aß. »Ich bin so müde«, sagte er, und sein Kopf sackte auf die Brust.

Karan legte die Arme um ihn, während er in einen allzu kurzen Schlaf sank. Selbst schlief sie wieder nicht – sie hatte zu große Angst. Eine Vorahnung sagte ihr, dass ihr Vorhaben nicht gut gehen würde. Keine Stunde war vergangen, als Llian aus dem Schlaf aufschreckte.

Er holte tief Luft. In seinen Augen stand eine Qual, die Karan nicht ertragen konnte. Sie umschlang seinen Hals, küsste ihn auf die Augenlider, erst links, dann rechts, und schließlich die Nasenspitze.

»Was auch immer ich dort draußen sage und tue«, bat er, »versprich mir, dass du nicht das Vertrauen in mich verlierst. Egal, was ich sage, egal, was ich tue. Ich werde dich niemals verraten.«

»Ich werde dir vertrauen, ganz egal, was kommt.« *Und falls du mich verrätst,* dachte sie dabei, *wirst du dir wünschen, du wärest niemals geboren worden.* Sie umarmte ihn wieder fest und drückte ihn flüchtig an sich, dann legte sie ihm die Hände flach auf die Brust, schob ihn fort und sagte: »Geh jetzt.« Sie konnte lange Abschiede nicht ertragen, obschon sie wusste, dass sie ihn vielleicht nie wiedersehen würde.

Er drückte behutsam die Tür auf und schloss sie hinter sich wieder. Als er fort war, schob Karan sie ein winzig kleines Stück auf. Sie konnte nun hören, was in der Nähe gesprochen wurde, aber sie konnte nichts sehen. Mit unendlicher Vorsicht stellte sie die alte fadenartige Verbindung zu Llian wieder her.

Llian kam hinter einer kurzen Mauer gedeckt in den Turm. Als er über sie hinwegspähte, erblickte er ein großes Gemach, das einen guten Teil des obersten Stockwerkes in Anspruch nahm. Lichtkugeln, die an den Wänden und von der Decke hingen, erhellten den Raum, und geschmückt war er mit Wandbehängen, von denen einige aus feinsten Metallfäden gewoben waren,

Stichen auf schwarzem Metall und Drahtskulpturen von außerordentlicher Komplexität. Auf der gegenüberliegenden Seite des Gelasses standen Bänke und Tische, und überall sah Llian große und kleine Apparaturen. Eine geschwungene Steintreppe führte zu den tieferen Stockwerken. Wie viele Ghâshâd waren nötig gewesen, um so viel Material von Shazmak hierher zu befördern? Sicherlich hatten sie den Weg hundertmal zurücklegen müssen.

Der Raum war menschenleer. Llian kroch um die Ecke des Mäuerchens und entdeckte genau im Zentrum des Turmzimmers das harte, metallische, blau-schwarze Gebilde des Konstrukts, fremdartig in Farbe und Aussehen. Es war dieselbe Maschine, die Llian im Nachtland gesehen hatte, wo Rulke sie im Geiste erschuf. Doch damals war es ein Abbild gewesen, dies hier hingegen war ganz sicher Wirklichkeit – ein Grund mehr, weshalb Rulke, falls das Konstrukt einsatzbereit wäre, auf seinen Vorschlag eingehen sollte.

An der Stelle, wo Llian hockte, spürte er die Gegenwart des Konstrukts: Er fühlte sich zu ihm hingezogen. Es schwebte im Raum, weder aufgehängt noch den Boden berührend. Llian *musste* es anfassen, und das tat er auch, und obwohl es dort in der Luft hing, besaß es anscheinend die Masse eines Berges, denn es bebte nicht einmal, als er die bange Hand auf seine gewölbte Flanke legte. Doch Llian erzitterte, und Feuerwerk brach in seinem Schädel aus, machte ihn benommen. Einen Augenblick lang wusste er nicht mehr, was er hier tat; beinahe wäre er gestürzt. Dann nahm er die Hand fort, und das Konstrukt war wieder nur ein fremdartiges Gebilde aus Metall.

Ein Musikfetzen drang die Treppe herauf, ein gespenstisches Wimmern. Llian fühlte sich benommen, übel und schwach, und sein törichter Plan löste sich in Nichts auf. Was, wenn Rulke ihn hier entdeckte, unvorbereitet? Plötzlich vernahm er ein Lärmen von unten. Ein Flackern schoss über den Himmel; er konnte es durch das Fenster sehen. Was war los? Er hinkte zu der Laibung und blickte vorsichtig auf den Hof. Als das Flackern erstarb, sah er eine hochgewachsene Gestalt an der Mauer entlangrennen, dann sprang sie in die Nacht davon. Es hätte Tallia sein können. Ein weiteres Flackern erleuchtete den Himmel. Also war ihnen wirklich jemand von Gothryme aus gefolgt.

Nun, woher auch immer sie rührte, die Ablenkung war Llian willkommen. Er benötigte einige Minuten, um sich wieder zu fassen. Er kauerte sich hinter die Mauer, atmete mehrfach tief durch und versetzte sich mittels Willenskraft in die richtige Geistesverfassung – den Geist eines Erzählers nahm er an, des größten seiner Zeit. Und darüber hinaus stimmte er sich auch auf die Persönlichkeit ein, zu der er werden musste, wollte er Erfolg haben. Überheblich, kühn, sogar rücksichtslos musste er sein. Und absolut überzeugend.

Ein Schritt drang von der Treppe. Llian nahm allen Mut zusammen. Er hatte sich so gut vorbereitet, wie er nur konnte.

Rulke kam langsam herauf. Er lächelte. Sogar seine Art, sich zu bewegen, hatte etwas Bedrohliches an sich. Seine Überraschung, Llian zu sehen, war so flüchtig, dass sie sich kaum erkennen ließ. Er hielt weder inne, noch gab sein Gesicht etwas preis, aber Llian sah trotzdem, dass er kurz aus dem Gleichgewicht gebracht worden war, und fasste ein wenig Mut. Gleichzeitig meldeten sich die Angebote wieder, die Rulke ihm im Nachtland gemacht hatte. Das größte Wissen der Welt. Wie verlockend es war!

»Also kommst du tatsächlich! Eine geschickte Ablenkung. Tallia ist eine würdige Gehilfin Mendarks. Wenn sie dich ungesehen durch meine Eingangstür befördern kann, wird die Schülerin beizeiten vielleicht den Meister übertreffen.«

Dank seiner Ausbildung besaß Llian eine gewisse Kontrolle über seine Gesichtszüge, daher reagierte er nicht auf Rulkes Worte.

»Dann hast du *sie* mitgebracht? Gerade rechtzeitig. Am Morgen wären die Ghâshâd losgezogen, um Karan aus Gothryme fortzureißen.«

Es war nur eine Frage, ohne Macht oder Zwang dahinter – im Tonfall eines Verschwörers gegenüber dem anderen. Dennoch konnte Llian sich kaum zurückhalten hinauszuschreien: *Ja, ja, ich hab sie hergebracht, sie versteckt sich dort hinter der Mauer.* Vielleicht wusste Rulke es sogar schon.

Während Llian vortrat, nahm er einen falschen äußeren Anschein an, der nicht seinen Empfindungen entsprach, stülpte ihn über wie eine zweite Haut. Überheblich. Unverfroren. Anmaßend. Rulke war zwei Stufen vor dem Treppenende stehen geblieben, und ihre Gesichter befanden sich auf gleicher Höhe.

»Nein, ich habe sie nicht mitgebracht«, erwiderte Llian und lehnte sich in kalkulierter Gleichgültigkeit auf das obere Treppengeländer, blickte an Rulke vorbei hinunter und gähnte. Rulke blieb ungerührt, aber seine karmesinroten Augen verengten sich, und in einer ebenso trägen Geste streckte er die Faust vor und drückte sie fest zusammen. In Llians Kopf setzte der Schmerz ein, aber nach den Qualen, die er zuvor verspürt hatte, war die Marter nur symbolisch; er konnte dem Schmerz nun besser widerstehen. Seine arrogante Rolle schüttelte die Pein ab, auch wenn er sich innerlich sorgte, dass Karan ihn spüren und aus ihrem Versteck hervorkommen könnte. Er streckte die Hand aus, die Finger nach oben gekehrt. *Halt!*

Rulke war beeindruckt. Er zog die Faust zurück. Der Schmerz verging. »Vor einigen Tagen war es noch anders.«

»Vielleicht war das, was Ihr ein paar Tage zuvor gespürt habt, nur das, was ich Euch spüren lassen *wollte*«, erwiderte Llian. Er wurde noch ein wenig tollkühner, machte sich noch überheblicher; noch anmaßender. »Ich mache Euch ein Angebot«, sagte er.

Rulke lachte in ungekünstelter Belustigung.

»Oder ich sollte wohl besser sagen«, fuhr Llian fort, »ich schlage Euch eine Wette vor. Ich fordere Euch heraus!«

»Ich lasse mich nicht auf Händel ein«, entgegnete Rulke. »Du wirst sie mir so oder so geben.«

»Ich *gebe* Euch: *nichts!* Ich habe sie nicht hergebracht. So dumm bin ich nicht. Aber ich könnte sie holen. Sie ist völlig bezaubert von mir. *Jetzt* wird sie alles für mich tun.«

Llian klang sehr überzeugend: In ihrem Versteck zuckte Karan zusammen.

»Ihr hingegen könnt sie nicht ausfindig machen. Zumindest nicht rechtzeitig.« Llian setzte darauf, dass Rulke Karans wirklich dringend bedurfte, dass er sie für irgendetwas im Zusammenhang mit dem Konstrukt benötigte und die Gelegenheit sofort ergriffen werden musste. Doch wenn er falsch lag, falls Rulke genug Zeit hatte ...

»Ich kann dich so qualvoll vernichten, wie es niemand je zuvor erlitten hat«, sagte Rulke und hieb die geballte Faust mit einem Klatschen in die offene Hand, das von den Wänden widerhallte. »Ich *werde* sie bekommen.«

»Ich weiß, was Ihr vermögt. Wer wüsste das nicht? Aber mich zu vernichten liefert Karan nicht in Eure Hände. Sie kennt in Bannador tausend Verstecke – denkt daran, Eure Leute haben schon einmal dabei versagt, sie aufzuspüren. Doch ich bin eine Spielernatur. Wir können von Nutzen füreinander sein und außerdem ein wenig Spaß an der Sache haben. Ihr wart tausend Jahre lang eingesperrt. Lasst mich Euch mit meinem Vorschlag unterhalten. Ihr habt etwas, das ich begehre. Ihr habt mir damals im Nachtland ein Angebot gemacht. Das beste Geschäft ist das, bei dem beide Parteien bekommen, was sie wollen.«

»Das beste Geschäft ist das, bei dem ich bekomme, was ich will, und du in Knechtschaft sinkst«, erwiderte Rulke grob, doch Llian merkte ihm an, dass er fasziniert war. »Unterbreite deinen Vorschlag.«

»Ich fordere Euch zu einem Erzählwettstreit heraus! Wir beide besitzen Fähigkeiten auf diesem Gebiet. Solltet Ihr gewinnen, liefere ich Karan an Euch aus. Sollte ich gewinnen, gebt Ihr mir, was ich begehre, nämlich, wie Ihr wohl wisst, die Tafel des Berechners, die mir erlauben wird, die Schrift der Charon zu entziffern, und befreit mich von dem Fluch, mit dem Ihr mich belegt habt.«

»Zwei Dinge bedingst du dir aus! Für jemanden, der aus einer derart schwachen Position heraus verhandelt, bist du wahrhaftig mutig!«

»Erzählen ist mein Lebensunterhalt. Ich kann mich nicht unter Preis verkaufen.«

Rulke lachte brüllend. »Du amüsierst mich, Erzähler. Ich bin froh, dass du gekommen bist. Doch die Tafel – dieses Geheimnis darf niemandem in die Hände geraten!«

»Damit ist es nur umso wertvoller für mich. Erinnert Euch, Ihr habt sie mir bereits einmal angeboten. Davon abgesehen ist sie ein Stück der Vergangenheit, während Ihr die Zukunft Santhenars seid.«

»Ist ein Geheimnis einmal weitergegeben, kann es nie mehr zurückgenommen werden. Wer weiß schon, was die Zukunft bringt? Der Schaden, der uns zugefügt werden könnte, ist zu groß. Wie auch immer ...« – Rulke rieb sich das Kinn –, »ich finde, die Waagschalen befinden sich nicht mehr im Gleichgewicht. Was hast du noch anzubieten?«

»Falls ich verliere, gebe ich auch mich hin.«

»Die Waagschalen zittern noch nicht einmal! Falls du verlierst, besitze ich dich ohnehin.«

»Ein freiwilliger Diener ist hundert Sklaven wert. Ich glaube, ich könnte Euch zu ein wenig Belustigung verhelfen.«

»Und wenn schon; ich opfere das Geheimnis unserer Schrift nicht für einen so kümmerlichen Diener und ein wenig geringfügiges Amüsement.«

Llian setzte schon an, ein besseres Angebot zu unterbreiten, sein letztes, als die Vorsicht siegte. Es ging alles zu schnell, und Rulke behielt die Oberhand. Llian durfte nicht zu eilfertig erscheinen. Er zuckte mit den Schultern. »Ich kann warten«, sagte er. »Ich hätte die Tafel liebend gern, aber ich kann ohne sie leben. Die Wette reizt mich nicht, wenn ich einen Tell riskieren muss und nur einen Grint zu gewinnen habe.«

»Nun, und ich kann noch einmal tausend Jahre warten, falls nötig. Mein Bedürfnis ist keineswegs dringend.«

Sie maßen sich mit Blicken. Konnte Rulke wirklich warten? Und falls dem so war, wollte er es? Tausend Jahre waren eine Ewigkeit, doch das Warten konnte Rulke gut ewige Geduld verliehen haben. Oder es hatte sie zerstört. Was er als Nächstes tat, würde ihn verraten. Llian verstand sich sehr gut darauf, die Stimmung seines Publikums zu erspüren, und er spürte, dass Rulke log. Dass es eben doch dringend war und sich Rulke sehr lange Zeit keine neue Gelegenheit bieten würde. Dennoch musste Llian nun völlig teilnahmslos erscheinen. Im Geiste begann er mit einer Geschichte, die ihm so vertraut war, dass sie sich selbst erzählen konnte, während seine Gedanken ganz woanders weilten. Es war ein Kniff, dessen er sich manchmal bediente, um sich zu beruhigen und jeden Ausdruck aus seiner Miene zu verbannen.

Rulke starrte ihn noch immer an. Llian legte sich auf den Boden nieder und schloss die Augen. Die Geschichte spulte sich in seinem Geiste ab. Sicherlich wusste Rulke nicht, was er von ihm halten sollte. Kein Feind hatte sich jemals so verhalten wie Llian, und er musste sich fragen, ob der Zain eine Kraft besaß, von der er nichts wusste. Die Zain waren schon immer schwer zu durchschauen gewesen. Minuten verstrichen.

»Falls Ihr Euch unterlegen fühlt, bin ich bereit, Euch einen Vorteil zu gewähren.«

»Ich brauche keinen Vorteil!«, brüllte Rulke. »Ich nehme

deine Herausforderung an. Meine Bedingungen lauten wie folgt:

Erstens: Die Ghâshâd sind Schiedsrichter. Sie sind meine Kreaturen, wirst du sagen, aber sie haben einen strengen Ehrenkodex. Sie werden gerecht urteilen. Es wird drei Schiedsrichter geben. Ich glaube, du bist ihnen allen schon einmal begegnet: Jark-un, Yetchah und Idlis. Und Idlis, der Geringste von ihnen, soll den Vorsitz führen. Seine Stimme wird nur dann gezählt, wenn die anderen unterschiedlicher Meinung sind.

Zweitens: Falls ich gewinne, bekomme ich sie und dich dazu.

Drittens: Falls ich verliere, bist du frei und sollst erhalten, was du begehrst, sogar sie, obwohl mir das überaus ungelegen käme. Solltest du aber die Tafel wählen, so musst du dir ihr Geheimnis erkaufen, und der Preis dafür ist Karan von Bannador.

So lautet das Angebot. Du hast eine Minute, um darüber nachzudenken. Falls du ablehnst, ziehe ich höchstpersönlich nach Bannador und hole sie hierher. Dazu habe ich ausreichend Zeit.«

Hatte er diese Runde gewonnen oder verloren? Alles in allem erhielt Llian den Eindruck, im Vorteil zu sein. Ein gieriger Ausdruck trat in seine Augen, den er jedoch schnell unterdrückte. Er überlegte laut. »Sie hat mir große Wonnen geschenkt und nicht wenig Vergnügen bereitet, sodass ich inzwischen recht angetan von ihr bin. Ich bin geneigt zu sagen, dass Ihr zu viel verlangt.«

»Du bist nicht überzeugend, Chronist! Ich weiß, wie sehr es dich nach meinem Wissen gelüstet. Damals, im Nachtland, hast du dich verraten. Andernfalls wären weder du noch Karan jetzt hier.«

Llian war so schockiert, dass er Karan fast preisgegeben hätte. Wie konnte Rulke das wissen? Wusste er es denn? »Sie ist nicht hier«, erwiderte er.

»Dir bleiben noch zehn Sekunden«, sagte Rulke finsteren Blickes.

»Dann nehme ich Eure Bedingungen an«, stieß Llian im letzten Augenblick hervor, indem er versuchte, sich den Anschein zu geben, als hätte ihn Panik erfasst. Rulke reagierte anders als erwartet. »Das Vergnügen, das sie bietet, kann ich mir leicht kaufen. Niemand soll behaupten, dass ich nicht versucht hätte, sie zu retten. Ach! Wie wir herumgetollt sind, sie und ich. Ich werde sie gewiss *tagelang* vermissen!«

Hinter der Steintür zuckte Karan abermals zusammen. Llian so reden zu hören unterwarf ihr Versprechen der äußersten Zerreißprobe.

»Doch Santhenar platzt aus den Nähten vor jungen Frauen, die einen Chronisten begehren, wie ich einer sein werde. Für die Tafel würde ich Euch meine Mutter ausliefern«, fuhr Llian fort, und die nackte Gier brannte jetzt in seinen Augen. »Kein Meisterchronist hat jemals einen solchen Schatz errungen. Ich werde mein eigenes Kollegium errichten; Chanthed wird nur ein Nebengebäude sein –«

»Wofür hältst du mich, Chronist?«, unterbrach ihn Rulke kalt.

Der Wortfluss erstarb, und Llians Selbstbewusstsein erging es ebenso. Er sah aus wie ein verunsicherter Junge.

»Solches Gerede beeindruckt mich nicht«, sagte Rulke. »Falls ich es auch nur eine Sekunde lang glaubte, würde ich dich vor die Tür setzen. Nachdem ich dich und Karan jedoch zusammen gesehen habe, weiß ich, dass du mir etwas vorspielst. Und du spielst gut. Vielleicht bist du am Ende doch in der Lage, die Historien der Charon wiederzugeben. Der Erzählwettstreit wird erweisen, wie gut du wirklich bist. Beginnen wir!«

Kapitel einundzwanzig

Der Erzählwettstreit

Rulke eilte die Treppe hinunter und rief nach seinen Ghâshâd. Llian wurde abwechselnd heiß und kalt. Hatte er die Lage verschlechtert oder verbessert? Frühere Erfahrungen ließen vermuten, dass Rulke durchaus Ehrgefühl besaß, aber stimmte das auch? Ihm fiel ein, wie Karan einmal sagte, die Whelm folgten in allem und jedem den Willen ihres Herrn. Taten sie das noch immer, jetzt, da sie Ghâshâd waren? Und selbst wenn sie gerecht entschieden, welche Geschichte konnte er denn erzählen, die sie mehr bewegte als die ihres Meisters?

Und was musste Karan denken, die hinter ihrer Steinplatte kauerte? Besser war es, er siegte.

Die Schiedsrichter hatten auf ihren Stühlen Platz genommen. Ein Dutzend weiterer Ghâshâd hatte sich in zwei Reihen hinter ihnen aufgestellt – hagere, leichenhafte Gesichter, die einander sehr ähnelten; nur der untersetzte, rundgesichtige Jark-un bildete eine Ausnahme. Alle waren reglos, alle schwiegen. Rulke hatte die Kleider gewechselt – statt des schwarzen Gewands trug er Hose und Hemd aus indigoblauer Seide mit einer karmesinroten Schärpe und einem auffälligen Umhang in derselben Farbe. Die Seide schimmerte mit jeder Bewegung. Er sah großartig aus.

»Meine Erzählung«, sagte Rulke als Einleitung, »ist keine Geschichte von Santhenar. Sie stammt aus der fernen Vergangenheit, als ich jung war und wir erst vor kurzem nach Aachan gekommen waren. Einst besaßen wir eine Welt, doch wir verloren sie und wurden heimtückisch in die Leere geworfen. Weißt du etwas über die Leere, Chronist?«

»Nicht so viel, wie mir lieb wäre«, murmelte Llian.

»Die Leere ist ein *Albtraum* an Grausamkeit! Millionen Arten von Kreaturen hausen dort, von denen jede Jagd auf die andere macht und jede sich in dem verzweifelten Versuch zu überleben unablässig verändert. Intelligente Geschöpfe finden sich dort genauso wie Bestien ohne Verstand. Du weißt, wie groß und machtvoll wir Charon sind, Chronist, aber in der Leere konnten wir nicht bestehen. Wir starben dort; eine Million von uns schrumpfte zu einem Nichts zusammen. Fast wurden wir ausgelöscht! Daher entschlossen wir uns zu erobern, Besitz zu ergreifen, den Feind zuerst niederzustrecken. Uns niemals zu unterwerfen! Niemals zu vertrauen!«

Er neigte einen Moment lang den Kopf, dann blickte er auf und sah Llian in die Augen. »Die Geschichte – meine Geschichte – handelt davon, wie wir eine andere Welt entdeckten und sie für uns in Besitz nahmen. Die Geschichte heißt *Wie die Hundert eine Welt eroberten.*

Was hassten wir unseren öden, grellen Felsen in der Leere«, rief er mit überlauter Stimme, »wo die Sonnenstrahlen sich uns wie Splitter in die Augen bohrten und die Meere schon vor langer Zeit verdunstet waren und nur klebrige Jauche mit einem Geschmack nach Lehm zurückgelassen hatten. Wie wir dort kauerten und in unserem Groll und unserer Verzweiflung nach dem Himmel griffen!

Da kam unsere Gelegenheit – eine Öffnung zu einem anderen Planeten. Jemand spähte ins Universum hinaus, und seine Wissbegier und seine Sehnsucht hinterließen eine Fährte, die seine Welt kenntlich machte.«

Rulke sprach von Asper dem Aachim – Llian erinnerte sich,

wie Tensor im Meer der Trockenheit seinen Namen verflucht hatte.

»Wir verfolgten diese Ader zurück und entdeckten – Aachan. Wir wussten, dass eine weitere Gelegenheit niemals kommen würde. *Aachan!*«, seufzte er mit der Aura raubgieriger Sinnlichkeit, die so typisch für ihn war. »Welch dunkel fruchtbarer, leuchtender, erotischer Planet. Wie wir ihn begehrten!

In der Leere hatten wir unseren früheren Namen verloren. Nun nannten wir uns selbst *Charon* nach einem eisigen winzigen Mond am äußersten Rand der Leere, damit wir nie vergaßen, wie weit es mit uns gekommen war und woher wir stammten.

Ich stürzte mich in die teilnahmslose Leere – jeder einzelne von uns tat es. Wir wirbelten zuckend durch nichtexistente Dimensionen, die sich doppelt über fünf Wege auf einmal erstreckten. Ein schwarzer Strudel lockte mich. Ich sprang darauf zu. Er schleuderte mich in teerigen Äther, der brannte und würgte und blind machte – mich wieder hinausschleuderte. *Mich zurückwies!* Ich entfernte nicht greifbare schwarze Klumpen aus meiner Nase und meinem Mund, spuckte in die Hand und reinigte meine Augen. Noch immer konnte ich nicht sehen, nicht fühlen, nicht hören oder atmen. Meine Füße zogen an meinem Kopf vorbei; mein Kopf bewegte sich an meinen Füßen vorbei. Mein Gehirn schien in seiner Kapsel zu kreisen, dann schnellte ich mit einem ekelhaften Platzgeräusch an die Oberfläche eines tiefschwarzen Pfuhls und trieb mit gespreizten Gliedmaßen auf einer elastischen Grenzfläche dahin.

Ich rieb mir die Augen. Sie belohnten mich mit Aachan. Unseres. *Meins!* Dazwischen nur die Aachim. Ich lag ausgestreckt in einem öligen Sumpf. Die Sterne loderten, Opale auf Zobel. Eine köstliche Kälte belebte meine Haut mit Feuer; der Sumpf regte sich, und tausend Schilfrohre kosten meine nackten Lenden, kühl und wie eine Natternzunge vorschnellend.

Das Blut pochte mir träge in den Adern, bewegte sich in zähen Schüben, seufzte in meinem Kopf. Ich gab mich hin.

Die Zeit stand nicht still, ich hingegen schon. Ich war verloren in einem lethargischen, sinnlichen Traum. Ehe ich mich bewegen konnte, von meinem Bett aufzustehen, begann die kleine Sonne den Himmel zu streicheln, und die Unterseiten der Blätter über mir schimmerten blutig. Die Landschaft wurde sichtbar, weich und kurvenreich, üppig wie das Hinterteil eines betenden Mädchens. Ich hätte einen Baum ersteigen können, ein Gebirge sogar!«

Rulke strahlte förmlich, sein gut aussehendes Gesicht aufgewühlt von den Erinnerungen an weit zurückliegende Zeiten. Die drängende Gier seiner Jugend loderte wie eine Flamme und weckte einen Widerhall in allen, die sie beobachteten. Die Mauern des Turms schienen sich auszudehnen und zusammenzuziehen. Llian rutschte unbehaglich hin und her. Die Whelm schauten zu, die meisten ungerührt.

Karan, zusammengekauert hinter der Mauer, spürte, wie ihr eine Gänsehaut über die Arme fuhr. Wie lange war es her, seit sie und Llian miteinander geschlafen hatten? Monate! Sie begehrte ihn jetzt mit rückhaltloser Leidenschaft.

»Doch unsere Chance schwand bereits dahin. Wir waren so wenige – wir mussten das Überraschungsmoment nutzen; mussten mit Gewalt zuschlagen! Dann der entmutigende Gedanke – wo waren die übrigen Charon? Sie mussten doch sicherlich in der Nähe sein. Falls wir nicht gemeinsam durchgekommen waren …«

Plötzlich machte Rulke einen Riesensatz durch das halbe Zimmer, und der karmesinrote Umhang umloderte seine Schultern. »Ich sprang aus dem Sumpf, schleuderte den Schlamm von mir. Meine Zehen krümmten sich um den Boden unter dem Schlick, und fort war ich, rannte durch die feuchte, kühle Morgendämmerung. Nackt waren wir nach Aachan gekommen, und unbewaffnet. Kleider benötigten wir keine, aber wir brauchten Waffen, denn die Besitzer dieser Welt waren zahlreich. Wir waren nur zweihundert; mehr waren von uns nicht übrig.

Vor mir befand sich eines jener hochragenden, vielstieligen Gebilde, die sie Baum nannten. Auf unserem kochenden Fels hatte es so etwas nicht gegeben. Ein Teil davon hing über. Ich schlug es mit der Faust ab und verursachte dabei, dass mir Blätter wie fallender Schnee auf die Haare rieselten.« Rulke versetzte dem Konstrukt einen mächtigen Hieb; es schaukelte in der Luft. »Ich formte einen groben Knüppel aus dem Baumstück, an dessen dickem Ende ein grausamer, scharfer Knoten saß. Doch war ich ein Tier, ein Ding ohne Würde, Edelsinn, Kultur? Ich warf den Knüppel fort. Bis ich eine geziemende Waffe fand, wollte ich meine Hände benutzen.

Der Wind seufzte und pflückte mir die Blätter aus dem Haar. Wie prallvoll das Leben erschien! Vor mir lag eine lang gestreckte, weiche, grasbewachsene Anhöhe, und auf ihrem Rücken stand ein Gebäude, vielleicht eine Behausung, denn es war klein. Ein Gebilde aus Kuppeln, die ineinander übergingen. Für dich, Llian, der du, wie ich weiß, ein Student des Ganzen bist, hätte es vielleicht wie die Niere eines Ochsen ausgesehen. Für mich war es weniger als die Summe seiner Teile, und die Teile hatten die Form des Hinterteils einer reifen Frau. Ich erreichte es geräuschloser als Rauch in einem unbewegten Himmel.

Der Ort war frei zugänglich. Gut; sie hatten wohl nichts zu fürchten! Und dennoch hingen Waffen in einer Halle. Ich sah davon ab, sie an mich zu raffen und zu fliehen, wie ich es hätte tun sollen; ich war neugierig und wollte mehr über die Wesen in Erfahrung bringen, die hier lebten. Noch immer war es dunkel im Inneren, doch meine Augen gewöhnten sich daran. In einem Teil des Gebäudes gab es viele Zimmer, wie Waben in einem Bienenkorb. Ich ging von einem Zimmer zum nächsten und brachte gleich einer Wespe den Tod; Männern, Frauen, sogar Kindern gleichermaßen.« Rulkes Augen brannten wie Feuer. Llian musste sich von ihrer Glut abwenden. »›Warum habe ich das getan?‹, fragte ich mich hinterher oft. Jetzt würde ich die Unschuldigen nicht mehr umbringen. Gleichwohl erinnere ich mich an das Gefühl – einen Drang zu töten, eine Mordlust, ein gewalttätiges, sinnliches Etwas, verwandt mit jenem anderen Begehren, das mich, seit ich in der Leere erwachte, allzu lange erfüllt hatte. Sie waren stolz, diese Aachim, und den Tod nicht gewöhnt. Erst wenn sich meine Hände um ihre Hälse schlossen, wussten sie, wer ich war und weshalb ich kam.

Binnen Minuten war der in Kammern unterteilte Bereich ein Leichenhaus. Keuchend stand ich da, betrachtete mein Werk und versuchte, mir über den Feind klar zu werden. Es waren starke, schöne Menschen mit weicher Haut und voller Stimme selbst dann noch, wenn meine Daumen ihnen die Luftröhre zudrückten. Sie besaßen jene Art von Schönheit, die im Alter nicht welkt und selbst im Tode nur langsam vergeht. Hier war eine, nackt in ihrem Bett. Vielleicht hätte ich trotzdem ... Doch nein. Keine Zeit dafür!

Der andere Teil war offen, so als befände ich mich in einem Gehäuse mit vielen Zimmern. Ich kam an einer Stelle vorbei, wo eine Flamme in einem Kasten tanzte, der aus Glas gefertigt war. Auf dem Boden waren Teppiche, wunderschön gemustert und gefärbt; Wandbehänge, gewoben aus Metallfäden; Bildwerke aus Metall und Stein; Schnitzereien, Gemälde, Kalligrafie. In diesem Haus erblickte ich mehr Schönheit als auf der Gesamtheit jenes ausgebrannten Schlackebrockens, der unsere Welt gewesen war. Nun, bis hierher war es leicht gewesen. Aachan würde noch an diesem Tag unser sein.

Vielleicht hatte der Herweg nach Aachan mich ausgelaugt

oder die dichtere Luft mich vergiftet. Ich fühlte mich erschöpft und sterbenshungrig. Und ich hatte einen groben Fehler begangen, denn eine Aachim war am Leben geblieben. Vielleicht war sie von draußen hereingekommen – ich werde es niemals erfahren. Sie tauchte einfach auf der gegenüberliegenden Seite jenes offenen Raumes auf. Sie war eine von den kleineren und ziemlich schön, obwohl ihr Gesicht von ihrem stummen Gram schrecklich verzerrt war. Karan ähnelt ihr sehr«, sagte Rulke, an Llian gewandt, »bis hin zur Farbe ihres Haares. Ich war von ihrem Kummer gerührt, obwohl ich ihn selbst verursacht hatte. Ich habe seither mehr als einmal ihr Ebenbild gesehen. Damals war sie ein Vorzeichen, heute nicht mehr. Elienor, ach, Elienor!«

Aus dem Augenwinkel sah Llian, wie Idlis sich mit offen stehendem schmallippigem Mund erhob.

Rulke fuhr fort: »Sie hatte die Hand auf eine Metalltafel gelegt – einen Spiegel, wie ich später erkannte – und sprach eindringlich darauf ein. Setzte sie sich mit anderen Gemeinschaften in Verbindung? Falls ja, hatte ich einen schwerwiegenden Fehler begangen und alles in Gefahr gebracht. Sie musste sterben. Ich sprang quer durch den Raum und schlug sie nieder, doch sie war sehr schnell, und in einer Hand, die ich nicht gesehen hatte, hielt sie ein langes, breites Messer, tückisch scharf. Als ich sie niederschlug, stieß sie mir die Klinge zwischen die Rippen und drehte sie um, trennte mir den Brustkorb von vorn nach hinten auf. Das Messer verkantete sich zwischen meinen Rippen; sie kroch über die Fliesen und verschwand.

Sie hatte mich tödlich getroffen, daran konnte kein Zweifel bestehen. In einer feuchten Wolke strömte mir die Luft aus der Lunge. Ich wankte durch den Saal und fiel, nach Luft ringend, auf eine Bank. Meine Seite brannte wie Säure. Rosafarbener Schaum sickerte aus der Wunde, und eine schreckliche Menge Blut. Keuchend lag ich da; und starb; sah das Blut aus mir herausströmen und wunderschöne rubinfarbene Muster auf dem weißen Fußboden zeichnen.

Ich war so schwach, dass ein Kind mich mit einem Buttermesser hätte bezwingen können. Ich verlor die Besinnung, schreckte jedoch fast sofort wieder hoch. Verlor abermals das Bewusstsein.

Wer weiß, wie lange ich dalag, aber das Blut unter mir hätte einen Trinkbrunnen gefüllt. Meine Empfindungen waren unbeschreiblich. Der Feind war gewarnt. Stunden hatte ich im Sumpf verträumt, weitere Stunden im Mordrausch vergeudet. Die Charon waren dem Untergang geweiht, und meine Torheiten waren der Grund dafür; meine *Begierden!* Wie sollten zweihundert eine Million überwinden?

Eine Angst stieg in mir auf, die schlimmste Angst von allen. Dieser Tag würde sehen, wie die Charon ausgelöscht wurden – unser Volk wäre auf immer aus dem Universum verschwunden.

Aber wir Charon geben niemals auf. Solange ich lebte, rief mich die Pflicht. Falls ich mich noch vorwärtsschleppen konnte, musste ich die meinen unterstützen. Dieses Gebot war so stark, dass nur der Tod es aufheben konnte. Der Schlackebrocken in der Leere, an den wir uns so lange geklammert hatten, war Zeuge unseres Untergangs geworden. Nun lebten von den einst zahllosen Charon nur noch eine Hand voll, kaum genug, um unsere Art auf einer anderen Welt zu erneuern. Es hatte zu anderen Zeiten andere Gelegenheiten gegeben, und Charon waren zu zweit, zu dritt, zu viert hinausgezogen und hatten versucht, einen Weg zu finden. Aber keiner hatte überlebt; keiner kehrte zurück, um uns in eine neue Heimat zu führen. Hier lag unsere letzte Chance, aber damit wir sie nutzen konnten, mussten die meisten von uns überleben. Das Überraschungsmoment war nun verloren; ich hatte es leichtsinnig vergeudet. Nur tausend von ihnen brauchte es, und wir wären ausgelöscht. Vertilgt! Ausgemerzt!« Rulkes Miene verriet Qual, das Gesicht eines Mannes in den Todeskrämpfen der Kreuzigung. »*Auf ewig keine Charon mehr!*

In einem Blutschwall zog ich das Messer hervor. Fast verlor ich das Bewusstsein, als ich die Ränder der Wunde auseinanderzog, um nachzusehen, wie schwer ich verletzt war. Sehr schwer. In mir klaffte ein Loch, in das dein Fuß gepasst hätte, Chronist. Die letzte Klingendrehung hatte meine Rippen durchtrennt, so scharf und stark war ihr Messer gewesen. Knochensplitter ragten aus der Wunde. Ich führte meine Finger ein und zog sie heraus, tastete in der Wundhöhle umher, um sicherzugehen, dass ich sie alle gefunden hatte. Darunter konnte ich das schlaffe rosafarbene Ding sehen, das meine Lunge gewesen war.«

Er riss sein Hemd auf. Eine dicke, hässliche Narbe verlief von unterhalb der Brustwarze unter dem Arm hindurch bis halb zu seiner Wirbelsäule.

»Was wussten wir über die Aachim und ihre Welt? Nur dass ihre bedeutendste Stadt und Sitz ihrer Regierung in diesem Teil des Landes lag. Wir hatten uns selbst dorthin geleitet, so nahe, wie die unsichere Leere und unser unvollkommenes Wissen uns gestatteten. Mich aber hatte etwas von den Gefährten getrennt. Vielleicht hatte der Charakterzug in mir, der mich stets dazu verleitete, alleine zuzuschlagen, mich statt zu ihnen an diesen Ort geführt. Fernab spürte ich die anderen Charon und die Gefahr, in der sie schwebten. Gegen uns sammelte sich eine gewaltige Bedrohung, eine Macht von überwältigender Stärke. Wir jedoch waren unbewaffnet. Ich verspürte abermals den Schmerz, die Gewissheit, dass unsere Art ausgelöscht würde. Ich durfte es nicht zulassen. Dieser Gedanke quälte mich schlimmer als der rasende Schmerz in meiner Seite.

Ich kämpfte die Pein nieder und überlegte, was zu tun war. Vermutlich waren die anderen gemeinsam auf diesem Planten angekommen, um in der Dunkelheit gegen die Hauptstadt vorzudringen. Das war unser Plan gewesen – uns ihrer heiligsten

Stätte zu bemächtigen und ihrer Anführer. Diesen Plan hatte ich jedoch zunichte gemacht, das Überraschungsmoment vertan. Ich spürte, dass die Lage ab diesem Augenblick in die falsche Bahn geraten war. Ich musste handeln, als wäre ich unsere einzige Hoffnung. Nichts und niemandem durfte ich gestatten, mich aufzuhalten. *Auf keinen Fall!*

Als Erstes musste ich meine Wunde versorgen. Für die Lunge konnte ich nichts tun, nur hoffen, dass die Zeit sie heilte. Dadurch war ich sehr geschwächt. Aber die Wundränder mussten zusammengedrückt und die Blutung gestoppt werden. Ich hatte keine Nadel und keinen Faden, und ich war nicht in der Geistesverfassung, dergleichen zu suchen, doch die Not fand einen Ausweg. In dem großen, gehäuseartigen Raum befand sich eine Skulptur aus Golddraht, eine wunderschöne Arbeit, so zart wie Spinnfäden. Ich zerschlug sie, flocht Drähte zu einem goldenen Faden zusammen, glühte ihn in einer Flamme, stach mir mit einem Metallsplitter Löcher ins Fleisch und nähte die Wunde mit dem Golddraht zusammen. Ich litt einigen Schmerz, bis ich damit fertig wurde«, sagte er in starker Untertreibung, »und die Wunde mit Stofffetzen verbunden hatte, damit kein Blut mehr hervorsickerte.

Einige Tote hatten fast meine Größe, und einem nahm ich die Kleider ab und einem anderen die Stiefel. Das Messer, das mich so schwer verwundet hatte, schnallte ich an meinem Bein fest. Weitere Waffen nahm ich nicht an mich; ich besaß nicht die Kraft, sie zu tragen. Die Frau, die ich begehrt hatte, lag da, eine Hand nach ihrem Kind ausgestreckt, und sie war so schön wie zuvor, und genau so tot. Aber jetzt war meine Lust verflogen, als hätte mich das Messer weit tiefer getroffen.

Für Mitleid war kein Raum, aber ich empfand Bedauern. Ich hob das tote Kind auf und gab es der Mutter zurück, dann bedeckte ich mit einer Decke ihre Blöße, ehe ich hinausging. Ich sehe noch immer ihr Gesicht vor mir, und das des Kindes auch.« Er schüttelte den Kopf, als wollte er sich von der Erinnerung befreien, und neigte in einer Schweigeminute für seine Opfer das Haupt.

»Der Mordrausch war vorbei und ist niemals zurückgekehrt. Freilich habe ich seither getötet, aber stets zur Selbstverteidigung oder in der Hitze der Schlacht. Notwendigkeit macht uns zu dem, was wir sind, nicht die Natur. Aber zum Vergnügen habe ich danach nicht mehr getötet. Nie mehr.

Ich verließ die Ortschaft, ging zur Spitze des Berges und blickte hinab. Ich wünschte, ich hätte es vorher getan. Unter mir lag eine Stadt, die keineswegs gewaltig war, aber ich wusste, dass die Aachim keine größere hatten. Die Aachim haben niemals solche Städte errichtet wie die wimmelnden Sündenpfuhle von Santhenar. Dennoch war es eine Metropole, die viele tausend Aachim beherbergte. Bergan lag ein fünfeckiger freier Platz, dahinter ein großes öffentliches Gebäude. Ein seltsamer, schöner, graziler Ort, der nichts ähnelte, was ich je gesehen habe. Doch du weißt selbst, wie genial sie auf diesem Gebiet waren.

Charon haben scharfe Augen. Als ich den Hügel hinunterkam, sah ich, dass an mehreren Stellen gekämpft wurde. Wir waren in Gruppen zersprengt worden, jede von einer Vielzahl an Feinden umzingelt. Die Warnung hatte sie rechtzeitig erreicht, damit sie sich sammeln konnten. Jetzt war ein kühner Schlag vonnöten, und er duldete keinen Aufschub. Wir wurden im Kampf massakriert. Was, wenn sie auch die Gefangenen dem Schwert überantworteten? Ich konnte den Gedanken nicht ertragen.

So rasch ich vermochte, ohne Aufmerksamkeit zu erregen, stieg ich den Hügel hinunter. Ich sehe den Aachim nicht unähnlich, obschon ich größer bin als die meisten von ihnen. Das erstaunt dich, Llian? Ah, aber damals waren die Aachim größer. In Kleidern und Stiefeln weckte ich kein Misstrauen, als ich die Straßen der Stadt erreichte. Doch ich konnte die Todesqual meiner Leute spüren. Das Blatt hatte sich gegen uns gewendet; obwohl sie keine Feinde hatten, waren die Aachim gut vorbereitet. Kaum war die Warnung ausgegeben worden, strömten sie auf ihre Posten, während die meisten von uns noch immer nackt und waffenlos waren.

Oftmals fühlte ich an jenem Tag den Todesschrei oder das jähe Fehlen eines Freundes, als wäre ein Teil meiner selbst ausgelöscht worden. Schließlich erreichte ich das Zentrum der Kämpfe. Mit jedem Atemzug spürte ich, wie das Blut in meiner Brust zu grässlich sprudelndem Schaum wurde. Der Schmerz war unerträglich; ich spürte, dass ich langsam ertrank. Egal, wie tief ich einatmete, die Luft reichte mir nicht. Unter den Kleidern rann mir das Blut in die Stiefel und schmatzte, während ich rannte.«

Rulke durchlebte diesen Augenblick noch einmal, als wäre er tatsächlich wieder dort. »Ich muss ausruhen. Mir ist, als würde ich sterben. Die Luft nimmt die Farbe von Blut an, die Gestalten vor mir zerfallen in Striche und Streifen. Ich setze mich. Doch mit jeder Minute stirbt mein Volk – ich darf nicht ausruhen! Ich stehe auf, zwinge mich einen Schritt voran, dann noch einen. Jeder Schritt ist meine Welt; meine Vergangenheit und meine Zukunft. Nichts existiert außer dem nächsten.«

Er starrte ausdruckslos Llian an, dann kam er zu sich und nahm wieder die Rolle des Erzählers ein. »Es war sehr schwer, aber die Schritte zu gehen, ohne wie ein Wahnsinniger auszusehen, eine weißgesichtige, starrende, abgehackt dahinstolpernde Marionette, das war sogar noch schwerer. Trotzdem tat ich es, zwang mich einer gleichmäßigen Gangart, rieb mir die Wangen, damit sie Farbe annahmen.

Vor mir hörte ich nun aufgebrachte Stimmen. Eine zahlreiche Bürgerwehr brandete vorwärts und trieb mein Volk zu einem engen Haufen zusammen. Hier konnte ich nichts unternehmen. Falls sie niedergemetzelt wurden, würde ich mit ihnen sterben, denn es kann keinen größeren Schmerz geben, als der Letzte der eigenen Art zu sein. Ich setzte an, um vorzustürzen. Doch nein, die Aachim waren ein Volk, das sich Gesetzen verpflichtet hatte, oder zumindest Ritualen, und es sollte eine Gerichtsverhandlung stattfinden. Dies schloss ich aus dem, was vorging, obwohl ich die Sprache nicht verstand. Jeden Gefangenen packten zwei Wächter und führten ihn in den gewaltigen Saal. Ich folgte.

Im Inneren des Saals schmolz meine geringe Hoffnung zur Hoffnungslosigkeit zusammen. Mehr als tausend Aachim füllten die Halle, und ein Mehrfaches hatte sich draußen versammelt. Wie wenige wir waren – hundert waren bereits tot; hundert nur blieben übrig im Universum. Hoffnungslos! Plötzlich brachen Erschöpfung und Schmerz über mich herein. In einer schattigen Nische klammerte ich mich an die Mauer und sog die Luft ein; jeder Atemzug war eine Marter. Wären nicht viele Aachim in ähnlichem Zustand gewesen, hätte ich mich dadurch verraten.

Lange Zeit geschah nichts, dann erstarb das wütende Stimmengewirr. Über den Köpfen der Menge sah ich, wie zwei Personen, eine Frau und ein Mann, auf das Podium hinter den Gefangenen traten. Sie kamen ohne Gefolge, aber mit großer Feierlichkeit. Mit eigenen Augen sah ich, was wir durch unser Spionieren bereits erfahren hatten, nämlich dass sie beide sehr verehrt wurden. Sie waren recht alt, bewegten sich jedoch mit königlicher Würde. Im Saal wurde es vollkommen still. Sie setzten sich, und die Verhandlung begann.

Die Frau sprach, dann der Mann und wiederum die Frau. Obwohl ich ihre Worte nicht verstand, schöpfte ich plötzlich Hoffnung. Das Paar wurde von den Aachim zu sehr verehrt. Ihre Schwäche, meine Gelegenheit! Wie ich sie nutzen sollte, wusste ich nicht, doch das würde ich aus dem Augenblick heraus entscheiden.

Nun wurden meine Leute zur Rechenschaft gezogen, einer nach dem anderen. Der Reihe nach wurde jeder von ihnen nach vorne geführt und eine Anklage verlesen. Zeugen sagten knapp aus, jeder Charon durfte etwas zu seiner Verteidigung vorbringen, was viele taten, in trotzigem Ton, obwohl ihre Worte den Aachim sicherlich unverständlich waren. Anschließend beratschlagten die beiden auf dem Podium, die Frau gab ein Zeichen, und der Gefangene wurde auf die andere Seite des Saals geführt und dort unter Bewachung gehalten. Man eilte sich nicht. Die ganze Verhandlung mochte weitere drei Stunden in Anspruch nehmen, überschlug ich, obwohl sie gegen Ende vielleicht schneller vonstatten gehen würde. Ich gestand mir nur zwei Stunden zu.

Ich schlüpfte wieder zur Tür hinaus – zu hastig, denn ein Mann blickte mich neugierig an, als ich an ihm vorbeikam. Vielleicht hatte ich gegen die Höflichkeitsregeln oder das Protokoll verstoßen. Ich umging den Saal außen zur Rückseite, ein riesiges Bauwerk aus Metall und Stein, und bemerkte, dass hinten kleinere Gebäude angebaut waren. Schon die sanfte Steigung hinaufzugehen ermüdete mich, doch erst als ich versuchte, auf das Dach zu klettern, wurde mir bewusst, welchen Tribut meine Kraft der Wunde zu zollen hatte.

Einzig und allein der Wille trieb mich jetzt voran, ein Antrieb so primitiv, dass er nicht unterbunden werden konnte, außer durch den Tod. Ich erreichte das Dach des Anbaus, und mein Herz drohte durch das Loch in meiner Seite hervorzubrechen. Jeder Atemzug, mit dem ich keuchend nach Luft schnappte, die nicht in meine Lunge gelangte, pfiff mir aus der Brustwunde. Ich setzte mich aufs Dach. Abermals nahm die Welt eine reduzierte Sicht an, so als betrachtete ich sie von fern. Ich sah mich selbst meinen Stiefel ausziehen und zitternde Klumpen halb geronnenen Blutes herausschütteln, so groß wie Mutterkuchen; sie zerspritzten platschend auf dem Dach. Ich starrte auf die grässlichen Flecken, unfähig mir vorzustellen, dass sie ein Teil von mir gewesen waren.

Ein Mann, der, dem ich am Ausgang des Saales aufgefallen war, kletterte auf das Dach. Ich sah mich, wie ich ihn anstarrte und mit reiner Willensanstrengung den Arm bewegen wollte. Der Mann musste geglaubt haben, dass ich wahnsinnig war, wie ich dort stand in meinem Blut, den Stiefel in der Hand. Eine Frau erschien an seiner Seite. Nach ihrem Aussehen zu urteilen, waren sie Bruder und jüngere Schwester. Sie hatte keinerlei Zweifel, was ich war. Ihre Hand fuhr zu dem Messer an ihrem Gürtel.

Mein Wille siegte über meinen Arm; aus dem Stiefel schleuderte ich ihr eine blutige Qualle ins Gesicht. Sie versetzte ihr einen Schock, die rote Masse, die wabernd durch die Luft auf sie zuschoss; sie glitt aus, und ich trat ihr mit meinem blutigen Fuß in den Bauch. Es war kein fester Tritt, aber sie fiel rücklings vom Dach und kehrte nicht wieder. Der Bruder stieß einen Schrei aus und warf sich nach vorn, genau in mein Messer. Ich ließ ihn herankommen, bis er zusammensackte, dann wandte ich mich ab und dem höheren Dach zu.

Bis ich es erreichte, hatte ich jeden Zeitsinn verloren – jedes Wie, Warum und Wann war mir entglitten, als hätte mein bewusstes Denken die Suche an ein tieferes, weniger deutliches, zäheres Selbst weitergereicht.

Ich war zu einer Maschine geworden, die jede Aufgabe blind ausführte, bis sie erledigt war, um sofort eine neue zu erhalten, die ebenfalls erledigt wurde.

Schließlich erreichte ich das gewellte Dach, das, soweit ich es beurteilen konnte, oberhalb des Podiums lag. Es bestand aus dickem Metall, sodass ich es in meinem Zustand nicht bewegen konnte, aber in den Rinnen der Wellen waren die Platten mit Blei zusammengefügt, und Blei konnte ich mit meinem Messer zerschneiden.

Nach einer Weile hatte ich mir einen Zugang ins Innere verschafft. Ich kletterte hinein, kroch an Balken aus Metall und Holz entlang, bis ich mich meinem Urteil zufolge oberhalb des Podiums befand. Innerhalb des Daches war es dunkel, aber nicht völlig finster.

Auch die Decke der Halle bestand aus Metallplatten, zu einem komplizierten Muster zusammengesetzt. Mit dem Messer stemmte ich eine Ecke hoch und hielt mein Auge an den hervordringenden Lichtsplitter.

Die Gerichtsverhandlung schien nahezu beendet zu sein; nur eine Hand voll Charon standen noch vor dem Podium. Ich jedoch befand mich in einiger Entfernung von der Stelle, an die ich gelangen musste.

Plötzlich kehrte der Schmerz zurück, ein grauenvoller, wahnsinniger Schmerz, der mir nicht erlaubte, einen klaren Gedanken zu fassen. Er verging und kehrte wieder zurück. Ich wusste nicht einmal mehr, wer ich war.

Als die Qualen schließlich abflauten, war ich zu schwach, um die wenigen nötigen Schritte zu kriechen. Mein Stiefel hatte sich mit frischem Blut gefüllt. Ich hatte eine Eingebung! Ich riss den Stiefel vom Fuß.

Ich goss das Blut auf die Metallplatte. Dort bildete es eine kleine Pfütze, ungefähr die Menge, die in eine Trinkschale passt. Ich drückte eine Ecke des Metalls nach unten, und das Blut begann durch die Decke zu tropfen, genau auf den Tisch, die Unterlagen und die vorsitzenden Aachim.

Ich blickte nicht hinab, aber die plötzliche Stille und der Aufruhr, der folgte, sagten mir, was ich wissen musste. Später erfuhr ich von dem Aufsehen, das das Blut verursacht hatte – ein Symbol des Verderbens und des Unglücks. Die Ablenkung verschaffte mir die ruhige Minute, der ich bedurfte.

Ich schleppte mich voran, bis ich direkt über der Stelle war, an die ich wollte. Die Metallplatten waren mit Blei verlötet. Ich trennte sie an drei Seiten auf.

Abermals schätzte ich die Falltiefe. Es ging weit hinunter, mindestens fünf oder sechs Spannen. Verletzt wie ich war, konnte mich der Sturz sehr wohl töten. Mit Sicherheit würde ich mir Knochen brechen.

Ich sprang hoch und klammerte mich über der Platte fest. Meine Seite brüllte vor Schmerz; mein Kopf schwamm; mein Magen bäumte sich auf. Am Dachbalken hängend, erbrach ich mich. Auszuruhen war keine Zeit; bestürzt über das böse Vorzeichen, hasteten die Aachim im Eiltempo durch den Prozess.

Ich ließ mich fallen, durchschlug die Platte und stürzte wie ein Stein in die Tiefe. Mitten auf dem langen Tisch traf ich auf. Die Platte bekam einen Riss, und am einen Ende brachen die Beine ab. Mich durchfuhr der schrecklichste Schmerz, den ich jemals gefühlt habe, und als ich an mir hinabblickte, sah ich das abgebrochene Ende meines Oberschenkelknochens, der mir aus dem Fleisch ragte. Die goldene Naht an meiner Seite platzte auf; roter Schaum spritzte über den Tisch. Ich weinte blutige Tränen. Die beiden ehrwürdigen Aachim starrten das grausige Wrack vor ihnen an. Sie waren zu erschrocken, um sich zu rühren. Mit dem letzten Rest an Willenskraft, die ich aufbieten konnte, schlang ich einen Arm um sie und setzte ihnen mein Messer an die Kehlen.

Sämtliche Aachim starrten uns an. Ihre Qual schien der meinen in nichts nachzustehen. Meine Augen suchten in der Menge ein einzelnes Gesicht heraus, die rothaarige Frau, die mich am Morgen verwundet hatte. Ihre Augen waren eingesunken wie Krater, ihr Gesicht so blass wie das Weiße eines Eies. Ich hatte ihr Haus ausgelöscht. Elienor! Heute empfinde ich Mitleid mit ihr. Ich spie Blut auf den Boden und sprach sie an, und alle Aachim. Ich konnte nur flüstern, doch das genügte.

›Legt die Waffen nieder‹, rief ich. ›Die Charon sind nach Aachan gekommen, und es gehört uns.‹

Zu meiner Überraschung leisteten sie keinen Widerstand.

Das Übrige dauerte nicht lange, und dann – gesegnetes Vergessen.«

Langsam kam Rulke wieder zu sich. Er blickte Llian an. »So geschah es, dass Einhundert eine Welt einnahmen. *Die Hundert!* So überlebten die Charon. Das ist meine Geschichte. Jedes Wort davon ist wahr.«

Kapitel zweiundzwanzig

Die Erwiderung

Llian verneigte sich vor Rulke. Sein Gesicht war ernst, doch innerlich frohlockte er. Rulke hatte seine Geschichte meisterlich erzählt, voll barbarischer Pracht, und niemand, der sie gehört hatte, war davon unberührt geblieben. Dennoch handelte es sich um eine simple Geschichte, eine reine Schilderung, sehr gut erzählt und sehr wahr, die sich aber eher an Rulkes Herausforderer gerichtet hatte statt an sein Publikum. Oder genauer gesagt, Rulke hatte seine Geschichte vorgetragen, als wäre Llian das Publikum; vielleicht, weil er unbewusst den großen Erzähler zu beeindrucken wünschte. Das war ihm zwar gelungen, doch Llian, der die ganze Zeit die Gesichter der Whelm beobachtet hatte, war aufgefallen, dass sie an Rulkes Schilderung etwas schockiert hatte.

Ich weiß, was sie bewegt, dachte Llian. Nur durch Rulkes Zügellosigkeit waren die Charon in die fatale Notlage geraten, die seine Heldentaten erst erforderlich machten. Mit den strengen Regeln, die den Ghâshâd alles bedeuteten, war derartiges Verhalten nicht zu vereinbaren. Für die Ghâshâd war die Pflicht alles, und Rulke hatte seine Pflicht vernachlässigt, seine Begierden, seinen Ruhm und seine Ehre über das Überleben der Charon gestellt. Sein verwegener Mut konnte ihn in den Augen der Ghâshâd nicht entlasten.

Llian verwarf die Geschichte, die er sich im Geiste zurechtgelegt hatte, und begann eine neue zu entwickeln. Zugleich bemühte er sich, seine eigene Persönlichkeit so weit wie möglich zurückzunehmen. Die Ghâshâd waren ein asketisches, nüchternes Volk, das Vergnügen und Leichtsinn missbilligte. *Die Botschaft zählt, nicht der Vortrag!* Keine Rhetorik, nur eine einfache Geschichte mit einer Moral, die sie nicht missverstehen konnten.

»Meine Geschichte beginnt lange danach«, sagte er mit leiser, unbeteiligter Stimme, »fast zur Zeit der Düsternis. Und der Gegenstand meiner Geschichte ist ein gänzlich anders geartetes Volk: Es war weder groß noch stolz. Es hatte bescheidenere Wunschvorstellungen. Es wünschte zu dienen. Pflicht, Treue, Ehre: Ihnen widmete es sein Leben. Myrmiden hießen diese Wesen. Der Name bedeutet in ihrer Sprache so viel wie dienen und gehorchen, ohne Fragen zu stellen.

Woher sie kamen, weiß niemand. Die Myrmiden siedelten im Südosten Lauralins, jenseits von Ogur und dem Schwarzen Meer. Ein kleines, schlankes Volk mit schwarzem Haar waren sie, und zuerst setzte ihnen die Kälte schrecklich zu, denn das Land, wohin man sie getrieben hatte, versank im Jahr sechs Monate lang im Schnee, und vier Monate lang war das Meer zugefroren. Es war die Halbinsel Ghâsh, so nannte man sie schon damals.«

Rulke setzte sich kerzengerade auf und runzelte die Stirn. *Er weiß, was ich vorhabe,* dachte Llian. *Das lässt er mir nicht durchgehen.*

»Der vollständige Name war Ghâsh-ad-Nash, was ›Rauch und Feuer‹ bedeutet, denn auf der Landzunge im Kara Nashal, dem Rauchenden Meer, gab es viele Schlote, aus denen flüssiger Stein quoll, und Dampf, Qualm und Asche schossen in den Himmel. Bald schon gefiel den Myrmiden das Land sehr, denn sie entdeckten versteckte Täler, in denen die Quellen heiß blieben, wenn die Sonne vor dem langen Winter versank und der Boden so stark gefror, dass er eisenhart wurde.

Eine Besonderheit dieser Myrmiden muss erwähnt werden:

Sie brauchten einen Herrn und eine Aufgabe, sonst waren sie nichts. Ihr ganzes Leben, ihren ganzen Stolz und ihren ganzen Wert bemaßen sie nach solchen Diensten. Zur Zeit meiner Geschichte war Bandiar ihr Herr, ein unbedeutender Nekromant, der auf der Halbinsel indes ein wichtiger Mann war, auch wenn die Welt nie von ihm gehört hätte, wäre nicht Shuthdar gewesen.

Nachdem Shuthdar mit der gestohlenen Flöte nach Santhenar entkommen war …« – Llian blickte Rulke an, der ihn eingehend beobachtete –, »wurde er fortwährend gejagt. Schließlich floh er in abgelegene Gegenden, wo die Menschen ungehobelt und die Sprachen fremd waren, und es änderte sich für ihn nichts. Am Ende gelangte er auf die Halbinsel Ghâsh, und selbst dort hetzte man ihn. Shuthdar war alt, müde und gebrechlich geworden. In seinem Leben hatte sich eine Härte an die andere gereiht, bis er alles hasste, das Leben eingeschlossen. Das Einzige, was ihm noch etwas bedeutete, war seine schöne Flöte.«

»*Meine* Flöte«, sagte Rulke fast unhörbar.

»In einer Höhle an der eisigen Küste suchte er Zuflucht, und dort fand ihn eines Tages Bandiar und brachte ihn in seine Feste. Warum tat Bandiar das? Auch ihn gelüstete nach der Flöte, aber er war zu klug, um es zu zeigen. Wenn er Shuthdar freundlich behandelte und nichts von ihm verlangte, würde Shuthdar gewiss eines Tages völlig von ihm abhängig.

Aber Shuthdar, so unvorstellbar heruntergekommen er auch war, besaß einen wenn auch verdrehten, so doch messerscharfen Verstand. In seinem Leben hatte er viele verschiedene Menschen kennengelernt, aber alle hatten ein und dasselbe gewollt. Er wusste, dass Bandiar nicht anders war.

Seit dem Augenblick seiner Ankunft sorgte Shuthdar für Verdruss. Er war krankhaft misstrauisch und listig, verschlagen und boshaft und dazu voll abartiger, grausamer Gelüste. In den dunklen Winkeln der Burg war niemand vor ihm sicher: weder Jungfrau noch Greisin, alter Mann oder Junge, nicht einmal die Tiere. Obwohl er verkrüppelt war und mit seinen krummen Gliedern schlurfend seitwärts lief wie eine Krabbe, konnte er sich, wenn ihn die heiße Lust packte, mit beängstigender Geschwindigkeit fortbewegen, und seine welken Arme waren stark wie Federstahl.

Bandiar erlegte Shuthdar keinerlei Schranken auf. Er entschuldigte alle seine Verbrechen als die kleinen Schwächen eines Genies, sodass Shuthdar sich an jeder neuen, grauenhaften Eskapade, gegen die nicht eingeschritten wurde, ergötzen konnte. Seine Exzesse wurden ein Muster dramatischer Selbstinszenierung, und bald wusste jeder großen Abstand zu dem entsetzlichen Wesen zu halten.«

Llian sah auf den Gesichtern der Richter nur Verachtung für solch einen Herrn, denn wie die Pflichten der Diener gegen den Herrn waren auch die Pflichten des Herrn heilig. Nun musste er die nächste Verbindung knüpfen.

»Die Myrmiden waren ein Volk, das zur Melancholie neigte, und ihre einzige Freude fanden sie in der Musik. Ihre Musik war schön anzuhören, aber traurig wie trockener Wind, der durch Ruinen fährt, und klirrend wie Eiszapfen. Von der Musik abgesehen war ihnen nur eines wichtig: die Ziele ihres Herrn so gut zu erfüllen, wie sie nur konnten, und sie niemals in Frage zu stellen, nicht einmal, wenn offen zutage trat, dass derjenige, vor dem Bandiar katzbuckelte, ein boshaftes Geschöpf war, das nur die eigenen Wünsche kannte, das alles nahm und nichts zurückgab.

Die Zeit verging, und dennoch blieb Shuthdar, denn Bandiar besaß die Macht, um ihn vor den Wölfen zu schützen, die ihn überall sonst gequält hatten, und genügend Reichtum, um ihm noch den abstoßendsten Wunsch zu erfüllen. Da jeder seiner Launen ausnahmslos nachgegeben wurde, ersann Shuthdar immer schlimmere Exzesse, bis am Ende nicht einmal die Verderbtesten noch zu ihm kommen wollten.

Was mag Bandiar jedes Mal gedacht haben, wenn sich Shuthdar jammernd und wehklagend an ihn wandte? Seien wir großzügig und nehmen wir an, dass er dachte: *Nur dieses eine Mal will ich ihm noch nachgeben, dann gibt er mir gewiss, was ich haben möchte.* Die Geschehnisse jedoch nahmen eine neue, schaurige Wendung. Junge Menschen wurden gewaltsam entführt. Anfangs kamen sie wieder zurück, am nächsten Tag, nach einer Woche, einem Monat. Einige berichteten von unfassbarer Entwürdigung, andere konnten überhaupt nicht mehr sprechen. Später verschwanden sie ganz.

Bandiars Untertanen schlugen gegen die großen Tore der Festung und verlangten Shuthdars Kopf. Bandiar wies sie kühl ab. Die Myrmiden, die allesamt seine Diener, Soldaten und Spitzel waren, blieben ihrem Herrn treu. Mit Feuer und Grausamkeit trieben sie die Bauern fort in den Schnee. Selbst kleine Kinder streckten sie nieder, denn so konnten sie am besten zeigen, wie tief sie ihrem Herrn ergeben waren.

Daraufhin taten die Untertanen das Einzige, was ihnen möglich war. Alle Macht und aller Reichtum lagen bei Bandiar, während sie nichts hatten. Sie waren nicht bereit, ihre Kinder noch länger in Gefahr zu sehen. Unter Tränen verließen sie ihr Land und ihre Häuser und zogen in die Berge, und im Winter starben dort ihrer viele. Doch das ist eine andere Geschichte.

Die Myrmiden spürten allmählich einen nagenden Zweifel – dass der Herr, dem sie so treu dienten, ein Narr sein könnte, der zum Narren gehalten wurde. Doch diese Zweifel, diese Untreue, unterdrückten sie.«

Llian hielt inne und trank einen Becher Wasser. Die Entbehrungen der zurückliegenden Woche holten ihn ein. Er hatte kaum noch genügend Kraft, um sich auf den Beinen zu halten. Vor allem aber spürte er, wie ihm die Geschichte entglitt, und das war noch schlimmer. Er knallte den Becher auf den Tisch und fuhr fort:

»Bandiars ganzes Trachten galt nun dem Bestreben, Shuthdar die Flöte oder ihr Geheimnis zu entlocken, und mit diesem Begehren spielte Shuthdar höchst geschickt und unter großem Genuss. Hin und wieder gab er Bandiar einen Hinweis – ließ ein Wort fallen, übergab ihm eine Schriftrolle und einmal sogar ein dickes Buch voll eigentümlicher Zeichnungen und Beschreibungen von beunruhigenden oder abstrakten Vorgängen. Diese Hinweise führten jedoch nur in ein Labyrinth von Rätseln und Paradoxien, denn Shuthdar hatte sie allesamt gefälscht. Beschwerte sich Bandiar, verhöhnte Shuthdar ihn als Dummkopf, und wenn er nach Tagen oder Wochen scheinbar nachgab, lieferte er einen neuen Hinweis, der Bandiar nicht losließ und eine Lösung des Rätsels zu verheißen schien, in Wahrheit jedoch den Nekromanten umso tiefer in den Sumpf lockte.

Die Myrmiden gingen völlig in dem großen Vorhaben ihres Herrn auf. Sie sahen die Nachforschungen, die Zusammenarbeit mit Shuthdar (oder was sie dafür hielten), die ständige Zunahme der Arbeitslast, die immer ausgefeilteren Modelle und Geräte, die Bandiar schuf und die allesamt zu funktionieren vorgaukelten; sie hatten bewegliche Teile und zeigten sogar eigentümliche, wenngleich niemals anhaltende Wirkungen. Doch am Ende blieb – *nichts!*

In den Myrmiden keimte da ein winziger Zweifel auf – dass man sie zum Narren hielt. Und dieser Zweifel führte zu dem ketzerischen Gedanken, es sei nicht recht, solche Mittel zu suchen, um sein Ziel zu erreichen, und dass Bandiar verdorben sei. Dennoch war er ihr Herr, und ohne ihn waren sie nichts. Und er hatte in der Tat ein gutes, edles Ziel – das Geheimnis der Flöte zu enträtseln –, das jedes Opfer wert war. Sie schoben ihre Zweifel beiseite und dienten ihm weiter.«

Llian blickte seine drei Richter an. Jark-uns Gesicht war hart wie Stein. Eindeutig hielt er es alles für sinnlos. Llian begriff, dass er ihn niemals umstimmen könnte. Yetchahs Mienenspiel war lebhaft für eine Ghâshâd; sie reagierte jedes Mal, wenn Llian das Dilemma der Myrmiden unterstrich. Was konnte er sagen, mit dem er ihre Sensibilität für sich nutzte? Und Idlis ... er sah aus, als hätte man ihn auf die Streckbank gebunden; doch es bedurfte schon einer ganz außergewöhnlichen Geschichte, damit er gegen seinen Herrn entschied. Nun, er sollte sie zu hören bekommen.

»Nun lebte unter den Myrmiden ein junges Mädchen namens Nassi. Sie wurde als die Geringste unter ihnen angesehen, denn sie verrichtete ihre Pflicht nachlässig, was Schande nicht nur über sie, sondern über alle Myrmiden brachte. Sie war, obwohl man es von ihr behauptete, nicht boshaft, und sie war auch nicht faul – was man ihr ebenfalls vorwarf. Sie versuchte immer, eine gute Myrmidin zu sein, eine gute Dienerin, aber sie bewältigte ihre Arbeit nie, weil sie träumte, über Recht und Unrecht nachsann oder einfach in einem warmen Versteck saß und Geschichten über andere Länder und fremde Völker las.

Sie war froh und hatte ein warmes Herz; sie war großzügig und lachte viel. Kurz gesagt, sie erschien jedem anständigen Myrmiden als gründlich verdorben, widerspenstig und unangenehm. Die anderen lieferten ein besseres Beispiel: Sie waren sehr ernst. Gelegentlich erlaubte sich der eine oder andere ein dünnes Lächeln, aber gelacht wurde niemals. Dennoch waren sie auch Nassi verpflichtet, und sie wurden es nie müde, sie zu prügeln, damit sie lernte, was ihre Pflicht war. So ging es noch weiter, als Nassi zu einer Frau herangewachsen war, die die meisten ihres Volkes überragte. Sie war jedoch rundlich und ungelenk und hatte ein fröhliches, offenes Gesicht, und obwohl die Prügel ihr wehtaten, zügelten sie nicht ihren Geist.

Eine Aufgabe erledigte sie gut, nämlich, Bandiars Arbeitsräume ordentlich zu halten. Allerdings fasste sie ein Interesse an seiner Arbeit, das über die Pflichten einer Dienerin hinausging. Die Myrmiden tadelten sie dafür; doch als sich herausstellte, dass Bandiar froh über ihre Hilfe war und ihr wegen ihrer Fröhlichkeit zuneigte, entschieden sie, dass es im Großen und Ganzen eine gute Sache sei. Oft sprach Bandiar über sein Vorhaben zu ihr mit nur einem Funken Herablassung, denn sie besaß eine rasche Auffassungsgabe.

Mit der Zeit kamen die beiden einander näher, als es zwischen Herr und Dienerin vielleicht klug ist. Nassi verehrte ihren Herrn, aber niemals hätte sie sein Bett geteilt. Die Myrmiden nahmen sie wieder auf die Seite. Ob sie denn nichts richtig machen könne? Sie behandele Bandiar wie einen Freund, und das sei falsch, aber wenn er wünschte, dass sie ihre Pflicht in seinem Bett verrichtete, dann weigere sie sich? Nassi erhielt noch mehr Prügel, die sie mit Würde entgegennahm, und dann kehrte das Leben in seine alten Bahnen zurück.«

Llian bemerkte, dass er in seiner Müdigkeit abschweifte. Seine Erzählung wurde langatmig. Er nahm den eigentlichen Faden wieder auf.

»Shuthdar mochte Nassi nicht, denn sie konnte er als Einzige nicht täuschen, und als er mit dem Wunsch an Bandiar herantrat, sie in die Hände zu bekommen, wurde er abgewiesen. Selbst Bandiar war dazu nicht bereit. Shuthdar begann in dunklen Korridoren zu lauern, von denen er sich überlegte, dass Nassi sie vielleicht durchqueren musste, und hoffte sie zu überwältigen, doch beim ersten Mal entkam sie ihm, hielt sich danach an die erhellten Gänge und achtete sehr auf sich.

Schließlich kam es, dass Bandiar für einen Monat fortmusste, und da Nassi mittlerweile wenige andere Pflichten hatte, verbrachte sie ihre Zeit zum Großteil in seinen Arbeitsräumen, zumal er sie auch gebeten hatte, alle Papiere zu ordnen, die zu seinem großen Vorhaben gehörten. Nassi las zunächst jedes einzelne durch, damit sie wusste, wohin sie gehörten, und bald erschloss sich ihr ein anderes Muster als das, das Bandiar ihnen entnommen hatte. Bestimmt war ihr ein Irrtum unterlaufen. Sie war schließlich nur eine Myrmidin, und eine faule noch dazu.

Nassi ging die Sammlung noch einmal sorgfältig durch. Sie saß in Bandiars Studierstube am Kamin, neben sich eine große Schale mit Süßigkeiten oder eine Schachtel mit Gebäck, das sie nachts aus der Küche stahl. Tagelang las und aß sie, und noch immer fügte sich nichts so zusammen, wie Bandiar wollte. Doch auf eine andere Weise passte alles nur zu gut.

Sie lag schlaflos in der Dunkelheit ihres Zimmers und wälzte die Teile des Rätsels im Kopf hin und her. Weitere Tage verstrichen, in denen sie kaum ein Auge zutat. In dieser Zeit nahm sie die Modelle und Maschinen auseinander und setzte sie in anderer Anordnung neu zusammen. Am Ende bestand kein Zweifel mehr: Das Ziel, das Bandiar jahrelang beschäftigt hatte, an das er seine Kraft und seinen Verstand und den größten Teil seines Reichtums gesetzt, das er auf Kosten seiner Untertanen verfolgt hatte, auf Kosten auch von Ehre und Anstand, es ward als grausame Täuschung enthüllt, deren einziger Zweck darin bestand, seine Torheit offenbar werden zu lassen.

Nassi war bis ins Mark getroffen. Ihr Leben und das Leben aller anderen Myrmiden war entwertet. Sie waren für nichts verkommen. Wie Bandiar waren sie nichts; sie waren *ein wertloses Volk!*«

Llian blickte den Schiedsrichtern nacheinander in die Augen. Hatte Idlis begriffen, worauf er hinauswollte? Er konnte es nicht sagen, aber eines stand fest: Rulke verstand ihn gut. Der Charon musterte Llian finster. Langsam riss er Papier in dünne Streifen, die er ebenfalls zerteilte. Der Boden rings um seinen Hocker war mit Konfetti übersät.

Llian betrachtete die Schiedsrichter erneut. Yetchah neigte in seine Richtung, da war er sicher. Die beiden anderen waren jedoch noch immer gegen ihn. Nun, wenigstens wäre Idlis gezwungen, seine Stimme abzugeben. Gab es etwas, das ihn umstimmen konnte?

»Nassi rief die Myrmiden zusammen und berichtete ihnen, was sie entdeckt hatte. Die Myrmiden waren entsetzt, denn was Nassi sagte, spiegelte ihre alten Befürchtungen wider. Gleichzeitig waren sie jedoch empört und verletzt. Sie verschlossen ihre Ohren vor Nassis Worten, prügelten sie, weil sie die Ehre ihres Herrn verraten, ihre Pflicht vergessen und sich in Dinge eingemischt habe, die sie nichts angingen, und warfen sie in eine feuchte Zelle tief unten in der Feste, wo sie bis zu Bandiars Rückkehr bleiben sollte.

Diese Verliese waren ganz nach Shuthdars Geschmack. Er kam oft herunter, umklammerte die Gitterstäbe und verlachte Nassi keckernd, denn obwohl sie ihm mit ihrem klaren Blick Unbehagen einflößte, war er insgeheim entzückt, dass jemand seinen Scherz durchschaut hatte. Niemand, dem er je begegnet war, erschien würdiger, ihn zu beerben, als sie. Nassi begriff, welch komplexe Dimensionen und Geheimnisse sein Geist umschloss, und doch wollte sie nichts davon wissen. Vielleicht konnte er auch sie verderben.

Jede Nacht kam er an ihre Zelle und wisperte ihr die finsteren Geheimnisse seiner Kunst zu, hoffte, zwischen ihr und ihrem Herrn Zwietracht zu säen. Die Festung fand er nur noch ermüdend.

Endlich kehrte Bandiar zurück und rief die Myrmiden zusammen, damit sie sich rechtfertigten. Nassis Verbrechen sei so abscheulich, erwiderten die Myrmiden, dass sie nicht davon sprechen könnten. Sie forderten ihren Tod. Bandiar jedoch berief eine weitere Versammlung ein und bat Nassi zu berichten, was sie getan habe.

Wieder legte sie ihre Geschichte dar. Die Papiere wurden herbeigeschafft; die Modelle ebenso. Nassi zeigte, wie Bandiar sie zusammengesetzt hatte, wie sie sie veränderte und was sie nun taten. Sie fügte alles zusammen, offenbarte den Plan und den gehässigen Witz, den er zeigte. Ihr Herr, ihrer aller Leben und Ziele: ein *Nichts!*

Ein gequältes Schweigen folgte. Bandiar stand die furchtbare Demütigung ins Gesicht geschrieben. Die Myrmiden beteten, dass er sie bestritte.

›Herr‹, riefen sie ihn an. ›Wir haben es nicht gehört. Sag uns, dass es nicht wahr ist. Gestatte uns, sie für diesen boshaften Verrat zu bestrafen.‹

Sie wussten, dass es wahr war. Sie lasen es in seinen Augen.

Was konnte er sagen? Ein Wort, sogar eine Gebärde hätten gereicht. Bandiar zögerte. Er konnte sich überwinden, die Lügen auszusprechen, die sie hören wollten. Sein Gesicht schien an den Falten um Mund, Nase und Augen bersten zu wollen. Endlich sprach er.

›Meine lieben Myrmiden‹, sagte er mit falschem Lächeln. ›Wie könnte ...?‹

Da schlurfte Shuthdar herein. Er jubelte geifernd. Rostiger Schleim tropfte ihm von den eisernen Zähnen.

›Es ist wahr!‹, gackerte er schadenfroh. ›Was für ein Scherz! Der beste seit tausend Jahren! Und gelangt die Geschichte von Bandiar und den Myrmiden erst einmal in das Verzeichnis der größten Narren, lebt sie noch tausend Jahre fort.‹ Keuchend und pfeifend blieb er stehen, und sein irres Gelächter hallte von den Wänden wider.

Bandiar vermochte es schwerlich zu leugnen. Er schauderte einmal und stand auf. ›Ja, es ist wahr‹, sagte er, und sein Gesicht zeigte, welche Verachtung er für sich empfand und auch für die Myrmiden. ›Ich bin ein Narr, und ihr seid Narren, dass ihr mir gedient habt.‹ Er legte seine Waffen auf den Tisch und trat mitten unter sie.

Die Myrmiden konnten sich der Wahrheit nicht mehr verschließen. Sie fielen über Bandiar her und schlugen ihn tot.

Jeder versetzte ihm einen Hieb, nur Nassi nicht. Sie stand an der Seite, starrte den blutigen Leichnam an, konnte sich vor Schreck nicht rühren. Sie hatte Bandiar gemocht. Dieses Ende hatte er nicht verdient.

Die Myrmiden wandten sich den anderen beiden zu und hätten ihnen das gleiche Schicksal bereitet, doch Shuthdar hatte es vorhergesehen. Mit seinen Fingernägeln zertrennte er Nassis Fesseln und rief: ›Komm mit mir, Kind! Hier kannst du nicht mehr bleiben.‹

Sie blickte erst die Myrmiden an, dann Shuthdar und streckte einen rundlichen Arm vor. Shuthdar packte ihn mit seiner eisenharten Klaue, mit der anderen Hand zog er die goldene Flöte hervor und setzte sie an die Lippen. Die Myrmiden wichen furchtsam zurück. Dann spielte er einhändig eine gespenstische Melodie, ein Lied, das jeder, der es hörte, nie vergaß, und er und Nassi verschwanden.«

Noch immer zeigte Idlis mit keiner Regung, was sie dachte. *Die Geschichte ist schon zu lang*, dachte Llian. *Komm zur Moral und finde ein Ende!*

»Die Myrmiden blickten auf das blutige Etwas, das einst ihr Herr gewesen war. Was aus ihnen geworden war, weil sie ohne Fragen zu stellen dienten und gehorchten, widerte sie an. Sie hatten den größten Verrat von allen begangen.

›Wir nehmen nie wieder einen Herrn‹, riefen sie weinend. ›Wir sind keine Myrmiden mehr. Wir sind *Nunst*, jetzt und immerdar. Aus dem Nichts sind wir gekommen; ins Nichts kehren wir zurück.‹

Dann zogen sie wieder zur Ghâsh-ad-Nash, kauerten sich zwischen Fels und Schnee, zwischen Feuer, Rauch und Eis, und wurden, was sie gesagt hatten: Nunst. *Nichts!* Geschöpfe der Scham, des Schuldgefühls und der Angst, die nicht einmal mehr den Willen zu leben besaßen, und heute sind sie völlig verschwunden. Es gibt keine Myrmiden mehr. Die einzige Spur von ihnen ist ein eigentümlicher Brauch, der noch immer in jenem Teil des fernen Südens fortbesteht: Dort tut man vor jeder Mahlzeit Buße, aber wofür, weiß niemand mehr.«

So ist es, dachte Karan, die noch immer in ihrem Versteck kauerte, und erinnerte sich an Hassien, die dünne, dunkelhaarige Frau mit dem starken Willen und der zischenden Redeweise, die auf der Fahrt mit Penders Boot nach Sith im letzten Jahr genau das getan hatte.

Llian warf einen Blick auf seine Zuhörerschaft. Hatte er genug getan? Wenn nicht, so war es nun zu spät. Rulkes Gesicht war purpurrot angelaufen, doch die Ghâshâd rührten sich nicht.

»Und Nassi? Sie überlebte, aber sie blieb nicht bei Shuthdar, nachdem sie weit entfernt wieder auftauchten. Sie ging allein in die Welt, wurde eine Nekromantin und weise Frau und erreichte ein hohes Alter. Sie starb zur Zeit der Düsternis, heißt es, doch das Haus, das sie in Saludith gründete, gibt es heute noch. Das ist meine Geschichte.«

Llian verbeugte sich vor den drei Schiedsrichtern, vor den versammelten Ghâshâd und vor Rulke. Rulke erwiderte die Verbeugung nicht. Die Allegorie hatte er sehr wohl verstanden.

»Mir ist aufgefallen, dass du nicht gewagt hast zu sagen: ›Jedes Wort ist wahr‹!«, brüllte er mit schwarzer Stimme. »Das war keine Geschichte. Es war eine Fabel, aus Bruchstücken zusammengefügt, die den Ghâshâd schmeicheln sollte. Ghâsh-ad-Nash allerdings! Seht ihn euch an, Ghâshâd – *der Chronist ist ein Betrüger!*«

»Es ist sehr wohl eine Geschichte«, erwiderte Llian, »und sie *gründet* sich auf die Wahrheit. Denn das ist der heilige Kodex des Erzählers: Er darf seine Geschichte so erzählen, wie er mag; die einzige Regel lautet, dass sie nicht zu Lasten der Wahrheit ausgeschmückt werden darf. Es gibt eine Halbinsel Ghâsh; es gab ein Volk der Myrmiden, das Bandiar diente und ihn erschlug, und heute ist es verschwunden. Die Buße wird in diesem Land noch heute geleistet.«

Er sah die Schiedsrichter an. Sie besprachen sich untereinander.

Karan hielt den Atem an. Wenn Llian hier Erfolg hatte, wollte sie ihn nie wieder anzweifeln.

»Wir haben im Süden gelebt. Wir wissen, dass die Tatsachen wahr sind. Wir erkennen es als eine Geschichte an«, sagte Idlis nach langem Schweigen.

Rulkes Gesicht wurde sehr hart. »Dann fällt euer Urteil«, sagte er schroff. »Und vergesst eines nicht, Ghâshâd! Zweimal habt ihr versagt, was Maigraith anging. Enttäuscht mich nicht wieder.«

Ein Augenblick folgte, in dem es vollkommen ruhig war. Die Kugeln an den Wänden tauchten den Raum in sprödes, eisblaues Licht. Llian hörte von unten ein leises Geräusch: Eine Tür war behutsam geschlossen worden.

Jark-un ergriff das Wort. »Ich stimme für die Geschichte Rulkes«, schnarrte er. Llian hatte nichts anderes erwartet.

Rulke sah die zweite an. »Llian von Chanthed«, sagte Yetchah seufzend, das beinahe hübsch zu nennende Gesicht verzerrt von der Anspannung.

Aller Augen wandten sich Idlis zu. Seine Nase sah aus wie die Klinge eines Hackmessers – groß, scharf und gekrümmt. Der Rest von ihm war genauso hart. *Ich bin der Letzte der Whelm – deshalb muss ich mich umso mehr anstrengen.* So hatte er sich vor langer Zeit Karan beschrieben. Wie sähen seine Anstrengungen am heutigen Tag aus?

Karan bemühte sich vergeblich, ihr klopfendes Herz zu beruhigen. Idlis war ein ehrenwerter Mann, auch wenn es unmöglich war, die Regeln auszuloten, nach denen er lebte. Sie versuchte, ihn zu berühren, aber sie traf nur auf Dunkelheit.

Llian konnte sehen, dass Idlis sich zwischen den Hörnern seines Dilemmas wand, Pflicht gegen Ehre. Die Narben in seinem

Gesicht liefen purpurrot an, das Fleisch ringsum hob sich weiß von der grauen Haut ab. Die Flächen seines Gesichts zuckten. Wie konnte er die Pflicht seinem Herrn gegenüber erfüllen und zugleich dessen Gebot folgen, gerecht zu urteilen?

»Es gibt wenig, wonach man entscheiden könnte«, sagte Idlis. Er sprach sehr langsam und deutlich. »Die eine ist die *Geschichte* eines Narren, und die andere die Geschichte *eines Narren*. Ich wähle die Geschichte, nicht den Narren.«

»Wie lautet dein Urteil?«, brüllte Rulke ihn erschüttert an.

»Ich urteile, dass Llians Geschichte die bessere ist.«

Das Schweigen dehnte sich wie der Augenblick, ehe der Henker die Falltür öffnet. Jark-un stand von seinem Schemel auf, wandte sich um und schlug Idlis mit einem gewaltigen Hieb ins Gesicht zu Boden. »Der Vorsitzende ist unpässlich«, sagte er. »Seine Stimme ist ungültig. Ich stimme für ihn ab. Die Herausforderung ist verloren.«

Idlis kroch davon. Er blutete an der Lippe. Jark-un holte mit dem Fuß aus. Die Ghâshâd zischten kollektiv, und er wandte sich ab. »Heiler, heile dich selbst«, sagte er.

»Der Große Täuscher!« Llian sah Rulke verächtlich an. »Eure Geschichte verrät Euch, ebenso wie die Taten Eures Dieners: ein selbstsüchtiger Narr, dessen Torheit alles in Gefahr bringt und der zum Helden werden muss, um es zu retten. Das ist nicht der Herr, auf den die Ghâshâd so viele Jahrhunderte gewartet haben.«

Jark-un schwang erneut die Faust, und Llian fand sich Blut speiend am Boden wieder.

»Genug!«, bellte Rulke. Mit langen Schritten ging er an die Seitenwand des Raumes und drückte auf eine kleine Leiste. Die Steinplatte, hinter der Karan gelauscht hatte, schwang hoch. Sie versuchte davonzuhechten, doch sie war steif nach den Stunden, die sie dort gekauert hatte, und Rulke hatte bereits eine weitere Leiste bemerkt. Hinter ihr fiel eine zweite Steinplatte herunter.

»*Ergreift sie!*«, befahl er den Ghâshâd. »Ergreift sie beide.«

Die Ghâshâd zögerten beschämt. Rulke hatte gegen ihr Ehrgefühl verstoßen. Er war nicht mehr ihr idealer Herr. Trotzdem, ihr Herr war er noch, und sie gehorchten.

Kapitel dreiundzwanzig

Die Versuchung Karans

Man warf sie in einen dunklen Raum, in dem es sehr kalt war. Llian war ganz benommen von dem Hieb; es dauerte eine Weile, bis er überhaupt begriffen hatte, wo er war. Er lag mit der Seite auf etwas Eisigem, aber sein Kopf ruhte warm und weich.

Er schlug die Augen auf. Sie waren in einem düsteren Raum, in dem das einzige Licht durch eigentümlich geformte Wandschlitze fiel. Sein Kopf lag in Karans Schoß, und sie fuhr ihm vorwärts und rückwärts durch die Haare. Als sie bemerkte, dass er zu sich gekommen war, lächelte sie und legte ihm eine kühle Hand auf die geschwollene Stelle an der Wange.

»Das Rad dreht sich und dreht sich wieder«, sagte er. »Haben wir uns so nicht kennengelernt?«

Sie küsste ihn auf Stirn und Lider, dann auf den Mund. Das Verlangen nach ihm brannte wie ein Glutofen in ihr. Sie küsste ihn auf den Hals und spielte mit der freien Hand an seinen Hemdknöpfen.

»Ja, aber da kannte ich dich nicht und habe dich zu sehr bewundert. Wahrlich, die Geschichte eines Narren! Hat es je ein großartigeres Pärchen gegeben als uns? Du hast den offensichtlichen Makel deines Planes übersehen: dass du es mit dem Großen Täuscher zu tun hattest.«

»Schon, aber wie gefiel dir die Geschichte?«, fragte er mit schwacher Stimme.

Sie lachte. »Was für ein Ego du hast! Ich fand sie recht gut, aber ich hätte vermutlich für die andere gestimmt.« Dann spitzte sie die Lippen, runzelte die Stirn wie eine Schullehrerin und sprach bedacht pedantisch: »Doch da du fragst, es gibt mehrere Punkte, auf die ich dich aufmerksam machen möchte, nämlich: Der Anfang wirkte unbefriedigend, da er zu lang war und sein Bezug zum Thema zweifelhaft; es wiederholten sich viele Formulierungen und Motive; die Parallele zwischen den Myrmiden und den Ghâshâd, und zwischen Nassi und Idlis, war bei weitem zu plump; dein Bezug auf das Ritual des Büßens fiel in einem technischen Aspekt fehlerhaft aus; das Ende –«

»Genug!«, brüllte Llian. Er gab vor, wütend zu sein, während er mit einer Hand emsig an ihrem Hosenbund beschäftigt war. »Hast du denn gar nichts Gutes darüber zu sagen?«

»Nun«, entgegnete sie, während sie ihm half, die Verschlüsse zu lösen, »als warnendes Beispiel war sie sehr gut auf die Zuhörerschaft zugeschnitten. Die anderen Punkte will ich übergehen, nur einen nicht. Der Wettstreit ist zu Ende; wir sind immer noch hier. Was hast du dazu zu sagen?«

»Hm«, machte Llian. »Ich wusste doch, ich hatte etwas übersehen.«

Karan brach in Lachen aus, und Llian lächelte ebenfalls. Einer der Ghâshâd blickte durch ein Guckloch in die Zelle, sah sie lachen und einander liebkosen und hielt sie für einen sehr merkwürdigen Feind.

»Ich frage mich immer wieder, ob du in deiner Geschichte die Wahrheit vielleicht ein wenig verzerrt wiedergegeben hast«, sagte sie knapp.

Llian hob widerstrebend den Kopf von ihrer Brust und gab vor, die Frage zu überdenken. »Vielleicht habe ich ein wenig ... geschummelt. Ich habe nichts Falsches gesagt, aber die Bruchstücke zusammengewoben, wo sie nicht zusammengehörten, und sie ein wenig ausgeschmückt. Ich glaube, ich habe im Großen und Ganzen ernsthaft gegen die erste Regel des Erzählens verstoßen.«

»Regel des Erzählens!«, schnaubte Karan und drückte seinen Kopf wieder zurück. »Nur völlig unmoralische Menschen, wie die Chronisten es sind, würden versuchen, etwas derart zu mystifizieren und verworren zu machen, das letztlich jeder von uns tut. Wie auch immer, deinen Feind zu beschummeln ist kein Verbrechen. Ich täte es, ohne nachzudenken. Aber den Großen Täuscher zu beschummeln ... ich glaube, daraus machen die Chronisten vielleicht sogar eine Geschichte. Aber nur eine kleine«, fügte sie hastig hinzu.

»Erzählen ist eine alte, edle Kunst«, erwiderte Llian gespreizt. »Was die ordinäre Masse tut, ist kein Erzählen.«

»Gehöre ich zu den Ordinären, über die du die Nase rümpfst?«, fragte sie mit verschlagenem Grinsen. »Und es gibt da noch etwas, das jeder tut. Nennst du das etwa auch ordinär?«

»Nicht, wenn ich es tue«, gab er zurück.

Karan rollte ihn auf den Rücken. »Genug«, rief er. »Ich ergebe mich.«

Ein wenig später bemerkte Llian, als er Karan über den nackten Hals strich, dass etwas fehlte. »Wo ist deine Silberkette?«

»Shand hat sie für mich in Thurkad versetzt. Es hat mir fast das Herz gebrochen.«

Er sah sie nur an. »Meinetwegen? Damals, als du mir noch misstraut hast?«

»Geliebt habe ich dich trotzdem. Ich hatte Angst. Ich habe das Geld für Bestechungen ausgegeben, mit denen ich versuchte, dich aus Yggurs Verlies zu befreien.«

»Wie viel?«

»Drei Goldtells.«

»Oh!«, rief er beeindruckt aus. »So eine Verschwendung!«

»Ich würde es wieder tun.« Ein genüssliches Weilchen lagen sie einander in den Armen, dann sagte Karan: »Tatsächlich war etwas an dieser Kette, das ich dir schon vor Ewigkeiten sagen wollte. Ich hatte es nur völlig vergessen.«

»Was war das?«, fragte er schläfrig.

»Das Zeichen des Silberschmieds ... ich weiß schließlich, wie sehr dich alte Schriften interessieren.«

Llian interessierte sich nicht besonders für die Zeichen vergessener Silberschmiede, aber er schlug die Augen auf. »Wie sah es aus?«

Sie zeichnete einen komplizierten Schnörkel in den Bodenstaub. »Nein, das ist nicht ganz richtig.« Sie verwischte ihn und zog ihn erneut. Beim dritten Versuch gelang es ihr.

Llian setzte sich auf und starrte das Zeichen an. »Ich bin mir ziemlich sicher, dass ich dieses Siegel kenne«, sagte er und kratzte sich den Kopf. »War das alles?«

»Da stand auch ein Name, aber es sah so aus, als wäre er erst später hinzugefügt worden, denn die Gravur war ziemlich zittrig. Das Zeichen hingegen war sehr sorgfältig ausgeführt. Fia ... Fiam ... Fiachra! Genau, das war es!«

»Fiachra!« Llian sprang fast in die Luft. »Bist du dir sicher?«

»Ja. Der Name war so deutlich zu lesen wie bei einem neuen Stück, also kann die Kette nicht lange getragen worden sein, nachdem er eingraviert wurde. Das Zeichen dagegen war abgegriffen. Wer war Fiachra? Eine Freundin von dir?«, murmelte sie und sah ihn verschlagen durch die Wimpern an.

»Das verkrüppelte Mädchen in der Geschichte, das ermordet wurde!«, rief er aus. »Und das Zeichen – ich erinnere mich jetzt. Es ist die Glyphe für ›S‹ – Shuthdars Markenzeichen.«

In höchster Erregung schritt er auf und ab. »Die Kette muss uralt sein, wenn Shuthdar sie gemacht hat. Er muss sie dem

Mädchen gegeben haben, unmittelbar bevor er die Flöte zerstörte. Und das muss der Grund sein, weshalb Kandor den Großen Turm von Katazza nach diesem Vorbild baute. Ich frage mich nur, wieso? Ich muss die Kette finden, Karan.«

»Sie ist weg«, sagte sie. Seine Besessenheit ärgerte sie ein wenig.

»Wenn wir hier rauskommen, müssen wir Shand fragen, wo er sie versetzt hat. Vielleicht hat der Pfandleiher sie noch.«

»Vielleicht«, räumte sie voll Zweifel ein. Hinaus führte nur ein einziger Weg, doch Karan wollte nicht darüber nachdenken.

Ihnen blieben noch einige wenige gemeinsame Stunden, dann stürmten zwei Wächter durch die Tür und entrissen Llian ihren Armen.

Eine halbe Stunde lang war Karan mit ihren Ängsten allein, dann kamen die Wächter auch ihretwegen. Sie führten sie wieder in den Raum, in dem das Konstrukt in der Luft schwebte. Karan kam gerade rechtzeitig, um zu sehen, wie Llian auf eine Metallplatte gezerrt wurde, die in den Fußboden eingelassen war. Karan warf sich gegen ihre Wächter, aber sie war machtlos.

Rulke stand auf dem Konstrukt und schüttelte die Faust.

Sie hörte nicht, was er sagte, denn die Maschine erschauerte, und Llian verschwand. Beinahe augenblicklich hielten Rulke und die Ghâshâd eine eilige Zwiesprache ab; ihnen dämmerte die Erkenntnis, dass das Konstrukt nicht wie geplant funktioniert hatte und niemand wusste, wohin Llian gesandt worden war.

Allein seinen Namen zu denken war Karan wie ein Schrei der Entsagung. Kalte Furcht zog ihr den Magen zusammen. Rulke brüllte Jark-un an, der sich den breiten Rücken kratzte, unter das Konstrukt kroch und an etwas zog, das dort baumelte. Erfolg war ihm damit nicht beschieden. Schließlich ging Rulke persönlich zu ihm, um selbst zu sehen. Es wurde viel und laut geredet, und sie bauten Teile des Konstrukts ab und montierten sie neu. Karan hatte Zeit, sich zu fassen. Sie würde sich nicht anmerken lassen, dass sie Angst um Llian hatte, nicht einmal, als nähme sie im Geringsten Anteil.

Ghâshâd eilten hin und her. Karan kannte mehrere von ihnen aus ihren Abenteuern in den Höhlen von Aschenstadt: Idlis natürlich, die nun eine verschorfte Lippe und geschwollene Wange hatte, den mageren Thassel, Rebban, den rosaäugigen Albino, dazu eine fanatisch wirkende junge Frau mit lodernden Augen und kahl geschorenem Schädel, deren Namen Karan nicht wusste.

Die Schwierigkeit schien beseitigt worden zu sein. Rulke erteilte Befehle, prüfte die Arbeit, sprang wieder auf das Konstrukt und streichelte die Hebel. Er lächelte – die Reparaturen waren offenbar erfolgreich verlaufen. In einer Reihe verließen die Ghâshâd den Raum; Karan war mit Rulke allein. Mit zusammengekniffenen Augen beobachtete sie ihn; ihr war klar, dass er mit einem weiteren Angriff rechnete, doch sie plante nichts. Welchen Sinn hätte eine Flucht? Keinen, solange sie nicht erreicht hatte, weshalb sie hergekommen war. Um sich selbst fürchtete sie nicht mehr. Über *diese* Furcht war sie hinaus.

Während sich Rulke mit Llian auseinandersetzte, zeigte er oft einen Ausdruck belustigter Verachtung, doch Karan musterte er so misstrauisch und stand dabei so katzenhaft auf den Zehen, dass ihr die Widersinnigkeit der Situation schlagartig vor Augen trat. Karan lächelte: Ihn ängstigte, was sie als Nächstes tun könnte. Nun, vielleicht war er nicht gerade verängstigt, aber doch verunsichert. Sie unterschied sich von seinen anderen Feinden. Und seit sie seine Geschichte gehört hatte, begriff sie auch, wieso ihr Äußeres ihn beunruhigte. Wenn er nur wüsste, wie viel Glück sie bislang gehabt hatte; welch kleiner Feind sie in Wirklichkeit war.

Ihr Lächeln schien ihn aus der Fassung zu bringen. Offensichtlich wollte er etwas von ihr und wusste nicht genau, wie er es bekommen konnte.

»Was lächelst du?«, wunderte er sich laut. »Meine Macht über dich ist umfassend.«

»Und dennoch seid Ihr unsicher«, erwiderte sie. »Unsicher, was ich nun tun werde, und das zu sehen belustigt mich. Ich bin wie eine Bogenschützin, die ihren einzigen Pfeil verschossen hat und nur noch mit leeren Händen abwarten kann.«

Darauf erwiderte er nichts, und nach langem Schweigen fragte Karan leise: »Was wollt Ihr von mir?«

Nun lächelte Rulke, denn bei dem letzten Wort war ihre Stimme gebrochen. Er nahm Karan bei der Schulter und führte sie zu einem Sofa auf der anderen Seite des Raumes, wo ein kleiner Tisch mit Speisen gedeckt war. Sie setzte sich so weit von ihm entfernt, wie es möglich war, und hielt sich starr aufrecht. Auch das erheiterte Rulke.

»Ich hätte eine ganze Anzahl von Verwendungen für dich«, sagte er und sah sie zweideutig an.

Karan starrte ihm direkt in die Augen. »Seid versichert, wenn Ihr das versucht, trifft Euch mein Messer tiefer als das, welches Elienor führte«, entgegnete sie kühl.

Augenblicklich packte er ihre beiden Hände mit einer und nahm ihr, über ihre Hilflosigkeit lächelnd, das Messer ab.

»Treibt keine Spiele mit mir!«, rief sie wütend. »Ihr habt mich aus einem bestimmten Grund hierhergeholt. Ihr glaubt, ich könnte ein Talent besitzen, das Ihr braucht. Wenn Ihr nicht einmal Llian dorthin schicken könnt, wohin Ihr wollt, wie könnt Ihr dann hoffen, das Konstrukt in die fernen Weiten zu senden, die Euer eigentliches Ziel sind? Deshalb wollt Ihr mich!«

Rulkes Lächeln ließ nach. »Man hat dich gut eingewiesen.«

»Niemand hat mich eingewiesen. Wozu solltet Ihr mich sonst wollen? Empfindsame sind selten. Ich weiß außerdem, dass meine Fähigkeiten nicht erzwungen werden können. Solange ich etwas nicht selbst will, bin ich für Euch nicht von Nutzen.«

»Vielleicht unterschätzt du meine Macht oder meine Not. Gezwungen habe ich dich schon einmal.«

Damit verriet er, dass er falsch verstanden hatte, was in jener Nacht über Narne geschehen war, doch Karan fühlte sich nicht veranlasst, den Irrtum auszuräumen.

Schweigen. Eine lange Weile dachte sie an gar nichts und wendete alle ihre Empfindungen und Ängste nach innen. Rulke beobachtete sie wortlos. Kurz hörte man Rufe, und über den Himmel zog helles Licht – ein Leuchtsignal. Rulke stand mit dem Rücken vor einer Fensteröffnung, und das Licht bildete einen Strahlenkranz um sein lockiges Haar, welches so schwarz war, dass der grelle Schein es an den Rändern stahlblau färbte. Seine Gesichtszüge waren nicht mehr zu erkennen, aber seine Augen glühten heller denn je. Dann verging das Licht wieder.

Einen Augenblick lang sah Karan ihn deutlich, jede Pore und jedes Härchen, jede Narbe und Runzel, und stellte zu ihrem Erstaunen fest, dass er trotz aller seiner Makel eine edle Erscheinung war. Solche Stärke lag in seinem Gesicht, solche Kraft in seinen Augen; so klar war seine Vision. Er blickte Karan in die Augen, und sie spürte die Macht seiner animalischen Anziehung. Dann lächelte er; es war nur ein Zucken seiner Lippen, und sie erhaschte einen Blick auf weiße scharfe Zähne und fürchtete, dass in ihm ein Raubtier lauerte.

Rulke beobachtete Karan mit gleicher Sorgfalt. Sie wirkte klein und jung. Auf der menschlichen Seite hatte sie keine besondere Ahnenreihe vorzuweisen, überlegte er; er hatte die Ghâshâd Erkundigungen über sie einziehen lassen. Nur eine alte Familie, nach seinen Maßstäben kaum zivilisiert und anfällig für den Wahnsinn wie der Erbauer dieses Kastens. Ihr Vater jedoch stammte von niemand anderem als Elienor ab. Trotzdem gab sie ihm Rätsel auf. Woher kamen ihre Talente einer Empfindsamen, besonders ihre erstaunliche Fähigkeit, Verbindungen herzustellen? Es war keine Gabe der Aachim. Dass sie mit *dieser* Herkunft ein solches Talent besitzen sollte, war kaum glaubhaft.

Dennoch, was immer die Quelle war, Rulke wusste von niemandem, der die Gabe besaß, die er im Nachtland bei Karan erspürt hatte. Vielleicht gab es andere, aber es hätte sich sehr langwierig gestaltet, sie zu finden. Dazu fehlte ihm die Zeit. Er musste mehr über Karan in Erfahrung bringen.

Karan starrte Rulke noch immer an. Seine Augen hatten so eine fließende Leere an sich, dass ihr schwindelte. Sie sah verwirrt drein und biss sich, betrübt und unsicher, hinten in die Oberlippe. Ihr schauderte. Die Kälte im Raum war schneidend, denn er war offen den Elementen ausgesetzt. Karan verschränkte die Arme vor der Brust und sah sich am Rande der Panik. Sie fühlte sich wie ein Säugling vor einem knurrenden Schakal, so vollkommen war sie Rulkes Gnade ausgeliefert.

»Ich sehe schon, was du willst«, sagte er. »Du sehnst dich zurück nach Gutssitz Baufällig, wo im ganzen Haus die Hühner brüten, um dort mit deinem Chronisten Rotzbälger aufzuziehen.«

Karan lief rot an. »Was verhöhnt Ihr mein Leben und wertet es ab? Ihr redet doch ständig von Fortbestand Eurer Art. Doch nun, wo ich hier bin, will ich tun, was getan werden muss. Tyrannen muss man sich widersetzen, sonst sind wir alle nur Knechte.«

»Phrasen! Hier hast du noch eine: Freiheit ist Anarchie und bekommt niemandem gut! Nur ich kann den Frieden und die Sicherheit bieten, die du dir ersehnst.«

»Was Ihr bietet, ist Knechtschaft und Tod«, versetzte sie.

»Du darfst nicht auf das Gewäsch hören, mit dem man den

Kindern Angst macht. Warum sollte ich vernichten, was ich beherrschen möchte? Unter mir gäbe es keinen Krieg, keine kleinen Nationen, die einander bekämpfen und ihre Kraft im Zwist vergeuden.«

»Ihr werdet alles vernichten, was wir erschaffen haben.«

»Die Schönheit Santhenars liegt in seiner Kultur und seiner Vielfalt. Ich würde beides fördern und nicht zerstören. Wenn du die Charon kenntest, wüsstest du, was uns die Kunst und die Geschichte bedeuten. Ich biete Frieden. Sobald ich das Konstrukt gemeistert habe, gedenke ich über Santhenar zu gebieten. Du kannst Teil daran haben, wenn du mir hilfst.«

»Euer Ruf ist nicht dazu angetan, mich von Euren Versprechungen zu überzeugen. An Eurer Welt möchte ich keinen Anteil haben.«

»Nicht einmal Gothryme?«

»Außer dem, was mir ohnehin schon gehört.«

»Wenn du mehr nicht wünschst, darfst du Gothryme vielleicht behalten, falls du mir hilfst. Falls nicht –«

»Sind wir wieder bei Drohungen. Mir ist es offen gesagt lieber, wenn Ihr Farbe bekennt.«

»Sobald Santhenar mir gehört, wird es den Frieden geben, den du dir wünschst und den es fünftausend Jahre lang nicht gekannt hat. Wer außer mir könnte ihn gewähren? Faelamor nicht – ihr ist diese Welt gleichgültig.

Was sie tun wird, falls sie ihr Ziel erreicht, ehe ich das meine erlange, wird deinen Planeten vernichten.

Und deine anderen Freunde? Yggur ist dumm; ein verbitterter, abartiger Narr. Er hat keine Vision für Santhenar mehr. Seine Kriege und Intrigen sind nur ein Mittel, um zu mir vorzudringen, doch wenn er sein Ziel je erreichte, fiele er zusammen wie eine angestochene Blase. Tensor? Vollkommen erbärmlich und hoffnungslos. Das wenige, was die Aachim hatten, ist ihnen genommen worden, indem sie ihm folgten. Benenne einen besseren.«

»Mendark?«, erwiderte sie, obwohl ihr der Name im Mund brannte wie Galle.

»Der Mann ist bis ins Mark verderbt! Sieh dir Thurkad unter seiner Herrschaft an, und du weißt, was ganz Santhenar bevorstände.«

Darauf hatte Karan nichts zu entgegnen.

»Es gibt nur mich«, sagte Rulke sanft.

»Was erstrebt Ihr?«

»Hast du meine Geschichte nicht angehört? Ich möchte eine Zukunft für meine Rasse, sonst nichts.«

»Die Chroniken erzählen etwas anderes!«

»Weil die Chronisten unseren Namen getilgt haben, um ihre korrupten Herren zufriedenzustellen.«

»Wie könnt Ihr so etwas behaupten? Erst vor wenigen Stunden habt Ihr Euch noch gebrüstet, wie Ihr Aachan mit Mord und Totschlag überzogt!«

»Wir waren einmal gewalttätig, als unsere Zivilisation noch jung war, aber das mussten wir auch sein, sonst hätten wir die Leere niemals überlebt. Doch so ist es heute nicht mehr. Wir sind nach Santhenar gekommen, um einen Fehler wiedergutzumachen – meinen eigenen Fehler, ich gebe es zu –, aber was darauf folgte, ist nicht unsere Schuld.«

»Die Ghâshâd haben mein Land in Eurem Namen geknechtet«, sagte sie. »Bannador liegt in Trümmern. Tausende sind ohne Obdach.«

»Die Ghâshâd haben ihre Befugnisse überschritten und wurden bestraft.«

»Und macht Ihr den Schaden wieder gut?«

Er schwieg. »Insofern er wiedergutgemacht werden *kann,* will ich es tun«, sagte er schließlich. »Falls ich siege!«

Frieden, dachte Karan. *Wenn es nur möglich wäre.* Sie sagte jedoch: »Sobald Ihr einmal Herrscher seid, werdet Ihr zum Despoten. Die Historien verraten uns, dass die Macht stets diesen Weg nimmt.«

»Ach, die Historien!«, brüllte er. »Was du am meisten ersehnst, ist beinahe in meiner Reichweite. Willst du mir helfen, es zu erlangen?«

Er merkte ihr an, dass sie in Versuchung war, und es fiel ihm schwer, das Verlangen in seinen Augen auszulöschen. »Wenn ich mir vor Augen halte, dass alle meine Pläne auf dir fußen, auf dir kleinem bleichem Geschöpf. Der Lebensfunke glimmt so schwach in euch Altmenschen. Fünfzig oder sechzig Jahre, allenfalls einhundert, und ihr vergeht. Selbst die Mantiker unter euch, die die Gabe des langen Lebens errungen haben, werden seiner müde und wissen ihre Ziele nicht mehr zu verfolgen. Sieh dir Shand an, denke an Mendark und vergleiche, was sie hätten sein können, mit dem, was sie sind. Wen wundert es, dass euer Horizont so eng ist, eure Errungenschaften so armselig? Ich bin in heißen Flammen verbrannt, ausgelöscht und neu geformt worden. Nicht einmal tausend Jahre konnten mich meiner Vision entfremden.«

Karan kehrte ihm den Rücken zu, ging zum Fenster und stützte sich mit den Armen auf die kalte Bank der Öffnung. Im Osten leuchteten einige Sterne gegen die Morgendämmerung an, doch während sie zusah, verdeckte sie ein Wolkenkeil, der von den Bergen heranzog. Das Licht, das aus dem Innern hinaus schien, zeigte den spiralige Fall kleiner harter Schneeflocken.

Sie wandte sich Rulke wieder zu und sah ihn an. »Aber Ihr seid der Große Täuscher! Ich bin nicht überzeugt.« Leicht schwankend kehrte sie an ihren Platz zurück.

Seine Augen funkelten. »Dann werde ich dich zwingen.«

»Wie seid Ihr doch überheblich! Dabei begreift Ihr meine Natur nicht im Mindesten.«

Karan war über ihre eigene Kühnheit erstaunt. Wenn sie überlegte, dass sie sich einmal Emmants wegen gesorgt hatte – hier trotzte sie Rulke selbst. Doch sie wusste genau, dass ihr Widerstand zwecklos war. Mit der Zeit überwand Rulke jeden.

»Deine Natur. Ich habe mich deswegen gewundert. Wer bist du wirklich, Karan? An deinem Erbe ist etwas, das ich noch nicht ergründet habe.«

Sie fuhr zusammen. *Eine Triune bin ich!* Dem konnte sie niemals entkommen.

»Jark-un!«, brüllte Rulke die Treppe hinunter. »Finde heraus, wohin der Chronist verschwunden ist, und bring ihn zurück!« Er sah Karan wieder an. »Wenn mein Stiefel auf der Kehle deines Geliebten ruht, bist du nicht mehr so widersetzlich«, sagte er leise.

Kapitel vierundzwanzig

Vom Regen in die Traufe

Die Wächter zerrten Llian zurück in den Raum mit dem Konstrukt. Abermals empfand er den unerträglichen Drang, alles zu tun, was immer Rulke von ihm verlangte, damit er seine Belohnung erhielt. Wusste er erst, was die Charon zu sagen hatten, wurde er ohne Zweifel zum größten Chronisten aller Zeiten. Von allem, was hätte geschehen können, war Llian indessen auf das, was passierte, am wenigsten vorbereitet.

»Also bist du nun bereit, mir zu Willen zu sein?«, fragte Rulke, nachlässig an die Seite des Konstrukts gelehnt. »Es ist zu spät! Ich habe keine weitere Verwendung für dich, Lügner und Betrüger, der du bist. Wie habe ich je erwägen können, dich unsere Historien wiedergeben zu lassen? Du bist Unrat, und wie Unrat werde ich dich wegwerfen. Steig auf die Platte.« Er wies auf ein Sechseck aus dunklem Metall, das in den Fußboden eingelassen war. Während des Wettstreits hatte es sich noch nicht dort befunden.

Llian konnte nur einen Gedanken fassen: *Aber ich will nicht fort.* Er öffnete den Mund, schloss ihn wieder. »Nein«, erwiderte er mit nur einer Spur von der Frechheit, die ihm zuvor geholfen hatte. »Ich bin noch nicht entlohnt worden.«

»Was erwartest du denn wohl vom ›Großen Täuscher‹«, höhnte Rulke. »Betrüger werden nicht entlohnt.«

Jark-un schlug Llian erneut gegen den Kopf, dann zerrte Yetchah ihn auf die Platte und warf ihn dort zu Boden. Rulke sprang mit einem Satz, doppelt so hoch wie er selbst, in den Sitz auf dem Konstrukt und ergriff die Hebel. Llian rollte sich herum und erhob sich auf die Knie. Ihm war schwindlig und übel. Rulke brüllte etwas zu ihm herunter. Der Zorn verzerrte sein Gesicht. Mit der Handfläche rollte er einen Stab mit einem Silberknauf am Ende, und das Konstrukt erwachte zum Leben. Ein so tiefes Rumpeln ertönte, dass man es eher spürte als hörte, und alles im Raum, sogar die Wände, erschienen verzerrt; selbst das Licht wand sich auf seinem Weg von einer Stelle zur anderen. Die Platte unter Llian wurde warm.

»Da hast du deinen Lohn!«, brüllte Rulke. »Du bist der Erste! Mach daraus eine Lüge und erschrecke mit ihr deine Freunde in Thurkad!«

Er ließ die Hand auf den Silberknauf fallen. Llians Eingeweide verdrehten sich entsetzlich, und in einem Mahlstrom des Nichts wurde er aus Carcharon hinausgeschleudert.

Diesmal verlor er nicht das Bewusstsein, sondern glitt aus einem Zustand des Vergessens und fand sich in einer Schneewehe wieder. Seine Nase blutete. *Es riecht nicht nach Thurkad*, dachte er. Noch war es dunkel, aber das Licht genügte, um die Felstreppen zu erkennen, und in der Ferne sah er den unverkennbaren Umriss Carcharons vor den Schneefeldern. Er lag auf der Mauerkrone des Amphitheaters, gleich über dem Weg auf dem Felsgrat, wo Karan und er gestern gewartet hatten.

Ich glaube nicht, dass diese *Reise meinen Freunden Bestürzung abringen wird*, dachte Llian. Aus Carcharons Fenstern strahlte rotes Licht. So nahe! Er musste zu Karan zurück.

Llian kroch vorwärts, griff ins Leere und stürzte auf die oberste Sitzbank des Amphitheaters. Er fühlte sich entsetzlich müde und schwach. Er hätte im Schnee einschlafen können. Was er auch tat.

Unvermittelt erwachte er. *Du darfst hier nicht einnicken, du Narr!* Als er aufstand, sah er ein winziges Licht, das sich im Zickzack über den Bergkamm bewegte. Teilnahmslos beobachtete er es und fragte sich, ob es die Ghâshâd waren, die ihn zurückholen sollten, und selbst wenn es so war, er vermochte sich nicht aus seiner Gleichgültigkeit zu lösen. *Nein, aus dieser Richtung kämen sie nicht.*

»Weiter oben, glaube ich.« Die Stimme gehörte Tallia.

Tallia! Sie ging ein Risiko ein, indem sie hier oben ein Licht trug. Llian fand kaum die Kraft, sie zu rufen; sein Winseln riss ihm der Wind von den Lippen.

Ein Ruf zur Antwort. Llian sprang auf die Beine und brach sofort wieder zusammen. Dann hob Tallia seinen Kopf, leuchtete ihn an, wischte ihm halb gefrorenes Blut vom Gesicht.

»Es ist Llian!«, rief sie über die Schulter.

Eine weitere Gestalt kämpfte sich durch den weichen Schnee hoch.

»Er scheint unverletzt zu sein«, sagte sie. »Bist du unverletzt, Llian?«

»Ich möchte nur schlafen«, ächzte Llian. Ihm tat alles weh.

»Wo ist Karan?«, fragte eine raue Stimme – sie gehörte Mendark.

Llian wagte nicht die Augen zu öffnen. Allein der Klang der Stimme sandte ihm Schauder über den Rücken.

»Wo ist sie?«, fuhr Mendark auf und schüttelte ihn.

»In Carcharon«, krächzte Llian. »Rulke hat immer nur sie gewollt.«

»Was ist geschehen?«, fragte Tallia drängend. »Wieso seid ihr hier hinaufgestiegen?«

»Karan kannte einen Geheimgang«, antwortete Llian völlig erschöpft. Er wollte es erklären, doch selbst in seinen Ohren klang die Geschichte erfunden. Er sank gegen Tallia und gab es auf.

Tallia musterte sein Gesicht, indem sie einen schmalen Lichtstreif aus ihrer Laterne darauf scheinen ließ. Der niedergeschlagene Llian der vergangenen Monate war fort. So müde und angeschlagen er war, wirkte er doch viel selbstsicherer. Sie fragte sich, woher das kam.

»Mir gefällt das nicht«, sagte Mendark. »Halt ihn fest, während ich ihn fessele.«

»Auf dem Gipfel eines Berges?«, erwiderte Tallia scharf. Ein Licht erschien am Tore Carcharons, beleuchtete den gewundenen Weg und verschwand wieder. »Was war das? Da kommt doch jemand.«

Mendark warf sich auf Llian und schüttelte ihn so grob, dass dessen Zähne klappernd aufeinanderschlugen. »Einmal ein Zain, immer ein Zain!«, rief er. »Du hast uns wieder verraten!«

Tallia riss ihn zurück. »Überlass das mir, Mendark!« Ihr Ton duldete keinen Widerspruch. »Halte Wache. Sie müssen meine Lampe gesehen haben.« Tallia packte Llian beim Kragen und zog ihn noch. »Steh auf. Kannst du gehen?«

Er murmelte etwas Unzusammenhängendes; an etwas anderes als Schlaf konnte er nicht denken.

Tallia nahm ihn beim Arm. Sie taumelten an der Rückwand des Amphitheaters entlang. »Deine Erklärung muss sehr gut ausfallen«, sagte sie ihm ins Ohr. Ihre Stimme klang kühl, aber er spürte, dass sie immerhin bereit war, ihm zuzuhören.

»Ich würde nie etwas tun, das ihr schadet«, sagte Llian. »Das weißt du.«

»Ich bin mir nicht mehr sicher, was ich weiß.«

Er begann mit seiner Erzählung, aber er war erst bis zu der Stelle gekommen, an der er mit Karan Gothryme verließ, als Mendark zu ihnen eilte.

»Schnell! Sie kommen«, sagte er.

Llian wirbelte herum und fiel mit dem Gesicht in den Schnee.

»Versuchst zu Rulke zurückzukommen, was!«, sagte Mendark und zerrte ihn hoch. »Am liebsten würde ich dich über die Mauer stürzen.«

»Rulke hat mich redlicher behandelt als du jemals«, erwiderte Llian voll Bitterkeit.

Tallia rannte die Mauer entlang, um zu sehen, wie nahe die Verfolger gekommen waren. Mendark hielt Llian am Arm fest, doch der machte keine Anstalten zu flüchten. Tallia hastete zurück.

»Sie kommen auf uns zu! Fünf, vielleicht sechs.«

Llian fragte sich, weshalb Rulke ihn hinauswerfen und ihn dann auf der Stelle wieder verfolgen sollte. Aber vielleicht wusste Rulke nicht, wohin es ihn verschlagen hatte. Vielleicht wollte er auch nur die anderen vertreiben. Es waren einfach zu viele Vielleichts.

Tallia erhob die Stimme. »Mendark, halte sie auf. Ich bringe Llian hinunter. Wir treffen uns am Schwarzen See.«

»Diese Stelle ist nicht zu verteidigen!«

Sie eilten die hohe Rückmauer des Amphitheaters entlang auf den Vorsprung bei einer vereisten Treppe, welche zum Grat hinunterführte. An einer Stelle, wo der Vorsprung die Böschung so blockierte, dass kein Weg an ihm vorbeiführte, blieb Mendark stehen.

»Geht weiter«, sagte er. »Nein, Halt!«

»Was ist?«, rief Tallia. Sie versuchte, trotz des schwachen Lichts sein Gesicht zu erkennen.

»Mir kam gerade ein schrecklicher Gedanke. Shand sagte einmal, dass Rulke nicht die Gabe besitzt, die Flöte zu benutzen.«

»Ich erinnere mich.«

»Dann braucht er vielleicht auch für das Konstrukt einen Empfindsamen. Und dieser erbärmliche Wicht hat ihm gerade Karan in die Hände gespielt.« Er fluchte. »Was musstest du dich neulich nachts einmischen? Ich hatte ihn fast gebrochen.«

Tallia schwieg erschüttert.

»Wie konntest du mir das antun?«, zürnte Mendark.

»Dir?«, schrie Tallia in gleich starkem Zorn auf. »Denkst du denn nie an jemand anderen?«

Sie waren nicht viel weitergekommen, als Llian einen der entsetzlichen Anfälle erlitt, die ihn in Gothryme so gequält hatten. Er stürzte zwischen Steine und Schnee und griff sich ins Gesicht.

»Licht!«, fauchte Mendark.

Es war bereits heller geworden, doch nun bezog sich der Himmel wieder, dicht und dunkel, als bräche die Nacht neu herein. Mendark breitete seinen Mantel um Llian. Tallia ließ einen winzigen Lichtstreif aus ihrer Kugel auf sein Gesicht fallen, dann steckte sie sie rasch wieder weg. Wind war aufgekommen, und dunkle Wolken ritten von Nordwesten heran, bedeckten die Sterne und den Mond. Schnee wehte in kleinen harten Körnchen und stach ihnen ins Gesicht.

»Wie weit liegen sie noch zurück?«, fragte Tallia.

»Sie sind auf dem Amphitheater. Das ist zu nahe!«

»Wenn es nur richtig schneien würde«, sagte Tallia.

Mendark sah zum Himmel auf. »Wird es nicht«, erwiderte er. »Jedenfalls nicht so sehr, dass es uns hilft. Zu viel Wind.«

»Hilf uns bis ans untere Ende dieses steilen Stücks«, sagte Tallia, »dann halte sie auf.«

Llian setzte sich auf. »Mir geht es besser«, sagte er mit schwankender Stimme.

»Was war das denn?«, fragte Mendark und packte ihn grob beim Arm. »Hast du Streit mit deinem neuen Herrn?«

Das war zu viel. Llian hob die Hände und schlug Mendark gegen den Kopf. Es war ein schwächlicher Hieb, doch er traf den alten Mann unerwartet, und beinahe wäre er die Stufen hinuntergestürzt.

»Das hast du verdient«, sagte Tallia kühl. »Wir brauchen nicht noch mehr Ärger. Tu irgendwas, das sie aufhält.«

»So dicht an Rulke? Die Gefahr –«

»Verdammt, dann geh das Risiko ein. Wenn du Wert auf deinen Platz in den Historien legst ...«

»Schon gut!«, fauchte er und verschwand den Hang hinauf. Kurz darauf strahlte ein blendendes Licht auf, und Felsen krachten in den Abgrund hinunter. Fast augenblicklich erschien jemand über ihnen.

»Das ging ja schnell«, sagte Tallia. »Was hast du –?« Sie warf sich flach zu Boden. Etwas pfiff über ihren Kopf hinweg.

An dem dürren Umriss vor dem dunklen Himmel erkannte Tallia, dass es ein Ghâshâd war. Der Mann sprang über einen Felsen auf Llian zu und hob ihn sich mühelos auf die Schulter. Llian quiekte erschrocken. Tallia sprang auf ihn zu, doch der Mann schwang sein Bein wie eine Sense und trat ihr die Beine unter dem Leib weg. Sie stürzte schwer und begann die Stufen hinunterzugleiten. Verzweifelt suchte sie auf den vereisten Steinen nach einem Halt.

Sie schrie vor Schmerzen auf, dann schlitterte sie kopfüber gegen einen Felsen.

Der Ghâshâd rannte mit seinem Gefangenen den Weg wieder hoch. Llian hörte, wie Tallia »Mendark!« keuchte, aber das war alles.

Die Stiefel des Ghâshâd klatschten auf dem Schnee wie Paddel; sein Atem drang stoßweise in Llians Ohr. Bald wurde der Weg so steil, dass der Ghâshâd eine Pause brauchte. Er warf ihn ab. Weißer Atem strömte ihm aus den Nasenlöchern, die mit Eis verkrustet waren. Als Llian sich rührte, stellte der Ghâshâd ihm einen Stiefel aufs Handgelenk. Im nächsten Moment packte der Kerl ihn wieder und ging weiter.

Kapitel fünfundzwanzig

Die Verführung Karans

»Du willst mir also nicht helfen?«, fragte Rulke.

»Ich kann es nicht!«, erwiderte Karan.

»Nicht einmal um Llians willen?«

Sie hatte immer gewusst, dass es darauf hinauslief. »Ein schöner Freund, wie er über mich hergezogen hat.« Sie begann zu schwitzen.

Rulke bleckte wieder die Zähne. Vielleicht war es als Lächeln gedacht, vielleicht als Drohung. »Ein *intimer* Freund, und die Erzählung war nur ein kleiner Teil seiner Vorstellung. Was glaubst du denn, weshalb ich euch zusammen in eine Zelle gelegt habe?«

Ihr war, als spränge ihr das Herz aus der Brust auf den eisigen Boden, und Rulke stellte den Fuß darauf.

»Er ist fort, aber er *gehört* mir noch.« Er berührte sich an der Stirn. »Du wirst tun, was ich sage. Führe deine Aufgabe willig aus, sonst reiße ich ihm vor deinen Augen den Geist aus dem Leib. Ich tue es, wenn es sein muss.«

»Dann bekommt Ihr niemals, was Ihr wollt!«

»Schluss mit dem Gerede!«, schrie er sie an. »Ich kann ihn eine Woche foltern, einen Monat, ein Jahr!«

»Er ist weg!«, erwiderte sie wütend. »Ihr habt ihn bereits fortgeschickt.«

Aus einem Beutel in seinem Umhang zog er ein Gebilde aus zwei kurzen Metallrohren, die seitlich miteinander verbunden und an beiden Enden mit Glas verschlossen waren. »Setz dir das an die Augen und schau dorthin!«

Karan blickte in das Glas, und plötzlich sprang Llian in Sicht, wie er über den Schnee stolperte. Er wurde von einem unnormalen Licht beschienen und war für sie klar zu sehen, doch seine Begleiter waren nur tiefe Schatten.

»Wo ist er? Das ... das ist das *Amphitheater!*«

»So ist es. Mein Konstrukt arbeitete nicht so gut, wie ich es erwartet hatte. Es bedarf der Feinabstimmung. Sobald ich ihn wiederhabe, stelle ich es genauer ein.« Er packte Karan bei den Schultern und drehte sie zu sich herum, sodass sie ihm ins Gesicht schauen musste. »Du kannst es nicht ertragen, von ihm getrennt zu sein, nicht wahr?«

Sie musste sich zwingen, ihm in die Augen zu sehen und nicht den Blick zu senken. »Es ist erträglich, wenn er dafür außerhalb Eurer Reichweite bleibt.«

»Denk an Gothryme, denk an Tullin!«

»Woher weiß ich, dass es Wirklichkeit ist, was Ihr mir zeigt?«

Rulke verlor die Geduld. »Es ist wirklich – sieh her!«

Er rieb sich die Hände direkt vor dem Gesicht. Dann sah Karan, wie Llian im Krampf zuckte, den Mund zu einem stummen Schrei geöffnet, und sich die Fingernägel ins Gesicht treibend in den Schnee stürzte. So hatte sie Llian schon erlebt. Es war zu schrecklich. Sie senkte das Glas, aber das Bild blieb ihr vor Augen. Llians stille Schreie quälten sie.

»Ist dir *das* wirklich genug? Überzeugt es dich?«, brüllte Rulke ihr ins Gesicht; er war ihr so nahe, dass sie die Wärme seines Atems spürte.

»Ihr prahlt mit Eurem Ehrgefühl, aber Ihr seid nur ein Schinder.«

Damit traf sie ihn ins Mark. »Das bin ich nicht!«, rief er. »Die Zukunft meines Volkes steht auf dem Spiel.«

»Das habe ich schon gehört!«

»Wirklich?« Er schob sein Gesicht vor das ihre und starrte ihr in die Augen. Sie hielt seinem Blick stand. »Tätest du nicht das

Gleiche, wenn das Leben deines Kindes auf dem Spiel stände?«

»Ich habe kein Kind«, keuchte sie und versuchte zurückzuweichen.

»Aber du möchtest eines, mehr als alles, was du dir sonst je gewünscht hast?«

»Ja!«, flüsterte sie.

»Was würdest du *nicht* tun, um ihm das Leben zu retten?«

»Sehr wenig«, gab sie zu.

»So geht es mir auch! Brauchst du eine weitere Demonstration?«

Sie schüttelte den Kopf. »Ich kenne Euer Werk«, erwiderte sie. »Ich habe es oft genug gesehen.«

»Wie entscheidest du dann?«

»Ich kann es nicht.«

»Für so etwas habe ich keine Zeit«, bellte er und rieb sich wieder die Hände.

Llians Schmerzen drangen über die Verbindung zu ihr durch. Unter dem Druck verlor sie beinahe das Bewusstsein. »Aufhören!«, schrie sie.

Rulke wollte sich schon wieder die Hände reiben, da schlug sie ihm voller Wut die Faust gegen das Kinn. Sie konnte ihn überraschen, aber er wich dem Hieb trotzdem aus. Aufrichtig erheitert lachte er auf und zerzauste ihr das Haar, als wäre sie ein Kind, dann ging er die Treppe hinunter und ließ sie kalt und allein in dem großen Raum zurück. Sie war gefangen, und sie wussten es beide.

Karan setzte sich auf die kalte Bank. Tot wäre Llian besser dran. Welchen Sinn hatte ihr Widerstand noch? Vielleicht hatte Rulke sogar recht; vielleicht wäre das Leben auf Santhenar unter seiner Herrschaft besser. Woher sollte sie es wissen? Selbst der

Weiseste und Gelehrteste konnte nicht vorhersagen, wie die Zukunft sein würde. Warum musste ausgerechnet sie die Wahl treffen? Sie wollte nichts von alledem – sie wollte nur Llian.

Was hatte Llian alles in ihr Leben gebracht. Wie viel hatte er für sie getan. Am meisten dachte sie an seine Zärtlichkeit, seine Sanftheit und die unbeholfene, lachhafte, eigenwillige Art, wie er die meisten Dinge verrichtete, nur seine Kunst nicht. Sie besaß nicht den Willen, noch länger auszuhalten. Früher einmal hätte sie an das höhere Ziel gedacht, doch das war vorbei. Warum sollte sie nicht an ihre eigene kleine Welt und ihr eigenes Glück denken?

Doch etwas nagte nach wie vor an ihr. Weshalb war Rulke in solcher Eile? Er betonte zwar immer wieder, dass er viel Zeit habe, dennoch bedrängte er sie massiv. Bei seinem Umgang mit Llian war es genauso gewesen.

Ghâshâd kamen und gingen, räumten den Tisch ab, bauten Gebilde in das Konstrukt ein, die Karan nichts sagten, und montierten andere ab.

Sie kehrte an die Fensteröffnung zurück. Es hatte zu schneien aufgehört, aber der Wind heulte um das Dach. Die Wolken, die eben noch den ganzen Himmel bedeckt hatten, waren in Fetzen gerissen, durch die weit oben der Mond schien. Auf der anderen Seite ging die Sonne auf. Karan zählte im Geiste die Tage bis Hythe, dem Fest der Wintersonnenwende. Eine Woche. Was für ein Winter war das gewesen; was für ein Jahr! Würde das kommende Jahr besser werden? Schlimmer wohl kaum. O doch, es konnte sogar sehr viel schlimmer werden, und das hing davon ab, wie sie sich in den nächsten Tagen verhielt.

Die Wolken brachen auf, der Mond war zu über drei Vierteln voll. Sie hatte ihn lange nicht gesehen, denn seit ihrer Rückkehr nach Gothryme war der Himmel ständig bedeckt gewesen. Ein Vollmond an Hythe – das wäre ein gutes Omen für das nächste Jahr. Gleichzeitig machte es sie nachdenklich. Welches Vorzeichen stand damit in Verbindung? Sie beugte sich weit hinaus, und der kalte Wind biss ihr in die Wangen.

Der Mond an Hythe ... es erinnerte sie an einen Vers, den sie irgendwo gehört hatte. Das dunkle Gesicht des Mondes nahm zu. Pech! Wann immer die dunkle Seite zu sehen war, egal bei welcher Mondphase, bedeutete das ein schlechtes Vorzeichen. Und wenn der Vollmond nur das dunkle Gesicht zeigte – was während eines Menschenlebens nur wenige Male geschah –, so war es ein Vorbote des Bösen. Obwohl Karan nicht viel auf Omen gab, schauderte ihr bei dem Gedanken.

Dann fügte sich alles zusammen. Irgendetwas war mit dem vollen dunklen Mond gewesen, als Llian und sie durch das Tor ins Nachtland fielen. Yggur und Mendark hatten einmal darüber gesprochen. Plötzlich begriff Karan, weshalb Rulke es so eilig hatte. Karan blinzelte in den Wind. Nach dem Aussehen des Mondes zu urteilen, wäre er in einer Woche auch vollkommen dunkel. Ein dunkler Vollmond an Hythe, am Tag der Wintersonnenwende, kam, soweit Karan wusste, nur alle tausend Jahre einmal vor. Und das war die Prophezeiung – der Tag, an dem Rulke herauskäme.

In einer Woche *musste* Rulke fertig sein. Kein Wunder, dass er sie bedrängte. Bisher hatte er nur mit ihr gespielt, aber die Zeit wurde ihm knapp. Wenn er die Treppe wieder hochkam, dann würde er sie zwingen, ihm zu Willen zu sein, mit Gewalt, wenn es sein musste. Auch ihr ging die Zeit aus.

Die Härchen in ihrem Nacken prickelten. Karan wandte sich langsam um; sie wusste bereits, wen sie vor sich sähe: Rulke! Er stand dicht hinter ihr. Riesig. Großartig. Schrecklich. Wie konnte sie überhaupt erwägen, sich ihm zu widersetzen? Gewiss wusste er alles, sogar, was sie dachte. Welche Rolle spielte es denn?

Er sagte nichts, aber er hatte die Hände zusammengelegt, und das Bild des gepeinigten Llian stand ihr vor Augen, obwohl sie das Glas schon lange weggelegt hatte.

»Sieh ihn dir an, wie er sich das Haar ausrauft. Warum lässt du ihn leiden?«

Niemand sollte jemals so gequält werden, dachte sie. *Du hast meine letzte Hemmung beseitigt. Er gehört mir, und ich werde ihn bekommen.*

»Ich verlange einen Preis«, sagte sie scharf.

Rulke runzelte die Stirn. »Schon wieder ein Spiel? Was ist der Preis, Schatten Elienors?«

»Keineswegs ein Spiel. Gebt mir, was ich will, oder Ihr bekommt nichts.«

Er wirkte gequält. »Ich habe dazu keine Zeit, Karan!«

Aha, er sprach es offen aus.

»Meine Ghâshâd haben ihn gefasst; er wird bald hier sein.« Rulke hob die Hände.

Karan stand am Rande der Panik. Um keinen Preis wollte sie, dass Llian sah, wie sie mit Rulke schacherte. Das würde er ihr niemals verzeihen. Sie erwiderte rasch: »Tut das noch einmal, und Ihr bekommt nichts. Ich kann Euch lange genug standhalten. Dunkler Mond ist in einer Woche an Hythe. Alle Eure Vorbereitungen müssen binnen sieben Tagen abgeschlossen sein. Ihr könnt mir nicht in wenigen Stunden beibringen, mit dem Konstrukt zu arbeiten. Zahlt meinen Preis.«

Er sah sie erstaunt an. »Klug bist du auch! Vielleicht komme ich doch damit aus, was ich von dir erzwingen kann.«

»Aber Ihr könnt nichts Nützliches von mir erzwingen. Auch ich bin in heißen Flammen geformt worden. Ich kann meine Gabe vom einen Augenblick zum anderen abstellen. Das habe ich schon einmal getan, nach den Ereignissen in Narne, und es hat Monate gedauert, sie wiederzufinden.«

»Was ist dein Preis?«

»Llian muss von jedem Zwang befreit werden.«

»Niemals. Wie soll ich dich sonst dazu bringen, mir zu Willen zu sein?«

»Ihr könnt mich foltern, meine Ländereien und meine Untertanen bedrohen. Aber ehe er frei ist, bekommt Ihr nichts.«

Seine Ungeduld war ihm jetzt anzumerken. »Also gut«, sagte Rulke. »Welche Rolle spielt es auch? Ich habe keinen weiteren Bedarf für ihn und kann den Teil meines Geistes, den ich seiner Beherrschung widme, anderweitig sehr gut gebrauchen.« Er winkte. »Es ist geschehen.«

»Wir sind verbunden. Ich sage, es ist nicht geschehen.«

»Du lügst. Ich spüre keine Verbindung.«

»Das könnt Ihr nicht«, riet sie, »weil Ihr nicht mehr im Nachtland seid. Tut, was ich verlange.«

Rulke rang mit sich. Wie er es verabscheute, wenn jemand ihn ausstach. Dennoch durfte sein Stolz nicht dem höchsten Ziel im Wege stehen. Was hatte daneben noch Bedeutung? Er nickte. Sein Blick wurde leer, er bewegte die Lippen, er sah Karan tief in die Augen. Einen Moment lang verschwamm vor ihr alles, doch sie riss sich los und richtete ihre Aufmerksamkeit wieder auf ihr Verlangen.

»Es ist vollbracht.«

»Ich bin nicht zufrieden. Versucht es noch einmal.«

Er lächelte. »Auch ich habe einen Preis, denn nun sind wir in die letzten Verhandlungen eingetreten. Sag mir, wer du wirklich bist.«

Er hatte das Einzige gefunden, was sie nicht preisgeben wollte, nicht einmal für Llian. Wenn Rulke erfuhr, was sie war, würde er auch das benutzen. War Llian dieses Opfer wert? Sie sah weg, ballte abwechselnd die Fäuste und öffnete sie wieder.

»Nun?«, fragte Rulke leise. »Ich tue dir nichts.«

Karan biss sich auf die Lippen. War irgendjemand so viel wert? War Llian es wert? »Ich bin eine Triune«, flüsterte sie. »Ich habe Faellem-Blut in mir. Mein dritter Name ist Melluselde.«

Er reagierte ganz anders, als sie erwartet hätte: Er schloss sie in die Arme und drückte sie an seine breite Brust. Sie wehrte sich hilflos. »Es tut mir so leid«, sagte er. »Wirklich leid.« Dann ließ er sie los.

Sie fiel zu Boden und keuchte, war nicht in der Lage zu fragen, wie er das meine. Rulke führte die Freigabe ein drittes Mal aus, und diesmal erschien es Karan besser, vollständiger. Sie konnte nicht in Llians Geist sehen, doch über die Verbindung empfand sie große Erleichterung, das Heben des Druckes, unter dem er ein halbes Jahr lang gestanden hatte.

»Nun?«

»Ich bin zufrieden«, sagte sie am Fußboden.

Rulke lächelte, und in seinem Gesicht zeigte sich Erleichterung.

»Lasst Ihr Llian dennoch wieder herschaffen?«, fragte sie.

»Wünschst du das? Hilft es dir, mein Werk zu verrichten?«

»Es macht es zehnmal schwieriger.«

»Das dachte ich mir gleich. Er verliert seine gute Meinung von dir, wenn er sieht, was du hier tust! In diesem Fall habe ich keine Verwendung mehr für ihn.«

»Gut.« Für alle Fälle schloss Karan die Verbindung zwischen sich und Llian. Damit nicht ein verirrter Gedanke auf diesem Wege zu ihm drang. Rulke hatte recht. Sie schämte sich auf den Tod für das, was sie tun würde. Dann jedoch dachte sie an die Prophezeiung, die Rulke in Katazza ausgesprochen hatte, und erinnerte sich an Shands Entgegnung.

»Es gab eine Vorhersage über die Triune und Euch, nicht wahr? Shand hat sie zitiert:

Zerbrich das gold'ne Horn,
Wünsche dir das Glas zerstört,
Fürchte den dreimal Geborenen,
Doch hüte dich vor dem, der dreimal verraten.«

Rulke lachte. »Eine alte Fabel der Charon, aber er hat etwas verwechselt. Er hätte es zu Faelamor sagen sollen, nicht zu mir. Ich fürchte nicht *dich,* Karan. Nun tue deinen Teil.« Er wies auf das Konstrukt.

Sie hatte es beinahe vergessen. Nun jedoch fiel ihr der Widerspruch auf. »Warum haltet Ihr Euch in dieser kalten Ruine auf, wenn ganz Shazmak Euch offensteht?«

»Vor der Düsternis reisten wir an den wenigen Orten, wo solche Apparaturen funktionierten, durch Tore«, erklärte er. »Tore können nur an bestimmten Stellen errichtet werden und führen nur zu bestimmten Stellen, und seit der Düsternis sind sie um ein Vielfaches schwieriger zu erschaffen. Die Aachim errichteten in Shazmak und allen ihren Städten einen Schutz gegen den Gebrauch von Toren. Wir haben die Verteidigung von Shazmak noch nicht gebrochen, und vorher kann ich das Konstrukt nicht dorthin schaffen. Außerdem eignet sich Carcharon hervorragend, um mein Konstrukt zu benutzen, vielleicht besser als jede andere Stätte auf Santhenar. Zumindest in dieser Hinsicht hatte dein wahnsinniger Ahnherr recht.

Deshalb verband ich hier, langsam und Stück für Stück, die Wirklichkeit mit dem Muster, das ich aus dem Nachtland mitbrachte. Dort kann die Wirklichkeit nicht existieren, deshalb musste das Konstrukt hier gefertigt werden. Und du bist die Empfindsame, die den Weg zwischen den Welten suchen und auf das Ziel einstimmen wird.«

»Ihr wollt zwischen die Welten gehen?«

»Das will ich, und du wirst den Weg für mich finden. Ich werde dich groß machen. Ganz gleich, in welchem Ruf ich bei meinen Feinden stehe, niemand konnte mir vorwerfen, die zu täuschen, die mir treu gedient haben. Lasse deine kleinen Träume und deine kleinen Bündnisse hinter dir und folge mir.«

Weitere Verzögerung hatte keinen Sinn. »Was soll ich für Euch tun? Und wieso ich?«

»Weil du eine Triune bist. Doch so selten und kostbar Triunen sind, bist du nicht irgendeine Triune. Du kannst verbinden! Vor allem aber bist du eine Empfindsame. Nur du kannst den Weg spüren. Und ich muss sagen, die Ironie treibt mich mächtig an.«

»Welche Ironie?«

»Dass du, das Ebenbild meiner Erzfeindin, der schönen Elienor, gerade die sein sollst, die uns den Weg ins Universum öffnet.«

Seine Augen glühten; einen Moment lang war Karan in seinem majestätischen Traum gefangen. Und sie musste zugeben, sie wollte herausfinden, was es mit ihrem Talent als Triune auf sich hatte. Danach sehnte sie sich, seit Tensor ihr die Wahrheit offenbart hatte. Sie sah zu Rulke hoch. Die großartigen, schrecklichen Augen fingen ihren Blick. Sie erschauerte wieder.

»Ich will es tun«, sagte sie. »Zeigt mir die Maschine und erklärt mir, wie sie arbeitet.«

Kapitel sechsundzwanzig

Das Dunkel des Mondes

Auf halbem Weg zu dem zerklüfteten Grat unterhalb des Amphitheaters glitt Llians Häscher auf dem schwarzen Eis aus und stürzte schwer. Llian wurde von seiner Schulter katapultiert, rutschte vom Weg ab und verklemmte sich zwischen zwei Felsen. Der Mann erhob sich auf die Knie und rang um Atem. Nicht einmal die eisenharten Ghâshâd konnten mit solcher Last diese Steigung hinaufeilen. Er blutete aus einer Platzwunde am Kopf. Im gespenstischen Licht des dunkelnden Mondes sah das Blut ganz schwarz aus.

Ächzend versuchte Llian aufzustehen, aber seine Beine trafen nur Luft. Er war an den Schultern zwischen zwei Felsen eingekeilt und besaß nicht die Kraft, sich eine halbe Spanne hochzuziehen und sich in Sicherheit zu bringen. Der Ghâshâd näherte sich ihm wankend, dann taumelte er zurück, als hätte er einen Schlag gegen die Brust erhalten. Die Wolken teilten sich. Der dunkle Mond hob die Knochen des Ghâshâd deutlich hervor, sodass er zu tanzen schien wie ein belebtes Gerippe. Der Tanz war der Kampf gegen jemanden, den Llian nicht sehen konnte.

Der Ghâshâd brüllte seinen Schmerz gen Himmel. Aus nicht allzu weiter Entfernung wurde geantwortet. Wiederholt. Eine Reihe von Blitzen erhellte den fallenden Schnee. Llian hoffte, dass es Mendark wäre. Der Ghâshâd sank auf ein Knie, stürzte auf den Rücken, rollte sich herum und bewegte heftig Arme und Beine. Er schien etwas gegen den Boden zu schlagen. Man hörte ein furchtbares Ächzen, dann wurde Tallia unter ihm sichtbar, die bei den heftigen Schlägen ihre Illusion nicht mehr aufrechterhalten konnte. Der Ghâshâd riss ihren Kopf hoch und schlug ihn gegen das Eis.

Sie unterlag. Der Ghâshâd würde sie töten. Llian schleppte sich auf den Weg zurück und schleuderte einen Steinblock auf den Kopf ihres Angreifers. Der Schwung ließ ihn nach hinten stürzen, und er verklemmte sich wieder zwischen den Felsen, dann begann sein Gewicht ihn langsam zwischen ihnen hindurchzuziehen.

Der Stein traf den Ghâshâd heftig am Ohr. Er brüllte auf und ließ Tallias Kopf kurz los. Sie schnellte ihn mit den Beinen rückwärts von sich.

Der Ghâshâd landete auf dem Rücken und rutschte mit dem Kopf voran den Hang hinunter. Er prallte gegen einen Felsen, griff suchend nach einem Halt und glitt sanft über die Kante. Llian hörte einen dumpfen Schlag, dann rasselnde Steine. Dann überdeckte der Wind seine immer schwächeren Schreie.

Tallia lag stöhnend auf der vereisten Stufe.

»Hilfe!«, rief Llian schwach.

»Gib mir eine Hand«, sagte Tallia gleichzeitig.

»Kann ich nicht; ich rutsche.« Er bewegte einen Arm und rutschte weiter. »Hilfe! Ich werde abstürzen!«

Mit einem mächtigen Ächzen kroch sie näher heran und reichte ihm die Hand. Llian bewegte den anderen Arm, rutschte wieder ab, und sein Gewicht riss sie mit.

Tallia fluchte, verdrehte sich auf dem Eis und prallte gegen die Felsen, zwischen denen Llian eingeklemmt gewesen war. Die leichte Erschütterung hätte beinahe genügt, dass sie von seiner Hand abrutschte, so schwach war sie. »Ich kann dich nicht halten, Llian.«

Llian strampelte mit den Beinen, stieß einen Schneeklumpen fort und fand Halt auf Felsen.

»Ich hab den Fuß auf irgendwas«, sagte er.

»Dann stemme dich mit aller Kraft dagegen, denn ich kann nicht mehr.«

Llian spannte die Muskeln, fand mit dem Knie einen weiteren Halt und schob sich zwischen den Felsen hoch in Sicherheit. Tallia ließ seine Hand los und legte sich auf den Schnee.

Llian hob ihren Kopf an. Ihr Gesicht war voller Blut.

»Danke«, sagte sie.

»Ich danke dir!« Mit den Fingerspitzen wischte er das meiste Blut ab. »Geht es wieder?«

»Nein. Lass mir noch einen Augenblick.«

»Aber nur einen kurzen; es werden noch mehr kommen. Nimm meine Hand.«

Sich gegenseitig stützend, taumelten sie den Hang hinunter. Sie hatten den steilen Teil hinter sich gebracht, als ein erneuter Krampf Llian das Herz abdrückte wie eine Faust. Er sank zu Boden und hielt sich die Brust. Dann war es plötzlich vorbei, und sie konnten weitergehen. Kurz darauf bekam er ein zerrendes, sinnverwirrendes Gefühl im Kopf und einen Schwindelanfall, sodass er sich wieder setzen musste. Auch das hörte so unvermittelt auf, wie es gekommen war.

»Es ist fort! Er ist fort. Er ist *fort!*« Llian begriff es nicht, aber es war geschehen. Tallia schlug ihm die Hand vor den Mund.

»Leise, du Narr«, zischte sie ihm ins Ohr.

Llian beruhigte sich. »Rulke ist vollkommen fort!« Karan musste doch noch Erfolg gehabt haben.

»Dann hat er bekommen, was er will! Was wird er als Nächstes tun? Wenn du gehen kannst, lass uns so rasch wie möglich im Wald verschwinden.«

»Gehen!«, rief Llian, kaum fähig, sich zu beherrschen. »Ich kann *rennen.* Ich kann den ganzen Weg springen und dabei Purzelbäume schlagen.«

Trotz ihrer bösen Ahnungen lächelte Tallia. Sie hatte sich genügend erholt, um ohne Hilfe weiterzumarschieren. Als Llian jedoch über Karans mögliches Schicksal nachzudenken begann, weinte er still. Sie nahm seinen Arm.

Sie kamen nun schneller voran, erreichten nach einigen Stunden den Wald und krochen dankbar in seinen Schutz. Dort suchten sie sich einen Weg zum Treffpunkt, einer Stelle unweit des Schwarzen Sees, und schlugen dort ein Lager auf, ohne Feuer zu machen. Llian saß still in Tallias Schlafsack gehüllt da, denn es war schneidend kalt. Er berichtete den Rest seiner Geschichte, und am Ende, als Tallia keine weiteren Fragen mehr stellte, machte er es sich so bequem wie möglich und schloss die Augen. Die Euphorie war abgeflaut und hatte ihn schwächer denn je zurückgelassen.

Der Wald war hier dicht, abgesehen von einer kleinen Lichtung westlich von ihnen, wo ein großer alter Baum umgestürzt war und das Blätterdach zum Himmel geöffnet hatte. Llian war zu erschöpft, um zu schlafen, und hatte zu große Angst um Karan. Der helle Nebel, rot und weiß und mit erhobenem Skorpionsschwanz, ging unter und durchquerte den klaren Teil des Himmelszelts. Llian schauderte, und dann trat der zu drei Vierteln volle Mond hinter einem Wolkenfetzen hervor. Llian entspannte sich.

Tallia war genauso müde, aber sie musste Wache halten. Nach einem Kampf gegen ihre bleiernen Lider ging sie das kurze Stück zum See. Am Ufer hatte sich eine dünne Eisschicht gebildet. Sie spritzte sich eine Hand voll Wasser ins Gesicht und wusch das Blut hinunter. Nase, Wangen und Stirn waren geschwollen und wund. Sie tupfte das Wasser ab, ehe es gefror, und eilte zurück. Llian schien zu schlafen. Tallia nahm die Wache wieder auf. Ihr Gesicht schmerzte.

Llians Schlaf störten schreckliche Träume. Er fuhr auf. Der Mond und der Nebel traten in Konjunktion, wobei der Mond vom aufwärts gebogenen Stachelschwanz dergestalt umschlossen wurde, dass er vorübergehend voll war und rot und schwarz am Himmel stand. Llian fröstelte unter dem Gefühl drohenden Unheils. Im nächsten Moment schob sich der Dreiviertelmond über den Nebel, welcher nur ein Fleck aus leuchtenden Gasen war, dann trennten sich die beiden wieder. Der Nebel sank hinter die Bäume, der Mond strebte nach Westen.

Den Kopf auf die Arme gelegt, versuchte Llian weiterzuschlafen, doch der Schlummer wollte ihm nicht kommen. Er wusste, weshalb Rulke ihn befreit hatte. Der Charon brauchte ihn nicht mehr. Karan hatte im Tausch gegen Llians Freiheit eingewilligt zu tun, was er verlangte. Ihnen lief die Zeit davon.

Doch Llian beschäftigte nicht die bevorstehende Umwälzung. Darüber sollten sich andere Gedanken machen. Was hatte Rulke Karan angetan? Und wozu zwang er sie?

Mendark kam zwischen den Bäumen hervor. Seine Stiefel strichen dumpf über den Schnee.

»Was ist mit euch?«, fragte er scharf und inspizierte mit der Laterne Tallias malträtiertes Gesicht. »Hat er ...?«

»Einer von ihnen hat mich geschnappt. Ohne Llian läge ich jetzt am Boden der Schlucht. Wie ist es dir ergangen?«

»Ich konnte sie schließlich abhängen, aber es war nicht leicht. Ich musste einen mächtigen Zauber einsetzen. Trotzdem fanden sie mich wieder, und plötzlich verloren sie jedes Interesse. Während ich diese Richtung einschlug, zogen sie schnurstracks weiter nach Carcharon. Puh! Ich bin für so etwas schon zu alt.«

Llian ergriff das Wort. »Unmittelbar bevor Rulke das Konstrukt einsetzte, sagte er zu mir: ›Mach daraus eine Lüge und erschrecke mit ihr deine Freunde in Thurkad.‹ Wenn er mich wirklich dorthin senden wollte, hat sein Konstrukt übel versagt.«

»Das will ich meinen«, erwiderte Mendark. »Ich habe die Unruhe gespürt, die es erzeugte.«

»Und ich bin frei von ihm«, fuhr Llian fort. »Er ist jetzt vollkommen fort.«

Tallia blickte Mendark fragend an. Er schüttelte den Kopf. »Ich kann es nicht feststellen, es sei denn, ich würde ihn mit meiner eigenen Kunst bedrängen, und dazu bin ich zu müde. Aber selbst, wenn du die Wahrheit sprichst, Llian, hast du in den vergangenen Monaten doch einiges getan, was man nicht so einfach auf sich beruhen lassen kann – nicht zuletzt, dass du Karan hierhergeführt hast. Dafür musst du zur Rechenschaft gezogen werden.«

»Das sehe ich genauso«, entgegnete Llian kalt, »und dann sollten wir auch *deinen* Anteil betrachten! Hör zu – Rulke ist verwundbar, er ist hier nur wenig geschützt, und das Konstrukt funktioniert nicht wie gewünscht. Wenn du zuschlagen willst, dann jetzt. Ruf Yggur aus Thurkad hierher. Mit einem Gewaltmarsch kann er in weniger als einer Woche hier sein. Rufe auch Shand. Ihr drei gemeinsam müsstet ihn aufhalten können.«

»Shand würde nicht kommen«, entgegnete Mendark, »selbst wenn wir bei diesem Wetter einen Boten nach Tullin schicken könnten. Und selbst wenn Yggur bereit wäre, sein Reich ungeschützt zurückzulassen und hierherkäme, kann diese Schlacht nicht mit Waffen gewonnen werden. Um Rulke zu besiegen, müssen wir Kraft gegen Kraft stellen, Apparatur gegen Apparatur, Talent gegen Talent. Aber wir haben keine Apparatur, er hingegen hat sein Konstrukt.«

»Es arbeitete aber nicht wie gewünscht«, sagte Llian. »Über Tore kann ich einiges sagen, denn ich habe in diesem Jahr etliche durchschritten. Er hat Angst vor uns und ist verwundbar.«

»Wahrscheinlich hat er es bereits repariert! Welche Arroganz – ein einfacher Chronist sagt *mir,* was ich tun soll! Lass das Lügen.«

Llian war verzweifelt. Wenn sie jetzt fortgingen und Rulke das Konstrukt benutzte, sähe er Karan nie wieder. Doch mit diesem

Argument würde er den vertrockneten, ängstlichen Greis nicht überzeugen. Er hatte nur noch einen Versuch.

»Denk an seine Prophezeiung«, rief er, »die er gesprochen hat, nachdem du ihn aus Katazza hinausgeworfen hattest. Der dunkle Mond ist in sechs Tagen voll, an Hythe.«

Mendark machte eine abweisende Gebärde, die Llian falsch verstand.

»Hast du nicht vor ein paar Stunden den Mond gesehen, zu drei Vierteln voll, in Konjunktion mit dem Skorpion? Das ist ein Hinweis –«

»Genug von deinen Omen!«, rief Mendark wütend. »Wie kannst du es wagen, mich, der ich seit tausend Jahren ein Magister bin, über die Mondphasen zu belehren! Ich habe immer gewusst, dass es um diesen Tag ging.«

»Du musst –«, schrie Llian verzweifelt.

»Gar nichts; dein Geschwätz erbost mich.«

Mendark schlang wieder das Seil um Llians Hände und knebelte ihn so gründlich, dass er kaum atmen konnte. Tallia waren ihre Zweifel anzumerken, doch Mendark raunte ihr kurz etwas ins Ohr, wobei er heftig nach Osten, nach Carcharon und auch auf Llian zeigte. Sie antwortete ihm steif, warf sich mit einer mühelosen Bewegung ihr Bündel auf den Rücken und ging fort.

»Sie meldet die Neuigkeit nach Gothryme und Thurkad«, sagte Mendark. »Ich bleibe hier und halte Wacht. Du bleibst, weil sich sonst nichts mit dir anfangen lässt.«

Die nächsten Tage waren nervenzerreibend. Mehrere Male am Tag schlüpfte Mendark, nachdem er Llian an einen Baum gebunden hatte, davon. Einmal war er die ganze Nacht lang fort. Am vierten und fünften Tag nach Tallias Aufbruch kehrte er erst lange nach der Morgendämmerung zurück. Llian begann zu fürchten, dass er verhungern würde, während die Welt rings um ihn in Trümmer fiel. Mendark sagte in den kurzen Zeiten, in denen sie beisammen waren, nichts weiter, und verweigerte jede Antwort auf Llians unablässige Fragen.

Am siebten Morgen kehrte Mendark mit Gefolge zurück.

Tallia war wieder da. Mit ihr kamen Osseion, Yggur in Begleitung von Dolodha, Vartila der Whelm und ein Trupp Gardisten, die ihre Rücken unter gewaltigen Lasten beugten. Auch Shand war dabei, außerdem die Aachim aus Gothryme und sogar Tensor auf seiner Sänfte. Sie hatten die Phase des Mondes bemerkt und wussten, was sie prophezeite. Tensor hatten sich Asper und Llians Nemesis Basitor angeschlossen. Nadiril, Lilis und Jevi waren ebenfalls unter den Neuankömmlingen.

Sie trafen sich auf einem Hügel, von dem sie einen Blick auf Wald, Fluss und See hatten, während in der anderen Richtung der Gebirgskamm mit Carcharon lag dahinter die weißen Hänge, die sich in alle Ewigkeit fortzusetzen schienen.

Shand und Nadiril, die sich offenbar wieder versöhnt hatten, kletterten langsam zu ihnen hoch. Lilis führte Nadiril an der Hand und erweckte den Eindruck, sie sorge sich um seine Gesundheit. Jevi hielt ihre andere Hand gefasst.

»Wollt ihr denn Karan nicht retten?«, schrie Lilis und sprang an der Stelle auf und ab.

»Dazu fehlt uns die nötige Stärke, mein Kind«, sagte Nadiril, der sich die blauen Finger über dem Feuer wärmte. »Schweig nun, bis wir Rulkes Schutzvorkehrungen ergründet haben, und die Zahl seiner Ghâshâd kennen. Nichts wird geschehen, solange es hell bleibt. Was geht hier vor, Llian?«

Llian berichtete, wie Karan ihn ins Leben zurückgeholt hatte, und von ihrem Plan, allein nach Carcharon zu gehen, um ihn und Gothryme vor Rulke zu retten.

»Das ist Karan, wie sie leibt und lebt«, sagte Shand. »Diese Geschichte glaube ich sofort.«

»Du hast Rulke zu einem Erzählwettstreit herausgefordert?«,

flüsterte Nadiril hinterher. »Ach, erzähl mir davon! Was war deine Geschichte – lass kein Wort aus. Bei dem Gedanken fühle ich mich fast wieder jung.« Und in der Tat sah sein Gesicht recht lebhaft aus.

Llian gab Rulkes Erzählung und seine eigene wieder und berichtete, was darauf folgte, sehr zum Erstaunen aller und zum Entzücken Lilis', die in verehrungsvoller Andacht zu seinen Füßen im Schnee saß.

»Lasst ihn frei«, sagte Nadiril. »Jedes Wort, das er sprach, ist wahr. Wenn alles vorüber ist, Llian, erwartet dich ein Ehrenplatz in der Großen Bibliothek.«

Llian vermochte kaum zu fassen, dass die Monate der Ächtung vorüber waren, dass man ihn endlich wieder akzeptierte. Selbst Basitor schüttelte ihm die Hand.

Am Nachmittag folgten sie dem tückischen Pfad zum Amphitheater. Die Aachim schleppten das Feuerholz. Bei Carcharon zeigte sich kein Lebenszeichen. Als der Mondaufgang näherrückte, waren sie alle gespannt wie eine Bogensehne.

»Das also ist Carcharon«, sagte Yggur, der aussah, als könnte ihn jeden Moment der Skorpion wieder stechen. »Welch böse Stätte des Wahnsinns.«

»Ich bin seit dem Tod von Karans Vater nicht mehr hier gewesen«, sagte Tensor.

»Ich habe gehört, er wurde auf dem Weg nach Shazmak getötet«, sagte Llian.

»Wie man's nimmt. Er starb gleich vor den Toren von Carcharon. Einleuchten wollte es mir nie. Hier oben gibt es nichts, was Räuber und Vagabunden anlocken könnte. Hebt mich hoch«, bat Tensor.

Asper nahm das eine Ende der Sänfte und eine andere Aachim, die blonde Xarah, das andere. Sie stemmten sie hoch bis über ihre Köpfe. Lange starrte Tensor auf Carcharon. Er sah zum Mond hinauf. »Untergang!«, sagte er. »Und nun ist Karan dort oben. Sie kommt ebenfalls nicht zurück! Lasst mich wieder hinunter.«

Während sie ihn absetzten, glitt Xarah auf einem eisbedeckten Stein aus. Die Sänfte neigte sich und kippte. Tensor packte instinktiv Llians Umhang, um sich vor dem Sturz zu retten. Die Knöpfe sprangen ab, und die Kette, die Llian um den Hals trug, riss. Das Jadeamulett fiel in den Schnee. Im trüben Licht funkelte es leuchtend grün.

»Was ist das?«, schrien Yggur und Shand gleichzeitig.

»Ein Glücksbringer, den meine Mutter mir geschenkt hat«, sagte Llian und bückte sich, um das Amulett aufzuheben.

Yggur stellte den Fuß darauf, bückte sich selbst und griff danach. Er riss die Hand zurück, als hätte er sich verbrannt. »Nein, das stimmt nicht!«, rief er. »Es ist verzaubert.«

»Faelamor hat in Shazmak etwas damit angestellt«, erklärte Llian, »aber Malien hat den Zauber entfernt, als wir nach Katazza unterwegs waren.«

»Das stimmt«, sagte Malien. Sie nahm das Amulett auf, ohne irgendwelchen Schaden davon zu erleiden, und hielt es sich vors Auge. »Es sieht genauso aus wie das, was du früher hattest, aber es trägt das Mal Rulkes. Auf eine eigentümliche Weise ist es Rulke. Das ist ein tödlich Ding, Llian; woher hast du es?«

»Ich habe es, seit ich zwölf war.«

»Nein, dieses nicht. Es kommt aus dem Nachtland, und Rulke hat es gefertigt, so viel steht fest.«

»Wozu dient es?«, fragte Shand. »Ist es ein *Ohr*, mit dem er aus der Ferne hören kann? Vielleicht hat er alle unsere Beratungen belauscht! Er könnte hören, was wir jetzt sagen. Ach, das ist doch der abgefeimteste Verrat!«

»Es ist kein *Ohr*«, entgegnete Nadiril. »Es ist nur –«

»Legt ihn in Eisen!«, schrie Yggur, den all seine Ängste überfielen. »Warum habt ihr nicht gleich auf mich gehört?«

»Haltet ein«, erwiderte Nadiril. »Die Furcht sollte nicht die Oberhand über die Klugheit gewinnen.«

Alle betrachteten das Amulett, außer Yggur, der es nicht berühren konnte, und Tensor, der sich weigerte, es anzufassen.

»Was meinst du, Mendark?«, fragte Shand, indem er es ihm reichte.

»Ich stimme dir zu, es trägt das Mal Rulkes, aber ich spüre keine Gefahr, die davon ausginge.«

»Gebt es mir«, sagte Nadiril. Er untersuchte das Amulett sehr lange. »Shand hat recht. Es könnte tödlich sein, und bis wir mit Sicherheit wissen, was es wirklich ist, müssen wir Vorkehrungen treffen. Es tut mir leid, Llian.« Er warf es zu Boden und wollte es unter dem Absatz zermalmen, doch es drückte sich nur in den Schnee.

Innerhalb weniger Minuten war Llian von Hochstimmung in Verzweiflung gesunken. Breitbeinig stand er da, während Basitor ihm eifrig eiserne Handschellen anlegte. Das eiskalte Metall brannte auf der Haut. Mendark schob sich den Schlüssel in die Tasche.

Llian sank in den Schnee und achtete auf nichts mehr. Diesmal war er am Ende.

Das Amulett hatte die Gemeinschaft gesprengt. Alles stromerte am hinteren Rand des Amphitheaters umher. Niemand hatte einen Plan oder eine Idee. Die Sonne begann hinter den Bergen zu versinken und verdunkelte die zerklüftete Gebirgskette zu einem schwarzen Schattenriss vor dem purpurnen Himmel. Carcharon wurde zu einem finster drohenden Finger, der aus dem Schnee ragte.

Eine kleine Gestalt erschien neben ihm. »Llian«, hörte er Lilis' helles Stimmchen.

»Ja?«, erwiderte er.

»Ich glaube dir, Llian.« Sie schob ihre kalten Finger in seine Hand. Sie hielten etwas Hartes.

Llian zog sie an sich. »Was ist das?«

»Mein Messer. Halt still, während ich die Ketten löse. Dann sorge ich für eine Ablenkung, während du –«

»Ich danke dir, Lilis, aber das geht nicht. Karan ist dort oben. Ich kann sie nicht verlassen.«

Lilis blieb bei ihm, bis es ganz dunkel geworden war und ein Schimmer am östlichen Horizont den Mondaufgang ankündigte. Als wären sie durch die Bewegung eines einzigen Hebels entfacht worden, leuchteten in jedem Raum Carcharons die Lichter auf, ein dunkelrotes Lodern, das einen unsteten Schein verbreitete. Der dunkle Mond selbst hätte innerhalb der Festung aufgegangen sein können.

Die Lichter erloschen langsam, der Turm wurde wieder schwarz, doch wie von dem Lodern angeregt, leuchteten die bizarren Vorsprünge am Rand des Turmes schwach weiter. Dann erloschen auch sie. Für einen Moment war Carcharon von einer schimmernden grünen Aura umgeben. Einen lang gezogenen Augenblick geschah nichts.

Dann leuchtete am obersten Punkt des Turmes eine Sonne auf und verströmte magentafarbene Lichtsplitter, vor denen sie die Augen schützen mussten. Der Turm begann sich zu verformen, Wellen zogen durch die Steinmauern. Auf und ab rollten sie, immer schneller, bis der ganze Turm schwang wie eine Stimmgabel. Das Fundament gab ein weit hallendes Rumpeln von sich, bei dem der Fels unter ihren Füßen anteilnehmend zitterte.

Das Rumpeln wurde zu einem Summen und kletterte rasch die Register hoch, war bald ein Quietschen wie von Fingernägeln auf einer Schiefertafel und schließlich ein Kreischen wie von einem Messer auf einer Fensterscheibe. In einem von Llians Zähnen vibrierte die Goldfüllung und erzeugte einen furchtbaren juckenden Schmerz. Der Lärm wurde zum hohen Klagen wie von Millionen hilfloser Seelen in der Leere und stieg weiter an, bis sie ihn nicht mehr hörten.

Die Stille brach plötzlich herein. Jeder spürte, wie sich ein Druck aufbaute. Dann barst das stachelbewehrte Helmdach des Turms von Carcharon. Grüner Schiefer sprühte durch die Luft wie Konfetti. Schiefersplitter regneten in den Schnee. Die Nähte des Messinghelms öffneten sich, und jedes Segment rollte sich an seinen Dachbalken auswärts zusammen, als wären es die Blätter einer sich öffnenden Blüte.

Etwas Dunkles stieg durch das offene Balkenwerk nach oben. Etwas, das sämtliches Licht um sich in einen Brennpunkt brach: eine Linse aus Licht, die wie ein gnadenloses Auge die Gemeinschaft anstarrte.

Es war das Konstrukt, und Rulke stand auf ihm, die Hebel lässig in einer Hand. Neben ihm, klein und blass, aber erkennbar an dem roten Haar, das in dem unirdischen Licht leuchtete, war Karan.

»*Karan!*«, schrie Llian auf. Sie blickte durch ihn hindurch und antwortete nicht.

Mendark stand da wie ein mumifizierter Raubvogel. Seine knochigen Hände hingen in hakigen Bögen in der Luft, seine eingefallenen Augen starrten. Die Verzweiflung machte seine Erneuerung rasch zunichte. »Nein!«, wisperte er und fiel aufs Eis.

Das Konstrukt schwang im Fluge herum, sodass die Lichtlinse direkt auf die Gemeinschaft wies. Das Amulett zwischen Llians Füßen ging in Flammen auf und schmolz sich in den Schnee.

»Zurück mit dir!«, brüllte Malien mit brüchiger Stimme Rulke an. »Gegen uns kannst du nicht bestehen.«

»Kann denn niemand etwas tun?«, schluchzte Llian.

»Nicht *hier*, nicht dagegen«, erwiderte Yggur und überraschte jeden mit seiner Gelassenheit. Der Augenblick, vor dem ihm so lange gegraut hatte, war endlich gekommen. Er hatte sich entschlossen, seinen Ängsten entgegenzutreten und zu sterben.

Rulke sagte nichts. Sein Schweigen verhöhnte sie in ihrer Hilflosigkeit ärger, als irgendein Wort vermocht hätte. Dann warf er den Arm herum und richtete ihn gerade wie eine Lanze über sie hinweg.

Llian blickte nach Osten. Die Schellen brannten an seinen Handgelenken, und er taumelte, musste sich an Lilis' Schulter festhalten. Die Wolken waren verschwunden; es war eine klare, kalte Nacht. Im Sternenlicht sah man dunkle Flecken, wo Wald war, und ein funkelndes Band zeigte, wo der Zufluss des Schwarzen Sees den Wald durchschnitt. Llians erhobene Hand zitterte. Die anderen blickten wie er über den silbrigen Fluss hinweg, über die Wälder bis hin zum Horizont.

Der Mond ging auf, sein riesiges, fleckiges Gesicht kroch zum Himmel empor. Einen Moment lang schien er über dem Horizont zu hängen, als ginge der Aufstieg über seine Kräfte. Ein dunkelroter Fleck hatte sich an die höchste Stelle seines Oberrands bewegt. Llian hielt den Atem an. Nun musste der Mond nur noch einen Fingerbreit aufsteigen, dann nur noch um die Dicke eines Haares. Schon hing die ganze große Scheibe am Himmel, und der Horizont bildete eine Tangente an ihrem Kreisrand. Da sahen sie es: Der andere schwarze Fleck, der kleinere Zwilling, berührte den Horizont. Die Zwillinge waren zugleich sichtbar. Und es war die Nacht der Wintersonnenwende. Das dunkle Gesicht des Vollmonds stand an Hythe am Himmel.

»Zum ersten Mal seit dem Fall von Skane«, sagte Shand. »Vor eintausendachthundertunddreißig Jahren. Und auch er war prophezeit.«

Sie sanken alle auf die Knie. Das Gewicht der Weissagung drückte sie in den Schnee.

»Alle Hoffnung ist verloren«, sagte Shand. »Wer zum Erneuerer werden sollte, ist tot.«

Glossar der Namen, Orte und Begriffe

Aachan: eine der Drei Welten; die Welt der Aachim und, nach ihrer Eroberung, der Charon.

Aachim: die Menschenart, die Aachan ursprünglich besiedelte und von den Charon unterworfen wurde. Die Aachim sind klug, große Kunsthandwerker und Ingenieure, aber auch melancholisch und gekennzeichnet von einem Hang zur Überheblichkeit. Nach ihrer Umsiedlung auf die Welt Santhenar erlebten die Aachim eine Blütezeit, wurden jedoch im Kataklysmus verraten und zum Niedergang verurteilt. Sie zogen sich aus der Welt in ihre gewaltigen Festungsstädte in den Bergen zurück.

Alcifer: die letzte und größte von Rulkes Städten, entworfen von Pitlis dem Aachim.

Altmenschen: die ursprünglich auf Santhenar beheimatete Menschenart und die bei weitem zahlreichste.

Aschenstadt: eine uralte Stadt über dem Meer der Trockenheit.

Asper: ein Heiler der Aachim aus Tensors Gefolgschaft.

Aufzeichner, der: die Person, die neben vielen anderen die Geschichten der vier großen Schlachten zwischen Faelamor und Yalkara niedergeschrieben hat. Es heißt, er habe den Spiegel genommen (nachdem Yalkara Faelamor schließlich geschlagen hatte und von Santh geflohen war) und ihn für die Zukunft versteckt. Sein Name war Gyllias.

Bannador: ein lang gestrecktes, schmales und hügeliges Land an der Westgrenze von Iagador. Karans Heimat.

Basitor: ein verbitterter Aachim, der die Plünderung Shazmaks überlebt hat.

Bel Gorst: ein Piratenkapitän aus Crandor.

Benie: Küchenjunge im Herrenhaus von Gothryme.

Bibliothek der Historien, die: die berühmte Bibliothek des Kollegiums der Historien in Chanthed.

Bibliothekar: Nadiril der Weise. Er ist außerdem ein Mitglied des Rates von Iagador.

Carcharon: ein von Wällen umgebener Wehrturm auf einem zerklüfteten Berggrat hoch über dem Wald von Gothryme. Errichtet wurde er von Karans wahnsinnigem Ahnherrn Basunez als Knotenpunkt an einer Stätte, wo die Geheime Kunst besonders mächtig ist.

Chacalot: ein großes, im Wasser lebendes Reptil, das ein wenig an ein Krokodil erinnert.

Chanthed: eine Stadt im nördlichen Meldorin, in den Gebirgsausläufern gelegen. Hier hat das Kollegium der Historien seinen Sitz.

Chard: eine Art Tee.

Charon: eine der vier Menschenarten, das Herrenvolk auf der Welt Aachan. Sie flohen aus der Leere, um den Aachim Aachan zu entreißen. Ihren Namen haben sie von einem eisigen kleinen Trabanten am äußersten Rand der Leere abgeleitet. Sie besitzen seltsame Augen, indigoblau oder karmesinrot, manchmal auch beides zugleich, je nach den Lichtverhältnissen.

Chronist: ein Historiker. Ausgebildet und geprüft in der Kunst und der Wissenschaft, die Historien aufzuzeichnen und zu überliefern.

Crandor: ein reiches, tropisches Land an der nordwestlichen Grenze von Lauralin. Tallias Heimat.

Direktor von Chanthed, der: gegenwärtig Wistan; der Direktor des Kollegiums der Historien ist zugleich das ernannte Oberhaupt von Chanthed.

Dolodha: ein Botenmädchen; eine von Yggurs Dienerinnen.

Drei Welten, die: Santhenar, Aachan und Tallallame.

Dunnet: ein abgeschiedenes Land im Wald von Elludor.

Düsternis: siehe ***Geschichte von der Düsternis, Die.***

Elienor: eine große Heldin der Aachim aus jenen Tagen, als die Charon auf Aachan einfielen.

Elludor: ein weites waldiges Land nordwestlich von Thurkad.

Emmant: ein Halb-Aachim, Bibliothekar in Shazmak, der ein ungezügeltes, wollüstiges Verlangen nach Karan entwickelte und sie angriff. Sie tötete ihn in Thurkad.

Erzähler: jemand, der das rituelle Erzählen der Geschichten beherrscht, die Teil der Historien von Santhenar sind.

Faelamor: Anführerin der Menschenart der Faellem, die kurz nach Rulke nach Santhenar kamen, um über die Charon zu wachen und das Gleichgewicht zwischen den Welten zu wahren. Maigraith' Lehnsherrin.

Faellem: die Menschenart, die die Welt Tallallame bewohnt. Es handelt sich um kleine, gestrenge Menschen, denen es verboten ist, Maschinen oder gar magische Geräte zu benutzen, die jedoch Meister der Maske und der Illusion sind. Faelamors Schar saß dank der Düsternis auf Santh fest; seither suchen sie unablässig nach einem Weg, der sie wieder nach Hause bringt.

Farsch: eine milde Obszönität.

Festival von Chanthed, das: eine jährlich stattfindende Festveranstaltung, die zur Herbstzeit in Chanthed ausgerichtet wird und bei der die Meister und Schüler des Kollegiums die Historien vortragen.

Fiz Gorgo: eine Festungsstadt in Orist, in alter Zeit geflutet und jetzt wieder aufgebaut; Yggurs Feste.

Flöte; auch **goldene Flöte, die:** eine in Aachan auf Rulkes Geheiß von dem genialen Schmied Shuthdar verfertigte Apparatur. Anschließend von Shuthdar gestohlen und nach Santhenar zurückgebracht. Wenn sie von einem Empfindsamen benutzt wird, vermag sie den Weg zwischen den Welten zu öffnen. Sie wurde zurzeit der Düsternis von Shuthdar zerstört.

Fyrn: der Familienname Karans von Bannador, mütterlicherseits.

Gabe Rulkes: auch **Rulkes Fluch:** das Wissen, das Rulke den Zain schenkte und das ihre Widerstandkraft gegen den geistbrechenden Machtzauber der Aachim stärkte. Sie hinterließ Stigmata, die sie als Zain kenntlich machten.

Galliad: Karans Vater, ein Halb-Aachim. Er wurde umgebracht, als Karan noch ein Kind war.

Geächtete Experimente: magische Handlungen, die ersonnen wurden, um einen Fehler in der Düsternis ausfindig zu machen, der dazu dienen könnte, Rulke für immer zu verbannen. Äußerst riskant aufgrund der Gefahr, dass Rulke Kontrolle über den Ausführenden erlangt.

Geheime Kunst, die: der Gebrauch magischer oder zauberischer Kräfte (das Wirken). Eine Kunst, die nur sehr wenige beherrschen, und auch das nur nach eingehender Übung. Beachtliche Wirker sind Mendark, Yggur, Maigraith, Rulke, Tensor und Faelamor, obwohl jeder von ihnen andere Stärken und Schwächen darin aufweist. Tallia besitzt einiges Geschick darin, hat aber noch zu wenig Übung.

Geldschneider: Geldverleiher.

Gellon: eine Frucht, die wie eine Mischung aus Mango und Pfirsich schmeckt.

Geschichte von der Düsternis, Die: die Größte aller Großen

Geschichten. Sie erzählt von der endgültigen Zerstörung der Flöte durch Shuthdar vor mehr als dreitausend Jahren und wie die Düsternis Santhenar von den übrigen zwei Welten abschnitt.

Geschichte der Aachim, Die: eine Zusammenfassung der Geschichte der Aachim aus alter Zeit, das *Nazhak tel Mardux.* Das Buch wurde kurz nach der Gründung von Shazmak verfasst. Llian hat es in Shazmak gelesen und sich eingeprägt, sodass er es später übersetzen konnte.

Ghâshâd: die uralten Todfeinde der Aachim. Sie wurden von Rulke verdorben und schworen ihm vor zweitausend Jahren Gefolgschaft, nachdem die Zain den Aufstand geprobt hatten. Doch als Rulke tausend Jahre später ins Nachtland verbannt wurde, vergaßen sie ihre Bestimmung und nahmen einen neuen Namen an: Whelm. Von Rulke mittels Karans geistiger Verbindung zu Maigraith neu erweckt, wurden sie wieder zu Ghâshâd und plünderten kurz vor dem Konklave Shazmak.

Gothryme: Karans verarmtes Landgut in der Nähe von Tolryme in Bannador.

Grint: eine Kupfermünze von geringem Wert.

Große Bibliothek, die: gegründet in Zile von den Zain zur Zeit des Imperiums von Zur. Die Bibliothek wurde geplündert, als die Zain ins Exil getrieben wurden, doch bald darauf neu gegründet. Ihr gegenwärtiger Bibliothekar ist Nadiril der Weise.

Große Geschichten: die größten Geschichten innerhalb der Historien von Santhenar; nach altem Brauch auf dem Festival von Chanthed und bei wichtigen feierlichen Anlässen auf ganz Santhenar vorgetragen. Eine Geschichte kann nur durch den einstimmigen Beschluss der Meisterchronisten zur Großen Geschichte erklärt werden. Innerhalb von viertausend Jahren sind überhaupt nur zweiundzwanzig Große Geschichten entstanden.

Große Projekt, das: der Versuch des Rates, eine Methode zu finden, um die Charon für immer von Santh zu verbannen.

Große Täuscher, der: Rulke

Großes Konklave: siehe **Konklave, das**.

Gyllias: der Aufzeichner.

Hassien: Penders Ehefrau, die ihn in Sith verließ.

Havissard: Yalkaras aufgegebene Feste in der Nähe von Tar Gaarn. Havissard steht unter dem Schutz eines machtvollen Zaubers und wurde seit Yalkaras Fortgang vor dreihundert Jahren nicht mehr betreten.

Heimatlose, Die: Penders drittes Boot, unter dem Namen *Schwarzer Opal* einstmals ein zur Fahndung ausgeschriebenes Schmugglerfahrzeug.

Hennia: eine Zain. Sie gehörte dem Rat von Iagador an.

Historien, die: die gewaltige Sammlung von Aufzeichnungen, die mehr als viertausend Jahre erzählter Geschichte auf Santhenar wiedergeben. Die Historien bestehen aus geschichtlichen Dokumenten, aufgeschrieben oder bewahrt von den Chronisten, wie auch aus den Erzählungen, Liedern, Legenden und Sagen der Völker von Santhenar und der Einwanderer aus anderen Welten, die von der Erzählern vorgetragen werden. Die Kultur von Santhenar ist untrennbar mit den Historien verwoben, und der allergrößte Wunsch, den ein Mensch nur hegen kann, besteht darin, in ihnen erwähnt zu werden.

Hlune: das schlaksige Volk, das die Hafenstadt von Thurkad und sämtlichen Seehandel dort beherrscht.

Hornrass: ein unüberwindbarer Abgrund, der die Meere von Thurkad und Qwale mit dem Meer der Trockenheit verbindet. Eine unvorstellbare Sturzflut schießt dorthindurch und ergießt sich über die Trihorn-Fälle in das Meer der Trockenheit, um in dieser dürren Wüstenei spurlos zu versickern. Der Hornrass wurde einstmals von der prachtvollen Regenbogenbrücke der Aachim überspannt.

Hulings Turm: der Ort, wo Shuthdar die goldene Flöte zerstörte.

Hythe: der Mittwintertag, der vierte Tag der Endre, der Mittwinterwoche. Der Hythe gilt als Unglückstag.

Iagador: das Land, das zwischen den Bergen und dem Meer von Thurkad liegt.

Idlis: einstmals der Niederste der Whelm, zugleich ein Heiler und lange Zeit der Jäger Karans und des Spiegels. Er wurde zum Ghâshâd und ging nach Shazmak.

Jark-un: Anführer eines Trupps von Whelm, einst Rivale von Vartila, doch nun ein Ghâshâd.

Jevi (Jevander): Lilis' Vater, vor sieben Jahren zum Dienst auf See gepresst.

Kalender: Ein Jahr auf Santhenar umfasst etwa 395,7 Tage und enthält zwölf Monate, deren jeder dreiunddreißig Tage hat.

Kandor: einer der drei Charon, die nach Santhenar kamen. Er wurde einige Zeit nach dem Ende des Kataklysmus getötet und ist der einzige Charon, der auf Santh umkam.

Karan, Karan von Bannador: eine Frau aus dem Hause Fyrn, in deren Adern jedoch seitens ihres Vaters, Galliads, das Blut der Aachim fließt und mütterlicherseits das der Altmenschen und der Faellem. Das macht sie zur Triune. Sie ist ferner eine Empfindsame und lebt auf Gothryme. Karan half Maigraith, den Spiegel aus Fiz Gorgo zu entwenden, entkam und versuchte, ihn Faelamor zu bringen. Seitdem wurde sie ununterbrochen gejagt.

Kataklysmus: eine Folge von Kriegen zwischen den Charon und den Aachim, die vor etwa eintausendfünfhundert Jahren einsetzten und zur fast völligen Verwüstung Santhenars führten.

Katazza: eine Festungsstadt, in uralter Zeit von Kandor erbaut. Sie entstand auf dem Gipfel eines Vulkans auf der Insel Katazza und war die Hauptstadt von Kandors Reich Perion, ehe die Perionische See zum Meer der Trockenheit wurde. Nach Kandors Tod wurde Katazza aufgegeben.

Kollegium der Historien, das: das älteste der Kollegien zur Ausbildung derer, die Chronisten oder Erzähler der Historien werden wollen, oder auch nur niedere Barden oder Königssänger. Es wurde kurz nach der Zeit der Düsternis in Chanthed eingerichtet.

Konklave, das: eine Zusammenkunft, die in Thurkad zur Überwindung einer Krise abgehalten wird. Es wird von den »Gerechten« geleitet, einer ausgewählten Gruppe von Richterinnen und Richtern oder ranghohen Würdenträgern. Das bislang letzte Konklave wurde einberufen, um den Besitzanspruch auf den Spiegel zu klären, doch Tensor setzte einen Machtzauber ein, warf die Anwesenden nieder und entwendete ihn.

Konstrukt: eine Maschine, die zumindest teilweise von der Geheimen Kunst betrieben wird.

Lar: eine in Thurkad gebräuchliche Ehrenbezeichnung.

Lauralin: der Kontinent, der östlich des Meers von Thurkad liegt.

Leere, die: die Räume zwischen den Drei Welten. Ein darwinistischer Ort, wo das Leben grausamer und weniger wert ist als irgendwo sonst. Die Leere wimmelt von Leben, das so exotisch ist wie nur irgend denkbar, da dort nichts überleben kann ohne sich ständig neu zu erschaffen.

Lichtkugel: ein aus Kristall und Metall gefertigtes Instrument, das Licht spendet, wenn man es berührt.

Lilis: ein Straßenkind, das sich in Thurkad als Führerin verdingte. Ihr Vater Jevi wurde verschleppt und zum Matrosendienst auf einem Schiff gezwungen.

Llian: ein Zain aus Jepperand. Ein Meisterchronist und Erzähler der Großen Geschichten. Ein hervorragender Student der Historien.

Machtzauber: ein übermächtiger, den Geist brechender Zauber, der von den Aachim als Waffe gegen die Charon entwickelt wurde und gegen jeden wirksam ist, ausgenommen jene Zain, die die Gabe Rulkes besitzen.

Magister: ein Wirker und Vorsitzender des Rates. Mendark war tausend Jahre lang Magister, abgesehen von einer kurzen Zeitspanne, als Thyllan ihn widerrechtlich abgesetzt hatte. Nach dem Konklave entkam er aus Thurkad nach Zile, von wo aus er seine Gemeinschaft nach Katazza führte.

Maigraith: eine Waise, die von Faelamor zu einem unbekannten Zweck großgezogen und ausgebildet wurde. Sie ist eine Meisterin der Geheimen Kunst. Nach dem Konklave wurde sie Yggurs Geliebte, obgleich die Verbindung nicht gänzlich von Erfolg gekrönt war.

Malien: eine Aachim; Raels Mutter; einst Gemahlin Tensors. Nach Tensors Aufstand in Katazza übernahm sie die Führerschaft über die Aachim.

Meer von Thurkad, das: das lang gezogene Meer, das Meldorin vom Kontinent Lauralin scheidet.

Meisterchronist: jemand, der das Studium der Historien gemeistert und die Abschlussprüfung des Kollegiums mit den höchsten Auszeichnungen bestanden hat.

Meldorin: die große Insel, die unmittelbar westlich des Meers von Thurkad und des Kontinents Lauralin liegt.

Mendark: Magister des Rates von Iagador, bis zu seiner Absetzung durch Thyllan. Ein mächtiger und raffinierter Wirker, wenngleich in letzter Zeit beunruhigt vom Aufstieg seines langjährigen Feindes Yggur.

Menschenarten: Es gibt vier klar unterscheidbare Menschenarten: die Aachim von Aachan, die Faellem von Tallallame, die Altmenschen von Santhenar und die Charon, die aus der Leere kamen. Mit Ausnahme der Altmenschen können sie alle überaus langlebig sein. Verbindungen zwischen den verschiedenen Arten bringen selten Nachwuchs hervor (siehe **Mischling**).

Mischling: Spross einer Vereinigung zweier der vier verschiedenen Menschenarten. Mischlinge kommen selten vor und sind häufig geistesgestört, können jedoch über bemerkenswerte Talente verfügen.

Mond: Der Mond umkreist Santhenar einmal innerhalb von dreißig Tagen. Allerdings ist eine Seite (das dunkle Antlitz) durch Vulkantätigkeit rot und schwarz gefleckt, und weil der Mond sich weit langsamer um die eigene Achse dreht, als er um Santhenar kreist, ist die dunkle Seite Santhenar nur alle zwei Monate voll zugewandt. Das fällt nur selten mit einer Vollmondphase zusammen, doch wenn dies geschieht, gilt es als böses Vorzeichen.

Nachtland: ein Ort fernab der wirklichen Welt, an dem Rulke gefangen gehalten wurde. Rulke hatte versucht, die Macht seines Stadt-Konstruktes Alcifer zu gebrauchen, um die Düsternis zu durchbrechen, doch scheiterte dies. Der Rat wandte die Geächteten Experimente an, um Rulke in eine Blase zu zwingen, erschaffen aus der Außenhaut der Düsternis, die dann in sich zusammenfiel und den unentrinnbaren Kerker des Nachtlandes bildete. In Katazza erschuf Tensor ein Tor ins Nachtland, um Rulke daraus hervorzuzerren und Rache an ihm zu üben, erreichte aber nur, dass Rulke freikam.

Nachwehen: eine Übelkeit, die Menschen befällt, nachdem sie Gebrauch von der Geheimen Kunst gemacht haben oder in der Nähe weilten, während eine andere Person eine derartige Kraft anwandte. Oft reicht es schon, ein angeborenes Talent eingesetzt zu haben. Empfindsame sind besonders anfällig dafür.

Nadiril: der Leiter der Großen Bibliothek und Mitglied des Rates. Nadiril nahm Lilis als Lehrling an, nachdem sie mit Mendark und Tallia nach Zile gekommen war.

Narne: eine Hafenstadt am schiffbaren Seitenarm des Garr.

Orist: ein Land voller Sümpfe und Wälder an der südwestlichen Grenze Meldorins. Hier liegt Yggurs Festungsstadt Fiz Gorgo.

Osseion: der Hauptmann von Mendarks Leibwache, ein großer dunkler Mann, der Mendark bei der Flucht aus Thurkad half und ihn nach Katazza begleitete.

Pender: ein meisterlicher Seemann, der Karan und Llian von Narne nach Sith und später nach Thurkad beförderte. Nach dem Konklave half er Karan und Shand bei der Flucht aus Thurkad und wurde anschließend von Mendark in Dienst genommen.

Perion, das Reich von: Kandors Reich, das zusammenbrach, als die Perionische See austrocknete.

Pitlis: ein bedeutender Aachim aus ferner Vergangenheit, durch dessen Torheit die große Stadt Tar Gaarn an Rulke verraten und die Macht der Aachim gebrochen wurde. Der Architekt, der Tar Gaarn und Alcifer entwarf. Von Rulke erschlagen.

Portal: siehe **Tor**.

Prinzip der Übertragung, das: eines der Prinzipien der Geheimen Kunst, demzufolge Objekte, die einmal miteinander in Verbindung standen, sich auch nach der Trennung gegenseitig beeinflussen.

Rachis: Karans Gutsverwalter auf Gothryme.

Rat, der; auch **Rat von Iagador**, **Rat von Santhenar**, **Großer Rat**, **Hoher Rat**: ein Zusammenschluss der Mächtigen. Gemeinsam mit den Aachim erschuf der Rat das Nachtland und setzte Rulke dort gefangen. Danach diente er zweierlei Zwecken – der Fortführung des Großen Projekts und der ständigen Bewachung Rulkes.

Rulke: ein Charon von Aachan. Er lockte Shuthdar nach Aachan, damit dieser dort die goldene Flöte erschuf, womit alles Ungemach einen Anfang nahm. Nach dem Kataklysmus wurde er im Nachtland gefangen gesetzt, bis eine Methode gefunden wäre, ihn zurück nach Aachan zu verbannen. Als Tensor ein Tor zum Nachtland öffnete, wurde Rulke in die Lage versetzt, zu entkommen.

Rustibel: einer von Penders Seeleuten auf der *Heimatlosen.*

Santhenar, Santh: die unbedeutendste der Drei Welten, Heimat der Altmenschen.

Selial: eine Aachim, Oberhaupt der Syndikatoren in Shazmak, die nach der Erstürmung der Stadt entkam und Tensor nach Katazza begleitete, aber nie darüber hinwegkam, dass sie nicht in der Lage war, ihn unter Kontrolle zu halten.

Sendung, Senden: eine Botschaft – Gedanken oder Empfindungen –, die aus geistigem Wege verschickt und empfangen wird.

Shalah: eine junge Aachim, Zwillingsschwester von Xarah.

Shand: ein alter Mann, der im Gasthof von Tullin arbeitet und mehr ist, als er zu sein scheint. Ein Freund von Karans verstorbenem Vater, rettete Shand Karan beim Konklave, schmuggelte sie aus Thurkad heraus und begleitete sie während der ganzen langen und gefährlichen Reise nach Katazza.

Shazmak: die vergessene Stadt der Aachim in den Bergen westlich von Bannador. Sie wurde von den Ghâshâd eingenommen, nachdem diese aus ihrem langjährigen Dasein als Whelm erweckt worden waren.

Shuthdar: ein Altmensch von Santhenar, der Schöpfer der goldenen Flöte. Nachdem er die Flöte und sich selbst vernichtet hatte, kam die Düsternis herab und verschloss den Weg zwischen den Welten.

Sith: eine freie Stadt und Handelsnation, errichtet auf einer Insel im Flusse Garr, im südlichen Iagador.

Skane: eine Stadt, die fiel, als der dunkle Vollmond das letzte Mal an Hythe am Himmel stand, vor 1830 Jahren.

Skeet: ein Botenvogel, grau oder blaugrau. Groß, hässlich und übellaunig.

Spanne: Längenmaß. Entspricht der Weite der ausgestreckten Arme eines großen Mannes. Ungefähr sechs Fuß oder etwas weniger als zwei Meter.

Spiegel von Aachan, der: ein Instrument, das von den Aachim auf Aachan gefertigt wurde, um weit entfernte Dinge sehen zu können. Auf Santhenar wandelte er sich und verfälschte die Wirklichkeit, woraufhin die Aachim ihn verborgen hielten. Der Spiegel entwickelte auch ein Gedächtnis und bewahrte Abdrücke der Dinge, die er gesehen hatte. Nachdem Yalkara ihn gestohlen hatte, benutzte sie den Spiegel, um eine Verwerfung in der Düsternis ausfindig zu machen und so zurück nach Aachan zu fliehen. Nach dem Konklave stahl Tensor ihn, brachte ihn nach Katazza und entdeckte in ihm das Geheimnis der Erschaffung von Toren.

Stassor: eine Stadt der Aachim im Osten Lauralins.

Stimme, die: die Fähigkeit großer Erzähler, in ihren Zuhörern durch ihre bloße Wortmacht jede beliebige Empfindung auszulösen.

Syndikatoren, die: der regierende Rat der Aachim, manchmal auch in der Funktion einer Gerichtskammer. Niemand vermag sie als Richter bei einer offiziellen Gerichtsverhandlung zu belügen.

Tafel des Berechners, die: ein halbmythischer Schlüssel zu der geheimen Schrift der Charon.

Talent: eine angeborene Geschicklichkeit oder Gabe, gewöhnlich verfeinert durch ausgiebige Übung.

Tallallame: eine der Drei Welten, die Welt der Faellem. Eine schöne, gebirgige Welt voller Wälder.

Tallia bel Soon: Mendarks erste Stellvertreterin. Sie ist eine Wirkerin und Meisterin der Kampfkunst mit und ohne Waffen. Tallia stammt aus Crandor.

Tar oder **Silbertar:** eine Silbermünze, die in Meldorin sehr gebräuchlich ist. Ausreichend, um eine Familie mehrere Wochen lang zu ernähren.

Tar Gaarn: wichtigste Stadt der Aachim zur Zeit des Kataklysmus; von Rulke geschliffen.

Tell: eine Goldmünze im Gegenwert von zwanzig Silbertar.

Tensor: Anführer der Aachim. Er betrachtete es als seine Bestimmung, die Aachim wieder zu ihrer alten Größe zu führen und zu guter Letzt ihre Rache an Rulke zu vollziehen, der sie verriet und zu Fall brachte.

Thurkad: eine uralte, einwohnerreiche Stadt am Flusse Saboth und dem Meer von Thurkad, bekannt für ihren Reichtum wie für ihre Verderbtheit. Sitz des Rates und seines Magisters.

Thyllan: Kriegsherr aus Iagador und Mitglied des Rates. Er intrigierte gegen Mendark und stürzte ihn kurzzeitig vom Magisterstuhl, doch nachdem Yggur die Stadt eingenommen hatte, zog er sich übers Meer zurück, um eine Armee auszuheben.

Tolryme: eine kleine Stadt in Nord-Bannador, in der Nähe von Karans Familiensitz Gothryme.

Tor: ein Gebilde, das der Geheimen Kunst untersteht und das Menschen erlaubt, augenblicklich von einem Ort zum anderen zu reisen. Auch Portal genannt.

Torgsted: einer von Mendarks Gardisten. Ein gut gelaunter, zuverlässiger Bursche, der sich bereit erklärte, Verrat an Mendark vorzutäuschen und in den Dienst Thyllans zu treten, um ihn auszuspionieren.

Triune: ein zweifacher Mischling – einer, in dessen Adern das Blut aller drei Welten und dreier verschiedener Menschenarten fließt. Triunen sind äußerst selten und fast immer unfruchtbar. Sie können über bemerkenswerte Fähigkeiten verfügen. Karan ist eine Triune.

Tullin: ein kleines Dorf in den Bergen südlich von Chanthed. Shand lebt hier.

Ulice: Eigentümerin einer Kellerschenke in Thurkad. Für den entsprechenden Preis kann sie so gut wie alles besorgen.

Vanhe: Marschall Vanhe, einer von Yggurs Offizieren mittleren Ranges, der nach dem Tode sämtlicher Generale Yggurs gezwungen war, den Oberbefehl zu übernehmen.

Vartila: Anführerin einer Whelmschar. Sie blieb eine Whelm und diente Yggur weiter, nachdem die meisten von ihresgleichen wieder zu Ghâshâd geworden waren.

Verbindung, Herstellen einer Verbindung: eine geistige Verknüpfung, mittels derer Personen Gedanken und Empfindungen miteinander teilen und einander Hilfe leisten können. Manchmal auch eingesetzt, um Herrschaft über eine Person zu erlangen.

Verdrehte Spiegel, der: der Spiegel von Aachan, gefertigt in Aachan und an Tensor übergeben, der ihn mit sich nach Santhenar schmuggelte. Wie alle Gegenstände, die von einer Welt zur anderen überführt werden, wandelte er sich und wurde verräterisch. Der ›verdrehte‹ Spiegel genannt, weil er nicht immer die Wahrheit zeigt.

Versammlung, die: die Marionettenregierung von Thurkad, beherrscht einerseits vom Magister und andererseits vom Stadtkommandanten.

Wahn Barre: die Krähenberge. Yalkara, die Herrin der Täuschung, hatte dort eine Festung, Havissard. Ein übler Ort.

Weg zwischen den Welten, der: die geheimen, ewig im Wandel begriffenen, ätherischen Pfade, die den schwierigen Übergang von einer Welt zur anderen ermöglichen. Sie wurden von der Düsternis versperrt.

Whelm: Yggurs Diener, seine Schreckensgarde. Siehe auch: **Ghâshâd**.

Wirker: ein Zauberer oder Hexer; ein Meister der Geheimen Kunst.

Wistan: der vierundsiebzigste Direktor des Kollegiums der Historien und von Chanthed.

Xarah: eine junge Aachim, Zwillingsschwester von Shalah.

Yalkara: die Dämonenkönigin, die Herrin der Täuschung. Die letzte der drei Charon, die nach Santhenar kamen, um die Flöte aufzufinden und sie nach Aachan zurückzubringen. Sie nahm den Spiegel an sich und benutzte ihn, um eine Verwerfung in der Düsternis zu entdecken, dann floh sie aus Santh, wobei sie den Spiegel zurückließ.

Yetchah: eine junge Whelm, die Llian von Chanthed nach Tullin jagte.

Yggur: ein großer und mächtiger Wirker und eingeschworener Feind Mendarks. Einst ein Mitglied des Rates, hat er sich in Fiz Gorgo niedergelassen. Nachdem Karan den Spiegel gestohlen hat, überrannten seine Armeen den größten Teil Süd-Meldorins und eroberten Thurkad. Er und Maigraith wurden Geliebte. Yggur hasst und fürchtet Rulke seit jener Zeit, da Rulke, ehe er im Nachtland gefangen gesetzt wurde, von ihm Besitz ergriffen hatte.

Zain: ein Volk von Gelehrten, das einst in Zile beheimatet war und die Große Bibliothek gründete. Sie schlossen einen Pakt mit Rulke und wurden nach seinem Fall größtenteils niedergemacht, die Überlebenden ins Exil getrieben. Sie leben in Jepperand und gehen keinerlei Bündnisse mehr ein.

Zareth der Hlune: einer von Yggurs Stellvertretern, den Shand mit Krakengift unschädlich machte, um zu verhindern, dass Karan in Tess' Fischerboot entdeckt wurde.

Zitadelle, die: der Palast des Magisters in Thurkad, ein gewaltiges, festungsartiges Bauwerk von barocker Extravaganz.

Zwang, Zwingbann: eine Spielart der Geheimen Kunst; eine Methode, jemanden zu nötigen, etwas gegen den eigenen Willen zu tun.